Von Liz Carlyle ist außerdem bei Bastei Lübbe Taschenbücher lieferbar:

18 685 Verbotenes Begehren

Über die Autorin:

Liz Carlyle lebt mit ihrem Ehemann und mehreren Katzen in North Carolina, USA. In den USA hat die Autorin schon einige Romane veröffentlicht; in Deutschland ist dies ihr zweiter Roman. Auf Liz Carlyles Homepage, unter www.lizcarlyle.com, können Sie weitere Informationen über die Autorin erhalten.

LIZ CARLYLE

Mein rebellischer Verführer

Ins Deutsche übertragen von
Nicole Friedrich

Roman

BASTEI LÜBBE TASCHENBUCH
Band 18 701

1. Auflage: März 2006

Vollständige Taschenbuchausgabe

Bastei Lübbe Taschenbücher in der Verlagsgruppe Lübbe

Deutsche Erstveröffentlichung
Titel der amerikanischen Originalausgabe: *The Devil You Know*
© 2003 by Susan Woodhouse
All rights reserved including the right of reproduction in whole or
in part in any form.
This edition published by arrangement with the original publisher,
Pocket Books, a division of Simon & Schuster, Inc., New York.
© für die deutschsprachige Ausgabe 2006 by
Verlagsgruppe Lübbe GmbH & Co. KG, Bergisch Gladbach
Titelillustration: Aime/Agentur Thomas Schlück GmbH
Einbandgestaltung: Nele Schütz Design
Satz: SatzKonzept, Düsseldorf
Druck und Verarbeitung: Nørhaven Paperback, Dänemark
Printed in Denmark
ISBN 13: 978- 3-404-18701-0
ISB 10: 3-404-18701-6

Sie finden uns im Internet unter
www.luebbe.de

Der Preis dieses Bandes versteht sich einschließlich
der gesetzlichen Mehrwertsteuer.

Prolog

In welchem die Leidensgeschichte ihren Anfang nimmt

Glauben Sie an unumstößliche Wahrheiten? An Warnungen, Glaubenssätze oder Moralgeschichten, die wie zerschlissenes Leinen von Generation zu Generation weitergereicht werden?

Englands bedeutendster Poet ließ einst verlauten, die Welt sei eine Bühne und alle Sterblichen nichts weiter als Schauspieler auf derselben. Sollten Sie ihm beipflichten, so kann das missratene Leben Randolph Bentham Rutledges sowohl im Schein der Komödie als auch der Tragödie betrachtet werden – je nachdem, welchen Standpunkt der Zuschauer einnimmt. In den Augen seiner wüsten Zechbrüder war sein Dasein eher eine Burleske, vorausgesetzt es war genug Bares im Spiel. Für seine Gemahlin, Sprösslinge sowie Gläubiger glich es vielmehr einem Trauerspiel, das sie sich viel zu lange anzusehen gezwungen waren. Der Gentleman selbst (und den Titel sollte man in diesem Fall nun wirklich nicht allzu wörtlich nehmen) bezeichnete einst sein Erdendasein als *Die Karriere eines Wüstlings*, ein Titel, der ihm aber leider von einem unbedeutenden Künstler vor der Nase weggeschnappt wurde.

Die familiären Wurzeln besagten Gentlemans reichen zurück bis in die graue Vorzeit. Ungefähr acht Dekaden bevor William der Eroberer im Lande einfiel, trug es sich zu, dass ein ehrgeiziger Bauersmann aus dem Marktstädtchen Chipping Campden seine weltliche Habe auf einen alten, quietschenden Ochsenkarren lud und zu einer Reise ins Landesinnere aufbrach. Die Beweggründe für sein Abenteuer sollten der Nachwelt verborgen bleiben, wenngleich sein Vorhaben für die damalige Zeit recht ungewöhnlich anmutete – wurden doch die meisten angelsächsischen Bauern seinerzeit an ein und demselben Fleck geboren wie auch begraben.

Überliefert ist lediglich, dass besagter Bauersmann nicht sonderlich weit kam – nur rund zwanzig Meilen Luftlinie gen Süden. Diese geringe Distanz sollte jedoch ausreichen, seine wirtschaftliche Situation von Grund auf zu verbessern.

Der Reisende, vom dem hier die Rede ist, hörte auf den Namen John of Campden. Der Sage nach legte er in einem fruchtbaren Tal am flachen Ufer des Flusses Coln eine Marschpause ein, an eben jener Stelle, wo die saftig grünen Wiesen das Heideland begrüßen. Er schirrte den Ochsen ab, entlud den Karren und setzte zum ersten von unzähligen tiefen Spatenstichen in die ertragreiche Erde an, womit er seinen Aufstieg in die blaublütigen Sphären des Landadels besiegeln sollte.

Wie ein einfacher Angelsachse zu solch einem Prachtstück von Grund und Boden kam – ob durch rechtschaffene Arbeit, gewiefte Betrügerei oder den cleveren Schachzug einer Vermählung –, entzieht sich unserer Kenntnis. Fest steht hingegen, dass seine Nachkommen in den darauf folgenden Jahrhunderten ausgesprochen hart arbeiteten, um solide Cottages, schmucke Dörfer und ansehnliche »Wollkirchen« zu errichten, die deshalb so hießen, weil alles, von den Grundpfeilern bis zu den Kerzenleuchtern, mit der gängigen Währung der Cotswolds bezahlt worden war: mit Schafen.

Sechs Jahrhunderte später – lange nachdem die Campdens aus unerklärlichen Gründen das *p* in ihrem Namen verloren hatten – erblickte wieder ein ehrsüchtiger John Camden das Licht der Welt. Mit den Erträgen aus dem florierenden Wollhandel ließ er ein vornehmes Herrenhaus unweit jener Stelle errichten, an der sein Vorfahr der Legende nach den ersten schicksalhaften Spatenstich gesetzt haben soll. Es befand sich auf einer Anhöhe und war aus dem honigbraun schimmernden Gestein erbaut, das für jene Zeit in der Region so typisch war. Das Haus bestach vor allem durch seine Ebenmäßigkeit und seine großzügigen Räumlichkeiten, und ohne Widerstand zollten die Dorfbewohner Chalcote Court und seinen Besitzern bedingungslosen Respekt. Der Prachtbau mit seinen vielen Erkerfenstern, Zinnen und steilen Dächern stellte die nach dem Erzengel benannte Dorfkirche St. Michael's sprichwörtlich in den Schatten. Chalcote Court war die pure Verkörperung des Reichtums, der Macht und des Einflusses, welche sich diese strebsame Familie so hart erarbeitet hatte.

Unglücklicherweise standen jedoch weder die Zeichen der Zeit noch das Rad der Geschichte auf Seiten der Familie. Als rund zwei Jahrhunderte später abermals ein John Camden auf dem Anwesen geboren wurde, läutete er unwissentlich eine Ära größter Unsicherheit ein. Zwar mangelte es den Camdens nicht an Geld, doch die elenden Jahre der Syphilis, der Pest und der Bürgerunruhen führten zur jähen Ausdünnung des Familienstammbaums. Der jüngste Spross nun war ein wahrhaft unglückseliger Kerl, der knapp vier Jahrzehnte lang mit beinahe ebenso vielen Gemahlinnen erfolglos versucht hatte, einen männlichen Erben für seine vom Aussterben bedrohte Dynastie zu zeugen. Just in dem Moment, als er mit letzter Kraft zum finalen Stoß seines leiblichen Schwertes ansetzte, erlitt er einen Herzanfall und erwachte erst wieder zwei Tage später in seinem majestätischen Schlafgemach, das von einem prächtigen Tonnengewölbe gekrönt wurde. Als er die Augen aufschlug, fiel sein Blick in die Gesichter seiner Zwillingstöchter. Alice stand zu seiner Rechten, Agnes zu seiner Linken. Beide hatten sich in Sorge um den Vater derart weit über die Liegestätte gebeugt – von der er wusste, dass es sich um sein Sterbebett handelte –, dass ihre weichen, bauschigen Haarprachten schier miteinander verschmolzen. Geschwächt und ein wenig desorientiert fürchtete er, die haarige Fülle könnte ihn ersticken, weshalb er unvermittelt die Arme in die Höhe riss. Da seine Töchter recht gefügige junge Frauenzimmer waren, erschraken sie gehörig und wichen sogleich zurück. Das Unglück wollte es jedoch, dass Alices Haarspange sich in Agnes' Lockenpracht verfing, und es dauerte eine geraume Weile, ehe sich die beiden jungen Evastöchter voneinander lösen konnten.

Während der alte Mann so dalag und dem haarigen Gerangel mit stummem Staunen folgte, kam er zu der Überzeugung, Gott müsse ihm ein Zeichen geschickt haben. Mit seiner verbliebenen Kraft schickte er umgehend nach seinem Anwalt in Oxford, den er ein verworrenes Testament aufsetzen ließ, welches seinem gewaltigen Erbe eine klaffende Wunde zufügen sollte. Die Familienbesitztümer, welche seit nunmehr acht Jahrhunderten von der Familie mit Stolz zusammengehalten und an die Nachkommenschaft weitergegeben worden waren, wurden in zwei Teile gespalten. Alice, die eine Viertelstunde älter war als ihre Schwester, fiel das Land zu, auf dem auch das Herrenhaus errichtet worden war. Der entlegene Teil der Ländereien ging an Agnes, die weniger durch Schönheit als durch Besonnenheit bestach. John Camdens letzter Wille präsentierte sich wahrlich befremdlich, denn er wollte, dass die Nachkommen seiner Töchter einmal heiraten und so die Familiengüter wieder vereinen sollten. Aber – und dies war für ihn von allergrößter Bedeutung – das Land müsse unter allen Umständen im Familienbesitz bleiben. Sollte diese Auflage missachtet werden, schwor er, so würde er als Gespenst nach Chalcote Court zurückkehren, um sein Unwesen zu treiben.

Es dauerte nicht lange, bis Alice nach dem Ableben ihres Vaters zur Tat schritt. Schon kurz nach ihrem Debüt in der Londoner Gesellschaft verliebte sie sich unsterblich in den eingangs erwähnten Randolph Rutledge, der seinerzeit als attraktivster, aber zugleich lasterhaftester Bursche Englands verschrien war. Doch die gute Alice war zu reich, naiv und verliebt, um den unzähligen Warnungen, die ihr zugetragen wurden, Gehör zu schenken.

Die Hochzeitsglocken waren kaum verklungen, da hatte Randolph Rutledge bereits erfolgreich damit begonnen, den Ertrag von acht Jahrhunderten harter Arbeit zu verschleudern. Als Jahre später aus jenem schrecklichen Irrtum einer Ehe drei Sprösslinge hervorgegangen waren, war von den einstigen Ländereien nicht mehr viel übrig, das hätte vereint werden können. Glücklicherweise bewahrheitete sich John Camdens Drohung nicht und sein Geist ward nirgends gesehen.

Alices Schwester Agnes hingegen schlug einen solideren Lebensweg ein. Sie vermählte sich mit einem gut situierten Jüngling und ließ sich auf ihrem Teil der Ländereien ein Domizil errichten, das mehr Ähnlichkeit mit einem Schloss als einem Herrenhaus hatte. Da Agnes aber noch immer nicht verwinden konnte, dass Alice das Elternhaus zugefallen war, strafte sie sowohl ihren vermaledeiten Schwager als auch ihre eigene Schwester, die von unsäglichem Kummer und Leid geplagt wurde, mit Verachtung und Desinteresse.

»Wir können diesen verfluchten Kasten also nicht einmal verhökern«, fuhr Randolph eines verregneten Nachmittags seine Gemahlin an, während er mit zusammengekniffenen Augen durch das Fenster des Salons hinaus in den Vorhof von Chalcote Court starrte. »Niemand, der auch nur einen Funken Verstand besitzt, wohnt gern in einem solch trostlosen und feuchten Loch.«

Alice ließ langsam den Kopf gegen die Lehne des Diwans sinken. »Aber wir haben nun einmal Frühling«, entgegnete sie, während sie den Säugling, den sie bis vor wenigen Momenten gestillt hatte, behutsam zudeckte. »Cam meint gar, wir sollten für den Frühlingsregen dankbar sein. Du weißt genau, dass wir Chalcote Court weder verkaufen noch verpachten können, so lautet nun mal Papas letzter Wille. Außerdem wusstest du bereits vor unserer Vermählung, dass Cam eines Tages alles erben würde.«

»Bleib mir bloß mit deinem Eines-Tages-Gefasel vom Leib«, entgegnete Randolph unwirsch und ließ sich in einen ledernen Ohrensessel fallen. »Dein kleiner, ach so perfekter Prinzensohn wird noch früh genug erben, fürchte ich. Ich stehe nämlich kurz vor dem Langeweiletod.«

Alice blickte ihn aus erschöpften Augen an. »Wie wäre es, wenn du ein wenig mehr Zeit mit Cam oder Catherine verbrächtest?«, schlug sie vor und schaute hinüber zu ihren beiden älteren Kindern, die in einer Ecke des Salons an einem Backgammontisch saßen. Cam, ihr Erstgeborener, hatte seine langen Beine samt

Stiefeln unter dem Tisch ausgestreckt, während die Beine des Mädchens über den seinen baumelten. Um den Spieltisch herum stand gut ein Dutzend Kupfertöpfe, doch die beiden schien das nervtötende *Plöpp-Plöpp-Plöpp* der Regentropfen, die durch das undichte Dach über ihren Köpfen hinabfielen, nicht wahrzunehmen, so sehr waren sie in ihre Partie vertieft.

Schnaubend richtete Randolph abermals das Wort an seine Gattin. »Meine Teuerste, ich käme nicht im Traum auf die Idee, mich einzumischen«, knurrte er. »Der langweilige kleine Freisass da ist allein dein Werk, und ich bete zu Gott, dass er der Erlöser ist, für den du ihn hältst, denn diese jämmerliche Bruchbude bedarf wahrlich eines Erretters. Und was die Göre betrifft: Sie ist zwar ein betörendes kleines Ding, aber ...«

Sie ist eben nur ein Mädchen.

Die verächtlichen Worte hingen unausgesprochen in der Luft. Alice Rutledge seufzte und schloss die Augen, unfähig, sich gegen die überwältigende Müdigkeit zur Wehr zu setzen, die sie seit der Geburt ihres dritten Kindes regelmäßig befiel. Sie musste eine Weile gedöst haben und erwachte erst wieder durch das Gezappel und Gequengel des Säuglings. Ihre Brüste, so schien es, leerten sich immer viel zu rasch, weshalb das arme Kind nie lange ruhig war.

»Du gieriger kleiner Schlingel«, hörte sie Randolph glucksen. »Bekommst wohl nie genug, mein Kleiner, was? Tja, so sind sie nun mal, die Weiber.«

Alice musste sich zwingen, die Augen zu öffnen. Sie sah, dass ihr Gemahl sich tief über den Diwan gebeugt und seine Hände nach dem Säugling ausgestreckt hatte. Wie so oft fehlte ihr die nötige Kraft, sich ihm zu widersetzen. Sie ließ ihn also wieder einmal gegen ihren ausdrücklichen Willen gewähren. Mit rudernden Armen begab sich der Säugling in die Obhut seines Vaters. Es dauerte nicht lange, da hatte Randolph das Baby besänftigt, indem er es auf den Knien schaukelte und ihm ein unzüchtiges Trinklied vorträllerte.

Kraftlos richtete Alice sich auf, als wollte sie das Kind wieder an sich nehmen. »Hör sofort auf damit, Randolph!«, ersuchte sie ihn. »Was du machst, ist anstößig, und ich lasse nicht zu, dass er bereits jetzt mit deiner widerwärtigen Lebensweise in Berührung kommt.«

Randolph, das freudestrahlende Kind noch immer auf den Knien, warf ihr einen kalten und erbosten Blick zu. »Ach, halt den Mund, Alice«, herrschte er sie an. »Der Kleine gehört mir, hast du verstanden? Den Chorknaben und die Göre hast du bereits versaut, aber der Kleine hier ... Ha, sieh dir nur mal seine Augen an! Und sein Lächeln! Bei Gott, dieses Prachtexemplar von Säugling hat sowohl mein Gemüt als auch meinen Appetit geerbt.«

»Ich kann nur beten, dass dem nicht so ist«, erwiderte Alice, woraufhin Randolph den Kopf in den Nacken warf und schallend loslachte. »O törichte kleine Alice, du tätest besser daran, ihn mir kampflos zu überlassen. Du hast dich bei den anderen beiden Blagen durchgesetzt, aber dieser pausbäckige Wonneproppen trägt meinen Namen und schlägt eindeutig nach mir. Ich werde mit ihm machen, wonach mir der Sinn steht, basta.« Mit einem geringschätzigen Blick taxierte er seine Gemahlin von Kopf bis Fuß. »Und außerdem, meine Teuerste«, fügte er übertrieben beschwingt hinzu, »glaube ich kaum, dass du noch über die nötigen Kraftreserven verfügst, um mich aufzuhalten.«

Alice ließ ihre Arme, die ins Leere gegriffen hatten, wieder sinken. Ihr war, als wäre ihr ganzes Leben von eben dieser Leere geprägt. Das einzig Gute, das ihr Erdendasein gebracht hatte, waren ihre drei Kinder Camden, Catherine und der Kleine. Doch Randolph hatte Recht. Zur Hölle mit ihm, aber er hatte den Nagel auf den Kopf getroffen. Ihre Tage waren gezählt, das spürte sie mit beängstigender Sicherheit. Was dann, lieber Gott? Was würde werden, wenn sie einmal nicht mehr war? Cam hatte sie zu strenger Selbstdisziplin erzogen, die dafür Sorge tragen würde, dass er immer das Richtige tat, und Catherine würde mit ihrem lieblichen Wesen und ihrer natürlichen Schönheit eines Tages einen guten

Ehemann für sich gewinnen können. Einen, der sie aus diesem Schlamassel fortholen würde. Aber ihr Nesthäkchen, ihr süßer, kleiner Bentley, was mochte aus ihm werden? Wie schon so oft wallten unbändige Trauer und Furcht in ihr auf und Alice vergoss einen schier endlosen Schwall heißer Tränen.

Kapitel 1

In welchem Mrs. Weydens Warnungen auf taube Ohren stoßen

»*Tout vient à celui qui sait attendre*«, murmelte Frederica d'Avillez wieder und wieder vor sich hin. So wie sie es sagte, klang es jedoch vielmehr nach einem Fluch als nach einem Sprichwort. Sie vermutete, dass diese Worte, die unablässig in ihrem Kopf widerhallten und die sie beinahe um den Verstand brachten, aus einer längst vergessenen Französischstunde stammten. *Der Geduldige bekommt am Ende alles.* Welch ein schwachsinniger Spruch! Und eine unverschämte Lüge obendrein!

Von der Stalltüre aus blickte Frederica einen Moment lang verdrossen in die Nacht, ehe sie die Schultern zurücknahm und auf die terrassenförmig angelegte Gartenanlage zumarschierte. Während sie lief, drosch sie unablässig mit der Reitgerte auf ihre Oberschenkel. Der dumpfe körperliche Schmerz half ihr, die Tränen in Schach zu halten – ähnlich, wie dieses dumme Sprichwort ihr über die letzten Wochen ihrer desaströsen Debütsaison in London hinweggeholfen hatte. Die Worte hatten ihr Hoffnung und Halt gegeben und ihr selbst hier im heimischen Essex Kraft verliehen, während sie sehnsüchtig Johnnys Rückkehr entgegengefiebert hatte.

Doch was hatte ihr die Geduld letzten Endes gebracht? Nichts! Sie hätte besser daran getan, mit Zoë und den Kleinen nach Schottland zu reisen. Stattdessen saß sie hier mit Tante Winnie und dem Mannsvolk fest – und zu allem Überdruss war es mit ihr und Johnny nun unwiderruflich vorbei.

Mit einer unwirschen Geste schob sie den Zweig einer Hemlocktanne beiseite und setzte ihren Weg im hellen Mondlicht fort. Ihre Reitstiefel gruben sich tief in den Kies des Weges. Hier an der untersten Gartenterrasse durfte sich die Natur verhältnismäßig frei entfalten, was zu recht dichtem Bewuchs geführt hatte. Frederica sah, dass auf dem höchsten Plateau, unmittelbar am Haus, jemand eine flackernde Öllampe neben der Hintertüre hatte hängen lassen. Unter normalen Umständen hätte Frederica diese Geste als einladend empfunden – nicht so heute.

Die Nacht war kühl, wenn auch nicht feucht, und in der Luft lag der schwere Duft nach umgegrabener Erde. Frederica atmete einige Male tief durch, um sich zu beruhigen, doch ehe sie sich versah, kam das Gefühl der Verzweiflung wieder in ihr hoch, bemächtigte sich ihrer Lungen und wollte ihr ein Schluchzen entlocken. Doch Frederica schluckte die Regung tapfer hinunter und setzte unbeirrt ihren Weg fort. Wut war das einzig angemessene Gefühl für ihre gegenwärtige Situation. Und sie *war* wütend. Über die Maße wütend.

Sie war vergebens aus London abgereist, war einem gewaltigen Irrtum aufgesessen, wie sie schmerzhaft hatte erkennen müssen. Ungeachtet seiner zahllosen, flehenden Bitten und glühenden Blicke hatte Johnny Ellows sie verstoßen. Er hatte nie wirklich vorgehabt, sie zur Gemahlin zu nehmen.

Unvermittelt blieb Frederica stehen. Kaum nahm sie die Stufen wahr, die im Mondlicht vor ihr aufragten. Wie konnte sie sich nur so geirrt haben? Wie hatte sie nur so hirnlos sein können?

Weil sie nichts weiter als ein kleines dummes Mädchen war, darum!

Die Wahrheit schmerzte, nicht wahr? Zu Hause war es letztlich nicht anders als in der Stadt – mit dem winzigen Unterschied, dass sie alles und jeden hier kannte. Selbst der Landadel fand immerzu Gründe, um auf sie herabzublicken. Frederica überkam das Gefühl, hier im bodenständigen Essex ebenso fehl am Platze zu sein wie in der großen Stadt.

Etwas in ihrem Inneren schnappte ein, und abermals erwachte ihre Reitgerte zum Leben. Sie holte zu einem kräftigen Schlag aus, der den nächstbesten Zweig eines immergrünen Baums traf. Unzählige Nadeln wurden weit in die Nacht hinausgeschleudert. Frederica genoss es, ihrer Wut freien Lauf zu lassen. Sie war es satt, sich immer nett und höflich und so verdammt ... *beherrscht* zu geben.

Wieder und wieder drosch sie auf die Vegetation rechts und links des Weges ein, während sie strammen Schrittes weiterging.

»Er liebt mich nicht!«, zischte sie und schlug auf einen Wacholder ein. »Nicht! Nicht! Und noch mal nicht!« Eine Reihe kahler Forsythien fiel ihrer Reitgerte zum Opfer. Trockene Äste barsten, Splitter wirbelten umher. Sie machte auch vor den Eibenästen nicht Halt und schickte sie weit in die Nacht hinaus. Der Geruch nach gebrochenen Zweigen verfolgte Frederica auf dem Weg nach oben. Sie war vollkommen außer sich, prügelte auf alles ein, was vom Mondlicht beschienen wurde und in Reichweite wuchs. Heiße Tränen brannten ihr in den Augen. *O Johnny!* Sie hatte gedacht ... er hatte gesagt ...

Nichts als unverfrorene Lügen.

Im Wonnemonat Mai würde er seine Cousine vor den Altar führen. Auf Anordnung seines werten Herrn Papa, wie er ihr hatte weismachen wollen, und ihr im selben Atemzug gestanden, sein Herz hätte immer nur für sie geschlagen, doch dass er sich es schlichtweg nicht leisten konnte, enterbt zu werden, weil er die Ländereien und das schmucke Herrenhaus nicht verlieren wollte.

Zwar hatte Frederica es nicht versäumt, ihn augenblicklich an ihre stattliche Mitgift zu erinnern, doch vergebens. War seine Cousine trotzdem die bessere Partie? Nur der Kloß in ihrem Hals hatte sie davon abgehalten, ihn zu fragen. Ehe Frederica sich versah, hatte er ihre Hand ein allerletztes Mal an seine Lippen geführt, bevor er für immer aus ihrem Leben entschwunden war.

Frederica war aber auch all das Ungesagte nicht entgangen: dass ihr Blut nicht blau oder englisch genug war, dass sie ungeachtet der Titel, Reichtümer und des Einflusses ihrer Verwandtschaft nur ein Bastard war – ein verwaister fremdländischer Bastard; das Schlimmste, was ein Mensch in England sein konnte. So zumindest erschien es Frederica in dieser Nacht.

Sie war beinahe auf der obersten Terrasse angekommen, welche von Buchsbäumen und einer Steinmauer eingefasst wurde. Die Lampe am Hintereingang schaukelte bedächtig an ihrem Haken und ergoss ihr fahles gelbes Licht über die ebenmäßigen Steinplatten. Frederica holte ein weiteres Mal aus und hieb auf einen Buchsbaum ein.

»Herrgott im Himmel!«, ertönte plötzlich eine raue Männerstimme.

Frederica machte vor Schreck einen Satz zurück und presste sich die Hand vor den Mund.

Eine breite dunkle Gestalt, die hektisch am Verschluss ihrer Hose nestelte, trat hinter einem der Buchsbäume hervor. »Zur Hölle noch mal, Freddie!«, nuschelte der Fremde ungehalten an dem glimmenden Zigarrenstummel vorbei, den er zwischen den Lippen eingeklemmt hielt. »Du hast es echt raus, einem Mann 'nen Infarkt zu bescheren!«

Frederica klopfte das Herz bis zum Hals, als sie sich vorsichtig nach vorne beugte, um in den Halbschatten zu spähen. Während der Unbekannte noch immer mit den Beinkleidern kämpfte, blitzte sein goldener Siegelring im Mondschein auf. Jetzt wusste Frederica, wen sie vor sich hatte. »Gütiger Gott!«, stieß sie erleichtert aus. »Bentley Rutledge! Was in Gottes Namen machst du denn hier?«

Bentley lachte lauthals auf, während er den Sieg über den letzten Hosenknopf davontrug. »Wonach sieht es denn aus, liebste Freddie?« Er nahm den glimmenden Stumpen aus dem Mund und lehnte sich lässig mit der Hüfte gegen die Mauer. »Wär echt nett, wenn du mich das nächste Mal vorwarnen könntest.«

»Herrje, Bentley! Hat Tess dir denn keinen Nachttopf unters Bett gestellt?« Nachdem Frederica den ersten Schreck überwunden hatte, empfand sie die Situation in keinster Weise mehr als unangenehm. Schließlich kannten Bentley und sie sich seit einer halben Ewigkeit. Er war der beste Gefährte ihres Cousins Gus und ein gern gesehener Gast auf dem Chatham-Anwesen, das oft Besucher beherbergte. Wenngleich Tante Winnie nicht müde wurde, ihn einen unverbesserlichen Windhund zu schimpfen, tat sie dies doch nie ohne ein Augenzwinkern.

Während Frederica ihn von Kopf bis Fuß musterte, fielen ihr unwillkürlich noch weitere Dinge ein, die Winnie über ihn gesagt hatte und die eigentlich nicht für die Ohren einer Jungfrau bestimmt waren. Doch der Zufall hatte es gewollt, dass Frederica sich in Hörweite befunden hatte. Nicht eine Sekunde hatte sie an Winnies Ausführungen über Bentleys Fähigkeiten gezweifelt.

Bentley Rutledge war ein hoch gewachsener und blendend aussehender Teufelskerl mit entwaffnend braunen Augen, einem verführerischen Grinsen und dichtem dunklem Haar, das er stets eine Nuance zu lang trug. In Fredericas Augen wurde er mit jedem Jahr attraktiver. Und stattlicher. Und maskuliner.

Plötzlich war ihr wieder die Szene gegenwärtig, die sich letztes Jahr, am zweiten Weihnachtstag, abgespielt hatte: Frederica stand gerade unter dem Mistelzweig, als Rutledge sie sich schnappte. Seine großen, kräftigen Hände umfassten ihre Taille, und mühelos hob er sie empor und gab ihr einen Kuss – mitten auf den Mund. Was im Grunde nicht viel zu bedeuten hatte, denn ein jedes Jahr zu den Feiertagen schnappte Rutledge sich die Damen des Hauses und küsste sie – egal, ob Tante Winnie, Cousine Evie oder Zoë, die zu küssen sich sonst niemand traute, weil sie – obgleich unehelich – die Tochter des einflussreichen Lord Rannoch war. Doch im vergangenen Jahr hatte Bentley Frederica in einem Moment aufgelauert, als niemand außer ihnen zugegen war. Zuerst verabreichte er ihr den üblichen Freundschaftskuss, doch danach trug sich etwas höchst Seltsames zu. Bentley hielt kurz inne, und dann wurde sein Kuss sanfter. Frederica meinte gar, dass sich sein Mund leicht öffnete, ehe er sie, ohne den Blick von ihr abzuwenden, wieder zu Boden ließ. Ausgesprochen dicht glitt sie an seinem stählernen Körper hinunter, und als Frederica wieder auf eigenen Füßen stand, war ihr heiß und kalt zugleich. Noch im selben Moment aber wandte Bentley sich ab. Danach küsste er keine der Damen mehr unter dem Mistelzweig.

Wie eigenartig, dass sie ausgerechnet jetzt an jene Begegnung zurückdenken musste, wo sie doch mitten in den Wirrungen einer Tragödie steckte. Wie aufs Stichwort meldete sich ihre Trauer über Johnny zurück. »Tut mir Leid, wenn ich dich erschreckt habe, Rutledge«, entschuldigte sie sich und spielte verlegen mit der Reitgerte. »Es ist bereits weit nach Mitternacht ... Solltest du nicht längst in den Federn liegen?«

»*Ich*?« Im hellen Mondlicht konnte sie seine großen und strahlend weißen Zähne erkennen, die stets zum Vorschein kamen, wenn er lächelte – was er im Übrigen immer tat, wenn sie einander begegneten. »Wie steht es mit dir, meine Holde? Wieso schleichst du zu solch später Stunde noch von den Stallungen herauf? Wer ist denn der Glückliche, wenn ich fragen darf?«

Frederica stockte der Atem. »Das geht dich einen feuchten Kehricht an!«, zischte sie.

Bentley stieß sich von der Mauer ab und kam leicht schwankend zum Stehen. »Aber Freddie!«, raunte er und zertrat den Zigarrenstummel mit dem Stiefelabsatz. »Es geht um den jungen Ellows, hab ich Recht? Diese Cambridge-Schnösel haben aber auch immer Glück!«

Schnell und tief, wie ein Dolch, bohrten sich seine Worte in Fredericas Herz. Um nicht die Balance zu verlieren, stützte sie sich mit der Hand auf dem steinernen Treppenpfosten ab. »Wieso musst du mich eigentlich ständig ärgern, Rudledge?«, ging sie in die Offensive, wobei sie Mühe hatte, gegen ihre aufsteigenden Tränen anzukämpfen. »Verrat mir lieber, warum du immer ausgerechnet dann bei uns auftauchst, wenn dir ein neuerlicher Skandal ins Haus steht und du wieder einmal vor einem geprellten Ehemann flüchtest? Und dann hätte ich gerne gewusst, warum *du* um diese Zeit noch durch den Garten streunst?«

Rutledge hob eine Augenbraue und schritt lässig auf sie zu. »Ich wollte einfach nur in Ruhe eine Zigarre rauchen, Freddie«, erklärte er ihr freundlich. »Deine werten Cousins und ich sind erst spät vom *Wrotham Arms* zurückgekehrt, wo wir ein paar gehoben haben, das ist alles. Gus schlug vor, noch eine kleine Verschnaufpause an der frischen Luft einzulegen, weil es für Michael das Beste wäre. Während wir hier plaudern, verfrachten Theo und er ihn gerade ins Bett. Der arme Kerl wird morgen schwer für seine Sünden büßen müssen, darauf kannst du wetten.«

Mit raschelnden Röcken ging Frederica an ihm vorbei. »Seine Sünden?«, wiederholte sie, während sie Rücken an Rücken standen. »Ihr anderen habt natürlich eine Seele, die so rein wie frisch gefallener Schnee ist, nehme ich an?«

»Ruhig Blut, liebste Freddie!« Mit einem Lachen vollführte Bentley eine halbe Drehung und legte ihr eine Hand auf die Schulter, um sie zu sich zu drehen. »Was zum Teufel ist eigentlich los mit dir?«

Doch ein Blick in ihre Augen genügte, und das freche Glitzern in Bentleys Augen war restlos verschwunden. »Freddie, so sag doch etwas. Was ist mit dir?«, wiederholte er. Seine Hand wog schwer auf ihrer Schulter, während er mit der anderen ihr Kinn umfasste und mit der Daumenkuppe eine Träne fortwischte. »Du weinst ja. Aber warum nur? Wer hat dir etwas angetan? Verrat mir seinen Namen, Freddie, und ich schwöre beim Herrn, dass der Bursche noch vor Sonnenaufgang mausetot sein wird.«

Frederica gab einen Laut von sich, der irgendwo zwischen Lachen und Seufzen angesiedelt war. Wenn sie ihn ernsthaft darum bäte, würde er Johnny für sie beseitigen – oder ihn zumindest windelweich prügeln, daran zweifelte sie nicht. Sogleich fing sie bitterlich an zu weinen.

Mit einem tiefen Seufzer ergriff Rutledge ihre Hand und zog sie etwas zu ungestüm zu sich heran, sodass ihr Hut zu Boden segelte. »Alles wird gut, Freddie, so beruhige dich doch«, flüsterte er sanft und legte ihr seinen muskulösen Arm um die schlanke Taille. »Bitte weine nicht, Kleines. Bitte nicht. Es tut mir schrecklich Leid, dass ich dich eben auf die Schippe genommen habe, das war nicht rechtens von mir. Aber bitte, bitte weine nicht mehr.«

Doch Bentley Rutledges Einfühlungsvermögen machte die

Situation nur noch schlimmer. Oder besser? Frederica war jetzt vollkommen verwirrt, und ehe sie darüber nachdenken konnte, was sie tat, hatte sie ihm laut schluchzend die Arme um den Hals geschlungen. Zur Beruhigung legte er ihr seine Hand auf den Rücken, die sich seltsam schwer und kräftig anfühlte, und streichelte sie sanft. Ja, ein wenig körperliche Zuwendung war genau das, was sie dringend nötig hatte. Es war ihr einerlei, dass sie ausgerechnet in den Armen des schlimmsten Filous weit und breit Trost suchte. Diesen Lebemann musste man einfach gern haben. Solange Frederica sich entsinnen konnte, hatte sie sich in seiner Gegenwart immer ausgesprochen wohl gefühlt. Er war nie arrogant oder unterkühlt und gab sich nicht so furchtbar steif. Er war einfach ... Bentley.

Er tätschelte ihre Schulter. »Alles wird gut, meine Kleine.«

»O Bentley, mir ist hundeelend zumute«, wimmerte sie und gestattete sich, das Gesicht im Revers seines Gehrocks zu vergraben, ehe sie aufs Neue herzzerreißend aufschluchzte. Sie hatte sich so eng an ihn geschmiegt, dass ihr sein Geruch, eine Mischung aus Pferd, Zigarre und eindeutig zu viel Brandy, in die Nase stieg. Wie stark und männlich er sich anfühlte! Aber war ihr Platz nicht eigentlich in Johnnys Armen? Sogleich bohrte sich die Trauer über ihre verlorene Liebe noch tiefer in ihr Herz. Frederica holte tief Luft, ehe ein weiterer Schluchzer ihren zierlichen Körper erschütterte. Behutsam legte Bentley ihr sein Kinn auf den Kopf und umschloss sie fester. »Jetzt aber raus mit der Sprache, was ist eigentlich passiert, Freddie?«, wisperte er und hauchte ihr einen Kuss aufs dunkle Haar. »Hat dir jemand wehgetan? Wer war es? Dem guten alten Bentley kannst du alles sagen.«

Frederica wusste, dass sie ihm bedingungslos vertrauen konnte, und glaubte den Grund dafür in der Tatsache zu erkennen, dass auch er hinlänglich den üblen Launen des Lebens ausgesetzt gewesen war. Er konnte schweigen wie ein Grab, das wusste sie. »Es ... es geht ... wirklich um Johnny Ellows«, presste sie schluchzend hervor. »Er ... er wi-will mich nun do-doch n-nicht hei-hei-heiraten.«

Frederica konnte deutlich spüren, wie sich seine Hand in ihren Rücken grub. »Zum Teufel!«, fluchte er leise. »Dieser falsche Hund! Seitdem du mehr Frau als Kind bist, ist er nicht mehr von deiner Seite wegzudenken.«

»Ich weiß«, weinte sie leise in seinen Gehrock. »Doch sein Vater hat befohlen, dass er seine Cousine hei-heiratet!«

»Von wegen *befohlen*. Sein Vater ist nichts weiter als ein aufgeblasener Tugendbold!« Blanker Hohn rumorte in Rutledges breiter Brust. »Ellows verdient dich nicht! Kein bisschen. Der Meinung waren Gus und ich schon immer. Jetzt wissen wir obendrein, dass er ein feiger Schlappschwanz ist.«

»Was genau meinst du damit?«, fragte sie, noch immer schniefend.

»Ach Freddie! Nur ein Narr würde nicht um eine holde Maid wie dich kämpfen«, erklärte er ihr und strich ihr zärtlich über den Kopf. »Ich an seiner Stelle würde bis zum letzten Blutstropfen um dich ... Aber egal. Wenn Johnny Ellows lieber den Schwanz einzieht, statt ... verdammt! Entschuldige bitte, Freddie. Was ich eigentlich sagen wollte: Wenn er ein solcher Feigling ist, hat er dich beim besten Willen nicht verdient!«

Frederica schüttelte ungestüm den Kopf. »Mich will doch ohnehin keiner«, flüsterte sie mit dünner Stimme. »Niemand wird mich jemals haben wollen. Davon bin ich mehr als überzeugt. Ich habe die komplette Saison in London verbracht, aber nicht einen einzigen Heiratsantrag erhalten. Sämtliche Junggesellen scheinen sich gegen mich verschworen zu haben, denken, ich wäre ihrer nicht wert, weil ich nicht ehelich geboren bin. Deshalb bin ja jetzt auch wieder hier. Weil ich eigentlich mit J-J-Johnny vor d-d-den Altar treten wollte. Aber selbst er zeigt mir nun die kalte Schulter! Das Schicksal will, dass ich als alte verschrumpelte Jungfer sterbe.«

Frederica spürte, wie Rutledge den Kopf schüttelte. »Jetzt ist aber Schluss, Freddie.« Das war unmissverständlich ein Befehl.

»Dein Cousin Gus spricht noch heute davon, dass du das hübscheste aller Mädchen in London warst. Vielleicht ahnten diese Stadttölpel ja, dass du bereits vergeben warst. Oder haben sich von deinem Vormund Lord Rannoch einschüchtern lassen.«

»Lass Elliot aus dem Spiel, er hat damit nichts zu tun!«, schluchzte Frederica. »Es liegt einzig an mei-meiner Mutter. Keine Frau kann derart durch ihren äußerlichen Liebreiz bestechen, als dass die Männerwelt über den Makel ihrer Geburt hinwegsehen könnte.«

»Ausgemachter Humbug!« Rutledges Stimme klang eigenartig erstickt. »Du bist von bezaubernder Schönheit, die mühelos jegliches noch so große Hindernis schrumpfen lässt. Und glaube mir, Kleines, ich bin so anspruchsvoll, wie ein Mann nur sein kann.«

Frederica warf den Kopf in den Nacken und blickte zu ihm empor. Doch noch im selben Augenblick bereute sie es, denn was sie sah, verschlug ihr den Atem. Sein Grinsen war wie weggewischt, und seine haselnussbraunen Augen hatten samtweiche Züge angenommen – just wie damals unter dem Mistelzweig.

Ein nicht enden wollender Moment verstrich. Später war Frederica sich nicht mehr sicher, warum sie es tat, aber sie stellte sich auf die Zehenspitzen und drückte ihre Brüste fest an seinen Oberkörper. Während sie das machte, wanderten ihre Gedanken zu Johnny, oder besser gesagt zu der Tatsache, dass sie sich regelrecht an ihn verschwendet hatte. Sie zählte fast neunzehn Lenze und war mehr als bereit, sich dem Leben zu stellen – mit sämtlichen Facetten, Höhen und Tiefen, die es zu bieten hatte.

Vielleicht lag Bentley gar nicht so falsch, wenn er sagte, Johnny hätte sie nicht verdient. Ein kleiner, niederträchtiger Teil in ihr wollte sogar, dass er für das, was er ihr angetan hatte, büßte, und sie spielte noch einmal mit dem Gedanken, Bentley darum zu bitten, ihm die Beine zu brechen. Doch schon im nächsten Augenblick wurde dieser Wunsch verdrängt von der Erinnerung daran, wie sich Bentleys Hände und Mund an Weihnachten angefühlt hatten.

»Bentley?« Ihre Stimme klang plötzlich seltsam heiser. »Erinnerst du dich noch an vergangene Weihnachten?«

Bentley hüllte sich einen Augenblick lang in Schweigen. »Schon möglich. Warum?«

»Ich meine, als du mich ... geküsst hast. Am zweiten Weihnachtsfeiertag.«

Er atmete tief und langsam ein. »Dunkel, ja.«

»Wie soll ich sagen ... das war sehr schön«, gestand sie ihm. »Und ich frage mich, ob du ... ob du es nicht noch einmal tun möchtest.«

Eine lange, lähmende Stille trat ein. »Keine so gute Idee, Freddie«, murmelte er schließlich.

Bentleys Widerstand stachelte Frederica nur noch mehr an. »Warum denn nicht? Ich dachte ... nun, ich hatte den Eindruck, dass es dir auch ein klitzekleines bisschen gefallen hat.«

»Oh, das hat es.«

»Dann tu es noch einmal, Bentley! Bitte!«

»Herrgott, Freddie!«, rief er mit erstickter Stimme aus, ehe er sich mit einem sanften, kehligen Laut zu ihr herabbeugte und sein Mund dicht über dem ihren schwebte.

In Zukunft überlegst du dir genau, wo du pinkeln gehst, ermahnte er sich noch. Und das war wohl sein vorerst letzter klarer Gedanke, ehe sich ihre Lippen zu einem Kuss vereinten. Trotz seines merklich benebelten Verstandes war Bentley geistesgegenwärtig genug, sie so zärtlich wie möglich zu küssen. Nur zu deutlich spürte er ihren tiefen Schmerz und ihre bodenlose Verwirrung, als sie sich ihm mit einem atemlosen Keuchen hingab. Freddie küsste, wie nur willige Jungfrauen es taten – unsicher, aber hinreißend. Ausgesprochen hinreißend sogar. Alles, was er tun musste, so sagte er sich, war, ihr das Gefühl zu geben, sie wäre begehrenswert.

Aber genau da lag verdammt noch mal das größte Problem. Er musste ihr erst gar nicht vorgaukeln, sie wäre begehrenswert, denn sie war es allemal. Und mit ihrem honigfarbenen Teint und dem schweren pechschwarzen Haar betörend hübsch dazu, was ihm schon vor geraumer Zeit aufgefallen war und ihm seither viele unkeusche Gedanken beschert hatte. Zum Schutz seiner Selbst war er eines Tages dazu übergegangen, sie wie eine kleine Schwester zu behandeln – geschwisterliche Fopperei inbegriffen. Aber das war wohl kaum seine Schwester, die er da in den Armen hielt, oder?

Bentley wusste, dass es das Beste wäre, die Sache auf der Stelle zu beenden. Doch wie immer, wenn er unmittelbar davor stand, sich zu versündigen, entglitt ihm die Kontrolle. Hinzu kam, dass das, was er gerade erlebte, viel zu betörend war, als dass er es beenden wollte. Es war, als wären seine jahrelangen Fantasien endlich zum Leben erweckt worden. Wieder legte er ihr eine Hand auf den Rücken, um sie ganz eng an sich zu drücken, während seine Zunge abermals zwischen ihre samtenen Lippen glitt.

Freddie keuchte auf, und die kühle Luft, die dabei in seinen Mund drang, ernüchterte ihn so weit, dass ihm bewusst wurde, wie neu und ungewohnt diese Situation für sie sein musste. Doch nun schlang sie ihre Arme um seinen Hals und presste ihren hinreißenden Körper in ganz unmissverständlicher Weise an seinen – einer Einladung solcher Natur hatte er noch nie widerstehen können. Und es kam noch schlimmer. Heißblütig erwiderte sie seine Liebkosungen und ließ ihre Zunge um die seine streichen, wobei ein unbeschreiblich verführerisches Geräusch den Tiefen ihrer Kehle entstieg. Wäre sie doch nur still gewesen! Bentley sah die Chancen, dass sein keusches Stoßgebet erhört werden würde, dahinschwinden. Ohne diese koketten, gurrenden Töne hätte er vielleicht die Kraft aufgebracht, sich von ihr loszureißen und das Weite zu suchen, wie es der Anstand von ihm verlangte. Er sollte die Flucht ergreifen. Und ins Bett gehen. Alleine.

Doch Selbstdisziplin hatte noch nie zu Bentley Rutledges Stärken gezählt. Als Frederica mehr und mehr auf seinen Kuss einging, zog er ihr ungestüm den Kopf in den Nacken und bedeckte ihren Hals mit einem Meer von Küssen, ehe seine Lippen ihre Wangen und Augenbrauen liebkosten. Fredericas Keuchen wurde stärker, was Bentley zum Anlass nahm, auch den Rest ihres Körpers zu ergründen. Seine Finger glitten über ihren Rücken und ihre Taille hinunter zu den üppigen Rundungen ihres Hinterteils.

Bentley küsste sie, bis ihm der Kopf schwirrte und er in einem dunklen, betörenden Nebel zu versinken drohte. Freddie besaß eine kuriose Macht über ihn und seinen Körper, rief verborgene Sehnsüchte in ihm wach. Sehnsüchte, die ihm nicht geheuer waren und die er stets mittels seines exzessiven Lebensstils zu bekämpfen versuchte. Diese Macht musste von dem brodelnden Verlangen einer unberührten Frau herrühren, entschied er.

Doch als Bentley seine Hand unter ihr verführerisches Gesäß schob, als er sie an sich presste und sich ihr Atem weiter beschleunigte, sodass ihre zarten Nasenflügel vor Erregung erbebten, beschlich ihn die vage Ahnung, dass es viel schlimmer um ihn stand. Immerhin hatte er schon lange ein Auge auf sie geworfen.

O Gott! Gütiger Herr! Er sollte sich schämen; was er tat, war unfair. Frederica gegenüber, wie auch Gus. Er mochte bereits so manche schwer wiegende Sünde begangen haben, aber er war beiden stets ein guter und loyaler Freund gewesen.

Plötzlich löste Frederica sich aus dem Kuss. Bentley wusste nicht, wie ihm geschah.

»Bentley«, raunte sie, »findest du mich eigentlich anziehend? Begehrst du mich?«

Entgeistert blickte er sie an. »Mein Gott, Freddie! Du bist so anziehend, dass nicht viel fehlt und Rannoch muss mich im Morgengrauen für mein Benehmen zur Rechenschaft ziehen.«

Unsicher fuhr Frederica sich mit der Zunge über die Lippen. »Komm mit«, raunte sie dann voller Ungeduld. »Hier können wir unmöglich bleiben. Jemand könnte uns entdecken.«

Folgsam wie ein Lamm, das zur Schlachtbank geführt wird, nahm Bentley ihre ausgestreckte Hand und ließ sich die Stufen hinab in den Schatten der darunter gelegenen Gartenterrasse ziehen. O Gott, er hasste sich selbst! Was war es nur, das er so an ihr liebte und das seine Lenden lichterloh brennen ließ? Lag es an ihrem exotischen Gesicht? Oder an ihren bezaubernden Augenbrauen?

Ja, das war es, es waren diese ebenmäßigen und sanft geschwungenen Brauen, die ihn schon immer betört hatten. Bentley spürte, wie ihm mehr und mehr die Kontrolle entglitt.

Er versuchte sich weiszumachen, dass Freddies freizügiges Verhalten lediglich auf ihren gegenwärtigen Liebeskummer zurückzuführen war. Junge gekränkte Frauenzimmer benahmen sich nun einmal so, weshalb er für gewöhnlich auch einen weiten Bogen um Küken wie Frederica machte. Er bevorzugte erfahrene Damen, die wussten, dass der nächste Liebhaber, der sich gebührend um die Wunden ihres verletzten Stolzes kümmern würde, nicht lange auf sich warten ließe. Doch Freddie ahnte von alldem nichts, und es war seine Aufgabe, sie darüber aufzuklären.

Sie blieb stehen und schmiegte sich erneut an ihn. Obgleich seine Hände zitterten, legte Bentley sie fest auf ihre Schultern und schüttelte sie sacht, aber nachdrücklich. »Bitte nicht, Kleines. Bitte hör auf. Du darfst niemals mit einem Burschen wie mir in die dunkle Nacht entschwinden.«

Frederica blickte zu ihm auf, voller Unschuld und gleichzeitig so verführerisch. »Begehrst du mich etwa doch nicht?«

»Doch, und wie!« Mit Müh und Not hauchte er ihr einen brüderlichen Kuss auf die Nasenspitze. »Du hast ja keine Vorstellung davon, wie sehr ich mich nach dir verzehre. Aber ich flehe dich inständig an, gib mir einen Korb, Freddie. Geh. Ab mit dir ins Bett. Allein.«

Wortlos verflocht sie ihre Finger mit seinen und zerrte ihn mit einem kecken Lächeln auf eine schmiedeeiserne Bank. Die feucht glänzenden Lippen und der erwartungsvolle Blick verrieten, dass sie darauf brannte, erneut geküsst zu werden. Verdammt, sie war so unglaublich attraktiv. Immer wenn Bentley sie eine Weile nicht gesehen hatte, gelang es ihm, ihr liebreizendes Äußeres zu vergessen. Doch nun saß er neben ihr ...

»Nein«, flüsterte er.

»Doch«, raunte sie. »Jetzt. Bitte.«

Und so gehorchte Bentley. Mochte man ihn auch einen Schuft

und Schwerenöter nennen, aber sein Verlangen hatte längst die Oberhand gewonnen. Er küsste sie abermals, doch dieses Mal ließ er keine Zärtlichkeit erkennen. Er ging zur Sache, als wollte er sie durch sein schroffes Verhalten zur Vernunft bringen. Unsanft zwang er ihren Kopf in den Nacken und drängte sich ihr rücksichtslos entgegen. Zusätzlich verlagerte er sein Gewicht so, dass er sie zwischen sich und der Bank gefangen hielt, damit sie die Härte seiner erigierten Männlichkeit zu spüren bekam. Keuchend stieß er ihr die Zunge tief in den Mund, wieder und wieder, in einem Rhythmus, der nur zu deutlich verriet, was er eigentlich wollte. Wonach er mit aller Macht verlangte.

Als er sehr zu seinem Erstaunen merkte, dass Frederica sich ihm nicht widersetzte, löste er sich. »Stopp, Freddie!«, rief er mit rauer Stimme aus. »Was wir tun, hat nichts mehr mit einem weihnachtlichen Kuss zu tun. Nicht das Geringste. Wir müssen aufhören, ehe es zu spät ist.«

Statt einer Antwort schenkte sie ihm einen Blick, der unmissverständlich verriet, dass sie genau wusste, was sie wollte. Das kleine Mädchen von einst war spurlos verschwunden.

Mit einem Seufzen kostete er ein weiteres Mal die zarte Haut ihres Halses, bevor er ein Stück tiefer glitt. »Freddie, wenn du mich nur noch einmal berührst, so schwöre ich, bin ich nicht mehr Herr meiner Sinne. Dann werfe ich dich ins Gras und werde dich f-« Blitzschnell kniff er die Augen zusammen und schüttelte den Kopf. »Und werde dir und deinem Körper etwas antun, das wirklich, wirklich falsch wäre.«

Frederica legte ihm ihre Lippen ans Ohr. »Und ich, Bentley, ich bin es satt, immerzu ein wirklich, wirklich braves Mädchen zu sein«, raunte sie heiser. »Oder willst du etwa schuld daran sein, dass ich als vertrocknete alte Jungfer ende?«

»Gütiger Herr im Himmel«, keuchte er, und es war das erste Mal in seinem Leben, dass ihm diese Worte mit voller Inbrunst über die Lippen kamen.

Freddie hatte sich als Erste ihres Umhangs entledigt, und als

Bentley es ihr gleichtat, schien er auch seinen letzten Funken Selbstbeherrschung abgelegt zu haben. Erregt presste er seinen Mund erneut auf den ihren und machte sich mit Handbewegungen, die ihm in all den Jahren in Fleisch und Blut übergegangen waren, hektisch an den Knöpfen ihrer Bluse zu schaffen. Doch ausgerechnet heute zitterten ihm die Hände und er brauchte bedeutend länger als sonst.

Freddie war sich im Klaren darüber, worauf Bentley hinauswollte, als sie seine fordernden Finger spürte, die an ihren Kleidern zerrten. *Ich kann nicht so tun, als wüsste ich nicht, was gleich geschehen wird*, sprach sie zu sich selbst. *Das kann ich einfach nicht. Genauso wenig, wie ich ihm die Schuld daran geben kann.*

Auch wenn sie ahnte, was sie im Begriff war aufzugeben – es war ihr einerlei. Schließlich hatte Johnny sie nie geküsst wie Bentley Rutledge. Frederica kamen ernste Zweifel, ob Johnny auch nur ahnte, wie eine Frau *richtig* geküsst werden wollte. Sie war überzeugt davon, dass es nur eine Hand voll Männer gab, die diese schwierige Kunst überhaupt beherrschten.

Bentley war als Filou auf die Welt gekommen und würde es sein Lebtag bleiben. Aber er wollte sie. Und Frederica war es satt, sich für eine Hochzeitsnacht aufzusparen, die niemals kommen würde. Oft brachten brennende Sehnsüchte ihr Blut in Wallung, Gefühle, für die sie keine plausible Erklärung hatte. Es war ein Feuer, das außer Bentley womöglich niemand zu verstehen imstande war.

»Freddie«, keuchte Bentley, während ihr ein kühler Hauch unter Bluse und Leibchen strömte und sanft ihre Brüste umspielte. »Um Himmels willen, Freddie, so sag doch etwas, setzt dich zu Wehr. Ich bin deiner doch gar nicht würdig. Sag einfach *Nein*. Halte mich auf.«

Wieder verweigerte Frederica ihm eine Antwort und rieb sich stattdessen an seinen Bartstoppeln, die sich stachlig und sanft zugleich anfühlten. Bentley roch, wie ein wahrhaftiger Mann riechen musste – nach Zigarrenrauch, Seife und Schweiß.

»Verdammt«, fluchte er mit leiser Stimme, ehe er ihr die Bluse über die Schultern zerrte und sie achtlos ins Gras beförderte. Dann tauchte er ab, um ihre Brust zu küssen und zu liebkosen. Frederica konnte seinen sengenden Atem durch den dünnen Stoff des Leibchens spüren. Wieder und wieder knabberte er sanft an ihrer Knospe, und ein jedes Mal schoss ein sinnlicher Schmerz durch ihren Körper. Es dauerte nicht lange, bis Frederica dachte, sie könne diese wundersamen Qualen keine Sekunde länger ertragen. Mit einem Wimmern entwand sie sich ihm, doch Bentley brummte nur, ehe er sich der anderen Brustwarze zuwandte, bis auch diese sich steil aufrichtete und sichtbar unter dem Stoff hervortrat.

Frederica kam alles so erregend, berauschend und beängstigend zugleich vor. Seine Hände in ihrem Rücken hielten sie ganz fest, und seine Berührungen und der Duft seines Haars weckten in ihr den Wunsch, ihn ebenso zu erregen wie er sie. Es beschämte sie jedoch, dass sie nicht genau wusste, wie sie es am besten anstellen sollte.

Während Bentleys Mund noch immer ihre Brüste liebkoste, glitten seine Hände an ihrer Taille hinunter, wo sich seine Fäuste in ihrem dicken Wollrock vergruben. Frederica erbebte. Mühelos schob er ihren Rock hoch und legte seine Hand zwischen ihre Schenkel. Sein Mund löste sich von ihren Lippen.

»Freddie.« Es klang wie eine verzweifelte Bitte. »Ist das ein *Ja*? Ist dir eigentlich klar, um was es hier geht? Wenn dem so ist, so antworte mir mit einem deutlichen *Ja*. Oder *Nein*. Aber bitte sprich endlich mit mir.«

Frederica blickte ihm tief in die Augen, während ihre Hand seine stählerne Brust hinaufglitt. Die Muskeln unter seiner weichen Haut erzitterten, verrieten so sein unbändiges Verlangen. »Ja«, antwortete sie sanft, aber bestimmt.

»Gütiger Gott, Freddie, was wir machen, kommt dem Freitod gleich«, entfuhr es ihm verzweifelt, doch bereits in der nächsten Sekunde ließ er sich in das harte Gras fallen – und zog sie mit sich.

Frederica landete auf seiner Brust und streckte sich genüsslich der Länge nach aus, wobei sich ihr Becken gegen seine harte und pulsierende Manneskraft presste. Sie wusste, was mit ihm los war, schließlich war sie auf dem Lande groß geworden – mit drei Cousins, die nur so vor Männlichkeit strotzten. Frederica stützte sich mit gespreizten Fingern auf seinem Oberkörper ab und blickte ihn durch wirr herabhängende Strähnen an. Behutsam strich er ihr die Haare aus dem Gesicht und zögerte kurz. Dann küsste er sie lang und innig. Mit einer gekonnten Drehung rollte er sie auf den Rücken und zog ihr mit flinken Bewegungen Stiefel, Strümpfe und Schlüpfer aus. Kühle Nachtluft umfing ihren halb entblößten Körper. Bentley stützte sich auf seine muskulösen Unterarme und beugte sich zu ihr herab. Obgleich der Mond schien, konnte Frederica sein Gesicht im Schatten der Buchsbäume nur schemenhaft ausmachen. Seine Augen! Wie sehr wünschte sie sich, seine Augen zu sehen. Wie eigenartig, dass ihr nicht schon viel eher aufgefallen war, wie weich und warm sein Blick war. »Ja«, bekräftigte sie noch einmal, und Bentley begann, sich an den Knöpfen seiner Hose zu schaffen zu machen. Frederica konnte in der Dunkelheit wenig sehen, entschied aber, dass das vielleicht auch besser war. Nach wenigen Augenblicken spürte sie abermals seine Hand zwischen ihren Beinen. Begleitet von einem lustvollen Stöhnen, spreizte er ihr mit dem Knie die Schenkel.

»O Gott, Freddie.« Bentleys Flüstern klang betrübt. »Ich bete, dass ich alles richtig mache.«

Und dann, ohne jegliche Vorwarnung, spürte sie seine Erektion, die sich ihr eisern entgegendrängte. Einen Augenblick lang wurde Frederica von bodenloser Panik übermannt und versteifte sich. Behutsam legte Bentley ihr seine Lippen ans Ohr. »Wenn du sagst, ich soll aufhören, werde ich es tun. Versprochen.« Doch es klang eher, als versuchte er sich selbst ein wenig Mut zuzusprechen.

Frederica schüttelte den Kopf. Ihr Haar verfing sich im Gras. »Nein, nein«, keuchte sie und streckte suchend die Hände nach ihm aus. »Nimm mich, Bentley. Mach mich hier und jetzt zur Frau. Mit ist egal, was mit mir geschieht.« Sie hatte voller Inbrunst gesprochen, hatte Bentley einen flüchtigen Einblick in den Zustand ihrer Seele gewährt. Ja, sie ersehnte und fürchtete zugleich das, was nun unweigerlich kommen würde. Aber sie war schlichtweg nicht mehr gewillt, auch noch einen Tag länger zu warten. Nicht nur *sein* Blut war in Wallung geraten, auch das ihre pulsierte durch ihren Körper, der jene fleischlichen Freuden einforderte, die sein Körper versprach. Mit seinem Gewicht hielt er sie zwischen sich und dem harten Boden gefangen, während er ihre Beine noch ein wenig weiter spreizte.

Bentley wurde sich bewusst, dass er viel zu schnell vorging, als er Frederica nach Luft schnappen hörte. Streng rief er sich zur Ordnung, verlagerte sein Gewicht ein wenig und schob erst einen, dann zwei Finger in das lockige Haar zwischen ihren Schenkeln. Vor und zurück, ganz langsam, auch wenn sein Verlangen nach schnellen und ungestümen Bewegungen schrie. Nahezu als schmerzhaft empfand er seine Lust für sie, diese wunderbare Frau, die eigentlich für ihn tabu sein sollte. Doch sein Verlangen war überwältigend. Nun würde es nicht mehr lange dauern, bis er sich in der lieblichen Jungfräulichkeit ihres Körpers verlor. Mit jeder Bewegung glitt er ein wenig tiefer in sie, und als seine Fingerspitzen wieder und wieder über ihre empfindlichste Stelle strichen, begann Freddie zu keuchen, dann zu stöhnen. Jäh wurde er in die Realität zurückgeholt.

Jetzt ist es so weit, alter Junge, ermahnte er sich. *Du stehst am Abgrund. Noch einen Schritt weiter, und du bist so gut wie verheiratet. Zappelst wie ein Fisch im Netz. Gehst dem Pfarrer in die Falle.*

Oder vielleicht auch nicht.

Freddies Familie war ... war ... ein wenig *unkonventionell*. Die Chancen, dass Freddie ihm nach diesem Abenteuer einen Korb gab, standen also gar nicht so schlecht. Es war gleichermaßen realistisch, dass ihre Familie ihm nach dem Leben trachten würde. Gus würde es auf jeden Fall versuchen, während Rannochs Bemühungen zweifelsohne mit Erfolg gekrönt sein dürften. Bestürzt wurde ihm jedoch bewusst, dass er dieses Risiko tatsächlich einzugehen bereit war.

Die Geräusche der Nacht und der Duft nach feuchtem Laub schärften seine Sinne für die zierliche Frau unter ihm. Gütiger Gott, wie feucht sie vor Erregung war. Ein unbeschreibliches Gefühl der Macht brandete in ihm auf. Er wollte spüren, wie sie sich unter ihm wand, wollte ihr verzweifeltes Stöhnen dicht bei seinem Ohr hören. Der Liebesakt mit ihr würde anders sein als alles, was er je erlebt hatte. Sinnlicher, zärtlicher. Wieder wurde er von einer Welle der Verunsicherung ergriffen. Würde er ihr wehtun? Würde sie weinen? Doch schon im nächsten Augenblick waren diese Fragen vergessen und er ließ seine Finger nun ganz in ihrer feuchten Höhle verschwinden, was von Freddie mit einem erleichterten Seufzer belohnt wurde. Behutsam und nicht minder gezielt zog er sie wieder aus ihr heraus, jedoch nur, um gleich wieder in ihr abzutauchen. Langsam arbeiteten sich seine Finger vor, bis sie auf jenes zarte und unversehrte Häutchen stießen, das Mutter Natur ihr mit auf den Weg gegeben hatte. Es kostete ihn alle Kraft, sich gegen den Impuls zu wehren, es auf der Stelle zu durchbrechen.

Sie würde ihm gehören. Wie ein Blitz schlug dieser Gedanke in seinem Kopf ein. *Nur ihm.* Sie war noch von keinem anderen Mann zuvor berührt worden, und der Wunsch, sie für sich zu beanspruchen, die Barriere in ihrem Innern zu sprengen, sie sich hemmungslos zu Eigen zu machen, raste wie ein Feuerball durch seine Glieder.

Der Moment war gekommen, er konnte nicht mehr länger an sich halten. Mit einer Hand stützte er sich dicht bei ihren Schultern ab, während die andere seine Erektion vorsichtig in das seidig weiche Fleisch ihrer Weiblichkeit schob. Er war sprachlos, als sich ihm ihr Becken entgegendrängte.

»Entspann dich, Kleines, ganz ruhig«, flüsterte er. »O nein, Freddie. Lass mich machen, Liebes. Lass mich nur machen.«

Obgleich es so gut wie kein Zurück mehr gab, hielt er für den Bruchteil einer Sekunde inne. Fredericas Fingernägel hatten sich tief in seine Schultern gebohrt, als er ihre Hüften unsanft auf den harten Rasen zurückbeförderte. Mit einem verzweifelten Stöhnen wollte sie sich aufbäumen, woraufhin er noch ein wenig tiefer in sie drang. Freddies Kopf flog von einer Seite zur anderen, und ein Flüstern erstarb auf ihren Lippen. War es eine Bitte gewesen? Ein Betteln? Herr im Himmel, sie war so voller Liebreiz, dass er fürchtete, jeden Moment zu explodieren. Mit einem leisen triumphierenden Ausruf testete er die Grenzen ihres Körpers aus. An das, was dann folgte, konnte er sich später nur vage erinnern – was eigentlich sehr untypisch für ihn war. Für gewöhnlich beging er den fleischlichen Akt nämlich mit einer gewissen Distanz, die sowohl ihn selbst betraf als auch seine Bettgespielin. Während des Beischlafs war es, als sähe er sich aus der Ferne und bar jeglicher Emotionen dabei zu.

Doch dieses Mal war alles anders, war er erfüllt von gleißenden Lichtblitzen der Leidenschaft. Bentley schloss die Augen und grub seine Finger tiefer ins Gras. Ihr zartes jungfräuliches Fleisch zog ihn mehr und mehr in die Tiefe, sog ihn förmlich auf. Wieder und wieder stieß er zu. Er wollte – nein, er musste alles zu ihrer Zufriedenheit machen. Es ging um ihr erstes Mal. Die Angst, er könnte es zu früh zu Ende bringen, lastete schwer auf ihm. Sekunden verstrichen – oder waren es Minuten? –, bis wie aus weiter Ferne ein lieblicher Laut an seine Ohren drang und er spürte, wie Frederica ihre Beine fester um ihn schlang, um ihn so tief wie möglich in sich aufzunehmen. Bentley war dem Zittern, das ihn von Kopf bis Fuß durchlief, wehrlos ausgesetzt.

Frederica bäumte sich abermals auf und winselte, ihre Lippen formten sich zu dem stummen Schrei perfekter Ekstase. *La petite mort.* Der kleine Tod. Noch im selben Augenblick brach komplettes Chaos über ihn herein. Er pumpte schneller und kräftiger. Der Gedanke, sich aus ihr herauszuziehen, bevor es zu spät war, kam ihm erst gar nicht. Kraftvoll prallte sein Becken gegen das ihre. Wieder und wieder. Bis jenes helle Licht, das ihn die ganze Zeit über geleitet hatte, in einem Flammenmeer aufging. Bis sich sein brennender Samenstrom in sie ergoss. Bis sie vollends ihm gehörte.

Kapitel 2

Das mysteriöse Verschwinden eines Hausgastes

Er hatte Erde unter den Fingernägeln.

Bentley hob den Kopf. Selbst das dämmerige Licht reichte aus, um den Schmutz deutlich zu erkennen. Gütiger Gott, das war selbst für seine Maßstäbe nicht mehr akzeptabel. Er reckte sich, bis er vollends wach war, und entdeckte dabei Grasflecke auf seinen Handknöcheln. Sogleich machte sein Herz einen Satz und sein Magen zog sich krampfhaft zusammen. Ächzend rollte er sich auf die Seite und blickte auf Freddie, die sich wie ein schläfriges Kätzchen eingerollt hatte und ruhig vor sich hin schlummerte, den Kopf friedlich auf ihr Kissen gebettet.

Ihr Kissen. Ihr Gemach.

Aus Besorgnis wurde Panik. Bentley sprang splitterfasernackt vom Bett, wobei er etwas an den Knöcheln spürte. Vermaledeit, seine Unterhosen. Hektisch schüttelte er sie ab und stierte auf den verräterischen Haufen Kleider, der sich auf seiner Seite des Bettes türmte. Wie bei Menschen, die dem Tod ins Angesicht blickten, zog binnen Sekunden sein Leben an ihm vorbei – zumindest die letzten sechs Stunden desselben. Jedes noch so kleine Detail lastete bleiern auf seiner Seele.

Niedergeschlagen entzündete er eine Kerze, nahm in einem ausladenden Sessel Platz und verbarg den Kopf in den Händen.

Gütiger Gott. Er konnte sich noch gut daran erinnern, wie er gemeinsam mit den Weyden-Brüdern und dem jungen Lord Trent im Schlepptau zum *Wrotham Arms* aufgebrochen war. Auch konnte er sich vage entsinnen, ein wenig zu tief ins Glas geschaut zu haben, was Trent ermutigt hatte, es ihm gleichzutun. Und dann war da noch dieses dralle Frauenzimmer mit der feuerroten Mähne gewesen, das sich eingehend um Trents Wohlbefinden kümmern sollte. Doch der hatte ihr eine gehörige Abfuhr erteilt. »Die ist doch alt genug, um meine Mutter zu sein«, hatte er mit hochrotem Kopf gemurrt.

Um die Ehre des Mädchens zu retten, hatte Bentley sie ins obere Geschoss des Wirtshauses geführt und ihr das Doppelte gezahlt – um sie höchstpersönlich zu vernaschen. In den Grenzen dessen, was der Grad seiner Trunkenheit zugelassen hatte, war er gerade zur Höchstform aufgelaufen, als Trent ein Missgeschick in der Schankstube passiert war: Er hatte sich in hohem Bogen übergeben, woraufhin ein Tumult ausgebrochen war. Bentley, der glücklicherweise die Beinkleider noch anhatte, war auf schnellstem Wege nach unten gerast.

Wenn man bedachte, dass die kleine Hure genau der Typ Frau war, mit dem Bentley für gewöhnlich verkehrte, konnte er von Glück reden, wenn er Freddie nicht mit Syphilis angesteckt hatte.

Freddie. O Freddie.

Auch an das, was danach passiert war, erinnerte er sich mit erschreckender Klarheit. Nach dem, was zwischen Frederica und ihm auf dem Rasen geschehen war, hatte er sie nicht alleine zurücklassen wollen – nein *können*. Das wäre nicht sonderlich *gentlemanlike* gewesen. Das zumindest hatte er sich glauben machen wollen. Ganz so, als gehöre es zum guten Ton, ein Mädchen ohne den Segen der Kirche zu entjungfern. Das war auch der Grund, warum er sie in die Sicherheit ihres Gemachs gebracht hatte. Ihm war klar, dass sie jeglichen Beweis dessen, was geschehen war, mittels eines Bades würde wegwaschen wollen. Das wäre der perfekte Zeitpunkt gewesen, sich zu empfehlen, sein Gästegemach aufzusuchen und sich – getrieben von beißenden Schuldgefühlen – den Rest der Nacht hin- und herzuwälzen. Aber er war der Versuchung ein weiteres Mal erlegen.

Es war höchst eigenartig, aber tief in seinem Innern hatte er sich danach gesehnt, sie gänzlich zu entblößen – um es dieses Mal richtig anzugehen. Um sie zu bewundern, seine wagemutige und wunderschöne Trophäe. Er war überrascht, wie verschüchtert Frederica sich auf einmal gegeben hatte. Der lange und innige Kuss, der sie beruhigen und ihr die Angst nehmen sollte, hatte ihm einen würdevollen Rückzug vermasselt. Sie war förmlich dahingeschmolzen, und er hatte sie abermals geliebt – mit den Händen und dem Mund –, bis ihr sanftes, wohliges Stöhnen in die Nacht hinausgetragen worden und sie in seinen Armen eingeschlafen war. Doch selbst jetzt brachte er es nicht übers Herz, sie zurückzulassen. Da jedoch in absehbarer Zeit die Sonne aufgehen würde, musste er sich einen Plan zurechtlegen. Er musste etwas tun. Aber was? Oder besser gesagt: wie?

Bentley rieb sich das Gesicht und ließ den Blick durch Freddies Gemach streifen. Sie bewohnte eins jener begehrten Turmzimmer im ältesten Teil des Anwesens, dessen Decke von massiven Balken gestützt wurde, die im Laufe der Jahrhunderte schwarz geworden waren. Jetzt im frühen Morgengrau waren sie kaum sichtbar. Ein altertümliches Flügelfenster, das seitlich zum Garten hinausging, wartete bereits darauf, den Tag willkommen zu heißen.

Es war einzig seinem Ehrgefühl zuzuschreiben, dass er sie noch immer nicht verließ. Je länger er darüber nachdachte, desto klarer wurde ihm, dass es das Beste für ihn wäre, eine Weile unterzutauchen; zumindest so lange, bis sich die Wogen der Aufregung geglättet hätten. Aber er wollte einen solchen Schritt nicht vollziehen, ohne vorher noch einmal mit Frederica gesprochen zu haben.

Auf Zehenspitzen schlich Bentley hinüber zum Bett und legte ihr eine Hand auf die entblößte Schulter. Doch Frederica rührte sich nicht. Bentley entschloss sich, sie nicht aus dem Reich der Träume zu reißen, was teils an seinen Schuldgefühlen lag, teils an dem atemberaubenden Anblick ihrer Anmut.

Wie seltsam doch alles war. Lange Zeit war Freddie nur ein Mädchen wie alle anderen gewesen, von der Sorte, der er keine große Aufmerksamkeit schenkte. Von Jungfrauen hielt er nichts. Er zog es vor, wenn seine Gespielinnen älter waren als er und über einschlägige Erfahrungen verfügten. Für gewöhnlich teilte er mit keiner Frau das Lager auch nur an zwei aufeinander folgenden Nächten, und er war stets darauf bedacht, nie viel Zeit zwischen seinen Bettabenteuern verstreichen zu lassen. Sein älterer Bruder Cam bezichtigte ihn fortwährend der Promiskuität.

Lediglich ein einziges Mal war er dumm genug gewesen, sich mit einer Frau einzulassen, die er nicht so einfach verlassen konnte. Die Erinnerungen daran bescherten ihm noch heute ein flaues Gefühl in der Magengrube, und er zog es vor, sie zu verdrängen. Und nur einmal hatte er sich über längere Zeit eine Geliebte gehalten – weil er tatsächlich etwas für diese Frau empfunden hatte. Und weil das Leben, das er Mary bieten konnte, um so vieles besser schien als jenes, das ihr das Schicksal hatte zuteil werden lassen. Doch irgendwann hatte er sie verlassen – mit verheerenden Folgen.

Es machte ihn stutzig, dass er nicht die Kraft aufbrachte, die schlafende Freddie in ihrem Gemach zurückzulassen. Warum ausgerechnet sie? Er erinnerte sich daran, dass sie ihm im Laufe der letzten Jahre immer wieder aufgefallen war, so sehr, dass es ihm schließlich unheimlich erschienen war. Und jetzt hatte er sich tatsächlich mit ihr vereint.

Bentleys Blick glitt über die sanften Rundungen ihres Beckens, das sich unter der dünnen Decke abzeichnete, und einen Augenblick lang lauschte er ihren gleichmäßigen Atemzügen. Dies war der friedlichste Anblick, der sich ihm je geboten hatte. Freddies langes schweres Haar – er konnte sich vage daran erinnern, ihr die Spangen und Schleifen aus den Strähnen gelöst zu haben – ergoss sich wie ein pechschwarzer Wasserfall auf dem seidenen Kopfkissen. Er liebte es, wie ihre weichen dunklen Wimpern auf ihrer honigfarbenen Haut ruhten, die eine anziehende Wärme ausstrahlte. Wie sie so dalag, hatte sie gar keine Ähnlichkeit mit ihren hellhaarigen und blauäugigen Cousins und Cousinen, wenngleich er wusste, dass ihr Vater Trents Onkel Frederick war, ein Militäroffizier, der als Kriegsheld in Portugal gestorben war und eine schwangere Verlobte zurückgelassen hatte, die ihr Kind alleine hatte zur Welt bringen müssen.

Freddie lächelte versonnen im Schlaf und schmiegte sich enger an das Kissen, woraufhin ein schmerzhaftes Verlangen sich Bentleys Körper bemächtigte. Er drehte sich weg und schritt zum Kamin, wo er niederkniete und das Feuer anfachte, das für die Nacht mit Asche bestreut worden war. Der Feuerstelle gegenüber stand ein klobiger Schrank mit den Ausmaßen eines Brauereipferdes, neben dem Freddies Sekretär mit seinen goldenen Beschlägen ausgesprochen zierlich und zerbrechlich wirkte. Bentley stand bewegungslos da. Weil er nicht wusste, was er als Nächstes tun sollte, wanderten seine Augen abermals ziellos durch den Raum. Schließlich zog er sich die Unterhosen an und beschloss, einen Brief an Frederica aufzusetzen. Er entzündete die Kerzen auf ihrem Sekretär und griff zu Tinte und Papier, die bereitlagen. Bentley hatte jedoch ein ums andere Blatt den Flammen übergeben, ehe er etwas zustande brachte, das ihm halbwegs zusagte. Er würde sich ohnehin mit den Zeilen zufrieden geben müssen, da das Papier aufgebraucht war. Er drückte den Rücken durch und hielt den Brief in den Schein der Kerzen. Als er bemerkte, dass das Papier zitterte, erschrak er zutiefst.

Er fluchte innerlich, während er die Zeilen ein letztes Mal überflog. Was er las, würde jeden noch so gestandenen Mann erzittern lassen. Ihm wurde gar ein wenig übel. Aber er hatte getan, was von einem Mann in seiner Lage erwartet wurde. Bentley besaß genug Anstand und war bestens vertraut mit den Verpflichtungen, die er nun Frederica und ihrer Familie gegenüber hatte. Schlussendlich stand auch Freddies Ruf auf dem Spiel.

Gedankenverloren lehnte er sich zurück und malte sich aus, wie sie sich wohl entscheiden würde und welchen Ausgang er bevorzugte. Was erwartete er eigentlich vom Leben? Eine sorglose Zukunft ohne jegliche Verantwortung. Das zumindest war es, was er bisher kennen gelernt hatte. Er kam mehr und mehr zu der Erkenntnis, dass Freddie ihn ohnehin nicht würde haben wollen. Sie hatte ihn nur für eine einzelne heiße Nacht begehrt. Selbst wenn ihr kleines jugendliches Herz ein zärtliches Gefühl für ihn entwickeln sollte, würde Rannoch es ihr mit seinem schottischen Dolch heraustrennen, um diesen anschließend gegen Bentley zu richten.

Gleich wie er es auch drehte und wendete, er war so oder so ein toter Mann – spätestens aber, wenn die Tinte auf den Ehedokumenten getrocknet war. Nun ja, nicht umsonst hatte er sich den Spitznamen Höllenbrut-Bentley so hart erarbeitet. Früher oder später hatte es ja auf diese Weise enden müssen.

Mit einem Schulterzucken faltete er die Nachricht, hauchte einen spontanen Kuss auf das Papier und legte es auf das Fenstersims. Jetzt würde er sich auf leisen Sohlen in sein Zimmer schleichen, baden, sich anziehen und dem Unabwendbaren entgegensehen. Seine Hand ruhte bereits auf dem Türknauf, als er wieder jenen inneren Widerstand verspürte, der es ihm nicht erlaubte, sich einfach davonzuschleichen. Mit einem Seufzer trat er abermals vor ihr Bett und wollte ihr gerade über das weiche Haar streichen, als er vom Treppenhaus her ein blechernes Scheppern vernahm. Sein Körper gefror, seine Gedanken rasten. Gütiger Gott, eine Magd? Ja. Mit dem Wischeimer? Nein, wohl eher mit der Kohlenschütte. Bentleys Blick eilte zum Fenster. Es war fast hell, und es gab außer der Tür keinen anderen Weg nach draußen. In wenigen Augenblicken würde ein Dienstmädchen in das Gemach platzen, wodurch Freddies Ehre unwiderruflich ruiniert wäre.

Das Klappern näherte sich bedrohlich schnell. Von tiefer Verzweiflung getrieben, stürzte Bentley zum Flügelfenster und riss es auf. Er befand sich im zweiten Stock, unter ihm Rhododendronbüsche und Stechpalmen. Das beruhigte ihn halbwegs, denn er hatte es so manches Mal weitaus schlimmer angetroffen. Wenigstens war diesmal nicht zusätzlich ein wutentbrannter und mit einer Pistole bewaffneter Ehemann hinter ihm her.

Bentley schnappte sich seine Stiefel und die restlichen Kleider, die er hinauswarf, ehe er sich auf die Fensterbank schwang und absprang.

An den eigentlichen Fall konnte er sich später nicht mehr erinnern, wusste nur, dass er mit einem dumpfen Aufschlag inmitten berstender Zweige gelandet war. Glücklicherweise schien niemand etwas bemerkt zu haben. Bentley benötigte einige Momente, um sich zu sammeln. Sein rechtes Bein war leicht verdreht, aber offenbar, dem Himmel sei's gedankt, nicht gebrochen. Einzig von der Schläfe tropfte etwas Warmes – er hatte sich eine Platzwunde zugezogen. Behutsam stützte er sich auf die Ellbogen. Sogleich begann sich alles um ihn herum zu drehen.

Irgendwie gelang es ihm schließlich, auf die Beine zu kommen und sich seinen Gehrock und die Stiefel aus dem Gebüsch zu angeln. Einer seiner Strümpfe war an einem Stechpalmenzweig hängen geblieben, und seine Beinkleider waren bis über den Gartenweg hinweggesegelt und auf dem Rasen gelandet. Fieberhaft sammelte Bentley alles zusammen und zog sich in Windeseile an, bevor er einen letzten Blick hinauf zu Fredericas Gemach warf. Just in dem Moment wurden ihre Gardinen nach draußen geweht. Gütiger Gott, durchfuhr es ihn, die Tür zu Freddies Gemach schien tatsächlich geöffnet worden zu sein! Bei dem Gedanken daran, wie viel Glück er gehabt hatte, versagten ihm beinahe die Knie. Seine Erleichterung schlug jedoch schnell in Betrübnis um, als er erkannte, dass er sich durch den Sprung aus dem Fenster ausgesperrt hatte.

Wäre Bentley im Vollbesitz seiner geistigen Kräfte gewesen, so wäre er flugs zurück ins Stechpalmengebüsch gekrochen, hätte sich bis zur Vorderseite des Hauses vorgekämpft und so getan, als wäre er dort sturzbetrunken eingeschlafen – was man ihm ob seiner Neigungen, zu tief ins Glas zu schauen, anstandslos abgenommen hätte. Doch stattdessen tat er etwas undenkbar Törichtes, das auf seinen Brummschädel oder seine Schuldgefühle zurückzuführen war. Oder auf die leichte Gehirnerschütterung, die er sich zugezogen hatte. Oder – doch das hätte er nie und nimmer zugegeben – auf die tief verwurzelte und ihm bestens vertraute Angst vor den Fängen des Schicksals. Was auch immer der Grund gewesen sein mochte, es schien ihm in diesem Moment das einzig Plausible, zu den Stallungen zu eilen – oder besser gesagt zu humpeln – und sich keine Pause zu gönnen, ehe er auf dem Rücken seiner Stute saß und Essex weit, weit hinter sich gelassen hatte.

Seine Abwesenheit würde ohnehin niemandem auffallen, nahm er an. Schließlich kam und ging er, wie es ihm beliebte, und zum Glück hatte er Gus bereits davon unterrichtet, dass er unmittelbar nach dem Frühstück abzureisen gedachte, weil er in drei Tagen auf Chalcote Court zur Taufe seiner kleinen Nichte erwartet wurde. Es war ihm nach wie vor schleierhaft, warum ausgerechnet er zum Patenonkel auserkoren worden war. Wie dem auch sei, er hatte Frederica unmissverständlich wissen lassen, wo er zu finden sein würde. Das und noch vieles mehr hatte er in wunderschöne Worte gekleidet. Er hatte sich ihr mit Anmut und Charme erklärt – gepaart mit einer gehörigen Portion Offenherzigkeit, damit es überzeugend klang. In seinen mit größter Sorgfalt verfassten Zeilen war kein ängstliches oder zweifelndes Wort zu finden. Er würde auf ihre Antwort warten und hoffte, so hatte er es ihr zumindest geschrieben, dass Freddie ihn schon bald zum glücklichsten Mann der Welt machen würde.

Also band sich der Hoffentlich-bald-glücklichste-Mann-der-Welt frohen Mutes sein Halstuch um und hinkte auf die Ställe zu. In dem Moment, als er um die Ecke des Hauses bog, wurde der Wind stärker, zerzauste ihm gehörig das Haar und zerrte ungehalten an seinen Rockschößen. Da seine Gedanken abwechselnd um die bevorstehende Vermählung, seine Wollust und seine Höllenangst kreisten, zog er kurzerhand den Kopf zum Schutz ein und setzte unbeirrt seinen Weg fort. So kam es auch, dass ihm entgehen sollte, wie sich der Wind noch etwas anderem und weitaus Wichtigerem als seiner Rockschöße bemächtigte, nämlich eines sorgfältig zusammengefalteten Bogens Papier, der durch Fredericas Vorhänge nach draußen schwebte und wie ein aus der Gefangenschaft entlassener Schmetterling hoch über die Gärten des Hauses und die weitläufigen Grünanlagen flatterte. Erst als der Brief den Wald erreicht hatte, ließ der Wind von ihm ab.

Das Szenario an der Frühstückstafel auf Chatham präsentierte sich für gewöhnlich ein wenig chaotisch, da eine Vielzahl von Personen unter ein und demselben Dach lebte. Den ganzen Tag über herrschte ziemlicher Trubel in dem Haus, in dem es nicht allzu streng oder formell zuging. Allmorgendlich zwischen acht und halb neun wurden üppig beladene Tabletts mit randvoll gefüllten Schüsseln die Küchentreppe hinaufgetragen und auf den ovalen Frühstückstisch gestellt – und nicht, wie andernorts üblich, auf die Anrichte. Dies sei die sicherste Methode, meinte die praktisch veranlagte Haushälterin Mrs. Penworthy. Vor allem, wenn so viele hungrige und zappelige junge Männer an der Tafel saßen.

An diesem Morgen waren lediglich sechs Gedecke aufgelegt worden. Mrs. Winifred Weyden, sozusagen die Rangälteste im Hause, hatte noch nicht Platz genommen, sondern lief aufgeregt an der Fensterfront hin und her, während sie eine Art Selbstgespräch führte und ein Schreiben studierte, das ihr mit der morgendlichen Post zugestellt worden war. »Ach, du meine Güte!«, entfuhr es ihr mit einem Glucksen. »Wie schockierend!«

»Heiß und fettig«, trällerte Mrs. Penworthy und stellte einen vollen Servierteller auf dem Tisch ab. »Heiße Nieren.«

Doch Winnie ließ sich nicht stören. »Hört euch das an«, wandte sie sich an die drei jungen Männer, die bereits ihre Plätze eingenommen hatten. »Lady Bland schreibt, letzte Woche hätten die Jagdhunde des Königs einen Hirsch durch Paddington und den Kanal getrieben, bis er sich schließlich in ein Gotteshaus flüchten konnte.«

»Informierst dich wohl mal wieder über den neuesten Klatsch, Mama?«, murmelte Gus Weyden und warf Michael, dem Earl of Trent, einen besorgten Blick zu. Er hoffte inständig, dass sein Cousin sich beim Anblick der dampfenden Nieren, von denen Theo gerade die Haube entfernte, nicht auf den Tisch erbrechen würde.

»Ist das denn zu glauben?«, rief seine Mutter aus und hielt Lady Blands Schreiben in das durch die Fenster fallende Licht. »Dieser Kutschenbauer ... o Theo, wie heißt er doch gleich?«

Winnie hielt ihrem Sohn den Brief unter die Nase. Theo warf einen flüchtigen Blick auf das Geschriebene. »Shillibeer«, sagte er, spießte sich beherzt eine der Nieren auf und ließ sie geräuschvoll auf seinen Teller plumpsen. »George Shillibeer. Seine Pferdewechselstation in der Bury Street läuft ganz prächtig.«

Winnie lächelte. »Genau, Shillibeer. Jedenfalls präsentiert sich alles ziemlich verquer. Lady Bland zufolge hat er da so etwas erfunden ...«

Theo, der bereits genüsslich kaute, streckte den Arm aus und schnippte mit den Fingern. »Eine Sammelkutsche, Mama«, half er ihr mit vollem Mund auf die Sprünge. »In Paris gibt's einen Haufen davon. Gus und ich sind sogar schon mal damit gefahren.«

»Wirklich, Liebling?«, rief Winnie aus. »Das Ding soll an die zwanzig Passagiere auf einmal die New Road rauf- und runterkutschieren. Für anderthalb Shillinge.«

»Nur einen Shilling, wenn man oben mitfährt«, erklärte Theo ihr und warf Lord Trent einen viel sagenden Blick zu. »Aber oben fahren nur die mit Mumm in den Knochen mit, stimmt's, Michael? Da soll es nämlich mächtig schwanken. Wie auf offener See, aber du ...« Er hielt inne, um sich den letzten Räucherhering zu sichern und streckte dem jungen Lord seine Gabel entgegen. »Entschuldige, Michael, oder wolltest du den vielleicht?«

Mit einem schwachen Würgegeräusch schloss Lord Trent die Augen. Winnie ließ umgehend von ihrem Brief ab und eilte zu ihm, wobei sie beinahe mit Mrs. Penworthy zusammengestoßen wäre, die eine Schüssel gekochter Eier hereintrug. »Michael!« Sie beugte sich zu dem Jüngling herunter und bemerkte nicht, dass sie ihn fast unter einer pinkfarbenen Woge ihres bauschigen Morgenkleides begrub. Mit einer theatralischen Geste legte sie ihm die Hand auf die Stirn. »Mein armes Kind, wie schwächlich du scheinst! Hast du Fieber? Ist es dein Hals? Oder sind es deine Lungen? Du darfst jetzt auf gar keinen Fall krank werden. Nicht, ehe du einen Erben gezeugt hast.«

»Einen Erben?«, stieß Michael mit erstickter Stimme aus.

»Ihm ist schlecht, Mama, mehr nicht. Er wird uns schon nicht von der Schippe springen«, spöttelte Theo.

»Das spielt keine Rolle, Theo. Fest steht, dass Lord Rannoch mir die Schuld an seinem Zustand geben wird«, jammerte Winnie. »Er wird noch finsterer als sonst dreinschauen und mir wieder einmal vorwerfen, ich würde nicht gut genug auf euch Burschen aufpassen. Ich kann nur immer wieder beteuern, dass ich mein *Bestes* gebe.«

Es war unüberhörbar, dass aus ihr das schlechte Gewissen sprach. Sie war für ihren legeren Erziehungsstil bekannt und dafür, dass sie sich nur allzu leicht von ihren Pflichten ablenken ließ.

»Michael ist fast volljährig, Mama«, erinnerte Gus sie. »Ich bin mir sicher, dass weder Evie noch Elliot von dir erwarten, uns zu *bewachen*.«

Dicht neben Winnies Ellbogen holte Michael keuchend Luft. »Mach dir keine Sorgen, Winnie«, brachte er mühsam hervor und versuchte sich nach hinten zu lehnen, um mehr Luft zu bekommen. »Mein Magen ist lediglich ein wenig angegriffen.«

Wieder streckte Theo seinem Cousin die Gabel entgegen. »Am besten, du gehst auf der Stelle zurück ins Heiabettchen.«

Mit schwankenden Bewegungen erhob Michael sich, während Winnie sich an ihren Platz setzte. Ein aufgeklärter Ausdruck huschte über ihr Gesicht, als sie den Blick zwischen ihren beiden Söhnen hin- und herwandern ließ. »So langsam verstehe ich«, brummte sie, als Michael außer Hörweite war. »Nein, nein, ihr braucht gar nicht erst die Unschuldslämmer zu mimen. Michael ist noch viel zu jung, um in eurer Lümmelbande mitzumischen. Dieser Bentley Rutledge! Ich werde ihn eigenhändig erwürgen. Wo steckt dieses ausgekochte Schlitzohr überhaupt?«

Als Gus und Theo mit den Achseln zuckten, fiel Fredericas Schatten auf die Frühstückstafel. »Guten Morgen«, begrüßte sie die anderen, woraufhin sich die Herren erhoben und Theo ihr den Stuhl zurechtrückte. »Falls ihr Michael sucht, der ist mir gerade auf der Treppe begegnet.«

»Nein, nein, nicht Michael«, verkündete Theo mit tragischer Miene. »Rutledge. Mama hat geschworen, ihn um die Ecke zu bringen.«

Frederica schnappte hörbar nach Luft. »O nein!«, stieß sie aus und wäre beinahe aufgesprungen. »Winnie, bitte, es war alles ...«

Doch Winnie schnitt ihr auf der Stelle das Wort ab. »Meine liebe Frederica, es mag ja löblich sein, dass du diesen Luftikus auch noch in Schutz nehmen willst, aber er ist und bleibt ein durchtriebener und skrupelloser Kerl. Ich weiß längst, dass unsere vier jungen Herren vergangene Nacht zu einer kleinen Zechtour ausgerückt sind.«

»Oh.« Frederica ließ sich zurückfallen und verbarg ihre zitternden Hände unter dem Tisch. Mrs. Penworthy kehrte mit einer Kaffeekanne in den Salon zurück und schenkte Frederica gekonnt über die Schulter ein. »Suchen Sie etwa Mr. Rutledge, Mrs. Weyden?«, erkundigte sie sich, während sich ein gleichmäßiger Strom duftenden Kaffees in Fredericas Tasse ergoss. »Es ist ein wenig eigenartig, aber Tess meinte, dass er ohne seine Tasche abgereist sei und es keinerlei Anzeichen dafür gäbe, dass er in seinem Bett genächtigt habe.«

Frederica, die noch nicht einmal von ihrem Kaffee gekostet hatte, schien sich urplötzlich verschluckt zu haben. Fürsorglich streckte Theo die Hand aus, um ihr auf den Rücken zu klopfen. »Alles in Ordnung, Freddie?«, erkundigte er sich einfühlsam.

Frederica war den Tränen nahe. Sie bedeckte den Mund mit dem Handrücken und senkte schuldbewusst den Blick. »W-was meint ihr, mag mit ihm geschehen sein?«

»Das ist eine äußerst interessante Frage«, erwiderte Gus.

Theo schluckte eine weitere Portion seines Frühstücks herunter. »Auf jeden Fall ist er letzte Nacht nach dem *Arms* noch mit hergekommen. Wir haben ihn auf der Terrasse zurückgelassen, als wir ...«

»Das *Wrotham Arms*?«, ging Winnie mit gellender Stimme dazwischen. »Diese heruntergekommene Spelunke?«

Gus grinste angespannt. »Ja, Mama«, gestand er genervt. »Er blieb alleine zurück, während wir unsere Gemächer aufgesucht haben.« Er wandte sich seinem Bruder zu. »Theo, hoffentlich hast du nicht die Tür hinter dir verriegelt.«

»Heute Morgen war sie es auf jeden Fall«, zwitscherte Mrs. Penworthy vom Treppenabsatz herauf.

»Freddie!« Alarmiert blickte Gus zu ihr hinüber. »Du warst nicht zufällig gestern Abend noch mal draußen, oder?«

Fredericas Unterlippe begann zu beben. »W-Was willst du damit andeuten?«

Gus schaute sie verwundert an. »Nichts, Freddie. Gar nichts. Es ist ja nur so, dass du ja gerne abends noch mal vor die Tür gehst, um einen ... *Spaziergang* zu machen.«

Er versuchte ihr zuzuzwinkern, ohne dass seine Mutter es bemerkte. »Und ich dachte, beziehungsweise hoffte, dass du die Tür eventuell unverriegelt gelassen hättest. Das machst du ja manchmal.«

Winnie machte eine wegwerfende Handbewegung. »Gus, du weißt doch, dass das Kind sich gestern Abend mit Kopfschmerzen zurückgezogen hat«, erinnerte sie ihn. »Unmittelbar nach dem Dinner. Oder hast du das schon wieder vergessen?«

»Ach ja«, stimmte Gus hastig zu. »Ich hoffe, dir geht's wieder besser, Freddie.«

Im Gegensatz zu Gus war Theo mit etwas völlig anderem als Fredericas vorgetäuschten Kopfschmerzen beschäftigt. »Wir haben es also tatsächlich fertig gebracht, einen unserer Gäste auszusperren?«, dachte er laut nach. »So weit ist es schon.«

»Sei nicht albern«, schalt ihn seine Mutter und wedelte ungeduldig mit der Hand in Richtung Brotkorb. »Bentley Rutledge gehört doch so gut wie zur Familie.«

Gus lachte. »Erfüllt dich der Gedanke denn nicht mit Grausen, dass er gezwungen war, im Stall Unterschlupf zu finden?«

Jetzt konnte auch Theo nicht mehr an sich halten. »Du bist vielleicht lustig. Einer wie Bentley würde niemals im Stall schlafen, darauf verwette ich mein letztes Hemd. Ich glaube viel eher, dass er zum *Wrotham Arms* zurückgeritten ist und sich zu der kleinen Rothaarigen gelegt hat, die er ohnehin schon entlohnt hatte.«

»Theo, ich muss doch sehr bitten!«, rief Winnie empört aus. »Würdest du wohl Rücksicht darauf nehmen, dass wir eine unbefleckte, zarte Seele unter uns haben?«

Amüsiert blickte Theo in die Runde. »Wen denn? Ach ja, Freddie.«

Doch Frederica machte weder einen beleidigten noch einen sonderlich unbefleckten Eindruck. Sie wirkte vielmehr niedergeschlagen. Mit ungeschickten Bewegungen sprang sie auf. »Ent-Entschuldigt mich bitte«, keuchte sie. »Ich fürchte, meine Kopfschmerzen haben sich zurückgemeldet.« Mit diesen Worten stürmte sie aus dem Salon.

Winnies Gesicht hatte aus Sorge um Frederica weiche Züge angenommen, und sie stieß mütterlich glucksende Laute aus. »Ach, du meine Güte, erst Michael und jetzt Frederica! Es scheint irgendetwas in der Luft zu liegen.«

Kapitel 3

In welchem der verlorene Sohn heimhumpelt

Liebe Gemeinde, wir sind heute hier versammelt, damit dieses Kind das heilige Sakrament der Taufe erhält. Sie alle haben zu unserem Herrn Jesus Christus gebetet, er möge es als eines von den seinen annehmen und es von der Sünde reinwaschen.« Die Sonne warf bunte Flecken auf den Boden der Kirche, dorthin, wo Pfarrer Basil Rhoades stand, seine Taufformel herunterleierte und nur hin und wieder flüchtig in sein Gebetbuch blickte.

Bentley Rutledge, der dem Pfarrer gegenüberstand, hatte sich fest vorgenommen, seinen Worten aufmerksam zu folgen. Doch wie es nur zu oft mit seinen löblichen Absichten geschah – sie waren im Nu vergessen. Es kam häufig vor, dass Bentley sich nicht lange auf etwas konzentrieren konnte. Ehe er sich versah, wanderte sein Blick von dem niedrigen normannischen Taufbecken, in dem zahllose seiner Vorfahren getauft worden waren, durch den Bogen in die dunklen Tiefen des Kirchenschiffs, wo sich seine Gedanken verloren.

Bentley hatte nur verschwommene Erinnerungen an St. Michael's. Vor allem die Beerdigungen waren in seinem Gedächtnis haften geblieben – die Rutledges neigten zu einem mühsamen Leben und einem frühen Tod. Der Geruch, eine Mischung aus moderigen Gesangbüchern und kaltem, feuchtem Gestein, war ihm fremd, wenngleich er den Großteil seiner sechsundzwanzig Jahre in unmittelbarer Nähe dieses Gotteshauses verbracht hatte. Die Verse, die die Taufgemeinde sprach, klangen in seinen Ohren wie eine fremde Sprache, und das gebrochene Licht, das auf den kühlen Steinboden fiel, schien aus dem Jenseits zu kommen. Genau wie sein Vater, war auch Bentley kein großer Kirchgänger.

Basil räusperte sich. »Glauben Sie an alle Artikel des christlichen Glaubens, wie sie im Glaubensbekenntnis verankert sind?«, fragte er. »Und werden Sie tun, was in Ihrer Macht steht, um dieses Kind nach Gottes Gebot und Verheißung zu erziehen?«

Bentleys Schwester Catherine, die neben ihm stand, verpasste ihm einen sanften Hieb. Erschrocken fuhr Bentley auf. »Ich ... nun, ja. Ich glaube«, brachte er mühsam hervor. »Ich werde mein Bestes tun, um ... Gott zu gefallen.«

Leicht irritiert presste Basil die Lippen aufeinander. »Werden Sie ebenfalls dafür Sorge tragen, dass dieses kleine Mädchen mit der größtmöglichen Gottesfurcht heranwächst?«, setzte er die Zeremonie fort, den Blick auf das Gebetbuch gesenkt. »Werden Sie dem Willen des Herrn wie auch seinen göttlichen zehn Geboten folgen?«

»J-J-Ja«, stammelte er. »So wahr mir G-Gott helfe.« Bentley schloss die Augen und wartete darauf, vom Blitz getroffen zu werden und tot umzufallen.

Doch nichts geschah. Und das, obwohl er ohnehin ein ziemlich schwarzes Schaf in der Herde Gottes war. Es wäre eine gerechte Strafe gewesen. Selbst Basil schien Ähnliches erwartet zu haben, denn er war einen halben Schritt zurückgewichen. Der Geistliche räusperte sich kurz, ehe er die Zeremonie fortsetzte und den Säugling aus den Armen von Bentleys Schwägerin Hélène löste.

Nachdem er das kleine Mädchen sicher im Arm hielt und das Taufgewand aus Spitze vorsichtig über seinen Ellbogen drapiert hatte, richtete er den Blick abermals auf Bentley. »Auf welchen Namen soll dieses Kind getauft werden?«

Bentley wurde von Panik erfasst. »Ähm ... Alice«, antwortete er zögerlich. Das hatte er sich merken können, weil es der Name seiner Mutter war. Verzweifelt blickte er hinab in sein Gebetbuch, auf dessen Rand er sich kurz vorher noch den kompletten Namen notiert hatte. Er musste jedoch feststellen, dass durch seine verschwitzten Hände das Geschriebene verwischt war. »Alice Marie Emelyn Rutledge«, sagte er aufs Geratewohl und hoffte inständig, es nicht vermasselt zu haben. Doch er schien Glück gehabt zu haben, denn Hélène strahlte ihn freudig an.

»Alice Marie Emelyn Rutledge«, wiederholte Basil, tauchte seine Finger in das Becken und zeichnete ein Kreuz auf die Stirn des kleinen Mädchens. »Hiermit taufe ich dich im Namen des Vaters, des Sohnes und des Heiligen Geistes. Amen.«

Klein-Emmie war allerdings von dem kalten Weihwasser alles andere als begeistert und stieß umgehend einen lauten Schrei aus. Ihre Faust schnellte in die Höhe und schlug dem Pfarrer beinahe die Augengläser von der Nase. Sichtlich irritiert wollte der das schreiende Bündel schnell von sich strecken, doch ehe er sich versah, hatte Emmies Hand seine Robe erwischt. Sogleich trat Hélène mit einem entschuldigenden Blick vor und löste ihre winzige Faust.

Gott stehe uns bei, dachte Bentley. *Die Kleine ist eine waschechte Rutledge.*

Bald darauf war der Spuk vorbei, und die Taufgemeinde strömte hinaus in die winterliche Sonne. Bentleys älterer Bruder Cam, Lord Treyhern, führte das Grüppchen an. Er trug die kleine Emmie im Arm, die sich wieder beruhigt hatte. Bentleys Schwester Catherine und seine Cousine Joan kümmerten sich derweil um die Schar der restlichen Kinder, die wie bunte Fische in einem Zierteich dem Sonnenlicht entgegenstoben.

Mit einem schüchternen Lächeln wandte Joan sich zu Bentley um und hakte sich bei ihm unter. Die beiden unterhielten sich mit gedämpften Stimmen, während Hélène und Cam unzählige Glückwünsche entgegennahmen.

Bentley genoss Joans Nähe. Vor allem, weil sie strahlender denn je aussah. Wenn ihn nicht alles täuschte, war sie wieder in anderen Umständen. Vor Freddie war Joan die einzige Frau gewesen, die zu heiraten er zumindest erwogen hatte. Doch im Grunde musste er Gott dankbar sein, dass sie seinerzeit mit Basil durchgebrannt war und ihn vor einer großen Dummheit bewahrt hatte.

»Du musst uns unbedingt mal auf Bellevue besuchen kommen«,

flüsterte sie. »Dann machen wir wieder ausgiebige Spaziergänge und unterhalten uns über Gott und die Welt. Es gibt da nämlich etwas, das ich dir anvertrauen möchte. Es wird wie in alten Zeiten sein, wäre das nicht toll?«

»Ja«, kam seine zögerliche Antwort. »Wie in alten Zeiten, Joan.«

Zwischen Joans und seiner Geburt lagen lediglich zwei Monate, und es hatte einmal eine Zeit gegeben, in der sie einander bedingungslos alles anvertraut hatten. Doch damals waren sie Kinder gewesen, und Bentley war sich nicht sicher, ob er das Aufleben alter Zeiten verkraften würde. Joan löste sich von seinem Arm, um einem ihrer vielen Kinder nachzueilen, während ihr Gatte Basil am Kirchenportal stand und die letzten Besucher mit einem wohlwollenden Lächeln verabschiedete.

Es war nicht weiter überraschend, dass sämtliche alten Dorftanten sich herbemüht hatten. Sie waren einzig gekommen, um Bentley mit Missbilligung zu strafen. Doch sobald sich eine von ihnen unbeobachtet wähnte, bemutterte sie ihn, zupfte ihm das Halstuch zurecht und gab ihm einen Kuss auf die Wange, als vergäbe sie ihm großmütig seine Todsünden.

Wenn die nur wüssten.

Nun trug er auch noch das Gewicht einer Sünde mit sich herum, die wesentlich schwerer wog als alles, was er bisher so angestellt hatte. Streng genommen war das, was er und Freddie getan hatten, zwar keine Todsünde, aber es fühlte sich verflixt noch mal so an.

Drei lange Tage waren seit seinem Stelldichein mit Frederica vergangen, und so langsam war Bentley es satt, auf die ausstehende Strafe zu warten. Er fragte sich, wie lange es wohl noch dauern mochte, bis ihn die schlechten Nachrichten erreichten.

Fast konnte er die arme Freddie sehen, wie sie sich tränenüberströmt Winnie Weyden anvertraute. Er sah die gute alte Winnie vor sich, wie sie hysterisch aufkreischte, ehe sie in Wehklagen verfiel und postwendend eine Nachricht an Lord Rannoch aufsetzte. Auch die aus Schottland heranpreschende Droschke dieses Widerlings und Rannoch selbst, der mit wildem Geheul sein schottisches Schwert schwang, konnte er sich lebhaft vorstellen. Das letzte Bild, das vor seinem geistigen Auge aufflammte, zeigte ihn selbst, wie er mit einem strammen Seil um das Gemächt, das ihm gehörig das Blut abschnürte, zum Altar geschubst wurde.

Heirat. Ein Eheweib. Ein Leben in Ketten.

Gott stehe ihm bei.

Plötzlich spürte Bentley kalte Finger, die ihm sachte über die Wange strichen. Bentley blinzelte und schaute hinunter zu seiner Schwägerin Hélène, die ihn mit einem warmen Blick anschaute. »Du hast mich nicht enttäuscht, mein Lieber«, dankte sie ihm in ihrem kaum wahrnehmbaren französischen Akzent. »Ich wusste doch, dass auf dich Verlass ist.«

Manchmal, dachte er, *finde ich ihr Vertrauen in mich ein wenig ermüdend.* Doch Bentley hütete sich, das laut zu sagen. »Da hast du wahrlich Glück gehabt, Hélène«, brummte er und wurde von einer eiskalten Böe erfasst. Er blickte empor und sah, dass sie im Schatten des Kirchturms standen. Langsam löste sich die Taufgemeinde auf. Die Dorfbewohner entschwanden durch das Tor, die Familienmitglieder folgten dem Weg, der sich durch den Friedhof zum Chalcote-Anwesen hinaufschlängelte. Pflichtbewusst offerierte Bentley seiner Schwägerin den Arm zum Geleit.

Mit einem Lächeln hakte sie sich bei ihm ein, und sie folgten den anderen mit ein wenig Abstand. Langsam und bedächtig durchschritten sie die Stille des Friedhofs, der durch eine hohe Steinmauer vom Obstgarten des Anwesens getrennt war. Als sie an dem schweren Holzportal ankamen, half Bentley Hélène durch die Tür.

»Bentley, ich habe den Eindruck, du hinkst ein wenig«, sagte Hélène, während er das Portal verriegelte.

»Hab mir das Knie verdreht«, erwiderte er ausweichend.

»Ach, du meine Güte.« Hélène schaute auf sein Bein. »Wie konnte das denn passieren?«

Bentley versuchte, ihr einen erbosten Blick zuzuwerfen. »Das geht nur allein mich etwas an.«

Hélène zuckte mit den Schultern, hakte sich erneut bei ihm ein und wechselte galant das Thema. »Irgendwie hast du dich verändert, Bentley, seitdem ich dich an Neujahr das letzte Mal sah«, setzte sie an. »Du wirkst stiller als gewöhnlich. Und ein wenig grimmig. So kenne ich dich gar nicht, mein Lieber. Ich hoffe doch sehr, dass alles in Ordnung ist?«

Bentley spürte, wie sich seine Hände zu Fäusten ballten. »Hat mein Bruder dich etwa vorgeschickt, Hélène?« Er hatte leise und schroff gesprochen. »Soll das hier die Inquisition werden?«

Seine Schwägerin fuhr zurück, als hätte er sie geohrfeigt. »*Nom de Dieu!* Wie kannst du so etwas nur fragen? Meinst du wirklich, Cam würden Veränderungen an anderen auffallen? Er ist wie die meisten Männer, für ihn zählen nur Taten.«

Ja, und vielleicht ist es genau das, was mich so stört.

Dieser Gedanke hatte Bentley überrumpelt, und beinahe wären ihm die Worte herausgerutscht, hätte er sich nicht rechtzeitig auf die Zunge gebissen. Er blieb stehen und legte Hélène seine Hand auf die Finger, die auf dem Ärmel seines Gehrocks ruhten. »Bitte verzeih mir, Hélène«, sagte er leise. »Was ich eben gesagt habe, war nicht richtig.«

Schweigend setzten sie ihren Spaziergang durch den Obstgarten fort. Das Gras unter ihren Füßen war noch steif vom nächtlichen Frost, und die kahlen Äste über ihren Köpfen rieben knirschend aneinander. Catherine, Cam und die anderen hatten längst den Hügel erklommen. Doch Hélène schien es nicht eilig zu haben und passte sich Bentleys Tempo an, wofür er ihr äußerst dankbar war. Er merkte, wie seine innere Anspannung allmählich wich.

Um ihn aus seinen Träumereien zu reißen, zwickte Hélène Bentley leicht in den Arm. »Sei bitte nicht so schrecklich schweigsam«, flehte sie ihn an. »Ich mache mir ernsthafte Sorgen um dich. Warum erzählst du mir nicht ein wenig von deinen vielen Abenteuern? Zumindest von jenen, die auch für die Ohren einer Dame statthaft sind? Bist du eigentlich direkt von London aus hierher gekommen?«

»Mehr oder weniger«, erwiderte Bentley und bückte sich, um einen Ast aus dem Saum von Hélènes Umhang zu befreien. »War erst für ein paar Tage in Essex, bin dann kurz in Hampstead vorbei, um frische Kleider zu holen und habe mich anschließend schnurstracks auf den Weg zu euch gemacht.«

Hélène lächelte. »Du hast dich wirklich in Schale geworfen, muss ich schon sagen.«

»Fast wie ein echter Gentleman, wolltest du wohl sagen?« Bentley blinzelte in die Sonne. »Ich nehme mal stark an, dass das vor allem meinen Herrn Bruder besonders erfreut haben dürfte.«

Hélène ignorierte seine Bemerkung geflissentlich und wechselte abermals das Thema. »Die Saison steht so gut wie vor der Tür, Bentley. Wirst du die Monate über in der Stadt weilen?«, erkundigte sie sich.

»Um kleine Debütantinnen zu bezirzen?« Bentley lachte höhnisch auf und zerbrach den Ast, den er aufgelesen hatte, ehe er ihn über seine Schulter schleuderte. »Nein, wohl eher nicht.«

»Aber es könnte dir Spaß machen, Bentley. Werden denn deine Freunde nicht auch dort sein? Würdest du nicht gerne ... mal wieder neue Menschen kennen lernen?«

Bentley warf ihr einen düsteren Blick zu. »Gütiger Gott, Hélène, planst du etwa, mich zu verkuppeln?«

Bei diesen Worten musste seine Schwägerin losprusten. »Um Gottes willen, nein! Du bist ohnehin nicht der Typ Mann, der für die Ehe geboren ist, Bentley. Aber vielleicht könntest du dir ja ein paar Freunde zulegen, die ein wenig kultivierter sind, wenn du verstehst, was ich meine.«

Bentley war stehen geblieben. »Ich kann nicht glauben, dass ich das ausgerechnet aus deinem Mund hören muss, Hélène. Was ist aus deiner egalitären Einstellung geworden? Außerdem sind nicht all meine Freunde so chaotisch, wie Cam immer meint. Nimm beispielsweise Augustus Weyden. Er ist ein gut erzogener junger Mann.«

»Genau darauf will ich hinaus«, warf Hélène sanft ein. »Er und sein Bruder Theodore machen den Eindruck, als seien sie sehr nette junge Männer. Du solltest mehr Zeit mit den beiden verbringen. Und ich gehe mal davon aus, dass sie die Saison in der Stadt verbringen werden, *n'est-ce pas*?«

»Ja, meinst du?« Bentley warf ihr einen schiefen Blick zu. »Ich denke eher, dass man sie dazu zwingen müsste.«

Gekonnt wich Hélène einer schlammigen Stelle auf dem Pfad aus. »Lord Rannochs älteste Tochter hat diese Saison übrigens ihr Gesellschaftsdebüt.«

Bentley war erstaunt. »Du meinst doch nicht etwa die kleine Zoë Armstrong? Hélène, sie ist doch noch ein Kind!«

»Wohl eher eine junge Dame von siebzehn Jahren«, klärte sie ihn auf. Als Bentley darüber nachdachte, dass Zoë lediglich ein oder zwei Jahre jünger war als Freddie, befiel ihn ein beklemmendes Gefühl. Er konnte sich vage an die Einladungen erinnern, die auf seinem Schreibtisch gelandet waren, als Freddie im letzten Jahr ihr Debüt gegeben hatte. Er war überrascht gewesen und hatte konsequent jede Festivität ausgeschlagen. In seinen Augen war Freddie noch viel zu jung.

Aber als er über sie hergefallen war, war sie ihm nicht zu jung erschienen, oder? Nachdem er getürmt war, hatte er erst nichts weiter als leichte Scham empfunden, doch jetzt traf ihn die Erkenntnis, wie furchtbar jung Frederica noch war, mit voller Wucht. Und er fühlte sich plötzlich alt. Steinalt.

»Also, wirst du es tun?«, hakte Hélène aufmunternd nach. »Wirst du für die Saison in die Stadt ziehen und wenigstens eine Hand voll Einladungen annehmen, von denen du bestimmt haufenweise bekommen hast?«

»Kommt gar nicht in Frage, Hélène.« Bentley beschleunigte das Tempo und zog sie mit sich. Plötzlich lief ihm ein eisiger Schauer über den Rücken. Vielleicht hatte er gar keine andere Wahl, als sich auf sämtlichen Bällen zu präsentieren, weil er bis dahin längst verheiratet sein könnte. Und sobald ein Mann einen Ehering trug, war er ein fester Teil der Gesellschaft und angehalten, seinen repräsentativen Pflichten nachzukommen. Sehen und gesehen werden lautete die Devise. Ein verheirateter Mann von Stand konnte es sich schlichtweg nicht leisten, mit den Stiefeln voran aus einer schäbigen Spelunke oder einem verruchten Freudenhaus getragen zu werden. Sein Verhalten in der Öffentlichkeit würde unweigerlich auch auf seine Angetraute zurückfallen. Und ein wahrer Gentleman brachte seine Gattin niemals in eine despektierliche Lage.

Genau das würde er seiner Braut auch nie und nimmer zumuten wollen, erkannte er. Er würde folglich lernen müssen, sich taktvoll zu verhalten und seine vielen Liebschaften mit mehr Diskretion zu handhaben. Das war er Freddie schuldig.

Getragen von dem Gefühl, ein ausgesprochen großherziger Zeitgenosse zu sein, dem ganz übel mitgespielt wurde, erklomm er den Rest des Hügels.

Winnie Weyden faltete den Brief, der gerade mit der Post gekommen war, zusammen und legte ihn in der Mitte des Teetischs ab. »Fünf Wochen!«, rief sie fassungslos aus und blickte gedankenverloren in das knisternde Feuer. »Ach, du ahnst es nicht! Bis dahin gibt es ja noch unendlich viel zu erledigen. Ich fürchte, wir kommen nicht umhin, eine weitere Wäschemagd zu verpflichten. Außerdem müssen wir umgehend den Damenschneider benachrichtigen. Er soll uns einen Ballen eisblauer Seide zurücklegen. Bliebe noch das Problem mit den Hüten und Handschuhen ...«

Theo, der am Flügel saß und eine Sonate spielte, warf seinem Bruder einen genervten Blick zu, ohne sich jedoch dabei zu verspielen. Gus blickte von seiner Partie Schach gegen Frederica auf. »Fünf Wochen bis was?«, erkundigte er sich betont gelassen. »Wirklich, Mutter, du führst in letzter Zeit ständig Selbstgespräche.«

Frederica, die ohnehin so gut wie verloren hatte, beugte sich vor. »Sie hat gerade einen Brief von Cousine Evie erhalten«, flüsterte sie ihm zu. »Evie und Elliot kehren schon bald aus Schottland zurück.«

»Wir werden nach ihrer Rückkehr unverzüglich in die Stadt überwechseln«, fügte Winnie mit Leidensmiene hinzu. »Schließlich müssen wir Zoë noch für die komplette Saison ausstaffieren – und das in so kurzer Zeit. Das Gleiche gilt übrigens auch für dich, Freddie-Darling. Du kannst unmöglich die Ballkleider der letzten Saison auftragen.«

Freddie blickte sie entsetzt an. »Wie bitte?«

Doch Winnie rechnete bereits fieberhaft die bevorstehenden Ausgaben durch, weshalb sie ihr nicht antwortete. »Mindestens sechs neue Kleider«, murmelte sie vor sich hin und zählte mit den Fingern nach. »Es sei denn, wir entfernen die Rüschen am Ausschnitt deines elfenbeinfarbenen Kleids ... schließlich bist du jetzt keine Debütantin mehr.«

Gus hatte in der Zwischenzeit seinen Läufer bedrohlich nah an Fredericas Dame herangerückt. Doch sein Gegenüber hatte längst das Interesse an dem Spiel verloren. »Winnie, ich muss doch wohl nicht noch eine Saison mitmachen, oder?«

Winnies Augenbrauen schnellten in die Höhe. »Aber selbstredend, mein Kindchen, du bist jetzt ein Teil der Gesellschaft«, ermahnte sie Frederica. »Außerdem wirst du es wohl kaum zulassen, dass Zoë ohne deinen Beistand debütiert, oder? Ferner ist mir rein zufällig zu Ohren gekommen, dass ein gewisser Gutsbesitzer Ellows mit Familie ebenfalls in der Stadt sein wird.« Letzteres hatte sie mit bedeutungsvollem Unterton gesagt. Theo unterdessen gab mit seiner wundervollen Baritonstimme die letzten drei Akkorde der Klaviersonate theatralisch zum Besten: »Wir! Sind! Verloren!«

»Ja, Freddie, das sind wir«, stimmte Michael Theos Worten zu, ließ seinen Fuß vom Kamingitter gleiten, leerte sein Brandyglas in einem Zug und erhob sich. »Wir werden geschlossen nach London reisen, da kennt mein liebes Schwesterlein Evie gar nichts. Wenigstens bleibt es dir erspart, dich auf den Tanzkarten von Mauerblümchen einzutragen.«

»Da hast du vollkommen Recht. Weil ich nämlich selbst eine von diesen bedauernswerten Kreaturen bin!« Freddie war aufgesprungen und hätte beinahe das Schachbrett samt Figuren umgeworfen. »Ich kann nicht mitkommen, verstehst du? Ich kann einfach nicht!«, rief sie und stürzte auf die Salontür zu.

»Verflixt, jetzt geht das wieder los«, hörte sie Theo murmeln. »Was ist bloß in die gute alte Freddie gefahren?«

Bleierne Stille senkte sich über den Salon, doch Frederica ließ sich nicht aufhalten. Sie eilte hinaus, hastete die Haupttreppe des Hauses hinauf und lief so schnell es ging den Korridor entlang, der zu einer Wendeltreppe aus Stein führte. Schnellen Schrittes erklomm sie Stufe um Stufe, bis sie endlich vor der Tür zu ihrem Gemach stand. Unwirsch stieß sie sie auf, trat ein und warf sich aufs Bett.

Sie hasste es, hasste es, wenn sie sich so entsetzlich kindisch benahm. Sie war doch schon lange kein Kind mehr, war vielleicht nie eines gewesen. Seit ein paar Tagen schien sie ihre Gefühle nicht mehr richtig im Griff zu haben. Schon ein abgebrochener Fingernagel brachte sie zum Weinen. Was zur Hölle stimmte nicht mit ihr? Seit jener Nacht, in der Johnny ihr den Laufpass gegeben hatte, schien ihr Leben aus den Angeln gehoben worden zu sein. Mit einem lauten Schluchzer vergrub sie ihr Gesicht im Kopfkissen.

Frederica wünschte, sie hätte jemanden, dem sie sich anvertrauen konnte. Sie vermisste Zoë, die seit mehr als zehn Jahren ihre beste Freundin war. Als ihre Cousine Evie Zoës Vater, Lord Rannoch, geheiratet hatte, war Frederica schier außer sich vor Freude gewesen. Ihre Cousinen Evie und Nicolette und ihr Cousin Gus, ja selbst Theo, waren ihr immer so unglaublich erwachsen erschienen. In Zoë aber fand Frederica eine wirkliche Freundin. Doch jetzt trug sie ein Geheimnis mit sich herum, das sie im Grunde mit niemandem teilen wollte – schon gar nicht mit Zoë.

Bentley Rutledge.

Er war ihr Geheimnis. Ihre Sünde. Ihre Schande. Was sie mit ihm in der dunklen Nacht getan hatte, war ein Riesenfehler gewesen. Und zudem gefährlich. Im Nachhinein war sie entsetzt über das, was sie getan und worum sie ihn *gebeten* hatte. Aber sie war sich nicht sicher, ob sie in derselben Situation nicht wieder so handeln würde, was ihren Kummer noch zusätzlich verstärkte.

Der einzige Unterschied lag darin, dass sie beim nächsten Mal nicht aus einem Gefühl der Wut mit ihm intim werden würde.

Es ging über Fredericas Verstand, wieso sie beim Gedanken an Bentley Rutledge noch immer diese unglaubliche Sehnsucht tief in ihrem Inneren verspürte, wo er sie doch so unsäglich niederträchtig behandelt hatte und einfach geflohen war. Aber was hatte sie erwartet? Dass sie in seinen Armen aufwachen und er ihr ewige Liebe geloben würde? Ha! Sie wusste doch, welche Sorte Mann er war. Dem Herrn sei Dank, dass sie sich nicht auch noch einredete, in ihn verliebt zu sein.

Und doch verband sie mit ihm eine Wärme und Freundlichkeit, die ihresgleichen suchte. Die Art und Weise, wie er den Kopf in den Nacken warf und lachte – aus tiefstem Herzen und oft über sich selbst –, musste man einfach mögen. Er war so zuvorkommend, besonders dem weiblichen Geschlecht gegenüber. Und vor allem, wenn er etwas unbedingt haben wollte. Einmal hatte sie ihn in der Küche erwischt, wie er Mrs. Penworthy, die mindestens schon sechzig sein musste, auf die Wange geküsst hatte, um sie zu überreden, Himbeertörtchen als Dessert zum Dinner zu machen. Mrs. Penworthy hatte ihn zwar mit einem Holzlöffel verscheucht, aber Himbeertörtchen hatte es dennoch gegeben. Und zwar genug für eine ganze Woche.

Herrgott, was für ein niederträchtiger Schuft, dachte Frederica und wischte sich mit einer hastigen Bewegung die Tränen fort. Besonders belastete sie das Wissen darum, dass Evie und Rannoch übereingekommen waren, die Familie baldmöglichst nach London zu schicken. Alle Welt würde wissen, dass sie für eine zweite Runde auf das Parkett der Unverheirateten geschoben wurde.

Ihr wurde schwer ums Herz, als sie den Gedanken zu Ende führte. Was, wenn ihr tatsächlich jemand den Hof machte und um ihre Hand anhielt? Zwar hatte sie – wie wahrscheinlich die meisten Waisenkinder – schon immer von einem eigenen Heim und einer eigenen Familie geträumt, aber sie würde es nicht übers Herz bringen, einem Mann ihr Ja-Wort zu geben, ohne ihm reinen Wein eingeschenkt zu haben. Und sie wusste, dass sie dafür nie und nimmer den Mut aufbringen würde. Wie aber sollte sie Evie – oder gar ihrem Vormund Lord Rannoch – schonend beibringen, warum sie potenzielle Ehemänner abblitzen ließ? Doch damit waren ihre Probleme noch nicht erschöpft. Sie fragte sich ferner, was geschehen würde, wenn sie Bentley Rutledge über den Weg lief? O Gott! Wie erniedrigend. Sie würde ihm nie wieder ins Gesicht schauen können.

Erst später, Tage später, erkannte Frederica, dass die Aussicht, Johnny in die Arme zu laufen, sie weitaus weniger beunruhigte als der Gedanke daran, auf Bentley zu treffen.

Kapitel 4

*In welchem Miss Armstrong zur Verschwiegenheit
verpflichtet wird*

Drei Tage vergingen auf Chalcote. Drei Tage vollkommener Stille.

Am ersten Tag – nachdem Emmies Taufe stattgefunden hatte – irrte Bentley ziellos durch das Haus, was ihm befremdete Blicke der Dienerschaft einbrachte. Er konnte ihnen noch nicht einmal einen Vorwurf daraus machen, denn für gewöhnlich hielt er sich lieber außerhalb des Hauses auf.

Am zweiten Tag schnappte er sich seine Nichte, Lady Ariane, verfrachtete sie in seinen Zweispänner und fuhr mit ihr nach Aldhampton, wo sie einen ausgelassenen Nachmittag mit seiner Schwester Catherine und ihren beiden kleinen Zwillingen, Anaïs und Armand, verbrachten. *Onka Benka* musste jedoch allzu bald mit dem Hoppe-Hoppe-Reiter-Spiel aufhören, weil ihm sein verdrehtes Knie einen Strich durch die Rechnung machte. Er fühlte sich jetzt nicht nur alt, sondern obendrein auch noch gebrechlich, was seine Laune nicht wesentlich besserte. Zudem war er beim Tee den schwarzen, wachsamen Augen von Catherines Gatten ausgesetzt, was ihm einen kalten Schauer nach dem anderen über den Rücken jagte. Max de Rohan, Lord de Vendenheim, war ein ehemaliger Polizeiinspektor, doch nicht nur sein beruflicher Werdegang war etwas skurril, es floss auch höchst seltsames Blut in den Adern seiner Familie. Vor allem in denen seiner schaurigen Großmutter. Die alte Signora Castelli gehörte zu jenen Gestalten, die man lieber mied, wenn es sich einrichten ließ. Sie war eine Schwarzseherin, die den Flammen der Hölle entstiegen sein musste, denn sie schaffte es, ihren Mitmenschen das Gefühl zu geben, sie hätte ihre Seele auf Links gekrempelt und selbige penibelst nach möglichen Schandflecken untersucht – ähnlich wie bei frisch gewaschener und getrockneter Wäsche.

Am dritten Tag kam Bentley sich wie ein gefangenes Tier vor, das langsam, aber stetig wahnsinnig wurde. Er schlüpfte in seinen Staubmantel, schulterte sein Gewehr und befand sich gerade auf dem Weg zu den Stallungen, als er einem der Hausmädchen begegnete, das einen Krug Bienenwachs aus der Hütte des Gärtners geholt hatte. Queenie blieb stehen, stemmte sich den Krug in die Hüften und winkte ihm freizügig zu. »'nen prächtigen Morgen wünsch ich Ihnen, Mr. B.«, begrüßte sie ihn strahlend und musterte ihn mit einem koketten Augenaufschlag. »Ihr Anblick erwärmt das Herz eines willigen Mädchens ganz gehörig!«

Bentley gesellte sich – wie es die in die Jahre gekommene Queenie von ihm erwartete – zu ihr und packte ihr kräftig an den Allerwertesten. »Ach Queenie«, sagte er wehmütig. »In ganz London gibt es keinen schöneren Hintern als den deinen. Ich frage mich jedes Mal, wie ich es übers Herz bringen kann, Chalcote Court hinter mir zu lassen.«

Bei diesen Worten klimperte sie heftig mit den Wimpern und errötete. »Jetzt hören Sie aber auf«, widersprach sie sichtlich angetan. »Sie haben doch gar nichts übrig für eine wie mich.«

Bentley rückte das Gewehr zurecht und lächelte sie freundlich an. »Queenie, du weißt genau, dass das nicht stimmt«, erwiderte er und ging ein paar Schritte rückwärts, während er klagend die Hände gen Himmel ausstreckte. »Aber der heilige Cam wird mich eigenhändig an den Eiern aufhängen, wenn er mich mit einer Bediensteten erwischt, denkst du nicht auch? Na ja, vielleicht wäre es das Risiko wert? Doch du musst dich schon ein wenig mehr ins Zeug legen für mich, Queenie.«

Er betete inständig, sie möge ihn nicht beim Wort nehmen. Queenie lachte derb auf, machte eine wegwerfende Handbewegung und ging weiter in Richtung Haupthaus.

Plötzlich kam Bentley eine Idee.

»Queenie, warte!«, rief er ihr nach und humpelte ein Stück des Weges zurück. »Sag mal, nimmst du noch immer die Morgenpost in Empfang?«

Verdutzt nickte sie. »Jawoll, entweder ich oder einer von den Kerlen.«

Bentley wog seine nächsten Worte gut ab. Queenie mochte selbst für seinen Geschmack ein wenig zu erfahren sein, dennoch schätzte er sie aufrichtig. Sie hatte bis vor einigen Jahren ihr Brot als Dirne verdient, ehe sie der Familie einen großen Dienst erwiesen und die kleine Lady Ariane aus den Fängen eines Geisteskranken gerettet hatte. Die Familie stand tief in ihrer Schuld, und es war Bentley gelungen, Cam zu überreden, ihr eine Dienstbotenanstellung zu geben, denn er wusste, dass sie ein gefallenes Mädchen war, das seinen Zenit längst überschritten hatte.

Queenie blickte ihn erwartungsvoll an. Ihr rundes, fülliges Gesicht wirkte gar ein wenig mütterlich. »Was ist denn nun, Mr. B.?«, setzte sie ungeduldig an. »Sie können der alten Queenie ruhig sagen, wo der Schuh drückt, ehrlich.«

Bentley fühlte sich peinlich berührt. »Nun, es geht lediglich um einen Brief«, setzte er verlegen an. »Falls ich Post bekomme, würdest du sie bitte für mich beiseite legen? Richte Milford aus, er möge meine Korrespondenz nicht auf den Tisch in der Empfangshalle legen, sondern sie mir persönlich überreichen.«

Queenies Gesichtsausdruck entspannte sich. »Armer kleiner Liebling«, murmelte sie und tätschelte ihm die Schulter. »Wieder mal in der Bredouille, was?«

Bentley brachte ein gequältes Lächeln zustande. »Queenie«, sprach er, senkte kurz den Kopf und drückte ihr einen schnellen festen Kuss auf die Wange. »Wenn du nur wüsstest...« Mit diesen Worten humpelte er wieder in Richtung Stallungen.

Noch bevor er den Hundezwinger entriegelt hatte, sprangen die Setter mit wild wedelnden Schwänzen umher, und als er auf dem Hof in die Knie ging, um ihnen die Ohren zu kraulen und ihre Ehrerbietung zu würdigen, scharten sie sich freudig kläffend um ihn. Auf dem Weg hierher hatte ihn der Gedanke gequält, sie würden ihn vielleicht nicht wieder erkennen. Es zählte zu seinen größten Ängsten, ausgeschlossen und vertrieben zu werden von diesem Fleckchen Erde, das er gleichermaßen liebte und hasste.

Kläffend schwärmten die Setter aus, und auch Bentley begann mit dem Abstieg. Er überquerte den Fluss und gelangte in die Hochheide. Vereinzelt standen träge Schafe auf den Wiesen und zupften hartnäckig am spröden Gras, während die Hunde jedes Dickicht durchstöberten und auch keine Baumgruppe ausließen. Ihre hellen Schwanzspitzen wedelten auf der Suche nach Beute beständig hin und her. Wenn sie Vögel aufschreckten, gefroren sie sogleich in der Bewegung und warteten auf einen Schuss, der niemals kam.

Statt mit dem Gewehr in Position zu gehen, begnügte Bentley sich damit, die Hunde zu loben. Ihm wurde bewusst, dass er gar nicht wegen der Jagd gekommen war. Es war eh nicht die beste Zeit dafür. Nein, er war gekommen, um nachzudenken. Darüber, wie seine Geschwister lebten – Cam mit Hélène und den Kindern auf Chalcote und Catherine mit Max und den Zwillingen auf Aldhampton. Selbst seine Cousine Joan und ihr Pfaffe hatten sich zu einem glücklichen, häuslichen Leben niedergelassen. Bentley war der Einzige, der noch immer ziellos umherirrte, auch wenn er stolz war, wenigstens eine offizielle Postadresse vorweisen zu können, das Roseland Cottage, Hélènes einstiges Zuhause in Hampstead.

Als er seinerzeit das Landhaus bezogen hatte, war es unbewohnt gewesen – sah man einmal von Hélènes früherem Kindermädchen ab, das sich hin und wieder um ihn kümmerte. Er konnte kommen und gehen, wie es ihm beliebte. Vor allem liebte er den wunderschönen Rosengarten, der zum Cottage gehörte – auch wenn er das nie laut sagen würde, denn er hatte schließlich einen gewissen Ruf zu wahren. Besonders gefiel ihm, dass Hampstead dicht bei London und recht weit entfernt von Chalcote lag. Cam und er brauchten hin und wieder einen gewissen Abstand.

In jungen Jahren hatte Bentley sich eingeredet, Cam wäre eifersüchtig auf ihn, weil Vater ihn, den jüngeren Sohn, zu seinem Liebling erkoren hatte. Randolph Rutledge war an seinem Älteren schier verzweifelt, weshalb er ihn – wenn sich die Gelegenheit präsentierte – verhöhnt und ins Lächerliche gezogen hatte. Heute erschien Bentley das Verhalten seines Vaters entsetzlich grausam, und es tat ihm unendlich Leid, ihn auch noch dazu angestachelt zu haben. Aber das war längst nicht alles, was er zutiefst bedauerte. Cam war jemand, der das Leben zielstrebig anging, wodurch er seinerzeit die Familie vor argen Geldnöten bewahrt hatte. Doch Bentley hatte es nie geschafft, über seinen Schatten zu springen, um Cam für all diese Opfer zu danken, die er vor allem für seine jüngeren Geschwister erbracht hatte. Das größte Opfer war zweifelsohne seine erste Ehe mit diesem verfluchten Weibsbild Cassandra gewesen. Diese Verbindung war für sie alle die finanzielle Rettung, aber der emotionale Ruin gewesen: Cam hatte viele Jahre an eine gehässige Hexe verschwendet, Catherine hatte sich genötigt gefühlt, zu früh zu heiraten, um der familiären Situation zu entkommen und er... nun, darüber wollte Bentley erst gar nicht nachdenken. Der Blick in seine Vergangenheit rückte das, was er aus seinem Leben gemacht hatte, in ein Furcht erregendes Licht. Er konnte von Glück reden, wenn er die Früchte dessen, was er gesät hatte, nicht ernten musste.

Bentley verscheuchte die aufkeimenden Erinnerungen, als er den Weg erklomm, der ihn zu seiner Lieblingsstelle auf dem Hügel führen würde. Oben angekommen – es war der höchste Aussichtspunkt in der Umgebung –, konnte Bentley das stolz schimmernde Herrenhaus seiner Cousine Joan in der Ferne liegen sehen, das nicht so recht in die Cotswolds passen wollte. Seine Tante Belmont hatte sich für den Bau von Bellevue seinerzeit eigens weißen Portlandit liefern lassen, um mit einem noch prächtigeren Herrenhaus als Chalcote auftrumpfen zu können.

Bentley erinnerte sich an Joans Worte. Sie wollte ihn sehen, und mittlerweile freute er sich auch auf einen gemeinsamen Spaziergang und ein langes Gespräch mit ihr. Was war es wohl, das sie ihm anvertrauen wollte? Doch wenn er ehrlich war, war er nicht erpicht darauf, noch mehr Ballast in Form von Geheimnissen mit sich herumzutragen – selbst dann nicht, wenn sie von Joan kamen.

Plötzlich stoben die Hunde aus einem Himbeergebüsch und preschten mit weit heraushängenden Zungen davon, um die friedlich grasenden Schafe zu umkreisen. Bentley kehrte Bellevue den Rücken zu und blickte hinüber zu Chalcote, dessen Haupthaus an einen Topas erinnerte, der wie in ein olivfarbenes Meer eingebettet dalag. Daneben erkannte er St. Michael's samt Friedhof, dessen weiße Grabsteine wie winzige Schneeflocken beinahe unbedeutend anmuteten. Aber das waren sie nicht. Nicht für die Familienchronik der Rutledges.

Ungefähr einen halben Monat nach ihrem Tête-à-Tête mit Bentley Rutledge ließ Frederica sich an einem stürmischen Nachmittag von Michael zu einer Partie Tivoli im Salon überreden. Winnie wollte sie eigentlich mit Gus und Theo zum Tee ins Pfarrhaus schleppen, doch Frederica täuschte erneut Kopfschmerzen vor. Dank dieser Ausrede hatte sie schon seit Tagen keinen Fuß mehr vor die Tür gesetzt.

»Armes Kind!«, rief Winnie aus, als Gus ihr in der Einganghalle in den Mantel half. »Ich hoffe inständig, dass dir das Schicksal eine Sehhilfe erspart. So häufig, wie du von Kopfschmerzen geplagt wirst, musst du ausgesprochen kurzsichtig sein.«

Mit lautem Getöse stürmte Theo die Treppe hinunter und warf sich im Laufen den Gehrock über. »Mein Schädel brummt auch«, murrte er. »Vielleicht sollte ich auch hier bleiben.«

Winnie holte mit ihren Lederhandschuhen aus und versetzte ihrem Spross einen Schlag auf den Ärmel. »Sei nicht albern, Theodore!«, schalt sie ihn, wobei ihre goldenen Löckchen vor Entrüstung bebten. »Ab mit dir in die Kalesche. Du wirst schön deinen Pflichten nachkommen, wie es sich gehört.«

Als Gus und Theo ihrer Mutter die Freitreppe hinunterhalfen, wirkten sie eher wie geläuterte Jungen als wie erwachsene Männer und warfen Michael und Frederica anklagende Blicke zu. Nachdem die drei endlich abgefahren waren, bereiteten die beiden Daheimgebliebenen den Spieltisch vor, und Michael überließ Frederica die Wahl der Queues. Wie durch ein Wunder versenkte Frederica die ersten sechs Kugeln mit Ansage. Bereits nach einer Viertelstunde war Michael so gut wie chancenlos.

Mit einem Mal stand eine Gestalt im Türrahmen. »Eure Lordschaft«, sagte der Butler steif, »Mr. Ellows wünscht, Sie zu sprechen. Soll ich ihn in den Salon führen?«

Frederica stockte der Atem. Michael stellte sein Queue auf der Spitze seines Schuhs ab. »So, so, der gute alte Johnny ist hier«, meinte er und schenkte Frederica ein schiefes Grinsen. »Zu wem er wohl möchte? Schicken Sie ihn ruhig herein, Bolton. Vielleicht kann Freddie uns ja beide an die Wand spielen.«

Bolton machte einen Bückling und entfernte sich. Sogleich legte Frederica das Queue nieder. »Johnny kann ja die Partie für mich beenden«, sagte sie. »Ich muss ohnehin noch mit Cook wegen des Dinners sprechen.«

Frederica wandte sich in Richtung Tür, doch Michael hielt sie zurück, indem er sie bei der Schulter packte. »Was soll das, Freddie?« Seine klaren blauen Augen blickten sie fragend an. »Keine Zeit für deinen Busenfreund Johnny?«

»Nein.«

»Schneidest du ihn?«

Einen Augenblick lang hielt sie seinem Blick stand. »Ich muss wirklich dringend mit Cook sprechen.«

Doch für einen schnellen Abgang war es zu spät. Johnny stand bereits vor der Türe zum Salon und entledigte sich seines eleganten Paletots, den er Bolton überreichte.

»Guten Tag, Frederica«, begrüßte er sie mit einer flüchtigen Verbeugung. »Trent, ich hoffe, es geht dir gut.«

Michael lachte und legte sein Queue neben Freddies ab. »Geht so, wenn man bedenkt, dass ich gerade sang- und klanglos gegen

Freddie verliere«, antwortete er und drehte sich zu ihr um. »Ach ja, Freddie, ich werd mich mal um den Tee kümmern. Wenn ihr beiden mich also entschuldigen würdet? Dabei fällt mir ein, soll ich Cook bei der Gelegenheit etwas von dir ausrichten, Freddie?«

Frederica schleuderte Michael einen bitterbösen Blick zu, wenngleich sie ihm keinen Vorwurf machen konnte. Schließlich ahnte er ja nichts von Johnnys Ehrlosigkeit. »Ich bin mir ziemlich sicher«, ergriff sie steif das Wort, »dass Mr. Ellows heute hergekommen ist, um *dir* und nicht *mir* einen Besuch abzustatten, weshalb ich ...«

»Eigentlich nicht«, unterbrach Johnny sie. Erst jetzt bemerkte Frederica seine Nervosität. »Ich würde gerne kurz mit dir unter vier Augen sprechen, Frederica.«

Was mochte er im Schilde führen? Freddie schaute von Michael zu Johnny und wieder zurück. Es blieb ihr kaum etwas anderes übrig, als einzuwilligen.

Michael empfahl sich, jedoch nicht, ohne die Türen weit geöffnet zu lassen, wie es die Regeln des Anstandes verlangten. Frederica wies auf einen Sessel am Kamin. »Möchten Sie sich vielleicht setzen, Mr. Ellows?«

Johnny antwortete nicht sofort, sondern starrte sie stattdessen verschüchtert an. »Wie es scheint, grollst du mir noch immer«, wählte er dann behutsam seine Worte. »Nun, ich kann das verstehen, sehr gut sogar. Aber ich musste dich einfach sehen, Freddie, ehrlich.«

»Warum?«, fragte sie schroff.

Johnny errötete. »Wir werden morgen in aller Frühe nach London aufbrechen«, murmelte er. »Papa hat ein Haus gemietet, weißt du. Und nun wollte ich dich fragen, ob ... ob ich dich in der Stadt sehen werde?«

Frederica stützte sich mit einer Hand auf der Rückenlehne des Sessels ab, den Johnny verschmäht hatte, und hoffte inständig, ihm möge entgehen, wie tief sich ihre Finger in den Bezug bohrten. »Das lässt sich nicht vermeiden«, antwortete sie ihm mit erstaunlich ruhiger Stimme. »Schließlich ist London ja nicht übermäßig groß.«

Er ging auf sie zu und blieb dicht vor ihr stehen. Nervös fuhr er sich durch sein gut frisiertes Haar. »Nun ja, Freddie, so habe ich das nicht gemeint.«

Fragend runzelte sie die Stirn. »Was genau meinten Sie denn, wenn ich fragen darf?«

Johnny sog scharf den Atem ein. »Ich hätte gerne gewusst, ob Lord Rannoch mich im Strath House empfangen wird, wenn ich um dich vorspreche. Ob *du* mich empfangen wirst?«

Frederica wurde von einer Woge der Verwirrung ergriffen, ihre Knie drohten nachzugeben. Wollte er etwa...? Würde er gar um ihre...? Nein, das konnte unmöglich sein. Es dauerte einen Augenblick, ehe ihre Dickköpfigkeit die Oberhand gewann und sie zu ihrer Selbstbeherrschung zurückfand. »Ich kann mir beim besten Willen nicht vorstellen, dass Sie das wirklich interessiert, Mr. Ellows.«

Behutsam hob Johnny die Hand und legte ihr einen Finger auf die Lippen. »Johnny«, erinnerte er sie mit einem entwaffnenden Blick. »Ich bin doch noch immer dein Johnny, nicht wahr? Bitte sag, dass dem so ist.«

Bedächtig schüttelte sie den Kopf. »Nein, Sie irren, mein Herr. Gewaltig sogar«, raunte sie. »Sie müssen das verstehen. Wir können nicht ewig weitermachen, als seien wir Spielkameraden. Oder was auch immer. Ihre Zukünftige würde das nicht sonderlich begrüßen, was ihr gutes Recht ist.«

Johnny murmelte etwas Unverständliches.

Frederica konnte nicht glauben, was sie soeben meinte, gehört zu haben. »Verzeihung«, sagte sie mit plötzlich pochendem Herz. »Was sagten Sie gerade?«

Mit steifen Bewegungen nahm Johnny nun doch Platz. »Ich bin gar nicht verlobt.« Dieses Mal hatte sie ihn klar und deutlich verstanden. »Meine Hochzeit mit Hannah ist... nun, sie wird nicht stattfinden. Man könnte sagen, wir hatten eine Meinungsverschiedenheit.«

Von kalter Panik erfasst fragte sie: »Wie war das?«

Johnny schaute zu ihr auf und verzog den Mund zu einem ironischen Lächeln. »Hannah ist mit dem Verwalter ihres Vaters nach Schottland durchgebrannt.«

»Johnny, nein.« Blankes Entsetzen schwang in ihrer dünnen Stimme mit. »Nein. Das kann nicht wahr sein. Du solltest sie doch heiraten. Du hast gesagt, dass ... du dich für sie entschieden hättest.«

Johnny zuckte mit den Schultern. »Hatte ich auch, aber sie hat sich letzten Endes gegen mich entschieden, auch wenn sie einen verdammt schlechten Tausch gemacht hat. Sie bekommt nämlich nun keinen müden Shilling. Das ganze Geld meines Onkels wird eines Tages an mich gehen.«

»Allmächtiger!« Frederica drehte sich der Magen um. »Deine Cousine gibt wegen einer Liebesheirat alles auf? Und nun hat ihr Vater sie enterbt? Die Gute hat ja ziemlichen Schneid.«

»Das kannst du wohl laut sagen.« Ein selbstzufriedener Ausdruck trat in seine Augen, und Frederica wunderte sich, warum ihr dieser Blick nicht schon früher aufgefallen war. »Es war töricht von ihr, aber egal, ich bin aus dem Schneider. Ich bin wieder ein freier Mann und kann tun und lassen, was ich will.«

»Was du willst?«

»Ja, ich dachte mir, dass wir dort anknüpfen, wo wir stehen geblieben waren, Freddie.« Lächelnd streckte Johnny ihr die Hand entgegen.

Frederica schüttelte den Kopf und wich fassungslos zurück. »Nein.«

Das Lächeln auf Johnnys Lippen gefror. »Was meinst du mit *Nein*?«, fragte er. »Sei nicht so störrisch, Freddie. Ich habe getan, was ich tun musste, dafür kannst du mich jetzt unmöglich bestrafen.«

Entkräftet ließ Frederica sich in den gegenüberstehenden Sessel fallen. »Ich denke, es ist an der Zeit, Mr. Ellows, dass Sie sich empfehlen«, kehrte sie zu ihrer harten Linie zurück. »Auf der Stelle.

Und sollten Sie Ihre Visitenkarte im Strath House abgeben, so bin ich mir sicher, dass meine Cousins Sie mit Freude empfangen werden.«

»Und was ist mit dir?«

»Es tut mir Leid, Sir«, antwortete sie. »Aber ich werde ganz gewiss keine Zeit für Sie erübrigen können.«

Johnny sprang auf. »Gütiger Gott, Freddie, was ist denn nur auf einmal mit dir los? Ich verstehe dich einfach nicht!«

»Mr. Ellows, ich gebe Ihnen den guten Rat, sich mit der Situation so schnell wie möglich abzufinden.« Mit Müh und Not hatte Frederica sich ebenfalls aufgerichtet, hatte die Schultern zurückgenommen und schritt hoch erhobenen Hauptes auf den Flur hinaus, wo sie geradewegs auf die Treppe zusteuerte.

»Freddie!« Johnnys Stimme hallte durch das halbe Haus. »Warum tust du mir das an? Es hat sich doch zwischen uns nichts geändert.«

O Johnny. Alles hat sich geändert. Sie hatte sich verändert.

Ihr Verstand war noch völlig benebelt. Sollte sie lachen? Oder weinen? Johnny Ellows gedachte nun doch, sie vor den Altar zu führen. Aber ihr blieb schlichtweg nichts anderes übrig, als abzulehnen, weil sie aus einem Wutanfall heraus und vor lauter Verwirrung noch etwas viel Dümmeres getan hatte als seine Cousine Hannah. Und die hatte wenigstens aus Liebe gehandelt.

Auf dem nächsten Treppenabsatz blieb sie stehen und hielt sich mit aller Kraft am Geländer fest. Ein Teil von ihr wollte seinen Antrag annehmen, weil er nichts Besseres verdient hatte. Aber ein weitaus größerer Teil war entsetzt darüber, wie sie so etwas überhaupt in Erwägung ziehen konnte. Und dann, einen Augenblick später, wurde ihr bewusst, dass es nicht Johnny war, den sie wollte. Nein, nicht mehr. Diese Erkenntnis machte ihr Angst.

Zwei Wochen nach seiner Ankunft in Gloucestershire verbrachte Bentley einen mehr oder minder feuchtfröhlichen Abend im Wirtshaus des Dorfes. Bilder und Schatten aus seiner Vergangenheit in

Chalcote waren wieder an die Oberfläche gestiegen und hatten in ihm den Wunsch nach einer sofortigen Flucht geschürt.

Um ein wenig die Zeit totzuschlagen, war er im *Rose & Crown* eingekehrt, das ganz hervorragende Lammrippchen zubereitete. Es gab dort noch etwas, das ihm für gewöhnlich sehr mundete, aber nicht auf der Speisekarte stand, sondern von der Bardame Janie auf den Rippen getragen wurde.

Doch an diesem Abend schmeckte ihm nicht einmal das zarte Lammfleisch, und er hatte auch keine Augen für Janie. Mit den Ellbogen auf die Theke gestützt, langweilte er den armen Schankwirt mit Belanglosigkeiten, während Janie von Tisch zu Tisch eilte und seinen Rücken mit giftigen Blicken durchbohrte.

Gegen zwei Uhr morgens stolperte Bentley den Hügel zum Anwesen hinauf. Umgehend war Milford zur Stelle, um sich seines Gehrocks anzunehmen, ehe er ein gekünsteltes Hüsteln von sich gab. »Mr. Rutledge, Sie hatten darum gebeten, dass wir Ihnen Ihre Post persönlich überreichen«, setzte er an und legte sich Bentleys Gehrock über den Arm.

Mit einem Schlag war Bentley hellwach und stocknüchtern. »Was ist denn gekommen?«

»Nur dies hier«, erklärte ihm der Bedienstete und entnahm seiner Westentasche eine zusammengefaltete Nachricht. »Ihre Ladyschaft erhielt dieses Schreiben heute Morgen, weshalb ich mich vielmals für die verspätete Übergabe entschuldigen möchte.«

»Sie haben Hélène meine Post gegeben?«

»Der Brief war an die Dame des Hauses adressiert«, erklärte der Butler ihm. »Doch als sie ihn öffnete, fiel eben diese Nachricht für Sie heraus, die von Roseland hierher geschickt wurde.« Bentley riss ihm den Brief aus den Händen. Übelkeit bemächtigte sich seiner. O Gott! Es war so weit. Er hatte Gus' Handschrift sofort erkannt, verstand aber nicht ganz, warum der Brief an das Roseland Cottage geschickt worden war. Er hatte Freddie doch unmissverständlich mitgeteilt, dass er in Gloucestershire auf Nachricht von ihr warten würde.

Bentley sprintete die zwei Etagen bis zu seinem Schlafgemach hoch. Doch als die Tür ins Schloss gefallen war, sank sein Mut, das Schreiben zu öffnen, weshalb er es erst einmal auf eine Kommode warf und zu seinem Sekretär ging, um sich einen Drink zu genehmigen. Im Grunde hatte er genug getrunken, doch jetzt konnte er einen kräftigen Schluck mehr denn je gebrauchen. Mit zittriger Hand löste er den Stöpsel aus der Karaffe und schenkte sich gut zwei Fingerhoch von Cams bestem Cognac ein. Er spülte den edlen Tropfen jedoch derart unachtsam herunter, dass ein Franzose ob dieses Frevels in Ohnmacht gefallen wäre. Nun wartete er auf das wohltuende Brennen in der Magengrube.

Aber es half alles nichts, er konnte den Brief noch immer nicht öffnen und ging die nächste Viertelstunde unruhig im Zimmer auf und ab. Er spekulierte, was wohl darin stehen mochte. Schwor Gus ihm Blutrache? Oder äußerte er seine Freude darüber, dass sie in Bälde verwandt sein würden? Wieder wanderten seine Augen zu dem Brief, der strahlend weiß auf der Kommode lag. Bentley stieß ein verbittertes Lachen aus. Nein, Letzteres würde wohl eher nicht darin stehen. Mit einem Halunken befreundet zu sein, war eine Sache, aber es war eine gänzlich andere, wenn dieser Halunke in die eigene Familie einheiratete.

Vielleicht forderte Gus ihn gar zum Duell heraus? Das war eher unwahrscheinlich, denn Bentley war ein wahrer Meister der Duellierpistole, und auch mit dem Degen besiegte ihn so schnell niemand. Nein, vermutlich forderte er ihn auf, sich unverzüglich, in nüchternem Zustand, dem Anlass entsprechend gekleidet und mit einer amtlichen Heiratserlaubnis in der Tasche nach Chatham aufzumachen, um dort vorstellig zu werden. Sein süßes Junggesellendasein war ein für alle Mal vorüber, er befand sich an der Schwelle zu einem Leben geprägt von vielschichtiger Verantwortung. Wieder wurde ihm übel, und er stürzte auf den Nachttopf zu, was er schon seit Ewigkeiten nicht mehr hatte tun müssen. Doch selbst das wollte ihm nicht gelingen. Stattdessen starrte er auf einen Riss in der Porzellanschüssel. Gütiger Herr! Er konnte einfach nicht!

Angewidert schob er den Nachttopf beiseite und brachte seine Kleider in Ordnung. Plötzlich schämte er sich zutiefst. Freddie war eine so bezaubernde und zerbrechliche Person und verdiente einen weitaus anständigeren Mann als ihn. Es tat ihm Leid, dass dieses arme Kind ihr Leben ausgerechnet mit einem Burschen wie ihm verbringen musste.

Nach geraumer Weile fasste er sich also ein Herz und brach Gus' Wachssiegel auf. Erstaunlich gelassen überflog er die Zeilen. Erst einmal und dann noch einmal.

Was zum Teufel...?

Der Brief strotzte nur so vor Entschuldigungen. Gus war augenscheinlich dem Irrtum aufgesessen, dass Theo ihn in jener schicksalhaften Nacht aus Versehen ausgesperrt hätte. Die gesamte Familie brachte ihr Beschämen über diesen unglückseligen Vorfall zum Ausdruck. Ferner ließ Gus ihn wissen, dass seine Reisetasche sorgsam gepackt und nach Hampstead geschickt worden war und dass sie allesamt hofften, ihn baldmöglichst wieder als Gast begrüßen zu dürfen. Der Brief endete mit Gus' leicht anrüchiger Bemerkung, dass die Rothaarige vom *Wrotham Arms* ihn scheinbar schrecklich vermisste.

Verdammter Mist! Diese kleine hinterlistige Hexe! Sie hatte allem Anschein nach kein Sterbenswörtchen über sich und ihn verlauten lassen. Nicht eine Silbe. Gütiger Gott, wie konnte Freddie ihrer Familie das antun? Sich selbst? Und ihm? Dachte sie etwa, es wäre ihm einerlei? Bildete sie sich ein, sie könnte einfach einem Mann ihre Jungfräulichkeit schenken und dann von ihm erwarten, dass er sich einfach so davonmachte? Bentleys Hände zitterten noch immer, doch dieses Mal nicht vor Angst, sondern vor Wut und Empörung.

Beim Allmächtigen, dieses Mädchen gehörte *ihm*. So schrecklich konnte es schließlich nicht sein, ihn zum Mann zu nehmen. Oder doch? Du liebe Güte, er wusste es nicht. Hatte er ihr nicht einen wunderschönen Heiratsantrag gemacht? Hatte er sie nicht förmlich bekniet, ihn zum Mann zu nehmen? So ähnlich hatte er es zumindest formuliert. Nie wäre er darauf gekommen, sie würde ihn ablehnen. Nicht, dass er hätte heiraten wollen, natürlich war das das Letzte, was er wollte. Ha, da hatte er ja noch einmal Glück gehabt! Er war davongekommen. Warum also war er so rasend wütend? Wieso hatte er plötzlich diesen unbändigen Drang, seine Hände um Freddies lieblichen Hals zu legen?

Er eilte zur Kommode, riss die Schubladen auf, stürmte ins Ankleidezimmer und stopfte wahllos Kleider in eine Reisetasche. Es machte keinen Sinn, noch länger Däumchen zu drehen und auf einen Brief zu warten, der niemals kommen würde. Er würde Freddie schlichtweg aus seinem Gedächtnis verbannen. Und wenn er das nächste Mal nach Chatham fuhr, würde er so tun, als ob ... nein, er würde sich erst gar nicht wieder dort blicken lassen. Nie wieder. Gus und Theo – ja selbst der Grünschnabel Trent – müssten sich schon nach London bequemen, wenn sie wieder einmal ein anständiges Saufgelage erleben wollten.

Er schnappte sich das Schreiben und übergab es der Glut im Kamin, bevor er in seinem Lieblingssessel Platz nahm, die Ellbogen auf die Knie stützte und dabei zuschaute, wie die Papierränder erst gelb und anschließend rot aufglühten und dann die Zeilen in hellen Flammen aufgingen.

Für Frederica zogen sich die Tage bis zu ihrer Abfahrt nach London endlos hin. Johnny war längst fort, und es wollte ihr partout nicht gelingen, Bentley Rutledge aus ihren Gedanken zu verbannen. Als Zoë endlich zurückkam – sie platzte beinahe vor überschäumender Lebensfreude und unzähligen Geschichten über die kühle und karge Schönheit des väterlichen Landsitzes –, ertappte Frederica sich dabei, dass sie ihr nur halbherzig Gehör schenkte. Und sie konnte sich nicht dazu durchringen, Zoë von ihrer unsäglichen Torheit mit Bentley zu berichten. Stattdessen schlüpfte sie eines frühen Morgens, als sie sich nach einem freundlichen Gesicht sehnte, in Zoës Gemach und erzählte ihr in leisen und hastigen Worten von Johnnys niederträchtigem Verhalten ihr gegenüber.

Zoë gab ihr typisches perlendes Lachen zum Besten und zuckte nur mit den Achseln. »Ist doch gut so!«, meinte sie und tanzte in ihren Morgenpantoffeln durch das Zimmer. »Johnny hat dich sowieso nicht verdient, Freddie. Vergiss ihn. Jetzt dauert es nicht mehr lange, bis wir nach London aufbrechen und die Stadt im Sturm einnehmen.«

»London im Sturm einnehmen?«, wiederholte Frederica trocken. Bäuchlings auf Zoës Bett liegend, blätterte sie lustlos in einem Modejournal, das Winnie ihr aufgezwungen hatte. Sie blickte auf und musterte ihre Freundin eingehend. »Wir haben wohl eher das Talent, alle gegen uns aufzubringen, statt sie für uns einzunehmen, meinst du. *Diese kleinen Bastard-Debütantinnen!* Ich kann es förmlich hören.«

Zoë, die dazu übergegangen war, weiter ihren Schrankkoffer zu packen, hob den Kopf. »Mir persönlich ist es egal, was andere sagen«, behauptete sie mit einem kämpferischen Funkeln in den braunen Augen. »Klatsch und Tratsch müssen aber nicht unbedingt etwas Schlechtes sein, Freddie. Du wirst schon sehen, wir werden allen Junggesellen die Köpfe verdrehen.«

»Ich für meinen Teil bestimmt nicht, mir hat letztes Jahr doch schon keiner den Hof gemacht«, hielt Freddie dagegen und blätterte ungehalten um.

Wieder erklang Zoës Lachen, als sie eine Hand voll Seidenstrümpfe in eine Ecke des Koffers zwängte. »Aber dieses Jahr wirst du erheblich mehr Dekolleté zeigen«, erinnerte sie Frederica verschwörerisch. »Und außerdem bin ich ja auch noch mit von der Partie. Letztes Jahr warst du schön und anständig. Völlig unnahbar. Diese Saison hingegen wird sich alles ein bisschen anders abspielen.«

»Wie meinst du das, Zoë?«

»Während deine Eltern furchtbar ehrbare Zeitgenossen waren – ein tapferer Offizier und eine bildschöne Witwe –, waren meine das genaue Gegenteil«, erklärte sie kichernd. »Meine Mutter war eine verführerische Tänzerin aus Frankreich, und mein Vater ... na ja, du weißt schon. Die Leute verzehren sich nur so nach Skandalgeschichten. Ich gedenke, mich ein wenig anstößig zu geben und mächtig Staub aufzuwirbeln. Und da es uns nur im Doppelpack gibt, färbt etwas von mir und meiner Geschichte auch auf dich ab. Lass mich nur machen. Scharen von Männern werden sich nach uns umdrehen. Wir werden reihenweise die Herzen brechen, ehe wir schließlich der Liebe unseres Lebens in die Arme sinken.«

Entnervt schleuderte Frederica die Ausgabe des *Ladies' Quarterly* in Zoës Richtung. »Sei bloß still, Zoë.«

Das jüngere Mädchen fing die Zeitschrift gekonnt auf und tänzelte mit ihr um das Bett herum. »*Es wird Frühling, endlich Frühling! Noch vor Allerheiligen trägt 'nen Ehering.*«

Frederica hielt sich die Ohren zu. Sie hatte sich damit abgefunden, weder Männern den Kopf zu verdrehen, noch je zu heiraten, und betete, ihrer wahren Liebe nie zu begegnen, denn der Schmerz wäre einfach zu überwältigend. Sie hatte genug von Zoës Darbietungen, weshalb sie hastig vom Bett kletterte. Doch als ihre Füße den Boden berührten, begann sich der Raum zu drehen. Ein furchtbares Dröhnen ertönte in ihrem Kopf, und eine unheilvolle Kraft zog sie in die dunkle Tiefe.

Als sie die Augen wieder aufschlug, blickte sie empor zur Zimmerdecke. Zoë kniete neben ihr. »Freddie!«, hörte sie ihre Freundin rufen, die ihr ihre eisige Hand auf die Stirn gelegt hatte. »Herrje! Geht es dir nicht gut?«

Frederica merkte, wie ihr der kalte Schweiß auf die Stirn trat. Allmählich ebbte das Dröhnen ab, und sie fühlte sich stark genug, um sich vorsichtig auf die Ellbogen aufzustützen. Doch sogleich befiel sie eine überwältigende Übelkeit. Frederica riss die Augen auf und legte sich eine Hand über den Mund, um den Würgereiz zu bekämpfen.

Es mochte auf weibliche Intuition oder ihr französisches Blut zurückzuführen sein, jedenfalls erriet Zoë auf der Stelle, was los war. Trauer huschte über ihr hübsches Antlitz. »O Freddie!«, flüsterte sie. »Du bist doch nicht etwa ...«

»O doch, ich fürchte schon.«

»Gütiger Gott!«, flüsterte Zoë. »Papa wird Johnny erdrosseln und dich für den Rest deines Lebens einsperren.«

Frederica ließ den Kopf zurück auf den Boden sinken. »O Zoë!«, rief sie verzweifelt aus, und eine heiße Träne kullerte ihr die Schläfe herab. »Verrate nichts, bitte!«

Zoë wurde blass und setzte sich auf die Fersen. »Freddie, meine Liebe, wäre das nicht töricht?«

Heftig schüttelte Frederica den Kopf, wobei ihre Haare über den Teppich scheuerten. Es war nicht das erste Mal, dass sie von Übelkeit heimgesucht worden war, und auch sie kannte die Anzeichen einer Schwangerschaft. »Nur noch ein paar Tage«, wisperte sie eindringlich. »O Zoë, ich will erst absolut sicher sein, bevor ich mich Evie anvertraue. Aber ich werde es tun, das schwöre ich dir hoch und heilig.«

»Ist schon gut«, besänftigte Zoë sie. »Aber du solltest wenigstens Johnny auf der Stelle eine Nachricht zukommen lassen.«

»Ach Zoë«, raunte Frederica betrübt. »Es gibt da etwas, oder besser gesagt jemanden, von dem ich dir erzählen sollte.«

Kapitel 5

In welchem Lady Rannoch einen überaus durchtriebenen Plan austüftelt

Das städtische Domizil des Marquis of Rannoch, das Strath House, befand sich nicht direkt in London, sondern im lediglich einen Katzensprung entfernten und ausgesprochen feudalen Richmond. Rannochs Leben war ein Paradebeispiel für das althergebrachte Sprichwort »Prüfe, was du dir wünschst«. Vor einer halben Ewigkeit, auf dem Tiefpunkt einer selbst verschuldeten Misere, hatte der Marquis sich nichts sehnlicher gewünscht, als eine große glückliche Familie um sich zu scharen, die Schwung in sein Leben brachte – und eine liebreizende Gattin, die für selbigen in seinem Bett sorgte.

Der Marquis hatte es sich also selbst zuzuschreiben, dass in seiner ehrwürdigen Residenz neben ihm seine geliebte Tochter Zoë wohnte, seine werte Gemahlin Evie mit den beiden Kleinen und – wenn er mal wieder bei seinen zahlreichen Gespielinnen in Ungnade gefallen und aus deren Bett gejagt worden war – sein verrufener Onkel Sir Hugh. Doch das waren lediglich die Bewohner der ersten Etage. Ein Stockwerk darüber lebten noch der jüngere Bruder der Herrin des Hauses, der Earl of Trent, ihre Schwester Nicolette, die derzeit in Italien weilte, und ihre Cousine väterlicherseits, Frederica d'Avillez, ein Waisenkind der napoleonischen Kriege. Doch auch damit nicht genug. Ein weiteres Stockwerk darüber hatte Lady Rannochs Freundin und ehemalige Gouvernante – die lebenslustige Witwe Weyden – mit ihren Flegelsöhnen Augustus und Theodore die Gemächer bezogen. Auch wenn es nicht ganz zutraf, wurden Gus und Theo ebenfalls als Cousins bezeichnet.

Es war der durch und durch schottische Butler seiner Lordschaft, MacLeod, der in diesem Haushalt voll teurer Verwandter, Angeheirateter und Bekannter stets auf die nötige Ordnung achtete. Niemand, der Marquis eingeschlossen, wusste, wie alt er eigentlich war, oder traute sich, ihn danach zu fragen. Allein bei der Erwähnung des Wortes *Ruhestand* zog MacLeod indigniert die Augenbrauen in die Höhe.

Im Gegensatz zu ihm gab es aber noch genügend andere Zeitgenossen, die ein ums andere Mal den sengenden Atem des unerbittlichen Marquis im Nacken zu spüren bekamen. Er hatte bereits viel verbrannte Erde hinter sich gelassen, und Lady Rannoch wusste um die Charakterschwächen ihres Gemahls. Als sie an einem wunderschönen und strahlend blauen Morgen Anfang April ihren Gatten in seiner Privatbibliothek aufsuchte, war sie also gewappnet für das, was unabdingbar kommen würde. Aber sie hatte sich fest vorgenommen, ihn dieses eine Mal zu zügeln.

Für gewöhnlich betrat sie die Bibliothek des Hauses so gut wie nie, denn obgleich ihre Ehe mit Rannoch bereits viele glückliche Jahre währte, trug dieser Raum mit seinen schweren, samtenen Vorhängen und der gut zweieinhalb Meter langen Mahagonianrichte, die sich unterhalb der Fensterfront befand, die unverwechselbare Handschrift eines Mannes. Auf der polierten Stellfläche besagter Anrichte waren unzählige Kristallkaraffen aufgereiht, in denen Rannoch jeden nur erdenklichen Single-Malt-Whisky aufbewahrte. Hinter den kleinen, kunstvoll geschnitzten Türen verbargen sich Nachttöpfe, Spielkarten, Würfel aus Elfenbein und dergleichen mehr. Der Marquis war leider Gottes alles andere als ein Heiliger.

Was die übrigen Räumlichkeiten des Stadthauses betraf, so beherbergten sie so manchen Kunstgegenstand von unschätzbarem Wert, wie griechische Skulpturen, Capodimonte-Porzellan oder ein halbes Dutzend Vasen aus unterschiedlichen chinesischen Dynastien. Rannoch, der seinen leichten schottischen Akzent nie vollständig hatte ablegen können, tat sich schwer, die meisten Artefakte beim Namen zu nennen, weshalb er sie schlichtweg als *Firlefanz* abtat. Es war ihm gleichgültig, dass jedes der Stücke von seinem einstigen Kammerdiener George Kemble handverlesen war. Kemble gehörte zu jenen feinfühligen und anspruchsvollen Zeitgenossen, die den elitären Geschmack eines Museumskurators an den Tag legten. Es war also nicht weiter verwunderlich, dass er seinen vormaligen Brotgeber für einen ausgemachten Kulturbanausen hielt. Nichtsdestotrotz zählte Kemble seit vielen Jahren zum engeren Freundeskreis der Familie. Es war jedoch einzig Lady Rannoch zu verdanken, dass der *Firlefanz* nicht in der Versenkung verschwand. Sie hatte jedes einzelne *objet d'art* ins Herz geschlossen und konnte sogar alle beim richtigen Namen nennen.

An besagtem Aprilmorgen hatte die Marquise jedoch weder Augen für die sprießende Schönheit des Frühlings noch für den erlesenen Geschmack eines ehemaligen Kammerdieners. Lady Rannoch hatte all ihren Mut zusammengenommen und war als Überbringerin schlechter Nachrichten gekommen, die sie wie eine Bombe hochgehen ließ.

Lord Rannoch stierte sie an, als wäre sie verrückt geworden. »Freddie ist *was*?« Seine markerschütternde Stimme brachte die Fensterscheiben zum Klirren. »Beim Allmächtigen, Evie! Bitte sag auf der Stelle, dass mein Gehör mich trügt!«

Doch seine Gattin blieb ihm diesen Gefallen schuldig. Das Wörtchen *entehrt* hing in der Luft und flatterte wie ein rotes Tuch vor einem aufgebrachten Stier.

»Es tut mir Leid«, raunte sie. »Selbstredend ist auch Frederica am Boden zerstört.«

Mit schweren Schritten kam Rannoch hinter seinem Schreibtisch hervor und stapfte zum Fenster. »Herr im Himmel, das alles ist nur meine Schuld«, stieß er ungehalten aus und drosch mit aller Kraft auf den Fensterrahmen ein. »Ich hätte dafür sorgen müssen, dass auch sie und Michael mit nach Schottland kommen.«

Evie entging nicht, dass ein Muskel im Kiefer ihres Gatten heftig zu zucken begann. Sie ging auf ihn zu. »Nein, das Ganze ist allein mein Fehler«, räumte sie ein. »Michael ist ja fast mündig, und was Freddie betrifft, nun ...« Evies Stimme überschlug sich vor Kummer. »Sie hatte sich so sehr darauf gefreut, Johnny endlich wieder zu sehen, dass ich es schlichtweg nicht übers Herz gebracht habe, sie in den Norden zu schicken.«

Evie legte ihrem Gatten einen Arm um die Taille und vergrub mit einem lauten Seufzer das Gesicht in seinem Halstuch, nachdem er sich wieder zu ihr umgedreht hatte. Gedankenverloren strich Rannoch ihr über die Schultern.

»Schon gut«, brummte er. »Aber sie hat ihn wohl mehr als nur *gesehen*, wie mir scheint! Doch dafür wird dieser Mistkerl mir büßen.«

»O Elliot«, murmelte Evie in seine Weste. »Du verstehst nicht ganz.«

»Schon gut, Liebste. Sorge dich nicht weiter. Ellows ist zwar noch nicht ganz trocken hinter den Ohren und gibt sich zuweilen ein wenig überheblich – aber welcher junge Bursche tut das nicht?« Rannoch strich ihr noch immer über die Schultern. »Er wird für das, was er getan hat, auch geradestehen. Dafür werde ich höchstpersönlich sorgen.«

»Ich wünschte, es wäre so einfach.« Evies Stimme klang mit einem Male dünn und zerbrechlich. »Es war nicht Ellows.«

Nicht Ellows? Allmählich verstand Rannoch, warum seine Gattin so verstört wirkte. Das Blut gefror ihm in den Adern, sein Herz schien stehen zu bleiben. Fassungslos ließ er von Evies Schultern ab. Irgendein dahergelaufener Bursche hatte sich an seiner lieben Frederica vergangen? Welcher Kerl besaß eine solche Dreistigkeit? Dieses entzückende und bezaubernde Mädchen, das ihm von all den Kindern am liebsten war, war *verführt* worden. *Oder war es gar noch schlimmer?* Der erste Gedanke ließ Lord Rannoch die Haare zu Berge stehen, der zweite vor Groll beben. Er ballte die Hände zu Fäusten und presste sie fest gegen die Oberschenkel. Er musste wissen, wer das Schwein war, das es gewagt hatte ... Gütiger Gott! Ein Verräter hatte unter seinem Dach

Unterschlupf gefunden. Dafür würde er büßen. Mit seinem Leben.

»Wer war es dann?«, knurrte er unheilvoll. »Beim Allmächtigen, ich werde ihn mir auf der Stelle vorknöpfen.«

Bilder aus der Vergangenheit, als Frederica noch ein kleines Mädchen gewesen war, schossen ihm ins Gedächtnis. Als er sich seinerzeit in Evie und ihre Familie verliebt hatte, war Frederica nichts weiter als ein kleines Mädchen mit dürren Beinchen und riesigen braunen Augen gewesen, das oft aufgezogen worden war, weil es – bis Zoë in die Familie kam – das Nesthäkchen war. Im Nu hatte sie sich zu seinem Liebling gemausert und ihm ein ums andere Mal gezeigt, wie dankbar sie war. Er konnte es nicht genau in Worte fassen, aber Freddie war für ihn eine Gefährtin, eine Freundin geworden, derer er nicht viele zu der damaligen Zeit gehabt hatte. War es da verwunderlich, dass er eine tiefe väterliche Hingabe für dieses Kind empfand, das beide Elternteile nie richtig gekannt hatte?

Und jetzt war ein lebensmüder Bastard des Weges gekommen und hatte es gewagt, seine geliebte Freddie zu entweihen? Rannochs Druck auf Evies Schultern wurde stärker. »Evie, wer war es?«

Evie biss sich auf die Unterlippe, Tränen stiegen ihr in die Augen. »Sie sagt, es wäre ... Bentley Rutledge gewesen«, teilte sie ihm niedergeschmettert mit. »Mr. Randolph Bentley Rutledge.« Sie hielt kurz inne. »Was sollen wir jetzt nur tun? Soll ich mit den Hochzeitsvorbereitungen beginnen? Was meinst du?«

»*Rutledge!*«, tobte der Marquis. »*Rutledge, dieser Hurenbock?* Ich glaube, ich höre nicht richtig!« Das Blut rauschte ihm in den Ohren. Er stapfte wutentbrannt zum Klingelzug und betätigte ihn derart heftig, dass er ihn beinahe aus der Wand riss. »Es wird keine Hochzeit geben, sondern vielmehr ein Begräbnis!«

»Ich fürchte, so einfach ist das Ganze nicht, Elliot«, sprach Evie ruhig auf ihren Gatten ein und presste sich die Fingerspitzen gegen die Schläfen, als drohe ihr Kopf zu zerspringen.

Rannoch kehrte schnellen Schrittes zu ihr zurück. »Wer sollte mich jetzt noch aufhalten, Evie? Sag's mir!«

Evie schüttelte den Kopf. »Vielleicht Frederica selbst«, ließ sie ihn mit gefasster Stimme wissen. »Sie sagte ... ich meine, ich denke, dass ... O Elliot, es ist so gut wie sicher, dass sie sein Kind unter dem Herzen trägt.«

Für einige Augenblicke senkte sich eine mörderische Stille über den Raum, ehe Rannoch einen markerschütternden Schrei ausstieß, der von den Wänden hallte und das gesamte Haus erzittern ließ. Als wäre er vom Teufel besessen, legte er seine Hände um den Hals einer stattliche Büste – von George II., um genau zu sein –, die er spielend emporhob und gut sieben Meter weit durch das geschlossene Fenster in den Garten hinausschleuderte. Glas zerbarst, Holz splitterte, und es regnete Scherben auf die Vorhänge der Bibliothek. Georges Nase – die ihm im Übrigen sowieso nie gut gestanden hatte – war am Fensterrahmen hängen geblieben, vom Sims abgeprallt und kullerte nun quer durch den Raum. Für einen Augenblick verstummte sogar die Vogelwelt vor lauter Schreck.

Beim Anblick der Zerstörung musste Evie heftig nach Luft schnappen, was Rannoch nutzte, um seine wüste Schmährede wieder aufzunehmen. »Der Teufel soll diesen verdammten Bastard Rutledge holen!« Mit der Faust hämmerte er auf die Anrichte, auf der die Büste gestanden hatte. »Mit Haut und Haaren! Zerlegen sollte man ihn, wie einen Hasen. Ihm die Kehle durchschneiden und alle Gliedmaßen einzeln abtrennen!« Die Whisky-Karaffen klirrten bedrohlich. »Ich werde seinen verdammten Kopf höchstpersönlich aufspießen und an der Tower Bridge aufhängen. Ich werde ...«

In jenem Moment flog die Tür auf und MacLeod stand auf der Schwelle. »Sie wünschen, Mylorrd?«

Rannoch wirbelte herum. »Mein *Pferd*«, knurrte er. »Meinen *Dolch*. Und meine *Peitsche. Und zwar auf der Stelle.*«

MacLeods Augenbrauen wanderten gekonnt in die Höhe. »Serr wohl, Mylorrd. Verrstehe ich rrichtig? Ihrre Peitsche, und nicht die Rreitgerrte?«

»Ja, meine Peitsche, verflucht noch mal!«

Der Butler verbeugte sich in aller Seelenruhe und schloss gemächlich die Tür hinter sich.

Evie legte ihrem Gatten eine Hand auf den Arm, als wollte sie ihn besänftigen. Blitzschnell fuhr sein Kopf herum, und er durchbohrte sie mit einem glühenden Blick.

»Elliot!«, flüsterte sie. »Das kannst du nicht tun. Wir ... wir wissen doch noch nicht einmal, wo Rutledge sich derzeit aufhält. Und denk bitte auch an Freddie. An das Gerede. Und an das Kind.«

Das Kind?

Das Kind! Mit zittrigen Fingern berührte er seine Stirn. Freddie würde ein Kind zur Welt bringen. Gütiger Herr im Himmel! Er konnte es einfach nicht fassen. Als er tief einatmete, durchflutete ein Schwall kühler Luft seine Lungen, und die leichte Frühlingsbrise, die durch das zerborstene Glas hineinwehte, streifte sein Gesicht. Allmählich ließ das Tosen in seinem Kopf nach, und er konnte wieder klarer sehen. Er schaute gedankenverloren zu, wie ein leichter Luftzug mit dem Haar seiner Gattin spielte, ehe er den Blick abwandte und durch das zerstörte Fenster schaute. »Also gut«, setzte er mit gespenstisch leiser Stimme an. »Er wird sie erst heiraten, und *dann* bringe ich ihn um.«

Evie zwang ihn in einen Sessel unweit des kalten Kamins. Mit steifen Bewegungen nahm er Platz. »Hör mir mal gut zu, mein Lieber«, sprach sie mit fester Stimme. »Wir dürfen jetzt keine voreiligen Schlüsse ziehen. Freddie sagt, dass ...«

»Was?«, entfuhr es ihm unwirsch.

Evie kräuselte die Lippen. »Dass ihn keinerlei Schuld trifft.«

Rannoch starrte sie fassungslos an. »Eine Jungfrau wird entehrt und nimmt den Übeltäter auch noch in Schutz?«

Evie schüttelte den Kopf. »Was ist, wenn sich alles anders abgespielt hat, als wir annehmen, Elliot?«, warf sie ein. »Was, wenn sie ... nun, Freddie meinte außerdem, dass ...«

»Was?«, unterbrach er sie erneut, doch diesmal noch ungehaltener.

Evie schloss die Augen und wog sorgsam ihre nächsten Worte ab. »Frederica gibt an, sie träfe mindestens ebenso viel Schuld wie ihn. Wenn nicht mehr. Und ich für meinen Teil glaube dem Kind.«

»Ich aber nicht«, schrie er. »*Ich* für *meinen* Teil werde dieses Schwein windelweich prügeln und es in hundert Stücke zerreißen, werde seine Brunnen vergiften, seine Dörfer niederbrennen...«

»Er lebt gar nicht auf dem Land, sondern in Hampstead«, erinnerte sie ihn.

»Wen interessiert das schon?«, fauchte Rannoch zurück. »Hampstead habe ich ohnehin noch nie leiden können. Er wird den Tag, an dem er mein Haus das erste Mal betreten hat, noch lange verfluchen, denn ich gedenke...«

Seine Gattin schnitt ihm das Wort ab, indem sie ihm einen Finger auf die Lippen legte. »Denk gut darüber nach, was du als Nächstes sagst«, warnte sie ihn. »Wenn man es nämlich genau nimmt, gehört Michael das Anwesen, und Frederica ist meine Cousine.«

»Dann musst *du* ihm eben Arme und Beine ausreißen«, brummte Rannoch, der sich ertappt fühlte. »Und schau mich bitte nicht so mit deinen großen blauen Augen an und sag mir, du könntest das nicht. Ich kenne dein Temperament nämlich bestens.«

»Natürlich könnte ich, wenn ich wollte«, stimmte Evie ihm zu. »Aber dazu fehlt mir ein triftiger Grund.«

»Der liegt doch auf der Hand, oder meinst du, sie verschweigt uns die Wahrheit und es war doch dieser Ellows, der sie geschändet und geschwängert hat?«

»Nein.« Evie schüttelte gedankenverloren den Kopf. »Nein. Es ist nur so, dass Freddie sich seit letztem Jahr beträchtlich verändert hat«, fügte sie hinzu. »Ich glaube, sie ist davon überzeugt, dass ihr Debütjahr ein kompletter Reinfall war und die Herren von Stand sie allesamt verschmähen. Sicher mag es den einen oder anderen heimlichen Verehrer gegeben haben, aber keiner von ihnen besaß die nötige Courage, ihr den Hof zu machen. Du darfst nicht vergessen, dass sich hinter Fredericas strahlender Schönheit ein kleines, verschüchtertes Mädchen verbirgt, das tief in seinem Herzen noch immer ein Waisenkind ist.«

Elliot kniff erbost die Augen zusammen. »Was in Gottes Namen willst du mir denn damit schon wieder sagen, Evie? In meinen Ohren klingt das alles nach ausgemachtem Schwachsinn.«

Evie lächelte freudlos. »Zoë hat da so eine Andeutung gemacht, dass es wegen Johnny Ärger gegeben hat«, erklärte sie ihm. »Einem Gerücht zufolge wird er seine Cousine ehelichen. Vielleicht hat diese Nachricht Frederica so dermaßen aus der Fassung gebracht, dass sie sich zu etwas Törichtem hat hinreißen lassen. Das wäre doch gut möglich, meinst du nicht?«

Rannoch lachte schroff. »Evie, ich bitte dich. Du willst mir doch nicht allen Ernstes erzählen, dass Frederica Rutledge verführt hat und nicht umgekehrt, oder?«

Evie zuckte mit den Achseln. »Sie wäre nicht die erste Frau, die so etwas tut. Ich habe es ja auch schon einmal getan«, flüsterte sie sanft. »Mit durchschlagendem Erfolg sogar, könnte man sagen.«

Der Marquis versuchte, verärgert dreinzublicken, was ihm jedoch nicht so recht gelingen wollte. »Ja, ja, ich erinnere mich«, antwortete er matt, ehe er im nächsten Augenblick – mit einer Geste der völligen Entkräftung – seine Ellbogen auf den Knien abstützte und sein Gesicht in den Händen vergrub. *Gütiger Gott!* Rutledge war ein schamloser Kerl, die schlimmste Sorte Draufgänger unter der Sonne. Ihm sollte jeglicher Kontakt zu Familien mit jungen, ehrbaren Mädchen verwehrt werden.

»Gus und Theo tragen die größte Schuld an der ganzen Misere, Evie«, murmelte er in den Teppich hinein. »Sie kennen diesen räudigen Rutledge, wissen aus erster Hand, was für ein hintertriebener Nichtsnutz er ist. Sie haben es schlichtweg versäumt, auf ihn aufzupassen. Ich hätte ihnen von vornherein verbieten sollen, diesen Halunken mit nach Chatham zu bringen. Wir haben einen viel zu lockeren Lebenswandel, haben den Kindern zu viele Freiheiten gelassen. Jetzt ernten wir das, was wir gesät haben. Geschieht uns recht.«

»Ein Richtungswechsel in puncto Erziehung ist nicht die Lösung des Problems, Elliot.« Großer Ernst lag in Evies Stimme. »Wir leben so, wie wir es uns immer erträumt haben, haben uns doch ganz bewusst für dieses Leben entschieden. Ich werde nicht zulassen, dass unsere Familie sich in den strengen Moralvorstellungen der Gesellschaft gefangen fühlen muss. Du solltest doch am besten wissen, wie grundverkehrt es ist, einem Menschen Freiheiten zu entziehen.«

In diesem Moment kehrte MacLeod zurück, der auf einem silbernen Tablett eine sorgfältig zusammengerollte schwarze Pferdepeitsche trug. »Ihrr Pferrd steht bereit, Sirr.«

Evie legte ihrem Gatten eine Hand aufs Knie, als wolle sie ihn zurückhalten. »Es tut uns aufrichtig Leid, MacLeod«, hob sie freundlich an. »Aber seine Lordschaft musste kurzfristig seine Pläne revidieren.«

Aus den Augenwinkeln heraus sah Rannoch, wie MacLeod Evie zuzwinkerte. »Serr wohl, Mylady.«

Mit einem Ruck richtete er sich auf. »Holen Sie mir stattdessen Miss d'Avillez her, MacLeod«, befahl er. »Ihre Cousine und ich wünschen sie umgehend zu sprechen.«

Geräuschlos glitt die Tür ins Schloss. »Tu mir den Gefallen und geh nicht so hart mit ihr ins Gericht«, bat Evie ihn mit einem Unterton, der keine Widerrede duldete. Wenige Augenblicke später öffnete sich abermals die Tür.

Rannoch sprang auf und wandte sich um. Freddies Augen waren durch die vielen Tränen zwar verquollen, doch sie wirkte ansonsten recht gefasst. Mit geschmeidigen Schritten durchquerte sie den Raum. Ihr dichtes schwarzes Haar trug sie in einem schlichten Knoten im Nacken festgesteckt, und die zartblaue Bluse schmeichelte ihrem Teint. Sie war atemberaubend schön und ausgesprochen elegant. Eine erwachsene Frau. Verdammt, wieso konnte er sich nicht endlich damit abfinden?

Rannoch bedeutete ihr, in einem der Sessel am Kamin Platz zu nehmen. Sogleich beugte Evie sich zu Frederica herab und strich ihr mit dem Handrücken über die bleiche Wange.

Rannoch indessen hielt sich als wahrer Schotte nicht mit höflichem Vorgeplänkel auf, sondern kam direkt und reichlich uncharmant zum Punkt. »Mir ist zu Ohren gekommen, dass du schwanger bist«, platzte es aus ihm heraus. »Und dass Rutledge der Erzeuger war.«

Fredericas Lippen zitterten leicht, doch sie verlor nicht die Contenance. »D-der V-vater, meinst du wohl«, berichtigte sie ihn beherrscht und reckte das Kinn vor. »Das alles tut mir schrecklich Leid, auch wenn ich weiß, dass es für solche Worte längst zu spät ist.«

Rannoch nickte. »Das ist es in der Tat«, stimmte er ihr zu. »Weiß er bereits von seinem Glück?«

»Wer, Rutledge?« Frederica riss die Augen weit auf. »Beim Allmächtigen, nein!«

Von Trauer und Verantwortungsgefühl niedergedrückt, nahm Rannoch abermals Platz und rieb sich mit dem Finger den Nasenflügel. »Dann haben wir wohl ein kleines Problem, denkst du nicht auch?«, warf er nach einem kurzen Schweigen in den Raum. »Am besten wir lassen ihn auf der Stelle antanzen. Und dann – auch wenn es mich unbeschreiblich schmerzt, das zu sagen – weißt du sicherlich, was geschehen muss, nicht wahr?«

»Nein!« Fredericas Unterlippe bebte. »Nein! Er will mich nicht. Er wird mich nie und nimmer heiraten.«

Es war Rannoch anzusehen, dass ihm gleich der Geduldsfaden reißen würde. »Ach nein?«, tobte er. »Darauf würde ich an deiner Stelle nicht wetten, Mädchen.«

Hätte die Hand seiner Frau ihn nicht zurückgehalten, wäre Rannoch schon wieder aufgesprungen. Frederica gelang es, ihre Tränen fortzublinzeln. »Wa-was ich meine, ist, dass *ich* ihn unter keinen , Umständen heiraten werde«, schniefte sie. »Das kann und werde ich nicht. Es tut mir L-leid. Aber ich kann eine tragische Entgleisung unmöglich mit einer zweiten ausmerzen.«

Einen Moment lang saß Rannoch da und brodelte vor sich hin. *Tragische Entgleisung* war die passende Umschreibung für die

Existenz dieses Taugenichts. Doch ehe er etwas erwidern konnte, hatte Evie die Gesprächsführung an sich gerissen. »Freddie, wir werden es auf gar keinen Fall dulden, dass er dich schlecht behandelt«, sagte sie und lehnte sich dabei weit nach vorne. »Ich schwöre dir hoch und heilig, dass es niemals so weit kommen wird.«

Freddie machte ein erschrockenes Gesicht. »Das würde er auch nie – mich schlecht behandeln, meine ich!«

Rannoch schnaubte. »Dann hast du mehr Vertrauen in diese Höllenbrut als ich.«

Evie blickte Rannoch streng an, und er sah den dunklen Sturm, der in ihren blauen Augen wütete. »Vielen jungen Männern haftet ein schlechter Ruf an, mein Liebster.« Sie hatte mit beißender Stimme gesprochen. »Manchen zu Recht, den meisten hingegen nicht.«

Und früher, Elliot, war deiner der Schwärzeste von allen.

Ihr Gatte hatte die Botschaft wohl vernommen, auch wenn sie die Worte nicht laut ausgesprochen hatte. Er und Evie standen sich ausgesprochen nahe. Verflixt, sie hatte ihn wieder einmal mit ihrer verdammten Logik bezwungen. Bärbeißig verschränkte er die Arme vor der Brust und starrte finster zurück. Seine Lippen blieben jedoch versiegelt, weshalb Evie sich wieder ihrer Cousine zuwandte. »Warum willst du ihn denn nicht heiraten, Freddie? Wenn ich ehrlich bin, dürftest du kaum eine andere Wahl haben.«

Fredericas Schultern sackten nach unten. »Nun, ich glaube nicht, dass er sich absichtlich so wüst gibt«, antwortete sie bedächtig. »Ich bin sogar überzeugt davon, dass er äußerst freundlich sein kann. Ja, er hat Charme und ist attraktiv. Aber ich möchte keinen Gatten, der unablässig auf Balz geht, sich Dirnen hält und mit dem Abschaum der Gesellschaft verkehrt – egal, wie charmant er auch sein mag.«

Evie blickte skeptisch von einem zum anderen. »Du hast dich klar und deutlich ausgedrückt«, erwiderte sie trocken. »Unmissverständlich sogar.«

Nun meldete Rannoch sich wieder zu Wort. »Frederica, es wäre unverantwortlich von uns, wenn wir dich nicht zu dieser Eheschließung drängten«, erklärte er ihr. »Evie berichtete mir, du würdest die Hälfte der Schuld für dieses Desaster auf deine Schultern nehmen und ...«

»Ja, mindestens die Hälfte! Er und ich ...«, unterbrach Frederica ihn, schaute empor zur Decke und schniefte leise.

Rannoch schüttelte den Kopf. »Bitte erspar uns die Details. Was geschehen ist, ist geschehen, und jetzt musst du auch dafür geradestehen. Unmittelbar nach Zoës Ball wirst du mit Winnie nach Essex zurückkehren, während ich Mr. Rutledge einen Besuch abstatte und mich um die Heiratserlaubnis kümmere.«

Frederica verzog das Gesicht. »Nein!«, schrie sie entsetzt und stützte sich auf die Sessellehnen, als wolle sie aufspringen. »Nein! Er will mich nicht, Elliot, versteh das doch endlich. Warum willst du mich zu einer Heirat nötigen? Weißt du was, das kannst du gar nicht.«

»Nein?«, hakte Rannoch mit bedrohlich sanfter Stimme nach, woraufhin sich Evies Finger tief in sein Knie bohrten.

Freddie ging zum Gegenangriff über. »Du hast doch selbst eine uneheliche Tochter. Wie kannst du dich da erdreisten, mir vorzuschreiben, wie ich mein Leben zu führen habe?«

Rannoch spürte, wie ihm die Zornesröte ins Gesicht schoss. »Ich bin ein Mann, verflixt noch mal! Und die Gesellschaft gesteht uns Männern nun mal einen gewissen Freiraum zu. Das weißt du doch genau. Auch wenn ich Zoë von ganzem Herzen liebe, bin ich alles andere als stolz darauf, dass sie unter einem Fehler meinerseits zu leiden hat. Die Last, die ich meinem Kind aufgebürdet habe, ist schier unerträglich. Das solltest du doch am besten wissen.«

Evie beugte sich mit einer mütterlichen Miene vor. »Frederica, möchtest du wirklich, dass dein Kind dasselbe Schicksal erleiden muss wie du? Gerade in England hat man als Außenseiter einen schwierigen Stand, das weißt du ebenso gut wie ich.«

Eine Träne löste sich aus Fredericas Augen. »Und wie ich das weiß!«, flüsterte sie. »Sch-schickt mich doch ei-einfach fort! Lasst mich in meine Heimat zurückkehren. Nach Figueira. Dort wird es mir allemal besser ergehen als hier. Meine Landsleute sind nämlich längst nicht so borniert wie ihr Engländer. Niemand wird sich darum scheren, ob ich oder mein Kind unehelich zur Welt gekommen sind.«

Evie schnellte zurück, als wäre ihr eine kräftige Ohrfeige verpasst worden. »Ach Freddie«, flüsterte sie. »Hegst du gar das Gefühl, es war nicht rechtens, dass wir dich bei uns behielten? Wir haben immer nur das Beste für dich gewollt, das musst du uns ...«

»Schluss! Ende! Aus!«, donnerte Rannoch. »Freddie sagt Dinge, die sie unmöglich meinen kann. Portugal kommt auf gar keinen Fall in Frage.«

»Warum nicht?« Fredericas Stimme klang schrill.

Rannoch hielt es nun nicht mehr im Sessel aus. »Weil in deiner Heimat wieder ein Krieg tobt, falls du es noch nicht mitbekommen haben solltest.« In seiner Stimme schwang tiefer Groll mit. »Ein verdammter Bürgerkrieg, der noch lange andauern dürfte. Portugal ist zurzeit ein unsicheres und gefährliches Pflaster – genau wie damals bei deiner Geburt. Das war auch der Grund, weshalb dich die Kameraden deines Vaters von dort wegbrachten und du seitdem meinem Schutz unterstehst. Und das wird auch so bleiben, bis du entweder heiratest oder stirbst. Habe ich mich klar und deutlich ausgedrückt?«

In dem Moment platzte Gus herein. »Oh, hallo ihr drei«, grüßte er jovial und schritt auf die Anrichte zu. »Tut mir Leid, wenn ich störe, ich wollte nur ... Hoppla, was ist denn mit dem guten alten George passiert?«

»Er wurde gestürzt.«

»Was, aus dem Fenster?« Es war nicht sonderlich gescheit von Gus, loszuprusten. »Das ist ja noch komischer als das, was unser guter alter MacLeod alles so fertig bringt. Habt ihr gesehen, womit er eben durchs Haus gelaufen ist? Mit einer Pferdepeitsche! Fein säuberlich auf einem Silbertablett zusammengerollt! Als wäre es die Morgenpost!«

Elliot drehte sich gespielt lässig um und schaute Gus geradewegs in die Augen. »Ich frage mich, ob ich nicht doch noch von ihr Gebrauch machen sollte.«

Gus zwinkerte. »Wie meinen, Sir?«

»Komm her!«, bellte der Marquis. »Freddie, raus mit dir, Gus, hinsetzen.«

Frederica stand die Erleichterung ins Gesicht geschrieben, dass sie vorerst entlassen war. Als sie sich erhob, starrte Gus beklommen auf ihre verquollenen Augen.

»Was zum Teufel ist denn mit Freddie los?«, erkundigte er sich, nachdem die Tür ins Schloss gefallen war.

Elliot baute sich breitbeinig vor dem Jüngling auf und blickte ernst zu ihm herab. »Sie bekommt ein Kind«, sagte er ohne Umschweife.

»Ach, du grüne Neune!« Gus blinzelte irritiert. »Das soll wohl ein Scherz sein, oder?«

»Nein, das ist die bittere Wahrheit«, schoss Rannoch zurück. »Und daran bist nur du schuld.«

Merklich verunsichert erhob Gus sich. »Gütiger Gott, das ist nicht dein Ernst, oder?«, verteidigte er sich. »Das lasse ich mir nicht bieten. Wie kommst du dazu, so etwas auch nur zu denken? Von mir oder von Freddie? Ich bin ... zutiefst erschüttert!«

»O Gus«, beruhigte Evie ihn. »So hat Elliot das doch gar nicht gemeint.«

Rannoch ließ sich wieder in seinen Sessel fallen und starrte Gus finster an. »Ich verrate dir, was wirklich erschütternd ist: dass ein unschuldiges Mädchen selbst in ihrem Heim nicht mehr vor Schändungen sicher ist«, stieß der Marquis verächtlich aus. »Und du trägst die Mitschuld daran, dass es überhaupt so weit kommen konnte. Ich hätte nicht schlecht Lust, *dich* mit Frederica zu vermählen.«

»Ich muss doch sehr bitten. Hältst du das nicht für ein wenig übertrieben?«, sprudelte es panisch aus Gus heraus. »Ich habe nichts damit zu tun, das musst du mir glauben. Und falls es dich interessiert, ich hätte auch nicht schlecht Lust, dem Bastard, der ihr das angetan hat, eine Kugel durch den Kopf zu jagen.«

Rannochs Augen verengten sich. »Dann darf ich dir viel Glück dabei wünschen«, sagte er erzürnt. »Der, der das getan hat, ist nämlich ein verdammt guter Schütze, und du wärst nicht der Erste, den er ins Grab bringt.«

Evie griff sich an die Stirn, als würde sie von unbeschreiblichen Kopfschmerzen geplagt. »Gus«, murmelte sie mit gedämpfter Stimme, »Rutledge ist der Vater des Kindes.«

Gus blickte entgeistert drein. »Rutledge?«, fragte er ungläubig, als würde er den Namen zum ersten Mal hören. »Unsere gute alte Höllenbrut? Und ... *Freddie*?«

Wieder war Rannoch aufgesprungen. »Jawohl, Freddie«, zischte er und wanderte ruhelos zum Kamin. »Und jetzt weigert sie sich doch allen Ernstes, ihn zum Gatten zu nehmen.«

»Es muss sich um ein Missverständnis handeln.« Gus' Stimme klang brüchig. »So etwas würde er nie tun.«

Rannochs Gesicht hatte sich zu einer schmerzerfüllten Maske verzogen. »Hat er aber, und dafür müsste man ihn mit einem Dolch an der Kehle hierher schleifen«, warf er verächtlich ein. »Ich sollte ihn zum Wohl des Kindes zu dieser Heirat zwingen. Aber gegen Fredericas Tränen bin ich schier machtlos. Sie ist davon überzeugt, er würde einen miserablen Ehemann abgeben, und ich kann ihr noch nicht einmal widersprechen. Gus, hast du auch nur einen blassen Schimmer davon, wie gerne ich dem Kerl den Hals umdrehen würde für das, was er getan hat?«

Jetzt hatte auch Evie sich erhoben. »Bitte setz dich wieder, Schatz«, sprach sie auf ihren Gatten ein und dirigierte ihn zurück zum Sessel. »Es gilt jetzt einzig, an Freddies Wohl zu denken. Wir müssen überlegen, wie der Schaden begrenzt werden kann.«

»Was gäbe ich darum, wenn ich eine Lösung parat hätte«, murmelte Rannoch.

Evie war nun diejenige, die unruhig im Raum umherlief. »Frederica bat uns darum, sie von hier fortzuschicken«, resümierte sie. »Wenngleich das eine Lösung ist, auf die ich nur ungern zurückgreife, spricht doch leider sehr vieles dafür ... Aber wir könnten uns einer kleinen List bedienen.«

»Wie soll die denn aussehen?«, wollte Gus wissen.

Evie lächelte zaghaft. »Vielleicht sollten wir Frederica nach Wallonien schicken. Dort wäre sie sicher, und mein Onkel Pierre würde sich bestimmt gut um sie kümmern. Wir haben viele loyale Freunde, die uns zweifelsohne zur Seite stünden. Wie der Zufall es will, ist das Haus meiner Eltern derzeit nicht verpachtet.«

»Und wo bleibt die List?«, unterbrach Rannoch sie verärgert.

»Die kommt jetzt: Wir werden in London das Gerücht verbreiten, sie sei weggezogen, um sich mit jemandem vom Festland zu vermählen.«

Rannoch blickte skeptisch drein. »Mit wem denn, bitte schön?«

Evie zuckte mit den Schultern. »Vielleicht mit einem entfernten Cousin? Oder einem alten Freund der Familie? Wer weiß. Wir halten uns bewusst bedeckt und geben vor, die beiden hätten zueinander gefunden, während wir in Schottland waren.«

Gus entspannte sich ein wenig. »Das könnte klappen.«

»Gus, Winnie und Michael werden Freddie in ein oder zwei Wochen nach Charleroi begleiten, um dort angeblich mit den Vorbereitungen für die Hochzeit zu beginnen«, schlug sie vor. »Und dann, sobald sich Zoës Saison dem Ende neigt, reisen wir nach.«

Rannoch schüttelte den Kopf. »Evie, meine Liebe, die Gerüchteküche wird brodeln, sobald sie mit einem Kind, aber ohne Gatten und Vater hier wieder auftaucht.«

Ein kummervoller Ausdruck huschte über Evies Gesicht. »Freddie kann nicht mehr zurückkehren, Elliot«, warf sie leise ein. »Zumindest nicht fürs Erste. Natürlich werde ich bei ihr bleiben, bis sie entbunden hat, und sie danach so oft wie möglich besuchen. In ein oder zwei Jahren könnten wir den fingierten Ehemann bei einem tragischen Unfall ums Leben kommen lassen, was haltet ihr davon?«

Langsam fand Gus Gefallen an Evies Plan. »Ja, sie könnte zurückkommen, um im Schoß der Familie Trost zu suchen«, fügte er hinzu. »Das wäre allemal glaubwürdig.«

Rannoch lächelte die beiden säuerlich an. »Einen Versuch wäre es wert«, lenkte er missmutig ein. »Aber ihr müsst bedenken, dass sie sich dadurch jegliche Chance auf eine gute Heirat zunichte macht.«

Niedergeschlagen nickte Evie. »Du hast Recht. Klatschbasen auf die falsche Fährte zu locken, ist gut und schön, doch es ist etwas gänzlich anderes, einen eventuellen Heiratskandidaten zu beschwindeln. Aber bei all den Gerüchten wird ohnehin niemand groß Fragen stellen, nicht wahr?«

Gus stieß ein verbittertes Lachen aus. »Rutledge sicher nicht.«

»Nein, wohl eher nicht«, stimmte Rannoch ihm zu. »Er sollte uns auf ewig dankbar dafür sein, dass ihm sowohl Strick als auch Ehering erspart geblieben sind. Der Bursche wird außer sich vor Freude sein, wenn er erfährt, dass er mal wieder verschont bleibt. Hoffentlich besitzt er wenigstens den nötigen Anstand, sich niemals wieder bei uns blicken zu lassen.«

Kapitel 6

In welchem Mr. Kembles Rat unabkömmlich ist

Seit mehr als drei Jahrzehnten befand sich Goldstein & Stoddard lediglich einen Steinwurf von der Royal Exchange und der Bank of England entfernt, eingebettet in das Herz des Finanzdistrikts. Viele Straßen im Stadtkern trugen Namen, die etwas über ihre Vergangenheit aussagten, wie auch die Lombard Street, in der Goldstein & Stoddard beheimatet war. Die einstigen Bewohner waren Bankiers aus der Lombardei gewesen, die im 13. Jahrhundert auf die Insel gekommen waren und sich selbst – sowie einige Auserwählte – zu steinreichen Zeitgenossen gemacht hatten. Selbstredend hatte der alte Goldstein schon vor Ewigkeiten das Zeitliche gesegnet, aber eine lange Nachkommenschaft von Stoddards hatte seither die Stufen der Marmortreppe zu den Geschäftsräumen durchgetreten, genau wie der jüngste Spross der Familie, Ignatius Stoddard. Er hatte eine Stimme wie Stahlwolle und einen goldenen anstelle des englischen grünen Daumens. Momentan war er dabei, sorgsam ein dickes Bündel Scheine zu zählen.

»Ja, ja, alles vollzählig«, teilte er dem Gentleman, der ihm auf der anderen Seite seines wuchtigen Schreibtisches gegenübersaß, mit seiner Reibeisenstimme mit. »Genau dreitausend.« Mit einer gekonnten Drehung des Handgelenkes schlug er das Geldbündel auf die Tischkante, ehe er es einem Angestellten zuwarf, der dicht bei seinem Ellbogen saß. »Bringen Sie das in die Zählstube und tragen Sie den Betrag im Kassenbuch ein.«

Nachdem der Bürogehilfe den Raum verlassen hatte, setzte Stoddard den Kneifer ab und bedachte seinen Klienten mit einem ernsten Blick. »Wirklich, Mr. Rutledge«, schalt er ihn. »Mit so viel Bargeld in den Taschen locken Sie nur unnötig Diebe an.«

»Herrje, Stoddard, ich bitte Sie.« Bentley Rutledge breitete unschuldig die Arme aus. »Sehe ich etwa aus wie jemand, der Gefahr läuft, überfallen zu werden?«

Stoddard ließ den Blick von Rutledges zynischem Gesicht über den Gehrock auf seinen breiten Schultern bis hinunter zu seinen schweren und staubigen Lederstiefeln gleiten. Nicht einmal der Dolchgriff, der unter dem Stiefelumschlag hervorlugte, entging ihm. Trotz der Gelassenheit, die Rutledge wie gewöhnlich an den Tag legte, bemerkte Stoddard heute einen Anflug von Missstimmung um die Augenpartie. »Nein«, gab er ihm schließlich Recht. »Sie sehen wahrlich nicht aus wie einer, mit dem man sich gerne anlegen möchte.«

Bentley lachte laut auf. »Genau deshalb habe ich Sie ausgesucht, Stoddard, wegen Ihrer unverhohlenen Ehrlichkeit.«

Mit einem pikierten Lächeln zog Stoddard ein wuchtiges, in Leder gebundenes Geschäftsbuch zu sich heran, das auf der Ecke des Pultes gelegen hatte. »Dann wollen wir uns mal an die Arbeit begeben«, sprach er beherzt. »Es gibt diverse Punkte, die Ihre prompte und uneingeschränkte Aufmerksamkeit erfordern. Und das nicht erst seit gestern, wie Sie wissen.«

Rutledge setzte sich aufrecht hin. »Schon gut, schon gut, ich bin ja jetzt hier, Stoddard. Verdammt, was wollen Sie denn noch? Ich bin quasi Ihr Leibeigener.«

Der ältere Mann warf ihm einen Blick zu. »Welch obszöne Vorstellung«, murmelte er und schob Rutledge einen dicken Stapel Papiere rüber. »Hier haben wir Lloyd's aktuellen Treuhändervertrag. Es gibt ein paar Änderungen, die zwar nur geringfügiger Natur sind, aber ...«

»Ach, du meine Güte!« Bentley beäugte griesgrämig den Stapel vor sich. »Soll ich das etwa alles lesen?«

Stoddard – das musste ihm zugute gehalten werden – verdrehte nicht die Augen. »Wenn Sie derart viel Geld anlegen, lautet die Antwort: Ja. Vor allem, wenn Sie weiterhin planen, mit Lloyd's Geschäfte zu tätigen. Ich muss Sie allerdings abermals warnen, dass das Versicherungsgeschäft unüberschaubare Risiken birgt. Vielleicht wäre Ihr Geld besser in Staatsanleihen oder in Gold angelegt.«

Rutledge streckte sich genüsslich. »Wer nicht wagt, der nicht gewinnt, Stoddard«, bemerkte er trocken. »Klar, kann sein, dass wir morgen bis auf die Unterhose nackt dastehen, aber bisher hatten wir doch verdammt viel Erfolg mit meiner Strategie, meinen Sie nicht auch?«

»Doch, doch«, stimmte Stoddard ihm widerwillig zu. »Wenn die Sache also entschieden ist, sollten wir uns nun den anderen Angelegenheiten zuwenden. Wie ich bereits gehofft hatte, hat Tidwells endlich ein hübsches Sümmchen für die *Queen of Kashmir* geboten – das heißt, wenn Sie sie noch immer abzustoßen gedenken.«

»Um Gottes willen, ja. Je schneller, desto besser«, erwiderte Rutledge prompt und verschränkte die Hände hinter dem Kopf. »Ich habe sie durch puren Zufall gewonnen, müssen Sie wissen, und obwohl es mal ganz unterhaltsam ist, ein Boot zu besitzen, denke ich...«

»Ein *Schiff*«, korrigierte Stoddard ihn ein wenig ungehalten. »Es ist ein Handelsschiff, Rutledge, kein leckgeschlagener Einer.«

»Ist ja auch egal«, entgegnete Rutledge achselzuckend. »Tidwells soll sie haben. Ich habe mein Interesse an ihr verloren. Aber vielleicht wollen Sie sie ja kaufen?«

»Von der Schifffahrt verstehe ich so gut wie nichts«, räusperte Stoddard sich gewichtig, schob einen zweiten Stapel Papiere über das Pult und reichte Rutledge eine Feder. »Aber umso mehr von Vermögenszuteilungen.«

Rutledge hob die Augenbrauen. »Was ist das?«

»Ich plane, Ihre Einnahmen in amerikanischen Stahl zu reinvestieren«, erklärte Stoddard ihm ungeduldig. »Sie bestehen doch immer auf Geschäften mit hohem Risikopotenzial, Mr. Rutledge. Die amerikanische Eisenbahngesellschaft *Baltimore & Ohio* produziert große Mengen an Stahl, und die Nachfrage steigt stetig.«

»Noch mehr von diesen neumodischen Eisenbahnen?«, hakte

Bentley mit unüberhörbarem Zweifel in der Stimme nach. »Sind Sie ernsthaft davon überzeugt, dass dabei Geld herausspringt?«

»Dass sollten Sie lieber hoffen«, entfuhr es Stoddard. »Zwanzig Prozent Ihres Vermögens sind nämlich bereits in Eisenbahnen investiert. Sollten Sie es vorziehen, Ihr Geld eher sinnlos zu verprassen, so empfehle ich Ihnen, wieder an den Spieltisch zurückzukehren.«

Mit einem Lächeln, das seine tadellos weißen Zähne enthüllte, nahm Bentley Rutledge die Papiere zur Hand. »Ich bin nie wirklich vom Spieltisch aufgestanden, Stoddard«, ließ er ihn augenzwinkernd wissen. »Oder glauben Sie, eine gute Fee hätte mir die dreitausend Pfund heute Nacht unter das Kopfkissen gelegt? Seien wir doch mal ehrlich, Stoddard, Ihre Geschäftsräume sind doch nichts anderes als ein überdimensionierter Würfelbecher. Ihre Freunde von der Versicherung auf der anderen Straßenseite ...« Der junge Mann machte eine Geste in Richtung Fenster. »... sind doch auch bloß eine Bande von adrett gekleideten Buchmachern, die ...«

»Buchmachern?«, entfuhr es Stoddard.

Rutledges Lächeln wurde breiter. »Das Glücksspiel hat viele Gesichter, Stoddard, da ist es egal, wo man diesem Laster frönt oder welchen Namen man ihm gibt.« Mit diesen Worten wandte Rutledge sich dem Vertragsentwurf zu. Auch wenn es aussah, als würde er die Zeilen nur überfliegen, war das genaue Gegenteil der Fall. Stoddard wusste, dass Rutledge jede Zeile und jedes Wort genauestens studierte. Er hatte Rutledge längst durchschaut und erkannt, dass er nicht halb so leichtsinnig oder unbekümmert war, wie er andere gerne glauben machen wollte. Dass er sein Haar in ausgesprochen unmodischer Länge trug und seine äußere Erscheinung doch sehr zu wünschen übrig ließ, lag jedenfalls nicht an Geldmangel.

Nur hin und wieder wurde die Stille des Raumes durch das Kratzen der Schreibfeder unterbrochen, wenn Rutledge unterzeichnete. Nachdem er damit fertig war, lehnte er sich genüsslich zurück und schlug die Beine übereinander. »Nächstes Problem, Stoddard?«

Mit einer ungehaltenen Bewegung schlug Stoddard auf eine Glocke, die vor ihm stand. »Ich arbeite für Sie, Mr. Rutledge«, sagte er, als ein Angestellter sich der Papiere annahm und sogleich wieder verschwand. »Schauen Sie mich bitte nicht an, als wäre ich Ihre Gouvernante.«

»Ich hatte nie eine Gouvernante, Stoddard«, antwortete Rutledge gähnend. »Bisher zumindest nicht. Was schätzen Sie, wie viel müsste ich für eine bezaubernde Gouvernante wohl investieren?«

Nachdem er Stoddard sich selbst überlassen hatte, damit dieser sich in Ruhe den Kopf über die Zukunft seines Klienten zerbrechen konnte, begab Bentley sich in seinen Privatclub am anderen Ende der Stadt, wo er ein wenig Frieden zu finden hoffte. Der *Traveler's Club* gehörte zu jenen wenigen Einrichtungen für die Oberklasse, in denen ein Mann tatsächlich Erholung fand. Besonders gefiel Bentley die bunt gemischte Klientel, der der Club Zutritt gewährte – er selbst war das beste Beispiel dafür, dass man es dort mit der Etikette nicht allzu genau nahm.

Auf den Eingangsstufen hielt er kurz inne, um mit seinem Taschentuch halbherzig über die eingestaubten Stiefel zu wischen, damit er nicht allzu liederlich daherkam. In der Empfangshalle angekommen, warf er dem Portier seinen Gehrock zu und begab sich umgehend in den Salon, der verhältnismäßig schwach besucht war. Bentley nahm an einem der freien Tische unterhalb der eindrucksvollen Fensterfront Platz und konnte dem Impuls, die Beine auf der polierten Tischplatte abzulegen, nur schwer widerstehen. Zwei Tische weiter saß eine kleine Gruppe adrett gekleideter Junggesellen, die sich bei einer Tasse Tee und Zeitungslektüre angeregt austauschten. Darunter befand sich auch Bentleys Freund Lord Robert Rowland und dessen Bruder, der Marquis of Mercer. Sie grüßten ihn höflich, und Mercer deutete auf einen freien Platz an ihrem Tisch, doch Bentley, dem ganz und gar nicht nach Gesellschaft zumute war, lehnte dankend ab, woraufhin die Herren mit einem Achselzucken zu ihrem Gespräch zurückkehrten.

Da Bentleys Vorlieben den Bediensteten des Clubs längst bekannt waren, war ihm ein Kellner mit einer Tasse starken Kaffees und einer druckfrischen Ausgabe der *Times* gefolgt. Bentley hatte gerade die ersten Seiten überflogen, da schickten sich die jungen Männer an zu gehen.

Als sie Bentleys Tisch passierten, gab Lord Robert ihm einen kräftigen Klaps auf den Rücken. »Schlechte Neuigkeiten vom alten Weyden, nicht wahr, Mr. Höllenbrut?«, sagte er heiter. »Ziemlich dumme Situation, wenn du mich fragst. Vor allem, weil die Saison ja noch nicht einmal richtig begonnen hat.«

»Wovon faselst du da eigentlich?«

»Was?« Lord Robert grinste. »Hat Weyden dir noch nichts gesagt?«

»Was denn?«

»Rob und ich trafen ihn gestern Abend im *Lufton's*«, klärte Mercer ihn auf. »Weyden macht sich aus dem Staub, geht mit der Familie nach Charleroi. Er sagt, es würde dort zu einer Vermählung kommen.«

»Gus heiratet?«, prustete Bentley los. »Das kann ich mir beim besten Willen nicht vorstellen.«

Robert schüttelte den Kopf. »Nein, doch nicht Gus!«, antwortete er. »Weydens Cousine heiratet jemanden vom Festland.«

»Einen Bankier«, unterbrach Mercer ihn. »Aus der Schweiz, wie mir Graf Trent verraten hat.«

»Nein, nein, sie heiratet irgendeinen unbedeutenden preußischen Adligen«, beteuerte ein anderer. »Einen Neffen von Lady Rannochs Mutter.«

Bentley raschelte ungeduldig mit der Zeitung. »Rob, du stehst mir im Licht«, meinte er. »Wenn ihr euch endlich geeinigt habt, wer wen heiratet, so lasst es mich wissen und ich werde der Braut eine Suppenkelle mit ihrem Monogramm zukommen lassen oder so.«

»Darüber, wer die Braut ist, besteht kein Zweifel!«, klärte Lord

Mercer ihn ein wenig niedergeschlagen auf. »Das ist es ja, verdammt noch mal.«

Ein eigenartiges Gefühl beschlich Bentley. »Wer denn?«, fragte er zögerlich und legte die Zeitung nieder.

Robert schaute ihn mit ernster Miene an. »Es ist die kleine d'Avillez, Rutledge. Doch der junge Lord Trent hat uns partout nicht verraten wollen, wer der Glückliche denn nun ist, der sie bekommt.«

Bentleys Herz war stehen geblieben. »Frederica d'Avillez?«, krächzte er.

Robert nickte. »Dabei ist mir zu Ohren gekommen, das junge Küken wäre einem Taugenichts aus Essex versprochen.«

Mercer lachte verbittert auf. »Weyden hat es mir selbst in der letzten Saison erzählt«, fügte er hinzu. »Das ist schon eine bodenlose Frechheit, wenn ihr mich fragt – zu verbreiten, ein Frauenzimmer sei verlobt, wenn das gar nicht stimmt.«

»Tja«, seufzte Robert. »Keiner von uns hatte den Mut, ihr den Hof zu machen, das haben wir jetzt davon. Wen wundert es, dass sie es vorzieht, von hier fortzugehen?«

Die kleine Gruppe schien sich auflösen zu wollen, und Bentley schob kraftlos die Kaffeetasse von sich. *Gütiger Gott!* Das konnte einfach nicht wahr sein! Unmöglich! Das würde sie nicht wagen, oder?

Mercer warf ihm einen letzten befremdeten Blick zu. »Das alles kann uns doch egal sein, nicht wahr? Angeblich reist die Gute bereits Ende nächster Woche ab«, hörte Bentley ihn sagen, als er sich mit den anderen entfernte.

Einen schier endlosen Moment lang saß Bentley wie gelähmt da und kämpfte um seine Selbstbeherrschung. *Wie konnte sie nur?* Wie konnte Freddie ihm das nur antun? Was hatte sie sich dabei nur gedacht?

Es half nichts, er musste sie aufsuchen. Sie mussten miteinander reden. Und zwar so schnell wie möglich. Bentley hatte sich endlich erhoben und war bereits auf dem Weg zum Ausgang, ehe er sich seines Vorhabens bewusst wurde. In der Eingangshalle hastete er an Lord Mercer und seinen verdutzt dreinblickenden Begleitern vorbei und sprang die Eingangsstufen der Freitreppe hinunter, während der Portier ihm nachrief, er hätte seinen Gehrock vergessen. Der Mann erwischte ihn, als er einem Bediensteten das Zeichen gab, er möge so schnell wie möglich sein Pferd holen. Bentley schlüpfte augenblicklich in die Ärmel des Gehrocks und lief ungeduldig auf dem Trottoir auf und ab. Er musste nachdenken, wobei er das laute Geklapper und Geratter des nachmittäglichen Verkehrs auf der Pall Mall – von edlen Droschken bis zu heruntergekommenen Handwagen – nicht einmal wahrnahm, so aufgebracht war er. Endlich wurde ihm seine Stute gebracht. Bentley schwang sich sogleich in den Sattel und war schon in Vauxhall, als sein Zorn schließlich in Panik umschlug. Und in das Gefühl, hintergangen worden zu sein.

Das alles ergab keinen Sinn, sagte er zu sich selbst. Es konnte ihm doch schlichtweg egal sein, was mit Frederica geschah. Dennoch machte er nicht kehrt und verschwendete auch keinen Gedanken daran, ob er sich klug verhielt. Noch bevor er alles gründlich durchdacht hatte, ritt er bereits am Uhrenturm vom Strath House vorbei und bog in den mit Kopfsteinpflaster ausgelegten Innenhof. Er sprang vom Pferd, warf einem von Rannochs livrierten Stallburschen die Zügel zu und erklomm hastig mit großen Schritten die imposante Freitreppe, die sich zu beiden Seiten um einen prächtigen Springbrunnen wand und zum Portal des Hauses führte. Er war zwar erst ein einziges Mal hier gewesen, konnte sich aber dennoch gut an alles erinnern. Bentley betätigte den Türklopfer, wenngleich er sich noch immer nicht genau darüber im Klaren war, was er Frederica eigentlich sagen wollte.

»Miss d'Avillez«, platzte es aus ihm heraus, als ein Diener ihm die Tür öffnete.

Im Gegensatz zum ländlichen Chatham-Anwesen ging es im städtischen Strath House wesentlich formeller zu. »Die werte Miss d'Avillez ist derzeit nicht zugegen, Sir«, informierte der Diener ihn, begleitet von einer formvollendeten Verbeugung. »Wünschen Sie stattdessen lieber eine Unterredung mit Lady Rannoch?«

Bentley spürte die Stacheln seiner Wut und zog es einen Augenblick in Erwägung, bei der Dame des Hauses vorzusprechen. Aber was sollte er ihr bloß sagen? »*Ich habe Ihre Cousine ihrer Jungfräulichkeit beraubt und deshalb ein Anrecht auf sie*«? Nein, selbst in seinem gegenwärtigen Zustand der Verwirrung wusste er nur zu gut, dass sich ein solches Verhalten nicht schickte. »Verzeihung, aber ich muss darauf bestehen, Miss d'Avillez persönlich zu sprechen. Sie müssen ihr umgehend mitteilen, dass ich hier bin.«

Der Dienstbote gestattete sich ein kleines Lächeln. »Bedaure, Sir, aber wie bereits erwähnt, befindet sich Miss d'Avillez derzeit außer Haus.«

»Nein.« Bentley schüttelte verzweifelt den Kopf. »Sie haben sicher die Order, mich abzuwimmeln. Aber das lasse ich mir nicht bieten, hören Sie? Sie werden jetzt auf der Stelle zu ihr gehen und ihr ausrichten, dass ich auf einer Unterredung bestehe.«

Der Bedienstete atmete gereizt aus und wandte sich um. Als er wiederkam, balancierte er gekonnt ein kleines silbernes Tablett in der Hand und hielt es Bentley mit dem Ausdruck eines Menschen unter die Nase, dem wirklich übel mitgespielt wird.

Erst jetzt erkannte Bentley das Ausmaß seiner Torheit. Er hatte dem armen Tropf noch nicht einmal seine Visitenkarte überreicht oder sich die Mühe gemacht, sich vorzustellen. Woher sollte der Dienstbote wissen, wen er vor sich hatte?

Da stand er in Kleidern auf der Türschwelle, die schon vor acht Stunden, als er sie angezogen hatte, nicht im allerbesten Zustand gewesen waren, und die mittlerweile schlichtweg unmöglich aussahen. Hinzu kam, dass er eine unverheiratete junge Dame zu sprechen wünschte. Er musste wie ein Dorftrottel wirken, wenn nicht schlimmer. Falls er jetzt seine Karte abgab, würde er für alle Zeiten einen schlechten Eindruck hinterlassen.

»Sir?«, hörte er den Diener fragen. »Ihre Karte, bitte.«

Bentley spürte, wie ihm die Hitze ins Gesicht kroch. »Pardon«, stammelte er. »Wie es scheint, habe ich mein Etui vergessen. Ich reite schnell heim und hole es.«

Mit diesen Worten drehte Bentley sich um und stieg die Stufen hinab. Hinter ihm fiel die Tür derart geräuschvoll ins Schloss, als wollte sie ihm *Auf Nimmerwiedersehen* wünschen. Bentley fühlte sich gedemütigt. Doch so wahr ihm Gott beistand, er würde nicht kampflos aufgeben. Nein, er würde hartnäckig bleiben, dachte er sich, während er in Richtung Themse ritt. Seine Gedanken überschlugen sich. Er musste unbedingt mit Freddie sprechen, aber zugleich sagte ihm eine innere Stimme, dass sie ihn nicht sehen wollte. Wie sollte er es nur anstellen, sie zu treffen? Wie nur?

Als er durch Richmond ritt, spürte er, wie sich in einer der hinteren Regionen seines Gehirns etwas regte. Es musste doch eine Möglichkeit geben ... Plötzlich erinnerte er sich an etwas. An eine Aufgabe, eine Pflicht. Etwas, das er aus Gewohnheit und Wut heraus beinahe vergessen hätte.

Potzblitz, das war die Lösung des Problems!

Er gab dem Pferd die Sporen, und das mächtige Ross galoppierte los, als sei es eben erst gesattelt worden. Bentley legte den ganzen Weg bis zur Westminster Bridge im Galopp zurück, wo er sich anschließend in Richtung Uferpromenade wandte. Der frühe Abend war bereits über die Stadt hereingebrochen, und die Sonne versank langsam und gleißend hinter den Dächern im Westen. Ein rötlicher Dunstschleier legte sich über die Stadt. Als Bentley auf die Promenade stieß, wimmelte es nur so von Menschen, weshalb es ihn rund zehn Minuten kostete, sein eigentlich recht nahe gelegenes Ziel zu erreichen. Er drückte einem schmuddeligen Straßenjungen, der an einem Laternenpfahl lungerte, einen Shilling in die Hand. »Davon habe ich noch einen für dich, wenn ich zurückkomme«, sagte er und legte dem Burschen fest die Hand auf die Schulter. »Pass gut auf mein Pferd auf und rühr dich nicht vom Fleck, verstanden?«

Auf den wenigen Metern, die Rutledge noch auf dem Trottoir zurückzulegen hatte, passierte er zahllose Büroangestellte und müde Verkäuferinnen, die Charing Cross und ihrem Feierabend entgegeneilten. Er drängte sich zwischen zwei gut eingeschnürten und mit schwarzen Schirmen bewaffneten Matronen hindurch, ehe er vor der gewünschten Tür stand, die eine unscheinbare Messingplakette mit einer geschwungenen Gravur trug: *Mr. George Jacob Kemble, Händler feinster Unikate und edlen Allerleis.*

Im Grunde widerstrebte es ihm, hier zu sein, aber da ihm keine bessere Lösung eingefallen war, drückte er ungehalten die Klinke herunter und betrat so schwungvoll das Geschäft, dass eine kleine Türglocke irgendwo über seinem Kopf heftig in Bewegung geriet und wie verrückt anschlug. Ein herausgeputzter und ausgesprochen eleganter Jüngling mit einer gehörigen Portion Pomade im Haar kam tänzelnd um die Ecke. Seine Füße schienen förmlich über den Teppich zu schweben, als er auf Bentley zusteuerte.

»*Bonjour, Monsieur*«, trällerte er und musterte ihn mit einem fragenden Blick von Kopf bis Fuß. »Wie kann ich von Diensten sein? Edelsteine? Silber? Antikes Porzellan? Wir führen bezaubernde Töpferwaren, die erst kürzlich in Ägypten, unweit von Kairo, ausgegraben wurden.«

»Nein, danke«, brachte Bentley hervor.

Der Angestellte streckte seine Nase noch ein wenig mehr in die Luft. »Verstehe, Sie bevorzugen also eher etwas Traditionelleres? Kein Problem, ich könnte Ihnen eine Sammlung chinesischer Vasen aus dem sechzehnten Jahrhundert anbieten, die unlängst eingetroffen ist.«

»Danke, nein«, erwiderte Bentley abermals und blickte sich um. Der Laden erinnerte ihn an St. Michael's, weil er einen ebenso modrigen Geruch altertümlicher Dinge verströmte. Nur mit dem Unterschied, dass sich hier noch der frische Duft nach Bienenwachs und Essig daruntermischte. Der Fußboden – zumindest die Stellen, die nicht von türkischen Teppichen bedeckt waren – glänzte frisch poliert. Die Glasvitrinen, die den Verkaufsraum säumten, blitzten um die Wette. Das gesamte Interieur wirkte, als hätte ein Juwelier aus St. James das Britische Museum geplündert.

Wo Bentley auch hinsah, entdeckte er allerlei Kuriositäten, die größtenteils in Vitrinen ausgestellt waren. Es gab aber auch Blickfänger, die nicht hinter Glas gebannt waren, sondern an den Wänden ihren Platz gefunden hatten oder von der Decke baumelten.

Der Verkäufer lächelte herablassend. »*Très bien*!«, säuselte er gekünstelt und legte die Fingerspitzen gegeneinander. »Eine Tasse Oolong-Tee, während Sie sich in Ruhe umschauen?«

»Nein, danke«, erwiderte Bentley zum dritten Mal und kehrte mit seinen Gedanken in die Gegenwart zurück. »Ist Kemble da?«

Wie auf Kommando teilte sich der Samtvorhang hinter der Ladentheke. »Wenn man vom Teufel spricht«, verkündete eine sanfte, kultivierte Stimme.

Ein gelungener Auftritt, das musste Bentley ihm lassen. »Tag, Kemble«, begrüßte er den modisch gekleideten Mann salopp, der noch immer zwischen den flaschengrünen Vorhängen stand. »Dürfte ich Sie wohl unter vier Augen sprechen?«

Kemble zog eine Augenbraue hoch und tippte sich mit einem manikürten Finger gegen die Lippe. »Ich frage mich, was die berühmt-berüchtigte Höllenbrut Bentley Rutledge von einem einfachen Ladeninhaber wie *moi* wohl wollen mag?« Aber mit seinem verschwörerischen Lächeln und dadurch, dass er die Vorhänge weiter aufzog, signalisierte er sein Einverständnis zu einer Unterredung. »Jean-Claude, sei so lieb und setze schon mal Wasser auf.«

Nachdem sie an Kembles Schreibtisch Platz genommen hatten, sprudelte es förmlich aus Bentley heraus. »Kemble, ich bedarf dringend Ihrer Hilfe.«

»Das glaube ich Ihnen aufs Wort«, grinste Kemble. »Worum handelt es sich denn dieses Mal, Rutledge? Juwelenschmuggel? Waffenhehlerei? Eine Leiche im Keller?«

»Nichts dergleichen«, murmelte Bentley und wünschte sich, die Sache wäre derart einfach.

Kemble hielt den Kopf schräg. »Jetzt sagen Sie nicht, Sie sind schon wieder in Opiumgeschäfte verwickelt?«, erkundigte er sich misstrauisch.

»Herr im Himmel, Kem! Ich habe damals wirklich keinen blassen Schimmer davon gehabt, dass im Frachtraum meines Schiffs Opium versteckt war – das wissen Sie genau.«

»Dann muss Ihr Schwager Sie hergeschickt haben«, meinte Kem naserümpfend. »Hören Sie mir gut zu, mein lieber Junge, ich kann es mir schlichtweg nicht leisten, in Max' Politisierungen, Verbrecherjagden und wer weiß was noch verwickelt zu werden. Die Polizei, ganz zu schweigen von all den Reformern, ist meinen Geschäftspartnern bedenklich nahe auf den Pelz gerückt, müssen Sie wissen.«

»Nein, mein Besuch hat auch nichts mit Max zu tun.« Bentley starrte auf seine Stiefel. »Ich gedenke, auf einen Tanzball zu gehen.«

Mit einer dramatischen Geste legte Kemble eine Hand an sein Ohr. »Wie war das gerade?«

»Auf einen Tanzball«, wiederholte Bentley unmissverständlich laut. »Ich muss dorthin, Kemble, besitze aber nicht die passende Garderobe für einen solchen Anlass. Und Sie kennen doch so viele Leute, weshalb ich Sie bitten möchte, mir dabei zu helfen, meine äußere Erscheinung etwas aufzupolieren.«

Kemble warf den Kopf in den Nacken und brach in schallendes Gelächter aus. »Ach, du meine Güte, dann kann nur eine Frau mit im Spiel sein, nicht wahr?«, mutmaßte er und erhob sich. »Nun denn, Aschenputtel, ich bin Max zufällig noch etwas schuldig. Also, wo fangen wir an? Die Schneiderei Giroux & Chenault in der Savile Road kann Ihnen im Handumdrehen eine passende Robe zaubern. Aber dazu benötigt sie natürlich dringend ein paar Maße.«

Im Vergleich zum eher schmächtigen Kemble, der um ihn herumflatterte und Maß nahm, kam Bentley sich wie ein klobiger Ochse vor. »Meine Güte, sind Sie groß«, murmelte der Ladenbesitzer. »Verraten Sie mir mal, was man euch Jungs in Gloucestershire alles so zum Essen vorsetzt. Der Schnitt Ihres Gehrocks ist einfach grauenhaft. Am besten Sie lassen ihn direkt hier. Jean-Claude kann ihn später zum Polieren des Silbers benutzen. Nein,

nein, keine Widerrede. Und die Weste können Sie auch getrost hier lassen.«

Bentley seufzte und zog die beiden Kleidungsstücke aus.

»Wenn wir schon einmal dabei sind, werde ich Maurice auch gleich bitten, Ihnen etwas zu schneidern, das Sie zu jedem erdenklichen Anlass tragen können«, murmelte Kemble, der gerade seine Schreibtischschublade durchforstete und ein Kistchen Stecknadeln zum Vorschein brachte. »Dass Sie ein ausgesprochen attraktives Kerlchen sind, Rutledge, reicht leider nicht aus. Jeder kommt einmal in die Verlegenheit, sich für festliche Anlässe zu kleiden.«

Oder zu entkleiden, dachte Bentley missmutig.

Als der hochnäsige Jean-Claude den Hinterraum betrat, stand Bentley nur noch in Kniehosen da. »*Quel bon derrière!*«, raunte der Verkäufer, als er das Teetablett abstellte.

»Denk nicht einmal im Traum daran«, zischte Kemble ihm mit Stecknadeln zwischen den Zähnen zu. »Mach dir bloß keine falschen Hoffnungen.«

Bentley kniff die Augen zusammen. »Was hat er gesagt?«

»Er meinte, dass Ihnen Blau besonders gut stehen dürfte«, nuschelte Kemble etwas lauter. Jean-Claude hingegen lächelte versonnen und begann damit, den Tee einzuschenken. »Sie sind bemerkenswert schlank, Rutledge, was aber nicht sonderlich gut zur Geltung kommen kann, weil Sie Kleider tragen, die viel zu weit geschnitten sind«, fuhr Kemble fort, als er einen Schritt zurücktrat, um sein Werk zu bewundern. Er hatte Bentleys Hemd abgesteckt, sodass der Schneider eine Vorlage hatte. »Hier eine kleine Änderung an Ihren Lumpenklamotten und da etwas abstecken, und schon weiß Maurice, wie ich es mir vorstelle.«

»Wollen Sie damit andeuten, dass er es zerschneiden wird?« Es war Bentleys Lieblingshemd, das er bereits seit einer halben Ewigkeit trug. Nun gut, so sah es auch aus.

»*Mais oui*, in klitzekleine Stücke!«, verkündete Kemble und ahmte mit den Fingern die Bewegung einer Schere nach. »Im Übrigen schließe ich mich Jean-Claudes Meinung an.«

Bentley zuckte mit den Schultern. »Blau geht in Ordnung.«

Kemble lächelte ihm zu, als hätte er es wahrhaftig mit einem Dorftrottel zu tun. »Jetzt, da Sie sich in meine Hände begeben haben, bleibt nur noch eine Sache zu klären: Bis wann muss das Wunderwerk denn fertig sein, Mr. Rutledge?«

»Lassen Sie mich mal kurz nachdenken«, erwiderte Bentley. »Die Einladung habe ich bereits vor einigen Wochen erhalten, ihr aber leider keine weitere Beachtung geschenkt. Ich kann mich jedoch vage entsinnen, dass der Ball für Freitag angesetzt ist.«

»*Freitag?*«, stieß Kemble fassungslos aus. »Ich bin nur gelernter Kammerdiener, nicht der Allmächtige in Person. Und selbst der brauchte sechs Tage, um ein Werk der Perfektion abzuliefern.«

»Tja, Ihnen und Maurice bleiben genau zwei Tage«, warf Bentley ein. »Außerdem muss ich ja nicht perfekt, sondern nur vorzeigbar sein. Es geht um den Debütantinnen-Ball von Rannochs Tochter Zoë.«

»Rannochs Tochter?« Auf Kembles Gesicht spiegelte sich blankes Entsetzen wider. »Ach, du heiliger Strohsack, sind Sie nun von allen guten Geistern verlassen?«

Kapitel 7

In welchem Miss Armstrong keinen Hehl aus ihrer Meinung macht

Am Morgen von Zoës Debütantinnenball statteten Madame Germaine und ihre Näherin dem Strath House einen Besuch ab, um die letzte Anprobe vor dem großen Ereignis persönlich zu überwachen. Frederica fand sich mit den anderen Damen in Evies privatem Salon ein und war bereit, sich dem nötigen Geziepe und Gezwicke auszusetzen. Die erste Woge des Tratsches war noch nicht ganz abgeebbt, als Frederica einen neuerlichen Anfall von Übelkeit nahen fühlte – der fünfte innerhalb weniger Tage.

Sie hastete hinter die Umkleidewand und erbrach ihr Frühstück – jedoch nicht, ohne Madame Germaines spekulativen Blick bemerkt zu haben, der ihr gefolgt war. Es stand außer Frage, wen Madame in der nächsten schlüpfrigen Geschwätzrunde zur Hauptperson erwählen würde. Doch es konnte ihr einerlei sein, schließlich würde sie ohnehin bald auf dem Festland leben.

Nach und nach beruhigte sich ihr Magen wieder, und als die Anproben vorbei waren, suchten Näherin und Damenschneiderin ihre Utensilien zusammen und reisten mit brandneuen Ondits im Gepäck zurück nach London. Winnie scheuchte Zoë – die noch immer ob ihres prüden weißen Kleides zutiefst gekränkt war – aus dem Salon.

»Ich wollte ein rubinrotes Kleid wie Freddie!«, rief sie wütend aus. »Ich hasse diesen dummen weißen Fetzen. Ich hasse ihn! Keiner wird von mir Notiz nehmen.«

»Rot ist aber nun mal keine Farbe für eine Debütantin«, schimpfte Winnie, als sie auf den Flur hinaustraten. »Die Herren der Schöpfung würden glatt denken, du wolltest dich ihnen aufdrängen. Nimm dir ein Beispiel an Freddie, sie hat im letzten Jahr ausschließlich Pastelltöne getragen und sah so unglaublich schön und jungfräulich darin aus, dass ...«

Zoë prustete laut los, woraufhin sich Winnies Gesichtsfarbe verdunkelte. Hochrot warf sie Frederica einen entsetzten Blick zu und schloss sogleich die Tür. Frederica brach in Tränen aus und warf sich auf das Brokatsofa.

Evie nahm neben ihr Platz und strich ihr mitfühlend die Haare aus der Stirn. »Ist ja gut, Freddie«, flüsterte sie. »Winnie meint es doch nur gut. Sie wollte dir lediglich ein Kompliment dafür machen, wie vernünftig du bist.«

»Dabei habe ich doch längst bewiesen, dass ich keinen Funken Verstand besitze.«

Mit einem liebevoll-tadelnden Blick breitete Evie ihre Arme aus. Schniefend kuschelte Freddie sich an sie. »Du bist nur ein wenig überreizt, meine Kleine, das ist alles«, murmelte sie in Freddies Haar. »Es liegt einzig an der Schwangerschaft, dass du von Skrupeln und Tränen geplagt wirst. Glaube mir, in spätestens vier Wochen hat sich alles wieder eingerenkt.«

Doch Frederica spürte, dass nichts je wieder in Ordnung kommen würde. Sie legte sich eine Hand auf den Unterleib, der noch flach wie eh und je war. Zwar freute sie sich auf das Kind – sehr sogar –, aber sie war sich auch darüber im Klaren, dass es keine einfache Aufgabe sein würde, ein Kind ohne Vater großzuziehen. Sie hatte immer davon geträumt, dass ihre Kinder eines Tages unter besseren Umständen als sie selbst aufwachsen würden.

Fredericas Eltern hatten einander von ganzem Herzen geliebt, wie sie aus den Briefen wusste, die die beiden einander geschrieben hatten. Doch tragischerweise waren beide durch die Kriegswirren ums Leben gekommen. Nach den Unruhen hatte ein Offizierskollege ihres Vaters Frederica aus den Ruinen dessen, was einst ihr Vaterland gewesen war, weggeholt und sie sicher nach England gebracht, zu ihrer Großmutter, der einflussreichen Gräfin von Trent.

Lady Trent jedoch hatte nur Hohn für sie übrig gehabt, sie als kleinen braunen Familienunrat bezeichnet und wieder fortgeschickt. Alle dachten, Frederica könnte sich nicht mehr daran erinnern, doch da irrten sie.

Ihre Retter hatten sie anschließend zum älteren Bruder ihres Vaters bringen wollen, mussten aber feststellen, dass Maxwell Stone nur wenige Monate zuvor ebenfalls das Zeitliche gesegnet hatte. Seine Tochter Evie jedoch, selbst noch fast ein Kind, hatte ihr sogleich Tor, Tür und Herz geöffnet, womit sie sich eigentlich hätte zufrieden geben sollen. Doch das war ihr nie gelungen, immer noch schien sie auf der Suche nach ihrem wahren Platz im Leben zu sein. Oft empfand sie deswegen tiefe Schuldgefühle, denn sie kam sich undankbar vor.

So kam es schließlich, dass Frederica all ihre Hoffnungen auf eine romantische Liebe gesetzt hatte. Ihr Traummann, so hatte sie sich geschworen, würde ihr alles bieten, was ihre Eltern ihr nicht hatten geben können. Er würde vollkommen und zuverlässig sein und sie immer beschützen. Vor allem würde er ganz normal sein, durchschnittlich eben. Es musste jemand sein, der mit beiden Beinen im Leben stand, den sie von ganzem Herzen lieben und dem sie ihren tiefsten Respekt entgegenbringen konnte.

Sie hatte sich einreden wollen, dass Johnny eben dieser Mann war. Zu ihm hatte sie sich hingezogen gefühlt, weil sie ihn bereits seit langem kannte. Er war der Junge von nebenan. Ein einfacher Gutsherr vom Lande. Alles war ihr perfekt, verlässlich und durchschnittlich erschienen. Doch dann hatte Bentley Rutledge ihr einen gehörigen Strich durch die Rechnung gemacht.

Nie und nimmer könnte sie einen Schurken wie ihn lieben! Er erfüllte nicht annähernd ihre strengen Kriterien. Er war zum Beispiel ein sehr unzuverlässiger Mensch, denn wenn sie ihm auch nur ein klitzekleines bisschen bedeutet hätte, wäre er nicht ohne ein einziges Wort des Abschiedes von dannen geschlichen. Bei diesem Gedanken brach sie erneut in Tränen aus. Herr im Himmel, seit jener verhängnisvollen Nacht mit ihm kam sie sich wie eine alte rostige Gießkanne vor. Sie wünschte sich, ja sehnte sich förmlich danach, ihm den Hals umzudrehen.

»Alles wird gut, mein Liebes«, versuchte Evie sie zu beruhigen und schaukelte sie sanft vor und zurück, als wäre sie wieder ein kleines elternloses Kind. »Alles wird gut, Freddie! Vertraue mir, Liebes.«

Bentley richtete es so ein, dass er am Freitagabend nicht zu früh vor Strath House vorfuhr. Als er ankam, verließen die eher gesetzten Herrschaften Zoës Fest bereits wieder und stiegen in die Kutschen, die auf dem Vorhof warteten. Kemble hatte sein Versprechen gehalten und Bentley eine wirklich edle Robe schneidern lassen. Jean-Claude hatte ihn als *très soigné* bezeichnet und versucht, ihm einen Klaps auf den Allerwertesten zu geben. Bentley aber hatte ihn nur milde angelächelt und war seiner begierigen Hand kunstvoll ausgewichen. In Frack und passenden Kniehosen war er schließlich nach Richmond aufgebrochen. Den Ton des Anzuges hatte Kem als *dunkles Zwielicht* beschrieben, wobei es sich nach Bentleys Meinung lediglich um eine schwülstige Umschreibung für Blauschwarz handelte. Die Weste hingegen war aus hellgoldener Seide und erinnerte an die Farbe erlesenen Champagners. Bentley hielt sich für recht ansehnlich gekleidet, wenngleich das neue Hemd ein wenig juckte und die Kniestrümpfe ihm keinen Platz für seinen Dolch ließen. Aber sei's drum. Wahrscheinlich war es das Beste, wenn er erst gar nicht in Versuchung kam, ihn zu zücken.

Am Fuße der Freitreppe warf er Frack und Zylinder in die offene Kutsche und verschwand just in dem Moment in der Dunkelheit, als Rannochs Diener, die am Hauseingang postiert waren, ihm für einen Augenblick den Rücken zudrehten. Er wollte es tunlichst vermeiden, offiziell angekündigt zu werden, zumindest solange, bis er wusste, aus welcher Richtung der Wind wehte. Der Garten, der an die Themse angrenzte, lag in Dunkelheit gehüllt. Das leise Plätschern des Flusses war durch das Gelächter und die festliche Musik kaum zu hören. Wie erwartet standen die Flügeltüren zur Veranda sperrangelweit offen.

Obwohl sich das Wetter für die Jahreszeit recht kühl gab, hatte es hier und da einige Gäste auf die Veranda verschlagen. Ohne größere Probleme sprang Bentley über die Steinmauer und bahnte sich seinen Weg durch den großen Garten. Der Ballsaal war nicht überfüllt, und durch die weit offen stehenden Türen zum angrenzenden Salon konnte Bentley Lady Rannoch erspähen, wie sie zusammen mit ihrem Gatten die Gäste begrüßte, während Gus und Theo Weyden sich in einer Ecke des Festsaals lümmelten. Doch als die Musiker zu einem flotten Tanz aufspielten, führte Theo Zoë galant auf das Parkett. Gus stand in unmittelbarer Nähe seiner Mutter, die mit ihrer Busenfreundin Lady Bland – einer üppigen, brünetten Witwe, über deren Alter und Grad der Sittsamkeit gleichermaßen viel Unklarheit herrschte – die neuesten Gerüchte austauschte. Im Grunde entsprach Lady Bland genau Bentleys Typ, doch heute Abend hatte er keine Augen für sie.

Er ging einmal um die Tanzfläche, wobei er fieberhaft nach Freddie Ausschau hielt, auch wenn er noch immer nicht recht wusste, was er ihr eigentlich sagen wollte, wenn er ihr endlich gegenüberstand. Der Gedanke an die Lage, in der sie sich befanden, verwirrte ihn zutiefst. Er verspürte den Drang, sie am Nacken zu packen, sie kräftig durchzuschütteln und anschließend bis zur Besinnungslosigkeit zu küssen. Doch ihm war klar, dass ein Treffen mit ihr wohl kaum so verlaufen würde. Das Bedürfnis, sich mit ihr auszusprechen und sie zu berühren – nicht in lüsterner Manier, sondern auf einer gänzlich anderen Ebene, die er nicht näher definieren konnte –, hatte ihm bereits viele schlaflose Nächte beschert. Der Zerstreuung wegen war er oft bis zum Morgengrauen durch Londons Wirtshäuser und die dunkle Unterwelt gezogen. Das war nichts Neues für ihn, schon sein halbes Leben schien er damit zugebracht zu haben, nächtelange Gelage zu halten, um dann hundemüde ins Bett zu fallen und sich zwei Tage zu erholen. Doch dieses Mal war es nicht seine Vergangenheit gewesen, die ihn keinen Schlaf hatte finden lassen.

Nachdem seine ursprüngliche Wut auf Frederica abgeebbt war, hatte er sich eingeredet, in Sorge um sie zu sein und dass er ihr gegenüber ein gewisses Maß an Verantwortung trüge – was ja auch nicht ganz von der Hand zu weisen war. Er glaubte, er würde verstehen, warum sie ihm das alles antat, wenn er ihr nur noch ein einziges Mal in die Augen blicken, die Wärme ihrer Haut und ihren Puls unter seinen Fingerspitzen spüren könnte.

Als die letzten Akkorde des Tanzreigens verklungen waren, war Bentleys Suche noch immer nicht erfolgreich gewesen. Er schaute den Paaren zu, wie sie das Parkett verließen, und entdeckte, dass Theo und Zoë in seine Richtung kamen. Doch dann drehte Theo plötzlich ab und heftete sich an Gus' Fersen, der zweifelsohne auf das Kartenspielzimmer zusteuerte. Für einen Augenblick war der hohe Saal vom Stimmengewirr der Gäste erfüllt, ehe die ersten Töne eines Walzers erklangen. Winnie Weyden war noch immer in ihr Gespräch mit Lady Bland vertieft, weshalb Zoë sich selbst überlassen war. Sie stellte sich auf die Zehenspitzen und ließ einen ungeduldigen Blick über die Köpfe der Menge gleiten.

Bentley packte die Gelegenheit beim Schopfe und trat hinter sie. »Miss Armstrong?«

Zoë wirbelte um die eigene Achse und starrte ihn mit tellergroßen Augen an.

Bentley hielt ihr den Arm hin. »Dürfte ich wohl um diesen Tanz bitten?«

Einen Moment lang hatte es ihr die Sprache verschlagen, was Zoë so gut wie nie passierte. »Hallo, Rutledge!«, brachte sie schließlich hervor. »Tut mir aufrichtig Leid, aber für diesen Tanz bin ich bereits versprochen. Und zwar Mr. ...«

Bentley legte ihr einen Finger auf die Lippen und zwinkerte ihr zu. »Mag ja sein«, flüsterte er. »Aber der arme Teufel ist nicht hier, oder?«

Zoë schien kurz über seinen Einwand nachzudenken, und mit einem Male – es war, als bräche die Sonne durch eine dicke Wolkenwand – schenkte sie ihm das für sie so typische spitzbübische Lächeln. »Weißt du was, Rutledge«, meinte sie. »Ich habe immer gewusst, dass du für dein Alter ein ziemlich schlaues Kerlchen bist.« Ohne dass Mrs. Weyden etwas bemerkte, hakte Zoë sich bei ihm ein.

Plötzlich durchzuckte Bentley ein Gedanke. »Du darfst doch hoffentlich den Walzer schon tanzen, oder?«

Zoës Augen glänzten vor Belustigung. »Mehr oder weniger!«

»Zoë!«, hob er warnend an.

»Mach dir keine Sorgen! Heute Abend werde ich mich ausnahmsweise einmal zu benehmen wissen.«

Bentley legte ihr eine Hand um die Taille, tunlichst darauf bedacht, den erforderlichen Abstand einzuhalten, während sie über das Parkett wirbelten. Zoë war ein zerbrechliches, elfengleiches Wesen mit rabenschwarzem Haar und gefühlvollen braunen Augen – was aber täuschte, denn sie war alles andere als gefühlvoll. Lord Rannoch hatte sie adoptiert, doch jeder wusste, dass er auch ihr leiblicher Vater war. Es wurde gemunkelt, ihre Mutter sei eine französische Kurtisane mit teurem Geschmack gewesen, woran Bentley nicht eine Sekunde zweifelte. Zoë würde sich eines Tages zu einem regelrechten Biest auswachsen, einem Drachen, mit dem man sich nur Ärger einhandeln würde. Einen Augenblick lang verspürte er Mitleid mit Rannoch.

»Wie gut du Walzer tanzen kannst, Rutledge«, schmeichelte Zoë ihm mit einem gerissenen Lächeln. »Und welch feinen Zwirn du heute trägst. In zehn oder zwanzig Jahren lassen sie dich vielleicht sogar ins Athenäum.«

Zoës Sarkasmus war nicht zu überhören. Das Athenäum war ein Club, der nur gestandene und elitäre Herrschaften in seine Reihen aufnahm. Bentley sah missbilligend zu ihr herab. »Verflixt, Zoë. Ich habe auch ein paar gute Seiten an mir.«

Umringt von unzähligen anderen Tanzpaaren, die um sie herumwirbelten, warf Zoë den Kopf in den Nacken und lachte. »Tante Winnie sagt immer, du seiest ein Windhund vor dem Herrn«, verriet sie ihm. »Doch heute vermittelst du ausnahmsweise einmal einen fast schon seriösen Eindruck. Wenn ich allerdings ehrlich sein soll, gefällst du mir in deinen schmutzigen Stiefeln und deinem langen Staubmantel wesentlich besser. Sie verleihen dir etwas Gefährliches – und wir Frauen sind dafür bekannt, den gefährlicheren Zeitgenossen den Vorzug vor der überkandidelten Garde zu geben.«

Bentley hob eine Augenbraue. »Das ist mir noch gar nicht bewusst gewesen, Zoë«, murmelte er. »Vielleicht sollte ich mir eine Augenklappe und ein Krummschwert zulegen und lernen, wie man es gekonnt zwischen den Zähnen balanciert. Schließlich habe auch ich einen Ruf zu verteidigen.«

Zoë kicherte recht undamenhaft. »Du schaffst es immer wieder, mich zum Lachen zu bringen, Rutledge«, sagte sie, als er sie elegant an einem anderen Paar vorbeiführte. »Aber ich komme nicht umhin zuzugeben, dass ich schockiert bin, dich hier und heute zu sehen.«

»Das kann ich mir lebhaft vorstellen«, meinte er trocken. »Normalerweise ignoriere ich die formellen Einladungen deiner Familie, doch heute konnte ich einfach nicht widerstehen.«

»Aha!« Zoë legte nachdenklich die Stirn in Falten. »Aber die Einladungen sind doch bereits vor Wochen zugestellt worden.«

»Das stimmt wohl«, gab er ihr Recht. »Warum sagst du das? Bin ich etwa nicht mehr willkommen?«

Zoë wurde blass um die Nase. »Doch, doch«, murmelte sie hastig. »Meinetwegen schon.«

Bentley war nicht entgangen, dass sie nur für sich und nicht für die anderen Familienmitglieder gesprochen hatte. Nervös plapperte Zoë weiter. »Außerdem ist es ja schließlich mein Debütantinnenball, nicht wahr? Und ich für meinen Teil freue mich, dass du gekommen bist. Bisher ist der Abend in recht normalen Bahnen verlaufen. Aber jetzt, wo du da bist, kann ich mir gut vorstellen, dass ein wenig Schwung in mein Ehrenfest kommt.«

»Miss Armstrong, Ihre Andeutungen verletzen mich zutiefst«, sprach Bentley mit gespieltem Ernst. »Ich bin der Anständigste unter all Ihren geladenen Gästen!«

»Ach wirklich?« Zoë klimperte kokett mit den Wimpern. »Ich komme nicht umhin, berechtigte Zweifel anzumelden.«

»Ich habe nicht die leiseste Ahnung, worauf du hinauswillst«, sagte er mit gedämpfter und ernster Stimme. »Gibt es etwa einen Grund für deine Bemerkung?«

Zoë kaute nachdenklich auf ihrer Unterlippe, ohne jedoch aus dem Takt zu kommen. »Anstand«, fügte sie nach einer kurzen Pause hinzu, »wird manchmal überbewertet, wenn du mich fragst. Zuweilen muss man die Dinge eben selbst in die Hand nehmen und gesellschaftliche Vorschriften in den Wind schlagen.«

Schwungvoll führte Bentley sie in die nächste Drehung. »Warum komme ich immer mehr zu der Vermutung, dass auch du für dein Alter ausgesprochen klug bist?«

Wieder umspielte ein Lächeln ihre Lippen, während sie schweigend weitertanzten. »Hast du Freddie heute Abend schon gesehen?«, fragte sie ihn schließlich, als wollte sie das Thema wechseln.

Bentley spürte, wie sich sein Mund zu einem verbitterten Lächeln verzog. »Nein, habe ich nicht«, gestand er ihr leise. »Obwohl ich das schrecklich gerne würde.«

»Die Chancen dafür stehen gar nicht so schlecht«, unterrichtete Zoë ihn. »Wenn man bedenkt, dass sie erst gar nicht aus ihrem Gemach kommen wollte. Sie fühlt sich in letzter Zeit ein wenig kraftlos. Das ist doch komisch, findest du nicht auch? Mit der Perlenkette ihrer Mutter und ihrem rubinroten Lieblingskleid, bei dem Madame Germaine sogar das Mieder ein winziges bisschen ausgelassen hat, sieht sie blendend aus.«

»Ach wirklich?« Bentley spürte, wie ihm die Hitze ins Gesicht schoss.

Doch Zoë sprach ohne Punkt und Komma weiter. »Ist es nicht ungerecht, dass ich platt wie eine Flunder bin und in diesem verfluchten weißen Spitzenkleid stecke, während Freddie runder und üppiger wird? Falls es dich interessiert, sie versteckt sich gerade im oberen Geschoss vor diesem abscheulichen Johnny, der aber längst gegangen ist.«

»Ist er das?«

Zoë nickte unschuldig. »Freddies Gemach liegt im zweiten Stock, aber sie ist nicht über die Haupttreppe nach oben entflohen, sondern über den kleinen Zugang hinauf zur Galerie. Was meinst du, ob sie wohl auf selbigem Wege wieder zurückkommen wird?« Sie blickte in die Tiefen des Saales. »Siehst du die Tür in dem Steinbogen dort drüben, unter der Nische für die Musiker? Sämtliche Etagen sind über diese Seitentreppe miteinander verbunden, musst du wissen. Findest du nicht auch, dass klassizistische Architektur ausgesprochen spannend sein kann?«

»Ja, sie beginnt in der Tat, mich zu faszinieren«, murmelte Bentley. Just in diesem Moment verklangen die letzten Walzertöne, und Bentley eskortierte Zoë zurück. Lady Bland war ebenfalls in der tanzenden Menge untergetaucht, weshalb Mrs. Weyden Bentley entdeckt und mit eisigem Blick ins Visier genommen hatte. Schlimmer noch, in einiger Entfernung bahnte Rannoch sich seinen Weg durch die Menge und steuerte geradewegs auf ihn zu. Sein Gesicht war zu einer Maske aus Wut und Empörung verzogen. Aber warum? Weil er mit Zoë getanzt hatte? Das ergab doch keinen Sinn. Oder hatte Freddie letztlich doch die Beichte abgelegt? Nein, denn in dem Fall hätte ihre Familie längst an seine Pforte geklopft.

Bentley ließ sich nicht so schnell einschüchtern, machte einen artigen Diener und hob Zoës Hand an seine Lippen. »Miss Armstrong«, sprach er und schaute ihr direkt in die Augen. »Ich freue mich schon jetzt auf unser nächstes Treffen. Ihre Ausführungen über klassizistische Architektur sind wahrlich inspirierend.«

Auf seinem Weg nach draußen grüßten ihn einige der Gentlemen frohgemut – darunter auch der junge Lord Robert Rowland –, während andere ihn unverhohlen anstarrten, wahrscheinlich, weil er sich so gut wie nie in feiner Gesellschaft zeigte. Manche waren sogar so unverfroren und tuschelten hinter vorgehaltener Hand. Doch Bentley hatte noch nie viel auf die Meinung anderer gegeben, Lord Rannoch inbegriffen. Die Hälfte dieser hochwohlgeborenen Herrschaften hatte er schon das eine oder andere Mal um kleinere und größere Beträge erleichtert, und sein heimliches

Ziel war es, auch die andere Hälfte irgendwann einmal auszunehmen.

Bentley bediente sich einer kleinen List, indem er erst den Ballsaal verließ, um ihn kurze Zeit später unweit des erwähnten Aufgangs zur Galerie wieder zu betreten. Unbemerkt schlüpfte er durch die Tür, die Zoë ihm gezeigt hatte, und eilte die Treppe hinauf, die ihn auf die Balustrade führte. Diese umlief den gesamten Ballsaal und war am heutigen Abend nicht erleuchtet, was so viel bedeutete, dass sie für die Gäste nicht freigegeben war. Bentley kam es vor, als flackerten an die tausend Kerzen auf den Kronleuchtern unter ihm, die die Balustrade in ein Meer geisterhaft zuckender Schatten tauchten. Er beugte sich ein wenig über das Geländer und blickte hinab zu den Musikern, die auf einer Empore saßen. Die Geiger bewegten ihre Bögen völlig synchron, während die Paare in einer Kaskade aus Regenbogenfarben einen weiteren Reigen tanzten. Im Schutz der Dunkelheit konnte er das Treiben beobachten, ohne selbst gesehen zu werden, was ihm durchaus behagte. Er hatte sich schon immer gerne am Rande der Gesellschaft bewegt. Bentley trat einen Schritt zurück und folgte der Balustrade, bis er den Korridor ausfindig machte, der zur Haupttreppe führte. Er versteckte sich hinter einer marmornen Säule und wartete. Inständig hoffte er, Zoës Worte richtig gedeutet zu haben. Allem Anschein nach hatte er das, denn es dauerte nicht lange, ehe er eine rubinrot gekleidete Gestalt erspähte, die die Stufen herunterkam. Bentley wollte gerade hinter der Säule hervortreten, als er hörte, wie Frederica jemandem etwas zuflüsterte. Bentley erstarrte und versuchte angestrengt herauszufinden, was sie sagte.

Eine männliche Stimme antwortete ihr. »Wie kannst du mir das nur antun, Freddie?«, beschwerte sich der Mann. »Ich habe doch bereits alles in die Wege geleitet. Selbst mein Herr Papa ist deshalb heute Abend mitgekommen.«

Bentley hörte, wie sich die beiden näherten. »Lass sofort meinen Arm los«, zischte Frederica. »Das Leben ist nun mal nicht so einfach, wie du dir das vorstellst, Johnny.«

Die beiden waren dicht bei Bentleys Säule stehen geblieben. »Es ist ja nachvollziehbar, dass du mir grollst, aber ich schwöre dir, dass ich dich das vergessen mache«, flüsterte Johnny mit einer gehörigen Portion Leidenschaft in der Stimme. »Hoch und heilig. Lass mich einfach nur ...«

Ein gedämpftes Keuchen drang an Bentleys Ohr. »Wie kannst du es wagen?«, rief Frederica entgeistert aus.

Bentley spannte jeden erdenklichen Muskel an und sprang hinter der Säule hervor. Er packte Johnny am Kragen, riss ihn von den Füßen und schüttelte ihn derart wüst, dass ihm die Zähne klapperten, bevor er den Nebenbuhler zu Boden stieß und Frederica anschaute. Selbst im Halbdunkel konnte er den Schrecken in ihren weit aufgerissenen Augen erkennen.

»Hallo, Freddie!«, begrüßte er sie gelassen. »Sei bloß vorsichtig im Dunkeln, Kleines. Denk dran, man weiß nie, wem man so über den Weg läuft.«

Ellows hatte sich in der Zwischenzeit wieder hochgerappelt. »Rutledge!«, knurrte er und legte Frederica eine Hand auf die Schulter. »Das hier ist allein meine Angelegenheit.«

Behutsam schob Bentley Ellows Hand von Fredericas Schulter. »Ich fürchte, dass ich diese Angelegenheit gerade zu der meinen gemacht habe, Johnny-Boy.« Seine Stimme war alarmierend sanft. »Wenn du sie noch ein einziges Mal berührst, ohne dass sie es dir erlaubt, fordere ich dich zum Duell auf. Wenn dir deine ach so klugen Cambridgeprofessoren auch nur ansatzweise etwas über Ballistik, Physik und Wahrscheinlichkeitsrechnung beigebracht haben, kannst du dir ja selbst ausrechnen, wie voll du dir die Hosen machst und wie viele Stoßgebete du dann gen Himmel schicken musst. Denn ich treffe *immer*. Nimm diesen Ratschlag und stopf deinem ach so tugendhaften Vater das Maul damit.«

Ellows wurde kreidebleich. Verängstigt blickte er von Frederica zu Bentley und wieder zurück, ehe er leise fluchend das Weite suchte.

Bentley wartete vergeblich auf einen dankbaren Ausdruck in

Fredericas Gesicht. Im Gegenteil, sie wollte sich sogar von ihm abwenden, woraufhin Bentley sie unwirsch am Ellbogen packte. »Hoppla, Freddie.« Sie standen nur eine Handbreit von einander entfernt. »Wo denkst du, gehst du hin?«

Fredericas Gesicht war wie versteinert. »Das geht dich einen feuchten Kehricht an, Rutledge«, antwortete sie mit eisiger Stimme. »Vielen Dank für deine Hilfe, aber mit Johnny werde ich auch alleine fertig.« Ihre unverhohlene Gleichgültigkeit traf ihn wie ein Schlag ins Gesicht. Vor lauter Ingrimm presste er sie an sich. »Bist du dir da auch ganz sicher, Schätzchen?«, knurrte er ihr ins Ohr. »Da bin ich aber mächtig froh, das zu hören.«

Frederica versuchte sich loszureißen, woraufhin Bentley seinen Griff verstärkte. Er war nicht sicher, was er sich von diesem Zusammentreffen versprochen hatte, doch was sich gerade abspielte, traf jedenfalls nicht seine Erwartungen.

»Lass auf der Stelle meinen Arm los«, giftete Frederica ihn an. »Warum könnt ihr mich nicht einfach alle in Ruhe lassen? Was machst du überhaupt hier?«

Jetzt schäumte Bentley vor Wut. »Vielleicht bin ich ja gekommen, um die holde Braut ein letztes Mal zu küssen, Freddie.«

»Seid ihr jetzt beide total übergeschnappt, du und Johnny?«, zischte sie. »Mach, dass du wegkommst, bevor man dich entdeckt.«

»Die Warmherzigkeit, mit der du mich begrüßt, ist wahrhaftig bezaubernd, Freddie«, flüsterte er mit frostklirrender Stimme. »Stößt du eigentlich all deine geladenen Gästen derart vor den Kopf?«

Frederica versuchte ihn mit all ihrer Verachtung anzustarren, doch gute ein Meter achtzig verflucht gut aussehenden und überaus wütenden Mannes starrten zurück. Und dieser Mann war nicht so leicht loszuwerden wie der letzte. »D-du hast eine Einladung?«, stammelte sie. »Da muss ein Irrtum vorliegen.«

In arroganter Manier zog Rutledge eine Augenbraue in die Höhe. »Nanu, Freddie, kann es sein, dass es schlichtweg vergessen wurde, die etwas unbequemeren Zeitgenossen rechtzeitig wieder auszuladen?« Er verstärkte seinen Griff. »Das ist ja zu dumm. Soll das etwa auch bedeuten, dass ich nicht zur Vermählung geladen werde?«

Fredericas Herz klopfte ihr bis in den Hals. »Nein – ich m-meine ja.« Sie war außerstande, auch nur einen klaren Gedanken zu fassen.

»Da wir gerade davon sprechen. Wann soll die Hochzeit überhaupt stattfinden?«, knurrte er. »Ich würde mir das Datum gerne in meinen Kalender eintragen – vorausgesetzt, ich finde zwischen meinen exzessiven Zechgelagen und all den bevorstehenden Entjungferungen überhaupt Zeit.«

»Bentley, bitte.« Zu spät bemerkte Frederica die Verzweiflung in ihrer Stimme. »Ich darf nicht mit dir gesehen werden. Kannst du das denn nicht verstehen?«

Bentley bedachte sie mit einem dünnen Lächeln. »Das kommt mir aber reichlich eigenartig vor, denn schließlich sind wir doch alte Bekannte, nicht wahr? Das letzte Mal, als wir uns begegnet sind, warst du irgendwie aufgeschlossener.«

»Ich verstehe dich nicht, Bentley«, flüsterte sie. »Warum tust du das?«

In seinen Augen funkelte Bitterkeit. »Lass mich mal scharf nachdenken, Kleine. Vielleicht, weil ich nichts Besseres zu tun habe, als mich am heutigen Abend unter Menschen zu mischen, die denken, die Welt drehe sich ausschließlich um sie, ihre Kleidung und das, was sie in sich reinstopfen? Oder weil ich versuche, eine Frau zu verstehen, die mit mir eine Nacht der Leidenschaft verbracht hat, um kurz darauf ihr Eheversprechen einem anderen zu geben? Gott ist mein Zeuge, das könnte der wahre Grund sein.«

Frederica drehte das Gesicht weg. »Bitte geh einfach, Bentley. Was wir getan haben, war ein riesengroßer Fehler.«

»Verdammt, das war kein Fehler«, knurrte er. »Wir haben es freiwillig getan.«

»Bitte.« Ihre Stimme zitterte. »Ich flehe dich an. Mach jetzt keinen Ärger.«

»Dann antworte mir endlich, verdammt noch mal!« Er umfasste ihr Kinn und zwang sie so, ihm in die Augen zu blicken. »Verrat mir, wie eine Frau etwas Derartiges tun kann – zweimal hintereinander genau genommen –, bevor sie sich umdreht und ihre Verlobung mit jemandem bekannt gibt, dessen Name kein Mensch kennt. Wie kann das sein? Wenn du mir das plausibel machen kannst, verspreche ich dir, werde ich auf der Stelle verschwinden und dich nie wieder belästigen.«

Frederica versuchte vergeblich, ihn von sich zu schieben. »Nimm deine Hände von mir. Und zwar *sofort*. Ich kann heiraten, wen ich möchte, nur dass du das weißt.«

»Ach so, meinst du?« Er baute sich drohend vor ihr auf. »Verrat mir eines, Freddie«, flüsterte er mit seidenglatter Stimme. »Weiß dein Zukünftiger eigentlich, dass er beschädigte Ware in Empfang nimmt, und wer dich zuerst hatte?«

Als Frederica das hörte, packte sie die kalte Wut und sie riss sich los. Sie trat einen Schritt zurück, holte mit der flachen Hand aus und versetzte ihm eine schallende Ohrfeige.

»Du kleine, böse Xanthippe«, knurrte er und packte sie am Handgelenk.

»Lass mich los, du Schwein, oder ich schreie so laut ich kann.«

Um Bentleys Mundwinkel zuckte ein verächtliches Grinsen. »Mach doch, liebste Freddie. Schrei so laut du kannst, lass die ganze Meute hier heraufeilen. Ich habe nichts zu verlieren, falls es dich interessiert, und würde gerne ein wenig aus dem Nähkästchen plaudern, damit sich die feinen Herrschaften mal wieder so richtig die Mäuler zerreißen können.«

Frederica blickte ihn prüfend an und schluckte. Er meinte es zweifelsohne ernst.

Bentley spürte ihre Verunsicherung. »Sag mir nur eines, Freddie. Warum heiratest du einen anderen? Bitte erklär mir das.«

Frederica war das Stocken in seiner Stimme nicht entgangen, ebenso wenig wie seine Wortwahl. *Einen anderen*. Frederica dachte kurz über die Worte nach, die er benutzt hatte. Was ging bloß in seinem Kopf vor? Was genau wollte er eigentlich? Schuldete sie ihm eine Erklärung? Ohne Worte der Rechtfertigung würde er jedenfalls nicht freiwillig das Feld räumen, soviel stand fest. Und ihr stand nicht der Sinn nach einem Kampf. »Ich muss tun, was meine Familie für das Beste hält«, sagte sie unbestimmt. »Das ist das Los des weiblichen Geschlechtes, Rutledge. Andere entscheiden, was für uns das Beste ist, und dem beugen wir uns.«

Für einen flüchtigen Moment huschte Schmerz über seine attraktiven Züge. »O Freddie«, flüsterte er. »Das klingt so gar nicht nach dir, dafür bist du doch viel zu halsstarrig.«

Nun hielt sie es nicht mehr länger aus. »Und was bitte schön habe ich durch meine Dickköpfigkeit gewonnen?«, platzte es aus ihr heraus, während sie gegen aufwallende Tränen ankämpfte. »Nichts als Ärger habe ich mir eingebrockt. Bitte tisch mir jetzt keine Lügen auf, indem du sagst, du seiest eifersüchtig. Wir wissen beide, dass das gelogen ist. Du hast mich doch damals gar nicht wirklich gewollt, und du willst mich auch jetzt nicht. Ich übernehme die volle Verantwortung für das, was passiert ist. Ich habe eine Dummheit begangen, die ich zutiefst bedaure. Aber ich kenne die Regeln dieses Spiels nicht, das du hier mit mir spielst. Was willst du von mir, was soll ich tun? Und erzähl mir nicht, dass dich das alles wirklich interessiert.«

Fredericas Schimpftirade endete mit einem Zittern in der Stimme, während zeitgleich die Musik aussetzte. Für einen kurzen Moment standen sie sich schweigend gegenüber und blickten einander fest in die Augen. In Bentleys Blick flackerten lichterloh Gefühle, die Frederica nicht verstand, die sich aber nichtsdestotrotz einen Weg in ihr Herz bahnten. Ein Schluchzen blieb ihr im Halse stecken. Für den Bruchteil einer Sekunde schien er gegen etwas anzukämpfen – ein brennendes Gefühl oder einen rasenden Impuls. Als Nächstes spürte sie, wie ihr eine Träne über die Wange kullerte, und da drängte er sie mit dem Rücken gegen die Säule und küsste sie.

Frederica konnte weder atmen noch klar denken, wollte den

Kopf zur Seite drehen, ihn von sich schieben. Doch sein Mund war unnachgiebig, und in seiner Berührung lag tiefe Verzweiflung. Mit seinen großen Händen glitt er hoch zu ihren Schultern. Überall, wo er sie berührte, hinterließ er versengte Haut, und als er seine Zunge ins Spiel brachte, spürte Frederica, wie sie sich ihm willenlos entgegendrängte. Er umfasste ihr Gesicht und hielt es zwischen seinen Händen gefangen, während der Kuss, in dem nichts Leichtherziges mitschwang, andauerte. Vielmehr schien es, als würde er von maßlosem Begehren und leidenschaftlichem Verlangen getrieben.

Für einen Augenblick riss er sich von ihr los. »Weine nicht, Freddie«, raunte er. »Bei Gott, bitte nicht weinen.«

Bentleys lange, starke Finger glitten sachte in ihr Haar und drängten sanft ihren Kopf nach hinten, ehe er erneut in die Tiefe ihres Mundes eintauchte. Ein Zittern durchlief Fredericas Körper, und sie nahm den Geruch seines gestärkten Halstuches, den würzigen Duft seines Rasierwassers und seine Note brodelnder Leidenschaftlichkeit tief in sich auf. Wieder und wieder bedeckte sein Mund ihre Lippen, seine Bartstoppeln kratzten die zarte Haut ihrer Wangen. Frederica war vollkommen verstört und verspürte größere Angst als damals, als er ihr ihre Jungfräulichkeit genommen hatte. In ihm schien ein regelrechter Wirbelsturm der Gefühle zu toben.

Frederica musste aufgeschrien haben. Bentley hielt noch immer ihr Gesicht umfasst, löste aber seine Lippen, die er dicht über den ihren schweben ließ. Frederica konnte die sengende Hitze seines schnellen Atems spüren. Einige Sekunden verharrte er in dieser Haltung, doch dann – mit der gleichen Plötzlichkeit, mit der er über sie hergefallen war – flaute der Sturm ab, und er lockerte seinen Griff.

Erst jetzt bemerkte Frederica, dass sie seinen Kuss erwidert hatte, dass ihre Hände sich den Weg unter seine Weste gebahnt hatten und auf seinem Rücken ruhten. Auch sie atmete stoßweise und hatte Mühe, gegen den Impuls anzukämpfen, seine Lippen erneut zu suchen.

»Allmächtiger!«, stieß er aus den Tiefen seiner Seele aus. »Im Himmel!«

Im selben Moment noch zog er sie wieder zu sich, bis sie Brust an Brust standen. Frederica ließ es geschehen, gab sich für einen Moment dem Wahnsinn hin und entspannte sich in seiner Umarmung. Sie spürte die Stärke, die von ihm ausging, die Vitalität, die durch seinen Körper pulsierte, während sie selbst sich nur noch schwach, müde und verwirrt fühlte. Unter dem seidigen Futter seiner Weste nahm sie deutlich seinen kraftvollen Herzschlag wahr.

»Und jetzt, Frederica«, forderte er sie mit heiserer, unsicherer Stimme auf, »möchte ich von dir wissen, ob du dasselbe empfindest, wenn dich dein Verlobter küsst? Stockt dir bei seinen Berührungen auch der Atem? Bekommst du in seinen Armen ebenfalls weiche Knie? Sag es mir. Antworte mit *Ja* und ich werde auf der Stelle über jene Treppe dort drüben für immer aus deinem Leben entschwinden.«

Doch Frederica antwortete ihm nicht. Wie sollte sie auch, wenn es niemanden an seiner statt gab? Schlimmer noch, es würde nie einen anderen geben, der solch starke Gefühle in ihr wachzurufen vermochte. Noch vor wenigen Wochen war sie ein albernes kleines Ding gewesen, das dachte, es wüsste, was Leidenschaft bedeutete. Und jetzt war sie ein ruiniertes Frauenzimmer, das nur zu gut wusste, welche Macht fleischliche Gelüste hatten.

Sie hatte Angst zu sprechen, ihren Gefühlen zu vertrauen. Schließlich hatte sie an ihr Kind zu denken. Das Kind, dessen Sicherheit und Wohlergehen sie nicht aufs Spiel setzen würde. Nicht für dieses dunkle und wallende Verlangen, das sie in seinen Bann zog und ihr süße, pure Lust versprach. Sie wollte Bentley Rutledge um keinen Preis begehren, wollte die Erinnerungen an das, wovon er sie hatte kosten lassen, schleunigst vergessen. Doch ihr Körper gehorchte ihr nicht – ein Umstand, der sie zutiefst verstörte. Sie fürchtete, nicht über die nötige Erfahrung, ja, nicht einmal über den nötigen Willen zu verfügen, sich gegen diese mächtigen Gefühle zur Wehr zu setzen.

Mit ihrem beharrlichen Schweigen schien sie ihn zu enttäuschen, denn nach einigen Momenten der erwartungsvollen Stille stieß er sie von sich. Erleichtert wich Frederica aus der Umklammerung. Bentley stützte sich mit einer Hand an der Marmorsäule ab und starrte hinunter auf die Stelle, wo eben noch ihre Füße gestanden hatten. Er atmete tief ein, gefolgt von einem Schauer, der seinen Körper packte. Einen Augenblick lang wurde die Stille zwischen ihnen lediglich durch das laute Lachen und die festliche Fröhlichkeit im unteren Stockwerk gestört.

Schließlich ergriff Bentley wieder das Wort, wobei er seinen Kopf noch immer nach unten gebeugt hielt, als wäre er besiegt worden. »Na los, raus mit der Sprache, Frederica«, sprach er leise. »Sag mir einfach, was du mir zu sagen hast, bring es ein für alle Mal hinter dich, verdammt.«

Fredericas Herz schien stehen geblieben zu sein. »Es hinter mich bringen?«

Langsam hob Bentley den Kopf, bis er ihren Blick erwiderte, in dem Pein und Verzweiflung lagen. »Ich bin in den vergangenen Wochen durch die Hölle gegangen, Frederica«, brach es mühsam aus ihm hervor. »Wenn du mich nicht willst, mich zu verstoßen gedenkst, dann tu es in Gottes Namen endlich. Befrei mich von diesen dämonischen Schuldgefühlen, die mich seit unserer gemeinsamen Nacht heimsuchen.«

Dämonische Schuldgefühle?

So empfand er also? Worauf wollte er hinaus? Frederica war nicht darauf vorbereitet gewesen, ihn je so zu erleben. Vor ihr stand nicht der Bentley, den sie kannte.

Später war Frederica sich nicht sicher, woher sie den Mut nahm – wenn es denn Mut war –, ihm eine Lüge aufzutischen. »Ich werde England verlassen, Bentley«, flüsterte sie. »Ich kann kein Risiko eingehen. Ich sehne mich nach einem ganz normalen und durchschnittlichen Leben voller Sicherheiten. Das ist meiner Meinung nach das Beste für das – für alle Beteiligten. Du hast keinen Grund, dich in irgendeiner Weise schuldig zu fühlen.« Unbewusst hatte sie ihre Hand ausgestreckt, die nun wie eine Feder auf seiner Schulter landete. Sogleich versteifte er sich von Kopf bis Fuß, wandte den Blick ab und gab einen kehligen Laut von sich.

»Dich trifft keine Schuld, Bentley«, bekräftigte sie noch einmal. »In einem Punkt gebe ich dir Recht: Was ich getan habe, geschah aus freiem Willen. Genau wie das, was ich als Nächstes tun werde. Wolltest du das von mir hören?«

Bentley nahm die Schultern zurück und blickte in die Tiefen des schummrigen Korridors. Frederica stockte der Atem, wenngleich sie nicht wusste, warum.

»Ja, das war es wohl, was ich hören wollte«, sprach er leise, ehe er mit strammen Schritten und ohne noch einmal einen Blick zurückzuwerfen in Richtung Galerie ging, um die Ecke bog und verschwand.

Eine halbe Ewigkeit, so kam es Frederica vor, stand sie einfach nur da und lauschte seinen Schritten, als er sich entfernte. Plötzlich aber brandete ein abscheuliches Bedauern auf, und ein flaues Gefühl regte sich in ihrem Magen. Sie hatte auf einmal furchtbare Angst, einen unwiderruflichen Fehler, vielleicht den allerschlimmsten in ihrem Leben, begangen zu haben. Hatte sie das? Lieber Gott, bitte nicht. Doch letztlich hatte er nicht um ihre Hand angehalten, und sie hatte ihn auch nicht dazu aufgefordert. Es war also nur logisch, dass sich ihre Wege hier und jetzt trennten. Selbst wenn Bentley Rutledge sich allergrößte Mühe gab, würde er nie und nimmer ein guter Vater werden, geschweige denn ein verlässlicher und treuer Ehemann.

Doch auch handfeste Argumente wie diese konnten ihr Herz nicht überzeugen, und ehe Frederica sich versah, hatte sie die Röcke gerafft und stürmte auf die Galerie, wo sie fast gegen das hölzerne Geländer geprallt wäre, so schnell war sie gelaufen. Mit fester Hand umklammerte sie die Balustrade, beugte sich nach vorne, wenngleich ihr mächtig schwindelig wurde, und suchte fieberhaft den Ballsaal ab. Doch sie konnte Bentley nirgends entdecken.

Jetzt bloß nicht stehen bleiben. Nicht aufblicken. Mit diesen Gedanken war Bentley die Stufen hinuntergestürzt und in den Ballsaal geschlittert. *Aus der Nummer bist du raus, alter Junge,* sagte er sich. *Geh einfach weiter.*

Rasch schob er sich durch die Menge, die sich anschickte, den Ballsaal zu verlassen, wobei er das Gefühl hatte, gegen einen trägen Fluss anzukämpfen. Er wünschte sich nichts sehnlicher, als diesem vermaledeiten Haus auf dem schnellstmöglichen Weg den Rücken zuzukehren. Farben und Geräusche um ihn herum verschwammen, das Gelächter dröhnte schrill in seinen Ohren. Ein ums andere Mal ließ er einen freundlichen Gruß unerwidert, stieß mit dem Ellbogen gegen den Arm eines anderen Gastes und hörte daraufhin Glas zerspringen. Er hielt nicht inne, sondern drängte sich weiter vor, bis er auf einen Korridor traf, der ihn zur Eingangshalle führte. Sogleich trat ein Diener auf ihn zu, dem Bentley jedoch keine Beachtung schenkte. Ohne ein Wort der Entschuldigung drängelte er sich an einem weiteren Hausdiener vorbei, der gerade einem älteren Gentleman beim Verlassen des Hauses behilflich war. Bentley stürzte in die Kälte der nächtlichen Frühlingsluft.

Von der Themse war dichter Nebel heraufgezogen, der dem Vorplatz samt Brunnen etwas Unwirkliches verlieh. Geleitet vom Schummerlicht der Laternen flüchtete er über die Freitreppe, an deren Fuß ihn der Nebel umfing. Er bahnte sich seinen Weg durch zahlreiche Bedienstete, Pferde und Kutschen, die auf dem Vorhof standen. Die gegenüberliegende Seite des Hofes war komplett in Schatten getaucht, von dem Bentley sich umgehend schlucken ließ. Er tastete sich vor, bis er auf eine modrige Steinwand stieß, und lehnte sich mit dem Rücken gegen die feuchten Steine. Eigentlich müsste er Gott für die Entwicklung der Situation dankbar sein oder wenigstens schleunigst die Heimreise antreten. Doch er zog es vor, noch ein wenig im Schutze der Dunkelheit zu verweilen und sich darauf zu konzentrieren, Frederica mit aller Macht zu hassen. Aber so sehr er es auch versuchte, es wollte ihm partout nicht gelingen. Schon seit seiner Kindheit war ihm die reinigende, befreiende

Erfahrung, aus tiefstem Herzen zu hassen, versagt. Stattdessen spürte er bloß die altbekannte Leere an der Stelle, an der er eigentlich dieses brennende Gefühl hätte empfinden müssen.

Bentley wusste nicht, wie lange er so dagestanden hatte, ohne Hut und Gehrock, während ihm langsam die Feuchtigkeit in die Kleider kroch. Hier und da schnappte er Gesprächsfetzen oder Geigenklänge auf, die die Nachtluft ihm zutrug. Sämtliche Fenster des Erdgeschosses – es waren wohl an die zwei Dutzend – strahlten eine einladend helle Wärme aus, die der gesamten Welt mit Ausnahme von ihm zu gelten schien. Doch das hatte er sich selbst zuzuschreiben. Er wusste, dass er besser daran täte, endlich den Heimweg anzutreten, doch Minute um Minute stand er regungslos da, starrte durch die Nebelschwaden auf das große Haus und lauschte den festlichen Klängen.

Allmählich versickerte Bentleys Wut, und er fragte sich, was Frederica wohl gerade tun, mit wem sie im Gespräch vertieft sein mochte. Auch rief er sich ihr Gesicht und die kalten abweisenden Worte ins Gedächtnis, die sie gesprochen hatte, bis es ihm schließlich vorkam, als würde er sich selbst mit einer Messerspitze kleine Stiche zufügen. Sehr lange stand er so da, Zeit und Raum hatten für ihn jegliche Bedeutung verloren.

Der Strom der Gäste, die das Fest verließen, nahm stetig zu. Droschke um Droschke fuhr vor, das Getrappel von Pferdehufen hallte vom Kopfsteinpflaster wider, als diese den Glockenturm passierten und der Nacht entgegentrabten. Allmählich erloschen auch die Lichter im Haus. Zuerst im Erdgeschoss und schließlich in den oberen Etagen. Irgendwann waren nur noch die unteren Räume des Gesindes erleuchtet – mit Ausnahme eines einzelnen Gemachs links außen in der zweiten Etage.

Er wusste, dass sich Fredericas Zimmer im zweiten Stock befand. War sie es womöglich, die noch nicht schlief? Bentley schloss die Augen und stellte sich abermals vor, was sie gerade tun mochte. Höchstwahrscheinlich half ihr die Kammerdienerin beim Ablegen der Kleider und bereitete alles für die Nacht vor. Fast konnte er sehen, wie ihr das rote Seidenkleid über die honigfarbenen Schultern rutschte und ihre weiche Unterwäsche an ihrem schlanken Körper herabglitt. Und er sah ihre kleinen, festen Brüste vor sich, auf die der Ausschnitt ihres Ballkleides am Abend einen so viel versprechenden Ausblick geboten hatte. Wehmütig dachte er daran zurück, wie ihre Brustwarzen geschmeckt hatten – nach einem Hauch von Rosenwasser, einer Prise Salz, vermengt mit intensiver weiblicher Wärme.

Plötzlich schoss ihm ein Gedanke durch den Kopf, und er erinnerte sich an Fetzen von Zoës Geplapper.

Madame Germaine musste ihr Mieder ein wenig auslassen.
Sie fühlt sich in letzter Zeit so kraftlos.

Er hatte ihrem Geschwafel zuerst keine große Bedeutung beigemessen. Konnte es sein, dass mehr hinter Zoës Worten steckte? Er dachte an die Begegnung mit Freddie zurück und rief sich ins Gedächtnis, wie leidenschaftlich sie auf seine Berührungen reagiert hatte, während sie es tunlichst vermieden hatte, auf seine Fragen einzugehen. Fragen, die im Grunde nicht weiter schwierig gewesen waren.

Ein schrecklicher Verdacht keimte in ihm auf. Wie hatte er nur so blind sein können? Erzürnt stieß er sich von der Mauer ab und merkte, wie sein Blut abermals in Wallung geriet. Mein Gott, diese Schmierenkomödie trug eindeutig Rannochs Handschrift und hatte garantiert nichts mit einer freien Entscheidung seitens Frederica zu tun.

Es war höchste Zeit, sich aus dem Staub zu machen. Doch er würde wiederkommen. Und dann würde Rannoch – oder jemand anderes jenseits dieser Mauern – dafür büßen, was man ihm angetan hatte.

Kapitel 8

In welchem Mr. Amherst auf die Wege des Herrn vertraut

Der Marquis of Rannoch stand für gewöhnlich ausgesprochen zeitig auf. Eine Gepflogenheit, die noch aus früheren Jahren stammte, als sein zügelloses Leben ihn gelehrt hatte, trotz durchzechter Nächte im Morgengrauen mit sicherer Hand zu zielen und seinen Duelliergegner auch zu treffen. Wenngleich er die meisten seiner Schwächen hatte ablegen können, so waren ihm eine Hand voll treu geblieben, wie seine Launenhaftigkeit und die Phasen der Schlaflosigkeit. Beides hatte sich in den letzten Tagen erheblich verschlimmert. Seine Gemahlin vermutete, dass ihn so manch gravierende Sorge niederdrückte.

An diesem Morgen stand Rannoch an dem neu eingesetzten Bibliotheksfenster und starrte nachdenklich über den Rand seiner Kaffeetasse hinaus in die Landschaft, wenngleich er im Grunde nichts wahrnahm. Der Nebel war im Laufe der Nacht dichter geworden und hatte sich wie Watte um Strath House gelegt – so, als wäre es eine kostbare Weihnachtskugel, die nach den Feiertagen sorgsam verstaut worden war. Im Innern des Hauses war es mucksmäuschenstill, da der Großteil der Familie noch ruhte. Nur Rannochs Gattin Evie und seine Ziehtochter Frederica waren bereits auf den Beinen. Er fürchtete, dass sie aus den gleichen Gründen wie er nicht sonderlich viel Schlaf gefunden hatten.

Der Marquis wurde aus seinen Tagträumen gerissen, als sich hinter ihm die Tür öffnete. Er wandte sich vom Fenster ab und war erstaunt, MacLeod vor sich zu sehen. Der Butler trug ein silbernes Tablett, auf dessen Mitte eine einzelne Visitenkarte lag. Der Hausherr produzierte ein angewidertes Geräusch in den Tiefen seines Halses, das nur ein schottischer Landsmann zu interpretieren vermochte.

»Sehrr wohl, Milorrd«, antwortete MacLeod. »Sehrr frrüh, in derr Tat.«

»Das muss ein wahrhaftiger Schafskopf sein.« Rannoch grunzte unwillig. »Nun schießen Sie schon los. Welcher Teufel wagt es, mich zu solch früher Stunde zu behelligen?«

MacLeod lächelte säuerlich. »Seinem finsterren Blick nach zu urrteilen, könnte err wahrrhaftig ein Geschöpf des Höllenfürrsten sein.«

Rannoch nahm die Karte entgegen und warf einen flüchtigen Blick darauf. »Herrgott!«

»Nein, derr ist es mitnichten«, sagte MacLeod steif und verbeugte sich. »Soll ich ihn dennoch herreinführren?«

Als Bentley Rutledge die Bibliothek betrat, hatte Rannoch sich mit einer weiteren Tasse Kaffee gestärkt und sich an seinen Schreibtisch gesetzt. Für einen kurzen Augenblick hatte er darüber nachgedacht, etwas Stärkeres als Kaffee zu sich zu nehmen, doch die Idee umgehend wieder verworfen. Nur Gott alleine wusste, wie dieses Aufeinandertreffen enden mochte. Sein ungutes Gefühl, das ihn seit dem Aufstehen begleitete, hatte sich um ein Vielfaches gesteigert. Mit steifen Bewegungen erhob Rannoch sich.

Entschlossenen Schrittes durchquerte Rutledge den Raum, ehe er mit einer lässigen Bewegung ein versiegeltes Schreiben auf Rannochs Pult warf.

»Es ist gerade mal halb zehn durch, Rutledge«, brummte der Marquis. »Was zum Teufel wollen Sie?«

Der junge Mann bedachte ihn mit einem verächtlichen Blick. »Das, was mir rechtmäßig zusteht«, sagte er und pochte mit dem Finger auf das Schreiben zwischen ihnen. »Ich bin gekommen, um es mir zu holen.«

Rannoch musterte Rutledge, und ihm entging weder das Funkeln in seinen Augen noch seine versteifte Körperhaltung, die nur ein Mann einnahm, der das Gefühl der Wut zu unterdrücken versuchte. Er war nicht so dumm, seinen Gegner zu unterschätzen. Rutledge war gefährlich, das hatte er oft genug unter Beweis gestellt. Im Alter von siebzehn Jahren hatte er zum ersten Mal einen Menschen unter die Erde gebracht. Er war ein durchtriebener Glücksspieler, der sich mit dem Bodensatz der Gesellschaft abgab und bereits in Schmuggler-, Drogen- und Erpressungsgeschäfte verstrickt gewesen war, wenn nicht gar noch Schlimmeres. Einer seiner Gespielinnen, einer Hure vom Hafen, war die Kehle durchtrennt worden, als ein Opiumgeschäft geplatzt war. Wieder ein anderer seiner Betthasen – eine vermögende und betrügerische Gräfin – war in ihrem Bett erdrosselt worden. Doch auf wundersame Weise war es Rutledge ein jedes Mal gelungen, nur am Rande dieser skandalösen Geschichten aufzutauchen und ungeschoren davonzukommen. Vielleicht lag es daran, dass er gekonnt den Anschein zu erwecken vermochte, zu attraktiv und zu träge zu sein, als dass er mit derartigen Untaten zu tun haben könnte. Er glich einem Löwen, der sich in der Sonne aalte: Wer glaubte, er wäre nicht gefährlich, saß einem fatalen Irrtum auf.

Ohne etwas zu erwidern, nahm Rannoch Rutledges Schreiben zur Hand und durchbrach das Siegel. Er warf einen kurzen Blick auf den Inhalt des Dokuments. Dann noch einen. Allmächtiger Herr im Himmel! Was er las, behagte ihm ganz und gar nicht. »Jetzt sind Sie wohl komplett verrückt geworden, oder wie?«, fauchte er und schleuderte den Brief zurück auf den Tisch. »Sie müssen sich gewaltig irren. Hier gibt es nichts, das Ihnen gehört. Frederica d'Avillez untersteht meiner Fürsorge, und zwar so lange, wie ich es für angemessen erachte.«

Rannoch hatte kaum mitbekommen, wie Bentleys Hand vorgeschnellt war und ihn am Kragen zu packen bekommen hatte. »Frederica wird meine *Gattin*«, zischte er und zog den Marquis über das Pult. »Und bevor der Tag sich dem Ende neigt, werden Sie sich genau das wünschen. Würde mich nicht wundern, wenn Sie mich sogar auf Knien darum bäten.«

Rannoch packte Rutledge am Handgelenk und befreite sich. »Große Worte, Sie Narr«, schleuderte er ihm entgegen und stieß den Jüngeren fort. »Und große Taten, wie ich sehe. Um einen Bischof wegen einer Heiratserlaubnis zu nachtschlafender Zeit aus dem Bett zu jagen, müssen Sie ja wahrlich triftige Gründe haben.«

Rutledge stützte sich mit beiden Händen auf der Schreibtischplatte auf und lehnte sich vor. »Wir haben keine Zeit zu verlieren, Rannoch«, schnaubte er. »Sie und dieser Idiot von Weyden haben die Sache so eingefädelt, dass Frederica nun unweigerlich eine öffentliche Blamage erleiden muss. Aber das lässt sich nun nicht mehr ändern. Wir machen es, wie ich es will – und zwar noch heute.«

Rannoch begriff, wie ernst es Bentley war. Und irgendwie hatte der Mistkerl auch Recht, was seinen Zorn zusätzlich anfachte. »Vielleicht hätten Sie ein wenig mehr über Blamagen nachdenken sollen, bevor Sie das unschuldige Mädchen verführt und sie ihrer Jungfräulichkeit beraubt haben, Mr. Rutledge. Oder darüber, dass Frederica im Grunde ein kleines, wohlerzogenes Mädchen ist, das so ganz und gar nicht zu einem Mann Ihres Schlages passt?«

Zum ersten Mal seit Betreten der Bibliothek senkte Rutledge den Blick und wich einen Schritt zurück. »Ich kann Ihnen noch nicht einmal widersprechen, Sir.«

Rannoch hatte eigentlich erwartet, dass Rutledge sich gegen die Anschuldigungen aufs Heftigste zur Wehr setzen würde. Als er das jedoch nicht tat, platzte dem Marquis der Kragen. »Aber Sie haben es vorgezogen, sich wie ein Rüpel zu verhalten!«, schrie er und schlug mit der Faust auf den Schreibtisch. »Sie, der Sie ein Gast unseres Hauses sind, haben sich die schändlichste aller Freiheiten herausgenommen und unser Vertrauen für immer zerstört. Im Grunde müsste ich Sie auf der Stelle erschießen. Und kommen Sie mir jetzt bloß nicht damit, dass ich Sie aus der Schuld nehmen soll, nur weil Sie eine unerwartete Selbstgerechtigkeit an den Tag legen. Sie erwarten doch wohl nicht, dass ich das Mädchen zum Altar geleite und es in die Obhut eines dahergelaufenen Halunken gebe, nur weil dieser plötzlich meint, seinen Anstand wiedergefunden zu haben. Mit Gott an meiner Seite müsste ich Ihnen hier und jetzt eine Kugel durch den Kopf jagen.«

Rutledge unterbrach ihn. »Stellen Sie sich das mal nicht zu einfach vor. Aber bitte, wenn das Ehegelübde abgelegt ist und Miss d'Avillez unter dem Schutz meines Namens und meiner Familie steht, können Sie mir gerne Ihren Sekundanten schicken.«

»Nein, lieber sehe ich mit an, wie Sie leiden. Und das werden Sie, das schwöre ich Ihnen, und wenn ich höchstpersönlich dafür sorgen muss.«

Rutledges Lippen kräuselten sich vor Wut. »Sie werden den Tag noch verfluchen, an dem Sie mir das erste Mal begegnet sind, Rannoch.«

»Viele Ihrer Feinde mögen so gedacht haben, aber bei mir sind Sie da an der falschen Adresse, Rutledge. Und jetzt raus aus meinem Haus. Sie können sich glücklich schätzen, dass ich Ihnen nicht die Kniescheiben zertrümmere.«

Sehr zum Erstaunen des Marquis stützte Rutledge sich wieder auf das Pult und beugte sich zischend zu ihm. »Sie holen mir jetzt auf der Stelle das Mädchen, Rannoch«, verlangte er. »Und dann klären Sie sie über ihre Pflicht auf. Ich habe bereits nach dem Pfarrer geschickt, weil ich es verdammt ernst meine, hören Sie? Ich mache keinen Hehl daraus, dass ich nicht frei von Lastern bin, aber ich kenne die Gesetze dieses Landes nur zu gut. Außerdem bin ich längst darüber im Bilde, dass Frederica sich in anderen Umständen befindet. Wenn Sie nicht auf der Stelle meinen Forderungen nachgeben, werde ich die Angelegenheit vor Gericht bringen. Und wenn es das Letzte ist, was ich tue! Vergessen Sie nicht, dass wir hier im zivilisierten England sind und nicht in der schottischen Wildnis, der Sie entstammen. Bei uns gibt es so etwas wie Gesetze.«

»Bravo!« Jemand applaudierte träge vom anderen Ende des Raumes. »Das müssen die Worte eines Mannes sein, der nur deshalb mit dem hiesigen Rechtswesen so blendend vertraut ist, weil er oft genug mit ihm in Konflikt geraten ist.«

Rannoch blickte an Rutledges breiten Schultern vorbei und sah Gus Weyden, der sich in legerer Manier mit einem Ellbogen an den Türrahmen gelehnt hatte. »Ach übrigens, Elliot«, fügte er trocken hinzu, »dein angeheirateter Cousin stapft gerade die Treppe herauf und macht den Eindruck, als sei er ein persönlicher Gesandter des Allmächtigen.« Anschließend wandte er sich Rutledge zu. »Kommen wir nun zu dir, alter Freund. Ich freue mich schon jetzt riesig darauf, dir ordentlich was aufs Maul zu geben, wenn wir mal einen Moment für uns haben.«

Doch bevor Bentley etwas entgegnen konnte, erschien hinter Gus ein gut gekleideter, strohblonder Mann. Mit einem schmallippigen Lächeln trat Gus zur Seite, und Pfarrer Cole Amherst betrat die Bibliothek. Es war schwer zu glauben, dass dieser elegante, gelassene Gentleman der Stiefvater des ungestümen Lord Robert Rowland war, und dass er außerdem durch seine Heirat zu Rannochs Familie gehörte – zwei Tatsachen, um die er nicht unbedingt beneidet wurde.

Rannoch trat hinter seinem Schreibtisch hervor. »Verdammt, Cole, wieso stellt sich jetzt auch noch meine Familie gegen mich? Habe ich denn nicht schon genug Sorgen am Hals?«

Der Pfarrer schenkte ihm ein schwaches Lächeln. »Gott bürdet uns nicht mehr auf, als wir zu tragen in der Lage sind, Elliot«, entgegnete er. »Bete einfach für ein wenig Geduld, und deine Last wird dir leichter erscheinen.«

»Geduld?« Rannoch hatte das Gefühl, sein Kopf könnte jeden Augenblick explodieren.

Mit einem humorvollen Zwinkern in den Augenwinkeln wandte sich der Geistliche an Bentley. »Mr. Rutledge, ich habe Ihnen den Gefallen getan und zu unsäglich früher Stunde eine Audienz beim Bischof erbeten. Wären Sie nun so nett, mich mit seiner Lordschaft unter vier Augen sprechen zu lassen?«

Nachdem die beiden jüngeren Männer gegangen waren, legte Amherst seinen Hut auf der Ecke des Schreibtisches ab. »Stimmt es, was Rutledge behauptet?«, erkundigte er sich, während er sich der Handschuhe entledigte und sie in die Kopfbedeckung fallen ließ.

»Und wie das stimmt.« Rannoch machte eine Handbewegung in Richtung Kaffeeservice. »Bedien dich.«

Der Pfarrer rührte sich jedoch nicht von der Stelle. »Stimmt es, dass Fredericas Leib gesegnet ist?«

Rannoch nickte. »Obwohl ich mir nicht vorstellen kann, dass sie dumm genug war, es ihm zu sagen.«

»Und dennoch gedenkst du, sie mit einem anderen zu verheiraten?«, fragte Amherst mit ernster Stimme. »Hältst du das wirklich für eine gute Idee?«

Rannoch fuhr sich mit der Hand durchs Haar. »Das Ganze ist doch nichts weiter als ein Täuschungsmanöver«, weihte er den Pfarrer ein. »Freddie hat uns gesagt, dass sie Rutledge nicht heiraten möchte. Mal ganz abgesehen davon, dass ich auch nicht damit einverstanden wäre. Was hätte ich denn unter diesen Umständen tun sollen? Sie ist immer ein braves Mädchen gewesen, und ich liebe sie wie meine eigene Tochter.«

Amherst ging nun doch zur Anrichte und schenkte sich eine Tasse Kaffee ein. »Ich fürchte, an dem, was Rutledge sagt, ist etwas dran, Elliot«, sagte er und ließ sich in einem der Ohrensessel nieder. »In den Augen der Kirche müssen die beiden ohnehin heiraten, und so wie ich ihn einschätze, macht der Gute seine Drohung wahr und schleift dich bis vors Kirchengericht. Seine Chancen stehen zwar nicht allzu gut, dass er damit durchkommt, aber er wird auf jeden Fall eine Menge Staub aufwirbeln. Falls du mit dem Gedanken spielst, den Spieß umzudrehen und ihn wegen etwas äußerst Delikatem vor den Kadi zu bringen – ich nehme an, du weißt, worauf ich hinauswill –, wirst du auf Fredericas uneingeschränkte Mithilfe angewiesen sein. Sie ist diejenige, die ihn mit etwas belasten muss, von dem ich fürchte, dass es sich so niemals zugetragen hat.«

Rannoch, der sich wieder gesetzt hatte, starrte schweigend in die leere Tasse in seiner Hand. Frederica hatte ihre Mitschuld an diesem abscheulichen Vorfall nicht eine Sekunde lang geleugnet. Er hatte ihre Naivität ein wenig übertrieben dargestellt, hatte Rutledge die alleinige Schuld in die Schuhe schieben wollen, was aber wohl einfach nicht der Wahrheit entsprach, so sehr er sich das auch wünschte. »Ich verstehe, was du meinst«, brummte er schließlich. »Aber Rutledge ist und bleibt ein Lebemann und Halunke.«

»Elliot, Elliot«, murmelte der Pfarrer, während er bedächtig seinen Kaffee umrührte. »Junge Leute erfüllen selten all die Erwartungen, die die Alten an sie stellen. Das müsstest du doch am besten wissen. Aber davon abgesehen, ist Rutledge längst kein kleiner Bub mehr, und ich für meinen Teil mag den Burschen recht gern.«

Rannoch grunzte. »Ach wirklich?«

Amherst lächelte schwach. »Ja, und in gewisser Weise muss auch Frederica etwas für ihn empfinden, Elliot. Wenn dem nicht so wäre, wäre es niemals zu einer so intimen Begegnung der beiden gekommen, das muss dir deine Menschenkenntnis doch auch sagen, oder?«

»Hast ja Recht«, brummte Rannoch. »Was weißt du noch über ihn?«

Der Pfarrer schwieg einen Moment lang. »Vor einiger Zeit«, setzte er an, »kam es einmal so weit, dass ich tief in seiner Schuld stand. Wenn du Einzelheiten erfahren möchtest, musst du dich allerdings an meine Gattin wenden.«

Rannoch witterte einen Skandal. »Es geht um den jungen Robert, wenn ich mich nicht irre, oder?«

Amherst nickte. »Entgegen aller Erwartungen hat Rutledge damals mehr als nur einmal bewiesen, dass er ein wahrhaftiger und loyaler Freund ist. Selbst dann, als Robert es am allerwenigsten verdient hatte. An derartigen Vorkommnissen lässt sich die wahre Größe eines Mannes ablesen.«

Rannoch nahm einen Federkiel zur Hand und rollte ihn zwischen den Fingern. »Glaubst du, er würde Frederica ein guter Ehemann sein?«

Der Geistliche lächelte abermals. »Das, mein Lieber, weiß nur der Allmächtige«, antwortete er. »Wie sagte Erasmus einst? *Entscheid dich lieber für den Teufel, den du kennst, als für den, den du noch nicht kennst.* Wie sähe Fredericas Zukunft wohl aus, wenn sie ihn nicht zum Manne nähme?«

Rannoch schob die leere Tasse von sich. »Keine Ahnung.«

»Jetzt kommen wir der Sache schon näher!«, meinte Amherst. »Wir leben in einer schwierigen Welt, Elliot, und können unsere Kinder nicht auf immer und ewig beschützen. Immerhin kommt Rutledge aus einer angesehenen Familie. Sein Bruder, Lord Treyhern, zählt zu meinen besten Freunden. Falls – und ich sage bewusst *falls* – Bentley nichts für Frederica empfindet, so kannst du dir dennoch der Fürsorge seiner Familie sicher sein. Ich für meinen Teil glaube fest an Bentley Rutledge. Was meinst du, Elliot, willst du ihm nicht doch eine Chance geben?«

Rannoch saß eine Weile regungslos da, ehe er mit plötzlicher Entschlossenheit aufsprang. »Warte hier«, rief er ihm über die Schulter zu. »Ich muss erst mit meiner Gattin Rücksprache halten.«

Am Ende überzeugte Amherst Lord Rannoch, und auch Evie pflichtete ihm bei, gab jedoch zu bedenken, dass es nur dann zu einer Vermählung kommen sollte, wenn Frederica einverstanden war. Sie hatten ihr bereits ein Versprechen gegeben, an das sie nun gebunden waren.

So kam es, dass Rannoch sich für den Teufel entschied, den er kannte. Er zügelte sein Temperament und erklärte Rutledge, so gut ein Mann es eben vermochte, wie es in Fredericas Gefühlswelt derzeit aussah. Anschließend wechselten Rannoch und seine Gattin in das Musikzimmer und teilten Frederica mit, zu welcher Entscheidung sie gekommen waren. Die junge Dame war zwar alles andere als begeistert, dennoch schickte der Pfarrer Bentley eine gute halbe Stunde später mit einem aufmunternden Klaps auf die Schulter ins Musikzimmer. Frederica saß am Flügel und spielte mit einem Finger eine tieftraurige Melodie. Sie wirkte ganz und gar nicht wie eine werdende Mutter, sondern vielmehr wie ... na ja, wie die Frederica, die er seit jeher kannte. Ihr pechschwarzes Haar hatte sie zu einer eleganten Frisur hochgesteckt, und wieder fielen ihm ihre Augenbrauen auf. Sie waren so wunderschön und ach so betörend, selbst wenn sie sie pikiert hochzog, wie jetzt, während sie sich erhob. Bentley bot sich ein atemberaubendes Bild exotischer Schönheit.

»Guten Morgen, Frederica.« Er hatte ruhig und mit fester Stimme gesprochen. *So weit, so gut.*

An Fredericas steifem Knicks erkannte er, dass sie nervös sein musste. »Danke, dass du dich heute herbemüht hast, Rutledge«, setzte sie mit unterkühlter Stimme an. »Ich bedaure jedoch zutiefst, dass Elliot dir meine Haltung in dieser Angelegenheit offensichtlich nicht deutlich darzustellen vermochte.«

Sie war tatsächlich entschlossen, sich durchzusetzen. »Deine Haltung?«, hakte er nach und legte den Kopf schief.

Frederica steuerte geradewegs auf ihn zu. »Es ist äußerst anständig von dir, mir einen Antrag zu machen, aber ich versichere dir, dass ein solcher Schritt nicht vonnöten sein wird.«

»Und ich versichere dir, dass es mehr als das ist«, protestierte er. »Freddie, du trägst mein Kind in dir, vergiss das nicht.«

Ihre Mundwinkel zuckten. »Wie könnte ich, schließlich bin ich diejenige, die den Großteil des Vormittags damit verbringt, sich zu überge... Aber lassen wir das.«

Bentley wurde panisch. »Freddie, geht es dir nicht gut?«, erkundigte er sich und stützte sie unter dem Ellbogen. »Soll ich einen Arzt holen lassen?«

Sie lächelte, und es war wieder jenes verbitterte Lächeln, vor dem er sich langsam zu fürchten begann. »Danke, aber auch das dürfte nicht nötig sein«, ließ sie ihn mit kalter Stimme wissen und trat einen Schritt zurück. »Ebenso wenig wie eine Vermählung. Mag sein, dass es dir befremdlich vorkommt, aber in meinem Heimatland ist eine uneheliche Geburt keine so große Schande, und sobald dieser furchtbare Bürgerkrieg beendet ist, werde ich...«

Der Unterton in ihrer Stimme alarmierte ihn. »Nein, Freddie«, unterbrach er sie mit erhobener Hand. »Das alles hat Rannoch mir bereits erzählt, du musst also nicht weiterreden. Du wirst nicht nach Portugal zurückkehren. Und wirst auch keinen angeblichen Verlobten heiraten, wie ich zuerst annahm.«

In Fredericas Augen blitzte blanke Empörung auf. »Du bist

nicht mein Herr und Gebieter, Rutledge, nur dass wir uns in diesem Punkt richtig verstehen.«

Bentley spürte, wie sein Blut zu brodeln begann. »Vielleicht hat Rannoch dir *meine* Position nicht klar genug dargelegt, Freddie«, brachte er entschieden hervor und merkte, wie er allmählich die Beherrschung verlor. »Bei Gott, England ist deine Heimat. Und das Kind, das du in dir trägst, ist auch meins. Wenn du also glaubst, du kannst dich auch nur einen Schritt über die englische Grenze hinauswagen, solange du mein Fleisch und Blut in dir trägst, hast du dich gewaltig geschnitten, verlass dich drauf. Wag es, und die Sache nimmt ein böses Ende.«

Frederica erstarrte von Kopf bis Fuß. »Das böse Ende ist längst da!«, sagte sie mit gedämpfter Stimme. »Willst du mir etwa drohen?« Bentley konnte unter der blauen Seide ihres Hauskleides erkennen, dass ihre Schultern bebten.

»Immerhin bin ich der Vater des Kindes«, zischte er. »Und ich habe vor, mich um meinen Spross zu kümmern. Denk nicht einmal im Traum daran, mir dabei in die Quere zu kommen.«

In Fredericas dunklen Augen blitzte Trotz. »*Dein* Kind? Ich soll *dir* nicht in die Quere kommen?«, fauchte sie. »Wie kommst du darauf, ich könnte nicht selbst für das Wohl des Kindes sorgen? Vertrau mir, Bentley, ich weiß selbst am besten, was es für ein Kind bedeutet, keine Eltern zu haben, bei denen es sicher und geborgen aufwachsen kann. Also komm mir bloß nicht mit deinen blasierten Ansichten über korrekte Erziehung.«

Bentley löste den Blick und starrte in die Tiefe des Raumes, ohne etwas wahrzunehmen. Ja, sie wusste allemal, wovon sie sprach. Es war eine Ironie des Schicksals, dass auch Bentleys erstes Kind – seine und Marys Tochter – zum Waisenkind geworden war. Wegen seiner verdammten Gedankenlosigkeit hatte die kleine Bridget qualvoll sterben müssen. Doch dieses Mal würde alles anders werden, denn er wusste immerhin, dass er Vater werden sollte. Derselbe Fehler würde ihm nicht ein zweites Mal unterlaufen. Doch Frederica schien felsenfest davon überzeugt, dass er einen hundsmiserablen Ehemann und noch schlechteren Vater abgeben würde, was er ihr nicht einmal verdenken konnte.

Mit verschränkten Armen trat Bentley ans Fenster und blickte in den trüben Nebel hinaus, der noch immer um das Haus lag. In gewisser Weise hatte Frederica mit ihren Worten einen ähnlich undurchsichtigen Zustand zwischen ihnen heraufbeschworen, der auch vor seinen Hoffnungen und Träumen nicht Halt machte und sich ebenso seiner Befürchtungen und Ängste bemächtigte. Letztlich ging es um das Wohl des Kindes. Eine Heirat war und blieb deshalb die einzig angemessene Lösung. Sie mussten zusehen, dass sie das Beste daraus machten.

Bentley drehte sich wieder vom Fenster weg und ging auf Frederica zu, die mit hängenden Schultern abermals am Flügel Platz genommen hatte. Bentley kniete vor ihr nieder und ergriff ihre Hände. »O Freddie«, setzte er besorgt an und drückte fest ihre Hände. »Wir müssen alles dafür tun, dass es mit uns klappt. Zwischen uns gibt es doch so etwas wie ein Band der Leidenschaft. Vielleicht können wir im Laufe der Zeit mehr daraus werden lassen. Willst du es denn nicht wenigstens mit mir versuchen? Glaube bitte nicht, dass dies hier für mich einfach ist!«

»Tue ich nicht«, antwortete sie bedrückt. »Aber ich bin davon überzeugt, dass du nie an Frau und Kind gebunden sein wolltest. Männer wie du wehren sich für gewöhnlich mit Händen und Füßen gegen das Familienleben.«

Bentley beugte sich vor und hauchte ihr einen Kuss auf die Wange. »Und Mädchen wie du wollen keine Kerle wie mich zum Gatten, Freddie«, flüsterte er. »Denkst du, das wüsste ich nicht? Aber wir werden es schon meistern. Und was die Freuden des Lebens betrifft, so hängt das einzig von uns ab, was wir aus der Situation machen.«

Bei seinem unerwarteten Kuss hatten sich Fredericas Augen geweitet. »Du würdest immerzu denken, ich hätte dich in eine Falle gelockt. O Bentley, ich habe einfach nicht an die ... an die möglichen Konsequenzen gedacht, als wir ... Nicht eine Sekunde habe ich daran gedacht, dass ich empfangen könnte.«

Mit langsamen Bewegungen erhob Bentley sich und legte ihr eine Hand auf die schmale Schulter. »Es ist alles mein Fehler, Freddie«, sagte er. »Wir hätten niemals ... ich meine, ich war einfach nicht darauf vorbereitet gewesen.«

Freddie verzog das Gesicht. »Glaubst du etwa ich?«

Bentley wirkte irritiert. »Was?«

»Wäre vorbereitet gewesen? Auf das Kind?«

Bentley lächelte ängstlich und schüttelte den Kopf. Da musste er sich wohl deutlicher ausdrücken. »Freddie, Herzallerliebste, verstehst du denn nicht? Jedes Mal, wenn eine Frau es tut ...«

»Es?«, fuhr sie dazwischen.

»Sex.« Es fiel ihm offensichtlich nicht ganz leicht, das Wort auszusprechen. »Jedes Mal, wenn du dich mit einem Mann einlässt, kannst du ... kannst du schwanger werden.«

Frederica schaute ihn verdutzt an, ehe sie laut loslachte. »Dann musst du ja bereits eine komplette Cricketmannschaft ins Leben gerufen haben.«

Bentleys Kiefer zuckte. »Freddie, das geht dich verdammt noch mal nichts ...« Er bremste sich. Lieber biss er sich auf die Zunge, als dass ihm eine Lüge über die Lippen kam. Oder eine Beleidigung. Er machte sich klar, dass seine Angelegenheiten in wenigen Stunden auch die ihren sein könnten und gab sich einen Ruck. »Nein, ich bin lediglich einmal Vater geworden«, presste er zwischen den Zähnen hervor und deutete mit dem Finger auf ihren Bauch. »Beziehungsweise zweimal. Selbst wenn ich dich nicht geschwängert hätte, geböte es der Anstand, dass wir heiraten.«

Frederica streckte ihr zierliches Kinn in die Höhe und erhob sich. »Weil es die ungeschriebenen Gesetze eines Gentlemans verlangen, nicht wahr?«

Bentley versuchte zu lächeln. »Genau so ist es.«

Sie warf ihm einen befremdeten Blick zu und begann, unruhig hin und her zu gehen. Bentley wusste genau, wann sein Gegner ein schlechtes Blatt in den Händen hielt und einen Ausweg aus dem Spiel suchte. Warum tat er nun nicht dasselbe? Warum ließ er sich so leicht die Stufen zum Schafott hinaufführen? Denn nichts anderes war das Familienleben. Er sagte sich, dass er sich wegen Mary so verhielt, weil er damals, was sie und das Kind betraf, so jämmerlich versagt hatte. Aber was, wenn er wieder versagte, aus welchen Gründen auch immer? Panik schnürte ihm die Brust zusammen, ein Schmerz, der ihm bestens vertraut war. Seine Hände wurden feucht und begannen zu zittern. *Gütiger Gott, nicht hier. Nicht jetzt.* Doch noch im selben Moment schien die Luft im Raum merklich dünner zu werden.

Fragen stürmten auf ihn ein. Würde er einen treuen Ehemann abgeben können? Einen guten Vater? Konnte er ihr versprechen, sie niemals zu verlassen? Er stützte sich mit einer Hand auf dem Flügel ab und zwang sich, ruhig zu atmen.

Beim ersten Gedanken an eine mögliche Heirat mit ihr hatte er sich eingeredet, es handele sich lediglich um eine Formsache, durch die sich nichts ändern würde. Doch ihm war längst klar, dass dem nicht so war, dass sich alles von Grund auf ändern würde. Sie fühlten sich zueinander hingezogen, ja. Selbst in diesem Moment, wenn er sie so anschaute, spürte er tief in seinem Innern eine zarte Regung. Doch noch im selben Moment packte ihn die Angst, dass dieses zarte Pflänzchen eines Gefühls für eine feste und offiziell bekundete Bindung nicht ausreichen könnte. Frederica verdiente jemand Besseres als ihn.

Bentley studierte Fredericas liebliches Profil, während sie unruhig umherging. Ihm wurde unwiderruflich klar, dass er, falls er wirklich mit ihr vor den Altar trat, das an den Nagel hängen müsste, was in allen seinen Beziehungen bisher höchste Priorität gehabt hatte: die Freiheit der Flucht – ob aus einer Situation, einem Raum, seinem Heimatland oder dem Leben eines anderen, wenn ihm die Umstände zu beengt wurden. Niemand, nicht einmal seine Schwester Catherine, vermochte dann, ihn aufzuhalten. Keiner konnte über ihn bestimmen, keiner ihn durch Drohungen, Erpressung oder üble Nachrede zu Gehorsam oder Liebe zwingen. Niemals wieder, so hatte er sich geschworen, würde er so leben. Und wenn der Preis dafür auch eine gewisse Isolation war, so konnte er doch nicht sagen, dass er sich unwohl fühlte damit. Doch war es fair, Frederica in eine solche Außenseiterposition zu drängen?

Endlich blieb sie stehen, drehte sich zu ihm um und nahm in einer störrischen Geste die Schultern zurück. »Wir würden uns eines Tages doch nur noch mit Hass begegnen«, ließ sie verlauten.

»Nein, das werden wir nicht«, entgegnete er bestimmt. »So weit darf es erst gar nicht kommen, weil wir gemeinsam die Verantwortung für das Kind tragen.«

Frederica schien seine Gedanken gelesen zu haben. »O Bentley«, seufzte sie leise und voll Sorge. »Kann ich mich denn *voll und ganz* auf dich verlassen?«

Die Frage hatte derart aufrichtig geklungen, dass Bentley ganz mulmig wurde. Ehe er sich versah, trat er auf sie zu und ergriff abermals ihre Hand. »Lass es uns wenigstens ein Jahr lang versuchen«, schlug er schnell vor. »Wir heiraten und geben uns erst einmal ein Jahr Zeit, um zu sehen, wie es mit uns klappt. Danach entscheiden wir, wie es weitergehen soll, einverstanden?«

»Ein Jahr?«, fragte sie entsetzt.

Bentley atmete tief ein. »Einverstanden, sechs Monate«, brachte er mühsam hervor. »Wir werden es ein halbes Jahr lang versuchen. Wenn es nicht klappt, wenn wir merken, dass wir einander nur unglücklich machen, gehen wir eben wieder getrennte Wege. Aber in dem Fall möchte ich deine Einwilligung, dass ich das Kind regelmäßig besuchen darf. Ich möchte schließlich wissen, ob es ihm gut geht. Du musst mir versprechen, dass du nicht weit wegziehst. Ich werde dir ein Haus samt Gesinde kaufen und dafür sorgen, dass unser Kind bekommt, was es benötigt, sei es eine exzellente Ausbildung oder eine großzügige Mitgift.«

»Um ein Kind großzuziehen, braucht man mehr als nur das!«, rief Frederica aus, doch Bentley verstand sie vollkommen falsch.

»In Ordnung, du bekommst jährlich fünftausend extra für Sonderausgaben.«

»Fünftausend?« Sie blickte ihn an, als wären ihm soeben Hörner gewachsen.

Beim Allmächtigen, Bentley hatte Frederica niemals für so gierig gehalten, aber je länger er darüber sinnierte, desto klarer wurde ihm, dass er im Grunde keine Ahnung hatte, was eine Frau durchmachte, wenn sie ein uneheliches Kind alleine zu versorgen hatte.

»Also gut, zehntausend«, willigte er ein.

»Prima«, fauchte sie. »Wenn du es so willst.«

»Oder doch fünfzehn?«, warf er hastig ein. »Sag mir einfach, wie viel du brauchst. Zur Hölle, Freddie, wenn wir heiraten, gehört dir sowieso alles zu gleichen Teilen. Aber du musst mir versprechen, es wenigstens mit mir zu versuchen. Im Gegenzug schwöre ich, alles zu tun, was in meiner Macht steht, um dir ein guter und treuer Ehemann zu sein.«

Freddies Gesicht verzog sich weinerlich. »O Bentley!« Sie starrte ihn ungläubig aus großen Augen an. »Das hört sich alles so ... so entsetzlich an. Du sprichst schon vor einer möglichen Trauung von Trennung und Alimenten. Mein Gott, wie konnte es überhaupt so weit kommen?«

Bentley zuckte mit den Schultern, erhob sich und breitete die Arme aus. Herr im Himmel, jemand musste etwas tun, um die Situation zu retten. »Liebste Freddie«, hob er an und lehnte sich nonchalant mit der Hüfte gegen den Flügel. »Ich für meinen Teil hatte längst Feuer gefangen.« Bentley schenkte ihr sein verführerischstes Lächeln. »Und ich hege den starken Verdacht, dass auch du dich von mir angezogen fühltest, oder irre ich mich?«

Später konnte Bentley nicht mehr nachvollziehen, warum er ihr eine so dumme Frage überhaupt gestellt hatte. Insgeheim musste er wohl gehofft haben, sie würde ihm beichten, ihn bereits seit einer halben Ewigkeit zu begehren. Oder dass sie sich schon immer zu hirnlosen Draufgängern hingezogen gefühlt hatte.

Freddie atmete tief durch und presste die Hände gegeneinander. Sie blickte ihm fest in die Augen. »Ich weiß nicht. Ich war einfach nur ... verletzt. Und wütend. Ich glaube, ich ...« Sie hielt inne und schüttelte den Kopf, als wollte sie ihre Gedanken sortieren. »Ja, ich glaube, ich wollte Johnny einfach nur eins auswischen, ihn bestrafen.«

Bentley schaute sie verdutzt an. »Ihm eins auswischen?«

Ihre Lippen bebten. »Na ja, ich wollte, dass es ihm Leid tat, mich zurückgewiesen zu haben.«

Bentleys Wut und Schmerz meldeten sich zurück. »Du hast dich nur deshalb mit mir eingelassen, weil du *gekränkt* warst?«

Frederica besaß genug Taktgefühl, den Blick zu senken. »Irgendwie schon«, flüsterte sie. »Außerdem wollte ich herausfinden, wie es ist, mit einem Mann ... du weißt schon. Tante Winnie hat einmal gesagt, du wärst auf dem Gebiet so eine Art Experte.«

»Wohl eher ein kompletter Hornochse!«, fluchte er und stieß sich kräftig vom Flügel ab. Freddie hatte sich noch nicht einmal zu ihm hingezogen gefühlt, hatte ihn nur benutzt, um einem anderen eins auszuwischen. Das verletzte ihn mehr, als er vermutet hätte. Schmerzliche Bilder aus seiner Vergangenheit stiegen in ihm hoch, versetzten ihn in Rage. »Eins will ich dir sagen, Frederica«, raunte er feindselig und wandte sich ihr zu. »Ich bin in meinem Leben bereits oft ausgenutzt, beleidigt und beschimpft worden – teils auch zu Recht, das will ich gar nicht bestreiten –, aber es ist mir noch nie untergekommen, dass eine Frau aus purer Rache an einem anderen für mich die Beine breit machte. Dachtest du, ich würde schleunigst zu Johnny sausen und ihm alles bei einer Tasse Tee brühwarm erzählen? Eines schwör ich dir, Freddie. Wenn du je wieder versuchst, mich reinzulegen, werde ich dir höchstpersönlich so lange den Hintern versohlen, bis ich Blasen an den Händen habe.«

Freddie streckte das Kinn noch ein wenig mehr in die Höhe und hob fragend ihre Augenbrauen. »Das würde ich gerne sehen, wie du das versuchst«, zischte sie. »Rannoch wird mir deinen Kopf auf einem Silbertablett servieren, vorausgesetzt, es ist noch etwas von dir übrig, nachdem ich mit dir fertig bin. Im Übrigen finde ich deine Ausdrucksweise zutiefst beschämend.«

Bentley packte sie bei der Schulter und zog ihr Gesicht ganz dicht zu sich. »Liebelein«, knurrte er. »Ich bin nur ungern der Bastard, der deine romantischen Seifenblasen zum Platzen bringt, aber es gibt noch mehr an mir, womit ich dich tief verletzen könnte. Daran solltest du dich schon mal gewöhnen.«

Frederica setzte an, etwas zu sagen, doch sie war machtlos gegen die Tränen, die sich nun Bahn brachen.

Bentley blickte sie mit offenem Mund an. Er war fassungslos. *Verdammter Mist!*, dachte er. *Jetzt habe ich es mal wieder geschafft.* Er ließ von ihren Schultern ab und fuhr sich mit den Händen durchs Haar. »Ach, Freddie, bitte nicht weinen«, flehte er sie mit plötzlich weich gewordener Stimme an. »Bitte nicht, du kannst alles machen und sagen, aber bitte hör endlich auf zu weinen. Du weißt, dass ich das nur schwer ertrage.« Ehe er sich versah, lag sie wieder in seinen Armen und schniefte abermals in das Revers seines Gehrocks – womit die ganze Misere doch überhaupt erst begonnen hatte. Er konnte es einfach nicht mit ansehen, wenn Frauen weinten – nein, er hatte regelrecht Angst vor ihren Tränen. Wenn es passierte, reagierte er entweder mit Flucht, kaufte der entsprechenden Dame Juwelen oder stürzte sich auf und in sie. Kein Wunder, dass Freddie schwanger war. Wenn sie so weitermachten, würden sie es doch noch zu einer vollzähligen Cricketmannschaft bringen. Vorausgesetzt, sie blieb bei ihm.

»Ich kann einfach nicht anders«, schluchzte sie und grub ihre Finger tief in seinen Gehrock. »Ich muss einfach weinen. Mir ist die ganze Zeit über schon so elend. Ich könnte lachen und weinen zugleich, bin sowohl hungrig als auch gesättigt. Es ist beinahe so, als ob ich nicht mehr ich selbst bin. Evie sagt, sobald das Kind da ist, wird es mir wieder besser gehen. Aber irgendwie glaube ich ihr nicht.«

Bentley nahm sich im Stillen vor, in Zukunft genau darauf zu achten, was sie zum Weinen brachte, um es dann nie, nie wieder zu tun. Er gab ihr einen Kuss aufs Haar und legte ihr den Arm um die schlanke Taille. »Das tut mir alles unendlich Leid, Freddie, das musst du mir glauben. Im Grunde ist es doch egal, warum wir einander geliebt haben.«

»Das hörte sich aber alles so abstoßend an«, jammerte sie in sein Halstuch. »So wie du es sagst, habe ich es gar nicht gemeint, Bentley. Wirklich nicht. Ich dachte nur ... ach, ich weiß auch nicht recht, ich war einfach komplett durcheinander, und du bist immer so nett zu mir.«

Nett?

Heiliges Kanonenrohr! Sie fand, er war *nett*? Manchmal vergaß er schlichtweg, wie jung sie noch war. Im Grunde wünschte er sich keine Frau, die zu ihm aufschaute, ihn für einen Helden hielt. Langsam dämmerte Bentley, was mit ihm geschah. Wie hieß es so schön im Volksmund: Gesucht und gefunden? Dabei war er doch eigentlich gar nicht auf der Suche nach der Frau fürs Leben gewesen, oder? Er war dafür bekannt, immer das genaue Gegenteil von dem zu tun, was angemessen war, und hatte es dennoch immer geschafft, mittels seines gut einstudierten Dackelblicks und seines verführerischen Charmes seine Haut zu retten. Er war geübt darin, so zu tun, als sei alles in Ordnung, wenn dem ganz und gar nicht so war. Aber sich vorzustellen, wie es wäre, ein gänzlich anderes Leben zu führen, jemand anderes zu sein, wollte ihm schlichtweg nicht gelingen. Er und Familienvater? Was für eine absurde Vorstellung! Cam hingegen war schon immer ganz versessen darauf gewesen, eine Familie zu gründen, aber er war ja auch aus gänzlich anderem Holz geschnitzt. Für einen Moment gelang es Bentley, seinen verletzten Stolz, seine komplizierten und verrückten Gefühle für Freddie und seine schlimmen Erinnerungen an seine Vergangenheit beiseite zu schieben und die Gedanken einzig um die Zukunft kreisen zu lassen. Bald, sehr bald schon würde er ein verheirateter Mann sein – eine Feststellung, die ihm gehörig zusetzte. Es war so weit. In Kürze würde ihm die Verantwortung für Gemahlin und Kind auferlegt, und es oblag ihm, dafür zu sorgen, dass sie glücklich und zufrieden waren. Bis sie seinem Sarg das letzte Geleit gaben, vorausgesetzt, Frederica blieb so lange an seiner Seite.

»Bentley?« Freddies Stimme drang aus weiter Ferne an sein Bewusstsein. »Bentley, ist mit dir alles in Ordnung?«

Er schaute sie an und blinzelte. Freddie wirkte blass und erschöpft – und das in ihrem zarten Alter. Er lächelte sie schief an und zog sie näher zu sich heran, um ihr – und auch sich selbst – ein wenig Trost zu spenden. Und als er sein Gesicht an ihrem Hals verbarg, hatte er plötzlich das Gefühl, ein Leben mit ihr könnte all diese Ängste und Opfer, denen er sich würde stellen müssen, wert sein. »Klammer dich einfach an mich, Freddie«, wisperte er. »Wir schaffen das schon.«

»In Ordnung«, nuschelte Frederica in sein Halstuch. »Ich werde es versuchen.«

Bentley gab ihr einen weiteren Kuss aufs Haar. »Braves Mädchen«, sagte er. »Nun lass uns nach unten gehen und es ein für alle Mal hinter uns bringen. Pfarrer Amherst wartet bereits.«

Unvermittelt flog Fredericas Kopf in die Höhe. »Jetzt?«, rief sie schrill aus und blickte ihn entsetzt an. »Bentley, bist du nun komplett verrückt geworden? Das geht auf gar keinen Fall. Du trägst ja noch nicht einmal die angemessene Kleidung für solch einen Anlass. Und schau mich mal an, wie ich aussehe. Meine Augen sind gerötet, genau wie meine Nase ... und außerdem haben wir weder eine Hochzeitstorte noch Ringe und was sonst noch alles dazu gehört.«

Bentley schaute sie beunruhigt an. »Freddie, Liebste, du bist schwanger, mehr brauche ich nicht, um dich vom Fleck weg zu heiraten.«

Frederica verzog das Gesicht, wie es der kleine Armand tat, wenn sein Nickerchen auf der Tagesordnung stand.

Ach, du meine Güte, dachte Bentley. Eine Eheschließung zu arrangieren, war doch komplizierter, als er sich das vorgestellt hatte. »Bitte Freddie, es tut mir Leid«, brachte er hervor. »Bitte weine nicht. Ich komme morgen wieder, einverstanden?«

»Morgen?«, schniefte sie dankbar.

»Morgen«, bekräftigte er niedergeschlagen. »Ohne Wenn und Aber, hast du verstanden? Wenn du morgen einen Rückzieher machen willst, werde ich dir einen Sack über den Kopf stülpen und dich höchstpersönlich nach Gretna Green schleifen.«

Auf Bentleys Drängen verbrachten er und Rannoch im Anschluss eine geschlagene Stunde in der Bibliothek damit, den Ehevertrag aufzusetzen. So geschmacklos Bentley es auch fand, er würde sein Wort halten und Freddie eine Trennungsfrist von sechs Monaten einräumen. Er bestand sogar darauf, besagtes Ehrenwort schriftlich zu fixieren – um Freddie zu beweisen, wie ernst es ihm mit ihrer Ehe war. Und natürlich, um Rannoch zu demonstrieren, dass er es nicht auf sein Geld abgesehen hatte.

Der Marquis machte tatsächlich ein verdutztes Gesicht, als Bentley erwähnte, er und Frederica hätten sich bereits auf die Umstände einer möglichen Trennung geeinigt. Rannoch gab wieder einen seiner kehligen Laute von sich, als Bentley ihm erläuterte, wie viel er Frederica jährlich im Falle des Scheiterns der Ehe zukommen lassen würde. Als Bentley jedoch auch noch darauf bestand, Fredericas Mitgift in voller Höhe an weitere Kinder zu geben, die aus dieser Gemeinschaft hervorgingen, verschluckte sich der Marquis fast an seinem Kaffee.

Bentley wurde sich bewusst, welche Genugtuung er empfand. Als eingefleischter Lebemann kannte er sowohl die Zeiten der akuten Geldnot als auch die der Geldschwemme. Aber weder der eine noch der andere Zustand hatte ihm jemals sonderlich zu schaffen gemacht. Das erste Mal in seinem Leben war Bentley tatsächlich stolz darauf, eine hübsche Summe auf die hohe Kante gelegt zu haben. Doch schon im nächsten Moment dämmerte ihm, dass er alles daran setzen musste, dass es dabei blieb.

Das Herz schlug ihm bis zum Hals, als er das Haus so überstürzt verließ, wie er gekommen war. Er war quasi nur einen Schiffbruch vom finanziellen Untergang entfernt. Bei einem schlechten Versicherungsabkommen mit Lloyd's konnte es ihm durchaus passieren, dass sie ihn bis auf die Unterhosen auszogen. Die Gewinne konnten ungemein hoch ausfallen, aber eine Garantie gab es dafür selbstredend nicht. So sehr ihn ein solches Geschäft auch kitzelte, er konnte es sich nicht mehr leisten, unüberschaubare Risiken einzugehen.

Glücklicherweise hatte Stoddard die Verträge noch nicht versandfertig gemacht. Die Erleichterung war dem Bankier ins Gesicht geschrieben, als er die Dokumente vernichten durfte. Als Bentley ihm auch noch den Auftrag gab, das Geld zu wasserdichten fünf Prozent anzulegen, geriet Stoddard fast außer sich vor Freude. So kam es, dass Bentleys dreijährige Beziehung mit der untreuesten Gespielin der Welt, *Lloyd's of London*, in die Brüche ging.

Stoddard strahlte, als er Bentley zur Tür begleitete. »Darf ich annehmen, Mr. Rutledge, dass Sie Ihren Fehler doch noch eingesehen haben?«, fragte er glucksend und strich seinem Klienten eine Fluse vom Ärmel des Gehrocks.

»Sie dürfen«, stimmte Bentley ihm ein wenig mürrisch zu. »Als Nächstes steht das Glücksspiel auf meiner Liste der zu streichenden Lebenselixiere. Ehe ich mich versehe, erkranke ich an Gicht und werde nur noch mit einem wärmenden Flanellschal um den Hals gesichtet.« Es war ernüchternd, aber sein Leben würde sich von nun an gänzlich anders gestalten.

Nach seinem Besuch bei Stoddard kehrte Bentley in einem kleinen verruchten Gasthaus ein, dessen Atmosphäre ihm besonders zusagte, und gönnte sich eine große Portion Aalpastete und einen anständigen Krug Bier, was seine Laune ein wenig besserte, bevor er in Richtung Uferpromenade aufbrach.

Kemble war gerade damit beschäftigt, im Erkerfenster seines Geschäftes Schnupftabakdosen aus Emaille zu arrangieren, als Bentley eintraf. Das bimmelnde Glöckchen über der Ladentür ließ den Händler aufblicken. Als er erkannte, wer seine Räume betreten hatte, musterte er Bentley mit einem misstrauischen Blick.

»Sie schon wieder?«, brummte er, als Bentley die Tür hinter sich geschlossen hatte. »Und kommen Sie mir ja nicht mit ihrem Hundeblick, als wären Sie ein unschuldiger kleiner Welpe, der gerade auf den Bettvorleger gepieselt hat.«

»*Wuff*«, begrüßte Bentley ihn mit einem zynischen Grinsen. »Nein, es geht um etwas weitaus Kostbareres als einen schnöden Teppich, fürchte ich.«

Kem verdrehte die Augen. »Was ist es denn dieses Mal?«

»Eine Hochzeit.«

»Ach, du ahnst es nicht!«, rief der Geschäftsmann aus, als er rücklings aus dem Schaufenster krabbelte. »Wann denn?«

»Morgen.« Bentley hatte sich gegen die Ladentür gelehnt und eine Mitleid erregende Miene aufgesetzt.

Mit einem tiefen Seufzer verriegelte Kemble die Auslagen. »Besitzen Sie wenigstens einen angemessenen Cutaway?«, erkundigte er sich und ging um einen altehrwürdigen Tisch herum, auf dem antike Kaminuhren aufgereiht waren. »Nein? Das hatte ich befürchtet. Wo findet die Vermählung denn überhaupt statt? Bitte sagen Sie jetzt nicht St. George's, das bekomme ich nie und nimmer in einem Tag organisiert.«

Eine Kirche? Bentley hatte noch keinen Gedanken daran verschwendet, wo die Trauung stattfinden sollte. Wenn Frederica aber auf Ringen und einer Hochzeitstorte bestand, war wohl anzunehmen, dass sie auch in einem Gotteshaus getraut werden wollte. Verdammt! Das war mehr Arbeit für einen einzigen Tag, als er jemals in einer Woche verrichtet hatte. Doch als er sich Freddies weiche, zitternde Lippen in Erinnerung rief, waren alle Sorgen wie weggeblasen.

»Wo soll die Hochzeit stattfinden?«, fragte Kemble noch einmal, als er die flaschengrünen Vorhänge zu den hinteren Räumlichkeiten aufhielt. »Denken Sie daran, Rutledge, dass Sie Ihre Kleidung nach dem Gotteshaus wählen müssen. Der Anlass alleine reicht als Stilberater nicht aus.«

Bentley sprang ihm nach, machte jedoch einen großen Bogen

um die zerbrechlichen Uhrwerke. »An eine Kirche habe ich noch gar nicht gedacht«, gab er kleinlaut zu. »Meinen Sie wirklich, dass das nötig ist?«

Kemble wirbelte zu ihm herum und schaute ihn ungläubig an. »Mein Gott, es geht doch wohl nicht um *Ihre* Vermählung, oder?«

Bentley rang sich ein Lächeln ab. »Doch, Sie können mir gratulieren, Kem.«

Kembles Reaktion bestand jedoch erst einmal darin, sich mit einer theatralischen Geste an die Stirn zu fassen. »Der Herr steh mir bei! Ich bin in die Fänge Bentley Rutledges geraten, einem Mann der Taten. Ich dachte immer, Sie wären eher ein Vertreter der trägen, charmanten und leichtlebigen Zunft.«

»Nun«, seufzte Bentley wehmütig, »manchmal ändern sich die Dinge eben.«

Kemble verschwand jenseits der Vorhänge, und Bentley folgte ihm bis zu seinem Schreibtisch, wo sich der Geschäftsmann eine Schreibfeder schnappte und sich eifrig daran begab, Notizen zu machen. »Ich kann nur beten, dass Maurice Ihre Maße noch nicht vernichtet hat«, rief er aus, während er fleißig schrieb. »Sie sind wahrlich ein Glückspilz, denn wie der Zufall es will, ist der Chorleiter von St. Martin-in-the-Fields mir ebenfalls einen Gefallen schuldig. Am besten wir machen uns direkt auf den Weg dorthin. Vor allem brauchen wir Blumen, Unmengen von Blumen, am besten Lilien, vorausgesetzt, wir können sie überhaupt bekommen. Gütiger Gott, Rutledge, Sie fordern mir ja einiges ab, das muss ich Ihnen mal sagen. Wie in Gottes Namen soll ich das alles bis morgen bewerkstelligen?«

»Sie machen das schon, Kem«, ermunterte Bentley ihn. »Obwohl ich Sie eigentlich nur aufgesucht habe, um die Trauringe zu erstehen.«

Kapitel 9

In welchem Lord Treyhern vom Ärgsten ausgeht

Am Morgen ihrer Hochzeit schüttelte Frederica ihr himmelblaues Lieblingskleid aus und überreichte es Jennie, dem Dienstmädchen, das Zoë und sie sich teilten. Danach konnte sie so gut wie keinen klaren Gedanken mehr fassen, denn der Rest des Tages flog nur so an ihr vorbei. Es musste gepackt, sich geherzt und auch ein wenig geweint werden. Schon früh am Morgen brach heilloses Chaos aus, was Frederica aber nicht sonderlich störte. Im Gegenteil, sie hatte sogar ein wenig Angst davor, innezuhalten und von ihren vielen Gedanken eingeholt zu werden. Was jedoch nicht bedeutete, dass sie gänzlich ohne Zuversicht in die eheliche Zukunft blickte. Tief in ihrem Herzen spürte sie das sachte Züngeln einer kleinen, wärmenden Flamme der Hoffnung.

Sie hatte so gut wie nicht geschlafen, war aber zu ihrer eigenen Überraschung nicht von nagenden Zweifeln gequält worden. Die Schlaflosigkeit hatte von diesem zaghaften Licht in den Tiefen ihres Herzens hergerührt. Mit einem Lächeln auf den Lippen hatte sie sich die Hochzeitsnacht in den schillerndsten Farben ausgemalt. Selbst wenn Bentley Rutledge nicht ihr Traumgatte war, so war er doch immerhin ein traumhafter Liebhaber.

»Dann lieber den Teufel, den wir kennen, wenn du mich fragst«, hatte Elliot mit einem resignierten Seufzer gemurmelt und ihr einen Kuss auf die Nase gehaucht.

Wenigstens ihr Kind würde bekommen, wonach Frederica sich so lange Jahre gesehnt hatte: einen traditionsreichen englischen Nachnamen und einen soliden Stammbaum, der Dutzende von Generationen zurückreichte. Sie wusste zwar nicht, was die Zukunft für sie bereithielt, doch nachdem sich Bentley gestern von einer solch einfühlsamen Seite gezeigt hatte, war sie frohen Mutes.

Zoë verbrachte die frühen Morgenstunden damit, in Fredericas Gemach herumzulümmeln, womit sie allen Anwesenden unsäglich auf die Nerven ging. Sie vertrat die Ansicht, dass Fredericas Zukünftiger über unglaublich viele positive Eigenschaften verfügte, die niemandem außer ihr zuvor aufgefallen waren. Mit großer Begeisterung machte sie sich ans Werk und zählte jeden einzelnen Vorzug auf, der ihr einfiel, um Frederica von ihrem morgendlichen Unwohlsein abzulenken. Zusätzlich zu seinem scharfsinnigen Verstand, seinem mustergültigen Esprit und seinem charmanten Wesen bestach er Zoës Meinung nach durch ein gutes Herz, blendend weiße und regelmäßige Zähne sowie durch eine unbändige und dunkle Mähne – ganz zu schweigen von dem durchtriebenen Grinsen, bei dem sich in der linken Wange immer ein kleines Grübchen bildete. Dann waren da noch seine Augen, deren Farbe Zoë ausgesprochen betörend fand.

Als sie sich jedoch über seine muskulösen Oberschenkel auszulassen begann, schob Frederica den Nachttopf weg und schlug Zoë vor, sie solle ihn doch zum Mann nehmen, wenn er ihr so gut gefiele. Zoë quittierte Fredericas Vorstoß mit einem verzückten Lachen und der Drohung, Jennie doch für sich zu behalten, nachdem sie kurz zuvor großmütig eingewilligt hatte, auf das Dienstmädchen zu verzichten, während Frederica sich auf der Kennenlernreise zu Bentleys Familie nach Gloucestershire befand.

Ehe Frederica sich versah, betrat sie die Kirche, die Bentley ausgesucht hatte. Es war eine schlichte, aber dennoch sehr geschmackvoll inszenierte Zeremonie.

Wenngleich St. Martin-in-the-Fields nicht die beliebteste aller Heiratsstätten der Stadt war, so zählte sie doch zu den schönsten Kirchen, die London zu bieten hatte. An Fredericas und Bentleys Ehrentag erhellten Hunderte von Kerzen, um die goldene Satinschleifen gebunden waren, das Gotteshaus und tauchten die zahllosen und bis zum Rand mit Lilien gefüllten Kristallvasen in ein wundervolles Licht. Frederica war gerührt, als sie sah, wie viel Mühe Bentley sich gegeben hatte.

Schließlich trat Pfarrer Amherst in Erscheinung, der mit seinen wallenden Gewändern ganz verändert aussah. Das Nächste, an das Freddie sich erinnern konnte, waren ihre schlotternden Knie, der schwere Goldring an ihrem Finger und Bentley, der ihr mit seinem rauchigen Flüstern, das sie so sehr an ihm liebte, ewige Treue schwor. Nur verschwommen nahm sie kurze Zeit später, als sie zusammen mit ihrem Ehegatten am Ausgang der Kirche stand, die unzählige Gäste wahr, die ihr die Wangen küssten und die Hände schüttelten.

Bentley war dafür bekannt, dass er nicht lange eine feierliche Miene wahren konnte. Es war also nicht weiter verwunderlich, dass er seinem Wesen freien Lauf ließ, nachdem sich die Bänke geleert und die Gratulanten den Heimweg angetreten hatten. Mit einem breiten Grinsen packte er sie bei der Taille, küsste sie auf dem Vorplatz der Kirche mitten auf den Mund und wirbelte sie herum, bis ihr schwindelig war – genau wie damals unter dem Mistelzweig. In jenem Moment breitete sich ein wohliges Gefühl der Glückseligkeit in Fredericas Körper aus, das ihr das Herz höher schlagen ließ. In seiner Berührung lag ein Hauch von Zuversicht, und sein Gesichtsausdruck war mitnichten der eines Mannes, der gegen seinen Willen vor den Altar getreten war.

Als er Frederica wieder zu Boden ließ, konnte sie kaum noch atmen. Sie griff nach seiner Hand, um das Monogramm seines Siegelrings zu studieren. »Warum hast du mir eigentlich nie verraten, dass du Randolph heißt?«, fragte sie lachend.

Als sein vollständiger Name während der Zeremonie vorgelesen worden war, hatte sie nicht übel gestaunt. Sie war nun die ehrenwerte Mrs. Randolph Bentham Rutledge. Was für ein seriöser und solider Zungenbrecher, der sich sehr nach Sicherheit, Geborgenheit und einem ganz normalen Leben anhörte. Eben, als er sie emporgehoben hatte, war er wieder ganz der alte Bentley gewesen. Ihr Freund. Ihr Liebhaber. Und nun auch ihr Gatte. Eine neuerliche Woge der Glückseligkeit brach über sie herein, aber es war ihr nicht vergönnt, sie allzu lange zu genießen. Im nächsten Moment stand Mr. Kemble vor ihr, machte einen tiefen Bückling und setzte zu einer Lobeshymne auf Bentley an, die Zoës Ausführungen darüber, was für einen Galan Frederica doch zum Gatten bekam, allesamt in den Schatten stellte. In der Hochzeitskutsche entdeckte sie ein wunderschönes Präsent von Kemble – ein zehnteiliges silbernes Teeservice aus dem Rokoko, dem ein dicker elfenbeinfarbener Umschlag beilag. In gestochen scharfer Schrift stand darauf: »G. J. Kembles unfehlbares Heilmittel gegen die Auswirkungen der Trunksucht«. Der Umschlag beinhaltete ein Rezept für ein Gebräu, das aus den abscheulichsten Zutaten bestand.

So wurde Frederica auf den harten Boden der Tatsachen zurückgeholt. Ihre Mädchenträume waren geplatzt, auch wenn sie die Hoffnung auf eine halbwegs erfüllte Zukunft hegte. Bei genauerem Hinsehen musste sie sich allerdings fragen, ob das, was sie gerade durchlebte, nicht sogar viel wahrhaftiger war als das, was sie sich in ihrer jungfräulichen Naivität jahrelang zusammengesponnen hatte? Diese Frage beschäftigte Frederica auf dem Weg zum Strath House, wo ein Hochzeitsmahl für das Paar arrangiert worden war. Frederica mundeten die Speisen jedoch nicht sonderlich, sie erschienen ihr allesamt fade und eintönig. Der Gedanke daran, dass sie noch am selben Tag ihr Zuhause und ihre Familie für immer zurücklassen würde, bedrückte sie. Nach dem Dessert und einer unvermeidlichen zweiten Runde von Beglückwünschungen war es schließlich so weit. Sie und Jennie wurden in eine schmale schwarze Überlandkutsche gesetzt, die das Wappen des Earls of Crest trug, und brachen zu einer Reise auf, die sie weit weg von London und ihrer einzigen Familie führen sollte.

Bentley begleitete die Kutsche auf einer hübschen, kastanienbraunen Stute, die ein jedes Mal erwartungsvoll die Ohren aufstellte, wenn Bentley ihr etwas zuflüsterte – ganz so, als wäre sie mit ihm vor den Altar getreten und nicht Frederica. Das tänzelnde Pferd, so vermutete Frederica, würde nicht ihre einzige Konkurrentin bleiben, mit der sie es zu tun bekam. Und in der Tat: In jedem Dorf, durch das sie ritten, wurde er wie ein lang verschollener Verwandter gegrüßt. Selbst die Bauern auf dem Feld und ihre Ehefrauen, die ihre Wäsche im Freien wuschen, hielten kurz bei der Arbeit inne und hoben ihre Hand zum Gruß. Manches Mal riefen sie der kleinen Reisegesellschaft sogar einige Worte des Grußes über Hecken und Mauern zu. Unweit von Wallingford trafen sie auf eine Gruppe Zigeuner mit bunt bemalten Wagen. Mindestens ein halbes Dutzend dunkeläugiger Schönheiten rief Bentley beim Vornamen. Er hingegen winkte ihnen nur wortlos zu und ritt weiter.

Frederica wurde schnell klar, dass sie nicht mehr vor Einbruch der Dunkelheit in Gloucestershire ankommen würden. Am Nachmittag zog sich zudem der Himmel zu, und eine mondlose Nacht kündigte sich an. Unweit von Little Wittenham kehrten sie in einem kleinen Gasthof ein, wo Bentley am Empfangstresen den perfekten Bräutigam mimte. Ein wenig zu perfekt, entschied Frederica, nachdem er diskret eine kleine Kammer für sich und eine Suite für die beiden Damen arrangiert hatte. Er verhielt sich, wie es von einem guten und rechtschaffenen Ehemann erwartet wurde, doch sehr zu ihrem eigenen Entsetzen musste Frederica sich eingestehen, dass sie enttäuscht war. Wieder ein Traum, der geplatzt war. Nachdem sie die Tür hinter sich verriegelt hatte, ließ sie sich mit einem tiefen Seufzer auf das Bett fallen. Ob sie wohl je in Gloucestershire ankommen würden?

Zur Mittagszeit desselben kühlen Frühlingstags durchschritt Camden Rutledge, der Earl of Treyhern, gerade die großräumige Empfangshalle von Chalcote Court, als das Dröhnen von Pferdehufen an sein Ohr drang. Jemand, der offensichtlich in größter Eile war, näherte sich dem Haus. Der Butler spazierte seelenruhig zur Eingangstür, während der Earl sich in den nächsten Sessel fallen ließ, um die ach so pressierenden Neuigkeiten entgegenzunehmen. Er streckte seine Beine samt schweren Arbeitsstiefeln aus und sackte ein wenig in sich zusammen, während Milford den Boten entlohnte und die Tür wieder schloss.

Der Earl war bereits seit dem Morgengrauen auf den Beinen und hatte gemeinsam mit seinem Verwalter und einigen Knechten an der neuen Kornkammer gearbeitet. Allein die Fertigstellung der Mauern hatte zwei Monate angedauert, und der Earl hatte sich dabei drei Finger gequetscht. Heute waren seine Hände weitgehend heil geblieben, aber nichtsdestotrotz war er hundemüde und alles andere als gut gelaunt, weshalb er der Nachricht, die ihm Milford mit viel sagender Miene brachte, nicht sonderlich freudig entgegensah.

Der Butler seufzte abfällig. »Von Ihrem werten Herrn Bruder, Mylord.«

»Was Sie nicht sagen!« Umständlich brach Treyhern das Wachssiegel mit einem Finger, dessen Nagel sich durch den Bau besagter Kornkammer verabschiedet hatte. Seine Laune sank weiter, als er die Zeilen las, die an ihn gerichtet waren:

Werter Cam,

war gezwungen, mir deine Überlandkutsche aus der Mortimer Street zu borgen. Kehre morgen heim. Habe das süße Junggesellenleben an den Nagel gehängt. Die geborene Miss d'Avillez ist die Auserwählte. Sehr attraktives Geschöpf. Glaube nicht, dass du sie kennst.

Wie immer,
dein dir treu ergebener Diener und Bruder,
R. B. R.

P. S. Schlachte jetzt bitte nicht das fette Kalb, ein gerupfter Hahn wäre den Umständen angemessener.

»Ach, du meine Güte!« Der Earl war aufgesprungen, den Blick noch immer starr auf die Botschaft geheftet, die er in Händen hielt. »Hélène«, röhrte er durchs Haus und begab sich auf die Suche nach seiner Gattin. »Hélène! Herrgott noch mal! Ich glaube, Bentley ist jetzt zu allem Übel auch noch der Wasserpfeife verfallen.«

Das junge Paar erreichte Chalcote Court am frühen Nachmittag des nächsten Tages, und gleich brach ein fröhliches Chaos aus. Frederica war in einem nicht allzu formellen Haushalt aufgewachsen und verspürte keine sonderlich große Lust, bei Fremden unterzukommen, die auch noch übertriebenen Wert auf Etikette legten – selbst wenn es nur für wenige Tage und Nächte war. Doch schnell fiel ihr ein Stein vom Herzen, als Bentleys Familie auf den mit Kieselsteinen ausgelegten Platz vor dem Haus stürzte, um die Kutsche winkend und freudestrahlend zu begrüßen. Der Herr und die Dame des Hauses, vier Kinder, ein halbes Dutzend Dienstboten und ein nasser, schmutziger Spaniel wirbelten um die frisch Vermählten, während gleichzeitig das Gepäck in Windeseile entladen wurde. Lord Treyhern war bemüht, den Hund ruhig zu halten, was ihm aber durch den Säugling, den er auf dem Arm trug, sichtlich erschwert wurde. Lady Treyhern trat vor, um Bentley in die Arme zu schließen, nachdem dieser von der Stute gesprungen war. Frederica freute sich aufrichtig darüber, dass alle ziemlich ... normal zu sein schienen. Nein, *normal* traf es nicht. Sie wirkten allesamt warmherzig und ungezwungen. Vielleicht war es doch keine so schlechte Entscheidung gewesen, Bentley zum Ehemann zu nehmen ...

Im nächsten Moment wurde Frederica sowohl von Lord Treyhern als auch von seiner Gattin herzhaft in die Arme geschlossen, ehe sie die Bekanntschaft der ältesten Tochter der Treyherns machte. Lady Ariane war schlank, hatte blaue Augen und strohblondes Haar. Sie mochte höchstens fünfzehn Lenze zählen und erinnerte Frederica stark an Evie. Doch das spitzbübische Lächeln, das sie ihr schenkte, ließ sie eher an Zoë denken. Frederica spürte, wie ihr Heimweh bereits zu verblassen begann.

Das Anwesen der Treyherns bestach weniger durch seine Größe als vielmehr durch sein historisches Alter und seine außerordentliche Pracht. Ringsherum wurde Chalcote Court, das auf einem Hügel über einem malerischen Dörfchen thronte, von einer Steinmauer umgeben, hinter welcher der Glockenturm einer Kirche im normannischen Baustil zu erkennen war. Frederica betrat mit Bentley und ihren Gastgebern einen geräumigen und sonnendurchfluteten Salon, gefolgt von Dienstboten mit Tabletts, auf denen eine Teekanne und eine Platte mit belegten Broten standen. Lady Ariane erhielt die Erlaubnis, den Erwachsenen Gesellschaft zu leisten, während ihre fröhlichen Geschwister Gervais, Madeline und das Baby Emmie vom Kindermädchen hinausbegleitet wurden.

Frederica war äußerst angetan, als sie erfuhr, dass Bentley seiner Familie vorab eine Nachricht über ihre Vermählung hatte zukommen lassen. Irgendwie hätte sie ein solch vorausschauendes Verhalten seinerseits nicht erwartet. Hatte sie ihn vielleicht vollkommen falsch eingeschätzt? Immerhin war es ihm ja auch gelungen, binnen kürzester Zeit eine wundervolle Hochzeit zu arrangieren. Doch trotz des liebenswürdigen Empfangs, den die Familie ihr bereitet hatte, war Frederica sich nicht sicher, ob Bentleys Bruder und Schwägerin auch wirklich schon verstanden hatten, was geschehen war.

Lord Treyhern war eine schmalere und nicht ganz so gutherzig dreinblickende Ausgabe seines jüngeren Bruders. Zwar hatte er Frederica mit einem Lächeln begrüßt, ansonsten aber kaum mehr als eine Hand voll Worte über die Lippen gebracht. Lady Treyhern hingegen gab sich ausgesprochen herzlich und wirkte sehr vornehm-französisch, auch wenn ihr Akzent kaum noch wahrnehmbar war. Die tiefe Verbundenheit zwischen Bentley und ihr war kaum zu übersehen. Während Ariane die Sandwichs reihum anbot und Hélène sich um den Tee kümmerte, plauderten sie über das Wetter sowie Bentleys und Fredericas Anreise, die ohne nennenswerte Zwischenfälle verlaufen war. Nach einer Weile jedoch versiegte die Unterhaltung, und jene bedeutungsschwere Stille senkte sich über den Raum, die immer dann eintritt, wenn sämtliche höflichen Allerweltsthemen erschöpft sind.

»Nun«, brach Hélène beschwingt das Schweigen und beugte sich vor, um Frederica noch eine Tasse Tee nachzuschenken. »Nachdem das Repertoire an Höflichkeiten ausgeschöpft ist, müssen Sie unsere profane Neugier befriedigen und uns erzählen, wie lange Sie und Bentley einander bereits kennen.«

Frederica zog Tee- und Untertasse wieder zu sich heran. Wie lange kannte sie Bentley eigentlich? »Fast mein ganzes Leben, wie mir scheint«, gab sie unumwunden zu. »Er ist seit einer Ewigkeit der beste Freund meines Cousins Augustus.«

Sie war selbst darüber überrascht, dass sie sich kaum an Zeiten erinnern konnte, in denen Bentley nicht im Haus ein- und ausgegangen war. Seine Anwesenheit war für sie immer völlig normal gewesen und hatte sie nie in irgendeiner Form gestört. Hélène, die sichtlich einen erleichterten Eindruck machte, lehnte sich zurück.

Just in jenem Moment sprang der Earl auf. »Wenn die Damen uns entschuldigen würden«, verkündete er mit ernster Stimme. »Bentley, würdest du mich bitte ins Studierzimmer begleiten? Es gibt da eine äußerst dringliche Angelegenheit, zu der ich gerne deine Meinung hören würde.«

Frederica war der finstere Gesichtsausdruck, der über das Antlitz ihres Angetrauten gehuscht war, als er sich mit steifen Bewegungen erhoben hatte, nicht entgangen. »Aber gerne doch«, antwortete Bentley gelassen. »Du weißt doch, wie sehr ich es liebe, dich an meinem allumfassenden Wissen teilhaben zu lassen.« Gemeinsam verschwanden die beiden Brüder durch eine Tür am anderen Ende des Raumes.

»Ich bin seiner Lordschaft wohl nicht sonderlich sympathisch«, murmelte Frederica, kaum dass die Tür ins Schloss gefallen war.

Hélène stellte behutsam die Tasse vor sich ab. »Aber nicht doch, meine Liebste«, rief sie fürsorglich aus. »Mein Gatte ist einfach nur ein wenig überrascht ob der Entwicklung, das ist alles. Bentleys Nachricht hat uns alle ein wenig in Erstaunen versetzt, müssen Sie wissen. Wir hatten keinen blassen Schimmer, dass er im Begriff war, sich zu vermählen. Aber es wurde schließlich höchste Zeit, und wir sind entzückt, Sie in unserer Familie willkommen heißen zu dürfen.«

»Ich fühle mich sehr geehrt, danke schön.«

Im nächsten Augenblick beugte Hélène sich weit vor. »Kommen Sie, ich zeige Ihnen die Gemächer, die ich gerade herrichten lasse. Sagen Sie mir einfach, ob sie Ihnen zusagen. Das Haus ist zwar nicht allzu groß, aber ich bin überzeugt davon, dass wir alles zu Ihrer Zufriedenheit einrichten können, damit Sie sich hier rundum wohl fühlen.«

»Gewiss doch.« Frederica zwang sich zu einem Lächeln. »Wie freundlich Sie alle zu mir sind.«

Cams Arbeitszimmer war noch genau so, wie Bentley es in Erinnerung hatte. In dem Raum mit dunklen Paneelen und einem tiefen Erkerfenster stand ein imposanter Schreibtisch aus schwerem Mahagoniholz, und in den Regalen waren derart viele Bücher, dass damit problemlos eine Leihbibliothek hätte bestückt werden können. Neu war für ihn lediglich der Wurf Kätzchen, von dem die Hälfte friedlich im Schutz ihrer rotbraun gescheckten Katzenmutter Matilda und der wohligen Wärme des Kamins vor sich hin schlummerte. Die übrigen Katzenkinder tapsten unsicher um den Kohleneimer, immer im Blick ihrer Großmutter Boadicea, die sich wie eine Sphinx auf der aktuellen Ausgabe der *Times* niedergelassen hatte, die noch ungelesen auf Cams Schreibtisch lag. Bentley steuerte instinktiv auf den Kamin zu und nahm in einem ausladenden Ohrensessel Platz. Er war hundemüde, und seine Nerven waren deutlich angekratzt, weshalb er es vorzog, Cams Standpauke im Sitzen über sich ergehen zu lassen. Vorausgesetzt, er würde ihn überhaupt so lange ertragen und nicht schon vorher die Flucht ergreifen.

»Gehe ich recht in der Annahme, dass du das arme Mädchen befleckt hast?«, setzte Cam unverblümt an.

Bentley streckte die Beine aus und überkreuzte die Füße in einer legeren Geste, von der er wusste, dass sie nie ihre Wirkung auf seinen Bruder verfehlte. »Was Besseres fällt dir wohl nicht ein, oder? Warum nicht noch Vergewaltigung, Plünderung und Entführung? Wer weiß, vielleicht habe ich sie auch nur ihres Vermögens wegen zu meiner Gemahlin gemacht?«

Cam bedachte ihn mit einem nachdenklichen Blick. »Man kann dir ja einiges nachsagen, Bentley, aber ich kann mir beim besten Willen nicht vorstellen, dass du eine Geldheirat eingehen würdest«, gab er unwirsch zurück. »Geld ist dir einfach nicht wichtig genug, als dass du dich dafür so mächtig ins Zeug legen würdest.«

»Ein Kompliment!«, entfuhr es Bentley verbittert. »Wie gnädig von dir.«

Cam reagierte mit einer ungeduldigen Handbewegung. »Ich versuche doch nur, dir zu helfen, Bentley«, erklärte er ihm. »Wenn diese Vermählung mit einem Skandal verbunden ist, ziehe ich es vor, die Geschichte jetzt und hier aus deinem Munde zu hören.«

»Ich bin aber nicht auf deine Hilfe angewiesen.« Bentley hatte mit überraschend unbefangener Stimme gesprochen. »Was den Skandal betrifft, so fürchte ich, hast du nicht ganz Unrecht. Du kannst mir gratulieren, Cam. Ich werde nämlich wieder Vater.«

Bentley beobachtete mit sanfter Befriedigung, wie die Farbe aus Cams Gesicht wich. »Wieder?«, fragte Cam. »Du bist nie einer gewesen, Bentley. Zumindest nicht im engeren Sinne des Wortes.«

Aus irgendeinem Grunde stachelte Cams Antwort Bentleys Wut nicht so sehr an, wie er vermutet hätte. Teils mochte es an seiner Erschöpfung von der Reise liegen, teils an dem gescheckten Kätzchen, das zu Cam gewackelt war und gerade versuchte, sein Hosenbein zu erklimmen. Ein Mann, an dessen Knie ein miauendes Wollknäuel hing, büßte unfreiwillig einen Großteil seiner Autorität ein.

»Nein, ich war in der Tat nie ein *richtiger* Vater«, gab Bentley ihm Recht, während sein Bruder die Krallen des Kätzchens aus seinen Beinkleidern löste und es zu sich auf den Schoß nahm. »Aber ich habe auch nie die Chance dazu bekommen. Hätte ich gewusst, dass Mary mir eine Tochter geboren hat, wäre ich selbstredend für Mutter und Kind aufgekommen. Ich hätte mich gut um sie gekümmert, so gut es mir eben möglich gewesen wäre. Aber jetzt ist alles anders. Möchtest du eigentlich, dass ich irgendwann mal glücklich und zufrieden bin, oder willst du mich bis in alle Ewigkeit mit Vorwürfen überschütten?«

»Natürlich wünsche ich mir, dass du glücklich bist«, entgegnete Cam ernst. »Selbiges wünsche ich übrigens auch deiner jungen Braut. Wie siehst du die Sache eigentlich? Bist du willens, ihre Glückseligkeit zur obersten Priorität in deinem Leben zu machen?«

Bentley grinste höhnisch und starrte in das Feuer, das allmählich erstarb. »Ich werde nichts tun, um sie absichtlich unglücklich zu machen, falls du das meinst.«

»Nein, davon spreche ich nicht«, kam Cams prompte Antwort. »Trotzdem gut, es zu wissen. Deine Braut scheint aus gutem Hause zu sein und eine gute Erziehung genossen zu haben. Sie ist ausgesprochen hübsch. Du bist ein echter Glücks-«

»Verdammt, Cam, spar dir die Lobeshymnen auf die Vorzüge meiner Angetrauten«, unterbrach Bentley ihn und sprang auf. »Es kann dir vollkommen egal sein, ob ich ein Glückspilz bin oder nicht. Du wirst dich von ihr fern halten, hast du mich verstanden?«

Cams Kopf flog in die Höhe. »Darf ich dich daran erinnern, dass du es warst, der sie hierher gebracht hat?«, entgegnete er mit einem harten und kalten Blick. »Davon abgesehen ist Frederica nun ein Teil unserer Familie. Also wirklich, Bentley! Welcher Mann würde auch nur im Traum daran denken, mit seiner Schwägerin anzubändeln, kannst du mir das mal verraten? Ich habe nämlich sehr wohl verstanden, worauf du hinauswolltest.«

Bentleys Herz begann zu rasen. Ihm wurde heiß, er bekam kaum noch Luft und konnte keinen klaren Gedanken mehr fassen. Ja, was zum Teufel unterstellte er da eigentlich seinem Bruder? Um sich wieder zu fangen, fuhr er sich mit der Hand durchs Haar. »Cam, ich wollte damit nicht sagen, dass . . .«, setzte er an. »Nein, ich habe das ganz anders gemeint. Mir scheint, dass die Eheschließung einem Mann ganz schön zusetzt.«

Allmählich wich die Eiseskälte aus Cams Augen. »Pass bitte auf die Kätzchen auf«, murmelte er, »falls du vorhast, gleich wutschnaubend hin- und herzurennen.«

Bentley stand mittlerweile vor dem Fenster. Ihn peinigte tatsächlich wieder einmal seine Rastlosigkeit, und auch Cam war nicht entgangen, dass mit seinem Bruder etwas nicht stimmte. Bentley fühlte sich auf Chalcote Court stets fehl am Platz. Doch so eigenartig es auch war, ein jedes Mal, wenn er abreiste, befiel ihn sogleich schreckliches Heimweh – als wäre er ein kleiner Schuljunge. Und sobald er wieder über die Schwelle des Hauses trat, kehrten seine Dünnhäutigkeit und Gereiztheit zurück, und seine Ängste und die Vergangenheit hielten ihn fest im Griff. Er schien immer auf etwas zu warten, das nie eintreten würde. Etwas, dessen Nähe er spürte und das er als bedrohlich empfand. Als stünde er inmitten eines Gewitters und könnte den nächsten Blitz bereits mit jeder Faser seines Körpers spüren.

Ziellos ging Bentley umher, nahm dies und jenes zur Hand. Immer wieder glitt dabei sein Blick zum Fenster. Draußen grub der alte Angus gemeinsam mit einem der Knechte einen Hang um und verwandelte das staubige Grau der Erde in ein fruchtbar glänzendes Schwarzbraun. Bentley fragte sich insgeheim, ob es sich mit seiner Zukunft wohl ähnlich verhielt. Wenn er seinen Lebensacker umgrub und sich gut um ihn kümmerte, könnte er eines Tages vielleicht die saftigen Früchte wahrer Glückseligkeit ernten. Früchte, die er sich rechtschaffen verdient und nicht durch das Glück beim Spiel oder auf Kosten Dritter erschlichen hatte.

Nun, nachdem die Wirren der Hochzeit hinter ihm lagen, vermisste er das zarte Gefühl der Freude, das ihm Hoffnungen auf die Zukunft gemacht hatte. Selbst wenn er nach außen hin so tat, als ließe ihn die Frage seines Bruders kalt, war das Gegenteil der Fall. Konnte er für Freddies glückliche Zukunft garantieren? War das seine Aufgabe? Wenn ja, was war dann die ihre? Der Gedanke, dass sie dieselben Verpflichtungen haben könnte, behagte ihm nicht sonderlich. Er hatte gehofft, durch Freddies Anwesenheit auf Chalcote würden die bösen Geister der Vergangenheit ein für alle Mal vertrieben. Doch es hatte sich herausgestellt, dass sie lebendiger denn je waren. Hatte er womöglich einen folgenschweren Fehler begangen, indem er sie hierher gebracht hatte?

Cam schien Gedanken lesen zu können. »Du hast gut daran getan, sie mitzubringen«, sagte er versöhnlich. »Es wird Gerede geben, das weißt du ebenso gut wie ich, aber meiner Meinung nach wäre es für alle das Beste, wenn ihr erst einmal eine Weile hier bliebet. Die Welt soll erfahren, dass sowohl du als auch deine Auserwählte die Zustimmung deiner Familie haben. Auch für Frederica wird das das Beste sein.«

Bentley stand wie versteinert vor dem Fenster und starrte hinaus. »Du weißt also, wer sie ist?«

»Die Ziehtochter von Lord Rannoch, ja. Sie wurde nicht ... in England geboren.«

»Sie ist kein eheliches Kind, meinst du wohl eher.«

»Ja, auch das.« Cam hatte mit ruhiger Stimme gesprochen.

Bentley drehte sich abrupt vom Fenster weg und schritt auf seinen Bruder zu. »All das spielt für mich keine Rolle, Cam«, meinte er. »Ich mag sie, habe schon immer etwas für sie empfunden und werde gut auf sie aufpassen.«

Nachdenklich strich Cam mit einem Finger über das Fell des Kätzchens. »Du magst sie, aber du liebst sie nicht, verstehe ich das richtig?«

»Nein, es ist keine Liebe. Dennoch bin ich über mein Schicksal nicht erbost. Ich werde das Beste aus der Situation machen.«

»Hat Rannoch dich in irgendeiner Weise zu diesem Schritt gezwungen?«, verlangte er zu wissen.

Bentley lachte auf. »Nein, hat er nicht«, entgegnete er. »Es war vielmehr so, dass er sogar versucht hat, mir aus dem Weg zu gehen.«

»Wann ist es denn so weit bei Frederica?«, erkundigte Cam sich mit gerunzelter Stirn. »Wie schlimm steht es um ihren Ruf?«

Die Frage traf Bentley wie ein Blitz aus heiterem Himmel. »Wann?«, wiederholte er. »Nun ja, irgendwann im Winter, vermute ich.«

»Du musst ungefähr vierzig Wochen für eine Schwangerschaft veranschlagen«, ließ Cam ihn trocken wissen. »Kann es sein, dass du dir darüber noch so gut wie keine Gedanken gemacht hast?«

Bentley musste schlucken und rechnete so schnell es ging nach. »Ungefähr Anfang November«, verkündete er schließlich.

Seufzend versank Cam ein wenig tiefer in seinem Schreibtischstuhl, was von dem Kätzchen auf seinem Schoß mit einem mürrischen Miauen quittiert wurde. Bentley beugte sich vor und entwirrte das Tier aus Cams Weste, um es zu Matilda ins Körbchen zu setzen. Sogleich begann die Katzenmutter, ihr Kleines genauestens zu untersuchen. Wie es schien, traute ihm noch nicht einmal mehr ein Stubentiger. Wie denn auch, wenn er selbst es nicht tat?

»Es lag nicht an mir, dass es zu dieser Verzögerung gekommen ist, Cam«, erklärte er seinem Bruder und kniete nieder, um das Katzenbaby noch einmal zu streicheln. »Bereits lange bevor Freddie etwas von ihrer Schwangerschaft ahnte, habe ich sie gefragt, ob sie meine Frau werden möchte.«

Cam hob die Augenbrauen. »Hast du das?«

»Mein Gott, Cam! Was glaubst du eigentlich, wer ich bin? Sie ist ein achtbares Mädchen aus gutem Hause. Es war nie meine Absicht, sie zu ...«

»Schon gut«, murmelte Cam und hob die Hand. »Ich kann deine Ausreden nicht mehr hören.«

Bentley baute sich vor seinem Bruder auf. »Du verdammter Dreckskerl, wag es ja nicht, so über mich zu reden«, warnte er ihn und fuchtelte mit seinem Zeigefinger vor dem Gesicht seines Bruders herum. »Wir hatten bereits so manche Auseinandersetzung in eben diesem Raum, und in meiner jetzigen Verfassung hätte ich nicht übel Lust, etwas zu zertrümmern.«

Ungeduldig sprang Cam auf. »Verrat mir eins, Bentley«, forderte er ihn auf. »Hast du auch nur einen Gedanken an die Zukunft verschwendet? Wie gedenkst du eigentlich das arme Mädchen finanziell zu unterstützen? Du gehst schließlich keiner geregelten Arbeit nach, und alle Universitäten dieses Landes haben dich bereits der Tür verwiesen. Genau genommen hast du ja noch nicht einmal ein Dach über dem Kopf, denn rechtlich gesehen gehört Roseland Hélène.«

»Spar dir deine Drohungen, Cam«, fauchte Bentley zurück. »Lass mich bloß in Ruhe!«

Cam streckte seine Hände aus und drehte die Handflächen nach oben. »Ich will dir nicht drohen, Bentley«, versuchte er seinen Bruder zu beruhigen. »Ich möchte nur sichergehen, dass für Mutter und Kind gesorgt ist.«

»Das ist ja mal wieder typisch, *du* willst sichergehen«, äffte Bentley ihn nach. »Du hältst dich wohl für einen Heiligen, kann das sein? Aber um diese Frau werde *ich* mich kümmern, Cam. Und nicht du. Lass ja die Finger von ihr. Und da wir gerade dabei sind: Kartenspiele und Risikogeschäfte können lukrativer sein, als es dir je in den Sinn will.«

»Wie gewonnen, so zerronnen«, warnte Cam ihn und stemmte sich seine von schwerer Arbeit schwieligen Hände in die Hüften.

»Nicht zwangsläufig«, entgegnete Bentley aufgebracht. »Ich wäre ein ziemlicher Hanswurst, wenn ich nicht wüsste, dass mein Leben sich von Grund auf verändern muss. Vergiss nicht, dass ich schon einmal ein Kind aufgrund von Armut verloren habe. Ich werde alles daran setzen, dass sich das nicht noch einmal wiederholt. Diesem Kind wird das Waisenhaus erspart bleiben, wo es vor Hunger und Fieber dahinsiechen muss. Ich weiß genau, was ich zu tun habe und werde nicht kopflos werden oder die Flucht ergreifen. Aber lass dir eins gesagt sein, Bruderherz. Frederica und ich werden niemals auf deine finanzielle Unterstützung angewiesen sein. Ich bin nämlich sehr wohl in der Lage, meiner Ehefrau und meinem Kind ein wunschlos glückliches Leben zu ermöglichen. Heute, morgen und bis in alle Ewigkeit.«

Cams Schultern sackten nach unten, doch er wirkte keineswegs überrascht. »Es freut mich aufrichtig, das zu hören«, sagte er mit leiser Stimme. »Und solange du nicht an den Punkt kommst, an dem du nur noch auf ein Wunder hoffen kannst, werde ich mich mit meinen Ratschlägen zurückhalten. Versprochen.«

»Ha«, stieß Bentley aus. »Das käme in der Tat einem Wunder gleich.«

Kapitel 10

Die Himmelssuite

Als Bentley steifbeinig in den Salon zurückstakste, spielte dort Ariane mit flinken und sicheren Fingern »Scarborough Fair« auf der Harfe. Sie blickte auf und zwinkerte ihrem Stiefonkel zu, ohne aus dem Rhythmus zu kommen. Cam, der seinem jüngeren Bruder gefolgt war, gab Ariane einen Kuss aufs Haar. »Wo sind denn die werten Damen, Schätzchen?«

»Mama ist mit Frederica in die Himmelssuite hinaufgegangen«, antwortete sie.

Als hätten die beiden gewusst, dass von ihnen die Rede war, erschienen sie im Türrahmen. Hélène hatte ihren Arm um Fredericas Taille gelegt, als wären sie langjährige Freundinnen. »So, da wären wir wieder«, verkündete sie und steuerte auf den Teetisch zu. »Cam, es wird dich freuen zu hören, dass die Arbeiten in der Suite gut vorangehen. Das Herrengemach ist fertig, und die Maler haben ihre Gerüste bereits im Salon aufgebaut. Larkin kümmert sich derweil um das Gepäck.«

Bentleys Kopf flog herum. »Was soll das heißen, Hélène?«

Frederica war die plötzliche Anspannung in der Stimme ihres Gatten nicht entgangen. Die kleine Gruppe nahm wieder Platz. »Ich habe mir überlegt, dich und Frederica in der Himmelssuite einzuquartieren«, antwortete Hélène und wählte eines der übrig gebliebenen belegten Brote aus. »Ich nahm an, ihr werdet recht häufig zu Besuch sein, weshalb ...«

»Nein.« Bentleys Hände umkrallten die Armlehnen so vehement, dass seine Fingerknöchel weißlich hervortraten. »Das kommt gar nicht in Frage.«

Hélène blickte erstaunt auf. »Aber es bereitet uns wirklich keine

Umstände, mein Lieber«, versicherte sie ihm, während sie das Gurkensandwich elegant zwischen den Fingern hielt.

Bentley wäre beinahe aufgesprungen. »Hélène, du scheinst mich nicht zu verstehen«, zischte er. »Ich werde *nicht* umziehen, ich will in meinem alten Zimmer bleiben.«

»Dein altes Zimmer?«, wiederholte sie sichtlich erstaunt. »Das ist doch viel zu klein.«

»Aber mir gefällt es dort«, erklärte er ihr. »Dort fühle ich mich wohl. Ich will nicht irgendwo anders wohnen.«

Hélène machte ein verwirrtes Gesicht. »Aber Bentley, denk doch nur mal an den Ausblick, den du von der Himmelssuite aus hast, und außerdem ist dein altes Zimmer für zwei Personen doch viel zu beengt.«

»Das ist für mich kein Problem«, schaltete Frederica sich übereifrig in die Diskussion ein. Ihr war es einerlei, wo sie schliefen, wenngleich sie Bentleys stürmische Reaktion erstaunte. Er wirkte verstört und keuchte, als bliebe ihm die Luft weg. Sein Gesicht sprach Bände.

»Bentley, ich bitte dich!«, ermahnte Hélène ihren Schwager. »Was ist schon ein einzelnes Schlafgemach verglichen mit einer ganzen Reihe von Zimmern? Also wirklich. Sei nicht albern, wir Damen benötigen nun mal etwas mehr Platz als die Herren der Schöpfung. Wo soll zum Beispiel Fredericas Dienstmädchen unterkommen?«

»Bei den anderen«, warf er unwirsch ein. »Sie kann bei Queenie schlafen. Ich will nicht mit Malern und Handwerkern zusammenleben. Außerdem würde der Radau nur unsere Ruhe stören.«

Frederica kam ihrem Gatte zu Hilfe. »Ich fürchte, Bentley denkt dabei nur an mein Wohlergehen«, bekräftigte sie. »Sie müssen wissen, dass ich in letzter Zeit oft erschöpft bin und mich nachmittags gerne ein wenig ausruhe.«

Genau wie sie gehofft hatte, entspannten sich Bentleys Gesichtszüge. Hélène und ihr Gatte tauschten viel sagende Blicke aus. »Verstehe«, murmelte sie. »Als Zwischenlösung wäre das durchaus denkbar, aber wenn die Verschönerungsarbeiten beendet sind, setzen wir uns noch einmal zusammen, einverstanden?«

Frederica erkannte an Bentleys düsterem Gesichtsausdruck, dass er weder jetzt noch später gedachte, Hélènes Plänen zuzustimmen. »Schon gut«, raunte er und erhob sich. »Ich geh mal und erspar dem armen Larkin unnötige Lauferei.«

Bentley verschwand und ließ sich vorerst nicht mehr blicken. Frederica und Lord Treyhern verbrachten den Rest des Nachmittags damit, sich eingehend zu unterhalten. Frederica war erleichtert, dass der Earl ein wenig aufgetaut war, und es erfüllte sie mit Freude, dass sie von ihren zahlreichen Reisen berichten konnte. In dieser Hinsicht war sie wahrlich vom Glück verwöhnt worden, denn Evies künstlerisches Schaffen hatte die Familie in der Vergangenheit oft aufs Festland geführt, einmal sogar bis ins ferne Warschau. Schnell erkannte Frederica, wie bewandert seine Lordschaft in Geschichte und Politik war, und er machte auch keinen Hehl daraus, dass er Frederica um das Privileg ihrer Reisen beneidete. Als Großgrundbesitzer, so erklärte er ihr, war er die meiste Zeit des Jahres unabkömmlich, und die wenige Freizeit, die ihm blieb, verbrachte er für gewöhnlich auf Treyhern Castle, seinem Schloss in Devonshire.

Frederica konnte sich dunkel daran erinnern, dass Bentley einmal erwähnt hatte, sein Bruder wäre ein wahrer Bücherwurm. Jetzt merkte sie, wie belesen er war. Aber der Mann, der vor ihr saß und dessen Hände von der vielen Landarbeit rau und gerötet waren, hatte wenig gemein mit einem Intellektuellen. Umso mehr war Frederica erstaunt darüber, wie exzellent er die Kunst der Konversation beherrschte. Doch nach einer Weile konnte sie sich nicht mehr gegen ihre Müdigkeit zur Wehr setzen und gähnte verstohlen.

»Darling, ich glaube, Frederica ist von der langen Reise erschöpft«, meldete Hélène sich zu Wort. »Ich finde, sie sollte vor dem Abendessen unbedingt noch ein wenig ruhen.«

»Ja, das wäre in der Tat wundervoll«, räumte Frederica ein.

Dieses Mal führte Hélène sie in den zweiten Stock, wo am Ende eines langen und schwach beleuchteten Korridors ein geräumiges Gemach lag, dessen Mobiliar nur den Rückschluss auf einen männlichen Bewohner zuließ. Ein dunkelgoldener Perserteppich zierte den Boden, und durch die Fensterfront, die aus drei einzelnen Fenstern bestand, bot sich ein wunderschöner Ausblick. Gegenüber den Fenstern befand sich ein massiv gearbeitetes Bett, das aus der Zeit Jakob des I. stammen musste. Allein die Matratze maß in der Dicke mehr als Fredericas Taille, und das Fußteil reichte ihr bis weit über den Bauchnabel. Ferner entdeckte sie einen kleinen Wandschrank, der einen Waschtisch beherbergte, sowie ein Ankleidezimmer.

»Es gefällt mir hier«, sagte sie und drehte sich langsam um die eigene Achse. »Vor allem der Ausblick. Haben Sie Dank, Hélène.«

Ihre neu gewonnene Schwägerin hauchte ihr einen Kuss auf die Wange und empfahl sich. Frederica atmete erst einmal tief durch. Wenngleich Bentley nirgends zu sehen war, konnte sie doch seinen unverwechselbar männlichen Duft wahrnehmen, der noch in der Luft hing. Nachdem Frederica sein Zimmer nun gesehen hatte, das er seit Ewigkeiten bewohnte, wollte sie nirgendwo anders mit ihm zusammenleben.

In diesem Moment kam Jennie aus dem Ankleidezimmer, begrüßte Frederica und schüttelte eines der durch die Reise leicht zerknitterten Kleider aus. »Ein wundervolles Haus, finden Sie nicht auch? Ich war noch nie zuvor in Gloucestershire. Wir sind hier mitten auf dem Land, nicht wahr?«

»Richtig«, stimmte Frederica ihr zu. »London hat beinahe Richmond geschluckt, und auch Essex hat sich stark verändert. Hier hingegen ist es geradezu paradiesisch.«

Jennie lächelte sie erschöpft an. »Ihre Kleider hängen alle im Ankleideraum, Miss. Ich werde nun nach unten gehen, um Ihr Dinnerkleid zu plätten.«

»Vielen Dank, Jennie«, entgegnete Frederica. »Ich gedenke, erst einmal ein kleines Nickerchen zu machen, und schlage vor, du tust dasselbe. Mir wurde gesagt, dass du dir mit einer gewissen Queenie das Quartier teilen sollst. Ich nehme mal an, sie ist eine von den Mägden.«

Jennie verzog das Gesicht. »Ja, ich habe sie vorhin gesehen«, antwortete sie düster. »Eine ziemlich kesse Kreatur, sag ich Ihnen.«

Frederica war überrascht. »Bereitet dir das Arrangement etwa Sorgen, Jennie?«

Die Bedienstete schaute leicht verlegen drein. »O nein, Miss«, beteuerte sie flugs. »Sie hat ein freundliches Wesen, davon bin ich überzeugt. Ich mache mich auf den Weg nach unten, wenn's recht ist.«

Nachdem die Tür ins Schloss geglitten war, bemerkte Frederica, dass ihr Kosmetikbeutel nirgends auffindbar war, obwohl sie meinte gesehen zu haben, wie einer der Diener ihn hinaufgetragen hatte. Sicher war er in der Suite liegen geblieben.

Frederica war nicht entgangen, dass es auf Chalcote nur eine begrenzte Anzahl von Bediensteten gab, und da sie Jennie nur ungern zurückbeordern wollte, begab sie sich kurzerhand selbst auf die Suche. Sie trat auf den Korridor hinaus und steuerte auf die monumentale Holztreppe zu. Ohne größere Probleme machte sie die Suite ausfindig, die Hélène ihr am Nachmittag gezeigt hatte. Als sie im Salon stand, entdeckte sie, dass die Tür zum Damengemach einen Spaltbreit offen stand. Wie seltsam. Dieser Teil des Hauses wurde nur selten benutzt, wie Hélène ihr erklärt hatte. Die Zimmer standen bereits seit etlichen Jahren leer. Vorsichtig öffnete sie die Tür ein Stückchen weiter. Frederica spürte sofort, dass noch jemand im Raum war, und wich einen Schritt zurück.

Bentley?

Ihr Angetrauter stand vor einem schmalen Erkerfenster und hatte sich mit beiden Händen am Fensterrahmen abgestützt. Mit hängenden Schultern schaute er hinunter in den Garten. Frederica konnte seine Anspannung deutlich spüren, weshalb sie besorgt die Tür noch ein wenig weiter aufstieß. Bentley drehte sich um, ohne sie zu bemerken, und ihm entfuhr ein ersticktes Stöhnen. Sein Gesicht war von großem Kummer gezeichnet, und er zitterte am ganzen Körper, als er auf einen großen Wäscheschrank aus Mahagoni zuging und jäh die Türen aufriss. Ganz so, als vermutete er den Höllenfürsten höchstpersönlich dahinter.

Doch der Schrank war leer. Bentley stand einige Sekunden regungslos da und hielt den Blick starr in die Tiefen des Möbelstücks gerichtet. Es war eigenartig, aber selbst aus der Entfernung, in der sie sich befand, bemerkte Frederica, dass der süßliche Fliedergeruch, der ihr bereits am Nachmittag in die Nase gestiegen war, penetranter geworden war. Mit einem derben Fluch knallte Bentley die Schranktüren zu und wandte sich ab. Sogleich öffnete sich eine der Türen wieder und schwang gespenstisch nach außen, was Bentley jedoch nicht weiter zu stören schien, während er nervös auf- und ablief. Das Echo seiner schweren Schritte hallte von den Wänden des ansonsten fast leeren Gemachs wider.

Frederica verharrte mucksmäuschenstill im Türspalt und beobachtete sein Tun. Sie war ratlos und konnte das Gefühl, einem höchst intimen Moment beizuwohnen, nicht abschütteln. Aber sie war nun einmal seine Gattin, und da gehörte es zu ihren ehelichen Pflichten, sich seiner anzunehmen und sich um ihn zu kümmern – in guten wie in schlechten Zeiten. Zwar wusste sie nicht, was der Grund für sein seltsames Verhalten war, doch nur zu deutlich spürte sie, dass ihn etwas Abscheuliches quälte.

Wieder vernahm sie das erstickte Geräusch. Bentley stürzte auf das Fenster zu, riss es hektisch auf und beugte sich weit hinaus. Frederica sah, wie sich sein Gehrock jedes Mal an den Schultern spannte, wenn er tief und rasselnd einatmete. Es war unverkennbar die Pose eines Menschen, der einen Brechreiz zu unterdrücken versuchte. Alarmiert betrat sie den Raum. »Bentley?«

»Was?«, fuhr er sie unwirsch an, nachdem er sich umgedreht und sie mit stechenden Augen ins Visier genommen hatte. Doch es war, als hätte er Frederica nicht erkannt.

»Bentley?« Frederica machte einen Schritt vor in den Raum, der in Zwielicht getaucht war. »Geht es dir nicht ... gut?«

Wie angewurzelt stand er da. Sein Gesicht war kreidebleich,

seine Lippen dünn und blutleer. Schließlich schüttelte er den Kopf und ging auf sie zu. »Freddie?« Er legte ihr seine kräftige Hand auf die Schulter. »Was machst du hier?«

»Mein Beutel mit den Toilettenartikeln ist verschwunden«, erklärte sie ihm. »Ich wollte ihn suchen.«

Bentley brachte ein klägliches Lächeln zustande. »Ich habe Larkin mit der Tasche runter in mein Zimmer geschickt«, antwortete er ihr, nahm ihre Hand und führte sie in den Salon. »Du musst ihn knapp verpasst haben. Komm, ich begleite dich wieder nach unten.«

Doch Frederica machte keine Anstalten, sich in Bewegung zu setzen. »Bentley, ist alles mit dir in Ordnung?«

Sein Lächeln bröckelte. »Sorgt sich meine kleine Gemahlin etwa um mich?«, murmelte er unterkühlt. »Das ist ja etwas ganz Neues für mich. Lass uns gehen, der Geruch nach frischer Farbe verursacht mir Übelkeit.«

Dass die frische Farbe im Herrengemach, ein Zimmer weiter, aufgetragen worden und im Salon nicht zu riechen war, behielt Frederica für sich. »Du siehst aus, als wärst du einem Geist begegnet.«

Einen Moment lang zögerte Bentley, ehe er loslachte. »Liebste Freddie, wir leben in einem sehr alten Haus, wo hinter jeder Biegung ein Geist lauern könnte.« Mit aufgesetzter Leichtigkeit umfasste er ihre Schultern und bugsierte sie hinaus in den Korridor. »Jetzt sag bloß, es hat dir noch niemand von John Camdens Geist erzählt? Er treibt schon seit Ewigkeiten sein Unwesen auf Chalcote.«

»Aber doch wohl nicht in einem alten Wäscheschrank, nehme ich an?«

»Das kann man nie wissen«, murmelte er, während sie um eine dunkle Ecke bogen. Plötzlich spürte Frederica etwas an den Rippen, schrie auf und wäre beinahe gestolpert.

»Bentley!«

»Siehst du, das war bestimmt der gute alte John«, raunte Bentley ihr ins Ohr, wobei sie deutlich seinen warmen Atem spürte. »Er bestraft jeden, der sich in Skepsis übt.«

Bentley stupste ihr wieder in die Rippen, doch dieses Mal quiekte Frederica vergnügt. »Hör auf«, flehte sie ihn keuchend an. »Lass gut sein, die anderen halten mich sonst noch für geisteskrank.«

Doch Bentley war nicht gewillt, so schnell schon Ruhe zu geben. »Ach, Freddie, Liebste, da mach dir mal keine allzu großen Sorgen, das tun sie eh schon«, erklärte er ihr auf dem Weg zur Treppe. »Schließlich hast du mich zum Ehemann genommen.«

Frederica blieb abermals stehen. »Bentley, kannst du nicht einmal ernst bleiben?«

»Warum sollte ich?«, fragte er mit gespielter Schwermut. »Meinst du nicht, mein Bruder legt genug Ernsthaftigkeit für zwei an den Tag?« Bentley packte sie bei den Schultern und wollte ihr einen Kuss geben, doch Frederica drehte sich blitzschnell weg.

»Lass das.« Mit einem Mal klang seine Stimme scharf.

Frederica blickte ihn verdutzt an.

Bentleys Augen glänzten dunkel, als er seine Hand hob und an ihren Wangen entlangstrich, ohne sie jedoch zu berühren. Dennoch spürte sie die glühende Zärtlichkeit, die von seinen Fingern ausging, während seine andere Hand sich noch immer tief in ihre Schulter krallte. Es war, als berührten sie zwei verschiedene Menschen, doch keiner von ihnen hatte diese Leichtigkeit an sich wie der Bentley, den sie kannte und den sie vermisste. Diese Erkenntnis schickte ihr einen kräftigen Schauer über den Rücken.

»Tu das nicht«, zischte er. »Wende dich nicht ab von mir, Frederica.«

Frederica schaffte es, seinem Blick standzuhalten. »Dann sprich offen und ehrlich mit mir über das, was dich belastet.«

Bentley lächelte zaghaft, doch es gelang ihm nicht sonderlich gut, seine Verbitterung zu verbergen. »Du hast mir sechs Monate zugesichert, meine Liebe. Ein halbes Jahr, in dem du mir gegenüber zu Ergebenheit verpflichtet bist. Gedenkst du, dieses Versprechen einzuhalten?«

»Aber auch du hast mir gegenüber ein Gelübde abgelegt, vergiss das bitte nicht«, hielt sie eisern dagegen. »Zum Beispiel hast du mir geschworen, nur mich zu begehren. Gedenkst *du* denn, dieses Versprechen einzuhalten?«

»Ja, das habe ich vor«, antwortete er leise und legte seine Hand über die linke Brust. »Habe ich dir denn Anlass gegeben, daran zu zweifeln?«

Hatte er? Nein, noch nicht. Dennoch spürte sie deutlich, dass er ihr gegenüber nicht aufrichtig war, ihr bewusst etwas verheimlichte. Sie würde schon noch herausfinden, was mit ihm los war. Doch war ihre Ehe noch zu neu und ungefestigt, um sie jetzt schon mit einem Streit zu strapazieren, und sie beschloss, das Thema fallen zu lassen.

Wie aus heiterem Himmel – als hätte er ihre Gedanken gelesen – schenkte er ihr sein typisch strahlendes Bentley-Grinsen, das auf der Stelle sämtliche Zweifel und Ängste wegblies. Sie besaß einfach nicht die Kraft, sich ihm erneut zu widersetzen, und schloss die Augen, als sie seine Lippen spürte. Sie hatte geahnt, was kommen würde, und es dauerte nicht lange, bis sie von einer Hitzewelle ergriffen wurde – genau wie in jener verhängnisvollen Nacht im Garten. Bentleys Mund war reine Verlockung und versprach ihr den Himmel auf Erden. Sie erinnerte sich noch gut daran, wie er sich damals als ausnahmslos guter Lehrer entpuppt hatte.

War dieses attraktive Mannsbild, das sie geheiratet hatte, womöglich Sünder und Seraph in einer Person? War es an der Zeit, ihre Entscheidung zu bereuen? Nein, das tat sie nicht. Noch nicht. Würde es vielleicht nie, schoss es ihr durch den Kopf, als er ihren Mund ein weiteres Mal eroberte.

Es dauerte eine kleine Weile, ehe es ihr gelang, sich von ihm loszureißen. »Ich gehe jetzt nach unten und lege mich ins Bett, Bentley.« Ihre Stimme war heiser und tief. »Kommst du mit? Oder muss ich auch diese Nacht wieder alleine und einsam verbringen?«

Frederica spürte trotz des schummrigen Lichts seinen begierigen Blick. »Hast du mich letzte Nacht vermisst, meine Süße?«

Frederica musste schlucken. »Ja.«

»Nach unten«, raunte er. »Sofort.«

Ihr Gemahl und ihre Stieftochter waren spurlos verschwunden, als Hélène in den gelben Salon zurückkehrte. Es bedurfte jedoch keiner hellseherischen Fähigkeiten zu erraten, wohin sich ihr ehrenwerter Gatte verzogen hatte: in sein Arbeitszimmer, um seine Wunden zu lecken – wenn er welche davongetragen hatte – und um sich zu beruhigen. Es war stets dasselbe, wenn Bentley und Cam aufeinander trafen. Als Hélène die Bibliothek betrat, lag Cam mit dem Rücken auf dem Kaminvorleger und starrte an die Decke, während die Kätzchen auf ihm herumtollten. Sein Gehrock und seine Weste hatte er achtlos auf einen der Sessel geworfen.

»Hallo, du Riesenkater«, begrüßte sie ihn und stupste ihm zärtlich mit der Schuhspitze in die Rippen.

Cam blickte angestrengt an die Decke. »Du meinst wohl eher Riesen*trottel*, oder?«, brummte er. »Ich hätte Bentley vor die Tür schleifen und ihm eine ordentliche Tracht Prügel verabreichen sollen.«

Hélène sank neben ihn auf den Boden, wobei sie ein Bein anwinkelte und die Röcke darüber zog, was nicht sonderlich damenhaft anmutete. »Tut mir den Gefallen und streitet euch nicht andauernd«, bat sie und legte ihm eine Hand auf den Oberschenkel. »Ihr vergeudet mit derlei Aktionen unsinnige Energie, die anderswo sinnvoller investiert wäre. Roll dich auf den Bauch, Liebster, ich sehe dir doch an der Nasenspitze an, dass dich dein Rücken verrückt macht.«

Cam befreite sich von den Kätzchen und tat wie befohlen. Hélène zog ihm das Hemd aus der Hose und strich über seinen verspannten Rücken. »Hab ich's mir doch gleich gedacht«, murmelte sie. »Wie viele Balken, Dachsparren oder was auch immer hast du denn heute schon wieder gestemmt?«

»Nicht annähernd genug«, brummte er in den Teppich. »Das arme Mädchen erwartet ein Kind, weißt du.«

»Ach, so ist das«, entgegnete Hélène und massierte ihn kräftig. »So etwas habe ich mir schon gedacht. Aber selbst wenn Bentley bei Emmies Taufe so aufgeregt wie eine junge Henne vor ihrem ersten Ei war, heißt das noch lange nicht, dass er kein pflichtbewusster Vater sein wird, der für seine Familie aufkommt. Warte mal ab, Cam.«

»Verdammt, er weiß doch noch nicht einmal, wie man *pflichtbewusst* buchstabiert«, schnaubte er. »Auf ihn ist so viel Verlass wie auf ein Irrlicht.«

»Das mag früher einmal zutreffend gewesen sein.«

Doch Cam hatte ihr offensichtlich nicht zugehört. »Mein Gott, er ist der schlimmste Weiberheld auf Erden. Schau dir die Kleine doch nur mal an, sie ist doch noch ein halbes Kind.«

»Seltsam, mir hat sie erzählt, sie sei bereits achtzehn.«

»Ein unschuldiges Mädchen!«, fuhr er fort und ignorierte geflissentlich ihren sarkastischen Einwurf. »Und aus gutem Hause. Wir können uns glücklich schätzen, dass Rannoch ihn nicht an Ort und Stelle niedergeschossen hat.«

»Jetzt übertreibst du aber, Liebling«, warf Hélène ein. »Wenn eine junge Liebe ein wenig aus den Rudern gerät, ist das noch lange kein Grund, zur Pistole zu greifen.«

Cam drehte den Kopf, um zu ihr aufzuschauen, wodurch sein Haarschopf das Interesse eines der spielwütigen Kätzchen erregte, das sofort die Krallen ausfuhr und danach schlug. »Junge Liebe?«, spottete er. »Du denkst doch nicht wirklich, dass es Liebe war, die die beiden zusammengeführt hat, Hélène, oder? Bentley geht seit seinem sechzehnten Lebensjahr – ach, was red ich denn, es war bestimmt noch früher – beinahe jede Nacht mit einem anderen Frauenzimmer ins Bett. Glaube mir, Liebe war da nie und nimmer im Spiel. Ich vermute eher, dass er mittlerweile eine dicke Schicht Hornhaut am Pim...«

Hélènes Hand schnellte in die Höhe. »Sprich bitte nicht weiter, Cam!«

Cams Ohren verfärbten sich. »Es war Vater, der ihn zu solch

schändlichem Verhalten auch noch ermutigt hat«, stieß er verächtlich aus. »Zum Schluss verging kaum eine Woche, in der er nicht mit irgendeinem der Milchmädchen angebändelt hat oder unter die Röcke der nächstbesten Gasthofdirne gekrochen ist. Vater hatte seinen Spaß daran, das kannst du mir glauben.«

»Da Bentley ein ziemlich charmanter Bursche ist, denke ich nicht, dass er eine der Damen dazu nötigen musste«, murmelte Hélène.

»Charmant?« Cam schaute sie ungläubig an. »Gütiger Gott, Hélène. Er hat selbst versucht, dich zu verführen. Das wirst du wohl kaum vergessen haben, oder?«

Sie lachte auf. »Cam, du irrst, er wollte sich selbst ein Leid zufügen und sich gleichzeitig an dir rächen. Aber er wollte mir nie wehtun. Genauso wenig, wie er jetzt Frederica Schaden zuzufügen gedenkt. Sie ist ein so liebenswertes Mädchen. Er sollte sich über die Maßen glücklich schätzen.«

»Und was ist mit ihr? Was soll einmal aus ihr werden, Hélène?«

Hélène setzte sich auf die Fersen und dachte kurz nach. »Bentley wird ihr mit der Zeit die nötige Liebe und Fürsorge angedeihen lassen«, beantwortete sie seine Frage. »Davon bin ich felsenfest überzeugt.«

Cam richtete sich auf. »Dann bringst du ihm mehr Vertrauen entgegen als ich, meine Liebe. Wann wirst du endlich einsehen, dass Bentley sich immer wieder in Schwierigkeiten bringen wird?«

Langsam verlor Hélène die Geduld. »Wann wirst *du* endlich einsehen, dass Bentley ein gravierendes Problem mit sich herumschleppt?«

»Du meinst, etwas noch Schlimmeres als seine Tendenz zur Verantwortungslosigkeit?«

»Ich meine schon lange, dass etwas mit ihm ganz und gar nicht in Ordnung ist, dass ihn etwas quält«, sagte sie beharrlich. »Vielleicht habe ich mich nicht klar genug ausgedrückt in den letzten Jahren.«

»Worauf spielst du denn an?«, wollte er ungeduldig wissen. »Was genau soll denn mit ihm nicht stimmen?«

»Verdammt, ich weiß es doch auch nicht«, fuhr sie aus der Haut.

Sanft strich Cam ihr über die Wange. »Nicht fluchen, Hélène!«, meinte er, erhob sich und bot ihr seine Hand dar. »Ertrage deine Niederlage mit Anstand und gib zu, dass du wieder in deinen großen schwarzen Büchern gelesen hast und auf ein lateinisches Wort gestoßen bist, das einen jungen Mann bezeichnet, der einfach nur von seinem Vater verhätschelt worden ist, mehr nicht.«

Sie blickte missmutig auf seine ausgestreckte Hand. »Verhätschelt?«, konterte sie und erhob sich ohne seine Hilfe. »In welcher Beziehung soll er denn, bitte schön, verwöhnt worden sein? Dein Vater konnte doch nicht einmal sein Münzgeld beisammen halten.«

»Ich rede auch nicht von Geld, sondern davon, wie seine schlechten Manieren gefördert wurden«, erklärte er ihr ruhig. »Bentley war seinerzeit unglücklichen Umständen ausgesetzt. Ihm wurden gewisse Dinge eingeredet, und er wurde zu schändlichem Verhalten ermutigt. Du weißt genau, was ich meine.«

»Verstehe«, entgegnete Hélène kurz angebunden. »Denkst du etwa, er selbst trägt die größte Schuld daran, in welche Richtung sich sein Leben entwickelt hat?«

Cam war dazu übergegangen, den Hemdschoß in seiner Hose zu verstauen. »Nein, natürlich nicht«, gab er kleinlaut zu. »Und egal, was Bentley auch denkt, ich könnte ihn niemals hassen.«

»Da mach dir mal keine Sorgen, er trägt so viel Selbsthass in sich, dass es für euch beide reicht«, gab sie leise zu bedenken. »Niemand, der auch nur einen Funken Selbstwertgefühl hat, würde die Risiken eingehen, die er immer eingeht, oder sein Leben so oft leichtfertig aufs Spiel setzen. Bentley scheint fest davon überzeugt zu sein, dass er nichts Besseres verdient hat.«

Cam schaute sie besorgt an. »Hélène, du trägst dein Herz wahrlich am rechten Fleck, aber jetzt würde ich gerne das Thema wechseln.«

Seine Frau lächelte nachgiebig und las seine Weste auf. »Lass uns bitte nicht mehr streiten, Cam«, bat sie und hielt ihm die Weste so hin, dass er nur noch hineinschlüpfen musste. »Wir sollten uns lieber überlegen, wie wir Frederica helfen können. Eine Vermählung ist immer eine anstrengende und kräftezehrende Angelegenheit, egal, wie angenehm die äußeren Umstände auch sein mögen.«

»Natürlich, du hast ja Recht«, stimmte er ihr zu und zog sich die Weste an. »Was schlägst du vor, was sollen wir tun, um unser Einverständnis zu bekunden?«

»Ich habe mir überlegt, morgen mit ihr zu sämtlichen Nachbarn zu fahren, damit sie einander kennen lernen können«, schlug sie vor. »Vielleicht kann sie mir ja auch in der Dorfschule zur Hand gehen. Außerdem bin ich mir sicher, dass Joan sie ebenfalls mit offenen Armen empfangen wird. Das Abendessen könnten wir bei Catherine einnehmen.«

Cam, der noch immer mit dem Zuknöpfen seiner Weste beschäftigt war, blickte erschrocken auf. »Ach, du heiliges Kanonenrohr! Das ist mir ja in der ganzen Aufregung komplett entfallen: Cat hat uns eine Nachricht zukommen lassen. Max' Großmutter hat wieder einmal Probleme mit ihrem Geschäftsführer. Er hat ihr mit Kündigung gedroht, wenn sie sich nicht endlich aus den geschäftlichen Belangen heraushält. Catherine und Max sind bei Sonnenaufgang nach London aufgebrochen.«

»Tja, da kann man nichts machen!«, lachte Hélène. »Cat wird sich schwarz ärgern, wenn sie erfährt, was sie verpasst hat. So, komm jetzt, Liebster. Was du brauchst, ist ein schönes heißes Bad, damit sich deine Muskeln wieder lockern. Und danach könnten wir zu einer gänzlich anderen Form der körperlichen Entspannung übergehen, was hältst du davon?«

Kapitel 11

In welchem Lady Madeline alles erklärt

Als Frederica Bentleys Schlafgemach betrat, stand die Sonne bereits recht tief und tauchte mit ihren letzten Strahlen alles in goldenes Licht. In dem ausladenden Kamin war ein Feuer entzündet worden, und Fredericas Kosmetiktasche stand griffbereit neben dem Bett. Frederica hörte, wie Bentley hinter ihr die Tür verriegelte.

Mit einem Male wurde Frederica nervös. Sie wusste gar nicht warum, es war doch nur ... Bentley. Ihre plötzliche Unruhe lastete sie der langen Reise an. Dem Vorfall auf dem Flur maß sie nicht allzu große Bedeutung bei, da war wohl ihre Fantasie mit ihr durchgegangen, vermutete sie. Und dennoch hatte sie einen seltsamen Hunger in ihm gespürt, ein Bedürfnis, das sich in seinem Blick und seinen Berührungen angedeutet hatte. Ja, auch sie begehrte ihn und war das große Wagnis eingegangen, ihm das Jawort zu geben. Nervosität hin oder her – warum sollte sie nicht von den Vorzügen profitieren, die ihr Angetrauter so reichlich besaß? Winnie hatte wahrlich nicht geschwindelt.

Bentley, der noch immer seine schweren Reitstiefel und eng sitzenden Reithosen trug, ging um das Bett herum und stellte sich mit dem Rücken zum Kamin. »Mrs. Rutledge?«, murmelte er und hob eine Augenbraue. »Würden Sie Ihrem Gatten wohl einen ehelichen Dienst erweisen und ihm beim Ausziehen des Gehrocks behilflich sein?«

Frederica eilte sogleich zu ihm und ließ die Hände unter dem edlen Tuch bis hinauf zu seinen Schultern gleiten. Es war ein langer, harter Tag für ihn gewesen. Da er die meiste Zeit im Sattel verbracht hatte, roch er nach Pferd, Schweiß und seiner ganz persönlichen Duftnote. Frederica hatte in ihrem Leben bereits so manches Mannsbild ohne Gehrock gesehen, doch keiner konnte Bentley das Wasser reichen. Sie liebte seine breiten und kräftigen Schultern ebenso wie sein viel zu langes dunkles Haar, das sich so wunderbar kontrastreich an den Hemdkragen schmiegte. Frederica schien ihn angestarrt zu haben. »Liebste?«, holte er sie mit sanfter Stimme aus ihren Gedanken zurück. »Die Weste?«

Verschämt blickte Frederica ihn an. Allem Anschein nach war seine Aufforderung, ihm beim Ablegen der Kleider behilflich zu sein, ernst gemeint. Sie hatte es erst für einen Scherz gehalten. In Fredericas Augen war es ein viel zu intimes Anliegen, und der Gedanke behagte ihr erst nicht sonderlich. Doch langsam fand sie Gefallen daran, auch wenn sich ihre Finger ein wenig ungeschickt anstellten. »Vielen lieben Dank«, murmelte Bentley, nachdem sie auch den letzten Knopf endlich befreit hatte, und ließ die Weste zu Boden gleiten.

Ein zarter Duft nach Seife stieg ihr in die Nase und vermischte sich mit den anderen Gerüchen. »Ich fürchte, beim Halstuch muss ich allerdings passen«, meinte sie ein wenig niedergeschlagen. Bentley legte ihr einen Finger unter das Kinn, hob es an und schaute sie streng mit seinen samtweichen Augen an. »Dann wird Ihr Gatte es Ihnen eben beibringen müssen, Mrs. Rutledge«, lächelte er verschmitzt. »Ich werde der gnädigen Frau gerne alles beibringen, was sie wissen muss.«

Ja, darin war Bentley fraglos ein Ass. Seine Berührungen waren wie Seide und seine Stimme rau und sündig. Plötzlich musste Frederica daran denken, wie leidenschaftlich er sie auf Chatham genommen hatte. Sogleich breitete sich ein warmes Gefühl in ihrem Bauch aus. Bentleys arglistiges Lächeln war bis zu seinen Augen gewandert. Fast so, als hätte er ihre geheimsten Wünsche erraten.

Als Bentley ihre Hände ergriff, spürte sie deutlich, wie sein Körper von einem Schaudern ergriffen wurde. Er blickte ihr tief in die Augen, ehe er ihre Handflächen gegen seine Brust legte. Mit schnellen Bewegungen und ohne den Blick von ihr abzuwenden, löste er den Knoten des Halstuchs und ließ es unter dem Hemdkragen hervorgleiten.

Aus den Augenwinkeln heraus sah Frederica, wie es zu Boden glitt. Sie benetzte ihre Lippen. Wer auch immer dieser Mann war, was auch immer sie für ihn empfand, eines war sicher, sie begehrte ihn von Kopf bis Fuß.

Bentley machte einen Schritt zurück, riss sich mit raschen Bewegungen das Hemd aus der Hose und zog es sich über den Kopf. Beim Anblick seiner entblößten Brust weiteten sich Fredericas Augen, und eine mädchenhafte Röte schoss ihr ins Gesicht. Sein Oberkörper war so glatt und ebenmäßig, dass sie deutlich seine wohlgeformten Muskeln sah. Ihr war, als wären sie erst aus Marmor gehauen worden, ehe Gott ihnen höchstpersönlich den Odem des Lebens eingehaucht hatte. Die züngelnden Flammen im Kamin erzeugten ein faszinierendes Spiel von Licht und Schatten, das seinem Körper besonders schmeichelte.

Sanft strich Bentley ihr über die Wange. »Keine Einwände, Liebling?« Frederica schüttelte den Kopf. Mit langsamen Bewegungen fuhren Bentleys Finger die Konturen ihres Halses nach, bis hinunter zu ihrem Schlüsselbein. Es fühlte sich an, als hinterließen seine Finger eine brennende Spur. »Du glaubst gar nicht, wie glücklich du mich damit machst, Frederica. Ich wünsche mir nämlich nichts sehnlicher, als dir ein paar exquisite Freuden zu bereiten. Das ist das Mindeste, was ich für dich tun kann, denn es gehört zu den wenigen Dingen in meinem Leben, die ich voll und ganz beherrsche.«

Wieder dachte sie an Winnies Worte, und die Röte in ihrem Gesicht verdunkelte sich um eine Nuance. Bentley zog sie an sich, um ihren Hals abermals mit flammenden Küssen zu bedecken, wobei er erst mit den Fingern am Rande ihres Ausschnittes entlangglitt, ehe er sie weiter nach unten lenkte. Fredericas Atem ging schneller, ihre Brüste schienen anzuschwellen und füllten sich mit Hitze, als Bentley sie mit einem kehligen Stöhnen umfasste.

»Gefällt dir das?«, raunte er und liebkoste sie mit seiner Zunge hinter dem Ohrläppchen. »Sag's mir.«

Frederica wollte etwas entgegnen, brachte aber nur ein kümmerliches Ächzen zustande. Als er mit seinem Daumen durch den Stoff hindurch über ihre Brustwarze rieb, stöhnte sie laut auf. »Was auch immer geschehen wird, dies kann uns niemand mehr nehmen«, flüsterte er. »Vergiss das nie. Selbst wenn wir nichts mehr haben, das uns verbindet, so bleibt uns stets die körperliche Liebe.«

Sie wollte protestieren, dass es noch viel mehr zwischen ihnen gab oder geben musste. Aber war dem wirklich so? Ihr Kopf schwirrte, sie wusste nur, dass sie sich danach sehnte, einen weiteren Ausflug in die Gefilde der Liebe mit ihm zu machen. Sie begriff nun, wie sie in die Geschichte mit ihm überhaupt hatte hineingeraten können. Der treulose Johnny war bloß ein Vorwand gewesen. Ihre erste Nacht mit Bentley hatte nichts, aber auch rein gar nichts mit dem Gefühl zu tun, verschmäht worden zu sein. Vielmehr, so musste sie sich eingestehen, hatte sie wohl schon lange ein irrationales Verlangen nach diesem Mann gespürt. Er war unverschämt attraktiv, verführerisch und hatte etwas leicht Gefährliches an sich, das sie magisch anzog. Sie hatte sich danach gesehnt, in seinen haselnussbraunen Augen zu ertrinken und sich an seinem gestählten Körper zu weiden. So lasterhaft diese Regung auch sein mochte: Sie genoss das Gefühl, empfand es als angemessen und passend.

Bentley umfasste ihre Taille und fuhr mit dem Mund die Konturen ihres Kiefers nach. Als er erneut ihren Hals herunterglitt, bekam sie seine messerscharfen Zähne zu spüren, die leicht an ihrer Haut zupften. Wie ein Blitz fuhr der süße Schmerz durch ihre Gliedmaßen. Frederica öffnete den Mund, stieß einen wohligen Seufzer aus und presste die Lippen gegen seinen Hals

»Ach, Frederica«, stöhnte Bentley, ehe seine Hände ihren Rücken hinauffuhren und sich gekonnt an ihren Haarnadeln zu schaffen machten. Als Nächstes waren die Knöpfe ihres Kleides an der Reihe. Das Oberteil gab nach und fiel ihr locker über die Brüste. Bentley ging in die Knie und rollte langsam ihre Seidenstrümpfe nach unten. Er zog sie immer weiter aus, wobei er sich viel Zeit nahm, bis sie schließlich nur noch in ihrem Leibchen aus feinem Batist vor ihm stand.

»Zieh es aus«, befahl er ihr.

Fredericas Blick glitt zu den schweren Vorhängen, die die Fenster rahmten, doch Bentley legte ihr die Hände auf die Schultern. »Nein«, flüsterte er, als wüsste er, was sie wollte. »Du gehörst mir, und ich möchte dich jetzt und hier im Schein der untergehenden Sonne sehen, wie Gott dich erschaffen hat.«

Was meinte er mit seinen Worten? Dass er den höchsten Preis für sie bezahlt hatte, den ein Mann für eine Frau überhaupt zahlen konnte? Frederica wollte sich fortdrehen, doch Bentley hinderte sie daran, indem er sie rasch in eine Umarmung zog. »Du brauchst keine Angst zu haben.«

»Habe ich auch nicht«, entgegnete Frederica, obgleich sie wusste, dass es nicht der Wahrheit entsprach. Sie schnappte hörbar nach Luft, als sie seine zum Bersten gespannte Männlichkeit zu spüren bekam. Augenscheinlich schien Bentley ihr Zucken zu missdeuten, denn er legte ihr eine Hand auf die untere Rückenpartie und presste sie unnachgiebig an sich, ehe er ihre Schläfen küsste und jene drei Worte aussprach, vor denen Frederica sich die ganze Zeit gefürchtet hatte. »Vertrau mir einfach«, raunte er. »Vertrau mir, Freddie, ich werde gut auf dich aufpassen.«

Fredericas Knie drohten nachzugeben, doch Bentley drückte sie fest an sich und küsste sie, bis ihr die Luft wegblieb. Sie war verloren. Seine Hände wanderten rastlos über ihren Körper und steigerten ihr Verlangen ins Unermessliche. Frederica dachte nicht lange nach und riss sich mit fahrigen Bewegungen das letzte Kleidungsstück vom Leib.

Bentleys Blick wanderte von ihrem Hals hinunter zu ihren Brüsten und noch ein Stück tiefer. »Atemberaubend«, stieß er mit erstickter Stimme aus, ehe er aufstöhnte und sie wieder näher zu sich zog. Seine Hand glitt in ihr Haar, und Frederica war es, als hätte der Duft, den er verströmte, an Intensität zugenommen. Sie konnte förmlich spüren, wie das Leben durch ihn pulsierte, vor allem, weil er seine geschmeidigen Lenden fest gegen ihren Körper presste. Frederica wusste kaum, wie ihr geschah.

»Sag mir eines, Frederica.« Seine Hand noch immer in ihrem Haar vergraben, zog er ihren Kopf leicht nach hinten. »Sag mir, dass du dich ebenso wie ich verzehrst nach dem, was als Nächstes kommt. Habe ich dich bereits verdorben? Oder bist du noch immer zu rein für Spiele wie diese?«

Instinktiv schlang sie die Arme um ihn und schaute ihm in die Augen, wo sie ein wildes Feuer entdeckte. Selbst wenn sie es gewollt hätte, hätte sie ihm nicht widerstehen können. »Ja, ich verzehre mich nach dir«, wisperte sie mit Inbrunst.

Ein Lächeln umspielte Bentleys Mundwinkel, doch Frederica war nicht entgangen, dass sich seine tief verborgene Traurigkeit zurückgemeldet hatte. Er warf sie aufs Bett, blieb selbst aber noch stehen, um sich hastig der Reitstiefel und der restlichen Kleider zu entledigen. Frederica stockte der Atem, als ihm die Hosen über die Hüften glitten und seine prächtige Erektion zum Vorschein kam.

Ach, du lieber Himmel, das konnte doch unmöglich...

»Keine Angst, liebste Freddie, er wird schon passen«, flüsterte er beruhigend, und schon strahlte ihr sein spitzbübisches Grinsen wieder entgegen. Bentley stand splitterfasernackt vor ihr, und sie genoss die atemberaubende Ansicht, die sich ihr bot. *Wild* war das Wort, dass ihrer Meinung nach Bentley Rutledges Erscheinung am treffendsten beschrieb. Er war schlank, attraktiv und ein wenig... unzivilisiert. Frederica musste flüchtig an den Sündenfall in der Bibel denken, doch bereits im nächsten Augenblick hatte er sie bei den Handgelenken gepackt und bis zum Kopfende gezogen. Als er sie bei den Schultern griff und sie tief in die Matratze drückte, musste sie laut stöhnen. Erst jetzt gesellte er sich zu ihr, legte sich auf die Seite, blickte für einen Augenblick über sie hinweg in die knisternden Flammen und schmiegte sich eng an sie. Versonnen umfasste er ihre Brust und rieb mit dem Daumen über ihre Brustwarze, bis diese sich steil aufrichtete. Als er auch noch begann, sanft an ihr zu knabbern, bäumte Frederica sich mit einem spitzen Schrei auf. Um sie stillzuhalten, legte Bentley ein Bein über sie.

Frederica genoss es, empfand seine Berührungen herrlich intensiv. Mit jedem Saugen nahm er mehr und mehr von ihrem lodernden Feuer in sich auf und katapultierte sie an den Rand des Wahnsinns, vor allem, als seine großen Hände tiefer glitten, ihr über die Rippen streichelten, ihren Bauchnabel umkreisten und sich ihren Weg zwischen die Schenkel bahnten. Bentley spreizte ihr die Beine und drang mit seinen geschickten Fingern in ihre warme weibliche Kluft. Frederica stöhnte auf und wand sich. Bentley spielte auf ihr wie auf einem Instrument, steuerte jedes Geräusch, das sie von sich gab, ebenso wie jeden Schauer, der ihren Körper durchfuhr. Er war es, der das Tempo bestimmte.

»O bitte...«, hörte sie sich flüstern.

Ehe sie sich versah, hatte er sich aufgerichtet. Frederica folgte mit den Augen den geschwungenen Konturen seiner stählernen Oberarme. Seine Schenkel waren kräftig, seine Schambehaarung wucherte dicht und dunkel, und sein Glied pulsierte und zuckte erwartungsvoll. Bentley fuhr sich mit der Hand darüber, als müsse er es im Zaum halten. »Mach die Beine breit«, befahl er ihr.

Frederica folgte seiner Anordnung begierig. Doch noch immer ließ er sie zappeln, tat nicht, wonach sie sich so sehr sehnte. Stattdessen kniete er sich zwischen ihre Schenkel, legte seine Hände auf ihrem Bauch ab und hauchte ihr einen Kuss auf den Unterleib. Als Bentley aufschaute, lag in seinem Blick eine unendliche Innigkeit. Frederica spürte deutlich, dass er an ihr Kind dachte, und ihr Herz wurde weit vor Glück.

Auf seinen Schultern spürte Bentley die wärmende Kraft der untergehenden Sonne. Er versuchte, sowohl seinen Atem als auch seine Gedanken unter Kontrolle zu bringen, brauchte dringend etwas Abstand zu dieser ganzen Situation. Das war ihm alles zu viel, und zu wirklich. Das hier war nicht einfach ein Bedürfnis nach körperlicher Befriedigung. Bentley wollte *sie*. So sehr, dass irgendetwas in ihm pulsierte – und das war ausnahmsweise einmal nicht das Teil zwischen seinen Beinen. Diese Gefühle beunruhigten ihn, hätten ihn schon damals vor einigen Wochen beunruhigen sollen. Diese Intensität seines Begehrens, das über alles Fleischliche weit hinausging, war nichts für ihn.

Kam es daher, dass er seinen Samen in Frederica gepflanzt hatte? Sanft küsste er wieder und wieder ihren Unterleib und dachte an das Kind, das sie geschaffen hatten. Kam sie ihm deswegen so ganz anders vor als alle anderen Frauen, die er kannte? Konnte er sich deswegen nicht von ihr distanzieren und mehr oder weniger teilnahmslos den Akt vollziehen, bis sein Körper Befriedigung erfahren hatte? Mit geschlossenen Augen strich er über ihren flachen Bauch. Nein, das war nicht der Grund, dachte er. Befürchtete er. Mary hatte er nie auf diese Weise gewollt, hätte es auch nicht, wenn er von ihrer Schwangerschaft gewusst hätte.

Verdammt, er wollte einfach nur seine Gemahlin beglücken, sie mit aller Wucht penetrieren, in ihr wüten und sich mit ihr vereinen, bis er nach Luft röchelte, ihm schwarz vor Augen wurde und ihm der Schweiß in kleinen Bächen über Gesicht und Hals strömte. Bis er sich königlich in ihr ergoss und sie – die eigentlich nur eine seiner zahlreichen und namenlosen Bettbekanntschaften hätte sein sollen – sich keuchend und kreischend unter ihm aufbäumte.

Aber so würde es nicht werden, oder? Nein, es würde nicht so leicht wie sonst sein. Bentley schüttelte den Kopf und stieß einen leisen Fluch aus. Frederica sprach zögerlich seinen Namen, verunsichert und leise. Doch er gab keine Antwort.

Er hatte erkannt, dass er Frederica nicht mit seiner gewohnten Distanz und Leidenschaftslosigkeit abhaken konnte. Nein, er würde sie lieben und mit vollem Bewusstsein den Akt erleben. Jede Faser seines Verstandes würde an der körperlichen Verschmelzung teilhaben. Der Beischlaf mit ihr würde etwas Sakrales sein, sie würden den Vollzug der Ehe zelebrieren. Dennoch – diese Art der Liebe schien so gar nicht für Männer wie ihn gemacht ...

Nachdem Bentley die Augen wieder aufgeschlagen hatte, glitt er langsam mit den Handflächen an den Innenseiten von Fredericas Oberschenkeln hoch. Ihre zarte Haut glänzte einladend im Schein der untergehenden Sonne. Als Bentley zwischen ihren Schenkeln abtauchte und seine Zunge sich Zugang zu ihrer intimsten und empfindlichsten Stelle verschaffte, weiteten sich ihre Augen, und ein stummer Schrei kam ihr über Lippen. Ihre Hand erhob sich zitternd, doch Bentley fing sie ein, verflocht seine Finger mit den ihren und legte ihre vereinten Hände auf ihren Bauch, während er den tiefen, verlangenden Tönen lauschte, die sie von sich gab.

Kurze Zeit später wand sie sich keuchend unter ihm, wurde aber von seinem starken Arm in Schach gehalten, der ihr entblößtes Hinterteil tief in die Tagesdecke drückte, während seine Zunge sie weiter quälte. Er war erstaunt, wie schnell sie in Wallung geriet. Was für ein zierliches, beinahe zerbrechliches und doch unglaublich sinnliches Wesen seine Frau war! Fredericas Keuchen wurde zunehmend schneller, und ihr Becken wollte immer wieder in die Höhe schießen, bis Bentley sich ein wenig zügelte. Er wollte sie ganz langsam zum Gipfel heranführen. Jedoch nicht, um sie mit seinen Liebeskünsten zu beeindrucken, sondern weil er leibhaftige Freude daran hatte, sie voll und ganz zu befriedigen. Erst als er erkannte, dass Frederica nicht mehr allzu lange durchhalten würde, ließ er von ihrer Hand ab. Ihr Körper wurde von einem weiteren Beben heimgesucht, und er vernahm, wie ihr ein Raunen entwich, das verdächtig nach einer Bitte klang. Daraufhin glitt er mit seinen Fingern in sie. Frederica warf den Kopf in den Nacken, bäumte sich auf und stieß einen verzweifelten Laut aus, so wie es sonst nur verletzte Tiere taten.

Jetzt war es so weit. Eine von Fredericas Händen legte sich auf ihr Becken, die andere vergrub sich in Bentleys Haar. Ein letztes Mal streifte er mit der Zunge über ihre innerste Knospe, und sie explodierte. Bentley labte sich an ihrem Sinnenrausch, und als die letzte Welle verebbt war und sie schluchzend, aber ansonsten reglos dalag, legte er sich zu ihr.

Weinte sie?

Herr im Himmel. Bentley war mit allen Wassern gewaschen, konnte aber nicht sehr gut damit umgehen, wenn das schöne Geschlecht weinte. Als eine dicke Träne über Fredericas Wange kullerte, fühlte er sich sehr unwohl. Ein Gefühl, das sich noch verstärkte, als sie ihn mit einem Blick anschaute, der weit über Anerkennung hinausging, ja, wohl eher von Bewunderung zeugte. Beim Allmächtigen, das hatte er nun wahrlich nicht verdient – weder ihre Tränen, noch ihre Anerkennung. Bruchstücke einer Erinnerung schossen ihm in den Sinn, Wortfetzen, die Amherst in der Kirche von sich gegeben hatte. *Am Tag des Jüngsten Gerichts werden alle Geheimnisse des Herzens unweigerlich offenbart.* Wenn es so weit war, würde Frederica ihn nicht mehr schmachtend anschauen oder sich ihm bereitwillig hingeben. Aber daran wollte er nicht denken, denn im Hier und Jetzt war alles anders. Frederica bettelte förmlich danach, ihn in sich aufnehmen zu dürfen.

Bentley nahm sein pochendes Glied in die eine Hand und suchte mit den Fingern der anderen den Zugang zu ihrer warmen Höhle. Nur kurz zögerte er, dann verlor er die Beherrschung und drang mit mächtigen Stößen in sie ein. Frederica schrie auf, jedoch nicht vor Schmerz oder Schreck – das konnte er spüren. Als sie sich ihm entgegenbog, hörte er sich selbst plötzlich um etwas bitten, was er doch eigentlich nicht wollte.

»Liebe mich«, flüsterte er heiser. »O Freddie, liebe mich. Bitte.«

Liebe mich. Diese zauberhaften Worte hallten noch lange in Fredericas Ohren nach. Bentley wirkte mit einem Mal so verwundbar. Sanft schlang sie ihre Arme um ihn, schmiegte ihren Körper eng an seinen, bereit, ihm all die Freuden darzubieten, die auch er ihr bereitet hatte. Schnell fanden sie einen gemeinsamen Rhythmus. Frederica beugte sich dem, was ihr Körper und ihre Begierde ihr diktierten. Mit jeder noch so seichten Bewegung bereitete Bentley ihr die wunderbarsten und zugleich unerträglichsten Qualen. Er hielt die Augen geschlossen, und seine kräftigen Arme, auf die er sich stützte, zitterten. Frederica umklammerte sein straffes Gesäß, lauschte seinem lustvollen Stöhnen und bemerkte fasziniert die unzähligen Schweißperlen, die sich bildeten, während er in ihr wütete. Als diese seinen Hals hinunterliefen und in der Vertiefung am Schlüsselbein aufgefangen wurden, hob sie den Kopf und nippte an dem kleinen See, der entstanden war. Bentley erschauderte am ganzen Körper. Wieder und wieder raunte er ihren Namen mit heiserer und hungriger Stimme. Frederica bäumte sich auf, spannte instinktiv alle Muskeln um seine Männlichkeit herum an und schaute gebannt zu, wie sich in seinem Gesicht Freude und süßer Schmerz gleichermaßen spiegelten.

Seine langen und heißen Streifzüge in ihrem Innern brachten sie mehr und mehr in Wallung, und schon bald bahnte sich ein neuerliches Hochgefühl an. Bentley riss die Augen auf und las in ihr wie in einem offenen Buch. Immer und immer wieder drang er in sie ein. Sein schlanker Körper war längst von einer feinen Schweißschicht bedeckt. In seinen Bewegungen lag das süße Versprechen eines weiteren, exquisiteren Höhepunkts. Der Hunger nach Erfüllung und nach ihm, ihrem Mann, brachte sie fast um den Verstand.

Bentley rieb sich tiefer, schneller und noch fester an ihr, bis Frederica laut aufschrie. Ihr Körper verwandelte sich in flüssige Lava und umfloss ihn. Bentley packte sie bei den Schultern, pumpte und pumpte, bis auch er mit einem tiefen, qualvollen Geräusch Erlösung fand. Frederica spürte das heiße Sperma, das er in ihr vergoss.

»Freddie, Liebste«, flüsterte er mit letzter Kraft, ehe er nahezu atemlos auf sie fiel. »O Gott, Freddie.«

Dann spürte Frederica, wie sich plötzliche Panik in ihm ausbreitete. Blitzschnell rollte er sich auf die Seite. »Das Baby«, brachte er hervor. »Wir sollten nicht ...«

»Nein«, verkündete Frederica mit sicherer Stimme. »Nein, Bentley, es schadet dem Baby nicht, das spüre ich.«

»Bist du dir auch ganz sicher?«, hakte er nach.

Ein zartes Lächeln umspielte ihre Lippen. »Ganz sicher.«

Bentley küsste sie und schmiegte sich wortlos an sie. Bevor er wegdämmerte, legte er ihr seine Hand auf den Bauch.

Nach einer Weile – es kam Frederica vor wie eine halbe Ewigkeit – weckte sie ein diskretes Klopfen an der Tür.

»Mr. B.?«, ertönte eine muntere Stimme. »Mr. B.? Sie sollten sich langsam aus den Federn schwingen. Ich hab hier heißes Wasser für Sie, und Mrs. Naffles nimmt bereits den Schmorbraten aus dem Ofen.«

Als Bentley am nächsten Morgen erwachte, konnte er es einfach nicht glauben. Das erste Mal seit nunmehr fünfzehn Jahren hatte er durchgeschlafen. Er stützte sich auf die Ellbogen und sah durch die Haarsträhnen, die ihm wirr über die Augen fielen, dass es bereits dämmerte und die ersten Sonnestrahlen hinter den Vorhängen darauf warteten, ins Gemach gelassen zu werden. Ein sanftes Geräusch drang an sein Ohr. Freddie rollte sich mit einem sachten Stöhnen auf die andere Seite und unterdrückte ein Gähnen. Sie schenkte ihm einen so liebevollen Blick, dass ihm warm wurde. Ganz plötzlich empfand er eine große Zärtlichkeit für sie, eine Gefühlsregung, die nicht unangenehm war, ihn aber fast noch gründlicher aus dem Konzept brachte als die Leidenschaft, die ihn in der vergangenen Nacht überwältigt hatte. O Gott! Es wurde immer schlimmer. Um seine Verwirrung zu kaschieren, rieb er sich ausgiebig das Gesicht. »Morgen.«

»Guten Morgen.« Frederica streckte die Hand aus und fuhr ihm durchs Haar. »Gut geschlafen?«

»Wie ein Toter«, antwortete er heiter und rollte sich zu ihr. »Daran könnte ich mich glatt gewöhnen.«

Frederica musste lachen. »Woran denn?«, fragte sie, während er sein Gesicht in ihrem Hals vergrub.

»Morgens neben dir aufzuwachen.«

Freddie strahlte über das ganze Gesicht und räkelte sich wie ein Kätzchen. »Ach wirklich?«

»Lass mich noch mal nachdenken...« Bentley legte ihr eine Hand auf die Schulter und schob sie ein Stück von sich, um ihr Gesicht besser studieren zu können. »Ja, dein morgendlicher Anblick bereitet mir wahrhaftige Freude – im Gegensatz zu dem von manch anderen deiner Geschlechtsgenossinnen.«

Freddie lächelte ihn schelmisch an. »Du musst ja wissen, wovon du redest.«

Bentley verzog angewidert das Gesicht. »O ja, darauf kannst du dich verlassen«, bestätigte er ihr. »Zum Glück habe ich keine von diesen Schachteln geheiratet.«

Als Frederica abermals auflachte, drehte er sie auf den Rücken, sodass sie in seinen Armen landete. Es war unglaublich, aber es überkam ihn das Gefühl, dass eben dort ihr Platz war. Die Bettdecke war ein wenig verrutscht, weshalb er durch ihr Nachtgewand die herrlichen Rundungen ihrer Brüste erkennen konnte. Und schon war es wieder da, dieses seltsame Gefühl der Zärtlichkeit. Bentley wollte es schnell wieder abschütteln, glitt mit der Hand unter die Decke und streichelte ihr über den Bauch. »Freddie, Liebste, isst du auch bestimmt genug?«, fragte er sie. »Müsstest du nicht langsam fülliger werden?«

Freddie machte einen Schmollmund. »Evie sagt, ich werde um den Martinstag herum so rund wie eine Wassermelone sein«, meinte sie. »Wahrscheinlich bin ich dann alles andere als attraktiv.«

Ohne groß nachzudenken, bedeckte er ihre Lippen mit seinem Mund und gab ihr einen festen Kuss. »Ganz im Gegenteil, Liebste, du wirst noch attraktiver sein«, flüsterte er mit einer Inbrunst, die ihn selbst in Erstaunen versetzte. »Um Meilen, Freddie. Du wirst üppig und betörend weiblich durch die Rundungen wirken, die das ungeborene Kind mit sich bringt. Welcher Mann würde das nicht attraktiv finden?« Bentleys Lippen bewegten sich über ihr Gesicht und bedeckten es mit unzähligen sanften Küssen. »Du wirst so anziehend sein, dass ich es kaum ertragen kann. Mit dem Kaminbesen wirst du mich davonjagen müssen.«

Frederica brach in schallendes Gelächter aus, woraufhin Bentley die Decke zurückschlug und seinen Mund auf die Stelle legte, auf der eben noch seine Hand geruht hatte. Durch den dünnen Stoff ihres Nachthemdes spürte er deutlich die Wärme ihrer Haut, seine Nase witterte die feine Note ihrer Blumenseife. »Hörst du das, meine Kleine?«, fragte er in ihren Bauchnabel. »Deine Mutter wird bald unwiderstehlich und dein Vater derart lüstern sein, dass du dich besser jetzt schon auf ein paar turbulente Monate einstellen solltest.«

Kichernd hatte Frederica den Kopf in den Nacken geworfen. Als sie versuchte, ihn wieder auf sich zu ziehen, ließ er sie gewähren. »*Meine Kleine?*«, fragte sie.

»Es wird ein Mädchen, wusstest du das nicht?«, warnte er sie vor. »Da bin ich mir ziemlich sicher.«

Frederica schüttelte den Kopf. »Nein, du irrst, es wird ein Junge«, erwiderte sie. »Für Winnie besteht da gar kein Zweifel.«

»Winnie? Und was ist mit väterlichem Instinkt, zählt der etwa gar nicht?«

»Winnie besitzt einen magischen Stein, der ihr die Zukunft verrät«, verkündete sie augenzwinkernd. »Und der hat sich noch nie geirrt.«

Bentleys Augenbrauen schnellten in die Höhe. »Und was ist mit meinen beiden magischen Steinen?«, fragte er und machte eine Kopfbewegung in Richtung seines Gemächts. »Möchtest du sie vielleicht sehen?«

Bentley merkte, wie schwer es Frederica fiel, ein strenges Gesicht zu wahren. »Nein, ihr Stein hängt am Ende einer Kette«, fuhr sie fort und tat, als hielte sie etwas zwischen den Fingern, das über ihrem Bauch pendelte. »Es ist ein schwarzer Onyx, den sie von einer Wahrsagerin in Florenz erstanden hat. Bei Neumond hält sie ihn über den Bauch einer werdenden Mutter. Schwingt er im Uhrzeigersinn, wird es ein Mädchen, pendelt er in die entgegengesetzte Richtung, wird es ein Junge. Bei Evie hat sie jedes Mal Recht behalten.«

»Aber dieses Mal hat sie sich geirrt, ganz bestimmt«, entgegnete er und vergrub sein Gesicht an Fredericas Hals, um sie sanft mit den Lippen zu zwicken.

»Aua«, rief Freddie aus. »Möchtest du so furchtbar gern ein Mädchen haben? Wollen Männer denn für gewöhnlich nicht lieber Söhne?«

Bentley zuckte mit den Schultern. »Vielleicht, wenn sie ihren Titel unbedingt weitervererben wollen. Aber ich habe ja keinen, und außerdem fand ich Mädchen schon immer besser. Sie sind um Längen hübscher und riechen nicht so streng wie Jungen. Ich kann mich noch gut daran erinnern, als Ariane klein war. Ich mag auch Madeline und Emmie – ganz zu schweigen von Anaïs, der Tochter meiner Schwester.«

Freddie lehnte sich zurück. »Ich glaube, dass du dich von jedem weiblichen Wesen angezogen fühlst. Und umgekehrt«, erklärte sie ihm. » Aber Jungen haben es leichter auf der Welt. Sie können frei wählen, was sie mit ihrem Leben anfangen wollen, Mädchen hingegen nicht.«

Bentley blickte sie mit ernster Miene an. »Unserer Tochter wird die Welt offen stehen«, verkündete er. »Dafür werde ich sorgen. Warum bist du so besorgt, Freddie?«

»Vielleicht ist es nur ein Hirngespinst meinerseits«, gab sie zu, »aber ich spreche eben aus meiner ganz persönlichen Sicht der Dinge.« Sie hob den Blick und schaute ihn mit plötzlichem Ernst an. »Welches Geschlecht unser Kind auch immer haben wird, Bentley, und was immer aus dieser Ehe werden mag, so weiß ich tief in meinem Herzen, dass dieses Kind es leichter haben wird als ich. Und das habe ich einzig dir zu verdanken. Es war an der Zeit, dass du das erfährst. Im Grunde hätte ich dir das bereits viel früher sagen sollen.«

Bei diesen Worten schnürten unerwartete Gefühle Bentley die Brust zusammen. »Stell mich nicht als einen Heiligen dar, Freddie, das bin ich nämlich nicht«, hielt er verlegen dagegen. »Bitte sag so etwas nie wieder. Ich hatte meine ganz persönlichen Beweggründe, warum ich dich zu meiner Angetrauten gemacht habe.«

Frederica schwieg eine Weile, ehe sie aus heiterem Himmel das Thema wechselte. »Ich habe es genossen, die Bekanntschaft deiner Familie zu machen«, sagte sie. »Vor allem dein Bruder ist mir ausgesprochen sympathisch. Wir haben uns beim Dinner gestern vorzüglich unterhalten.«

»Auch mir ist Cams Aufmerksamkeit nicht entgangen«, erwiderte Bentley stark unterkühlt. Ihre Worte über die Zukunft des Kindes lasteten zwar noch schwer auf ihm, aber dieses Thema wollte er noch weniger diskutieren.

Freddie warf ihm einen fragenden Blick zu. »Zuerst hatte ich ein wenig Angst, er würde unsere Eheschließung nicht gutheißen«, fuhr sie unbeirrt fort. »Kam es dir nicht auch so vor, als hätte er sich während des Tees gestern reichlich distanziert verhalten? Hélène meinte, er sei einfach nur besorgt gewesen.«

»Cam ist dafür bekannt, dass er sich anderer Leute Köpfe zerbricht. Aber mach dir über ihn und seine Meinung zu unserer Ehe keine allzu großen Sorgen. Wir sind in keinster Weise auf seine Barmherzigkeit angewiesen!«

Überrascht blickte sie ihn an. »Das hatte ich auch nicht angenommen«, sagte sie sanft. »Trotzdem könntest du mir etwas genauer erklären, was du damit meinst.«

Bentley schaute nachdenklich zur Decke hinauf. »Vergiss es einfach, in Ordnung?«

Freddie schüttelte beharrlich den Kopf. »Nein, das werde ich nicht«, drängte sie. »Die Spannungen zwischen dir und ihm sind unverkennbar. Sowohl beim Tee als auch beim Abendessen war die Stimmung zwischen euch beiden alles andere als gut. Mir drängt sich der Verdacht auf, dass du ihn nicht sonderlich magst, und er dir keinen Zoll breit über den Weg traut.«

»Du hast es erfasst.«

Freddie schwieg einige Sekunden lang, ehe sie einen Seufzer ausstieß. »Hélène erzählte mir, dass ihr zwei schon immer eine komplizierte Beziehung hattet.« Frederica strich ihrem Gatten beruhigend durchs Haar. »Wie kann ich dir nur helfen, Bentley?«

Indem du dich verdammt noch mal aus der Sache raushältst, wollte er ausrufen, hielt sich aber zurück. In ihrem Zustand würde er sie nur wieder zum Weinen bringen, und nur der Allmächtige wusste, zu was er sich dann hinreißen ließ. Möglicherweise würde er sich seinem Bruder zu Füßen werfen, ihm die Stiefel küssen und ihn um Vergebung anflehen. Leider jedoch war Freddie nicht die Sorte Frau, die sich aus fremden Angelegenheiten raushielt oder widerstandslos Befehle entgegennahm. Auf Chatham war es ihr erlaubt gewesen – nein, ihre Familie hatte es ihr sogar beigebracht –, zu argumentieren, zu hinterfragen und eigenständig zu denken. Es würde ihn nicht wundern, wenn sie ihre Finger gekreuzt gehalten hätte, als sie in der Kirche gelobt hatte, ihm stets zu gehorchen.

»Ich möchte einfach nur, dass wir unseren Familien nahe stehen«, erklärte sie und ergriff seine Hand, die sie zärtlich drückte. »Das ist mir unendlich wichtig. Für uns und unser Kind.«

Bentley lachte verbittert auf. »Machst wohl einen auf Friedensengel, oder wie?«, warf er eine Spur zu gelassen ein. »Freddie, bitte, lass es. Meine Unstimmigkeiten mit Cam gehen dich nichts an.«

Doch Frederica blieb hartnäckig. »Und ob mich das etwas angeht, Bentley«, protestierte sie. »Ich bin jetzt deine Gemahlin. Wir werden bald eine richtige Familie sein. Ich versuche doch nur, dich besser kennen zu lernen und zu ...«

Bentley unterbrach sie mit einem weiteren schroffen Lachen. »Vertane Liebesmüh'!«, platzte es aus ihm heraus, während er unwirsch das Kissen von sich schob. »Ich kann mich zuweilen selbst kaum verstehen.«

»Ich werde nicht mit ansehen, wie du mich aus deinem Leben ausschließt!«

»Bitte, Freddie«, rief er aus und setzte sich plötzlich kerzengerade auf. »Wir sind auf Hochzeitsreise, also lass uns bitte nicht über nichtige Angelegenheiten streiten.«

»Familienangelegenheiten sind alles andere als unwichtig.«

Freddies Stimme klang überraschend nachgiebig. »Für mich kommt die Familie an erster Stelle. Sie gilt es zu beschützen und den eigenen Stolz auch mal hintanzustellen. Vielleicht hätte ich dir das vor dem Ehegelübde klar machen sollen?«

»Freddie, für solche Diskussionen ist es verdammt noch mal zu früh.«

Doch Frederica sprach weiter. »Hör mir gut zu, Bentley«, sagte sie mit ruhiger, aber unnachgiebiger Stimme. »Versteh doch, ich hatte nie eine Familie – zumindest nicht, bis Evie mich zu sich genommen hat. Du kannst dir gar nicht vorstellen, wie furchtbar das für mich war. Dir hingegen hat es an nichts gefehlt.« Frederica unterbrach sich für eine ausholende Geste. »Du hast fürsorgliche Verwandte, ein schönes Zuhause und eine lange Ahnentafel, aber du scheinst nichts von alledem zu schätzen. Dabei sind das die kostbarsten Güter der Welt. Ich möchte nicht, dass unser Kind in eine Familie hineinwächst, in der Wut und Disput das Zepter schwingen. Das werde ich schlichtweg nicht zulassen.«

»Dann hast du wahrlich in die falsche Familie eingeheiratet«, schoss er zurück. Doch noch im selben Augenblick wünschte er sich, er könnte die Worte ungeschehen machen.

Als die verbale Ohrfeige, die er sich mehr als verdient hatte, ausblieb, war er erstaunt. Statt ihn zu rügen, legte Frederica ihm ihre flache Hand auf die Brust. »Ich habe dich geheiratet, weil du mich davon überzeugt hast, dass es das Beste für unser Kind ist«, flüsterte sie. »Oder habe ich da etwas falsch verstanden?«

Bentley starrte einige Sekunden lang in die Tiefen des Raums.

»Ich habe dich etwas gefragt.«

»Nein«, flüsterte er schließlich. »Nein, du hast nichts falsch verstanden.«

Bentley spürte, wie die Wärme von Fredericas Hand auf ihn überging. Die Berührung fühlte sich gut an, irgendwie tröstlich. Na ja, Trost stand ihm ja wohl mindestens zu, wenn er schon sein ganzes Leben für sie umkrempelte. »Was Cam betrifft, hast du nicht ganz Unrecht«, gab er zu. »Aber lass mich die Angelegenheit bitte auf meine Weise und zu einem Zeitpunkt regeln, den allein ich bestimme. Bitte ... dräng mich nicht. Cam und ich kommen meistens irgendwie klar.«

»Aber versprich mir, dass du dich mit ihm aussprechen wirst, ja?«, drängte sie ihn sanft. »Du wirst es zumindest versuchen, oder? Und wenn auch nur für unsere kleine Familie. Einverstanden?«

Bentley nickte bedächtig. »Die Wurzeln des Problems zwischen mir und Cam reichen so viele Jahre zurück, dass weder er noch ich genau wissen, wann es eigentlich angefangen hat«, erklärte er ihr, obwohl er genau wusste, dass das nicht der Wahrheit entsprach. »Ich kann gut nachvollziehen, warum die Situation dich so belastet. Ich weiß ja aus eigener Erfahrung, wie glücklich sich das Familienleben auf Chatham gestaltet. Bei uns war es etwas anders, Cam hatte keine glückliche Kindheit, und Catherine war ...«

In diesem Moment rüttelte jemand ungelenk am Türknauf, als hätte er oder sie Probleme mit der Zimmertür. Ein kurzer Augenblick verging, ehe sich die Tür quietschend öffnete. Bentley hatte sich umgedreht und entdeckte Madeline, die ihren Kopf in den Raum gesteckt hatte. Als sie ihn erblickte, wie er sie vom Bett aus anschaute, legte sich ein breites Grinsen auf ihr Gesicht, und sie schlüpfte sogleich in das Gemach, wobei sie die Tür krachend ins Schloss fallen ließ. Madeline wartete nicht ab, bis sie aufgefordert wurde, auf das Bett zu krabbeln, das höher als sie selbst war, sondern raste sogleich auf Bentley zu, wie sie es immer tat, wenn sie ihm einen Besuch abstattete.

Gütiger Gott. So sehr er Madeline auch mochte, jetzt bereute er es dennoch, die Tür gestern nicht verriegelt zu haben. Über den Umstand, dass Frederica ein Nachtgewand trug, war er hingegen mächtig froh. Er hoffte inständig, jemand möge den Kindern erklärt haben, dass er nicht mehr alleine in seinem Gemach wohnte. Doch augenscheinlich war das nicht der Fall, denn als er die Kleine am Arm packte, um sie auf das Bett zu ziehen, hielt sie jäh inne, als sie Frederica erblickte. »Oh!«, stieß sie leise aus.

Bentley gluckste. »Überrascht?«, fragte er sie, hob sie empor und setzte sie sich auf die Knie, sodass sie einander anschauten. »Du erinnerst dich doch bestimmt noch an Freddie, oder?«

Statt zu antworten, schob Madeline sich den Daumen in den Mund und warf ihrer neuen Tante einen misstrauischen Blick zu. Bentley lehnte sich behutsam vor und hauchte ihr einen Kuss aufs Haar, bevor er ihren Daumen wieder aus dem Mund zog. »Ich habe Freddie gestern mit hierher gebracht, weil sie jetzt meine Ehefrau ist«, erklärte er und hielt dabei Madelines Hand fest. »Du weißt bestimmt schon, dass Ehemänner und Ehefrauen in einem Bett schlafen, nicht wahr?«

Zaghaft nickte Madeline. »Mama schläft auch pei Papa.«

Bentley warf Frederica einen entschuldigenden Blick zu. »Geht das in Ordnung?«, formten seine Lippen lautlos, während er mit dem Kopf auf Madeline deutete.

Frederica nickte und lächelte sanftmütig. »Guten Morgen, Madeline«, begrüßte sie das kleine Mädchen, lehnte sich ein wenig vor und strich ihr eine dunkle Strähne aus der Stirn. »Hast du gut geschlafen?«

Die Kleine nickte überschwänglich. »Ja«, antwortete sie. »Ich schon, aper Gervais nicht. Er hatte einen Albtraum. Einen echt schlimmen. Er hat geweint wie ein großes Papy. Ich weine nie.« Ruckartig wandte Madeline sich wieder Bentley zu. »Onkel Pentley, gehst du heute mit den Hunden raus? Kann ich mitkommen? Ich hap jetzt nämlich auch ein Gewehr. Tante Cat hat es mir aus London mitgepracht. Ich kann auch schon damit schießen.«

Auf Fredericas alarmierten Gesichtsausdruck hin zwinkerte er ihr zu und schüttelte den Kopf. »Heute nicht, Madeline«, erklärte er ihr, woraufhin sie sofort die Arme vor der Brust verschränkte und störrisch dreinblickte. »Wann denn dann?«

Bentley gähnte. »Vielleicht morgen, einverstanden?«, schlug er vor, ehe er sie aus großen Augen heraus anschaute. »Soll ich dir ein Geheimnis verraten, Madeline?«

Nun weiteten sich auch die Augen des kleinen Mädchens, und es nickte verschwörerisch.

Bentley legte Frederica eine Hand auf den Bauch und strich zärtlich darüber. Dann zog er eine Braue in die Höhe. »Hier ist ein Baby drin.«

»Wirklich?«, flüsterte Madeline.

Bentley nickte. »Noch eine Cousine oder ein Cousin, genau wie Armand und Anaïs.«

Madeline stierte fasziniert auf Freddies Bauch. »Kann ich mal hören?«

Schnell krabbelte Madeline zu Frederica hinüber und legte ihr ein Ohr auf den Bauch. Frederica warf Bentley einen finsteren Blick über Madelines Lockenkopf hinweg zu. Doch Bentley zuckte nur mit den Schultern und blickte sie entschuldigend an. »Wir können es ohnehin nicht mehr allzu lange verheimlichen«, murmelte er. »Warum also nicht ein wenig damit herumprahlen und liebestrunken dreinschauen? Dann wird sich in Windeseile herumsprechen, wie romantisch unsere Ehe sein muss.«

Bentley beobachtete, wie sich der mürrische Zug um Freddies Lippen in ein wehmütiges Lächeln verwandelte. Als sie Madeline geistesabwesend über den Rücken strich, erkannte Bentley den Grund für ihre plötzliche Niedergeschlagenheit. Freddie würde nie eine romantische Ehe führen, woran allein er die Schuld trug. Während er Frederica und Madeline beobachtete, tröstete ihn der Gedanke, dass sie eine wunderbare Mutter sein würde. Ihm wurde bewusst, wie vernarrt er in sie war. Vielleicht war doch noch nicht alles verloren. Plötzlich riss Madeline den Kopf in die Höhe. »Ich hap was gehört!«

»Wirklich?«, fragte Frederica aufgeregt und legte dem kleinen Mädchen die Hände um die Wangen. »Bist du dir auch ganz, ganz sicher? Was genau hast du denn gehört?«

Madeline gab ein seltsam grollendes Geräusch von sich, das an streitlustige Katzen erinnerte, ehe sie sich die Hände vor den Mund presste und loskicherte.

Bentley vermutete, dass Frederica der Magen knurrte. Aber was es auch immer gewesen sein mochte, sein Herz begann auf einmal vor Freude zu hüpfen. »Das hört sich ja spannend an, lasst mich auch mal.«

Er machte ein paar Verrenkungen, ehe er sein Ohr auf Freddies Bauch legte. Madeline, die er dabei zwischen sich und Frederica eingeklemmt hatte, gluckste noch immer. Bentley schaute wieder auf und zwinkerte. »Ich glaub's ja nicht. Madeline, du hast vollkommen Recht. Ich habe genau dasselbe gehört.«

»Ach wirklich?«, kam Freddies trockene Antwort. »Was genau hat er denn gesagt? *Bitte hört auf, mich zu zerquetschen?*«

»Sie«, korrigierte Bentley sie frohgemut. »Sie sagt, dass ... nun, lass mich noch mal hören.« In theatralischer Manier platzierte er seinen Kopf abermals auf Fredericas Bauch und zwickte sie heimlich, ohne dass Madeline es merkte. »Ja, jetzt! Ich höre was. *Ich möchte ... ich möchte ... dass Papa ...*«

»Was denn? Was denn?«, rief Madeline verzückt aus. »Was will sie denn?«

Bentley tat so, als würde er sein Ohr noch fester an Freddies Bauch drücken. »*Mich mit auf ein ... Moment, ja, ... ein Picknick nimmt*«, beendete er den Satz. »Ja, das ist es, Madeline! Ein Picknick.«

Nun musste auch Frederica lachen. »Ein Picknick?«, fragte sie und setzte sich aufrecht hin. »Bist du dir da auch ganz sicher?«

»Vollkommen sicher«, erwiderte Bentley, der sich ebenfalls aufgerichtet hatte und sich die Hände rieb. »Dann wäre das also entschieden. Freddie, du musst natürlich auch mitkommen – gezwungenermaßen. Ich werde Mrs. Naffles auftragen, uns für heute Nachmittag einen Korb randvoll mit den besten Leckereien zusammenzustellen.«

Plötzlich schien Frederica die Begeisterung für seinen Vorschlag verloren zu haben. Sie wurde kreidebleich, riss die Augen auf, schob Madeline und Bentley zur Seite, sprang vom Bett und eilte zum Waschtisch im Nebenraum, dessen Tür offen stand. Besorgt schnappte Bentley sich Madeline und sprang ihr nach. »Freddie?«

Als Antwort erhielt er ein würgendes Geräusch und sah, wie sich Fredericas fahle Hand am Türrahmen festklammerte. Er ließ Madeline umgehend zu Boden und stellte sich hinter Freddie, die sich über den Nachtstuhl gebeugt hatte. »Ach, du meine Güte.« Bentley berührte sie sachte am Arm. »Freddie?«

Frederica stieß ein warnendes Geräusch aus. »Geh. Weg.« Sogleich wurde sie von einer zweiten Welle der Übelkeit gepackt und musste wieder spucken. Bentley folgte einer Eingebung und hielt ihr die Haare, ehe er ihr zur Beruhigung auch noch den Arm um die Taille legte, was ihm eine neuerliche Abfuhr einbrachte, die noch eine Spur grantiger ausfiel. »Lass mich ja in Ruhe!«, fauchte sie.

Doch statt Frederica zu gehorchen, lehnte Bentley sich in ihre Bewegung, was ihm das einzig Angemessene erschien. Und er sollte Recht behalten, denn urplötzlich ließ Freddie sich in seine Umklammerung fallen. Sie verkrampfte ein weiteres Mal und stieß ein besonders langes und entsetzliches Würgen aus.

Bentley fühlte sich hundsmiserabel, weil er miterleben musste, wie Freddie sich quälte. Verflixt, wieso hatte er seinen Schwanz nicht in der Hose behalten? »Arme Freddie«, flüsterte er, als sie ein gurgelndes Geräusch von sich gab. »Und das alles ist nur meine Schuld.«

»Nein«, protestierte Freddie schwach.

»Sie hat Recht«, ertönte eine zarte, aber energische Stimme auf Bentleys Kniehöhe. »Das ist alles nur das Papy schuld. Das Papy in ihrem Pauch.«

Bentley blickte hinunter zu Madeline, deren dunkle Lockenpracht einen auffälligen Kontrast zu seinen weißen langen Unterhosen abgab.

»O Gott!«, keuchte Freddie, die noch immer nach vorne gebeugt über dem Nachtstuhl hing.

Doch Madeline ließ sich nicht beirren. »Das Ganze ist nämlich so: Papys treten und pewegen sich sehr viel.«

»Tun sie das?«, murmelte Bentley.

Madeline nickte. »Und dann drücken sie auf die Eingeweide.«

»Eingeweide?«

»Magen, Darm und Leper«, klärte sie ihn sichtlich stolz über ihr Wissen auf, was Frederica ein weiteres Würgen abverlangte. »Und davon wird dir wirklich sehr, sehr schlecht.«

»Aha«, erwiderte Bentley leise. »Verstehe.«

Das kleine Mädchen nickte feierlich und machte eine ausholende Bewegung mit der Hand. »Ich weiß das, weil Mamas Eingeweide auch eingequetscht waren. Sie hat jeden Tag gereihert, pis Emmie rausgeflutscht ist.«

Bentley wurde von väterlichem Instinkt ergriffen. »Gereihert?«, wiederholte er und verstärkte seine Umarmung. »Wer hat dir denn dieses Wort beigebracht?«

Madeline zuckte mit den Schultern. »Weiß nicht«, erklärte sie. »Aper ich hap gehört, wie Queenie zu Mama gesagt hat, dass die Reiherei nur Emmies Schuld ist.«

»Herrje«, würgte Freddie.

»Das war nicht Emmies Schuld«, zischte Bentley. »Und nimm bitte dieses Wort nicht mehr in den Mund. Außerdem flutschen Babys nicht so mir nichts, dir nichts heraus. Sie werden ... nun, sie werden gebracht. Vom Storch.«

»Was ist ein Storch?«, fragte Madeline misstrauisch.

»Das hast du ja toll eingefädelt«, flüsterte Freddie.

»Ein großer Vogel«, entfuhr es Bentley gereizt, »der die Babys zu den Eltern bringt.«

Störrisch schob Madeline die Unterlippe vor. »Queenie sagt aper was anderes. Sie sagt, Emmie sei schneller rausgeflutscht als ein puttriger Früchtekuchen. Ich glaupe nicht, dass Vögel Früchtekuchen mögen.«

Als Freddie sich das bildlich vorstellte, war es endgültig um sie geschehen, und sie erbrach in hohem Bogen auch noch den Rest des Abendessens.

Wenige Stunden später hatte Frederica sich wieder erholt und lag bäuchlings auf einer alten Wolldecke in der Sonne. Sie hatte sich auf die Ellbogen gestützt, um Bentley besser mustern zu können. Er lag auf dem Rücken, hatte ein Knie angewinkelt und sich einen Arm über das Gesicht gelegt, um die Sonne abzuwehren, und schlummerte friedlich vor sich hin. Seinen Gehrock, seine Weste und sein Halstuch hatte er achtlos im Gras verstreut. Im Schlaf hatte sein Gesicht sanftere Züge angenommen, und trotz des beginnenden Bartwuchses wirkte er jünger. Fast unschuldig. Frederica musste sich beherrschen, dass sie nicht losprustete. Bentley und unschuldig – welch ein törichter Gedanke. Anscheinend hatten sie die eigenartigen Vorkommnisse am Morgen und der wunderbare Nachmittag, den sie gerade verlebte, komplett verrückt werden lassen. Schon möglich, aber warum sollte sie sich dagegen sperren, denn sie hatte beides sehr genossen.

»Du musst dringend für ein paar Stunden aus dem Haus«, hatte Bentley gesagt und sich den Picknickkorb geschnappt, den das Küchenpersonal sorgsam vorbereitet hatte. »Bestimmt bist du es leid, dass ständig Leute auftauchen, die du noch nie zuvor gesehen hast. Fehlen nur noch sämtliche streunenden Katzen. Und wenn die erstmal am Eingang kratzen, wirst du sie so schnell nicht mehr los.«

Frederica freute sich in der Tat darauf, ein wenig mehr Zeit mit ihm zu verbringen. Während sie nun die Fransen der Picknickdecke anstarrte, ging ihr auf, wie sehr sich ihr Leben in so kurzer Zeit verändert hatte. Sie war jetzt eine verheiratete Frau. Die Gattin von Bentley Rutledge, einem charmanten Draufgänger, den sie bereits seit Urzeiten kannte. Und – auch das fiel ihr auf – von dem sie im Grunde nicht viel wusste. An Bentleys Seite sah sie das Leben mit ganz anderen Augen. Sie hatte ihr altes, unspektakuläres Dasein hinter sich gelassen und stand nun an der Schwelle zu einem neuen, aufregenden und geheimnisvollen Leben. Bentley war ein Mysterium, das sie aufzuklären gedachte. Sie spürte, dass davon das Glück ihrer Ehe abhing.

Der Spaziergang hierher hatte ihr gut getan, ihr Kopf fühlte sich klarer an. Sämtliche Kinder des Hauses waren mit ihren Cousins und Cousinen auf Bellevue zum Mittagessen verabredet gewesen. Frederica und Bentley hatten sich folglich alleine auf den Weg gemacht und waren strammen Schrittes eine gute Meile weit gelaufen. Für das Picknick war ein Platz auf einem Hügel oberhalb eines kleinen Hains ausgesucht worden. Bentley hatte ihr erklärt, dass dies sein Lieblingsplatz war, was Frederica gut nachempfinden konnte, denn auch sie mochte den atemberaubenden Blick von der luftigen Hügelkuppe aus, der sich ihnen bot. Sie ließ den Blick ein weiteres Mal über das waldige Hochland, Chalcote Court und Bellevue gleiten. Hier und da standen Steincottages, und vereinzelt ragten Kirchtürme in den Himmel. Auch den Fluss Coln, der sich durch die saftig grüne Hügellandschaft schlängelte, auf deren Wiesen Schafe grasten, konnte sie sehen. Nachdem sie es sich gemütlich gemacht hatten, waren sie schon bald dazu übergegangen, sich über das Hühnchen, die Früchte, den Käse und das knusprige Brot herzumachen. Zuerst hatte Freddie nur vorsichtig geknabbert, bis Bentley auf die Idee kam, sie zu füttern. Ein Stückchen Apfel hier, ein Käsewürfel da. Frederica hatte nur ein wenig Ermutigung gebraucht. Nachdem sie angenehm satt waren, hatte Bentley sich auf die Seite gerollt, den Kopf in die Hand gestützt und ihr unterhaltsame Anekdoten aus Madelines Leben erzählt. Frederica hatte die ganze Zeit über verzückt beobachtet, wie eine leichte Brise mit Bentleys Haar spielte.

Sie hielt den Kopf schräg, um Bentleys Profil besser studieren zu können. Je länger sie ihn betrachtete, desto mehr erkannte sie eine gewisse Ähnlichkeit zwischen ihm und Madeline. Vielleicht erklärte das, warum Lord Treyhern fortwährend mit einem Stirnrunzeln im Gesicht herumlief.

Frederica dachte erneut über die unüberbrückbaren Differenzen nach, die das Verhältnis der beiden Brüder so enorm belasteten. Ein gewisses Maß an Rivalität unter Geschwistern war gesund, wie sie aus eigener Erfahrung wusste. Gus und Theo lieferten sich ständig Kämpfe, wer der Männlichere war. Die dunklen Wolken hingegen, die über Chalcote schwebten, hatten nichts mehr mit jugendlichen Konkurrenzkämpfen zu tun. Vielmehr vermutete Frederica ein tief angesiedeltes und unergründliches Leid, das einer eiternden Wunde gleichkam, die bereits viel zu lange offen war und dringend der Heilung bedurfte.

Das dumpfe Geläut einer Glocke, das bis zu ihnen heraufdrang, riss Frederica aus den Gedanken. Sie drehte den Kopf ein wenig und blickte hinab auf den Turm von St. Michael's, der in der Sonne leuchtete. Es dauerte nicht lange, da war die Luft erfüllt von harmonischem Geläut, das wie kühlender und lieblicher Sommerregen auf die Hügel niederging. Frederica wünschte, sie könnte bis in alle Ewigkeiten zusammen mit Bentley hier oben in der Sonne weilen, eingehüllt in das liebliche Glockengeläut.

Aber so einfach war das Leben leider nicht. Frederica fragte sich, wohin der gemeinsame Weg mit Bentley sie wohl führen würde. Bis jetzt hatten sie noch nicht viel über ihre gemeinsame Zukunft gesprochen, was ihr zunehmend Kummer bereitete. Sie hätte gern gewusst, wie lange Bentley gedachte, auf Chalcote Court zu bleiben. Hatte er überhaupt schon darüber nachgedacht, wo er mit seiner Familie leben wollte – ob in der Stadt oder auf dem Lande? Konnten sie sich wirklich mit dieser Ehe zufrieden geben, wo sie doch das Ergebnis einer Verkettung unglücklicher Umstände war?

»Was mag bloß in deinem Köpfchen vorgehen?«, hörte sie plötzlich eine heisere Stimme dicht an ihrem Ohr.

Frederica erschrak so sehr, dass ihr das Kinn von der Hand rutschte. Bentley lachte und rollte sich wieder auf den Rücken, wobei er sie mitzog. »Was stimmt dich bloß so nachdenklich?«

Freddie entspannte sich ein wenig. »Ach, ich weiß auch nicht«, antwortete sie verunsichert. »Ich fühl mich irgendwie so – wie soll ich sagen – verloren.«

»Verloren?« Bentley strich ihr sanft mit dem Handrücken über die Wange. »Erzähl mir davon, Liebste.«

Frederica legte den Kopf auf seiner Brust ab und blickte in ein Beerendickicht. »Mir fehlt eine Perspektive«, erklärte sie ihm. »Ist es nicht langsam an der Zeit, dass wir Pläne schmieden? Du weißt schon, wie unsere Zukunft aussehen soll.«

Frederica befürchtete, er würde laut loslachen. »Ja, du hast vollkommen Recht«, zog er sie auf. »Immerhin sind wir bereits drei ganze Tage verheiratet.«

Sie reagierte mit einem leicht gereizten Blick. »Himmel, Bentley, kannst du nicht mal für eine Sekunde ernst bleiben?«

Offenbar sah er das ein. Frederica spürte, dass sich die Stimmung zwischen ihnen änderte. »Bitte entschuldige, Freddie«, sagte er mitfühlend, und sein Atem strich durch ihr Haar. »Ich war noch nie jemand, der großartige Pläne für die Zukunft geschmiedet hat, aber ...«

»Wieso eigentlich nicht?«, unterbrach Frederica ihn neugierig.

Bentley ignorierte ihren Einwurf. »Wenn du mir sagst, was dir wichtig ist, verspreche ich dir, dass ich mein Bestes geben und mir etwas überlegen werde. Also, wo drückt der Schuh denn am meisten?«

Frederica blickte abermals zum Gebüsch. Es fiel ihr leichter, sich ihm zu erklären, wenn sie ihn dabei nicht direkt anblickte.

»Ich möchte einfach nur an deinem Leben teilhaben, Bentley, und wissen, was in dir vorgeht«, wählte sie ihre Worte. »Was du denkst, was du fühlst. Ich kann einfach nicht glauben, dass du so nonchalant bist, wie du dich immer gibst. Ich hätte gern gewusst, ob du glücklich bist, ob du dich auf unser Kind freust? Außerdem möchte ich wissen, wie lange wir auf Chalcote bleiben werden und wo wir später einmal wohnen werden, wenn ...«

»Gefällt es dir hier etwa nicht?«, unterbrach er sie, legte ihr einen Finger unter das Kinn und lenkte ihren Kopf zu sich. »Wenn du auf Chalcote Court nicht glücklich bist, Freddie, so verspreche ich dir, werden wir bereits morgen abreisen.«

Frederica schüttelte bedächtig den Kopf. »Nein, ich bin außerordentlich gern hier«, flüsterte sie. »Dies ist der schönste Fleck Erde, den ich je gesehen habe. Aber Chalcote Court ist eben nicht unser Zuhause, Bentley. Es ist nur eine Art Zwischenstation, ehe wir zu deinem Cottage nach Hampstead aufbrechen oder uns womöglich ein Haus in der Stadt kaufen, wo wir zusammenleben werden, nicht wahr?«

Bentley war die Besorgnis in Fredericas Stimme nicht entgangen. Es war ja nicht so, als hätte er sich noch nie Gedanken darüber gemacht ... Er hatte einfach noch keine Zeit gefunden, alles in Ruhe zu durchdenken. Freddie brauchte ein Zuhause und ein gewisses Maß an Geborgenheit – wie die meisten Frauen. Doch bei ihr war dieses Bedürfnis ausgeprägter als bei anderen. Das durfte er niemals vergessen. »Würdest du denn gerne in der Stadt leben, Freddie?«

»Nicht wirklich. Ich dachte nur, dass du dich hier auf dem Land ...«

»Dass ich was?«, wollte er wissen. »Mich zu Tode langweile?«

»Ja«, gestand sie achselzuckend.

Doch sie täuschte sich, denn im Grunde liebte er das Landleben. Es gab seiner Meinung nach keinen besseren Ort, um ein Kind großzuziehen. Nein, *Kinder*, denn er wollte mehr als nur einen Spross, das wusste er bereits jetzt. Selbst wenn die Schatten der Vergangenheit hier lauerten, wollte er sie dennoch nirgends anders aufwachsen sehen. Es war und blieb schließlich sein Zuhause, wo er ja auch schöne Stunden verlebt hatte. Bloß dass ihn hier der fehlende Anstand zu Cam immer wieder zur Flucht trieb – das, und sein Bedürfnis, wegzulaufen vor irgendetwas, vielleicht nur vor sich selbst.

Bentley küsste Frederica die Augenbraue. »Ich schlage hiermit offiziell vor, dass wir uns ein Haus auf dem Land kaufen«, verkündete er. »Irgendwie hatte ich mir gedacht, dass es just darauf hinauslaufen würde.«

»Können wir uns das denn überhaupt ... leisten?«

Er lächelte gelassen. »Aber natürlich«, beruhigte er sie. »Zwei oder drei Häuser sogar, wenn es sein muss. Roseland ist ein wundervoller Ort, und ich werde dich eines Tages auch mal mit dorthin nehmen, aber wie wir es auch drehen und wenden: Das Haus ist einfach nicht groß genug für die Cricketmannschaft, die du mir bereits angedichtet hast.« Er zog sie dichter zu sich heran. Vielleicht war es doch nicht so schwer, die Zukunftsplanung in Angriff zu nehmen. »Was wünschst du dir noch, Herzallerliebste?«

Frederica hob den Kopf und sah ihm in die Augen. »Ich hätte gerne gewusst, ob du dir eine Geliebte hältst«, sprach sie mit ruhiger Stimme. »Falls ja, teile ich dir hier und jetzt mit, dass ich das nicht akzeptieren werde. Ich gebe zu, ich hätte dir das bereits vor der Eheschließung klar machen sollen, aber ... Außerdem finde ich, ist es an der Zeit, dass du mir mehr über dein Kind erzählst. Ist es ein Mädchen oder ein Junge, und ist es in guten Händen?«

Bentley blieb der Atem weg. Das wiederum waren alles ausgesprochen knifflige Fragen. Deutlich spürte er die Klinge des sprichwörtlichen Messers an der Kehle. Allerdings konnte er sich nicht entsinnen, Mary oder Bridget in Fredericas Gegenwart erwähnt zu haben. »Du hast Recht, ich hatte einmal eine Geliebte, die mir ein Kind gebar«, gab er mit belegter Stimme zu. »Eine Tochter. Sie hieß Bridget. Doch sie starb in sehr frühen Jahren.«

»Oh«, flüsterte Frederica.

Bentley registrierte den sorgenvollen Unterton in ihrer Stimme, brachte es aber nicht übers Herz, die Einzelheiten vor ihr auszubreiten. Noch nicht. Nicht jetzt, wo sie noch am Anfang der Schwangerschaft stand. »Was wolltest du noch wissen?«, sagte er stirnrunzelnd. »Eine Geliebte. Nein, ich war noch nie ein Mann, der sich Frauen hält. Und es wird auch keine mehr geben, Freddie, das habe ich dir geschworen. Zumindest nicht, solange du und ich unter ein und demselben Dach wohnen.«

»Aber wo ist sie denn jetzt?«, wollte Freddie wissen und rollte von ihm herunter. Sie setzte sich aufrecht hin. »Die Mutter des kleinen Mädchens, meine ich.«

Er hasste diese Fragerei. *Abgrundtief.* »Auch sie starb«, erklärte er ihr kurz angebunden und erhob sich. »Das alles ist eine halbe

Ewigkeit her. Und wenn du dich mit meinen Antworten begnügen könntest, wäre ich hocherfreut, denn ich möchte nie wieder über diese Themen sprechen.«

»Geht in Ordnung.« Frederica machte Anstalten, ebenfalls aufzustehen, weshalb Bentley ihr seine Hand darbot. Frederica nahm seine Hilfe dankend an. Ohne ihre Hand loszulassen, zog er sie in Richtung des kleinen Wäldchens. »Genau, du wolltest wissen, ob ich glücklich bin«, rekapitulierte er und hielt inne, um nach einem Stein zu treten, der auf dem Weg lag. »Ja, ich bin glücklich mit dir, falls es das ist, was du meintest. Und was das Kind betrifft, so tut es mir Leid, wie alles gekommen ist. Aber es wäre gelogen, wenn ich sagen würde, ich freue mich nicht auf unseren Nachwuchs.«

»Ich freue mich auch.« Frederica blickte zu ihm auf, und ein glückliches Lächeln hatte sich in ihren Blick gestohlen. Er wusste sofort, dass er der Grund dafür war – auch wenn es nur einen Moment währte. Ganz unermittelt wurde ihm wieder bewusst, wie sehr er sie begehrte. Jetzt und auf der Stelle wollte er sie unter sich spüren, ekstatisch und atemlos. Jedoch nicht, um seiner Wollust zu frönen oder ihr eine Freude zu bereiten. Nein, um die Worte, die sie soeben gewechselt hatten, für alle Ewigkeit zu besiegeln.

Frederica jedoch war mit etwas völlig anderem beschäftigt. »Was schlägst du vor, wie wir unser Kind nennen sollen?«, fragte sie ihn, und legte sich die freie Hand auf den Bauch. »Wenn es ein Junge wird, möchtest du dann, dass er Randolph heißt?«

»Auf gar keinen Fall!«, platzte es voll Groll aus Bentley heraus. »Der Name lastet auf mir wie ein Fluch. Meinem Kind möchte ich das ersparen.«

»Ein Fluch?« Frederica blinzelte ihn an. »In meinen Ohren ist das ein so wunderbarer und hübscher Name.«

Bentley lachte verächtlich auf. »Liebste Freddie, du hast keinen blassen Schimmer, von wem du da sprichst. Schließlich hast du meinen Vater nie kennen gelernt. In ganz England gab es keinen weniger liebenswerten und rechtschaffenen Mann als ihn. Nein, wir werden ihn auf gar keinen Fall auf den Namen Randolph taufen lassen. Bitte such dir einen anderen Namen aus. Wie wäre es mit Frederick, wie dein Vater?«

Fredericas Blick nahm weiche Züge an. »Und was, wenn es ein Mädchen wird?«

Bentley runzelte die Stirn. »Weiß nicht«, meinte er. »Cam und Hélène haben uns bereits alle guten Vornamen aus unserer Ahnenreihe weggeschnappt. Wie hieß denn deine Mutter?«

»Luciana«, antwortete sie. »Luciana Maria Teresa dos Santos d'Avillez.«

»Was für ein unglaublich schöner Name«, meinte er. »Und sehr eindrucksvoll.«

Frederica strahlte bis über beide Wangen. Verdutzt blieb Bentley stehen. Außer purer Freude erkannte er noch etwas anderes in ihrem Blick. War es Liebe? Nein, wohl eher nicht. Er wäre töricht anzunehmen, dass ihr Herz ihm gehörte. Aber bestimmt hatte er ihr Hoffnung gegeben. Immerhin hatte er sich ihren Fragen gestellt, und sie war immer noch bei ihm. Zu seiner Belohnung zog er sie näher zu sich.

Vielleicht bestand also doch noch die Aussicht, diese verkorkste Ehe zu retten. Wer weiß, vielleicht steckte hinter seinem brennenden Verlangen nach ihr mehr, als er vermutete. Die Chancen, doch irgendwann ein solides Leben zu führen, standen gar nicht so schlecht, auch wenn er sich nie richtig mit diesem Gedanken befasst hatte.

In Fredericas braunen Augen lag eine tiefe Wärme, als sie ihn anschaute. Es sah aus, als versuchte sie, sich jede noch so nichtige Kleinigkeit seines Antlitzes einzuprägen. Bentley ließ ab von ihrer Hand, umfasste ihr Gesicht und glitt mit dem Daumen über ihr Kinn. Er sah, dass sich ihr Haar im Nacken gelöst hatte, als sie sich so dicht an ihn schmiegte, dass sich ihre Brüste gegen seinen Oberkörper drückten. Sie stellte sich auf die Zehenspitzen, stieß einen tiefen Seufzer aus und schloss die Augen.

Es war, als hätte sie damit eine Frage beantwortet, die er gar nicht laut gestellt hatte. Ihr Gesicht noch immer zwischen seinen

Händen haltend, ließ er seine Lippen kurz über den ihren schweben, ehe er sie zum Kuss senkte. O Gott, sein Verlangen nach ihr war unbeschreiblich. Frederica spürte seine Leidenschaft und öffnete sich ihm. Mit einem feurigen Kuss fing er ihr Stöhnen ein. Doch es dauerte nicht lange, da löste sie sich von ihm.

»Komm mit«, flüsterte sie und zog ihn weg von dem schmalen Pfad. Wortlos folgte Bentley ihr, und sie gingen tiefer in den kleinen Wald. Bentley beobachtete, wie ihre Rocksäume eine Spur im weichen, zartgrünen Farn hinterließen. Kühler Schatten umfing sie, machte sie jedoch nicht gänzlich unsichtbar für mögliche Passanten. Bei einer jungen kräftigen Eiche blieb Frederica stehen und lehnte sich mit dem Rücken gegen den Baumstamm. Mit einer flinken Bewegung zog sie ihn zu sich heran. »Nimm mich«, hauchte sie, als er den Kuss wieder aufnehmen wollte.

Bentley hatte das Gefühl, die Erde könne sich jeden Augenblick unter ihm auftun. »Hier? *Jetzt*?«

Sanft streifte sie mit ihren Lippen sein Kinn. »Ich dachte immer, man sagt dir nach, ein wahrer Teufelskerl zu sein«, lockte sie ihn aus der Reserve. »Ja, hier. Und jetzt. Auf der Stelle.« Im selben Moment noch fuhr sie mit der Zunge an seinem Ohrläppchen entlang und anschließend seinen Hals hinunter. Bentley musste mehrmals schlucken, so sehr brannten ihre Lippen auf seiner Haut. Das so gar nicht menschlich klingende Stöhnen, das an seine Ohren drang, musste wohl aus seiner Kehle gekommen sein. Gierig begann er, sie überall zu berühren, füllte seine Nase mit ihrem betörenden Duft und seine Hände mit ihren weiblichen Rundungen.

Verzweifelt zupfte Freddie an seinen Hemdschößen, die in den Beinkleidern steckten, bis der gestärkte Stoff endlich gewillt war, ihr zu gehorchen. Sogleich glitten ihre warmen Finger unter sein Hemd und arbeiteten sich langsam an ihm hoch, bis sie auf seiner Brust zur Ruhe kamen. Sie kniff ihm leicht in die Brustwarzen, woraufhin ein Blitz roher Begierde durch Bentley fuhr. Schon den ganzen Tag über hatte er ein leise vor sich hin köchelndes Verlangen nach seiner Gattin verspürt, und so brauchte er keine zweite Einladung. Er schickte ein Stoßgebet gen Himmel, dass nicht ausgerechnet jetzt jemand vorbeikam, bevor er blindlings nach unten griff, eine Hand voll Musselin erwischte und ihr die Röcke nach oben riss. Während der Kuss noch andauerte, presste er sie fester gegen den Baumstamm und hörte ihr Haar und ihr Kleid gegen die raue Rinde scheuern. Er wühlte sich unter ihren Röcken durch, bis seine Finger ihren Schlüpfer fanden, sich einen Weg am Stoff vorbeibahnten und in sie glitten. Ja, sie war heiß, ausgesprochen heiß sogar. Es dauerte nicht lange, ehe auch Frederica vor Wollust erschauderte.

Bentley musste feststellen, dass seine hübsche Gemahlin alles andere als schüchtern war. Sie umfasste seine Taille, glitt mit den Händen direkt ein wenig tiefer und zog ihn näher zu sich heran. Bentley spürte, dass er sich dieses Mal nicht sonderlich lange unter Kontrolle würde halten können. Er wollte sie in das weiche Bett aus Farn und Moos werfen und in ihr wüten, bis sie sich im Rausch der Liebe verloren. Just in dem Moment, in dem er ansetzte, ihr zu sagen, was er mit ihr machen wollte, sorgte Frederica dafür, dass er seine Worte vergaß, indem sie eine Hand an seinen Hosenbund legte und wild an den Knöpfen zu zerren begann. Sehr zu ihrem Verdruss spannte sich der Stoff aufgrund seiner Erektion zu stark. Mit einem ungehaltenen Laut gab Frederica auf und massierte seine pralle Männlichkeit durch den Stoff hindurch.

»O Freddie«, entfuhr es ihm keuchend, ehe er ein wenig von ihr abrückte. »Nimm beide Hände, Liebes, ich meine für die Knöpfe. O Gott.«

Keuchend machte Frederica sich abermals am Hosenbund zu schaffen, und es gelang ihr auch, die meisten der Knöpfe zu öffnen – bis auf einen, den sie kurzerhand abriss. Jetzt hielt Bentley es keine weitere Sekunde aus. Er packte sie fest am Gesäß und stemmte sie den Baumstamm hinauf. »Deine Beine«, raunte er. »O Gott, Freddie.« Instinktiv schlang Frederica ihm ein Bein um die Taille. Bentley schob sie noch ein wenig höher, ehe er mit einem kräftigen Stoß in sie eindrang und sie förmlich aufspießte. Frederica ließ den Kopf gegen den Eichenstamm zurücksinken. »O Gott, o Gott«, stöhnte sie, während er abermals kräftig in sie stieß. »O Bentley. Ja, mach es ... genau ... so, ah!«

Bentley hatte längst vergessen, wo sie sich befanden, und küsste sie noch ungestümer als zuvor. Eine von Fredericas Haarnadeln verfing sich in der rissigen Rinde des Baumes und löste sich. Sogleich fiel ihr kräftiges dunkles Haar herab. Wieder und wieder füllte er sie aus, presste sie fest gegen den Baum, dessen Zweige und Blätter über ihnen bei jedem Stoß erzitterten. Mit geschlossenen Augen krallte Frederica sich fest an ihn. Auf ihrem Gesicht, das von lustvollem Begehren gezeichnet war, stand der Wunsch nach mehr. Bentley musste an ihre Unterhaltung auf der Picknickdecke zurückdenken. Sie wollte ihn mit Haut und Haaren, aber nicht nur zur Befriedigung ihrer körperlichen Gelüste. Der Gedanke daran überwältigte ihn. Noch nie zuvor hatte eine Frau ihm das Gefühl gegeben, er wäre zu etwas anderem als zum Beischlaf gut. Bentley war es, als böte Frederica ihm instinktiv ein wertvolles Geschenk dar. Er schloss die Augen und nahm das Präsent dankbar entgegen. Er versuchte, sich zu zügeln, solange er es vermochte, wenngleich er das Gefühl hatte, jeden Augenblick in ihrem leisen Stöhnen und ihrem betörend weiblichen Duft zu ertrinken. *Dem Duft seiner Gemahlin.* Plötzlich versteifte Frederica sich, erzitterte, zuckte unbändig und warf den Kopf weit in den Nacken. Sie erbebte mehrere Male, ehe sie laut aufschrie, blind nach ihm tastete, bis sie ihn fand und ihre Finger sich tief in seine Haut gruben.

»O Bentley, ja!«

Mit kräftigen Stößen pumpte er seinen Liebessaft in sie, wieder und wieder, während ihn ein tiefes und nicht enden wollendes Glücksgefühl durchflutete. Gelöst, als hätte ihm jemand eine schwere Last abgenommen, ließ er sich gegen sie und den Baum fallen. Er fühlte sich gesäubert, von allen Sünden reingewaschen, wie neugeboren. Ihm war, als wäre er ein besserer Mensch geworden.

Eine halbe Ewigkeit schien zu vergehen, ehe Frederica den Kopf von seinen Schultern nahm und auf den weichen Farnteppich des Waldes blickte. »Oh!«, rief sie aus, als wäre sie soeben aus einem Traum erwacht. »Wie erstaunlich. Ich habe ja gar nicht gewusst, dass man es auch stehend machen kann.«

»Freddie, Liebste«, stöhnte Bentley und ließ sie vorsichtig zu Boden gleiten. »Du warst diejenige, die gesagt hat, wir sollten es *auf der Stelle* tun.«

Kapitel 12

In welchem unser Held mit dem Feuer spielt

Die nächsten vierzehn Tage vergingen wie im Fluge auf Chalcote Court. Ehe Frederica sich versah, war der Wonnemonat Mai über die Cotswolds hereingebrochen. Über Nacht schien die Natur explodiert zu sein, sämtliche Bäume und Sträucher erstrahlten in frischem Grün, und die Vogelwelt zwitscherte und jubilierte um die Wette. Bentleys Familie war nach wie vor sehr liebenswürdig zu Frederica, vermied es jedoch, allzu viele Fragen zu stellen. In der Kirche lernte sie Joan, Bentleys Cousine, kennen, die mit Gemeindepfarrer Rhoades verheiratet war. Nach dem Gottesdienst, als die Gemeinde aus dem Gotteshaus strömte, machte Frederica in Hélènes Gegenwart eine Bemerkung darüber, wie viele Gläubige sich versammelt hatten. Hélène lachte leise und erklärte ihr, die meisten wären lediglich wegen ihr kommen, wegen der Frau, die es tatsächlich geschafft hatte, den berühmt-berüchtigten Draufgänger Bentley zu zähmen und an sich zu binden. Doch Frederica hatte Zweifel, dass ihr das tatsächlich gelungen war. In ihren Augen war Bentley noch immer derselbe, mimte nach außen hin wie eh und je den Sorglosen und Unbekümmerten.

Frederica war erleichtert darüber, dass sich die Szene im unbewohnten Damenschlafgemach der Himmelssuite nicht noch einmal wiederholte. Dennoch hatte sie das starke Gefühl, zwischen ihrem Gatten und ihr gäbe es vieles, das nicht sonderlich harmonierte, selbst wenn sie unglaublich intime und prickelnde Momente miteinander teilten. Ihr war, als mangelte es zwischen ihnen an einem gewissen Urvertrauen. Oder waren ihre Erwartungen an eine Verbindung, die überstürzt und unter unglücklichen Umständen geschlossen worden war, gar zu hoch gesteckt?

Bentley fühlte sich zu ihr hingezogen, daran bestand kein Zweifel, und Frederica profitierte von seiner Schwäche für sie und ihren Körper. Es verging keine Nacht, in der sie sich nicht wenigstens ein Mal vereinigten. Es kam sogar vor, dass er ihr des Tags auflauerte, wenn niemand in der Nähe war. Dann verriegelte er die Tür, riss ihre Röcke in die Höhe und bediente sie schnell und heftig. Der Akt mit ihm war stets von großer Leidenschaft geprägt und einfach nur wunderbar. Und doch entschuldigte Bentley sich manches Mal, nachdem sie einander geliebt hatten – als triebe ihn die Angst, sich Freiheiten herausgenommen zu haben, die ihm im Grunde nicht zustanden. Sie stand vor einem Rätsel. Spürte er denn nicht, wie sehr sie es genoss, mit ihm zu schlafen?

Frederica hatte noch mehr Anhaltspunkte dafür, dass Bentley etwas vor ihr verheimlichte. Sobald er dachte, sie schliefe, stahl er sich aus dem Bett. Zuweilen erwachte sie und sah, wie er nur mit dem Morgenmantel bekleidet am Fenster stand und in die Dunkelheit hinausstarrte. In der einen Hand hielt er oft ein Glas Brandy, die andere hatte er fest gegen das Fensterglas gepresst, als wäre er ein Gefangener. Zuweilen stand sie aber auch auf, um sich auf die Suche nach ihm zu begeben. Einmal fand sie ihn im gelben Salon, wo er am aufgeklappten Spieltisch, auf dessen Spielfläche Backgammonsteine verstreut lagen, eingenickt war. Nicht weniger als drei erloschene Zigarrenstummel befanden sich in einem leeren Trinkglas neben ihm, während er die Beine auf einer Ecke des Tisches überkreuzt abgelegt hatte und gleichmäßig atmete. Es gab jedoch auch Nächte, in denen sie ihn nirgends ausfindig machen konnte. Anderntags konnte es sein, dass er etwas von einem Krug Bier im *Rose & Crown* erwähnte, doch oft hüllte er sich einfach nur in Schweigen darüber, wo und womit er die Nacht verbracht hatte. Doch egal, was es auch sein mochte, er kehrte stets in den frühen Morgenstunden zurück zu ihr ins Bett, und sie liebten einander ein weiteres Mal, ehe sie eng umschlungen einschliefen.

Wenn Frederica dann wieder erwachte, musste sie umgehend zum Waschtisch eilen und sich übergeben.

Bentley war jedes Mal in tiefer Sorge um sie und sagte oft, sie sei viel zu dünn und müsse unbedingt mehr essen. Bald schon sprach er davon, einen Arzt zu holen, weshalb Frederica sich Hélène anvertraute. Sie hoffte, dadurch Bentleys Befürchtungen zerschlagen zu können. Doch genau das Gegenteil war der Fall, denn Hélène hatte bereits eine Fehlgeburt hinter sich. Das Ende der Geschichte war, dass Frederica von jenem Tag an von zwei selbst ernannten Krankenschwestern umsorgt wurde, die sie mit der doppelten Ration an besorgten Fragen nach ihrem Wohlbefinden löcherten. Allmorgendlich wanderte Bentley unruhig im Zimmer auf und ab, während Frederica sich erbrach. Nachdem das Drama vorbei war, eilte er stets zu Hélène, um ihr ausführlich Bericht zu erstatten. Danach bekam Frederica ihren Gemahl für gewöhnlich so gut wie nicht mehr zu sehen. Ein ums andere Mal schulterte er sich das Gewehr und zog in Begleitung seiner Jagdhunde zu Streifzügen aus, von denen er jedoch fast nie mit Beute zurückkehrte.

Was Frederica zusätzlich Anlass für Kummer gab, war, dass er trotz ihres offenen Gesprächs beim Picknick nie über ihre gemeinsame Zukunft sprach. Fast schien es, als kümmerte ihn das Thema nicht weiter. Dagegen beruhigte es sie sehr, dass er in Gedanken oft bei dem Kind weilte. Häufig strich er ihr zärtlich über den Bauch und schaute mal besorgt und mal glücklich drein. Frederica vermied es bewusst, ihn auf Themen wie den anvisierten Hauskauf oder einen Namen für ihr Kind anzusprechen. Hatte es mit der Sechsmonatsfrist zu tun, dass Bentley sich in Schweigen hüllte? War es möglich, dass er nur darauf wartete, dass sie ihn verließ? Oder dachte er darüber nach, ob er lieber ohne Frau und Kind leben wollte? Frederica betete inständig, dass dem nicht so war. Wenngleich er stets recht wortkarg war, überraschte er sie doch immer wieder, denn zuweilen gab er sich ausgesprochen liebenswürdig und rücksichtsvoll. Frederica plagte bald die Befürchtung, sich tatsächlich in ihren eigenen Gemahl verliebt zu haben.

Um sich nicht tagein, tagaus mit denselben Fragen zu quälen, verbrachte Frederica viel Zeit mit Cam und Hélène. Sie und Cam hatten viele gleiche Interessen, und Frederica freute sich immer, wenn sich nachmittags die Gelegenheit bot, sich mit ihrem Schwager zu unterhalten. Beim Dinner diskutierte sie mit ihm meist über Politik und Geschichte, bis Hélène herzhaft gähnte und Bentley mit finsteren Blicken um sich warf.

Frederica hatte auch die warmherzige Hélène in ihr Herz geschlossen. Von ihr erfuhr sie beispielsweise, dass sie als Mrs. Bentley Rutledge verpflichtet war, den Pachthöfen, die zu Chalcote Court gehörten, Besuche abzustatten, zu denen sie Frederica begleitete. Sie band Frederica auch in die Unterrichtsstunden der Kinder ein. Wenngleich sie für Gervais vor kurzem eine Gouvernante eingestellt hatte, so zog sie es doch vor, Lady Arianes schulische Fortschritte persönlich zu überwachen. Außerdem unterrichtete Hélène zwei Mal wöchentlich die älteren Schüler der Dorfschule in lateinischer Sprache.

Eines Nachmittags war Frederica zum Tee bei Joan Rhoades auf Bellevue eingeladen. Der Besuch gestaltete sich anfangs sehr angenehm. Das Anwesen war von innen noch eindrucksvoller als von außen, und Joans Sprösslinge stellten sich als ausgesprochen wohlerzogene Kinder heraus. Frederica und die Pfarrersfrau unterhielten sich angeregt über Gott und die Welt. Nach kurzer Zeit jedoch wurde Frederica den Verdacht nicht mehr los, es gäbe noch etwas anderes, über das Joan im Grunde viel lieber mit ihr sprechen wollte. Aber schon bald war es an der Zeit für sie, sich zu verabschieden. Sie stellte ihre Teetasse behutsam vor sich ab und dankte Joan überschwänglich für die nette Einladung.

»Wir beide sind ungefähr im selben Alter«, platzte es unvermittelt aus Joan heraus. Frederica zuckte zusammen. »Wie darf ich das denn verstehen?«

Joan errötete. »Es tut mir Leid«, sagte sie und erhob sich, um Frederica zur Tür zu begleiten. »Ich habe Bentley und mich gemeint, wir liegen nur wenige Wochen auseinander.«

»Ach so«, nickte Frederica verstehend.

»Früher waren er und ich quasi unzertrennlich«, fuhr Joan verlegen fort. »Wir sind ständig ausgebüxt, um uns zu treffen, weil wir keine anderen Spielkameraden hatten.«

Frederica versuchte zu lächeln. »Ich bin froh zu hören, dass er Sie hatte.«

An der Tür hatte Joan innegehalten, die Hand am Türknauf. »Es war also nicht weiter verwunderlich, dass die Leute im Laufe der Jahre dachten ... nun, dass wir uns ziemlich nahe standen.«

»Taten Sie beide das denn nicht?«, fragte Frederica sichtlich irritiert. »Ich meine, stehen Sie sich heute denn nicht mehr nahe?« Frederica war sich eigentlich ziemlich sicher, dass das Band zwischen ihnen noch immer sehr eng war. Schließlich hatte sie die beiden bereits zusammen gesehen, und es war ihnen anzumerken, wie gut sie einander kannten.

Doch Joan schüttelte den Kopf. »Ja, das heißt nein. Nun, wir sind einfach nur Freunde. Und Cousins. Mehr nicht.«

Frederica lächelte sie an und warf sich ihr Wolltuch über. »Gibt es etwas Wertvolleres als wahre Freundschaft innerhalb einer Familie? Ich wünsche mir sehr, dass Sie und Bentley stets füreinander da sind.«

Joan hatte Frederica spontan einen Kuss auf die Wange gedrückt. »Ich kann gut verstehen, warum Bentley Sie liebt, Frederica.«

»Warum er mich *liebt*?«

Joans Lächeln erstreckte sich bis zu ihren Augen. »Ich bin stets im Bilde über Bentleys Gedanken und Gefühle«, ließ sie verlauten. »Manchmal weiß ich sogar noch vor ihm, was los ist. Aber jetzt etwas ganz anderes: Darf ich Sie eigentlich beim Vornamen nennen und als Cousine bezeichnen? Ich wünsche mir nämlich, dass wir Freundinnen werden. Falls du Fragen hast – egal, über wen oder was –, kannst du jederzeit damit zu mir kommen.«

Frederica hätte die Gelegenheit beim Schopfe packen und Joan auf Bentleys Vergangenheit ansprechen sollen. Doch sie war derart perplex, dass sie ihrer Gastgeberin ebenfalls einen Kuss auf die Wange gab, ihr dankte und umgehend den Heimweg antrat. Der

Keim der Hoffnung, den Joans Worte hatten entstehen lassen, schien ihr so zart, dass sie es gar nicht wagte, sich näher damit auseinander zu setzen.

Nach ihrem Besuch auf Bellevue stürzte Frederica sich erst recht in Arbeit, um sich abzulenken. Die Nachmittage verbrachte sie meist mit den Kindern im Haus oder im Garten. Gervais und Madeline bereiteten Frederica derart viel Freude, dass sie schon bald kaum noch an zu Hause dachte. Gervais hatte die ernsten Augen seines Vaters geerbt, doch sein Lachen war eindeutig das seines Onkels Bentley. Zwar hatte sich Madeline gegenüber Frederica zuerst ein wenig scheu verhalten, aber sie entwickelte recht schnell eine enge Beziehung zu ihrer neuen Tante. Bei Emmie, die noch keine drei Monate alt war, fiel Frederica immer wieder auf, dass sie bereits kräftig mit ihrem Onkel flirtete. Genau genommen brachten alle Kinder Bentley große Bewunderung entgegen. Wann immer sich die Gelegenheit bot, lockten sie ihn in ihre Gemächer. Und während Madeline ihn manchmal an den Ohren zog, voller Neugier seine Rocktaschen durchwühlte oder Bentley für sie Pferdchen spielen musste, präsentierte Gervais ihm stolz seine Spielzeugsoldaten oder überredete ihn zu einer Partie Schach.

Vor allem mit Lady Ariane verstand Bentley sich gut. Er behandelte sie mehr wie eine fast erwachsene Freundin und nicht wie ein Kind. Frederica fand, dass Ariane keinem der jüngeren Kinder ähnelte und erfuhr erst später den Grund dafür: Ariane war nicht Hélènes leibliche Tochter, sondern stammte aus Lord Rannochs erster Ehe. Ihre Mutter war vor einigen Jahren ums Leben gekommen, und niemand – Ariane eingeschlossen – verlor jemals ein Wort über sie. Von Jennie erfuhr Frederica, dass man sich im Gesindetrakt erzählte, Hélène sei nach dem dramatischen Tod von Arianes Mutter als Gouvernante eingestellt worden. Es hieß, nach einer besonderen Ausbildung in der Schweiz wäre sie nach Wien gegangen, wo sie das umstrittene Studium der Geisteskrankheiten absolviert hätte. In Fredericas Ohren klang das ungemein faszinierend und interessant. War Ariane etwa nach dem Tod ihrer Mutter von seelischen Qualen heimgesucht worden? Doch weder Hélène noch Ariane sprachen je darüber, und Frederica fragte auch nicht weiter nach.

So vergingen die Tage in eintöniger Ereignislosigkeit, bis Frederica eines Morgens erwachte und feststellen musste, dass Bentley nicht neben ihr lag. Von Unruhe getrieben zog sie sich den Morgenmantel über und tappte barfuß über den Läufer zum Fenster. Mit einem Finger zog sie leicht den Vorhang zur Seite und spähte hinaus. Die Dämmerung hatte bereits eingesetzt. Wo um Himmels willen mochte Bentley bloß stecken? War er wieder einmal im gelben Salon eingenickt? Ihre Besorgnis wuchs aus unerklärlichen Gründen. Geschwind schlüpfte sie in ihre Pantoffeln und schlich sich nach unten. Aus der Spülküche drangen bereits die ersten allmorgendlichen Geräusche. Die Küchenmägde schürten das Feuer und setzten Töpfe und Pfannen für das Frühstück auf. Ansonsten war es noch still im Haus. Frederica entdeckte, dass die Tür zum gelben Salon einen Spaltweit offen stand. Ohne lange zu zögern, stieß sie die Tür auf und betrat den schwach erleuchteten Raum.

Was sie sah, verursachte ihr Übelkeit. Eine der Mägde stand am Kamin. In den Armen ihres Gatten. Frederica hörte Bentleys tiefes, kehliges Lachen und wurde im nächsten Moment Zeugin, wie er die Magd unsittlich am Gesäß berührte. Die Magd mimte jedoch die Unnahbare und löste seine Hand, woraufhin Bentley den Kopf neigte und sie mitten auf den Mund küsste.

Frederica musste aufgeschrien haben, denn sogleich flog der Kopf der Magd in die Höhe, um ihr über Bentleys Schulter hinweg in die Augen zu starren. Auf ihrem Gesicht lag eine Mischung aus Mitgefühl und Bedauern.

Rasch presste Frederica sich die Hand vor den Mund, um sich nicht auf der Stelle zu übergeben. An das, was folgte, konnte sie sich später nur vage erinnern. Sie musste wohl aus dem Salon gestürzt sein, denn plötzlich erklomm sie den letzten Treppenabsatz und hörte hinter sich Bentleys schwere Schritte, die näher und näher kamen. Einmal rief er sie sogar beim Namen, eindringlich und bittend. Doch Frederica reagierte nicht, sondern biss fest die Zähne aufeinander. *Er soll schmoren*, dachte sie. *In der Hölle soll er schmoren*. Das Quäntchen Geborgenheit, von dem sie überzeugt gewesen war, es sich durch die Heirat gesichert zu haben, war binnen einer Sekunde in tausend Scherben zersprungen. Heiße Tränen wallten in ihren Augen auf. Was für ein unsäglich dummes Huhn sie doch war! Sie hätte es wissen müssen! Bentley Rutledge war und blieb ein Weiberheld vor dem Herrn. Das hatte sie von Beginn an gewusst.

Die Magd, mit der er sich so offensichtlich köstlich amüsiert hatte, war besagte Queenie – eine laute und eher unattraktive Frau, es sei denn, jemand fand ihre blonde Zottelmähne und ihre überreife Figur begehrenswert. Frederica war bereits mehrfach aufgefallen, dass sie regelrecht um Bentley herumscharwenzelte, ihn *Schätzchen* nannte. Jennie, die sich das Zimmer mit ihr teilte, hatte sie als verwegenes Weibsbild bezeichnet, was in Fredericas Augen nicht annähernd an die Wahrheit heranreichte.

Bentley hatte sie beinahe eingeholt. »Freddie!« Er hatte in scharfem Befehlston gesprochen. Doch Frederica zog es vor, ihn zu ignorieren. Als sie die Tür zum Schlafgemach aufriss, ließ Bentley gerade die Treppe hinter sich. Ohne ihn eines Blickes zu würdigen, warf sie die Tür hinter sich zu und verriegelte sie. Im nächsten Moment hörte sie Bentley ungehalten am Türknauf rütteln. Als er merkte, dass sie sich nicht öffnen ließ, schlug er mit der Faust dagegen. »Du öffnest jetzt auf der Stelle diese verdammte Tür, Frederica!«, knurrte er, während er noch immer auf das Holz eindrosch.

Frederica hatte sich aufs Bett geworfen. »Fahr zur Hölle, Bentley Rutledge!«, schrie sie ihn derart laut an, dass er sie problemlos durch die dicke Eichentür hindurch verstehen konnte.

Bentley war dazu übergegangen, so fest gegen die Tür zu treten, dass der untere Teil sich ein wenig in den Raum schob. »Mach auf der Stelle auf, Frederica!«, tobte er. »Oder ich brülle so laut, dass Cam, Hélène und das halbe Haus hier auflaufen.«

Die Vorstellung setzte ihr zu. Temperament war eine Sache, aber die erbarmungslose Zurschaustellung von Gefühlen war etwas, das Engländer nicht sonderlich guthießen. Vor lauter Panik krallte Frederica sich in die Bettdecke.

»Freddie!« Bentley trommelte so stark mit den Fäusten auf die Tür ein, dass die Türangeln schepperten. »Verdammt, Freddie, bring mich nicht so weit, dass ich die Tür einrennen muss.«

Frederica wischte sich mit dem Handrücken die Tränen fort, glitt schwerfällig vom Bett und schob den Riegel zurück. Dann trat sie schnell einen Schritt zurück. Einen Moment später stieß Bentley die Tür mit voller Kraft auf, sodass sie gegen die Wand prallte, und schloss sie nicht minder geräuschvoll. Mitten im Raum blieb er stehen und strafte Frederica mit einem betrübten und unerbittlichen Blick. »Das, meine Liebe, wirst du nie wieder tun, haben wir uns da verstanden?« In Bentleys überraschend gedämpfter Stimme lag eine gehörige Portion Härte. »Wage es ja nicht noch einmal, mir die Tür meines eigenen Schlafgemachs vor der Nase zuzuschlagen und auch noch zu verriegeln.«

Als er wie ein Raubtier auf sie zuschritt, drehte Frederica sich weg, wollte seinen Fängen entgehen. Resolut legte sich seine Hand auf ihre Schulter. Da wirbelte sie herum und verpasste ihm mit der flachen Hand eine schallende Ohrfeige.

»Fass mich nicht an!«, zischte sie und entdeckte lodernden Schmerz in seinen Augen. Über Bentleys Antlitz huschte ein schrecklicher Ausdruck, seine Finger gruben sich tief in ihre Schultern. »Du kleine portugiesische Hexe«, knurrte er. »Bist du immer so hart zu Männern?«

Frederica holte zu einer weiteren Backpfeife aus, doch Bentley fing ihre Hand rechtzeitig ab. Nur schwer konnte sie dem Impuls widerstehen, ihm ins Gesicht zu spucken. »Wenn du damit zum Ausdruck bringen willst, dass ich nicht so saft- und kraftlos wie deine kleinen Engländerinnen bin, hast du vollkommen Recht!«, fauchte sie. Bentley zerrte sie mit einem Ruck zu sich heran. »Wenn du von mir erwartest, dass ich als deine Ehefrau in aller Seelenruhe zuschaue, wie du es mit den Mägden treibst und mich bloßstellst, hast du dich gehörig geschnitten.«

Bentley presste fest die Lippen aufeinander. Er schaute erbost und kaltherzig drein. »Mensch, Freddie, du hast da was vollkommen falsch verstanden.«

»Was genau soll das denn bitte schön sein?«, entgegnete sie aufgebracht. »Ich weiß doch, was ich gesehen habe. Für wie dämlich hältst du mich eigentlich?«

Bentley schüttelte den Kopf, und einen flüchtigen Moment lang meinte sie, Furcht in seinen Augen aufblitzen zu sehen. »Du bist alles andere als dämlich«, gestand er ihr mit schwacher Stimme. »Freddie, ich würde dir gerne alles erklären.«

Doch Frederica wandte ihr Gesicht ab. »Da gibt es nichts zu erklären«, zischte sie. »Du brauchst mir nichts, aber auch gar nichts zu erklären. Wenn du auch nur ansatzweise ein Gentleman bist, Bentley Rutledge, verlässt du auf der Stelle das Zimmer. Ich fühle mich etwas angeschlagen und möchte jetzt ein wenig Ruhe haben. Schon vor unserer Vermählung war ich nicht auf dich angewiesen und bin es auch jetzt nicht. Wenn du dich ein bisschen anstrengst, erinnerst du dich vielleicht, dass ich dich darüber bereits vor unserer Scheinehe in Kenntnis gesetzt habe.«

Frederica spürte, wie seine Hand erschlaffte und von ihren Schultern glitt. »Ja, das tue ich.«

Im nächsten Moment fiel die Tür sachte ins Schloss, und Schwermut bemächtigte sich ihres Herzens. Frederica warf sich wieder bäuchlings aufs Bett. Ihr war, als würde ihr jeden Moment das Herz zerspringen. Nein, das konnte es gar nicht mehr, denn er hatte es ihr ja bereits gebrochen. Sie war ausgesprochen dumm gewesen, es ihm überhaupt zu Füßen zu legen. Er hatte wahrscheinlich nur auf eine Chance gewartet, darauf herumzutrampeln.

Kapitel 13

*In welchem Lord Treyherns morgendliche Ruhe
massiv gestört wird*

Der Earl of Treyhern war ein Zeitgenosse mit unantastbaren Gewohnheiten. Seit langem gehörte es zu seinen Gepflogenheiten, jeden Morgen um Punkt sechs Uhr im Esszimmer das Frühstück einzunehmen. Allein, versteht sich. Stets aß und trank er dasselbe: schwarzen Kaffee und zwei Scheiben Brot mit einem Hauch Butter. Er bestand auf der strengen Einhaltung seines Rituals, weshalb es nicht weiter verwunderlich war, dass er ein wenig säuerlich dreinschaute, als sein jüngerer Bruder mit verstockter Miene und den Kleidern des gestrigen Tags um fünf Minuten nach sechs in den Salon kam.

Bentleys ramponiertes Äußeres hatte für gewöhnlich nicht viel zu bedeuten, denn er machte regelmäßig die Nacht zum Tage. Heute jedoch zeigte Bentley nicht die üblichen Folgen eines Katers, sondern machte vielmehr den Eindruck, als fürchtete er sich vor etwas. Er wirkte hundeelend, weshalb sein älterer Bruder es nicht übers Herz brachte, ihm die Türe zu weisen – was nicht oft vorkam.

»Morgen«, begrüßte er Bentley brummend. »Kaffee?«

Mit einem flüchtigen Nicken schritt Bentley zur Anrichte, wo er eine Tasse auf eine Untertasse knallen ließ und die Kaffeekanne zur Hand nahm, als wollte er sie zerquetschen. Nachdem er sich eingeschenkt hatte, stellte er die Tasse unsanft auf dem Tisch ab, rückte sich einen Stuhl zurecht und ließ sich darauf fallen. »Verrat mir eines, Cam«, setzte er an und starrte hinab in seinen Kaffee. »Was zum Teufel wollen die Weiber eigentlich von uns?«

Treyhern entwich ein leises Seufzen. »Das ist und bleibt ein ewiges Rätsel«, verkündete er und strich sich einen Klecks Butter aufs Brot. »Eines, das niemand wird je lösen können.«

Als Bentley aufblickte, bemerkte Treyhern, dass die Augen seines Bruders so ernsthaft blickten, wie er es so noch nie zuvor bei ihm gesehen hatte. »Erwarten sie etwa, dass wir uns ihretwegen die Pulsadern aufschlitzen und ausbluten?«, fragte er zynisch. »Hat man als Ehemann denn gar keine Freiheiten mehr? Und darf man den Frauen das eigene Handeln dann nicht einmal erklären? Lassen sie denn nie die Zügel locker? Tragen sie keinen einzigen Funken Erbarmen in ihren Herzen?«

»Ach, du meine Güte.« Treyhern musste sich auf die Zunge beißen, damit er nicht losprustete. »Was hast du denn jetzt schon wieder ausgefressen?«

Bentley zögerte. »Nichts.«

»Nichts?« Treyhern runzelte die Stirn. »Willst du nun einen Ratschlag von mir oder nicht?«

Bentley gab sich unwirsch. »Von dir will ich gar nichts.«

Der Earl schaute seinen Bruder über den Rand seiner Tasse hinweg an. »Dann bitte ich vielmals um Verzeihung«, höhnte er. »Fast hätte ich mir eingebildet, du wärst wegen eines Ratschlags zu mir gekommen.«

Bentleys Augen wanderten ziellos umher. »Manchmal habe ich starke Zweifel, Cam, ob du wirklich auf meiner Seite stehst, wenn es um Frederica geht«, murmelte er. »Ich befürchte fast, du möchtest mich ... als Ehemann scheitern sehen.«

»Verdammt, Bentley!«, rief Treyhern mit schmerzerfüllter Stimme aus. »Wie kannst du so etwas nur denken?«

»Ich weiß auch nicht.« Bentley schüttelte den Kopf, als wollte er unwillkommene Gedanken abschütteln.

»Bentley«, setzte Treyhern versöhnlicher an. »Warum erzählst du mir nicht einfach, was passiert ist?«

Beschämt senkte Bentley den Blick. »Ich habe Queenie unsittlich berührt«, gestand er leise. »Und habe versucht ... sie zu küssen.«

Klirrend setzte der Earl seine Tasse ab. »Herr im Himmel, Bentley!« Angewidert schob er den Teller von sich. »Nicht schon wieder die Mägde! Ausgerechnet Queenie. Dabei war es seinerzeit deine Idee, sie bei uns aufzunehmen. Damit ihr sexuelle Übergriffe ein für alle Mal erspart bleiben.«

»Verdammt, Cam, so schlimm war es nun auch nicht«, verteidigte er sich. »Ich hab ihr lediglich an den Allerwertesten gefasst, mehr nicht. Das alte Mädchen fühlt sich geschmeichelt, wenn sie ein wenig umgarnt wird.«

Treyhern hatte sich wieder ein wenig beruhigt. »Das sieht deine werte Gattin vermutlich etwas anders, oder?«, murmelte er. »Hat sie dich *in flagranti* erwischt?«

»Mehr oder weniger«, gab Bentley zerknirscht zu, stützte die Ellbogen auf den Tisch und ließ den Kopf nach vorne in die Hände sinken. »Wie soll ich ihr denn, verdammt noch mal, die Situation darlegen, wenn sie mir nicht einmal Zutritt zu meinem eigenen Gemach gewährt?«

Treyhern überdachte die missliche Lage, in der sich sein Bruder befand, kam jedoch zu keinem positiven Ergebnis. Allem Anschein nach siegte Frederica dort, wo er sich an Bentley bereits die Zähne ausgebissen hatte. Der Gedanke, dass wenigstens eine schlechte Gewohnheit seines Bruders kurz vor dem Aus stand, spendete ihm ein wenig Trost. »Nun, alter Junge«, setzte er mit ernsthafter Stimme an, »es hilft nichts, du solltest dich unmittelbar auf den Weg nach Cheltenham machen: Versuch's mal mit Schmuck.«

»Mit Schmuck?«, spöttelte Bentley. »Das mache ich für gewöhnlich erst, wenn sie Rotz und Wasser heulen.«

»Sie weint, da kannst du dir mehr als sicher sein«, wandte Treyhern ein. »Während wir hier sitzen und uns unterhalten, liegt sie höchstwahrscheinlich quer auf dem Bett und weint sich die Augen aus.«

Gedankenverloren rieb Bentley sich das Kinn. »Als sie mir eine Ohrfeige verpasst hat, hat sie nicht mal annähernd geweint«, warf er ein. »Sie wirkte eher wie eine aufgebrachte Wildkatze, hat ordentlich gefaucht und die Krallen ausgefahren. Ihr iberisches Temperament raubt mir noch den letzten Nerv. Mittlerweile bin ich zu der Überzeugung gelangt, dass eine Ehe nichts als Seelenqualen bedeutet.«

»Da will ich dir nicht widersprechen«, stimmte der Earl ihm zu, legte das Buttermesser beiseite und grübelte darüber nach, wann er das letzte Mal Gefallen am Liebeskummer eines Mannes gefunden hatte.

Von der Salontür her drang ein Räuspern zu ihnen.

Treyhern blickte erschrocken auf und erspähte seine Frau, die mit verschränkten Armen im Türrahmen lehnte. In ihrem amethystfarbenen Morgenmantel, den er besonders an ihr liebte, sah sie bezaubernd aus, vor allem, wenn sie ihr schweres dunkles Haar nur locker hochgesteckt trug wie jetzt. An ihrer gekrausten Stirn las Treyhern ab, dass sie bereits eine geraume Weile dort gestanden haben musste.

Verdammt. Er hütete sich jedoch, in ihrer Gegenwart laut zu fluchen. Stattdessen lächelte er sie charmant an und erhob sich. »Guten Morgen, meine Liebste«, begrüßte er sie. »Möchtest du einen Kaffee mit uns trinken?«

Bentley ging um den Tisch und rückte seiner Schwägerin einen Stuhl zurecht. »Danke, gerne«, murmelte Hélène und warf Bentley einen reservierten Blick über die Schulter zu, als dieser sie in Richtung Tisch geleitete.

Bentley kehrte an seinen Platz zurück, um gleich wieder in seiner Schmollhaltung zu verharren, während Cam seiner Gattin eine Tasse Kaffee servierte und ihr einen zärtlichen Kuss aufs Haar hauchte. »Du bist früh auf, mein Engel.«

»Das ist ja auch kein Wunder bei dem Radau im Haus«, antwortete sie und warf ihrem Schwager einen griesgrämigen Blick zu. »Was ist los, Bentley?«

Mit knappen Worten erzählte Bentley Hélène, was sich zugetragen hatte – wobei ihm zugute gehalten werden musste, dass er kein noch so nichtiges Detail ausließ. »Es war dumm von mir«, beendete er seine Ausführungen. »Du musst mir glauben, dass das alles nichts weiter zu bedeuten hat.«

Hélène schaute ihn befremdet an. »Derlei passiert nicht durch Zufall, Bentley«, warf sie leise ein. »Niemand hat dich dazu gezwungen, die Magd anzufassen. Du solltest dich vielmehr fragen, *warum* du es getan hast.«

»Was zum Teufel meinst du mit *warum*?«, gab er hitzig zurück. »Ich habe es nicht getan, um meine Ehefrau gegen mich aufzubringen, falls es das ist, was du mir unterstellen willst.«

»Ach wirklich?«, hielt Hélène zynisch dagegen. »Bist du dir da auch ganz sicher? In meinen Ohren klingt es eher, als würdest du mutwillig deine Ehe aufs Spiel setzen. Kein Mann, der bei klarem Verstand ist, geht umher, küsst und begrapscht Mägde in dem festen Glauben, seine Frau würde nicht davon Wind bekommen.«

Bentley lachte gekünstelt. »Mutwillig?«, äffte er sie nach. »Hélène, so langsam gebe ich Cam Recht. Du liest wahrlich zu viel in diesen psycho-... psychiatronischen... großen schwarzen Wälzern.«

In Hélènes Augen blitzte etwas Gefährliches auf. »Vielleicht solltest du deine Energie lieber darauf verwenden, dich zu fragen, warum du glaubst, der Hingabe deiner Ehefrau nicht würdig zu sein, Bentley.« Cam war erstaunt ob des scharfen Tons, den sie seinem Bruder gegenüber anschlug. »Seit Wochen schaut Frederica mit glänzenden Augen zu dir auf. Aber du scheinst kaum Zeit für sie zu erübrigen.«

Dieses Mal war Bentleys Lachen nicht aufgesetzt. »Meiner Frau mangelt es gewiss nicht an Aufmerksamkeit, davon kannst du getrost ausgehen.«

Hélène schob ihren Stuhl zurück. »Lass dir eins gesagt sein, Bentley«, warnte sie ihn. »Zu einer Ehe gehört mehr, als dass der Gemahl ein oder zwei Mal am Tag die Röcke seiner Gattin hochreißt und in ihr herumstochert.«

»Herumstochert?«, entfuhr es Bentley. »Liebste Hélène, ich kann zwar nur für mich und nicht für meinen werten Bruder sprechen, aber *ich* stochere bestimmt nicht einfach nur herum. Dazu bin ich ein viel zu gewiefter Liebhaber.«

Der Earl sprang auf. »Jetzt schlägt's dreizehn!«, rief er aufgebracht aus und schleuderte angewidert seine Serviette auf den Tisch. »Du, Bentley, kannst mich schon lange nicht mehr schockieren, aber Hélène, von dir und deiner Wortwahl bin ich über die Maßen entsetzt und erkläre diese Unterredung auf der Stelle für beendet. Männer und Frauen sollten sich eben nicht gemeinsam über solch heikle Themen austauschen.«

»Wie du wünschst«, blaffte Hélène ihn an und erhob sich ebenfalls. »Ich werde das Feld räumen. Von mir aus kannst du ihm ja alles erklären, Cam. Es fällt ohnehin in deinen Zuständigkeitsbereich, ihn mal gehörig ins Gebet zu nehmen. Auch wenn ich manchmal starke Zweifel habe, ob bei Bentley nicht doch längst Hopfen und Malz verloren sind. Ach ja, Cam, einen guten Ratschlag hätte ich noch für dich. Lass dir beim nächsten Mal etwas Besseres einfallen als *versuch's mal mit Schmuck*!« Mit diesen Worten drehte Hélène sich um und verließ in einer violetten Seidenwoge das Esszimmer. Wortlos starrten beide Männer in ihre Kaffeetassen.

Eine bedrückende Stille breitete sich aus, bis Bentley plötzlich in die Hände klatschte. »Nun denn«, setzte er gespielt beschwingt an. »Was genau sollst du mir denn erklären, Bruderherz? Hat es etwas mit der Wiederherstellung und Aufrechterhaltung von Harmonie in der Ehe zu tun?«

Der Earl lehnte sich verwirrt zurück. »Wenn ich das nur wüsste«, gab er zu. »Alles, was ich weiß, ist, dass meine Gemahlin vor Wut schäumt, mir das Frühstück verleidet hat und der Rest des Tages auch nicht besser sein wird.«

Bentley nickte. »Soll ich schon mal die Pferde vorspannen lassen? Hélène sähe mit funkelnagelneuen Saphirohrhängern bestimmt bezaubernd aus – ohne Geschmeide brauchst du ihr erst gar nicht wieder unter die Augen zu treten. Vor allem dann nicht, wenn du immer nur in ihr herumstocherst.«

Frederica hatte sich auf dem Bett gegen einen Berg von Kissen gelehnt und kämpfte noch immer gegen die Tränenflut an. Plötzlich hörte sie, wie sich die Tür einen Spaltbreit öffnete. Fredericas kleines törichtes Herz machte einen Satz. Insgeheim hoffte sie, Bentley möge zurückgekehrt sein, um sie auf Knien um Verzeihung zu bitten. Aber es war nicht Bentley. Sondern die Person, die sie am allerwenigsten zu sehen wünschte: Queenie. Sie trug ein Tablett mit Zwieback und einer dampfenden Tasse Tee herein. Frederica fehlten die Worte.

Auch Queenie machte den Eindruck, als wäre ihr nicht sonderlich wohl zumute. »Mrs. Rutledge«, begann sie und stellte das Tablett ab. »Es gibt wirklich keinen Grund, warum Sie so dolle wehleidig sein müssen.«

Frederica richtete sich auf. »W-wehleidig?«

Queenie nickte mitfühlend. »Sieht doch 'n Blinder, dass Sie schmollen tun. Ich hab da was, dass Sie nich mehr so verärgert und blass aussehn müssen«, meinte sie, holte einen kleinen Beutel aus ihrer Schürze hervor und schüttete den Inhalt langsam in den Tee. »Ist was zur Stärkung. In meiner wilden Jugend hab ich 'n paar Tricks gelernt. Ich hab Ihnen was zusammengebraut, das vor allem für Schwangere gut ist, die morgens reihern müssen.«

Frederica zerknüllte ihr Taschentuch. Sie wollte sich in Gegenwart dieser Frau nicht die Blöße geben, in Tränen auszubrechen. »Wie bitte?«, hakte sie nach.

Die Magd vermied es, sie direkt anzublicken und griff stattdessen nach dem Löffel, mit dem sie den Tee umrührte. »Ich weiß, dass ich nicht das Recht hab es zu sagen, Ma'am, aber was Sie da heute Morgen im Salon gesehn haben, ist alles nich so, wie's scheinen tut. Mr. B. hat nur versucht, 'nem alten Mädchen zu schmeicheln.« Sie zuckte mit den Achseln und legte den Löffel beiseite. »Das war natürlich nich ganz korrekt von ihm, aber Mr. B. tut manchmal Sachen, bevor er richtig nachdenkt.«

Zu ihrer eigenen Überraschung griff Frederica nach der ihr angebotenen Tasse. Einen Augenblick lang dachte sie darüber nach, ob Queenie sie womöglich vergiften wollte. Der Tee wirkte trübe und schäumte stark.

»Trinken Sie schnell!«, befahl Queenie ihr streng. »Die ganze Tasse, in einem Zug.«

Frederica tat, wie ihr geheißen. Der Tee schmeckte zwar abscheulich, aber nicht giftig.

Queenie nahm sich der leeren Tasse an. »Nein, Mr. B. hat nichts für mich übrig, Ma'am«, setzte sie ein wenig niedergeschlagen hinzu. »Das ist nur so 'ne Art Spiel zwischen uns. Das machen wir schon seit Urzeiten. Aber jetzt ist er ja schließlich verheiratet, da muss er damit aufhören. So was gehört sich nich, aber das hat er wohl noch nich kapiert. Bestimmt macht er sich auch schon so seine Gedanken.«

»Das sollte er lieber, und zwar flugs«, stimmte Frederica ihr mit unheilvoller Stimme zu.

Im verhärmten Gesicht der Magd breitete sich ein überraschend hübsches Lächeln aus. »Sie müssen ihm nur was Zeit geben, damit er sich dran gewöhnen kann, Ma'am«, riet Queenie ihr. »Er ist 'n prächtiger Bursche, Ihr Gatte. Ist besser, als er sich selbst sehen tut. Und besser auch als die Meinung, die der Earl von ihm hat, denk ich mir manchmal so. Beim Gesinde ist Mr. B. ziemlich beliebt.«

»Verstehe«, murmelte Frederica. »Aber wie meinten Sie das, er wollte Ihnen schmeicheln?«

»Sie müssen wissen, dass ich viele Jahre lang mein tägliches Brot auf dem Rücken verdient hab«, erklärte sie Frederica ohne sichtliche Scham. »Das war, bevor Mr. B. und seine Lordschaft mich nach Chalcote geholt haben. Gleich nachdem dieser Lumpenkerl Lady Ariane und Mylady entführt hatte.«

»Auf dem Rücken?« Frederica konnte Queenies Ausführungen nur langsam folgen. »Und von welchem Schurken sprechen Sie da überhaupt?«

»Herrje.« Ein bestürzter Ausdruck huschte über Queenies Gesicht. »Man könnte auch sagen, ich hatte 'ne Zeit lang reichlich Verehrer – wollen wir es dabei belassen? Na ja, und wegen dem

Bösewicht, da fragen Sie vielleicht am besten Mr. B. selbst. Ich darf Ihnen ja eigentlich nix erzählen, aber wenn Sie mich fragen, war der Schurke auf Mord aus. Aber da hat er nich mit Mr. B. gerechnet.«

»Mord?« Frederica begann sich zu fragen, ob die Magd noch ganz bei Verstand war.

Queenie kräuselte die Lippen und reichte Frederica den Teller mit dem Zwieback. »Jetzt essen Sie erst mal 'n Happen, Ma'am, und ruhn sich was aus. In fünf Minuten haben Sie das Gefühl, Sie könnten Bäume ausreißen.« Die Magd blickte sie unnachgiebig an. »Dann sollten Sie sich anziehen und nach unten kommen. Mr. B. und seine Lordschaft machen den Eindruck, als wenn sie wegen dieser Sache gleich aufeinander losgehn.«

»So, so«, murmelte Frederica. »Wundert mich nicht.«

Queenie hatte sich in der Zwischenzeit zum Kamin begeben und kümmerte sich um die Asche. »Tja, so sind sie nun mal, die beiden, Ma'am«, sagte sie, wobei ihr ansehnliches Gesäß hin- und herwackelte. »Wie zwei Kampfhähne. Seit der Lord Mr. B. damals Miss Belmont weggeschnappt hat, ist alles noch schlimmer geworden. Mr. B. war doll vernarrt in die Göre – die hat aber auch ein einnehmendes Wesen. Aber die Kleine wollte davon nix wissen. Das zumindest sagt Naffles, und wenn sie es nicht weiß, wer dann?«

Miss Belmont? Wer in Gottes Namen war Miss Belmont? Frederica nickte schnell, damit Queenie weitersprach.

»Tja, und wer zuletzt lacht, lacht am besten, nich wahr? In dem Fall war es Miss Belmont.«

»Wenn Sie das sagen«, antwortete Frederica verwirrt. Da Queenie noch immer fieberhaft damit beschäftigt war, ihren Pflichten nachzukommen, hörte sie Frederica ohnehin nicht richtig zu.

»Die ist doch tatsächlich durchgebrannt!«, kicherte Queenie in sich hinein. »Wollte weder den einen noch den anderen Rutledge, obwohl sie beide charmant sind, nich? Und gut aussehen tun Sie auch beide. Auf einmal war sie hinter dem armen Geistlichen her, diesem ollen Sauertopf...« Plötzlich flog Queenies Kopf in die

Höhe, sodass ihre Haube verrutschte. »Ach herrje!«, flüsterte sie entsetzt. »Die Naffles würde mich schelten, wenn sie wissen tät, dass ich hier aus dem Nähkästchen plaudern tue.« Die Magd schnappte sich die Schütte und machte einen hastigen Knicks. »Ich werd Larkin raufschicken, damit er sich ums Feuer kümmert.«

Im nächsten Augenblick war Queenie in einer Wolke aus schwarzem Kammgarn und wippenden blonden Locken verschwunden. Frederica stieß einen Seufzer der Erleichterung aus. Diese wunderliche Frau schien in der Tat die Wahrheit zu sagen. Frederica glaubte nun nicht mehr, dass Bentley sie wirklich hatte verführen wollen. Doch das war nur ein schwacher Trost, sie fühlte sich trotz allem hundeelend und wünschte sich nichts sehnlicher, als dass dieser verwunschene Tag sich mit der gleichen Geschwindigkeit dem Ende neigen mochte, wie Queenie aus dem Raum gestürzt war. Doch sie hoffte vergebens.

Irgendwann am späten Nachmittag fand Bentley sich auf dem Hügel oberhalb des Dorfes wieder und blickte hinunter auf Chalcote, St. Michael's und den Friedhof, der zwischen beiden eingepfercht lag. Auch er hatte das Gefühl, zwischen zwei Mächten – der Vergangenheit und der Gegenwart – gefangen gehalten zu werden. Der Tag war wunderschön gewesen, und selbst jetzt wärmte die Sonne ihm noch die Schultern, obwohl sich am Horizont bereits erste Wolken formierten. Über ihm zog ein Bussard gemächlich seine Kreise, sein Gefieder dunkel gegen den blauen Himmel. Doch Bentley konnte das alles nicht genießen.

In den Morgenstunden hatte er sich bereits auf halbem Wege nach Cheltenham befunden, ehe er sich bewusst wurde, dass er sich erneut wie ein Narr verhielt. Cam hatte sich geirrt. Frederica würde sich nie und nimmer durch eine materielle Geste besänftigen lassen, egal, wie großzügig diese auch ausfallen mochte. Ein Schmuckstück würde sie vermutlich nur noch wütender machen. Ob bewusst oder unbewusst, Frederica wartete auf ein gänzlich anders geartetes Signal. Zwar waren ihm die Worte über die aufgeschlitzten Pulsadern in Rage über die Lippen gekommen, doch so langsam erhärtete sich sein Verdacht, dass er mit seiner Annahme nicht gänzlich falsch gelegen hatte.

Was für ein Dummkopf war er doch, wenn er annahm, seine Ehe könne funktionieren, wo er doch kaum etwas zu ihrem Gelingen beizutragen hatte. Wenn man einmal von seinen Vorzügen im Bett absah. Dieses Talent hatte ihm immer ein wenig Respekt verschafft. Wie viele seiner Gespielinnen hatten ihm das schon bestätigt? Es war ihm schon peinlich, wie oft er mit Frederica schlafen wollte. Manchmal konnte er es kaum ertragen, bei ihr zu liegen, so groß war sein Verlangen und gleichzeitig der Abscheu vor sich selbst. Nicht einmal einer gut bezahlten Hure würde er es zumuten, sich ihm so häufig hingeben zu müssen. Er konnte sich nicht erinnern, je treu gewesen zu sein, aber im Moment wäre er beim besten Willen nicht in der Lage, auch noch eine andere Frau als seine eigene zu beglücken, selbst wenn er es gewollt hätte. Und das tat er nicht. Nein, verdammt, das tat er nicht.

Zum Teufel, er war ganz schön in Schwierigkeiten. Und seine Ehe machte nur einen Teil dieser Schwierigkeiten aus. Mit langsamen Schritten wanderte er über die Heide, das Pferd im Schlepptau. Was, in Gottes Namen, würde er tun, wenn Freddie ihn nach sechs Monaten verließ? Oder nach sechs Jahren – vorausgesetzt, ihre Verbindung würde überhaupt so lange Bestand haben? Bentley gefror das Blut in den Adern. Er war es gewesen, der darauf bestanden hatte, ihr dieses Schlupfloch einzuräumen, aus Angst, sie sonst nicht für sich gewinnen zu können. Letzten Endes konnte ein Mann seine Frau nicht zwingen, mit ihm zusammenzuleben, oder? Nein, es sei denn, er nahm die Kinder als Geisel, was rechtlich durchaus möglich war. Aber das war doch zu grausam.

Hinzu kam, dass er ihr wie ein liebestoller Narr bereits zugesichert hatte, dass er sie zu nichts zwingen würde. Und nun saß er unweigerlich in der Falle und kam nicht mehr los von ihr. Frederica, seine kleine unschuldige Gemahlin, wirkte wie ein Rauschgift auf ihn. Schon lange hatte er die berauschende Gefahr gewittert, die von ihr ausging, und sein Verdacht hatte sich am zweiten Weihnachtsfeiertag ein für alle Mal bestätigt, denn als er ihre Lippen berührt hatte, war es um ihn geschehen gewesen. Ein tiefes, dunkles Verlangen, das lange geschlafen hatte, war zum Leben erwacht.

Bentley schüttelte schnell den Gedanken ab, hob den Blick und blinzelte in Richtung Bellevue, dessen helle Mauern in der Nachmittagssonne erstrahlten. Er hatte den Großteil des Tages mit dem Bierkrug in der einen und dem Würfelbecher in der anderen Hand verbracht. Seinem Gefühl nach zu urteilen musste es ungefähr drei Uhr sein. Joan war sicher gerade dabei, die Kinder für ihr Nachmittagsschläfchen vorzubereiten, während Basil sich wieder einmal in seinem Arbeitszimmer verbarrikadiert hatte. Bentley raffte die Zügel, suchte nach dem Steigbügel und schwang sich in den Sattel, ehe er sein Ross gen Süden lenkte. An dem Gespräch, das Joan ihm angeboten hatte, war er zwar nicht interessiert, doch er hoffte, dass der ausgiebige Spaziergang an ihrer Seite ihm gut tun würde und er über die richtigen Worte für Frederica nachdenken konnte, ehe er nach Chalcote Court zurückkehrte.

Wie Bentley vermutete hatte, war Joan zu Hause und überglücklich, ihn zu sehen. Während er sein Pferd im Stall anband, holte Joan ihren Umhang. Dann schlenderten die beiden durch die Gärten, die das Haus umgaben, und steuerten geradewegs auf den Zierteich zu, den sie wenige Minuten später in einvernehmlichem Schweigen erreichten. Sie schritten am grünen Ufer entlang, bis sie auf Höhe der kleinen Insel angelangt waren, auf der die Miniaturausgabe eines griechischen Tempels stand. In Bentleys Augen war Bellevue viel zu elegant, aber die Schönheit des Anwesens konnte man wirklich nicht bestreiten. Vor allem die Gartenanlage mit den dazugehörigen Rosenbeeten war von besonderem Reiz. Für gewöhnlich malte Bentley sich aus, wie er die Gärten gestalten würde, wenn es seine wären. Doch heute vermochten ihn diese Gedankenspiele nicht zu erfreuen.

»Was ist nur los mit dir, Bentley?« Joans Frage holte ihn zurück in die Gegenwart. »Ich spüre deutlich, dass etwas nicht im Lot ist.«

Erst jetzt bemerkte Bentley, dass er ziellos über die Wasseroberfläche hinweggestarrt hatte. Vielleicht war er doch nach Bellevue gekommen, um sein Herz zu erleichtern. »Ach Joan«, murmelte er niedergeschlagen. »Wie es aussieht, habe ich mir mein gesamtes Leben vermasselt. Ich weiß gar nicht, wo ich anfangen soll.«

»Am Anfang«, schlug sie vor und lenkte ihn zu der kleinen Brücke, die zum Tempel führte.

»Am Anfang«, wiederholte er verbittert. »Der dürfte dir bestens vertraut sein, Joan. Du weißt, wann alles begann, schief zu laufen. Du bist vielleicht die Einzige – bis auf Cam wahrscheinlich.«

Joan berührte ihn leicht an der Hand. »Sei nicht albern«, flüsterte sie. »Cam ist vollkommen ahnungslos. Selbst wenn er etwas wüsste, wäre es nicht weiter schlimm.«

»Wenn du das wirklich glaubst, zeugt das nur davon, über wie wenig Menschenkenntnis du doch verfügst«, meinte er verbittert.

Doch Joan ließ sich nicht beirren. »Das sehe ich ein bisschen anders«, meinte sie. »Aber jetzt rück endlich mit der Sprache raus.«

Bentley erzählte ihr mehr oder weniger alles. Er ließ lediglich jene Details aus, die seine Frau in ein kompromittierendes Licht hätten rücken können. Er war selbst erstaunt, als er sich erzählen hörte, wie es zur Eheschließung zwischen Frederica und ihm gekommen war und welchen teuflischen Handel er hatte abschließen müssen, damit er sie vor den Altar führen durfte. Auch ließ er seine unglaubliche Dummheit, die er am Morgen begangen hatte, nicht aus, genauso wenig wie Fredericas Reaktion.

Joan warf ihm einen finsteren Blick zu. »Du kannst dich glücklich schätzen, wenn sie nicht gerade zugange ist, die Reisekoffer zu packen, um auf dem schnellsten Wege zu ihrer Familie zurückzukehren, Bentley«, ließ sie ihn mit ernster Stimme wissen. »Wenn ich an ihrer Stelle wäre, würde ich einen solchen Schritt zumindest ernsthaft in Erwägung ziehen.«

Seufzend stützte Bentley sich auf der Steinbalustrade ab und beugte sich über die Wasseroberfläche, auf der sich die Farben des Himmels spiegelten. »Nein, das würdest du nicht«, entgegnete er entschieden.

In Joans dunkelgrünen Augen blitzte Belustigung auf. »Hast du mich deshalb heiraten wollen, Bentley?«, erkundigte sie sich. »Weil du dachtest, ich wäre ein kleines dummes Ding, das deine unverbesserlichen Angewohnheiten tolerieren würde?«

Bentley zuckte lässig mit den Schultern. »Ich wollte dich, Joan, weil ich davon überzeugt war, dass mich keine andere je würde zum Manne haben wollen«, erklärte er ihr. »Seitdem ich denken kann, bist du meine beste Freundin.«

»Wie kommt es dann, dass ich dich damals so gut wie nicht mehr zu Gesicht bekommen habe?«, zog sie ihn auf. »Du hast mir kaum noch geschrieben und mir nur hin und wieder einen Besuch abgestattet. Und anstatt mir dann den Hof zu machen, hast du mir haarklein von deinen unzähligen amourösen Abenteuern erzählt.«

Wieder entwich Bentley ein verbittertes Lachen. »Das ist mir gar nicht aufgefallen. Du warst einfach immer für mich da, Joan, das war für mich selbstverständlich. Und als ich eines Tages mal wieder nach Hause zurückkehrte und erfahren musste, dass Cam die Absicht verfolgte, dich zu ehelichen, hatte ich das schreckliche Gefühl, mir würde etwas entrissen, das für mich immer ein Fels in der Brandung war. Mir war, als wollten Cam oder der Allmächtige mich bestrafen. Wenn du an seine Seite getreten wärst, hätte das das unweigerliche Ende unserer Freundschaft bedeutet.«

»Das war mir nie klar, Bentley.«

»Aber wie heißt es so schön: Wer zuletzt lacht, lacht am besten, nicht wahr?«, sagte er zerknirscht. »Du hast sowohl Cam als auch mich in die Schranken gewiesen, als du dich für den guten alten Basil entschieden hast. Damit hatte keiner von uns gerechnet. Und

Cam hat sich letztlich Hélène geschnappt, auf die er meiner Meinung nach schon immer ein Auge geworfen hatte.«

Ein Lächeln funkelte in Joans Augen. »Ich glaube, da hast du nicht ganz Unrecht.«

»Wie steht es überhaupt mit dir, Joan? Bist du mit Basil glücklich? Zumindest machst du den Anschein, als ob dem so wäre.«

»Wir passen sehr gut zueinander, Bentley«, bestätigte sie. »Ich wäre nicht glücklich geworden, wenn ich mich für dich ...«

»Seltsam, mit der Meinung stehst du nicht alleine da«, warf Bentley trocken ein.

»... oder Cam entschieden hätte«, beendete sie ihren Satz. »Cam erschien mir immer so *omnipotent*, und du ... so *potent*.«

Es war das erste Mal an diesem Tag, dass Bentley aus vollem Herzen lachte, aber Joan sprach schon weiter. »Liebster Cousin, darf ich dir nun ein Geheimnis anvertrauen?«

Bentley legte ihr den Arm um die Schultern, während sie um den runden Tempel herumgingen. »Ich glaube, ich weiß schon, was du mir mitteilen willst«, meinte er, während er seinen Blick umherschweifen ließ und ein Vogelpaar erspähte, das sich ein Nest auf einer der ionischen Säulen baute. »Du bist wieder einmal in anderen Umständen, habe ich Recht? Ich kenne dich gut, Joan, mir kannst du nichts vormachen. Ich sehe es dir an der Nasenspitze an.«

Joan schoss die Röte ins Gesicht. »Erraten«, gab sie zu. »Das Baby wird im Oktober das Licht der Welt erblicken, nur wenige Wochen, bevor ihr euren Nachwuchs in die Arme nehmt.«

»Das ist ja toll«, sagte er leise. »Falls Freddie und ich uns nicht trennen, könnten unsere Kinder Freunde werden und gemeinsam aufwachsen. Genau wie du und ich damals.«

Bei diesen Worten blickte Joan ihn niedergeschlagen an. »Das dürfte ein wenig schwierig werden«, meinte sie mit gedämpfter Stimme. »Wir werden nämlich schon bald von hier fortgehen, Bentley. Nach Australien. Basil ist eine Stelle im dortigen Seminar angeboten worden. Das war immer sein Traum, musst du wissen.

Er will ein völlig neues Leben beginnen. Aber wir werden es erst an die große Glocke hängen, wenn Cam einen Nachfolger für ihn gefunden hat. Ich glaube nicht, dass wir je zurückkehren werden.«

Bentley wirbelte herum und starrte sie wie vom Donner gerührt an. »Aber Joan, Australien ist entsetzlich weit weg«, platzte es verzweifelt aus ihm heraus, und er legte ihr seine Hände auf die Schultern. »Doch du meinst es ernst, das kann ich in deinen Augen lesen. Dass ihr für immer fortgeht, bricht mir schier das Herz. Damit kann ich das Chalcote, das ich aus meinen Kindertagen kenne, endgültig zu Grabe tragen.«

Joan blickte ihn mit ernster Miene an. »Das Chalcote deiner Kindheit existiert schon lange nicht mehr«, erwiderte sie ruhig. »Ob das nun schlecht oder vielleicht auch gut ist, nichts bleibt, wie es war. Ich denke, du weißt, was ich dir damit sagen will.«

Bentleys Hände glitten von ihren Schultern. »Mag sein«, murmelte er. »Könnten wir jetzt bitte das Thema wechseln?«

»Dann schlage ich vor, du machst dich auf den Weg nach Hause«, sagte Joan. »Sprich dich endlich mit Frederica aus.«

Bentley hauchte Joan einen Kuss auf eine Augenbraue. »Du hast vollkommen Recht, ich sollte zu ihr gehen«, meinte er mit einer Stimme, die von weit her zu kommen schien. »Hoffentlich ist sie überhaupt noch da.«

»Ich glaube schon«, beruhigte Joan ihn mit sanfter Stimme. »Aber es gibt einiges, das du wieder gutmachen musst. Was du jetzt brauchst, ist ein wahrer Freund, Bentley, und ich bin froh, eben dieser Freund für dich sein zu können, solange wir noch hier wohnen. Du kannst mich zu jeder Tages- und Nachtzeit aufsuchen, egal, was du auch auf dem Herzen haben magst. Genau wie früher.«

»Das weiß ich.« Doch Joan war der skeptische Unterton in Bentleys Stimme nicht entgangen. Ermutigend drückte sie ihm die Hand. »Mein Angebot steht«, versicherte sie ihm. »Morgens kannst du mich für gewöhnlich in der Sakristei finden. Komm einfach vorbei, wenn du mit mir reden möchtest, einverstanden?«

Bentley lächelte gequält. »Hast du denn gar keine Angst, Joan, dass die Dorfkirche einstürzen könnte, wenn ich sie betrete?«

Joans Antwort beschränkte sich auf ein Augenrollen. Beschwingt hakte sie sich bei ihm ein, und sie schlenderten zurück zum Haupthaus.

Doch als Bentleys Pferd zum Heimritt bereitstand, kamen ihm Zweifel, weshalb er nicht den direkten Weg zu Chalcote Court einschlug, sondern langsam durch das Dorf ritt. Am Fuße des Hügels hielt er vor dem *Rose & Crown* an und lauschte dem Quietschen des Aushängeschilds, das an einer Metallangel schaukelte. Der Wind hatte aufgefrischt, und eine steife Brise wehte vom Severn herauf. Noch vor dem nächsten Morgen würde es einen Sturm geben, dachte er sich. Bei solch einem Wetter würde doch niemand zu einer langen Kutschfahrt aufbrechen, oder?

Aber vielleicht kam es einfach nur darauf an, wie versessen jemand darauf war, von einem Ort wegzukommen. Es wäre typisch Freddie, wenn sie eine übereilte Entscheidung träfe. Im Geiste sah er sich ihr nachjagen – was er tatsächlich tun würde, wenn es sein musste. Doch wenn ihm das Schicksal übel mitspielte, war sie bereits seit Stunden unterwegs. Der Gedanke daran, ein leeres Bett vorzufinden, erfüllte ihn mit einem so starken Unbehagen, dass er absaß und das Wirtshaus betrat. Falls eine große Überlandkutsche Chalcote heute verlassen hatte, würde er es mit Sicherheit in der Schankstube erfahren können. Vielleicht würde ihn jemand auf ein Glas einladen, was er mehr als gebrauchen konnte.

Der Schankraum war erfüllt von Rauchschwaden, Stimmengewirr und Geigentönen. Ein kleines Grüppchen hatte sich neben dem Kamin aufgebaut, drei der Männer spielten Instrumente und stampften rhythmisch mit den Füßen auf den Boden. Auf dem Barhocker in der Mitte thronte ein walisischer Landsmann, der die Uniform der königlichen Infanterie trug und mit seiner kräftigen Baritonstimme eine unkeusche Ballade zum Besten gab. Bentley ließ sich an einem der aufgebockten Tische unweit der Küche nieder und zündete sich die erste von vielen Zigarren an. Er schaute sich um, wen er wohl zu einer Würfelpartie herausfordern konnte. Oder zu einer Runde Karten. Oder einer Rauferei. Zu irgendetwas, das ihm Ablenkung verschaffte.

Doch es half nichts, die Macht seiner Gedanken drohte wieder überhand zu nehmen. Er wusste, dass es ihm nicht gelingen würde, sie beiseite zu schieben, weshalb er einfach stumm dasaß und einen schlecht gelaunten und niedergeschlagenen Eindruck machte.

Nach und nach füllte sich der Raum, und die Rauchschwaden wurden dichter, sodass von den dunklen Balken des Fachwerks nicht mehr viel zu sehen war. Hin und wieder grüßte Bentley Vorbeigehende, doch er wusste nicht, wie lange er so apathisch dreinschauend dagesessen hatte. Nicht einmal der Alkohol wollte ihm richtig schmecken, und niemand schien an einer Partie Würfel oder Karten interessiert zu sein. Der walisische Sänger hatte die Leute in seinen Bann gezogen.

Ab und an erhaschte Bentley einen Blick auf Janie, die sich mit Speisen und Bierkrügen beladen ihren Weg durch die Menge bahnte. So oft sie konnte, schleuderte sie ihm zornfunkelnde Blicke zu. Es tat ihm Leid, dass sie verstimmt war, denn er hatte sie aufrichtig gern. Doch im Moment gab es dringlichere Probleme als Janies verletzten Stolz. Also mied Bentley den direkten Blickkontakt, was von Janie missdeutet wurde. Irgendwann nach Einbruch der Dunkelheit balancierte sie ein schwer beladenes Tablett, auf dem sich das dreckige Geschirr stapelte, an seinem Tisch vorbei. Als sie ihn gerade mit einem besonders gehässigen Blick bedachte, stieß sie mit ihrem Ellbogen gegen die hohe Rückenlehne des Stuhls, auf dem Bentley saß. Als Erstes entleerte sich ein halb volles Brandyglas über seinem Kopf und rollte scheppernd über den Tisch. Als Nächstes spritzten Reste kalten Kaffees umher, und Gläser zersprangen klirrend. Zu guter Letzt verteilte sich eine halb aufgegessene Portion gekochter Kohl auf seinem Stiefel. Die Geige verstummte. Um den Kamin herum brandete Applaus auf.

Bentley sprang auf, rang sich sein typisches, gefälliges Lächeln ab und wischte sich den Brandy vom Revers, der noch nicht in den

Stoff gezogen war. Es fiel ihm schwer, nicht aus der Haut zu fahren. Mit einem zuckersüßen Lächeln auf den Lippen kramte Janie ein kleines Handtuch aus ihrer Schürze hervor, warf es ihm hin, als würde sie einem Hund einen Knochen hinschleudern, und ging erhobenen Hauptes davon. Bentley starrte finster an sich herab. Der Gehrock war unweigerlich ruiniert. Dennoch tupfte er sich mit Janies Tuch sorgsam ab. Kemble würde ihn umbringen, wenn er ihn jetzt sähe, denn es war der lodengrüne Gehrock, den er eigens in der Savile Road hatte anfertigen lassen. Noch schlimmer war jedoch der penetrante Alkoholgestank, den er verströmte.

Verflixt und zugenäht! Es war höchste Zeit, sich aus dem Staub zu machen, sonst lief er Gefahr, dass ihm als Nächstes ein Hasenbraten samt Bratensoße über dem Kopf serviert wurde. Wahrscheinlich war dies Gottes Art, ihm mitzuteilen, dass er seinen Allerwertesten schleunigst nach Hause schaffen sollte, um vor seiner Gattin auf die Knie zu fallen und sie wegen seines gedankenlosen Verhaltens am frühen Morgen um Vergebung zu bitten. Vorausgesetzt, er fand sie noch zu Hause vor.

Nachdem Bentley seine Stute im Stall untergestellt und ihr eine Extraportion Hafer verabreicht hatte, begab er sich durch die Küchentür ins Haus. Er stärkte sich mit einem großen Glas Milch, durchwühlte die Küchenschränke und ölte erst einmal eine knarrende Türangel, um die unvermeidliche Konfrontation noch ein wenig hinauszuzögern. Als er sich schließlich doch zur Treppe begab, vernahm er auf halber Strecke Cams dröhnende Stimme. Bentley blieb wie angewurzelt stehen. Die Tür zum Arbeitszimmer seines Bruders stand offen, und das Familienoberhaupt saß mit hochgekrempelten Ärmeln an seinem Pult, auf dem ein mehrarmiger Kerzenleuchter Licht spendete. An seinem Ellbogen stapelte sich ein halbes Dutzend Kassenbücher. Die vollendete Verkörperung von Tüchtigkeit und Effizienz.

»Du hast mich gerufen?«, fragte Bentley und lehnte sich mit der Schulter gegen den Türrahmen.

Cam hatte sich erhoben und war um den Schreibtisch herumgeschritten. Seit der verbalen Tracht Prügel, die er am Morgen von Hélène hatte einstecken müssen, war seine Laune noch schlechter geworden und stand ihm deutlich ins Gesicht geschrieben. »Wo zum Teufel hast du den ganzen Tag über gesteckt?«

Bentley zwang sich zu einem jovialen Lächeln und ließ den Blick über Cam schweifen. »Ach, weißt du, überall und nirgends«, antwortete er. »Warum? Brauche ich jetzt etwa schon deine Erlaubnis, um fortzugehen?«

»Nicht meine, aber die deiner Gattin«, schoss der Earl zurück. »Ich dachte, du hättest Besserung gelobt, aber stattdessen habe ich stark den Eindruck, dass du dich lieber vergnügst, als auch nur einen Gedanken an sie zu verschwenden.«

Bentley ließ den Blick sinken und starrte auf Cams mit Tinte beschmutzte Manschetten. »Nicht, dass es dich etwas anginge«, sagte er achselzuckend, »aber ich habe heute an beinahe nichts anderes denken können.«

»Dazu hättest du aber nicht das Haus verlassen müssen, oder?«

»Wie kommt es eigentlich, Cam«, fragte Bentley leise, »dass du immer dann mit guten Ratschlägen aufwartest, wenn du nicht danach gefragt wirst, aber nie zugegen bist, wenn man wirklich mal Hilfe braucht?« Bentley zwang sich, wieder hochzublicken, doch Cam schien ihm nicht zugehört zu haben. Sein Gesicht hatte eine tiefrote Farbe angenommen, und seine Nasenflügel zitterten, als hätten sie etwas Widerliches gewittert. »Manchmal glaube ich einfach nicht, wie kreuzdumm du doch bist«, entfuhr es Cam, und er schnüffelte abermals. »Kann es sein, dass du den ganzen Tag nichts anderes getan hast, als dich zu betrinken?«

Bentley schürzte die Lippen. »Nein, ich habe mich nicht betrunken.«

»Ach wirklich?« Cams Stimme klang blechern. »Du stinkst, als würde dir der Alkohol aus jeder einzelnen Pore kriechen. Deine Gemahlin, die übrigens bereits seit Stunden oben auf dich wartet, wird gewiss entzückt sein.«

Frederica war also noch da! Für einen flüchtigen Moment schloss Bentley die Augen, doch als er sie abermals öffnete, standen Cam und seine feine Nase dicht vor ihm. »Verdammt, Bentley«, zischte er. »Du betrinkst dich, statt dich um deine Frau zu kümmern. Was, in Gottes Namen, stimmt mit dir eigentlich nicht? Kannst du mir das bitte mal verraten? Ich warte auf eine Erklärung.«

Was mit ihm nicht stimmte? Nichts. Alles. Sein Leben war das reinste Chaos, und er hatte keine Ahnung, wie er es wieder in Ordnung bringen sollte. »Lass mich einfach in Ruhe, Cam!«, fuhr er ihn an und stieß sich vom Türrahmen ab. »Ich schwör dir, ich habe kaum etwas getrunken, wenn du es genau wissen willst. Janie hat sich über mich geärgert und...«

Cam ging in die Luft. »*Janie?*«, schrie er. »Bentley, du machst wohl Scherze? Es ist schlichtweg indiskutabel, dass du hier erst das reine Chaos anstiftest, um dich anschließend mit dieser Dirne zu vergnügen.«

Das reichte. Das ließ Bentley sich nicht mehr gefallen. Erst war sein Gehrock ruiniert worden, und jetzt musste er sich auch noch anhören, er sei Ehebrecher und Saufbold in einer Person. Etwas in seinem Inneren schnappte ein, und er bohrte Cam vier Fingerspitzen in die Brust. »Ich hab dir gesagt, du sollst mich endlich in Ruhe lassen, schon vergessen?«, knurrte er ihn an und schob ihn von sich. »Selbst wenn ich heute Nachmittag jede Frau von hier bis Newcastle gevögelt hätte, ginge dich das verdammt noch mal einen Scheißdreck an. Genauso wenig, wie wenn ich sturzbesoffen nach Hause gekommen wäre und morgen die Scheidung einreichen würde. Um es kurz zu fassen, Mr. Heiligenschein Cam: Du gehst mir schrecklich auf die Nerven! Fahr zur Hölle und lass mich endlich in Frieden!«

Cams Faust traf ihn mit voller Wucht unterhalb des Kinns, Bentleys Kopf flog nach hinten. Bentley war es, als hörte er die Rundenglocke in der Boxhöhle von *Gentleman Jackson's* in London. Ungefilterte Wut stieg in ihm auf, und er genoss das Gefühl. Nachdem er zurückgeschlagen hatte, fühlte er sich noch besser. Er hatte Cam mit einem kräftigen Faustschlag an der linken Kieferseite erwischt, woraufhin dieser rückwärts getorkelt war. Cam fing sich am Schreibtisch ab, ehe er mit geballten Fäusten auf Bentley zustürmte. Es folgten weitere Schläge auf beiden Seiten, von denen nur wenige ihr Ziel verfehlten. Binnen Sekunden war eine zünftige Prügelei im Gange. Cam gelang es schließlich, Bentley zu Boden zu werfen und ihm seinen Stiefel auf die Brust zu stellen, woraufhin Bentley Cams Knie umfasste und ihn mit voller Kraft zu sich heranzog. Mit einem Fluch fiel Cam der Länge nach auf Bentley. Sogleich versuchte er, sich wieder hochzurappeln. Doch sein Bruder bekam ihn an der Taille zu fassen und riss ihn wieder zu sich. Er packte ihn bei den Haaren und tat etwas, das er schon immer gern getan, zu dem sich aber seit Jahren keine Gelegenheit mehr geboten hatte: Er rieb Cams Gesicht tief in den Teppich. Doch irgendwie schaffte es Cam, sich umzudrehen. Er riss Bentley mit, und die beiden rollten einige Male um die eigene Achse. Für den Bruchteil einer Sekunde verharrten sie wie festgefroren und boten wahrlich ein Bild für die Götter. Sie beäugten einander wie aufgebrachte Wölfe, doch ihr Keuchen und Grunzen klang eher nach König George, der sich in seine Beinkleider zwängte.

Plötzlich verengten sich Cams Augen zu kleinen Schlitzen. »Ich kann es auf deinem verdammten Gehrock riechen!«, brüllte er. »Du kleiner mieser Scheißkerl! Ich rieche den Fusel nicht an deinem Atem, sondern auf deinem Gehrock!«

»Na und?«, grunzte Bentley und nutzte den Moment, um sich gekonnt zu drehen und Cam mit sich zu reißen.

Cam versuchte, ihn von sich zu stoßen. »O Gott, mir scheint, du bist wirklich nüchtern«, brummte er. »Warum hast du das nicht gleich gesagt?«

»Warum sollte ich?« Mit einem kehligen Laut drückte Bentley Cam nieder. Da sie vom Läufer heruntergerollt waren, schlug Cams Kopf mit einem entsetzlichen Knall auf den Eichenpaneelen auf.

»Aua!« Etwas in Cams Augen blitzte auf. »Verdammt, Bentley! Ich werde dafür sorgen, dass du den Tag bereust, an dem du geboren wurdest.« Mit einem eisernen Griff packte er Bentley beim Halstuch und führte eine kräftige Drehung aus.

»Das tue ich längst«, japste Bentley. Es gelang ihm, sich aus Cams Würgegriff zu lösen, was wieder dazu führte, dass Fäuste und Ellbogen flogen. Bentley verpasste Cam einen Schlag, der zu einer Platzwunde an der Lippe führte. Gerade als Cam mit Blutgier im Blick ausholte, um sich an Bentley zu rächen, zerriss ein gellender Schrei die Luft.

»Runter von ihm!« Im nächsten Moment kniete Frederica neben ihnen und zog Bentley am Arm. »Geh sofort runter von ihm.«

Bentley verspürte nicht die geringste Lust, von seinem Vorhaben abzulassen, doch Cam, der Weichling, hielt augenblicklich inne, wodurch er auch Bentley zwang, die Hand fallen zu lassen. Dieser ließ sich von seinem Bruder herunterziehen, doch nicht, ohne ihm mit dem Knie noch einen letzten Stoß in die Rippen zu versetzen, was Frederica nicht entgangen war. Sie boxte ihm mit einem harten Schlag gegen die Hüfte. »Ich habe gesagt, du sollst aufhören!«, fuhr sie ihn an. »Gütiger Gott, seid ihr beide jetzt von allen guten Geistern verlassen?«

Bentley bemerkte, dass sie nur mit einem Nachthemd bekleidet war. Ihr Haar fiel ihr locker auf die Schultern herab, und ihre hübschen hohen Wangen glühten rosig. Er musste unwillkürlich schlucken. Herrgott, sie war bezaubernd, seine Kleine – abgesehen von diesem bitterbösen Blick in den Augen.

Cam rappelte sich hoch. »Bitte entschuldigen Sie, Frederica«, sagte er und berührte seine blutende Lippe mit dem Handrücken. »Uns war nicht bewusst, dass eine Dame zugegen ist.«

»Was ist das denn für eine Entschuldigung?«, schoss Frederica ungehalten zurück. Mit der einen Hand hielt sie Bentley noch immer am Handgelenk fest, die andere hatte sie sich in störrischer Manier in die Hüfte gestemmt. »Ich bin zutiefst schockiert, Cam!

Von dir und deinem Bruder gleichermaßen. Erwachsene Männer, die sich wie Lausbuben auf dem Boden wälzen.«

Bentley schüttelte den Kopf. »Freddie, du verstehst das nicht...«

Fredericas Kopf schoss herum. »Da hast du ausnahmsweise Recht!«, zischte sie mit aufblitzenden dunklen Augen. »Und wag es ja nicht, mir das hier erklären zu wollen. Es will mir einfach nicht in den Kopf, warum ihr beide nicht friedlich miteinander umgehen könnt. Wenn es einen triftigen Grund für euren Disput gibt, dann geht die Angelegenheit wie wahre Gentlemen an und fordert einander zum Duell.«

»Cam zum Duell auffordern?« Bentley war entsetzt.

Lord Treyhern warf seinem Bruder einen betretenen Blick zu. »Bitte entschuldige, Frederica«, wiederholte er. »Da muss ein Missverständnis vorliegen. Bentley und ich ... nein, weder er noch ich wollen den anderen erschießen. Nein, so weit ist es noch nicht, alter Knabe, oder?«

Bentley hatte sich aus Fredericas Griff gelöst und richtete sich die Kleidung, wobei er mehr Sorgfalt aufwendete, als nötig gewesen wäre. »Ein Duell kommt gar nicht in Frage«, stimmte er ihm kleinlaut zu. »Alles bloß ein riesiges Missverständnis, Freddie. Die Stimmung war gereizt, und da haben wir die Kontrolle verloren. Mehr war da nicht.«

Fredericas Augenbrauen waren in die Höhe gewandert. »Mehr war da nicht?«

Cam war indessen zum Schreibtisch zurückgekehrt und hatte sich die Kassenbücher unter den Arm geklemmt. »Es ist Zeit für mich, ins Bett zu gehen«, murmelte er. »Wärst du so nett, Bentley, und bläst die Kerzen aus, wenn du dich zur Ruhe begibst?«

Kapitel 14

In welchem Mrs. Rutledge ein Machtwort spricht

Der Weg hinauf ins Schlafgemach erschien Bentley unendlich weit. Während er hinter Freddie die Treppe erklomm, hielt er den Blick fest auf ihren Rocksaum geheftet. Mit jedem Schritt, den er tat, wurde ihm schwerer ums Herz. Er hatte sich im Recht gewähnt, als er Cam geschlagen hatte. Wie kam es nur, dass er sich jetzt wie der letzte Dorftrottel fühlte? Am meisten beschäftigte ihn jedoch die Frage, was Freddie dazu bewogen haben mochte, doch nicht abzureisen.

Doch Bentleys Befürchtungen wurden bestätigt, als er die Tür öffnete und nach seiner Gattin eintrat. Zwei Schubladen der Kommode waren herausgezogen, und auf dem Sessel ruhte ein Stapel Kleider. Bentley hielt es nicht mehr länger aus, packte Frederica bei den Schultern und drehte sie zu sich um. »Wirst du mich verlassen?«

Sein krächzendes Flüstern hatte Frederica hochschrecken lassen. »Was?«

»Ich möchte wissen, ob du mich nun verlässt, Freddie? Falls ja, dann musst du es mir sagen. Herrgott, ich halte diese Ungewissheit einfach nicht mehr aus.«

Frederica registrierte den Schmerz, der in seiner Stimme mitschwang. Im Schein der Öllampen schaute sie an seinen Schultern vorbei und sah, wie die herausgezogenen Schubladen im schmalen Spiegel, der zwischen den Fenstern angebracht war, reflektiert wurden. Um ihre Nerven zu beruhigen, hatte Frederica damit begonnen, einige Kleider auszusortieren, was ihren Kummer aber nicht im Mindesten hatte lindern können. Als sie sich auf dem Weg in die Küche befunden hatte, um sich eine Tasse heiße Milch zu holen, waren die Kampfgeräusche und die lauten Stimmen aus dem Arbeitszimmer des Earls gedrungen.

Den Blick starr auf Frederica gerichtet, entledigte Bentley sich des Gehrocks und des Halstuchs und warf beide Kleidungsstücke auf das Bett. Frederica schritt stumm zur Kommode, um die Schubladen zu schließen. *Wollte sie ihn verlassen?* Nein. Nein, das wollte sie eigentlich nicht, auch wenn sie einen schwachen Impuls verspürte, wie ein verängstigtes Kaninchen zurück in den beschützenden Familienbau zu fliehen. Aber das würde sie vorerst nicht tun. Sie war jetzt eine verheiratete Frau. Zwar stand ihr das Wasser bis zum Hals, aber sie würde einfach lernen müssen, zu schwimmen. Im Gegenzug musste Bentley lernen, sein Temperament zu zügeln und seine Gefühle in Worte zu fassen, anstatt sich nur seiner Fäuste und seines Gemächts zu bedienen. Weder er noch sie würden kampflos aufgeben und einfach die Brücken hinter sich abbrechen. Frederica drehte sich um und sah, dass Bentley auf sie zusteuerte, die Hände zu Fäusten geballt und fest gegen die Oberschenkel gepresst. Langsam glitt sein Blick an ihr herab.

»Ob du mich nun verlassen willst?«, krächzte er. »Gib mir einfach ein Ja oder ein Nein, um Gottes willen.«

Frederica blinzelte und schüttelte langsam den Kopf. »Nein, ich werde dich nicht verlassen«, klärte sie ihn laut und deutlich auf. Sie konnte erkennen, wie ihm die Spannung aus den Schultern wich. »Ich habe lediglich ein paar Kleider aussortiert, weil ich sie Janie zum Stopfen geben wollte. Aber jetzt zu dir, mein Lieber: Was ist eigentlich zwischen Cam und dir vorgefallen?«

Mit trauriger Miene schüttelte er seinen Kopf. »Wir haben uns wie Hornochsen benommen«, meinte er. »Cam warf mir vor, ich hätte mich voll laufen lassen, was aber einfach nicht den Tatsachen entspricht. Ich hatte üble Laune, bin fast vor Selbstmitleid zerflossen und habe mir die größten Sorgen wegen dir gemacht. Eins führte zum anderen, und ehe ich mich versah, hat Cam zugeschlagen. Oder war ich es? Verdammt, ich weiß es nicht mehr genau. Das kommt bei uns schon mal vor.«

»Wo warst du den ganzen Tag über?«, erkundigte sich Frederica gelassen.

Für einen kurzen Moment schloss Bentley die Augen. Da er sich des Halstuchs entledigt hatte, konnte Frederica deutlich erkennen, wie die Muskeln in seinem Hals arbeiteten.

Am Morgen, nachdem sie hinunter in den Speisesalon gegangen war – genau wie Queenie ihr geraten hatte –, hatte sie erfahren, dass Bentley eine halbe Stunde zuvor weggeritten war. Doch niemand im Haus wusste, wohin. »Vielleicht Cheltenham«, hatte Lord Treyhern gemurmelt. »Er wird schon wiederkommen.«

Der Earl hatte letzten Endes Recht behalten, auch wenn Bentley erst zu sehr später Stunde zu ihr zurückgekehrt war und mit seinem Zweitagebart und den Kleidern vom Vortag einen ziemlich verlotterten Eindruck machte. Zudem stank er fürchterlich nach Brandy und Zigarrenrauch. Aber das störte sie nicht sonderlich, Hauptsache, er war wieder bei ihr. Der Gedanke daran, dass er wieder in Sicherheit war, jagte ihr einen heftigen Schauer der Erleichterung über den Rücken. »So sag mir doch bitte, wo du dich den ganzen Tag aufgehalten hast, Bentley?«, bat sie ihn zärtlich.

Bentley fuhr sich unruhig durchs Haar. »Herrje, das kann ich dir gar nicht so genau sagen«, flüsterte er. »Erst in Withington und anschließend auf Bellevue. Und danach im *Rose & Crown*.«

»Du siehst todmüde aus.«

»Du hingegen bist wunderhübsch«, ließ er sie mit belegter Stimme und gesenktem Blick wissen. »Ich kann nicht glauben, dass du noch hier bist. Ich habe angenommen ... du wärst schon längst über alle Berge, bin davon ausgegangen, ein leeres Zimmer vorzufinden.«

Vielleicht kamen diese Worte einer Entschuldigung oder einer Erklärung am nächsten, mehr konnte Frederica wohl nicht von ihm erwarten. Zumindest nicht im Moment. Sie streckte versöhnlich die Hand aus und strich ihm mit dem Handrücken über seine stoppelige Wange. »Wir haben einander sechs Monate versprochen«, erinnerte sie ihn mit sanfter, aber dennoch fester Stimme. »Sechs Monate, in denen wir den richtigen Umgang miteinander lernen können. Genau das sollten wir auch tun, meine ich. Lernen... miteinander umzugehen.«

Ihre Worte klangen eher nach einer Frage als nach einer Feststellung. Doch Bentley blieb ihr eine Antwort schuldig. Stattdessen ergriff er ihre Hand und führte sie an seine Lippen. »Heute Morgen hast du mir noch gesagt, du wärst auf mich nicht angewiesen«, flüsterte er und schloss fest die Augen, sodass seine langen Wimpern seine Wangen berührten. »Und dass du mich von Anfang an nicht hast haben wollen. Freddie, all das weiß ich längst. Du musstest das gar nicht so deutlich machen.«

Frederica schüttelte den Kopf. »Ich weiß, ich hätte das nicht sagen sollen...«

»Pst«, unterbrach er sie. »Und ich weiß, dass du mich nie wirklich begehrt hast. Schon damals nicht, in jener verhängnisvollen Nacht. Aber du hast mich in einem schwachen Moment erwischt, ich konnte dir einfach nicht widerstehen. Den heutigen Tag habe ich damit zugebracht, darüber nachzudenken, warum ich dich zu dieser Ehe gedrängt habe. Ich weiß auch nicht, warum ich dir nicht vertraut habe, als du sagtest, du wüsstest, was das Beste für unser Kind sei. Warum habe ich mich überhaupt eingemischt? Am schlimmsten aber ist, dass ich beim besten Willen nicht weiß, wie ich dich glücklich machen soll.«

»O Bentley.« Frederica schüttelte den Kopf und legte sich eine Hand auf den Unterleib. »Wir bekommen ein Kind, um das wir uns kümmern müssen. Hör auf, dich schuldig zu fühlen für das, was wir – ja genau, *wir* – getan haben. Ich bin ja nicht unglücklich, oder eher gesagt, ich war es nicht bis...«

»Herrgott, das weiß ich«, entfuhr es ihm, und er ließ ihre Hand los. »Alte Gewohnheiten legt man eben nicht so schnell ab.«

Frederica schürzte störrisch die Lippen. »Lass dir gesagt sein, dass du einige deiner alten Angewohnheiten wohl oder übel ablegen musst«, sagte sie in freundlichem, aber unnachgiebigem Ton.

»Es gibt einiges, das ich nicht tolerieren werde, und deine Aufgabe wird es in den nächsten Monaten sein, herauszufinden, ob ich dir diesen Lebens- und Gesinnungswandel wert bin.«

»Ich habe sie doch nur ein wenig bezirzt«, protestierte er schwach. »Ich war dir nicht untreu und habe auch nicht vor, es zu werden.«

»Das mag ja sein, aber du hast mir gegenüber ein äußerst respektloses Verhalten an den Tag gelegt«, erinnerte sie ihn. »Was du getan hast, kommt einer öffentlichen Bekundung gleich, dass dir meine Gefühle einerlei sind.«

»Aber das stimmt doch nicht, liebste Freddie«, raunte er. »Glaubst du mir denn gar nicht?«

Frederica zögerte einen Augenblick. »Ich weiß nicht, ob ich das kann«, meinte sie niedergeschlagen. »Ich weiß einfach nicht, was du denkst oder fühlst, Bentley. Zwar bin ich mir der starken Anziehungskraft zwischen uns bewusst und auch, dass sie immer stärker geworden ist. Damals, im Musiksalon von Strath House, sagtest du, wir könnten mehr daraus machen. Aber ich weiß einfach nicht, ob...« Sie schüttelte traurig den Kopf und wandte den Blick von ihm ab.

Bentley packte sie bei den Schultern. »Ob was?«

»Ob du auch wirklich bereit bist, an dir zu arbeiten«, flüsterte sie. »Wir... reden nie, machen keinerlei Pläne und sprechen auch nicht über unsere Ängste, Gefühle und Träume, Bentley. Wir fühlen uns zwar zueinander hingezogen, aber mir fehlt wahre Vertrautheit zwischen uns. Manchmal habe ich das Gefühl, ich kenne dich nicht wirklich. Ja, wir passen zusammen, aber eben nur in dieser einen Hinsicht. Ich erwarte mehr – auch wenn ich das Gefühl nicht genau in Worte fassen kann. Irgendwie fühle ich mich so... töricht, unerfahren und...« Frederica versagte die Stimme, und jene Tränen, von denen sie angenommen hatte, sie seien längst versiegt, stiegen abermals empor.

Bentley war das Stocken in Fredericas Stimme nicht entgangen, und als sie zu weinen begann, verfluchte er sich innerlich. Er schloss sie umgehend in die Arme und hob sie hoch, trug sie zum Bett, wo er sich ans Kopfende setzte und sie sanft im Schoß hielt. Während Frederica ihren Tränen freien Lauf ließ, drückte er sie ganz fest an sich und versuchte – ungeachtet des Sturms der Selbstzerfleischung, der in ihm tobte –, sie mit liebevollen Worten zu besänftigen. Er konnte es drehen und wenden, wie er wollte, sie behielt Recht. Er wusste, dass es ihr ernst war, dass sie von ihrem eingeschlagenen Kurs nicht abweichen würde. Der Vergleich mit den aufgeschlitzten Pulsadern gewann wieder an Gewicht. Sie verlangte das Äußerste von ihm. Doch so weit durfte er es erst gar nicht kommen lassen. Das wäre wahrlich die schlechteste aller Alternativen. Also würden sie sich irgendwie zusammenraufen müssen. Sie würde nicht müde werden, ihn mit Tränen und Anschuldigungen zu bekämpfen. Sie würde ihn Stück für Stück auseinander nehmen und immer nur Halbwahrheiten herausfinden, während er selbst bemüht sein würde, ihre Ehe mit seinem Charme und seinen Liebeskünsten aufrechtzuerhalten. Genauso gut konnte man versuchen, einen Heuhaufen an einem stürmischen Tag aufzuschichten. Doch Bentley erkannte, dass er tatsächlich bereit war, sich dieser fast unmöglichen Aufgabe zu stellen, weil er sie liebte. Und es ging nicht um ein bloßes Verliebtsein – das hatte er wohl längst hinter sich –, auch nicht um eine wilde Romanze, die einen nicht mehr klar denken ließ.

Nein, während er mit Joan am See gestanden und zugehört hatte, wie sie seine tiefsten Ängste in Worte fasste – dass seine Frau ihn verlassen könnte –, war ihm klar geworden, dass er sie liebte. Wenn er sie verlöre, nicht rechtzeitig einen Ausweg fand, sie zu halten ... o Gott. Doch daran wollte er erst gar nicht denken.

In gewisser Weise konnte er der Situation sogar etwas Amüsantes abgewinnen. Er hatte alles daran gesetzt, sie zu seiner Frau zu machen, doch aus Gründen, die nichts mit Liebe zu tun hatten: weil sie sein Kind unter dem Herzen trug, weil er sie entehrt hatte, weil er schier keine andere Möglichkeit gesehen hatte. Mit ihrer heißblütigen Art hatte Freddie ihm jedoch einen gehörigen Strich durch die Rechnung gemacht. Sie hatte ihn so weit gebracht, dass er ihr erst gedroht und sie anschließend angefleht hatte. Mit ihrer impertinenten Sturheit hatte sie sämtliche seiner Entschuldigungen mühelos aus den Angeln gehoben. Doch jetzt versuchte sie, ihn noch mehr als nur seiner Ausflüchte zu berauben. Das durfte er nicht zulassen, denn das könnte er nicht ertragen.

Langsam versiegten Fredericas Tränen. Bentley neigte den Kopf und gab ihr einen Kuss auf die Stirn, die sich fiebrig anfühlte – genau wie Madelines, wenn sie einen Heulkrampf hatte. Auch Gervais und Ariane hatte er schon oft getröstet, ob nach aufgeschlagenen Knien oder elterlichen Standpauken. Er war also bestens mit den Stadien vertraut, die noch folgten. Als Nächstes würde sie von Schluckauf und Schluchzern heimgesucht werden, dann kam die Verlegenheit ob des Gefühlsausbruchs. Frederica hatte sich an ihn geschmiegt und ihre linke Wange an seinen Oberkörper gedrückt. Doch Bentleys Prophezeiungen sollten sich nicht bewahrheiten, denn seine Gattin schlief ein, glitt in jenen tiefen und schweren Schlaf ab, der nur Menschen nach großem Kummer und tiefen Sorgen befiel. Vorsichtig legte er sie richtig hin und deckte sie zu, ehe er sich seiner Kleider entledigte und seinen Oberkörper an ihren Rücken schmiegte. Wie sie so dalag, ihr Becken eng an seinem, und er sein Gesicht in ihrem Haar vergrub, sehnte auch er sich danach, im Schlaf endlich inneren Frieden zu finden. Doch der sollte ihm nicht vergönnt sein.

War es ein Fehler gewesen, sie zu heiraten? Das altbekannte Gefühl, etwas Wertvolles beschmutzt zu haben, meldete sich zurück. Doch Bentley schob es schnell beiseite. Er wollte nicht wieder in die übliche Gedankenfalle tappen. Was Freddie und ihn verband – so zart dieses Band auch sein mochte –, fühlte sich gut an. Doch sie würden keine gemeinsame Zukunft erleben, wenn er sich nicht tagtäglich dieses Gefühl neu bewusst machte. Er spürte, wie er langsam wieder unruhiger wurde und es ihm in den Gliedern zuckte. Er schickte sich an, sich von ihr zu lösen, was Frederica aber mit einem leisen Geräusch der Enttäuschung quittierte. »Nein«, murmelte sie im Halbschlaf. »Bitte nicht. Bitte geh nicht wieder fort.«

Ihre Worte brachen ihm fast das Herz. Er konnte sie unmöglich allein lassen, auch wenn sein Impuls noch so stark war. Ihre Schultern fühlten sich verführerisch warm und weich an, und als er ihr seinen Arm um die Taille schlang, schloss er langsam die Augen. Ein Teil von ihm hoffte, in den Schlaf zu gleiten, ein anderer hatte große Angst vor dem, was er im Traum erleben könnte.

Frederica wusste nicht, wie lange sie gedöst hatte. Sie fühlte sich müde. Müde, erschöpft und so träge, dass sie nicht einmal richtig wach werden konnte. Doch es gab etwas, das am Rande ihres Bewusstseins tänzelte und sie regelrecht dazu zwang, aus den Tiefen des Schlafes emporzusteigen.

Mit einem Schlag war sie wach. Ein erstickter Schrei. Hatte sie geschrien? Nein. Im ersten Moment wusste sie nicht, wo sie war. Es war dunkel. Sie setzte sich auf und kramte in ihrer Erinnerung. Natürlich, sie befand sich auf Chalcote. Mit Bentley. Sie fuhr sich mit der Hand durchs Haar und strich sich ein paar Strähnen aus dem Gesicht. Was hatte sie aus dem Schlaf geholt? Oder hatte sie letztlich einfach nur schlecht geträumt?

Bentley, der neben ihr lag, trat kräftig um sich, sodass die Decke fast vom Bett rutschte. Plötzlich ertönte ein ersticktes Geräusch, das sich in seinem Rachen formte, doch nur als Wimmern über die Lippen kam.

Frederica rollte sich zu ihm hin, sodass sie an seiner linken Seite lag, schlang vorsichtig einen Arm um seine Taille und küsste ihm zärtlich das Schlüsselbein. Selbst wenn er verschwitzt war und nach Luft schnappte wie jetzt, fühlte sie sich neben ihm geborgen und sicher. Sie legte ihren Kopf auf seine Brust, doch erschrak, als sie sein Herz rasen hörte.

»Bentley?«, flüsterte sie. »Wach auf, Liebling. Es ist nur ein Traum, du hast schlecht geträumt.«

»Wa-?« Als wolle er jemanden aufhalten, machte er Anstalten, den linken Arm hochzureißen.

Um ihn zu beruhigen, schmiegte Frederica sich noch enger an ihn und glitt mit der Hand seinen Körper hinab. Bis sie auf etwas Heißes und Schweres stieß. Bentley hatte eine Erektion. Und was für eine.

Bei ihrer Berührung erzitterte er. »Nein«, krächzte er mit einer Stimme, die aus den Abgründen der Hölle zu kommen schien. »Nein, aufhören.«

Sogleich zog Frederica die Hand zurück. Aber wie seltsam, denn sogleich legte er sie wieder an sein pulsierendes Gemächt. »Ich dachte ... du willst mich«, raunte er und legte ihre Finger um sein geschwollenes Fleisch.

»D-das tue ich auch.« Zögerlich schlossen sich Fredericas Finger um seinen Schaft. Bentley stöhnte laut.

»O Gott, ja«, raunte er und fuhr an seiner Erektion auf und ab. »Ja. Ja, tue es, verdammt noch mal.«

Irgendetwas stimmte hier nicht. »Bentley?«

Frederica spürte, wie er mit einem Schlag wach wurde. Sein Körper tat es seinem besten Stück gleich und versteifte sich komplett. »Was?«, keuchte er. »Was ist los?«

»Ich bin ja bei dir«, beruhigte sie ihn. »Du hast geträumt. Es war nur ein schlechter Traum.«

»Freddie?«

»Es ist alles in Ordnung, Bentley.« Etwas unbeholfen rückte sie näher, um ihn zu trösten. Doch Bentley fluchte und schob sie unsanft beiseite.

»Nein!«, stieß er aus. »Mach das nie wieder! Verdammt, du raubst mir sämtliche Luft. Warum ist es eigentlich so schrecklich heiß hier drin?«

Frederica setzte sich aufrecht hin. »Was ist nur mit dir los, Bentley Rutledge?«, fragte sie mit wachsender Besorgnis. Als Antwort erhielt sie ein ungehaltenes Zischen. »Nichts. Ach, ich weiß es auch nicht.«

»Bentley, ich bin deine Frau«, erinnerte sie ihn. »Warum sagst du mir nicht endlich, was los ist?«

»Nichts, Freddie«, beteuerte er. »Es ist einfach nur verdammt stickig hier drin. Ich bekomme kaum noch Luft.«

Draußen prasselte der Regen gegen die Fensterscheiben, und es war recht frisch im Gemach. Doch in der Tat, Bentley war schweißgebadet. »Soll ich das Fenster öffnen?«

Bentley zog den rechten Arm unter dem Kopf hervor und rollte sich zur Seite, blickte Frederica in die Augen. In seinem Blick lag große Verunsicherung, als fragte er sich, was er getan oder gesagt haben könnte. Er atmete zwei Mal langsam ein und aus, bevor er sich auf sie legte. Frederica spürte sein brodelndes Verlangen und genoss es, sein Gewicht zu fühlen.

Grob zwängte er seine Hüften zwischen ihre Beine. Sein Mund suchte nach ihren Lippen. »Küss mich«, flüsterte er mit rauer Stimme. »Komm schon, liebste Freddie, küss mich.«

Frederica hob den Kopf, öffnete die Lippen und gestattete ihm, sie zu erforschen, sie in die verlockenden Tiefen der Begierde zu ziehen. All die Fragen, die sie eben noch gequält hatten, hatten sich in Luft aufgelöst, als seine Zunge begierig und stürmisch in ihren Mund stieß. Der Regen wurde stärker, wandelte sich zu einem Sturm. Frederica überkam das Gefühl, als schwebe sie auf einer Wolke der Intimität und Abgeschiedenheit. Sie seufzte auf und strich mit den Händen an Bentleys Hüften hinunter und über seine festen Pobacken. Doch Bentley fing ihre Hände ab und legte sie ihr über den Kopf.

»Lass dich fallen«, murmelte er, hob das Becken und stürzte sich in sie. »Verein dich mit mir. Liebe mich. Mach mich ganz.«

Kurz vor dem Morgengrauen löste sich das Gewitter auf, doch Bentley gestattete es sich nicht, noch einmal einzuschlafen. Als der Morgen dämmerte und er bereits die Umrisse des Kirchturms erkennen konnte, studierte er seine liebreizende Braut. Freddie lag bäuchlings neben ihm, das Gesicht ihm zugewandt. Ihre zierliche Hand lag zur Faust geballt auf dem Kissen. Die Bettdecke war verrutscht und legte ihre Schulterblätter und einen großen Teil ihres honigfarbenen Rückens frei. Er spürte, wie sich sein Verlangen zurückmeldete – dieses Mal jedoch nicht so roh und wild. Doch sogleich schüttelte er die Gedanken ab und richtete sich auf.

Letzte Nacht war er ganz schön aus der Fassung gewesen. Er fürchtete sich schon vor ihren Fragen, die wohl unweigerlich auf ihn zukommen würden, und schämte sich dafür, wie er sie in der Nacht benutzt hatte. Wie ein Wilder war er auf ihr geritten, wie auf einem Dämon, den er ... was? Den er verjagen wollte – wieder einmal. Was war mit Freddie, war sie dieses Mal überhaupt in den Genuss eines Höhepunktes gekommen? Verdammt, er wusste es einfach nicht, so sehr hatte ihn sein Verlangen beherrscht. Die Erinnerung an das Geschehene hinterließ in ihm ein Gefühl der ... Unreinheit. Als hätte er jemanden entwürdigt, um seine eigene Haut zu retten.

Hastig verließ er das Bett, so stark war seine Unruhe. Zwar missfiel ihm der Gedanke, sie alleine zurückzulassen, vor allem, weil sie ja des Morgens immer von schrecklicher Übelkeit heimgesucht wurde, aber er hatte wieder ein beklemmendes Gefühl in der Brust, das zunehmend stärker wurde. Er musste weg, brauchte dringend frische Luft. Vor ihm lag noch eine gehörige Portion Arbeit. Schnell wusch und rasierte er sich, die Augen starr auf sein Spiegelbild gerichtet. Er sah entsetzlich aus, und das flackernde Kerzenlicht tat sein Übriges, um die Furchen um seinen Mund und den abgespannten Blick in seinen Augen zu betonen.

Als Kind war er hübsch anzuschauen gewesen und hatte den Charme eines Unschuldslamms. Aber er war nie unschuldig gewesen. Sein Spiegelbild verriet ihm, wie er aussehen würde, wenn seine äußerliche Hülle verfiel. Wenn aus Attraktivität Exzentrik wurde. Wenn alles, worauf er stolz sein konnte, das Wenige war, was er sich aufgebaut hatte. Zusammen mit seiner Frau.

Doch wie in Gottes Namen sollte sie ihn noch anziehend finden? Er wirkte bereits jetzt verlebt und ausgelaugt. Es wunderte ihn, dass Freddie ihn überhaupt an sich herangelassen hatte. Bentley stieß einen leisen Seufzer aus, ehe er sich Wasser ins Gesicht spritzte, um die Seifenreste abzuwaschen. Dann schlüpfte er in seine bequemsten Kleider und stahl sich davon.

Kapitel 15

In welchem unsere Heldin eine bedeutungsvolle Begegnung hat

Als Frederica erwachte, war es bereits helllichter Tag. Sie reckte und streckte sich bis in die Zehenspitzen, ehe sie eine unangenehme Vorahnung beschlich. Ihr Blick flog zur Uhr auf dem Kaminsims. Gütiger Gott, es war bereits Viertel nach neun! Eilends warf sie die Bettdecke beiseite und zog sich gerade den Morgenmantel über, als sich die Tür öffnete und Jennie das Gemach betrat. Sie trug ein Tablett, auf dem ein Teller samt Haube und eine Tasse heiße Schokolade standen.

»O Miss, Sie sind doch schon wach«, zwitscherte das Dienstmädchen und stellte die Speisen auf einem kleinen Tisch unterhalb der Fenster ab. »Ich hab vor ungefähr einer Stunde schon einmal reingeschaut, aber da haben Sie noch tief und fest geschlafen.«

»Guten Morgen, Jennie.« Frederica zog rasch den Morgenmantel enger. »Hast du meinen Gatten heute schon gesehen?«

»Ja, er ist vor ungefähr einer Stunde ausgegangen, Miss«, antwortete sie. »Aber wohin, kann ich Ihnen nicht sagen. Jetzt setzen Sie sich erst einmal und nehmen etwas zu sich. Mrs. Naffles war gerade dabei, die Morgentafel wieder abzuräumen, da habe ich schnell noch ein paar Leckereien für Sie ergattern können.«

Jennie entfernte die Haube vom Teller, woraufhin sich der schwere Duft nach gebratenem Frühstücksspeck im Raum ausbreitete. Es dauerte einen Augenblick, ehe Frederica auffiel, dass ihr der Essensgeruch keine Übelkeit verursachte. Im Gegenteil, sie verspürte sogar einen Bärenhunger, nahm umgehend Platz und nippte begierig an der Schokolade. »Noch nie in meinem Leben habe ich ein Frühstück verschlafen«, murmelte sie verlegen. »Ist es irgendjemandem aufgefallen?«

»Nur Mrs. Naffles«, antwortete die Magd. »Sie meinte, sie würde Ihnen etwas Frisches zubereiten lassen, wenn Sie wieder auf den Beinen seien ...«

»O nein!«, schnitt Frederica ihr das Wort ab. »Nicht nötig, Jennie. Ist heute nicht ein wunderschöner Tag? Wärst du so nett, mir das goldfarbene Promenadenkleid herauszulegen? Ich gedenke, einen kleinen Spaziergang zu machen.«

Nachdem Frederica sich angekleidet hatte und ins Erdgeschoss gegangen war, erfuhr sie, dass Lord Treyhern sich mit den Geschäftsbüchern im Arbeitszimmer verschanzt hatte und Hélène mit Ariane französische Grammatik übte. Unweit des Wintergartens begegnete Frederica Mrs. Naffles, bei der sie sich nach den schönsten Routen für einen Spaziergang erkundigte.

Die ältliche Haushälterin stemmte sich einen Stapel Leinenwäsche in die Hüfte und schaute Frederica über den Rand ihres schmalen Kneifers an. »Nun, da hätten wir zum einen den Fußweg unmittelbar hinter dem Haus«, begann sie beschwingt und deutete mit dem Kopf auf die Türen des Wintergartens. »Wenn Sie sich nach links wenden, sind es nur rund zwei Meilen bis nach Coln St. Andrews. Wenn Sie indes geradeaus gehen, also an den Ställen vorbei und über den Hügel hinweg, laufen Sie geradewegs auf Bellevue zu. Oder Sie gehen nach rechts, durchqueren den Küchengarten und den Obstgarten ...«

»... bis zur Kirche«, beendete Frederica den Satz.

Mrs. Naffles nickte. »Wenn Sie lieber eine Abkürzung nehmen wollen, gehen sie am besten durch den Friedhof ins Dorf. Das ist auch der Weg, den Mr. Rutledge für gewöhnlich nimmt. Wir sagen dann immer scherzhaft, dass er sich schon mal umschaut, bei wem er gerne begraben liegen möchte.«

Fredericas Brauen wanderten in die Höhe. »Hat er sich auch heute Morgen für diesen Weg entschieden?«

»Er erwähnte, dass er beim Sattlermeister vorbeischauen wollte«, erinnerte sich die Haushälterin vage. »Aber das ist schon eine geraume Weile her. Vielleicht erwischen Sie ihn ja auf dem

Rückweg.« Die ältere Frau schenkte ihr ein mildes Lächeln und ging mit der Wäsche auf der Hüfte ihres Weges.

Frederica entschied sich für den Weg zum Dorf und traf bei den hinteren Gärten auf Madeline und Gervais, die in Begleitung ihrer Gouvernante das kleine Gartentor passierten.

»Guten Morgen, Mrs. Rutledge«, begrüßte Miss Taft sie fröhlich.

»Guten Morgen.« Frederica blickte hinunter auf Gervais, der schmutzige Hände hatte und dessen Fingerknöchel mit Grasflecken übersät waren. Er erwiderte ihren Blick mit ernsten Augen, während sich eine leichte Brise in seinem dunklen Haar verfing. Beide Kinder waren in warme Kleidung gepackt, hatten durchnässte Schuhe und leicht gerötete Nasen.

»Für dich«, verkündete Gervais und hielt ihr einen kleinen Strauß Gänseblümchen hin.

»Das ist aber lieb von dir!« Frederica ging in die Knie, um ihr Präsent entgegenzunehmen. Sogleich stürmte Madeline mit einem lauten Schniefen auf Frederica zu, legte ihr einen Arm um den Hals und offerierte ihr ein zweites Sträußchen, das augenscheinlich ein wenig in Mitleidenschaft gezogen worden war. »Onkel Pentley hat uns beim Pflücken geholfen«, erzählte sie Frederica.

»Vielen lieben Dank«, nahm Frederica die Blumen entgegen. »Da freue ich mich aber.«

»Wir lernen gerade etwas üper Plumen«, wusste Madeline stolz zu berichten. »Und üper Käfer, echt hässliche, mit ganz vielen Haaren an den Peinen.«

»Nicht Käfer«, korrigierte Gervais sie altklug. »*Bienen*. Weil Bienen nämlich die Blumen machen.«

»Das ist beinahe richtig, Gervais«, meldete Miss Taft sich zu Wort. »Aber Bienen *befruchten* Blumen.«

Frederica lächelte in die kleinen ernsten Gesichter. »Hat Onkel Bentley denn auch mit am Unterricht teilgenommen?«, erkundigte sie sich. »Obwohl ich mir das nicht so richtig vorstellen kann«, fügte sie kaum hörbar hinzu.

Miss Taft musste schmunzeln. »Ich fürchte, er hat eher den Unterricht gestört, als etwas dazu beigetragen«, warf sie ein. »Er hatte den Auftrag, gemeinsam mit Madeline Blumen zu pflücken, während Gervais und ich über Fremdbestäubung sprachen. Aber am Ende lief es darauf hinaus, dass die beiden unablässig gekichert haben und auf der Wiese herumgetollt sind.«

»Wer von den beiden jetzt wohl ramponierter aussieht?«, fragte Frederica und strich Madeline ein paar Grashalme vom Mantelärmel. »Ich nehme an, Onkel Bentley wird auch nicht besser aussehen, oder?«

»Ich musste die gelpen und die weißen Plumen pflücken«, seufzte Madeline und ließ nur widerwillig von Frederica ab. »Aper Onkel Pentley hat nur Quatsch gemacht.«

»Das kann ich mir lebhaft vorstellen«, murmelte Frederica, während sie die Blüten in ihrer Hand betrachtete. Im nächsten Moment hauchte sie den Kindern einen Kuss auf die Wange, bedankte sich abermals bei ihnen und wünschte der kleinen Truppe einen angenehmen Morgen, ehe sie ihren Weg hügelabwärts fortsetzte. Noch immer beschäftigte sie die Frage, wo Bentley stecken mochte.

Den Weg vorbei an den Küchengärten und hinab zu St. Michael's hatte sie recht zügig hinter sich gebracht. Die schwere Holztür, die Garten und Friedhof trennte, ächzte, als Frederica sie entriegelte und mit einem kräftigen Stoß öffnete. Auf dem Friedhof angelangt, folgte sie dem Pfad an der rückwärtigen Mauer, der sie zum Dorf führen würde. In diesem Teil des Kirchhofs befanden sich massenhaft Skulpturen und Grabsteine, einige davon halb verwittert, andere über und über mit graugrünen Flechten bedeckt, und an wieder anderen hatte der Zahn der Zeit bereits so kräftig genagt, dass sie krumm und schief geworden waren.

Unzählige Bäume verschönerten diesen Ort der Stille, vor allem Eiben und dicht zusammenstehende Stechpalmen. Frederica hielt jäh inne und trat dann hinter einen Baumstamm. Ein Stück den Weg hinunter kniete eine Frau in einem weiten, farngrünen

Umhang aus Merinowolle vor einem der Gräber und arrangierte einen nicht ganz herkömmlichen Strauß aus Wildblumen und Weidenkätzchen. Die dezente Farbe ihres Umhangs passte sich so vollkommen der Umgebung an, dass Frederica das Gefühl beschlich, in die uralte Zeremonie einer Waldpriesterin geraten zu sein. Sie wollte sich lautlos zurückziehen, doch dazu war es bereits zu spät. Die Fremde hatte sie bemerkt und den Kopf gehoben. Im nächsten Augenblick richtete sie sich mit anmutigen Bewegungen auf. Die Frau war groß, hatte hohe, kantige Wangenknochen, einen breiten Mund und kluge braune Augen. Augen, die Frederica irgendwie bekannt vorkamen und sie ein wenig verunsicherten.

»Bitte verzeihen Sie«, ergriff Frederica sofort das Wort. »Führt dieser Weg hinab ins Dorf?«

»Ja, ein Stück weiter unten erreichen Sie das Tor.« Das Cape der Fremden wirkte abgetragen, und der durchnässte Saum glitt über das stoppelige Gras, als sie sich auf Frederica zubewegte. Diese bedankte sich bei der Frau und schickte sich an, weiterzugehen.

»So warten Sie doch.« Mit einem geheimnisvollen Lächeln schob die Unbekannte die Kapuze zurück, wodurch ihr schweres haselnussbraunes Haar, das sie zu einer schlichten Frisur hochgesteckt hatte, zum Vorschein kam. Dann streckte sie Frederica ihre behandschuhte Hand entgegen. »Ich nehme an, Sie sind meine neue Schwester«, begrüßte sie Frederica mit sanfter, rauer Stimme. »Ich bin Catherine. Guten Morgen.«

Bentleys Schwester? Gütiger Herr, handelte es sich bei diesem offensichtlich klugen und genügsamen Geschöpf etwa um die Viscountess de Vendenheim?

»Ich bin entzückt, Ihre Bekanntschaft zu machen«, erwiderte Frederica und machte, immer noch ihre kleinen Sträuße umklammernd, einen verlegenen Knicks. »Bitte entschuldigen Sie vielmals die Störung.«

In Lady de Vendenheims Blick lag ein gutmütiges Lächeln. »Herrje, mein Kind, Sie müssen vor mir doch nicht in die Knie gehen!«, rief sie aus. »Dadurch fühle ich mich nur entsetzlich alt –

und das, obwohl ich nur ein klitzekleines bisschen älter bin als der gute Bentley.«

Seltsamerweise trug sie Reithandschuhe, wie Frederica bemerkte, als sie endlich die noch immer ausgestreckte Hand der Viscountess schüttelte. »Die Ähnlichkeit zwischen Ihnen beiden ist verblüffend.«

Lady de Vendenheims Mundwinkel verzogen sich zu einem kleinen Lächeln. »Ja, wir sind uns in vielerlei Hinsicht ähnlich«, sagte sie und deutete auf eine Sitzbank. »Wollen wir uns kurz setzen?«, schlug sie vor und schlenderte weiter. »Ich habe lediglich einen Strauß Blumen auf das Grab meiner Mutter gelegt. Heute ist ihr Todestag, müssen Sie wissen.«

Sie blieben am Ende einer Reihe von Grabsteinen stehen, die mit Flechten übersät waren und auf denen der Namen *Rutledge* zu lesen war. Dahinter befanden sich noch zwei weitere Reihen Grabsteine, die offenkundig älter sein mussten und auf denen der Name *Camden* eingraviert war.

»Die Familien-Abteilung«, murmelte Lady de Vendenheim mit einer ausholenden Handbewegung. »Und was für eine Familie das ist, in die Sie eingeheiratet haben...«

Frederica fiel eine weitere Ähnlichkeit zwischen Lady de Vendenheim und ihrem Bruder auf. Beide nahmen kein Blatt vor den Mund. Frederica nahm an Catherines Seite Platz und legte die Blumen neben sich. »Auf vielen der Steine steht *Camden*. Das ist auch ein Familienname, nicht wahr?«

Mit einem abwesenden Blick nickte Lady de Vendenheim. »Die Familie meiner Mutter hat diese Kirche und dieses Dorf erbaut«, erklärte sie. »Sie heiratete in die Familie der Rutledges of Devonshire ein.«

»Und erbte Chalcote, wenn ich mich nicht täusche?«

Die Viscountess nickte. »Ja, aber es hat ihr nicht sonderlich viel Glück gebracht«, sagte sie und deutete mit dem Kopf zu den Blumen, die sie soeben niedergelegt hatte. »Ihr Name war Alice, müssen Sie wissen, doch sie starb bereits in jungen Jahren. So früh, dass Bentley sich kaum an sie erinnern kann. Nach seiner Geburt hat sie sich nie richtig erholt. Er leidet noch heute darunter, nie eine wahre Mutter gehabt zu haben.«

»Gab es denn niemand, der sich um ihn hätte kümmern können?«, erkundigte Frederica sich besorgt.

Catherine zuckte mit den Schultern. »Im Grunde nicht, von Cassandra einmal abgesehen«, erwiderte sie mit unüberhörbarem Zweifel in der Stimme. »Cams erste Frau. Aber Cassandra war nicht der mütterliche Typ. Bentley war ungefähr in Gervais' Alter, als Cam und sie heirateten.«

»Wo liegt diese Cassandra denn begraben?«, erkundigte sich Frederica neugierig.

Die Viscountess deutete auf eine Stelle zwischen dem Grab ihrer Mutter und zwei kleineren Grabsteinen, die sich am Ende der Reihe befanden. »Dort.«

»Aber ... ich sehe ja gar nichts.«

Wieder blitzte das geheimnisvolle Lächeln der Viscountess auf. »Der Grabstein fehlt«, erklärte sie. »Er ist in der Mitte auseinander gebrochen. Können Sie sich das vorstellen? Vor ungefähr zwei Monaten verlief urplötzlich ein Riss zwischen den Worten *Geliebte Gattin* und *Mutter*. Der Steinmetz arbeitet gerade an einem neuen Grabstein. Aber wer weiß, vielleicht war es ja auch ein Zeichen Gottes.«

Frederica wusste nicht, was sie darauf erwidern sollte. »Ist sie denn noch nicht lange tot?« Lady Catherine zuckte die Achseln. »Manch einer wäre geneigt zu sagen, dass sie noch nicht lange genug tot ist.«

»Oh!« Da war sie wieder, diese schonungslose Aufrichtigkeit der Rutledges. »War sie denn nicht ... beliebt?«

»Doch, doch, in bestimmten Kreisen war sie sogar außerordentlich beliebt«, murmelte die Viscountess. »Cassandra war vom Leben auf dem Lande nicht sonderlich angetan, weshalb sie ständig Freunde und Bekannte aus der Stadt zu Besuch hatte. Tagein, tagaus trafen Kutschen ein oder fuhren wieder ab. Das Leben auf Chalcote ähnelte seinerzeit dem allsommerlichen Treiben in Brighton.«

»Das kann ich mir gar nicht vorstellen«, entfuhr es Frederica. »Hier wirkt alles so ... friedlich.«

Bentleys Schwester ließ ein spitzes Lachen hören. »Jetzt ja, doch damals fand eine Festivität nach der anderen statt. Bis Cam schließlich der Geduldsfaden riss und er sich Cassandra gehörig vorknöpfte. Seine erste Handlung bestand darin, ihre unzähligen Verehrer fortzuschicken. Von jenem Tage an sperrte er sie mehr oder weniger auf dem Anwesen ein. Ich habe noch jetzt ihre Schimpftiraden im Ohr. Sie hat ihm furchtbare Rache gelobt und mehrfach geschworen, ihn umzubringen. Mein Gott, war das ein Albtraum damals. Wenn ich darüber nachdenke, grenzt es beinahe an ein Wunder, dass sowohl Bentley als auch ich zu völlig normalen Menschen herangewachsen sind.« Sie blickte Frederica an und zwinkerte ihr zu. »Nun ja, halbwegs.«

Frederica lächelte. »Das alles hört sich an, als wäre Bentley früher viel alleine gewesen.«

Lady de Vendenheim zuckte mit den Schultern. »Er war Papas Liebling, was aber nicht unbedingt ein Privileg war. Tja, und dann gab es noch die gute alte Mrs. Naffles. Und mich. Aber das wär's auch schon.«

»Hatte Ihre Mutter denn keine weiblichen Verwandten, die sich um Sie und ihn hätten kümmern können?«

Die Viscountess schüttelte bekümmert den Kopf. »Nur ihre Schwester, Lady Agnes Belmont«, erläuterte sie. »Aber Tante Belmont hatte nie viel für uns mittellose Verwandte übrig.«

Belmont. Weshalb kam Frederica der Name so bekannt vor? Plötzlich musste sie schmunzeln. »Bentley sagt, John Camdens Geist würde auf Chalcote spuken«, erzählte sie. »Glauben die Leute das wirklich?«

»O ja, manch einer schon«, verkündete Lady Catherine. »Sie müssen wissen, Großvater hat – als er das Land zwischen Mutter und Tante Agnes aufteilte – damit gedroht, als Geist zurückzukehren, wenn es ihrer Nachkommenschaft nicht gelänge, Chalcote und Bellevue durch eine Heirat zu vereinen.«

Plötzlich durchzuckte es Frederica. *Bellevue. Belmont.* War Joan etwa das Mädchen, das sowohl Lord Treyhern als auch Bentley hatten ehelichen wollen? Gütiger Herr! Queenie hatte etwas Ähnliches angedeutet, doch Frederica hatte ihr leider nicht richtig zugehört.

Sie musste einen ausgesprochen grüblerischen Eindruck gemacht haben, denn Lady de Vendenheim legte ihr die Hand auf den Ärmel. »Wahrscheinlich ist Ihnen zu Ohren gekommen, dass Bentley einst in Joan verliebt war. Aber an dem dummen Gerede ist nichts weiter dran. Bis auf die Tatsache, dass sich meine beiden Brüder wie Straßenköter um ein und denselben Knochen gezankt haben, den im Grunde keiner von ihnen hatte haben wollen.«

»Verstehe.« Doch der Gedanke, dass Bentley einst die Absicht gehabt hatte, Joan zur Frau zu nehmen, erfüllte Frederica mit Unbehagen, deshalb wechselte sie schnell das Thema. »Wo liegt denn Ihr Vater begraben, wenn ich fragen darf, Mylady?«

»Aber bitte, so nennen Sie mich doch Catherine! Wir sollten uns duzen, schließlich sind wir ja jetzt miteinander verwandt«, schlug die Viscountess vor. »Vater liegt übrigens gleich neben Mutter.«

Frederica erhob sich, schritt ein wenig den Weg hinunter und studierte die Inschrift seines Grabes. »Ach, du meine Güte«, murmelte sie, als sie zurückkam. »Er wurde ja nicht sonderlich alt. Wurde er von einer Krankheit heimgesucht?«

»Himmel, nein. Er war das blühende Leben, sieht man einmal von seiner dreißigjährigen Karriere als Trinker, Spieler und Hurenbock ab, die ihn am Ende eingeholt hat. Er erlitt einen Herzinfarkt, als er sich mit Arianes damaliger Gouvernante in den Laken wälzte.« Unter Catherines grünem Cape zeichnete sich ein resigniertes Achselzucken ab. »Wir haben nie ein großes Geheimnis daraus gemacht. Papa starb, wie er gelebt hat, und halb Gloucestershire, ja halb England, hat sich seinerzeit darüber das Maul zerrissen.«

Frederica fiel auf, dass Catherine nahezu emotionslos von ihrem Vater sprach, genau wie Bentley. »Was sind das eigentlich für Grabsteine dort hinten, auf denen O'Gavin steht, und die noch nicht sonderlich alt wirken? Oder gehören sie nicht mehr mit zur Familie?«

»Doch.«

Catherine wirkte unerwartet verunsichert. »Das sind ... nun ... dort liegt Mary begraben. Eine Frau, mit der Bentley liiert war. Aber nur sehr kurz. Tja, und daneben befindet sich das Grab ... eines kleinen Mädchens. Bridget. Sie liegt neben ihrer Mutter.«

Frederica hatte das Gefühl, ihr würde sämtliche Luft aus den Lungen gesogen. »Aha ... verstehe«, stammelte sie. »Sie wären mir nicht weiter aufgefallen, doch die Namen klingen irgendwie eigenartig.«

»Ja, sie war ursprünglich aus Irland«, erklärte Catherine. »Mary lebte in St. Giles, einem schlimmen, heruntergekommenen Stadtteil Londons. Ich kann mich noch gut daran erinnern, dass mein Bruder einen ziemlichen Narren an ihr gefressen hatte. Oder aber er hat einfach nur Mitleid mit ihr gehabt – bei ihm weiß man das nie so genau.«

Wieder wusste Frederica nicht, was sie erwidern sollte. Bentleys Schwester schenkte ihr einen verzagten Blick. »Manchmal«, meinte sie düster, »hätte ich nicht schlecht Lust, meinem Bruderherz den Hals umzudrehen. Kann es sein, dass er dir von all dem kein Sterbenswörtchen erzählt hat?«

Fredericas Augen weiteten sich. »O doch, das hat er. In Ansätzen.«

Die Viscountess machte ein beruhigtes Gesicht. »Fein, dann bleibt es also nicht allein an mir hängen, dich über Bentleys Vorleben aufzuklären«, murmelte sie und erhob sich. »Die Einzelheiten sind nämlich ausgesprochen traurig. Mary war seine ... nun, sein *Liebchen*. Ja, das ist das Wort, das es meiner Meinung nach am besten trifft. Sie brachte ohne Bentleys Wissen sein Kind zur Welt, während er in Indien auf Reisen war. Da sie sich nicht um die

Kleine kümmern wollte, gab sie sie einfach im Londoner Hafenviertel ab.«

»Oje!«, entfuhr es Frederica, die zu Catherine aufgeschlossen hatte. »Hoffentlich nicht in einem der Waisenhäuser, oder?«

Catherine verzog den Mund. »Doch, genau dort.« In ihrer Stimme schwang Verbitterung mit. »Es kam, wie es kommen musste. Das arme Bündel starb, wie die meisten Kinder, die ein ähnliches Schicksal erleiden. Ich kann bis heute nicht verstehen, warum Mary sich weder an uns noch an Bentleys Freunde gewandt hat. Aber wir sollten nie erfahren, was ihre Motive waren, denn sie starb nur kurze Zeit später. Zuerst lagen die beiden in London begraben, auf einem Armenfriedhof. Doch als Bentley erfuhr, was sich in seiner Abwesenheit zugetragen hatte, veranlasste er ...« Catherine deutete auf die beiden Gräber.

»Sie *hierher zu verlegen*?«, mutmaßte Frederica ungläubig und hielt sich unbewusst die Hände schützend über den Bauch.

Einige Augenblicke lang schwiegen die beiden Frauen.

»Das muss dir alles recht eigenartig erscheinen, nicht wahr?«, platzte es aus Catherine heraus. »Dass ausgerechnet Bentley etwas Derartiges tut, sich wie ein Besessener verhält. Aber genau das war er. Besessen. Basil war selbstredend alles andere als erfreut darüber, Katholiken auf dem Friedhof von St. Michael's beisetzen zu müssen. Doch Bentley hat nicht nachgeben, bis Cam – der das letzte Wort in der Angelegenheit hatte – sein Einverständnis gab. Bentley war so ... außer sich vor Verzweiflung. Nie habe ich einen derart wutentbrannten Menschen erlebt. Nicht einmal Cam – oder meinen Gatten, der über ein wahrhaft explosives Gemüt verfügt. Wie der Beelzebub höchstpersönlich.«

»Kann es sein, dass er einfach nicht mit ansehen wollte, dass sie in Vergessenheit gerieten?«, dachte Frederica laut nach. »Dass er sie an einem sicheren Ort wissen wollte? Das spricht doch eigentlich alles für ihn, nicht wahr?« In gewisser Hinsicht beruhigten Catherines Ausführungen Frederica sogar, denn jetzt konnte sie endlich seine irrationalen Ängste nachvollziehen, von seinem eigenen Fleisch und Blut getrennt zu werden.

Bentleys Schwester bedachte sie einen Moment lang mit einem sonderbaren Blick. »Du bist ein höchst ungewöhnliches Mädchen, meine Liebe.« Catherine verfiel wieder in gemütlicheres Schritttempo. Sie wirkte gedankenverloren. Frederica eilte zurück zur Bank, um die Blumen zu holen, die sie dort vergessen hatte. Flinken Schrittes schloss sie wieder zu Catherine auf und berührte sie sachte am Ellbogen, woraufhin diese sofort stehen blieb.

»Wusstest du eigentlich, dass ich auch ein Waisenkind bin?«, fragte Frederica unvermittelt. »Es geschah damals in Portugal, während des Krieges. Ich hatte das Glück, dass meine englischen Cousins sich bereit erklärten, mich bei sich aufzunehmen. Vielleicht kann ich Bentleys Kummer deshalb so gut nachvollziehen.«

Catherine hakte sich bei Frederica ein. »Ich glaube, mein Bruder hätte niemanden Besseres finden können als dich«, sprach sie leise. »Ich gebe zu, ich hatte die ärgsten Befürchtungen, als ich hörte, dass er in den Stand der Ehe getreten sei, und vermutete, er könne wieder einmal bis zum Hals in Problemen stecken – doch genau das Gegenteil scheint der Fall zu sein.«

Frederica errötete. »Vielen Dank.«

Catherine ging in die Knie, um eine Hand voll toter Blätter vom Sockel eines Grabsteins zu entfernen. »Wäre es nicht schrecklich, an einem Ort begraben zu sein, an dem niemand um einen trauert?«, flüsterte sie.

»Ja, fürchterlich«, stimmte Frederica ihr leise zu.

Im nächsten Augenblick hatte Catherine sich wieder erhoben, und der kurze Moment der Schwesterlichkeit war so schnell vorüber, wie er gekommen war. »Was trägst du da eigentlich für ungewöhnliche kleine Sträußchen bei dir?«, wechselte sie nonchalant das Thema. »Sind sie für jemanden Bestimmtes?«

»Nein, ich fürchte, so aufmerksam bin ich dann doch wieder nicht«, erklärte Frederica ihr. »Gervais und Madeline haben sie mir auf dem Weg hierhin überreicht. Wenn es dir recht ist, würde ich sie gerne am Grab ihrer Großmutter niederlegen. Das erscheint mir angemessen.«

Als Catherine ihr ein aufrichtiges Lächeln schenkte, wurde Frederica sich schlagartig gewahr, dass sie Bentleys Schwester bereits ins Herz geschlossen hatte.

»Nun denn, Frederica«, setzte die Viscountess fröhlich an. »Darf ich dich eventuell den Hügel hinaufchauffieren? Cam erwartet mich, und ich habe meine Kutsche nicht weit vom Tor abgestellt.«

Frederica gelang es nicht, ihre Überraschung zu verbergen. »Bist du den ganzen Weg alleine *gefahren*?«

»Das tue ich immer«, erwiderte Catherine lachend. »Ich schlage diesbezüglich ein wenig aus der Art, fürchte ich. Heute habe ich zwei Grauschimmel vorgespannt, die wir erst letzte Woche bei Tattersall's erstanden haben. Aber ich gebe dir mein Ehrenwort, dass wir unversehrt auf Chalcote ankommen werden.«

Frederica verspürte allerdings keine große Lust, schon so zeitig zurückzukehren. »Danke für das liebe Angebot, aber ich glaube, ich ziehe es vor, erst noch ein wenig in der Kirche zu verweilen«, lehnte sie höflich ab. »Doch es war mir eine Freude, dich kennen gelernt zu haben.«

Catherine hauchte ihr einen Kuss auf die Wange, ehe sie sich wieder die Kapuze überwarf und mit großen Schritten zum Tor ging. Frederica legte die beiden Blumensträußchen neben Catherines Gebinde ab und wandte sich dann in Richtung Gotteshaus.

St. Michael's war eine eindrucksvolle, altehrwürdige Kirche, die überwiegend im normannischen Stil gehalten war. Das Portal fand sie halb geöffnet vor. Durch den vielen nächtlichen Regen war der Fuß der Türe aufgequollen und an einer unebenen Steinplatte hängen geblieben. Die Absätze von Fredericas Halbstiefeln klapperten laut auf dem harten Boden, als sie zwischen den Sitzreihen entlangschritt. Um diese Zeit lag der Innenraum friedlich in dämmeriges Licht getaucht, da noch kein Sonnenstrahl die bunten

Bleiglasfenster erreicht hatte. Frederica ging nicht ganz nach vorne, wo die Familie ihre angestammte Sitzbank hatte, sondern blieb im hinteren Teil und ließ sich unweit einer hohen normannischen Steinsäule nieder. Kaum hatte sie sich die Röcke glatt gestrichen, als sie über sich Stimmen vernahm. Neugierig verrenkte Frederica den Hals und suchte die Gewölbedecke ab, konnte jedoch niemanden entdecken. Da, schon wieder. Sie hörte die sanfte Stimme einer Frau, der ein gedämpftes männliches Brummen folgte. Die Geräusche schienen vom Glockenturm zu kommen. Frederica spitzte die Ohren und hörte deutlich Schritte, die eine Steintreppe herunterkamen.

Entspannt lehnte sie sich zurück. Wahrscheinlich nur Joan und Basil. Als Frederica flüchtig an der Steinsäule vorbeispähte, erblickte sie dunkelbraune Damenröcke. Als jedoch der Mann in Erscheinung trat, erkannte Frederica, dass es sich nicht um den Pfarrer handelte, sondern um Bentley, dessen breite Schultern nun den Türrahmen zum Altarraum ausfüllten. Um eine Schulter trug er ein aufgerolltes Seil, das zerschlissen und verdreckt wirkte. Als er die letzte Stufe hinter sich gelassen hatte, drehte er sich um und half seiner Begleiterin hinunter.

Joan und Bentley? Die beiden blieben kurz stehen und blickten einander tief in die Augen. Frederica wusste, dass sie sich eigentlich längst hätte bemerkbar machen sollen, doch sie rührte sich nicht und sah stillschweigend mit an, wie Joan die Hand hob und sie sachte auf Bentleys Herz legte. Eine intime Handlung, eine Geste unter guten Freunden. Unter Cousins. Mehr nicht.

»Bentley, bist du dir auch ganz sicher?« Frederica konnte Joans Worte nun deutlich hören.

»Ja, absolut«, antwortete er ihr rasch. »Arrangier alles, so schnell es geht, und pass bitte auf, dass Frederica keinen Wind von der Sache bekommt.«

»Ich bin noch immer der Meinung, dass du es ihr sagen solltest«, meinte Joan mit gedämpfter Stimme. »Du solltest tun, was das Beste für deine Ehe und nicht für mich ist.«

»Joan, können wir bitte von etwas anderem sprechen?« In Bentleys Stimme schwang unverkennbar Melancholie mit. »Ich kann mir einfach nicht vorstellen, wie es ist, ohne dich zu leben. Ich glaube, das ist mir erst seit heute richtig bewusst.«

»Ich vermisse dich auch schon«, kam Joans Antwort. »Mehr als ich es erwartet hätte.«

Bentley führte Joans Hand an seinen Mund. »Wir haben soviel gemeinsam durchgestanden«, sagte er. »Und einiges, was ich dir anvertraut habe, war mitnichten für die empfindsamen Ohren eines wohlerzogenen Mädchens bestimmt.«

»Gütiger Gott, Bentley«, wisperte Joan. »Wieso tust du eigentlich immer so, als müsstest du um Vergebung bitten?«

»Weil ich so vieles im Leben falsch gemacht habe«, entgegnete er nüchtern und wandte sich dem Ausgang zu. »Aber ich sollte mich wohl nicht beschweren, ich hätte ja auch immer anders entscheiden können, Joan.«

»Bist du dir da auch ganz sicher?«

Bentley war wie angewurzelt stehen geblieben. Die Anspannung in Joans Stimme war ihm nicht verborgen geblieben. Sie sprach weiter. »Es gab genug Situationen, in denen das wohl eher nicht der Fall war. Aber was Frederica betrifft: Wie auch immer es dazu gekommen sein mag, dass sie nun deine Gemahlin, deine Angetraute ist; in Gottes Augen bist du für sie verantwortlich, ist eure Gemeinschaft unauflöslich. Wenn du jemanden um Vergebung bitten solltest, dann sie.«

Bentley wirbelte herum. Joan stand noch immer an der Tür. Hinter ihr verlor sich die Steintreppe in der Dunkelheit. »Es gibt Dinge, die schlimmer sind als Aufrichtigkeit, Joan«, raunte er. »Ich kann mir Ehrlichkeit schlichtweg nicht leisten, versteh das doch endlich.« Mit diesen Worten drehte Bentley sich abermals um und schritt – das Seil noch immer um die Schulter – dem Kirchenportal entgegen.

Joan folgte ihm einige Schritte. »Es tut mir Leid, Bentley«, sagte sie. »Übrigens war es ausgesprochen liebenswürdig von dir, auf den

Turm hinaufzuklettern und das Glockenseil zu erneuern. Dafür bin ich dir sehr dankbar.«

Bentley war ein weiteres Mal stehen geblieben, doch dieses Mal senkte er nur den Kopf, ohne sich noch einmal umzublicken. »So schwierig war es nun auch wieder nicht, ein schäbiges Seil auszuwechseln, Joan«, entfuhr es ihm schroff. »In wenigen Tagen schicke ich jemanden, der die Eingangstür aushängt, damit ich sie abschleifen kann. Danach wird sich das verdammte Ding wieder normal öffnen und schließen lassen.«

Joan verharrte, wo sie war und faltete die Hände ineinander. »Auch dafür bin ich dir sehr verbunden.«

Ohne ein weiteres Wort zwängte Bentley sich durch den Türspalt. Joan wandte sich um und schritt durch die schweren Vorhänge in die Sakristei.

Kapitel 16

In welchem Signora Castelli ihre Karten auf den Tisch legt

An jenem Abend brach die Familie zum Aldhampton-Anwesen auf, wo Catherine mit ihrer Familie zu Hause war. Bentleys Schwester hatte darauf bestanden, sie alle zum Dinner einzuladen. Für die kleinen Gäste war eigens ein Tisch im Kinderzimmer von Armand und Anaïs bereitgestellt worden.

Frederica und Bentley sollten gemeinsam in der vordersten Kutsche fahren, doch noch auf dem Vorhof von Chalcote Court klammerte sich Klein-Madeline an Bentleys Bein und quengelte, sie wollte unbedingt mit ihm fahren. Schmunzelnd nahm Bentley sie auf den Arm und gab ihrem Wunsch nach. In dem Moment war Gervais zum Angriff übergegangen und zu Frederica in die Kutsche gestiegen, was schließlich dazu führte, dass sie sich zu viert auf den Weg machten.

Gervais hatte ein Dominospiel mitgenommen, das er bereits bald nach Antritt der Fahrt auspackte, um es mit seinem Onkel zu spielen. Madeline, die auf Bentleys Schoß gekrabbelt war, schob energisch die Unterlippe vor. »Ich will auch mitspielen«, verkündete sie, machte eine ausholende Bewegung und schnappte sich gleich mehrere der Steine aus Elfenbein.

Doch Gervais legte lautstark Protest ein. »Du kannst doch noch nicht mal richtig zählen, du dusselige Kuh«, wollte er sie von ihrem Vorhaben abbringen. »Für Domino muss man nämlich schon gut zählen können.«

Madeline krallte sich in Bentleys Halstuch und vergrub ihr Gesicht darin. »Ich pin keine dusselige K-kuh!«, schniefte sie. »Das pin ich nicht.«

»Nein, du kleiner süßer Fratz, das bist du auch nicht.« Bentley hauchte ihr einen Kuss auf die Schläfe, wenngleich sie ihm sein Halstuch gehörig aus der Form gebracht hatte. An Bentleys breiter Brust wirkte Madelines kleine Faust nicht viel größer als sein Daumen.

»Pitte Onkel Pentley, sag ihm, dass ich mitspielen darf«, flehte sie ihn an.

Gervais indes machte ein bockiges Gesicht. »Die kann das doch gar nicht«, warf er ein. »Die macht doch eh nur alles immer kaputt.«

»Das ist aber auch ein verflixt schwieriges Spiel«, gab Frederica ihm Recht und legte ihren Arm um ihn. »Aber wir haben ja eine lange Fahrt vor uns. Vielleicht kannst du ihr ja beibringen, wie man es richtig spielt?«

Bentley nickte. »Das sollten wir uns gut überlegen«, verkündete er. »Vielleicht spielt Madeline mich später mal an die Wand? So wie es mir letztens in London passiert ist. In der Wirtschaft *Zum Geigenden Hund* habe ich doch glatt eine Drei mit einer Zwei verwechselt. Und das ausgerechnet, als ich Pferd und Stiefel auf meinen Sieg gesetzt hatte. Am Ende musste ich auf Strümpfen und mit dem Sattel auf dem Rücken nach Hause laufen.«

Aus den Falten seines Halstuchs ertönte ein Glucksen. »Hunde können gar nicht Geige spielen«, kicherte Madeline und schaute belustigt zu ihm auf.

Bentley hob die Augenbrauen. »Das habe ich auch immer gedacht«, sagte er verschwörerisch und grinste verschlagen. »Ich habe sogar mal darauf gewettet – glücklicherweise aber nicht um Pferd und Stiefel, aber meine zwei Guineas habe ich trotzdem verloren. Der Wirt hatte nämlich wirklich einen Hund, der Geige spielen konnte.«

Gervais rutschte mit weit aufgerissenen Augen nach vorne. »Echt? Lebt der Hund noch?«

»Nein, leider nicht.« Bentley machte ein langes Gesicht. »Der arme Kerl kam unter die Räder einer Postkutsche auf der High Holborn Road. Aber der Wirt hat ihn ausstopfen lassen, und jetzt steht er auf den Hinterbeinen tänzelnd auf dem Tresen.« An dieser Stelle löste Bentley seinen Arm, den er um Madeline gelegt hatte, und begab sich in eine geigende Pose. »Unter dem Kinn hat er eine kleine Hundegeige, und er schaut dich an, als ob er deine geheimsten Gedanken lesen könnte.«

»Den muss ich sehen«, stieß Gervais aus, der den Zwist mit seiner Schwester längst vergessen hatte. »Onkel Bentley, kannst du mich nicht mal mit nach London nehmen und mir den Hund mit der Geige zeigen?«

Sogleich meldete sich Madeline zu Wort. »Ich auch, ich auch.«

Bentley machte ein gequältes Gesicht. »Ich glaube nicht, dass eure Mutter das erlauben würde.«

»Warum denn nicht?« Gervais schaute ihn erwartungsvoll an. »Ist das etwa eine von diesen heruntergekommenen Kaschemmen?«

Bentley lehnte sich mit gespielter Empörung zurück. »Eine was?«

Freddie beugte sich vor. »Ich glaube, er sprach von *heruntergekommenen Kaschemmen*«, wiederholte sie, wobei sie jede Silbe in die Länge zog. »Aber ich bin mir sicher, dass du nicht viel über solche Etablissements weißt, oder?«

»Doch, er weiß ganz, ganz viel darüber«, berichtigte Gervais sie umgehend. »Papa sagt, dass Bentley sich in solchen Wirtshäusern wie zu Hause fühlt, und er hat Mama erzählt, er würde mit der Bardame immer Hoppe-Hoppe-Reiter spielen.«

»Was, mit nur einer?« Freddie grinste bis über beide Ohren. »So schaffst du es aber nicht, mein Lieber, deinem schlechten Ruf gerecht zu werden. Immerhin hast du zwei Knie, nicht wahr?«

Bentley warf Gervais einen düsteren Blick zu. »Willst du jetzt Domino spielen oder die ganze Fahrt lang tratschen?«, neckte er ihn. »Wenn du mich fragst, ich denke, du machst dir fast in die Hosen, weil du gleich haushoch verlieren wirst.«

»Spielen, spielen!« Madeline sprang vor Vergnügen auf Bentleys Schoß auf und ab und wollte sich das Spiel abermals schnappen.

Doch bevor ein neuerlicher Streit ausbrechen konnte, löste Bentley ihre kleinen Patschehändchen vom Griff der Holzschatulle.

»Ich habe eine Idee«, verkündete Frederica, nahm Madelines Hand und drückte sie herzlich. »Wir spielen in Teams gegeneinander.«

Gervais schaute sie skeptisch an. »Das geht doch gar nicht!«

Bentley zuckte unschuldig mit den Achseln. »Doch, das geht. Aber mach dich schon mal darauf gefasst, dass es eine sehr raue Partie wird. Nur die Profis aller Profis spielen mit mehreren gegeneinander. Dazu treffen sie sich übrigens fast immer in den schlimmsten aller Kaschemmen«, verriet er mit ernster Stimme. »Zuerst wählen wir die Mannschaften. Jeder zieht abwechselnd, einverstanden? Gervais, ich schlage vor, du schnappst dir schnell Tante Freddie. Sie ist nämlich eine ziemlich gewiefte Spielerin.«

»Und wie«, entgegnete Frederica verschlagen. »In jungen Jahren bin ich oft in den erwähnten Wirtshäusern abgestiegen und habe stundenlang nichts anderes getan, als Domino zu spielen.«

Gervais schaute sie mit neu gewonnener Hochachtung an, und Madeline klatschte freudig in die Hände, wobei sie Bentley erwartungsvoll anblickte. »Dann kannst du in meiner Mannschaft sein«, rief sie freudig aus. »Pitte, Onkel Pentley, pitte.«

Bentley senkte den Kopf und drückte ihr einen schmatzenden Kuss auf die Wange. »Kein Problem. Wie Gervais vorhin bereits erwähnte, sitzen die hübschesten Mädchen immer auf den Knien der zähesten Spieler. Das bringt nämlich Glück.« Frederica warf ihm einen kritischen Blick zu, was Bentley veranlasste, schnell weiterzusprechen. »Gervais, alter Kumpel, warum legst du nicht schon mal die Steine mit der Punktzahl nach unten? Madeline und ich lassen Tante Freddie den Vortritt, sie soll zuerst ziehen.«

Die nächste halbe Stunde verbrachten die vier in geselliger Runde. Bentley balancierte Madeline auf dem Schoß und dirigierte ihre kleine Hand samt Dominostein immer dorthin, wo sie den Stein anlegen sollte. Im Umgang mit Kindern war er ein wahrhaftes Naturtalent, seine Neffen und Nichten himmelten ihn an. In den

Wochen, die Frederica bereits auf Chalcote Court zugebracht hatte, hatte sie immer wieder seine unglaubliche Ausdauer bewundert, die er im Umgang mit den Kleinen bewies. Sie mochte nur ungern daran zurückdenken, dass sie ihn noch vor gar nicht allzu langer Zeit in Gedanken bezichtigt hatte, ein Rabenvater zu werden.

Doch Frederica wünschte sich, ihm selbiges Vertrauen entgegenbringen zu können, wenn es um seine Rolle als Ehemann ging. Immer wieder musste Frederica an Joans und Bentleys Unterhaltung in der Kirche zurückdenken. Was hatte all das zu bedeuten?

Du solltest tun, was das Beste für deine Ehe ist, hatte sie ihm geraten. *Ich kann mir einfach nicht vorstellen, wie es ist, ohne dich zu leben*, hatte seine Antwort gelautet. Das klang fast nach einem Abschied zwischen Liebenden. Bentley war zwar der geborene Schürzenheld, aber selbst seine Schwester, die ihn ja gut kannte, glaubte nicht, dass er wirklich je in Joan verliebt gewesen war. Im Schein der Kutschlampe blickte sie zu ihrem Gatten, der noch immer Madeline auf dem Schoße hielt. Er hatte sein Kinn sachte auf Madelines heller Lockenpracht abgelegt, während sie Bentley in jenem zeitlosen Rhythmus, den einzig Kinder spüren, unablässig gegen das Schienenbein trat. Doch Bentley ertrug sein Schicksal gelassen und hielt sie eng umschlungen. Onkel und Nichte zählten gerade gemeinsam die Punktzahl eines Steines. Ja, er würde einen wundervollen Vater abgeben. Es war, als hätte der Allmächtige seine Hand nach ihr ausgesteckt und sie wenigstens von einer der zahlreichen Lasten befreit, die schwer auf ihr ruhten.

Frederica lächelte und zerzauste Gervais das weiche Haar. »Wenn wir diesen Stein hier spielen, haben wir gewonnen. Und zwar haushoch!«

Nach ihrer Ankunft auf Aldhampton Manor wurde Bentley von zwei weiteren Kleinkindern in Beschlag genommen. Lord und Lady de Vendenheim hatten Zwillinge, die nur knapp ein Jahr jünger waren als Madeline, und es war nicht zu übersehen, dass auch sie ihren Onkel abgöttisch liebten. Anaïs und Armand, die wie Frederica schwarzes Haar, dunkle Augen und einen honigfarbenen Teint hatten, waren beide ausgesprochen aufgeweckt. Bei ihrem Anblick fühlte Frederica sich sofort heimisch.

Sie war verblüfft, als sie erfuhr, dass auch Lord de Vendenheims Großmutter und ihre Cousine zu Besuch waren. Zur Begrüßung wurden im Salon Aperitifs serviert. Es dauerte nicht lange, und Bentley entschuldigte sich, um mit den Zwillingen und Madeline zu toben. Niemand schien sich daran zu stören, dass er sich dem Gespräch entzog – ebenso wenig wie an dem Gekicher, Gejohle und Gekreische, das folgte. Oder dem dumpfen Poltern, das Bentley verursachte, wenn er auf Händen und Knien durch den Raum galoppierte. Nur ein oder zwei Mal erhob Catherine sich, um zerbrechliche Gegenstände in Sicherheit zu bringen.

Gervais, der sich für derartig kindische Spiele zu erwachsen wähnte, hatte sich zu seinem Vater gesellt, um ihm von dem aufregenden Dominospiel zu berichten. Schon bald kreiste das Gespräch um das bevorstehende Mahl, und Frederica begriff schnell, dass sie besonders erlesene Speisen erwarteten. Max' Großmutter und ihre Cousine hatten eigens ihren Leibkoch aus London mitgebracht. Die beiden Damen stammten aus dem Norden Italiens und waren, was ihre Mahlzeiten betraf, ausgesprochen wählerisch. Signora Castelli war eine hagere ältliche Despotin, ihre Gesellschafterin Mrs. Vittorio hingegen um einiges jünger, fülliger und freundlicher. Während Mrs. Vittorio sich über die bevorstehenden Gaumenfreuden ausließ, beäugte die *signora* Frederica von Kopf bis Fuß. Den goldenen Knauf ihres Gehstocks hielt sie dabei fest umklammert. Catherine, die wieder einmal ihr geheimnisvolles Lächeln auf den Lippen trug, schien keinen Anstoß daran zu nehmen, für den Abend von ihrem Rang als Hausherrin vertrieben worden zu sein.

Als Bentley von der Toberei die Knie schmerzten, erklärte er das Spiel für beendet, woraufhin alle Kinder – mit Ausnahme von Ariane – hinauf ins Spielzimmer der Zwillinge stürmten, wo sogleich ein Streit darüber ausbrach, wer zuerst auf den beiden Schaukelpferden aufsitzen durfte, die die *signora* aus London mitgebracht hatte.

Die Dinnerglocke wurde geläutet, und Lord Treyhern geleitete Frederica in den Speisesalon und führte sie zu ihrem Platz an der festlich gedeckten Tafel. Frederica war ein wenig enttäuscht, denn sie hätte gerne neben Lord de Vendenheim gesessen, der über eine faszinierende Ausstrahlung verfügte.

Sie beobachtete, wie auch die anderen sich auf ihren Plätzen niederließen. Der Viscount war mit Abstand der Größte der Runde, auch wenn seine Schultern ein wenig nach vorne gebeugt waren. Seine großen und feingliedrigen Hände wirkten sehr kraftvoll. Der imposante Siegelring mit einem gewaltigen Cabochonstein, den er am kleinen Finger seiner rechten Hand trug, hatte die Ausmaße eines Halbpennystücks, wirkte an ihm aber dennoch nicht klobig. Sowohl sein Haar, das er unmodisch lang und streng aus dem Gesicht gekämmt trug, als auch seine Augen waren von pechschwarzer Farbe. Sein Teint war noch einige Nuancen dunkler als der seiner Sprösslinge, und seine große Nase erinnerte an einen Falken, während sein Gesicht schmal und hart geschnitten war. Lord Treyhern hatte sich für den Abend der Landmode entsprechend gekleidet, Bentley trug seine für ihn typisch legere Kleidung, während Catherines Gatte sich ganz in Schwarz gehüllt hatte.

Wenngleich sein Adelstitel auf eine französische Herkunft schließen ließ, verriet sein leichter Akzent – den selbst die viel gereiste Frederica nicht einzuordnen wusste –, dass er nicht aus Frankreich stammte. Sie tippte eher auf Deutschland oder Italien. Aber egal, woher er auch kommen mochte, er war gewiss niemand, mit dem zu spaßen war. Hélène saß neben ihm, und es war nicht zu übersehen, dass die beiden eine tiefe Freundschaft verband. Schon bald kreiste das Gespräch bei Tisch um eine neuartige Schimmelkrankheit in Hélènes Heimat, die Rebblätter befallen hatte und sich rapide ausbreitete.

Lord Treyhern lehnte sich zu Frederica hinüber. »Falls du es noch nicht wusstest, Catherines Gemahl ist im Weinhandel tätig«, klärte er sie auf. »Oder vielleicht sollte ich sagen, dass seine Großmutter die Geschäfte abwickelt und Max sich lieber aus allem heraushält.«

»Aha«, sagte Frederica ein wenig verwirrt. »Ich dachte, Bentley hätte erwähnt, er wäre bei der Gendarmerie.«

»Das war er auch«, stimmte Treyhern ihr zu. »Schenkt man den Gerüchten Glauben, muss er einer der erbarmungslosesten Gesetzeshüter gewesen sein.«

Fredericas Augen weiteten sich. »Ist er denn immer noch ...?«

Bentleys Bruder machte eine grimmige Miene, doch ehe er ihr eine Antwort geben konnte, erschienen zwei Diener. Einer von ihnen legte die Teller für das Entree aus, während sein Kollege Salat aus einer Kristallschale servierte.

Hélène nickte, woraufhin sich ihr Teller zügig füllte.

»Das sieht köstlich aus«, rief sie und fuhr vorsichtig mit der Gabel durch das Blattgrün. »Mrs. Vittorio, verraten Sie mir, was das für eine Sorte Salat ist?«

»*Spinacio*«, warf die *signora* ein und starrte über den Tisch hinweg zu Frederica.

»*Si*«, stimmte Mrs. Vittorio mit einer saloppen Handbewegung zu. »Spinat. Sehr junger, sehr zarter Spinat.«

Der Diener, der den Salat auftrug, war bei Frederica angelangt und füllte nun auch ihren Teller. Als er sich wieder abwenden wollte, schnippte die *signora* herrisch mit den Fingern. »Mehr«, befahl sie und deutete auf Frederica. »*Subito!*«

Der Diener hielt inne und servierte Frederica eine zweite Portion. Beherzt griff die alte Frau zur Gabel und deutete auf Fredericas überladenen Teller. »Iss, *carissima*«, ertönte ihre Reibeisenstimme. »Du hast es bitternötig.«

Frederica tat, wie ihr befohlen. Auch wenn die alte Dame sich schwer auf ihren Stock gestützt in den Raum und zu ihrem Platz geschleppt hatte, so ließ Frederica sich nicht täuschen. Sie hegte keinerlei Zweifel daran, dass die *signora* im Falle von Ungehorsam umgehend zu ihrer reich verzierten Gehhilfe greifen würde, um damit wie eine Wilde herumzufuchteln. Der weitere Verlauf des Abendessens gestaltete sich ähnlich. Allein die *signora* entschied, was und wie viel Frederica aß. Niemand an der Tafel hatte Einwände. Es war, als gäbe es ein stillschweigendes Abkommen, die betagte Dame gewähren zu lassen.

Die Speisen entpuppten sich als wahre Köstlichkeiten. Nachdem der letzte Gang serviert war, erlahmte die Konversation bei Tisch. Schließlich erhoben sich die Damen, und die *signora* griff zu ihrem Gehstock, mit dem sie einmal kräftig auf den Boden schlug. Alle Köpfe flogen zu ihr herum, doch die betagte Italienerin hatte den Blick starr auf ihren Enkelsohn gerichtet. »Du wirst deinen Portwein im Rauchersalon zu dir nehmen, mein Lieber«, entschied sie.

Ein Grinsen zupfte an de Vendenheims Mundwinkel. »Selbstverständlich, Madam, Ihr Wunsch ist mir Befehl.«

Die alte Dame erwiderte nichts, sondern drehte sich um und schritt auf eine Nebentür zu. De Vendenheim bedeutete einem der Diener, er möge das Tablett mit den Gläsern und Karaffen in den benachbarten Salon bringen, weshalb Bentley aufgesprungen war, um der *signora* die Tür zu öffnen.

Auf der Schwelle derselben hielt die alte Frau inne, setzte ihren Stock vor Bentleys Schuhspitze und stützte sich auf ihn. »*Il Cavaliere di Dischi*«, flüsterte sie. »Wir müssen uns noch einmal treffen. Es gibt da noch so manch unbeantwortete Frage, nicht wahr?«

Bentley schenkte ihr ein träges Lächeln. »Was genau meinen Sie damit, Madam?«

Die alte Dame blinzelte ihm zu. »Folgen Sie mir in die Bibliothek«, krächzte sie. »Ich möchte Sie unter vier Augen sprechen. Bringen Sie Ihren Portwein mit, wenn Sie wollen – nein, wenn ich darüber nachdenke, sollten Sie ihn auf jeden Fall mitbringen.«

Zehn Minuten später befand Bentley sich, mit einem Glas Portwein gewappnet, auf dem Weg in das nur schwach erleuchtete Lesezimmer. *Verdammt noch mal*, dachte er bei sich, als sich seine Augen langsam an das schummerige Licht gewöhnten. *Wie bin ich nur hier reingeraten?*

Diese teuflische Weinhändlerin, die den Flammen der Hölle entstiegen sein musste, war bereits da. Wie eine schwarze Witwe lauerte sie im Schatten ihrem Opfer auf. Bentley kannte Signora Castelli flüchtig, war ihr hin und wieder über den Weg gelaufen. Aber er hatte keinen blassen Schimmer, warum sie ihn ausgerechnet jetzt zu sich beordert hatte.

Stocksteif saß sie an einem Tisch, wie immer komplett in schwarze Seide gehüllt – sah man einmal von dem schweren goldenen Kruzifix ab, das an einer geschwärzten Kette baumelte, und den Rubinohrringen, die die Größe von Himbeeren hatten.

»Treten Sie näher, *cavaliere*.« Ihre Stimme drang seicht und heiser im Halbdunkel an sein Ohr. »Ich bin alt, und mein Augenlicht schwindet allmählich. Doch einen so attraktiven Burschen wie Sie – ha! – möchte ich mir noch einmal aus nächster Nähe betrachten.«

»Da haben Sie aber Glück, dass ich dafür bekannt bin, dem weiblichen Geschlecht so manch ausgefallenen Wunsch zu erfüllen«, antwortete er mit frivolem Unterton.

Die Alte kicherte. »*Si*, ich weiß«, stimmte sie ihm zu. »Genau da liegt Ihr Problem.«

Bentley lachte leise und durchquerte den Raum, bis er an dem Tisch angelangt war, der in der Nähe des Kamins stand. In diesem prasselte ein kleines Feuer, das jedoch nur spärliches Licht spendete. Die *signora* schaute ihn mit einem stechenden Blick an. Die eine Hälfte ihres Gesichts wurde von den Flammen erleuchtet, die andere lag vollkommen in Dunkelheit gehüllt. Bentley nahm ihr gegenüber Platz, während sie die Kerze auf dem kleinen Tisch zwischen ihnen entzündete. Das flackernde Licht ließ unheimliche Schatten auf den tiefen Falten ihres hageren Gesichts tanzen. Als

Nächstes griff sie sich das schwarze Bündel, das in der Mitte des Tisches gelegen hatte. Mit flinken Bewegungen wickelte sie es aus und legte einen dicken Stapel altertümlicher und abgegriffener Karten frei.

»O nein«, rief Bentley aus und schob den Stuhl ein Stück nach hinten. »Nein, *signora*. Da haben Sie sich heute Abend den Falschen ausgesucht. Ich bin ganz und gar nicht darauf erpicht, einen Blick in die Zukunft zu werfen.«

Die alte Frau lächelte schmallippig. »Und ob Sie das sind, aber Sie fürchten sich vor dem, was unweigerlich vor Ihnen liegt, *cavaliere*«, murmelte sie, erhob sich umständlich und hinkte langsam zum Kamin, die Karten fest umklammernd. »Wenn wir klug sind, tun wir das alle.«

Auch Bentley hatte sich erhoben. »Wirklich, Signora Castelli«, setzte er an. »Ich weiß Ihre Mühen zu schätzen, ziehe es aber dennoch vor, mich vom Leben überraschen zu lassen.«

Mit einem erzürnten Gesichtsausdruck drehte sie sich zu ihm um. »Ihre Angetraute ist im dritten Monat schwanger, *cavaliere*«, fuhr sie ihn an. »Ihre Gemeinschaft wird bereits jetzt von allerlei Problemen überschattet. Meinen Sie nicht, Sie haben bis jetzt schon genug Überraschungen erlebt? Mehr, als Ihnen lieb ist?«

Bentley spürte, wie sich sein Herz zusammenzog und ihm in die Hose rutschte. Wie immer wusste die *signora* Dinge, die sie im Grunde nichts angingen. Wenngleich der Zustand seiner Ehe unschwer zu erkennen war, verhielt es sich mit der Tatsache, dass Frederica schwanger war, ein wenig anders. Denn noch war nichts zu sehen. Was mochte die Alte noch wissen, fragte Bentley sich gereizt und spürte, wie er sich in ihrer Gegenwart zunehmend unbehaglicher fühlte.

Sie ist nichts weiter als eine alte exzentrische Schachtel, rief er sich ins Gedächtnis. Cam hatte Catherine wahrscheinlich erzählt, dass Freddie in anderen Umständen war, und Catherine wiederum hatte es der *signora* zugetragen, so einfach. Als er aufblickte, war die Alte am Kamin angekommen, hatte ihm aber den Rücken zugewandt. Ihre Schultern waren schmal, ihr Rücken von der Last des hohen Alters gebeugt. »Warum leisten Sie nicht den Damen im Salon Gesellschaft und legen ihnen die Karten, Madam?«, schlug er vor. »Ich bin überzeugt davon, dass Hélène es äußerst amüsant fände.«

Die alte Dame warf ihm einen weiteren verächtlichen Blick über die Schulter zu. Mit einer Hand stützte sie sich am Kaminsims ab und beugte sich so weit vor, dass Bentley befürchtete, sie könne womöglich in die Flammen fallen. Aus ihrer Tasche zog sie einen kleinen Beutel hervor und übergab den Inhalt den Flammen. Die Kohlen glühten auf und knackten gemütlich. Der Rauch verfärbte sich weißlich, ehe er spiralförmig emporstieg. Signora Castelli beugte sich noch ein wenig tiefer und hielt ihre Hand samt Karten in den aufsteigenden Qualm.

Ehe ihm bewusst war, was er tat, war Bentley auf die alte Dame zugestürzt. »Gütiger Gott, Signora!« Er legte ihr einen Arm um die Taille, packte ihre Hand und zog sie aus dem Qualm. »So passen Sie doch auf!«

Nachdem die Alte sich mit steifen Bewegungen wieder aufgerichtet hatte, lachte sie ihm direkt ins Gesicht. Bentley verstärkte seinen Griff und schwenkte ihren Arm hin und her. Sehr zu seinem Erstaunen war nicht einmal der Spitzenbesatz ihrer Blusenmanschette angesengt.

»Und, sehen Sie etwas, *cavaliere*?«, gluckste sie. »Nicht? Das habe ich mir gedacht.«

Bentley ließ ihre Hand los und geleitete sie am Ellbogen zurück zum Tisch. »Sie haben Glück gehabt. Was, um alles in der Welt, haben Sie sich nur dabei gedacht?«

Umständlich nahm die *signora* wieder Platz. »Die Karten müssen vor jedem Ritual gereinigt werden«, flüsterte sie und warf einen hastigen Blick über die Schulter. »Nur dann ist der klare Blick in die Zukunft gewährleistet.«

Bentley ging um den Tisch herum zu seinem Platz. »Bei allem Respekt, Madam, aber in meinen Ohren klingt das sehr nach Humbug.«

Signora Castelli deutete mit einem knöchernen Finger auf Bentley. »Sie stecken bis über beide Ohren in Schwierigkeiten, mein Lieber«, warnte sie ihn. »Sie haben mehr als jeder andere hier im Hause einen Blick in die Zukunft nötig.« Mit diesen Worten warf die alte Dame die Karten auf den Tisch. »Berühren Sie sie, *per favore*. Nehmen Sie sie zur Hand, streicheln Sie sie, und öffnen Sie Ihren Geist für das, was dem Auge verborgen bleibt.«

Angestrengt zwinkerte Bentley ihr zu. »Signora, die Erfahrung hat mich gelehrt, dass ich für gewöhnlich mehr Glück im Spiel habe, wenn eine schöne Dame die Karten für mich mischt. Wenn Sie so freundlich wären?«

Die Italienerin grunzte verächtlich. »Was sind Sie doch für ein ausgemachter Feigling!«, warf sie ihm vor. »Ein hübscher englischer Feigling, der Angst vor *i tarocchi* hat. Nun machen Sie schon. *Subito*. Denken Sie an Ihre werte Gattin und Ihr Ungeborenes.«

Bentley lehnte sich vor und stützte sich mit dem Ellbogen auf den Tisch. »Eins muss ich Ihnen sagen, Signora, es ist und bleibt mir ein Rätsel, wie Max mit Ihrem liebreizenden Wesen und Ihrem sprühenden Charme zurechtkommt«, sagte er mit einem schiefen Lächeln.

Die alte Frau hielt ihn mit ihren funkelnden Augen fest im Blick. »*Avanti, avanti*«, fuhr sie ihn zischend an. »Und wenn Sie fertig sind, schwenken Sie die Karten drei Mal. Mit der linken Hand. Nach links.«

Später konnte Bentley sich nicht mehr erklären, was in ihn gefahren war, aber für den Bruchteil einer Sekunde überfiel ihn das Gefühl, eine fremde Macht hätte von seinen Fingern Besitz ergriffen. Das Nächste, an das er sich erinnern konnte, war, wie er die vermaledeiten Karten in der Hand hielt. Und sie schwenkte. Mit links. Nach links.

»Fertig«, raunte er schließlich.

Sogleich schnappte sich die Alte die Karten und begann, sie mit erstaunlich flinken Bewegungen ein weiteres Mal zu mischen. Ebenso behände wie gekonnt legte sie zwei Reihen à zehn Karten aus und darunter ein Kreuz aus sechs Karten. Bentley schaute ihr mit aufkeimender Erwartung zu. Er war schon öfter zugegen gewesen, wenn sie den Damen die Karten gelegt hatte, und jedes Mal, wenn sie zu Werke ging, war das Muster, das sie legte, anders. Aber jenes, was sich nun zwischen ihnen befand, wirkte äußerst merkwürdig.

Die *signora* hielt Bentley mit ihren dunklen Augen fest im Blick, als sie die Karten der obersten Reihe aufdeckte. »Wir werden uns lediglich auf Gegenwart und Zukunft beschränken, *cavaliere*«, erklärte sie ihm. »Über Ihre Vergangenheit wissen wir ja bereits einiges. Gar ein wenig zu viel, wenn Sie mich fragen.«

Bentley versuchte, einen gelösten Eindruck zu vermitteln. »Tun Sie, was Sie nicht lassen können, Madam.«

Sogleich begab sich Signora Castelli daran, die oberste Reihe zu studieren. Von Zeit zu Zeit hielt sie inne und tippte mit der Fingerspitze auf die eine oder andere Karte, wobei sie etwas Unverständliches murmelte, ehe sie zusätzlich die untere Reihe aufdeckte. Mit jeder Karte wurde sie blasser, ihre Hand begann zu zittern. Verdammt. Bentley betete, sie möge nicht ausgerechnet jetzt und hier einen Herzinfarkt erleiden. De Rohan – oder de Vendenheim, oder wie auch immer der Kerl sich schimpfen mochte – würde Bentley den Garaus machen, wenn sie wegen ihm das Zeitliche segnete.

»Seltsam, äußerst seltsam!«, sagte die *signora*. »Die Vergangenheit befleckt die Gegenwart immer in irgendeiner Weise, doch bei Ihnen stellt sich dies recht gravierend dar – ob mir das behagt oder nicht«, meinte sie nach Begutachtung der unteren Reihe. Einige der Karten lagen verkehrt herum. Bentley wusste, dass das für gewöhnlich kein sonderlich gutes Zeichen war. Wie eigenartig, dass er sich an Derartiges erinnern konnte. Die *signora* lenkte ihre Aufmerksamkeit auf das ausgelegte Kreuz und deckte die oberste Karte auf, woraufhin ihr ein sanfter kehliger Laut entwich. »Ah, *eccellente*«, flüsterte sie.

Bentley schaute sich die Karte ein wenig genauer an. Es war die Karte, die sie für gewöhnlich als *Il Cavaliere di Dischi* bezeichnete.

Der Ritter der Pentakel. Sie war derart verblichen, dass Bentley sie erst nicht richtig erkannt hatte. Es war nicht das erste Mal, dass er sie zu Gesicht bekam. Auf der verblassten Zeichnung war ein mittelalterlicher Ritter zu sehen, der eine rote Tunika trug und auf dem Rücken eines sich aufbäumenden Schimmels saß, den er unter Kontrolle zu bringen versuchte. Das Gesicht hielt er vom Betrachter abgewandt, von seinem Körper war wegen des kolossalen Wappenschilds, das er vor sich trug, nicht viel zu erkennen.

Die *signora* tippte mit der Fingerspitze auf die Karte. »Der Schimmel ist ein Symbol für die Reinheit und die Wahrsagerei«, sagte sie erklärend. »Und für einen höheren, besseren Geist, der darum kämpft, anerkannt zu werden. Die rote Tunika des Reiters hingegen symbolisiert, gemeinsam mit dieser Karte«, sie berührte sachte die erste Karte der obersten Reihe, auf der drei Kelche abgebildet waren, »dass Sie sich inmitten eines erbitterten Kampfes mit dem Laster befinden, Mr. Rutledge. Und dass Sie mithilfe des Schutzschildes versuchen, Ihr wahres Wesen zu verstecken.«

Bentley stieß ein gekünsteltes Lachen aus. »Hört sich an, als wäre ich ein ganz normaler Bursche, Madam«, erwiderte er. »Das mit dem Laster stimmt.«

»Ach, *cavaliere*, Sie sind ja so mutig und so töricht.« Die *signora* drehte die nächste Karte um, auf der sieben Schwerter abgebildet waren. »Impulsiv zu handeln wäre das Gefährlichste, was Sie in der derzeitigen Lage tun könnten«, murmelte sie kaum hörbar. »Sie haben lange gewartet, aber diese Karte ist *sottospora* ...«

»Verkehrt herum.«

»*Si*. Sie verfügen über ein wahrlich gutes Erinnerungsvermögen«, lobte sie ihn und berührte die Karte mit der Posaune. »Diese beiden stehen für einen autoritären Menschen in Ihrem Leben. Jemand, vor dem Sie sich fürchten. Oder dessen Wertschätzung Sie zu verlieren fürchten. *Maledizione*, ich kann es leider nicht genau erkennen.« Sie drehte zwei weitere Karten um. »Ja, jetzt erkenne ich es besser: Sie haben Angst vor einer Bestrafung, gemäß dem Sprichwort *Wie du mir, so ich dir* – so sagt Ihr Engländer doch, oder?«

Mit trägen Bewegungen schwenkte Bentley sein Glas. »Wie faszinierend«, murmelte er bemüht desinteressiert. »Werde ich nun bestraft oder nicht?«

Die alte Dame nickte. »*Si, è probabile*. Aber diese Person ist es nicht, für die ich die Karte lege, richtig?«

Bentley spürte, wie ihm das Blut in den Adern gefror. Er stellte das Glas vor sich ab. Ein Gedanke, eine Angst, von der er kaum gewusst hatte, dass sie in ihm rumorte, schnellte an die Oberfläche. Dachte er wirklich ... glaubte er gar ...

»Sie haben doch etwas auf dem Herzen, *cavaliere*«, raunte die alte Italienerin so leise, dass er es kaum hören konnte. »Sie müssen ganz sichergehen, müssen wirklich be*greifen*, um welches Laster es hier geht. Ich habe nicht das Gefühl, dass Sie sich sonderlich viel Mühe geben.«

Bentley griff erneut zum Portwein und genehmigte sich einen kräftigen Schluck. »Ich weiß beim besten Willen nicht, worauf Sie anspielen, Madam.«

Signora Castelli schenkte ihm ein dünnlippiges Lächeln. »*Va bene*«, sagte sie achselzuckend und drehte die nächste Karte um. »Sie laufen vor etwas davon, das kann ich deutlich erkennen. Etwas Schreckliches hält Sie in der Vergangenheit, kettet Sie an sich.«

»Es gibt Tausende von Dingen, die ich lieber vergessen würde.«

Die alte Frau deutete auf eine Karte in der oberen Reihe, auf der die scheußliche Zeichnung eines Mannes zu sehen war, der vor einer mit Blut gefüllten Schale stand. »Diese Karte verrät mir, dass Sie ein ganz und gar sinnloses Opfer gebracht haben. Nein, mehr als nur eines, wie mir scheint. Außerdem kann ich törichte Hingabe erkennen, die völlig fehlgeleitet war. Sie müssen sich ein für alle Mal von Ihrem Schutzschild trennen, *cavaliere*. Werfen Sie es von sich.«

Bentley ertappte sich dabei, wie er sich weit über den Tisch lehnte. »Von welcher Art Opfer sprechen Sie eigentlich?«

Die Alte deutete auf eine der unteren Karten und schüttelte den Kopf. »Ah, *caro mio*, das kann ich nicht genau erkennen.«

»Gütiger Gott«, rief er aus. »Was soll der ganze Schmu dann?«

Die *signora* hob eine Augenbraue. »Ach, auf einmal können Sie es wohl gar nicht abwarten, was Ihnen die Karten zu sagen haben, oder wie?«, giftete sie ihn an. »Geben Sie doch endlich zu, dass die Karten nichts als die reine Wahrheit sagen. Dass sie uns Zusammenhänge aufzeigen, für die wir sonst blind sind.«

Bentley hatte das Gefühl, als würden ihm alle Haare auf einmal ausgerissen. »Sie wiederholen sich, werte Signora, drehen sich immerzu im Kreis«, brummte er.

Die alte Frau hob die Schultern. »Das ganze Leben ist ein Kreis, *cavaliere*«, lautete ihre gelassene Antwort, ehe ihre Finger zu der Karte mit den sechs Schwertern flogen. Sie zeigte einen gebeugten Mann, auf dessen Rücken unzählige schwere Waffen lasteten. »In Ihrem Lebenszirkel gab es bereits viel Böses. Sie haben Ihre Unschuld eingebüßt und mit ihr Lebenskraft und Lebensfreude. Eine Zeit lang waren Sie erbost und orientierungslos, was Sie enorm belastet hat. Und leichtsinnig hat es Sie gemacht. *Sì*, leichtsinniger als so manch anderen Leidensgenossen. Es hat beinahe den Anschein, als wären Sie ein Mensch, der das, was Gott ihm mit auf den Weg gegeben hat, nicht zu schätzen weiß.«

Die Alte war doch nicht mehr ganz klar im Kopf. Bentley verspürte nicht die geringste Lust, ihr noch weiter sein Ohr und seine Zeit zu schenken. »Kommen Sie endlich zum Schluss mit diesem Schwachsinn, Signora Castelli«, raunte er. »Es ist bereits spät, und meine Gattin bedarf dringend der Ruhe.«

Auf seine Worte hin erntete Bentley einen bitterbösen Blick. »Dann bringen Sie doch Ihre Frau nach Hause, Mr. Rutledge, und geben Sie gut Acht auf sie«, schlug sie vor, wobei sie mit einer ausholenden Geste über die Karten fegte. »Das ist es nämlich, was die Karten zum Ausdruck bringen. Bei jedem Schritt, den Sie machen, müssen Sie auch immer an Ihre Angetraute denken – an Ihre Familie, wenn Sie so wollen. Sorgen Sie wenigstens für ihr Wohl, wenn Sie sich schon nicht um das eigene zu kümmern gedenken.«

Bentley unterdrückte den Fluch, der ihm auf den Lippen lag,

und stieß sich vom Tisch ab. »Warum denkt eigentlich jeder, ich würde meine Frau schlecht behandeln?«, brauste er auf. »Ich sorge für sie, sehr gut sogar. So gut es mir eben möglich ist.«

Bei diesen Worten lächelte die *signora* gnädig. »*Si*, das kann ich mir lebhaft vorstellen«, pflichtete sie ihm bei. »Kommen Sie, beruhigen Sie sich, *cavaliere*. Ich werde Ihnen einen Gefallen tun.«

»*Sie? Mir? Einen Gefallen?*«

»Ja, Sie dürfen mir eine Frage stellen, die ich Ihnen umgehend mithilfe der Karten beantworten werde. Es muss sich dabei um eine Angelegenheit des Herzens handeln, jedoch nicht zwingend um ein dunkles oder mysteriöses Geheimnis. Ich versichere Ihnen, die Karten werden Ihnen eine Antwort auf Ihre Frage geben.«

Warum eigentlich nicht? Doch die erste Frage, die ihm in den Kopf schoss, schob er sogleich beiseite. Er musste eine passendere finden. »Also gut, Signora Castelli«, setzte er schließlich an. »Ich hätte gerne gewusst, ob es ein Junge oder ein Mädchen wird. Meinen Sie, Ihre Wunderkarten haben auch darauf die passende Antwort?«

»Das ist eine meiner leichtesten Übungen«, meinte die alte Dame, deren Hand über den noch nicht umgedrehten Karten am Fuße des Kreuzes schwebte. Flink drehte sie die restlichen Karten um, verfiel aber sogleich in betretenes Schweigen, was Bentley nervös werden ließ.

»Nun?«, fragte er ungeduldig.

»*Cavaliere*, ich fürchte, ich muss passen«, flüsterte sie nach einer halben Ewigkeit.

»Verdammt noch mal!«, entfuhr es Bentley. »*Können* oder *wollen* Sie nicht?«

Bedächtig schüttelte die alte Dame den Kopf und schaute ihn verdutzt an. »Ich *kann* nicht«, sprach sie leise. »Ich kann es einfach nicht deuten. Das ist höchst ... ungewöhnlich.« Sie presste sich die Fingerspitzen gegen die eisgrauen Schläfen. »Ich fürchte, ich werde langsam alt, Mr. Rutledge«, sagte sie und schloss die Augen. »Es kann gut sein, dass meine Gabe mich verlässt, genau wie mein

Augenlicht. Vielleicht sollten wir unsere kleine Unterredung ein andermal fortsetzen. Wenn ich nicht so entkräftet bin wie heute.«

»Gute Idee.« Ein wenig aufgewühlt leerte Bentley sein Glas in einem Zug, stellte es klirrend vor sich ab und stob wie von der Tarantel gestochen davon.

Kapitel 17

In welchem Mrs. Rutledge beginnt, ein wenig herumzuschnüffeln

Am nächsten Morgen traf Frederica im Speisezimmer auf Hélène und Ariane, die gerade ihr morgendliches Mahl beendeten. Die Herren des Hauses waren bereits zum Tagesgeschäft übergegangen. Cam war nach Bellevue geritten, um mit Basil eine dringende Angelegenheit zu besprechen, die die Gemeinde betraf, und Bentley war mit einer kleinen Gruppe Arbeiter dabei, das Kirchenportal aus den Angeln zu heben. Frederica belud sich ihren Teller, stocherte aber eher lustlos in ihrem Essen herum.

Plötzlich erregte etwas jenseits des Fensters ihre Aufmerksamkeit. Sie schaute genauer hin und erkannte, wie die Malergesellen Gerüste auf einen Pferdewagen luden, der im Vorhof stand. »Guck mal«, rief Ariane im selben Moment aus und warf ihre Serviette beiseite. »Sieht so aus, als wären die Handwerker mit Mamas alten Gemächern fertig.«

Hélène war aufgestanden und schenkte sich an der Anrichte eine weitere Tasse Kaffee ein. »Ja, du hast Recht«, antwortete sie. »Jetzt fehlen nur noch die Vorhänge, dann wäre alles fertig. Ich bin übrigens noch immer der Meinung, Frederica, dass ihr beide in die Himmelssuite einziehen solltet.«

Frederica schaute verunsichert auf. »Meinst du?«

»Ja.« Hélène lächelte. »Sollen wir uns das Ergebnis der Renovierungsarbeiten mal anschauen?«

Die Räumlichkeiten konnten sich wirklich sehen lassen, wie Frederica wenige Minuten später zugeben musste. Gemeinsam mit Hélène und Ariane betrat sie den Salon, der den Schlafgemächern vorgelagert war. Hier hatte sich einiges verändert. Die Wände, an denen zuvor noch altersbedingte Risse zu sehen gewesen waren, waren gespachtelt, tapeziert und in einem warmen Gelbton gestrichen worden. Das polierte Eichenparkett glänzte sanft. Selbst die Stuckarbeiten an der Decke, die aus der Zeit Jakob I. stammten, waren aufs Sorgfältigste restauriert und mit einem neuen Farbanstrich versehen worden.

»O Hélène, es ist bezaubernd«, rief Frederica entzückt aus.

Hélène begab sich mit einem Bündel Stoffproben zum Fenster. »Ja, nicht wahr? Ich bin der Ansicht, die Vorhänge sollten einen Kontrast zum Gelb der Wände bilden, was meinst du?«, überlegte sie laut und hielt eines der Stoffstücke prüfend empor.

Just in dem Moment erschien eine rotgesichtige Magd aus der Spülküche im Türrahmen. »Bitte verzeihen Sie, Mylady, Mrs. Naffles schickt mich«, meldete sie keuchend. »Sie lässt fragen, ob Sie eventuell hinunter in die Küche kommen könnten, um sich den Rinderspießbraten anzuschauen. Sie fürchtet, er ist zu mager und taugt nicht fürs Dinner.«

»Oh, ich bin überzeugt davon, dass alles bestens ist, aber ich komme nichtsdestotrotz gern.« Hélène legte die Stoffproben auf den Tisch und wandte sich Ariane zu. »Warum sucht ihr beiden Hübschen derweil nicht den Gardinenstoff für das Damengemach aus?«

Ariane schnappte sich die beiden oberen Stofflappen. »Mir gefallen diese hier«, verkündete sie, nachdem ihre Stiefmutter gegangen war. »Wollen wir mal gucken gehen, Freddie?«

Vorsichtig öffnete Frederica die Tür. Beim Betreten des Gemachs durchflossen sie sowohl ein leichtes Gruseln als auch Neugier. Noch immer geisterten die Bilder des letzten Besuchs in ihrem Kopf herum. Es wollte ihr einfach nicht gelingen, jenen fürchterlichen Ausdruck auf Bentleys Gesicht zu vergessen. Erleichtert stellte sie fest, dass der Geruch der Farbe die penetrante Fliedernote überlagert hatte. Die alten Chintzvorhänge waren heruntergenommen worden und lagen auf einen Haufen zusammengeknüllt auf einer Truhe am Fußende des Bettes. Die Wände waren mit blassblauer Seide bezogen, und an einer Wand lag ein neuer und teils aufgerollter Axminsterteppich in den Farben Blau und Gelb.

Ariane warf erst einen Blick auf die Wände und anschließend auf den Stoff in ihren Händen – rosafarbener Jacquard und rot und elfenbeinfarben gestreift.

»Das hat sich dann wohl erledigt«, meinte sie und warf beide Stoffstücke in die Luft, ehe sie sich ausgesprochen undamenhaft auf das Bett fallen ließ. »Du solltest ohnehin diejenige sein, die die Farbe aussucht. Schließlich ist es dein neues Gemach.«

»Da bin ich mir noch nicht so sicher«, antwortete Frederica und durchquerte den Raum. »Wärst du denn damit einverstanden?«

Ariane hob den Kopf und schaute sie verdutzt an. »Klar, warum sollte ich etwas dagegen haben?«

Frederica wandte den Blick ab. »Weil dies die Gemächer deiner Mutter waren.«

»Ja, das stimmt«, meinte Ariane. »Aber du kannst sie gerne haben, wenn sie dir gefallen, Freddie.«

»Hab Dank, aber ich glaube nicht, dass Bentley sein altes Schlafgemach aufgeben wird«, murmelte Frederica und strich gedankenverloren mit der Hand an der Türfront des Wäscheschranks entlang. Wieder tauchte vor ihrem geistigen Auge das Bild auf, wie Bentley die Türen voller Verzweiflung zugeworfen hatte. »Nein, ich gehe davon aus, dass wir bleiben, wo wir jetzt sind. Vielleicht möchtest du ja lieber hier einziehen, Ariane?«

»Nein, das ist viel zu groß für mich.« Ariane war vom Bett gesprungen und dazu übergegangen, sich ein wenig umzuschauen. Sie besah sich diverse Staubfänger und stöberte ein wenig in den Schubladen der Kommode. »Ich käme mir hier ja ganz verloren vor.«

Doch Frederica hörte ihr kaum zu. Die Truhe am Fußende des Bettes hatte sie in ihren Bann gezogen. Sie schob die alten Vorhänge beiseite und inspizierte die Holztruhe. Der Deckel war mit handgeschnitzten Weinreben und Blättern verziert, die sich in der Mitte zu einem Monogramm vereinten.

»C. L. H.«, murmelte sie und fuhr mit der Hand über die leicht staubige Oberfläche. »Guck mal, Ariane, die muss deiner Mutter gehört haben, ehe sie geheiratet hat.«

Ariane gesellte sich zu ihr. »Ja, an die Truhe kann ich mich noch erinnern. Darin war ihre Mitgift. Ich wollte sie irgendwann mal für meine Puppen nutzen, aber das Schloss ließ sich nicht öffnen. Der Schlüssel ist verschwunden.«

Frederica kniete nieder und untersuchte das Schloss ein wenig genauer. »Das ist ein ganz normales Schloss, das mehr der Zierde als dem Schutz dient«, sagte sie schließlich. »Die Truhe ist wunderschön, du solltest sie an dich nehmen. Ich will versuchen, ob ich das Schloss auch ohne Schlüssel aufbekomme.«

»Meinst du, du schaffst das?«

»Abwarten, junge Dame«, sagte Frederica lachend und löste behutsam die perlenbesetzte Anstecknadel, die für gewöhnlich ihr Schultertuch aus Spitze zusammenhielt. »Auf Chatham hatten wir eine ähnliche Truhe, zu der es auch keinen Schlüssel mehr gab«, meinte sie, während sie die Nadel in das Schloss einführte.

»Hast du sie auch mit der Anstecknadel aufbekommen?« Ariane war bass erstaunt.

»Ja, so habe ich sie jedes Mal geöffnet, wenn sie aus Versehen wieder zugefallen war«, antwortete Frederica. »Wir haben entweder eine Haarnadel, eine Anstecknadel oder einfach einen schnöden Nagel benutzt.« Geschickt vollzog Frederica eine flinke Drehung mit dem Handgelenk, woraufhin ein metallenes Klicken ertönte. Sie legte die Anstecknadel beiseite und hob gemeinsam mit Ariane den Deckel an.

Die Scharniere quietschten ohrenbetäubend. Als die Truhe offen war, wirkte sie jedoch wesentlich kleiner als von außen. Obenauf, in einem hölzernen Aufsatz, lag ein mottenzerfressenes Schultertuch.

»Guck mal«, rief Ariane aus. »Das war Mamas Lieblingstuch.«

Frederica nahm das flauschige, rosafarbene Tuch zur Hand, von dem ein penetranter Geruch nach Schimmel und Flieder ausging.

»Puh, stinkt das«, sagte Ariane und rümpfte die Nase. In dem Moment, in dem sie den Aufsatz heraushoben, flüchtete eine Familie Silberfische. Darunter entdeckten sie zwei Wolldecken und alte vergammelte Wandteppiche aus Seide. »Für meine Puppen wäre die Truhe eh viel zu klein gewesen«, fügte Ariane enttäuscht hinzu.

Am Boden der Truhe lagen drei alte Bücher, ein in Leinen gebundenes Tagebuch und diverse Strümpfe, die nicht zueinander passten. Ariane hatte Recht, sonderlich geräumig war die Truhe wirklich nicht. Frederica war ebenso enttäuscht wie das Mädchen. Rasch räumte sie alles wieder an seinen Platz. Sie hatte sich so sehr gewünscht, dem Kind etwas geben zu können, das seiner Mutter gehört hatte. Doch Ariane schien Cassandra Rutledge ohnehin nicht sonderlich zu vermissen.

Frederica betrachtete die Truhe noch einmal ganz in Ruhe, ehe sie den kassettenartigen Einsatz wieder obenauf legen wollte. Irgendetwas störte sie. Noch einmal dachte sie an Evies Truhe, in der diese ihre Pigmente und Öle aufbewahrte.

»Moment mal«, sagte sie plötzlich, legte den Aufsatz wieder beiseite und griff in das Innere der Truhe, wo sie ein weiteres Fach vermutete. Nachdem sie erkannt hatte, dass die Schnitzereien innerhalb der Truhe als Griffe fungierten, war das Problem gelöst.

Ariane schaute gespannt in das Fach, das sich am Boden geöffnet hatte. »Ach, nur noch mehr von Mamas doofen Tagebüchern«, sagte sie sichtlich enttäuscht. »Ständig schrieb sie, entweder in ihr Tagebuch oder Briefe an ihre vielen Freunde.«

Arianes Unterton nach zu urteilen, hatte Cassandra mehr Zeit mit Feder und Papier verbracht als mit ihrem einzigen Kind. Frederica legte Ariane liebevoll eine Hand auf die Schulter. »Vermisst du sie eigentlich sehr?«

Ariane blickte nicht auf. »Ein bisschen schon«, sagte sie. »Wir haben früher lange Spaziergänge zusammen gemacht, musst du wissen.«

Jetzt war Frederica ein wenig verwirrt. Anscheinend war die Beziehung zwischen Mutter und Tochter doch enger gewesen, als sie vermutet hatte. Ariane hatte sowohl das Tuch als auch die Tagebücher auf Anhieb wieder erkannt. Wie dem auch sei, es war an der Zeit, die Dinge ruhen zu lassen. Frederica verwechselte offensichtlich ihre eigenen Bedürfnisse, die sie als Heranwachsende gehabt hatte, mit Arianes Ansichten. Wenn Ariane die Truhe, die Tagebücher oder sonst etwas aus diesem kleinen Fundus haben wollte, war sie nicht auf Fredericas Unterstützung angewiesen.

Mit einem Lächeln legte Frederica den Aufsatz zurück an seinen Platz, schloss den Deckel und erhob sich. Sogleich wurde ihr schwindelig. Der Boden unter ihren Füßen sackte weg, der Raum begann sich zu drehen. Frederica wurde schwarz vor den Augen.

»Freddie?« Arianes Stimme drang von weit her zu ihr. »Freddie, ist alles in Ordnung mit dir?«

Frederica hielt sich an einem der Bettpfosten fest, woraufhin der Raum wieder einigermaßen still stand. »Mir geht es gut ... glaube ich«, sagte sie und klammerte sich eng an den Bettpfosten.

Just in diesem Augenblick öffnete sich schwungvoll die Tür, die auf einen Seitengang führte. »Hier bist du ja, mein Kätzchen.« Lord Treyhern stand im Türrahmen und lächelte seiner Tochter zu. »Gerade ist die Post gekommen. Milford überbrachte mir eine Nachricht von Henriette Middleton. Dreimal darfst du raten, an wen sie adressiert ist.«

Mit einem freudigen Aufschrei war Ariane emporgeschnellt, drückte ihrem Vater einen schmatzenden Kuss auf die Wange, drängelte sich mit dem Brief in der Hand an ihm vorbei und lief mit wehenden Röcken den Korridor hinunter.

»Guten Morgen, Frederica«, begrüßte der Earl sie und betrat den Raum.

»Guten Morgen«, erwiderte sie. »Da du bereits zurück bist, nehme ich an, dass dein Treffen mit Basil erfolgreich verlaufen ist.«

»Könnte man so sagen, ja.« Treyhern wirkte für einen kurzen Augenblick niedergeschlagen, ehe sich sein Gesichtsausdruck in ein strahlendes Lächeln verwandelte. »Und, wie gefallen dir die Räumlichkeiten?«

»Ausgezeichnet«, antwortete sie wahrheitsgemäß. »Vor allem der Salon hat sich unglaublich verändert. Hast du ihn schon gesehen?«

Treyhern lächelte zerknirscht. »Nein, noch nicht. Aber vielleicht sollte ich mir die Zeit nehmen, mir anzuschauen, wofür ich mein Geld ausgebe.« Mit diesen Worten verschwand der Earl im Nebenraum.

Erleichtert ließ Frederica sich auf der Bettkante nieder. Die Schwäche in ihren Knien beunruhigte sie zutiefst. Sie versuchte in den nächsten Minuten regelmäßig zu atmen, während sie hörte, wie der Earl vom Salon ins Herrengemach ging und wieder zurück.

Für den Bruchteil einer Sekunde schloss sie die Augen, doch als sie sie wieder aufschlug, sah sie Treyhern im Türrahmen stehen. Sein Lächeln gefror. »Frederica?«

Mit schnellen Schritten durchquerte er den Raum. Um ihn nicht weiter zu beunruhigen, erhob Frederica sich, was sich jedoch schnell als schlechte Idee entpuppte. Wieder drehte sich alles, ihre Beine sackten dieses Mal komplett unter ihr weg. »Oh!« Das Gemach verblasste. Frederica spürte, wie sich kraftvolle Arme um sie legten, ehe sie Dunkelheit umfing.

»Immer sachte, Frederica«, drang eine Stimme von weit her zu ihr. »Ich hab dich.« Frederica war, als träumte sie. Das höllische Tosen in ihrem Kopf, das einem Wasserfall gleichkam, sorgte dafür, dass sie die schweren Schritte, die näher gekommen waren, erst sehr spät wahrnahm. Plötzlich versteifte sich der Körper des Earls.

»Du verdammter Hurenbock!«, hörte sie eine Stimme brüllen.

Als Bentley seine Gattin in den Armen seines Bruders liegen sah, war ihm, als wäre sein ärgster Albtraum wahr geworden. Frederica hatte einen Arm um Cams Hals geschlungen, ihr Schultertuch war herabgerutscht, ihr Gesicht hatte sie in seinem Hemd vergraben. Augenblicklich brach ein Wirbelsturm unbändiger Wut in ihm los. Er raste auf die beiden zu, um Frederica den Armen seines verhassten Bruders zu entreißen.

»Ihr geht es nicht gut, du Holzkopf!«, brummte Cam.

Doch Bentley war so außer sich, dass er nichts hörte. Er handelte wie in Trance, riss Frederica an sich und schob ihr den Arm unter die Knie. »Fass meine Frau ja nie wieder an, hast du mich verstanden?«, brüllte er und hob Frederica hoch. »Wenn du sie noch ein einziges Mal berührst, bringe ich dich auf der Stelle um, darauf kannst du Gift nehmen.«

Cams Gesichtsausdruck wirkte distanziert. »Sie ist in Ohnmacht gefallen.« Er hatte jedes einzelne Wort laut und deutlich betont – so als spräche er mit einem Kleinkind.

»Verdammter Schweinehund, halt einfach deine Klappe, verstanden?«, schrie Bentley, noch immer erzürnt. »Ich bin sehr wohl in der Lage, mich selbst um meine Frau zu kümmern.«

Cams Augen verengten sich. »Das erwähntest du bereits mehrfach«, entgegnete er gelassen. »Jetzt ist es an der Zeit, das auch unter Beweis zu stellen. Bring sie ins Bett, ich werde umgehend nach dem Arzt schicken.«

Ein Arzt?

Langsam sickerte die Wirklichkeit zu Bentley durch, und er bemerkte erst jetzt, dass Frederica fast leblos in seinen Armen hing. Er wurde von Panik ergriffen. Fredericas Augen waren geschlossen, ihre Haut aschfahl. Da, sie bewegte sich, stöhnte leise auf. Schnell trug er sie auf den Gang hinaus, wobei er sie fest an sich gedrückt hielt. Sein Bruder eilte vor ihm den Korridor hinunter, die Hände zu Fäusten geballt und die Schultern streng zurückgenommen. Bentley trug sie so schnell es ging die Treppe hinunter.

»Bentley?«, murmelte Freddie. »Ich ... kann ... selbst laufen.«

»Nein!«, erwiderte er bestimmt, aber nicht ohne Zärtlichkeit.

»Wa-was ist passiert?« Frederica versuchte, den Kopf von Bentleys Schulter zu lösen. »Warum hast du eben so furchtbar geschrien?«

»Halte durch, Freddie«, flüsterte er ihr zu, während er die letzten Stufen hinter sich brachte. »Ich bringe dich erst einmal ins Bett.«

»Nein, mir geht es gut, ich bin nicht krank«, protestierte sie schwach. »Ich bin einfach nur ... ohnmächtig geworden oder so.«

»Es ist das Baby«, sprach er mit fester Stimme. »Und es ist einzig und allein mein Fehler, dass es überhaupt so weit gekommen ist.« Etwas ungelenk öffnete er die Tür und stieß sie mithilfe des Knies auf. Behutsam legte er sie auf das große Bett. Frederica wollte sich umgehend aufrichten, doch Bentley drückte sie sanft in die Kissen zurück.

»Es geht mir gut«, versicherte sie ihm und streckte die Arme nach seinem Gesicht aus. »Es ist nicht das erste Mal, dass mich der Schwindel packt. Das gehört nun einmal zu einer Schwangerschaft dazu.«

Vermutlich hatte sie Recht, aber selbst der Gedanke, dass es absolut normal sein könnte, spendete ihm keinen Trost. Was, wenn doch etwas nicht stimmte? Er ergriff Freddies Hand, führte sie an seine Lippen und küsste ihr zärtlich die Finger. Er musste daran denken, wie Signora Castelli ihm seine einfache Frage nach dem Geschlecht des Kindes nicht hatte beantworten können. Auch war ihm der besorgte Ausdruck in ihren altersschwachen Augen nicht entgangen. Bentley gefror das Blut. *Gütiger Gott*, betete er, *bitte, nicht das.*

In diesem Moment kam Hélène hereingestürzt. »Ich habe Cam getroffen, als er die Treppe hinunterlief«, sagte sie ein wenig atemlos und beugte sich über Frederica. »Arme Freddie! Ist dir wieder übel geworden?«

»Ja, ein wenig«, gab sie zu und versuchte erneut, sich aufzurichten.

Hélène warf Bentley einen besorgten Blick zu. »Meine Liebe, hattest du in letzter Zeit Blutungen?«

Frederica schoss die Röte ins Gesicht. »Nein.« Hélène legte ihr eine Hand auf die Stirn.

»Du solltest dich jetzt nicht so viel bewegen, meine Liebe. Cam ist bereits auf dem Weg zu Doktor Clayton. Lass uns beten, dass alles in Ordnung ist.«

Und tatsächlich, alles schien in bester Ordnung zu sein, wie Dr. Clayton ihnen rund eine Stunde später versicherte. Bentley und Hélène standen mit dem Arzt auf dem Korridor hinter der Tür zu Bentleys Gemach und unterhielten sich im Flüsterton. Bentleys Hände zitterten noch immer, und er fragte sich, ob der Arzt ihnen auch ja nichts verheimliche. Er wusste nicht, was er tun würde, wenn seiner Frau oder seinem Kind etwas zustieß.

»Sie dürfen sie nicht wie eine Kranke behandeln, Mr. Rutledge«, riet der Doktor ihm. »Ich sehe überhaupt keinen Grund zur Beunruhigung.«

»Geht es ihr wirklich gut?«, fuhr Bentley dazwischen. »Was ist mit dem Kind? Sind Sie sich ganz und gar sicher bei Ihrer Diagnose?«

Dr. Clayton lächelte. »So sicher, wie man nur sein kann, Mr. Rutledge«, beruhigte er ihn. »Die ersten Monate einer Schwangerschaft sind stets die schwierigsten. Mrs. Rutledge hatte lediglich einen Ohnmachtsanfall. In ein oder spätestens zwei Wochen wird auch das vorüber sein.«

»Glauben Sie das wirklich?«, ertönte eine tiefe Stimme hinter Bentley, der sogleich herumfuhr und seinen Bruder in den Schatten des Korridors stehen sah. Er war so vertieft in die Ausführungen von Dr. Clayton gewesen, dass er nicht gehört hatte, wie Cam sich zu ihnen gesellt hatte.

Hélène schritt umgehend zu ihrem Gatten. »Sie ruht sich jetzt aus, Cam«, ließ sie ihn wissen und legte ihm eine Hand auf den Arm. »Diese Dinge passieren manchmal, weißt du.«

Der Doktor tätschelte träge seine lederne Arzttasche. »Das stimmt, Mylord«, sagte er vergnügt. »Meine herzlichsten Glückwünsche, Mr. Rutledge. Bitte zögern Sie nicht, nach mir zu schicken, falls es mal wieder etwas gibt, das Sie beunruhigt.«

»Das werde ich«, sagte Bentley leise. »Und danke für Ihr Angebot.«

»Haben Sie herzlichen Dank, Herr Doktor. Ich werde Sie bis zur Tür begleiten«, sagte Hélène und ging gemeinsam mit dem Dorfarzt den Korridor hinunter in Richtung Treppe. Die beiden Brüder ließ sie in eisiges Schweigen gehüllt zurück. Bentley war äußerst unbehaglich zumute. Doch es half alles nichts. Er warf Cam einen Blick zu und nickte steif. »Ich möchte dich inständig bitten, meine Entschuldigung zu akzeptieren. Für meine entsetzlichen Worte von vorhin«, zwang er sich zu sagen. »Auch wenn es im Grunde keine Rechtfertigung gibt für das, was ich getan habe.«

Sein Bruder schwieg einen Moment – die Hände hinter dem Rücken verschränkt, die Schultern stocksteif. »Sagen wir einfach, du warst in großer Sorge um Frederica«, erwiderte er wortkarg. »Wenn du mich entschuldigen würdest, ich habe zu tun.«

Mit diesen Worten drehte Cam sich um und schritt von dannen. Bentley konnte deutlich spüren, dass der gähnende Graben aus Wut und Streit zwischen ihnen noch tiefer geworden war.

Allmächtiger, was hatte er nur getan? Bentley verspürte den starken Impuls, sich selbst zu ohrfeigen. Und auch seinen Bruder. Er wollte ihm Schmerzen zufügen, wollte ihn erwürgen. Trotz allem hatte er das Gefühl, sein Bruder hätte Schuld. Nicht an dem, was heute geschehen war, nein. Aber an anderen Dingen. Nein, das stimmte so auch nicht. Er selbst war schuld. Oder nicht? Er war immer auf der Suche nach Ärger gewesen. Vom ersten Tag seines Lebens an war er in unglückliche Situationen gestolpert. Er war immer der Schuldige, das wusste er, hatte es schmerzhaft lernen müssen. Verdammt, verlor er allmählich ganz den Verstand? Die

Idee, Cam etwas nachzurufen, durchzuckte ihn, wenngleich er nicht wusste, was er ihm genau sagen sollte. Stattdessen hieb er mit der Faust so fest er konnte gegen die Wand. Farbe blätterte ab, Gips bröckelte. Bentley schaute zu, wie feiner Gipspuder auf seine Stiefelspitzen rieselte. Der Puder war hell, seine Stiefel dunkel. Ein Blutstropfen fiel auf den gelbgoldenen Teppich, doch Bentley verspürte keine Schmerzen und konzentrierte sich auf den Kontrast der unterschiedlichen Farben – Weiß, Schwarz, Gold und Rot. Er zwang sich, ruhig zu atmen. Einmal und noch einmal. Zwang sich, alle Gedanken abzuschütteln. Zwang sich, nicht loszuschreien.

Ja, darin war er gut. Er schrie nicht.

Frederica beschloss, dem abendlichen Essen nicht beizuwohnen, aus Verlegenheit, weil sie den anderen so viele Umstände bereitet hatte. Queenie hatte ihr eigens einen ihrer Zaubertränke gemischt, und Mrs. Naffles hatte ihr einen saftigen Zitronenkuchen gebacken, um ihren Appetit anzuregen.

Trotz ihrer Zusicherungen, dass es ihr gut ginge, lief Bentley jedes Mal zur Tür, wenn es klopfte, und schickte die Besucher fort. Er war den ganzen Tag nicht von ihrer Seite gewichen, hatte darauf bestanden, dass sie das Bett hütete, während er ihr vorlas oder zuschaute, wie sie schlief. Bentleys Fürsorge rührte sie, auch wenn sie im Grunde nicht erforderlich gewesen wäre. Frederica hatte fast den Eindruck, als änderte sich ganz langsam etwas zwischen ihnen, als würde das Band zwischen ihm und ihr etwas stärker. Zwischen ihm und seinem Bruder allerdings durfte es wohl nach der unangenehmen Situation in der Himmelssuite einiges zu bereinigen geben, und Frederica war überzeugt, dass ihre Anwesenheit dabei nur stören würde. Also fragte sie Bentley, ob es möglich wäre, ihr das Dinner auf dem Zimmer servieren zu lassen. Im selben Atemzug schlug sie vor, er solle sich für die Dauer des Mahls zu seiner Familie gesellen.

Bentley, der ausgestreckt neben ihr lag, lachte auf, warf den Roman, aus dem er ihr vorgelesen hatte, beiseite und gab ihr einen langen, innigen Kuss. »Undankbares Mädchen«, murmelte er, während sein Mund noch über ihren Lippen schwebte. »So schnell wirst du mich nicht los. Keine Chance.«

Frederica verspürte kribbelndes Verlangen. »Nachdem du den ganzen Tag mit mir hier oben verbracht hast, müsstest du doch schon halb verrückt sein.«

Bentley schmunzelte und knabberte zärtlich an ihrer Unterlippe, ehe er sich den Weg hinunter zu ihrem Hals bahnte. Er biss sie sanft, kostete ihre Haut, rutschte tiefer und tiefer, bis sie ihn schließlich wegzustoßen versuchte. »Geh!«, meinte sie. »Und hör auf der Stelle mit deinem Ablenkmanöver auf.«

Geschickt löste seine Hand den Knoten, der ihr Nachthemd oberhalb der Brüste zusammenhielt. »Du kannst so herzlos sein, weißt du das eigentlich? Erst benutzt du mich, dann weist du mich eiskalt ab«, murmelte er und fuhr mit seinen Lippen die Rundungen ihrer Brüste nach.

»Bentley Rutledge, in deinem Leben hat es bestimmt noch keine Frau gegeben, die dich abgewiesen hätte.«

Er ließ von ihren Brüsten ab und blickte sie an. »Wie könnte ich mich ruhigen Gewissens an eine reich gedeckte Tafel setzen, während mein armes Frauchen so augenscheinlich auf meine Pflege angewiesen ist?«, säuselte er und schaute kurz auf ihre erigierten Brustwarzen, die sich deutlich unter ihrem Nachthemd abzeichneten.

Frederica schloss die Augen. »Du willst mich nur ablenken«, sagte sie mit warnendem Unterton. »Ab mit dir nach unten!«

Für einen kurzen Augenblick starrte er sie aus dunklen Augen an. »Ist ja schon gut«, meinte er. »Aber du musst mir versprechen, brav im Bettchen zu liegen, wenn ich zurückkomme.«

»Das verspreche ich dir.«

Bentley glitt vom Bett, doch Frederica hielt ihn plötzlich zurück. »Bentley, ich ...«

Sein Gesicht nahm einen weichen Ausdruck an. »Was ist denn, Liebste?«

Frederica lächelte verlegen. »Es tut mir so furchtbar Leid, Bentley, dass ich dir solchen Kummer bereite.«

Er verlagerte das Gewicht, bis er auf der Kante des Bettes saß. »Ich weiß doch, dass du es nicht mit Absicht getan hast, Freddie«, entgegnete er und strich ihr sachte über die Wange. »Mir tut es Leid, dich überhaupt in diese missliche Lage gebracht zu haben.«

Freddie schüttelte den Kopf und schluckte. »Wie kann ich in einer misslichen Lage sein, wenn ... ich dich doch liebe«, flüsterte sie. »Von ganzem Herzen, Bentley. Das habe ich mittlerweile begriffen. Bist du jetzt schockiert?«

Bentley warf ihr einen unergründlichen Blick zu. »Freddie ...«

Sie unterbrach ihn. »Bitte schau mich nicht so an, als wäre ich ein kleines, fehlgeleitetes Kind. Das bin ich nicht, hast du das verstanden?«

Eine ganze Weile hielt er ihrem Blick stand, als würde er durch ihre Augen tief in sie hineinsehen können, bis auf den Grund ihrer Seele. Dann schüttelte er den Kopf, beugte sich vor und gab ihr einen zärtlichen, innigen Kuss. Als er sich schließlich von ihr löste und sich wegbewegen wollte, hielt sie ihn erneut zurück.

»Bentley?«

Sein Kopf flog herum. »Ja, Freddie?«

»Gibt es ... gibt es etwas, das du vor mir verheimlichst?«

Um Bentleys Mundwinkel entstand augenblicklich ein harter Zug. »Hast du mir deshalb gesagt, dass du mich liebst? Um mich zu erpressen, Freddie? Das wird nicht klappen.«

Doch sie ließ nicht locker. »Beantworte einfach meine Frage.«

Bentley schüttelte ungläubig den Kopf und fluchte etwas Unverständliches. »Was könnte ich wohl vor dir verheimlichen?«, fragte er. »Was vermutest du denn? Habe ich mich nicht gebührend um dich gekümmert, wie ein liebevoller Ehemann es tun sollte?«

»Doch, das hast du.« Frederica schürzte die Lippen. »Das meine ich ja auch gar nicht.«

Bentleys Gesichtsausdruck entspannte sich ein wenig. »Dann habe ich dir die wichtigste aller Fragen ja beantwortet, Freddie.« Seine Laune schien sich zu bessern. So als wolle er seine Liebe zu ihr unter Beweis stellen, beugte er sich noch einmal herab und gab ihr einen Kuss auf die Nase.

»Noch etwas, Bentley.«

»Was denn?«

Frederica drückte zur Beruhigung seine Hand. »Kannst du dich nicht wieder mit deinem Bruder vertragen? Vielleicht musst du dir nur einen Ruck geben, über deinen Schatten springen?«

In Bentleys Lächeln lag leichter Spott. »Das ist nicht so einfach, wie du es dir vorstellst.«

»Warum nicht? Eine Familie muss doch zusammenhalten.«

»*Du* bist jetzt meine Familie, Freddie, versteh das doch.« Im nächsten Augenblick, als wollte er sie – oder sich selbst – ablenken, legte er ihr die Hände auf die Schultern und machte sich wieder über ihre Lippen her. Doch dieses Mal war es kein sinnlicher, sondern ein verzehrender und leidenschaftlicher Kuss. Und wie dieser Kuss sie zerstreute, dieses Schlitzohr. Frederica war außerstande, klar zu denken, und spürte eine pulsierende Feuersbrunst auf sich zurollen. Jede Faser ihres Körpers flehte ihn an, sie endlich zu berühren.

Sanft fuhr er mit der Zunge ihre Lippen entlang, vor und zurück, bis sie es nicht mehr aushielt. Mit einem kehligen Stöhnen erforschte er schließlich die Tiefen ihres Mundes. Frederica hatte Schwierigkeiten, ihre Hände unter Kontrolle zu halten. Bittend und bettelnd fuhren sie seinen Rücken hinauf.

Langsam und bedächtig entzog er sich ihr. »Verdammt, Freddie, hast du eigentlich eine Ahnung, wie spät es ist?«, fragte er sie. »Wegen dir komme ich noch zu spät zum Dinner.«

»Du Schuft!« Ihre Worte waren nicht mehr als ein gehauchtes Flüstern gewesen, dennoch lachte er in sich hinein. »Kannst du nicht einmal fünf Minuten lang ernst bleiben?«

Bentley zuckte mit den Achseln, erwiderte jedoch nichts. Nachdem er sich für das Essen umgezogen hatte, kam er am Bett vorbei und hielt kurz inne, um ihr einen letzten Kuss zu geben, ehe er hinauseilte.

Frederica verspürte das Bedürfnis, sich zu bewegen, weshalb sie das Bett verließ und sich daranmachte, ein wenig Ordnung im Gemach zu schaffen. Ihr Kleid, ihr Unterhemd und ihr Schultertuch lagen über dem Sessel, wo Bentley sie hingeschleudert hatte. Frederica hob sie auf und trug sie in das kleine Ankleidezimmer. Erst jetzt fiel ihr auf, dass die Anstecknadel mit der Perle fehlte.

Ihr wurde schwer ums Herz. Das Schmuckstück war ein Geburtstagsgeschenk von Winnie gewesen. Da erinnerte sie sich, dass sie sie abgenommen hatte, um für Ariane das Schloss zu öffnen. Ohne lange zu zögern, warf sie sich den Morgenmantel über. Nachdem sie fast den ganzen Tag im Bett zugebracht hatte, würde ihr ein kleiner Spaziergang bestimmt gut tun.

Da alle bei Tisch saßen, bereitete es ihr keine Probleme, ungesehen auf den Flur zu schlüpfen und ein Stockwerk höher zu gehen. Im Korridor war es düster, es gab nur einen Wandleuchter, der den Treppenabsatz etwas erhellte, doch Frederica fand das Damengemach ohne größere Probleme. Hier herrschte jedoch absolute Dunkelheit. Frederica stieß sich den Zeh an der Truhe und stieß einen Fluch aus, ehe sie in die Knie ging und den Boden abtastete. Nach wenigen Augenblicken fand sie die Anstecknadel dort, wo sie sie hatte fallen lassen. Rasch befestigte sie die Nadel am Morgenmantel und erhob sich bewusst langsam. Doch bereits im nächsten Moment hatte sie es sich anders überlegt und ging abermals in die Knie. Sie öffnete die Truhe, nahm den hölzernen Aufsatz heraus und kramte die Bücher hervor. Leise Schuldgefühle beschlichen sie, doch sie musste unbedingt mehr über Camdens erste Frau in Erfahrung bringen. Was für Bücher sie wohl gerne gelesen hatte? Womit hatte sie ihre Zeit verbracht? Da sie nicht mehr unter den Lebenden weilte, würde es niemandem schaden, wenn Frederica mehr über Cassandra Rutledge in Erfahrung brächte, nicht wahr?

Sie vertrieb sich nur ein wenig die Langeweile, während sie sich von ihrem Schwächeanfall erholte.

Zurück in ihrem und Bentleys Gemach, legte sie aufgeregt den Stapel Bücher in der Mitte des Bettes ab und machte es sich daneben gemütlich. Das oberste Buch war lediglich eine abgewetzte Ausgabe eines Schauerromans, den Frederica gleich wieder beiseite legte. Sie griff zum zweiten Buch, bei dem es sich um ein bebildertes Werk über französische Mode handelte, die mindestens seit einem Jahrzehnt *passé* war. Dennoch blätterte Frederica es durch und musste lachen, als sie die Wespentaillen, die abstehenden Federn und die hervorquellenden Brüste sah, bevor sie auch diesen Folianten weglegte und sich neugierig das dritte Buch schnappte, das zwar ein großes Format hatte, aber nicht sonderlich dick war. Wieder nur Illustrationen, vermutete Frederica, doch sie nahm sich dennoch Zeit, den Einband ein wenig näher zu studieren. Das Werk war in schreiend rotes Saffianleder gebunden. Sollte jemals der Titel des Werkes auf dem Buchrücken geprangt haben, so war er bereits verblichen. Auf dem Deckblatt fand Frederica eine Widmung, die vor zwei Jahrzehnten verfasst worden war. Frederica las sich durch, was dort in einer extravaganten weiblichen Handschrift stand:

Für meinen wunderbaren Randolph –

Paris hat viele Schätze zu offerieren,
einen davon bringe ich dir mit nach Hause.
Möge er dich inspirieren.
   In inniger Bewunderung,
   deine Marie

Was für eine eigenartige Widmung! Allem Anschein nach gehörte das Buch gar nicht Cassandra, sondern war Bentleys Vater von einer Dame namens Marie geschenkt worden. Mit einem Achselzucken schlug sie es in der Mitte auf. Doch was sie sah, verschlug ihr den Atem. *Gütiger Gott!*

Ja, es war ein Buch mit Illustrationen – insofern hatte sie mit ihrer Vermutung richtig gelegen. Aber bei den mehrfarbigen Skizzen, deren Herstellung ein Vermögen gekostet haben musste, ging es weniger um bekleidete Menschen, sondern vielmehr um unbekleidete Frauen und Männer, die sich dem Beischlaf hingaben. Noch nie hatte Frederica etwas derart Gottloses gesehen, ja, es sich nicht einmal auch nur annähernd vorstellen können. Sie blätterte weiter. Was sie sah, ließ ihr Herz schneller schlagen – vor Fassungslosigkeit, Beschämung und Erregung. Lieber Himmel, dachte sie, und drehte das Buch ein wenig, um eine der Skizzen besser sehen zu können. War der menschliche Körper wirklich zu alldem fähig, was sie da sah?

Ihr Gesicht fühlte sich an, als hätte es Feuer gefangen. Sie verspürte den Impuls, das große Buch aus dem Fenster zu schleudern, aus Angst, ihm zu erliegen. Ja, es zog sie in seinen Bann. Zwar war Frederica nicht zu einer prüden Frau erzogen worden, aber erst seit ihrer Eheschließung begriff sie, wie viele Möglichkeiten es für Liebende gab, einander sinnliche Freuden zu bereiten. Sie hatte angenommen, dass Bentley bereits jede Variante dieser Vergnügungen kannte und sein Wissen längst an sie weitergereicht hatte. Atemlos blätterte sie weiter. Auf der nächsten Illustration war eine füllige Pariser Dame zu sehen, die zwei Herren auf einmal befriedigte – mit Körperöffnungen, denen Frederica diese Funktionen bisher nicht zugetraut hatte. Sie glaubte nicht, dass diese grotesken Praktiken selbst Bentley geläufig waren.

Die nächste Zeichnung warf sie schier um. Eine Frau saß rittlings auf ihrem Liebhaber, der flach auf dem Rücken lag und die Hände unter dem Kopf verschränkt hatte, während sie sich die Brüste streichelte und eine Hand zwischen ihre Beine gelegt hatte. Der Gentleman unter ihr wirkte zutiefst zufrieden. Auf der nächsten Seite war ein Mann zu sehen, der Champagner trank, während seine Gespielin zwischen seinen Knien kauerte und seine steife Mannespracht in ihrem Mund verschwinden ließ.

Mit jeder Zeichnung, die Frederica sich anschaute, wanderten ihre Augenbrauen weiter in die Höhe. Sie schämte sich, es zuzugeben, aber die Bilder riefen in ihr den starken Wunsch wach, Bentley möge sobald wie möglich von der abendlichen Dinnertafel zu ihr zurückkehren. Aber wie würde er reagieren, wenn er erfuhr, dass seine Frau sich mit unkeuschen Zeichnungen befasst hatte? Einen Moment später befiel Frederica ein beklemmendes Gefühl von Unzulänglichkeit.

Scheinbar gab es so manches, das sie sich noch aneignen musste, um die hohe Kunst zu beherrschen, wie sie einen Mann befriedigte. Oder hätte sie derlei instinktiv wissen müssen? Konnte es gar sein, dass sie für Bentley eine einzige Enttäuschung war?

Langsam klappte Frederica das Buch zu. Es gab viel, über das sie nachdenken musste. An den alten Tagebüchern Cassandras hatte sie längst das Interesse verloren. Verwirrt und mit neuem Wissen sammelte sie die Bücher zusammen und verstaute sie in der hintersten Ecke des Ankleidezimmers, ehe sie sich ihr verführerischstes Nachtgewand überstreifte und unter die Bettdecke kroch, wo sie der Rückkehr ihres Gatten entgegenfieberte.

Kapitel 18

In welchem unser Held sich bestürzt zeigt

Es war hinlänglich bekannt, dass Bentley Rutledge den denkbar unterkühltesten und steifsten Bruder hatte, der je das Licht der Welt erblickte. Fast schien es, als sei der Earl of Treyhern mit einem Heiligenschein geboren worden, der mit zunehmendem Alter an Glanz gewann. Der Earl war ein ausgesprochen emsiger, intelligenter und zuvorkommender Zeitgenosse, um nur einige Attribute zu nennen, die seine Mitmenschen gebrauchten, um ihn zu beschreiben, und die Bentley allesamt zum Halse heraushingen. Er hatte Cam nie das Wasser reichen können, weshalb er bereits früh damit begonnen hatte, sein Leben frei nach dem Motto *warum es überhaupt versuchen?* auszurichten. Eine Attitüde, die zudem vom Oberhaupt der Familie gehörig lanciert wurde.

Zwar nahm Cam Bentley hin und wieder an die Kandare, doch im Großen und Ganzen schien er sich nicht sonderlich an Bentleys Wesen zu stoßen. Möglicherweise, weil er ohnehin wusste, dass er seinen Bruder nicht zu ändern vermochte. Trotzdem nagte der Gedanke, Cam hätte es wenigstens versuchen können, zuweilen an Bentley.

Mehr als ein Dutzend Jahre lagen zwischen der Geburt der beiden Brüder. Cam war Bentley von klein auf wie ein Erwachsener erschienen, und der jüngere Bruder hatte den älteren stets – um es mit Joans Worten auszudrücken – als *omnipotent* erlebt. Bentley schien es zuweilen, dass Cam nach dem Tod ihrer Mutter jegliches Interesse an seinem kleinen Bruder verloren hatte. Er hegte vielmehr den Verdacht, Cam wäre seinerzeit nur darauf erpicht gewesen, sich eine reiche Gattin zu angeln, um endlich die Oberhand über ihren Vater zu gewinnen.

Die traurige Wahrheit war allerdings, dass dieser Schritt bitternötig gewesen war, um die Familie vor dem Ruin zu bewahren. Bentley hatte den Eindruck, Cam wäre derart versessen darauf, die Familienfassade aufrechtzuerhalten, dass die tiefen Risse ihm schlichtweg nicht aufgefallen waren. Nein, er war nicht neidisch auf seinen Bruder. Er war ... verbittert. Einfach nur verbittert. Während er bedächtig die Treppe hinaufschlich, formte sich ein Gedanke in seinem Kopf, den er so noch nie deutlich ausformuliert hatte. Er fühlte sich verlassen, verlassen von jemandem, der sich eigentlich um ihn hätte *kümmern* sollen. Da sich das aber verdammt nach dem abgegriffenen Klischee des armen mutterlosen Söhnchens anhörte, würde er sich hüten, diese Worte jemals laut auszusprechen. Er hatte Cam nie um Hilfe oder Aufmerksamkeit gebeten und würde den Teufel tun, jetzt einen solchen Schritt zu vollziehen.

Das Dinner hatte sich als kleine Katastrophe entpuppt. Während Cam sich steif und distanziert gegeben hatte, war Hélène vor guter Laune schier übergeschäumt, als versuchte sie, ein Gegengewicht zu Cams Missstimmung herzustellen. Hinzu kamen Arianes halbstündige Ausführungen über den Brief ihrer Freundin Henriette. Es war das erste Mal, dass Bentley ihr Geplapper unsäglich auf die Nerven gegangen war und ihn aggressiv gemacht hatte. Selbst Mrs. Naffles' Speisen waren entsetzlich gewesen. Der Braten hatte nach Sattelleder geschmeckt, und das Gemüse war verkocht gewesen.

Bentleys letzte Hoffnung, diesen Abend noch halbwegs zu retten, war, nach oben zu gehen und mit seiner Gattin zu schlafen. Er hoffte nur, dass Frederica ebenfalls in der Stimmung war. Gütiger Gott, jetzt war er schon an einem Punkt angelangt, an dem er von den Gefälligkeiten seiner Gemahlin abhängig war. Doch nur sie half ihm, das Böse zu vergessen und sich auf ihre gemeinsame Zukunft zu konzentrieren.

Bentley schoss die Frage durch den Kopf, ob es vielleicht nicht ganz fair war, sich an und in ihrem Körper abzureagieren – aber solange sie sich nicht zur Wehr setzte, würde er weitermachen. Noch nie hatte er etwas, das ihm Erleichterung, Zerstreuung oder Freude bereitet hatte, voreilig an den Nagel gehängt. Er würde schon mit seinen Gefühlen klarkommen. Und schließlich hatte er das Glück, dass seine Braut immer willig – nein regelrecht *begierig* – war. Was für ein wunderbar sinnliches Wesen sie doch war mit ihren leuchtenden Augen und ihrer warmen Haut. Von der ersten Sekunde an hatte ihre Leidenschaftlichkeit ihm große Freude bereitet, ihre Unerfahrenheit ihn verzaubert.

Frederica war noch wach, als er ins Gemach zurückkehrte. Bentley verabreichte ihr einen frohen Schmatzer, goss sich ein wenig Cognac ein und ließ sich in den Sessel am Kamin fallen, um sich der Schuhe zu entledigen. Mit leicht zerzausten Haaren und ein wenig schlaftrunken glitt Frederica aus den Laken und steuerte auf ihn zu. Sehr zu seiner Überraschung ging sie vor ihm in die Knie und machte sich daran, ihm behilflich zu sein. »Wie war das Dinner?«, fragte sie mit kehliger Stimme.

»Schrecklich«, antwortete er, als ihm der erste Schuh vom Fuß glitt.

»Das tut mir Leid.« Nachdem sie ihm den zweiten Schuh ausgezogen hatte, schaute sie mit einem gespielt unschuldigen Blick zu ihm auf. »Kann ich dich irgendwie diesen abscheulichen Abend vergessen machen?«

Fredericas heiserer Unterton ließ Bentley aufhorchen. Er hob eine Augenbraue und schaute sie verdutzt an. Er hatte mehr als genug Erfahrung, was die Finessen des weiblichen Verhaltens betraf, und ihm entgingen die Signale nicht, die Frederica aussandte. Ihr Haar war nicht geflochten oder hochgesteckt, sondern ergoss sich wie ein dunkler Wasserfall über ihre Schultern – genau wie er es so sehr an ihr liebte. Ihre Lippen wirkten voll und verführerisch, und es war etwas in ihrem Blick, das ihm den Atem stocken ließ. Sie hatte ihr durchsichtigstes Nachthemd aus hauchzartem, weichem Batist übergestreift, unter dem sich deutlich ihre Brüste abzeichneten, die im Laufe der letzten Wochen zunehmend fülliger und schwerer geworden waren und deren dunkle Brustwarzen sich verführerisch aufgerichtet hatten.

»Liebste Freddie«, brummte er. »Mit Brüsten wie den deinen bringst du einen Mann dazu, dass er seinen eigenen Namen vergisst.«

Frederica grinste kokett und schenkte ihm einen Blick, der nur als unsittlich bezeichnet werden konnte. Als sie dazu überging, mit den Handflächen die Innenseite seiner Oberschenkel hinaufzugleiten – wobei sie tief in ihrem wunderbaren Hals kleine, wollüstige Laute produzierte –, war er vollkommen perplex.

»Jaaaa«, entwich es ihm. »Pass auf deine kleinen geschickten Hände auf, Freddie.«

Doch Frederica ignorierte ihn und lehnte sich noch ein wenig weiter vor, wodurch sie Bentley einen atemberaubenden Einblick in ihr Dekolleté gewährte. Bentleys Mund wurde trocken. Angetan beobachtete er, wie ihre Brüste sanft hin- und herpendelten, während ihre Hände weiter beinaufwärts glitten und ihm die Muskeln massierten, so kräftig und gekonnt, dass sein bestes Stück vor Erregung zu zucken begann.

Es dauerte nicht lange, da war ihm, als trüge er eine doppelläufige Duellpistole in der Hose. Als Fredericas Finger den Lauf seines schießwütigen Organs massierten, fürchtete er einen Moment, er würde gleich einen Schuss abgeben. »Freddie, Liebste«, sagte er heiser und packte sie bei der Hand. »Am besten, du wartest im Bett auf mich.«

»Was, wenn ich nicht so lange warten kann?«, gurrte sie.

Bentley schloss die Augen. »Bitte lass mich erst die Kleider ablegen«, sagte er mit schwerer Zunge. »Danach werde ich dich von dem, was dich so sehr plagt, befreien. Einverstanden?«

Doch seine Gattin schien nicht sonderlich begeistert von seinem Vorschlag. Freddie richtete sich auf, legte Bentley die andere Hand um den Nacken, zog ihn zu sich und küsste ihn innig, wobei sie ganz langsam ihre Zunge in seinen Mund gleiten ließ. Bentleys Atem rasselte. Nach einigen Momenten ließ sie von ihm ab, setzte sich auf die Fersen und lächelte bis über beide Ohren. »Ich möchte aber nicht so lange warten müssen, bis du dich ausgezogen hast«, raunte sie und machte sich an seinem Hosenbund zu schaffen. »Vielleicht sollten wir heute Nacht einmal etwas anderes ausprobieren?«

Bentley ließ sie gewähren und fragte sich, wie weit diese gerissene Wildkatze wohl noch gehen mochte. Was war nur in sie gefahren? Fredericas Hand glitt in seine Hose und bahnte sich den Weg hinunter in seinen Schritt, wo sie seinen glühenden Hodensack sanft umfasste, während die andere geschickt die Hosenknöpfe löste. Wieder wollte Bentley ihr Einhalt gebieten. »Hoppla, Freddie.« Fast hätte er sich an seinen Worten verschluckt. »Bist du dir auch im Klaren darüber, was du da tust?« Frederica erwiderte nichts, sondern lächelte ihn nur kokett an, ehe sie Hemd und Hose wegschob. Seine Duellpistole schnellte hervor, hart wie Stahl, entsichert und gen Himmel gerichtet. Bentley wusste nicht, wie ihm geschah, als ihre warme Hand an seiner Länge hinunterglitt und die Eichel freilegte. Er zitterte am ganzen Körper. »Allmächtiger im Himmel!«, hörte sie ihn stöhnen.

Es war tatsächlich himmlisch. Zuerst streichelte Frederica ihn behutsam und langsam, wobei sie sich Bentleys Rhythmus anpasste, den sie bestens kannte. Wie schnell seine hübsche Frau doch gelernt hatte. Wieder und wieder fuhr sie an ihm entlang und schien mit jeder Bewegung geschickter – und leidenschaftlicher – zu werden. Im Eifer des Gefechts hatte sie es sogar fertig gebracht, ihm die Beinkleider bis zu den Knöcheln herunterzuziehen. Bentley glitt vor auf die Sesselkante, sodass er ihren Liebkosungen ausgeliefert war.

Er genoss das anzügliche Gefühl, beim wärmenden Feuer zu sitzen, die Hälfte seiner Abendgarderobe noch intakt, ein Glas erlesenen Cognac in der Hand, während seine Angebetete vor ihm kniete und ihn förmlich anflehte, ihn bedienen zu dürfen. Doch schon im nächsten Moment verspürte Bentley den Impuls, sie von sich zu stoßen, weil es sich schier nicht schickte, dass ein Mädchen aus gutem Hause sich auf diese Weise an einem Mann zu schaffen machte. Noch mehr aber setzte ihm der Wunsch zu, ihre Lippen um sich zu spüren. Es war unbeschreiblich sinnlich, was sie da tat. »Jaaaa«, stöhnte er auf und schloss die Augen.

Just in diesem Moment senkte Frederica den Kopf und nahm ihn tief in ihrem Mund auf. Bentley umfing eine seichte, sinnliche und wohlige Wärme, die sich nicht wirklich in Worte fassen ließ. »O Gott, Freddie!«, krächzte er und versteifte sich. Sein Kopf flog in die Höhe, der Cognac schwappte auf den Teppich, und seine Hand krallte sich an die Sessellehne, als wollte sie den letzten Funken Verstand, der ihm noch geblieben war, festhalten. Für einen flüchtigen Moment erlaubte er sich einen Blick auf Fredericas üppige Lippen, die an seinem geschwollenen Schaft hinabglitten. Bentley stellte sein Glas ab, nahm ihr Gesicht zwischen die Hände und zwang ihren Kopf in die Höhe.

»Liebste Freddie«, keuchte er atemlos. »Das solltest du wirklich nicht tun.«

Fredericas Augen weiteten sich. »Mache ich etwas falsch?«

Falsch? Zur Hölle, nein! Der Anblick seines glänzenden, feuchten Gliedes ließ den Moment des Ergusses bedrohlich näher rücken. Blitzschnell schloss Bentley wieder die Augen und schob sie sanft von sich. »Nein, aber so etwas solltest du ...« Er rang nach den passenden Worten. »Sollten wir nicht tun.«

»Warum denn nicht?« Ihm war der Zweifel in Fredericas Stimme nicht entgangen. »Gefällt es dir etwa nicht?«

Bentley öffnete wieder die Augen und zwang sich, sie anzublicken. Freddies Mund war gerötet und leicht geschwollen, ihre Augen groß und kindlich. Das schwarze Haar umgab sie wie eine weiche Wolke, und ihr Nachthemd drohte, ihr jeden Moment über die zarten Schultern zu rutschen. Gütiger Gott, sie war die wahrhaftige Unschuld in Person. Er begehrte sie, verzehrte sich nach ihr, wollte, dass sie ihn aussaugte, ihn leer trank. Es gelüstete ihn, ihr Gesicht mit den Händen zu umfassen und sich selbst dabei zuzusehen, wie er ihr sein Glied in ihren Hals rammte. Bis er ... bis er ...

O Gott, nein. So etwas durfte er nicht einmal denken. Bentley schluckte und betete um Stärke. »Freddie, Liebste, ich mag alles, was du tust«, sagte er. »Aber du solltest einfach nicht ... es ist nicht ...« Er wusste nicht, wie er es ihr beibringen sollte. »Schau mal, Freddie, das ist nichts, was eine verheiratete Frau tun sollte.«

Freddie musterte ihn argwöhnisch. »Deine Tage der Hurerei sind ein für alle Mal vorüber, Bentley Rutledge«, warnte sie ihn mit täuschend sanfter Stimme. »Vergiss das nicht. Entweder du bekommst es von mir, oder du verzichtest gänzlich darauf.«

Eingeschüchtert schüttelte Bentley den Kopf. »Nein, nein, Liebling«, sagte er mit erstickter Stimme. »Da musst du dir keine Sorgen machen.« Doch er klang nicht sonderlich überzeugt.

»Also solltest du mich gewähren lassen.« Mit einem gerissenen Lächeln neigte sie den Kopf und biss ihm zärtlich in die Innenseite des Oberschenkels.

»Aua«, schrie er auf. »Verdammt, Freddie, nicht beißen!«

»Was dagegen, wenn ich jetzt weitermache?« Fredericas Stimme hatte so sinnlich geklungen, dass sie selbst Glas zum Schmelzen gebracht hätte. Sie schien tatsächlich fest entschlossen, sich durchzusetzen. Bentley umfasste ihr Gesicht abermals, doch diesmal, um ihren Mund wieder nach unten zu lenken. Ein wohliger Schauer durchfuhr ihn, als sein bestes Stück über ihre feuchten Lippen, ihre scharfen weißen Zähne und ihre samtene Zunge glitt. Bentley war ihr nun unwiderruflich ausgeliefert – ein gefährliches Gefühl. Ein prickelndes Gefühl. Und so verrucht.

Mit einer Hand hielt sie die Wurzel seines Schaftes fest, während sie mit der anderen die Innenseite seiner Schenkel massierte. Sie stellte sich ausgesprochen geschickt an. Ihr Mund war so wunderbar warm und eng, die Liebkosungen ihrer Zunge wurden zunehmend dringlicher. Verflixt, sie war ein Naturtalent. Endlos lange Momente verstrichen, doch schließlich merkte er, wie er die Kontrolle verlor. Er spürte, dass er ihre Schultern beinahe zerquetschte und sein Körper zu zucken begann. Ihm wurde klar, dass er die Sache stoppen sollte ... stoppen musste ... und zwar *sofort*!

»O Gott, Freddie!« Bentley zog sich aus ihrer weichen Mundhöhle zurück und warf sie auf den Kaminvorleger, wobei er wegen seiner Beinkleider, die ihm um die Knöchel hingen, arg ins Straucheln geriet. Freddies Nachthemd war hochgerutscht und ihre Schenkel entblößt. Erregt schob er ihr das Kleidungsstück bis über die Hüften. Als er das Reißen des Stoffes vernahm, machte er kurzen Prozess, riss es ihr ganz vom Leib und beförderte es in den Schatten, ehe er ihr die Beine mit dem Knie spreizte und mit einem triumphierenden Schrei in sie stieß.

Bentley hatte nicht damit gerechnet, dass sie ihn wie flüssige Lava umfließen würde. Frederica umfing sein Becken mit den Beinen und drängte sich ihm entgegen. Zitternd und fast flehentlich schmiegte sie sich an ihn. Stoß für Stoß, Atemzug für Atemzug passte sie sich seinen Bewegungen an. Sie hatte die Augen weit aufgerissen, und ihre Lippen waren leicht geöffnet.

»Ja, bitte, o ja«, stöhnte sie und erschauerte. Bentley wollte ihr zu Diensten sein, doch er zitterte ebenso heftig wie sie. Im Schein des Feuers konnte Bentley sehen, wie sie sich im Rhythmus ihrer Leiber verlor, sich keuchend aufbäumte und erst einen lauten, befreienden Schrei ausstieß. Dann noch einen. Und einen dritten. Töne der puren Leidenschaft. Bentley wurde schwarz vor Augen. Es zerriss ihn. In ihr, in seiner Gattin.

Oh, du lieber Himmel, wie er sie liebte.

Das war der erste klare Gedanke, den er wieder fassen konnte, nachdem es vorbei war. Fast hätte er die Worte laut ausgesprochen, doch der Moment schien ihm nicht passend. Er lag mit dem Kopf auf dem Kaminvorleger, seine Nase in der dunklen Mähne ihres Haars vergraben. Er sog den lieblichen Duft ihrer Seife und ihrer Weiblichkeit tief in seine Lungen ein, während sie so dalagen und Frederica ihr Bein noch immer um seine Taille geschlungen hielt. Womit hatte er ein solch berauschendes Liebesfest verdient? Ja, anfänglich hatte er es als respektlos – beinahe schändlich – empfunden, dass er Freddie gewähren ließ. Aber jetzt war er da gar nicht mehr so sicher. Schließlich hatte sie es sichtlich genossen. Und er erst. Gott war sein Zeuge. Sie fühlte sich so wunderbar unter ihm an, so als gehörte sie dorthin und nirgendwo anders.

Am Morgen würde er es bereuen. Vielleicht. Vor allem aber würde er sich fragen, was wohl in seine junge Gattin gefahren sein mochte, was sie zu derartigem Verhalten angespornt haben könnte. Er würde sich einreden, dass ihr Verhalten auf weiblichem Instinkt beruht hatte, und hoffen, dass dem so war. Aber noch verspürte er keine große Lust, an diesen Moment zu denken. Stattdessen richtete er sich auf, schob seine Arme unter Frederica, hob sie hoch und trug sie zum Bett.

Schon oft hatte es den Anschein gehabt, als wollte das Schicksal Frederica nur äußerst seltene und geringe Dosen von Sicherheit und Geborgenheit zugestehen. Manchmal hatte sich das – wie im Falle von Johnny Ellows – als positiv herausgestellt, doch nicht immer meinte es das Schicksal so freundlich. So würde sie wohl nie den grauenvollen Tag vergessen, an dem ihre Großmutter sie kaltherzig ihrer Tür verwiesen hatte.

An diesem Morgen dagegen erwachte Frederica bereits lange vor Morgengrauen. Gefühle der Glückseligkeit, Geborgenheit und Erfüllung durchströmten sie, und sie rückte näher zu Bentley, der unbekleidet neben ihr auf dem Rücken lag. Er hatte sich den Arm über die Augen gelegt und schlief tief und fest, wobei er sich fast zwei Drittel der Matratze wie auch den Löwenanteil der Decke gesichert hatte. Frederica fröstelte ein wenig, war jedoch zu faul, aus dem Bett zu kriechen, nach ihrem Nachthemd zu suchen und das Feuer zu schüren. Es erschien ihr wesentlich behaglicher, sich noch enger an ihren Gemahl zu schmiegen und von seiner Wärme zu profitieren. Als Frederica ihm ein Bein um die Oberschenkel schlang, schoss seine morgendliche Erektion in die Höhe und stemmte die Decke empor. Frederica hatte dieses

Phänomen an ihm bereits einige Male beobachtet – immer dann, wenn er nicht schon zu nachtschlafender Zeit das Bett verlassen hatte. Auch war es schon vorgekommen, dass er sie auf den Rücken gerollt und sein Phänomen für einen guten Zweck eingesetzt hatte.

Bei dem Gedanken an ihre morgendlichen Schäferstündchen vergrub Frederica ihr Gesicht an Bentleys Hals. Genüsslich sog sie den betörenden Geruch nach Rauch, Asche und Schweiß ein, in den sich auch seine ganz persönliche Duftnote mischte. Mit einem breiten Lächeln dachte sie zurück an ihr nächtliches Abenteuer auf dem Kaminvorleger. Vielleicht war sie doch nicht so erfüllt, wie sie erst angenommen hatte. Frederica zog das Knie ein wenig höher, wobei sie seine Erektion streifte. Vorsichtig rückte sie näher an ihn heran und fuhr mit der Hand über seinen straffen Bauch bis hinunter zu der dunklen Behaarung um seine männliche Pracht.

Nur selten hatte sich bisher die Gelegenheit geboten, ihn so intim zu berühren. Heute Morgen jedoch schien ihr Ansinnen endlich einmal Zustimmung zu finden. Als sie seine steife Männlichkeit mit den Fingern liebkoste, stieß Bentley einen wohligen Laut aus und bewegte sich unruhig. Frederica fühlte sich durch seine Reaktion ermutigt, weshalb sie sich halb auf ihn legte und ihm einen Kuss gab. Im Schlaf wandte er ihr das Gesicht zu, und sein Mund suchte begierig nach ihren Lippen.

Wie bereits am Abend zuvor glitt sie an der warmen Länge seines Gliedes auf und ab. Die Erinnerungen an ihren letzten Liebesakt durchströmten sie, ließen sie nicht mehr los. Es war so prickelnd gewesen, ihm einen anstößigen Liebesdienst zu erweisen. Welche Vorteile brachte einer verheirateten Frau biederes, naives Verhalten? Keine, so weit Frederica es beurteilen konnte. Plötzlich tauchten die obszönen Zeichnungen vor ihrem geistigen Auge auf. Vor allem eine der Zeichnungen war ihr besonders gut im Gedächtnis haften geblieben. Jene, wo die Frau rittlings auf dem Manne saß und sich selbst berührte, während er sich an ihrem entblößten Anblick weidete. Frederica lief ein Schauer über den

Rücken. Vielleicht sollte sie ihrem Gatten zeigen, dass sie nicht so unbedarft war, wie er womöglich glaubte.

Sachte platzierte sie die Knie seitlich von Bentleys Becken, was er mit einer Veränderung seines Gesichtsausdrucks quittierte und Frederica an ihrem Vorhaben zweifeln ließ. Doch als sie wieder hinab auf diesen Turm aus Fleisch und Blut blickte, der ihr entgegenragte, fasste sie seine Reaktion als Einverständnis auf und senkte sich langsam auf ihn hinab. Stück für Stück nahm sie ihn in sich auf.

Bentley ächzte leise und bewegte sich unruhig. Auch Frederica entwich ein wohliger Seufzer. Sie schloss die Augen, ließ den Kopf nach hinten sinken und erfreute sich an seiner Länge.

Doch bereits im nächsten Moment war ihr, als hätte sich die Erde aufgetan und der Teufel persönlich wäre aufgestiegen. Mit einem markerschütternden Schrei richtete Bentley sich auf und stieß sie nach hinten. Wie ein Wilder ließ er Ellbogen und Fäuste umherfliegen. Etwas traf Frederica an der Schläfe, und mit einem fürchterlich dröhnenden Krachen prallte ihr Hinterkopf gegen das Fußteil des Bettes. »Runter mit dir, du Biest, auf der Stelle«, schrie er. »Mach schon.«

Bentley thronte dunkel und mächtig über ihr. Frederica wimmerte und glaubte, er würde jeden Augenblick wieder auf sie losgehen. Das Herz schlug ihr bis zum Hals. Sie hatte Angst davor, etwas zu sagen. Angst davor, sich zu bewegen.

Das Bett unter ihnen ächzte bedenklich, als Bentley das Gewicht verlagerte und sie zwischen sich und dem Holz einpferchte, ehe er ihr seine kräftigen Hände um den Hals legte. »Du verdammtes Miststück.« Seine Stimme klang so rau und schnarrend wie die des Höllenfürsten höchstpersönlich. »Du berührst mich nie wieder, hast du das verstanden?«

Frederica versuchte, sich so klein wie möglich zu machen. »J-ja, habe ich«, schluchzte sie und fragte sich, wer von ihnen beiden eigentlich den Verstand verloren hatte. »B-bitte Bentley, lass m-mich ei-einfach gehen, ja?«

Nachdem sie gesprochen hatte, veränderte er sich schlagartig und ließ auf der Stelle von ihr ab. Wie vom Blitz getroffen richtete er sich auf, und eine lange Stille senkte sich über die beiden, bis Bentley scharf ausatmete. »Verdammt!«

Er war wieder er selbst, Gott sei Dank, dachte Frederica bei sich. Endlich war er wach. Eine Woge der Erleichterung durchströmte sie. Bentley sank auf die Fersen, doch selbst in der Dämmerung spürte Frederica seinen sengenden Blick. Er fluchte abermals und fuhr sich mit einer verzweifelten Geste durch die Haare.

»Bentley?«, fragte Frederica besorgt, erhielt jedoch keine Antwort. Die Hände gegen die Schläfen gepresst, krümmte Bentley sich und stützte sich mit den Ellbogen auf seinen Knien auf. Frederica erschien es beinahe, als versuchte er, in sich selbst hineinzukriechen, als wollte er sich unsichtbar machen. »Bentley, bitte sag doch endlich etwas«, raunte sie. »Irgendetwas.«

»Freddie?«, fragte er mit angsterfüllter Stimme. »Ach, du meine Güte!«

Erleichtert atmete Frederica auf, denn Bentley schien tatsächlich im Schlaf gehandelt zu haben. Aber was, in Gottes Namen, hatte ihn nur dazu veranlasst, sie anzugreifen? Plötzlich begriff sie. Ihre Avancen hatten etwas Schlimmes in ihm ausgelöst. Sie hatte etwas getan, das er ihr noch nie erlaubt hatte, und je länger sie darüber nachdachte, desto klarer wurde ihr, dass das, was sie im Bett miteinander machten, beziehungsweise das, was sie mit ihm machte, im Vergleich zu den Zeichnungen zahm wirken musste. Es war schließlich nicht das erste Mal, dass er sie zurückstieß, und die aufkeimende Erinnerung an die anderen Male verursachte ihr Übelkeit. *Verdammt noch mal*, hatte er gerufen. *Du nimmst mir die Luft zum Atmen!* Doch selbst wenn er sich soeben ähnlicher Worte bedient hatte, erschien ihr die Situation anders, irgendwie bedeutungsschwerer.

Frederica spürte, wie etwas Warmes ihre Schläfe benetzte, und ertastete mit den Fingerspitzen eine klebrige Flüssigkeit. Sie dachte sofort an Bentleys klobigen Siegelring. »Bentley«, setzte sie mit zitternder Stimme an. »Ich werde jetzt aufstehen und Licht machen, einverstanden?«

Doch Bentley blieb stumm. Frederica musste ein wenig umhertasten, ehe sie die Kerze am Bett zu neuem Leben erweckt hatte. Bentley nahm endlich die Hände vom Kopf, drehte sich zu ihr und blickte sie mit leeren Augen an, aus denen jede Hoffnung gewichen war.

Als er die Platzwunde an Fredericas Schläfe sah, wurde ihm die Tragweite dessen, was er getan hatte, bewusst. Bentley wurde totenblass, Tränen sammelten sich in seinen Augen. Er streckte die Hand nach ihr aus, wollte sie berühren. Doch die Entfernung zwischen ihnen war zu groß, sein ausgestreckter Arm, der trostlos in der Luft zu schweben schien und sein Ziel nicht zu erreichen vermochte, ein trauriges Symbol für ihre Ehe.

»O Gott, was habe ich nur getan?« Bentley schaute auf seinen mit Blut verschmierten Siegelring. »O Freddie, was habe ich jetzt bloß wieder getan?«

Kapitel 19

Eine Stimme aus dem Jenseits

Die Ereignisse nahmen für Frederica mit einem Mal surreale Züge an. Ihr schien, als wären ihre Ängste versickert und mit ihnen der Bezug zur Realität. Weitere Kerzen wurden entzündet, doch sie wusste nicht von wem. Sie konnte sich lediglich dumpf entsinnen, dass Bentley sie hinüber zum Sessel beim Kamin getragen und sie in ihren Umhang gewickelt hatte. Wie betäubt schaute sie ihm dabei zu, wie er sich hastig die Kleider überstreifte, ehe er einen Schwamm holte, mit dem er ihr zärtlich das Blut aus den Haaren und von der Schläfe tupfte. Es war merkwürdig, aber sie empfand keinerlei Schmerz. Nein, genau genommen fühlte sie gar nichts. Bentley, der einen mitgenommenen Eindruck machte, murmelte unaufhörlich vor sich hin. *Es tat ihm Leid. Unendlich Leid. Es war nicht ihr Fehler gewesen.* Hinter der Fassade seiner Worte jedoch spürte Frederica Angst. Gewaltige Angst, was Frederica zutiefst beunruhigte.

Während Bentley das Wasser aus dem Schwamm wrang, schaute Frederica auf ihre Hände, die in ihrem Schoß lagen und heftig zu zittern begannen. Mit einem Schlag brach die Realität über sie herein. Sie war noch keine neunzehn Jahre alt, schwanger, und verheiratet mit einem Mann, der in seinem Herzen ein furchtbares Geheimnis trug. Vielleicht war es unweigerlich an der Zeit, zuzugeben, dass etwas gehörig schief gelaufen war. Sie liebte ihn, aber reichte das?

Bentley berührte sie abermals an der Stirn, um die Wunde zu inspizieren. Frederica bemerkte, dass auch seine Hand kräftig zitterte. »O Freddie, das wird sich wohl zu einer saftigen Beule auswachsen.« Bentley gab einen Laut von sich, der schlimmer als jeder

Seufzer war. »Ich frage mich, ob du mir je verzeihen wirst?«, fragte er, nahm ihr gegenüber Platz und ergriff ihre Hände. Beschämt hob er den Blick, bis er ihr in die Augen schaute, doch er fügte seinen Worten nichts weiter hinzu. Krampfhaft suchte Frederica nach den richtigen Worten. »Bentley«, begann sie vorsichtig. »Was genau hast du geträumt? Was ging in deinem Kopf vor?«

Bentley schloss die Augen. »Ich kann mich nicht genau erinnern.«

Frederica spürte deutlich, dass er log. »Du kannst dich nicht erinnern?«, hakte sie noch einmal nach. »*Kannst* oder *willst* du nicht?«

Bentley sprang auf und schritt auf eines der Fenster zu. Eine Hand hatte er in die Hüfte gestemmt, die andere sich in den Nacken gelegt. »Verdammt, Freddie, für das, was ich dir angetan habe, gibt es keine Entschuldigung«, sagte er schließlich. »Ich könnte dir eine fadenscheinige Erklärung auftischen, aber das wäre falsch. Was erwartest du denn, was ich sage? Was soll ich deiner Meinung nach tun?«

»Sag mir einfach nur die Wahrheit«, entfuhr es ihr. »Ich liebe dich, Bentley, aber du musst mir endlich die Wahrheit sagen. Damit hilfst du vor allem auch dir selbst.«

»Die Wahrheit?«, erwiderte er und starrte zum Fenster hinaus. »Was genau glaubst du, verheimliche ich vor dir?«

Jetzt reichte es Frederica. »Das will ich ja gerade von dir wissen!«, fuhr sie ihn an. »Woher soll ich das wissen? Ich weiß ohnehin so gut wie nichts über dich. Ich bin ja nur ein kleines dummes Mädchen. Du siehst ja, was dabei herauskommt, wenn ich versuche, dir eine gute Ehefrau zu sein, und dir eine Freude bereiten möchte.«

Bentley drehte sich um und schritt wieder auf sie zu. Er beugte das Knie, damit er auf Augenhöhe mit ihr war, und ergriff abermals ihre Hände. »Freddie, du *bist* eine gute Ehefrau.« Er hatte leise und deutlich gesprochen. »Es ist vielmehr diese Ehe, die alles andere als eine gute Idee ist.«

»O nein«, flüsterte Frederica entsetzt. »Sag so etwas nicht! Wir haben uns beide für diese Ehe entschieden, haben alles auf diese eine Karte gesetzt.«

Bentley presste die Lippen aufeinander und schüttelte den Kopf. »Freddie, das stimmt so nicht, die Eheschließung war allein meine Idee«, sprach er mit fester Stimme. »Ich habe sie gewollt, wie ein kleines verzogenes Kind sich ein Spielzeug aussucht, das im Grunde viel zu zerbrechlich für seine ungelenken Finger ist. Ich wollte dich. Verflucht, ich bin schon eine halbe Ewigkeit in dich vernarrt. Und ich hatte gehofft, dies sei meine Chance ... ach, was weiß ich, was ich mir gedacht habe. Wenn ich dich wirklich von ganzem Herzen lieben würde, hätte ich mir nicht eingeredet, dass ich nur das Beste für dich will, oder? Dabei hätte es für dich Tausende von Alternativen gegeben, die allesamt besser gewesen wären als eine Eheschließung mit mir, aber ...«

»Was genau versuchst du mir eigentlich zu sagen, Bentley Rutledge?«

Bentley schien geradewegs durch sie hindurchzublicken, auf einen Punkt irgendwo in der Ferne. »Dass ich jetzt zwischen richtig und selbstsüchtig zu unterscheiden weiß«, flüsterte er. »Ich will damit sagen, dass wenn du es wünschst, Freddie, wenn du mich verlassen willst, ich dir nicht im Weg stehen werde. Auch werde ich dich nicht zwingen, diese lächerliche Sechsmonatsklausel einzuhalten.«

Frederica war wie betäubt. Seine Worte hatten ihr einen Schlag versetzt, der die Wunde an ihrer Stirn geradezu lächerlich wirken ließ. »Mein Gott, soll es das etwa gewesen sein?«, rief sie bestürzt aus. »Geben wir einfach auf? Wegen ... dieser Lappalie?«

»Verdammt noch mal, Freddie, es geht doch um viel mehr, siehst du das denn nicht?«

Sie schüttelte den Kopf. »Nein, tue ich nicht.«

Für einen Augenblick schloss Bentley die Augen, ließ seinen Kopf nach vorne gegen seine Hände sinken, die noch immer Fredericas Finger umklammerten, und hüllte sich in tiefes Schweigen. Als er den Kopf wieder anhob, entdeckte Frederica, dass seine Tränen zurückgekehrt waren. »Ich möchte doch nur, dass du tust, was das Beste für dich – und das Kind – ist. Egal, was das auch sein mag. Ich bitte dich inständig, deinem Herzen zu folgen und zu tun, was für euch richtig ist.«

Freddie spürte, wie sich ihre Kehle zuschnürte. »Aber du bist doch mein Ehemann«, flüsterte sie. »Ich bin der Meinung, dass weder du noch ich es uns zu einfach machen sollten. Wenn du auch nur einen winzigen Funken Zuneigung für mich empfindest und ich bis über beide Ohren in dich verliebt bin, wäre es da nicht moralisch verwerflich, kampflos aufzugeben?«

Als Bentley die Schultern sacken ließ, hoffte Frederica, er täte es vor Erleichterung. »Dann bleibt nur eins. Wir müssen dringend von hier fort, Freddie«, schlug er mit gedämpfter Stimme vor. »Ich kann unmöglich hier bleiben. Vielleicht verbessert sich die Situation, wenn nur du und ich zusammenleben.«

Nun war auch Frederica den Tränen nahe. »Woanders hinzuziehen würde uns nicht helfen«, rief sie verzweifelt aus. »Du würdest nur wieder vor deinen Problemen fliehen, Bentley. Doch damit ist nichts gewonnen, du musst damit aufhören. Ich will jetzt endlich wissen, was genau bei uns eigentlich schief gelaufen ist, damit wir es wieder in Ordnung bringen können.«

»Ach, Freddie, zwischen uns ist nichts schief gelaufen. Oder war das letzte Nacht ein verzweifelter Versuch, unsere Beziehung zu kitten? Ähnlich wie vorhin? Sag jetzt bitte nicht, dass du dein Verhalten meinetwegen zu ändern versuchst. Das darfst du nicht, hörst du?«

»Ich wollte doch nur, dass du ... dass du aufhörst zu denken, ich wäre ein kleines unerfahrenes Ding«, schluchzte sie. »Ich wollte dir einfach nur gefallen, dir eine Freude bereiten. Nichts liegt mir ferner, als dich zu verprellen.«

Wieder legte er seine Finger auf ihre verletzte Stirn. »Ich habe geschlafen, Freddie«, erinnerte er sie flüsternd. »So tief und fest, dass ich nicht wusste, was ich tat.« Bentleys Blick wurde durchdringender. »Was, in Gottes Namen, hat dich eigentlich auf solch eine dumme Idee gebracht? Was hat dir das Gefühl gegeben, du würdest mir nicht genügen? Du bist vollkommen, Freddie, so wie du bist.«

Frederica starrte auf den Boden, während er weitersprach. »Da hast du mir gestern Abend ja einen schönen Streich gespielt«, sagte er liebevoll. »Es ist doch wohl klar, dass wir da noch einmal drüber reden müssen.«

Frederica bedachte ihn mit einem misstrauischen Blick. »Was soll das heißen, wir müssen darüber reden?«

Bentley machte keine Anstalten, sich zu erheben, kniete noch immer neben ihr. Nur der Druck seiner Hände verstärkte sich. »Du bist ein anständiges Mädchen, Freddie...«

Sie unterbrach ihn. »Um Gottes willen, du bringst mich noch zur Weißglut, wenn du das ständig wiederholst. Vielleicht war ich mal ein kleines unschuldiges Mädchen – im wahrsten Sinne des Wortes –, aber das liegt bereits eine ziemliche Weile zurück.«

Bentley wirkte, als bereitete es ihm Höllenqualen, seine Ausführungen zu beenden. »Fakt ist und bleibt, Freddie, dass das, was du letzte Nacht getan hast...«

»Ach ja!«, unterbrach sie ihn höhnisch. »Das, was du so furchtbar fandest.«

Bentley schwieg, als müsste er seine nächsten Worte abwägen. »Ich tadle dich deshalb doch gar nicht, Liebste«, erwiderte er dann mit sanfter Stimme, bevor er sich doch erhob und sich wieder ihr gegenüber niederließ. Er räusperte sich. »Was du gestern Abend getan hast, sollte nicht zum Repertoire einer wohlerzogenen jungen Lady gehören, ganz zu schweigen von dem, was dir heute Morgen in den Sinn gekommen ist. Das war... gütiger Gott, ich will dich nicht an den Pranger stellen, sondern versuche nur zu ergründen, wie es dir in den Sinn gekommen ist, dich so... so...«

Frederica bewahrte ihn davor, den Satz zu beenden, indem sie sich erhob, im Ankleideraum verschwand und mit Randolphs Buch in der Hand wieder herauskam. Wortlos ließ sie es in Bentleys

Schoß fallen. Es war unübersehbar, dass Bentley es auf der Stelle erkannte. Er war kreidebleich geworden. »Wo in Gottes Namen hast du das her?«, fragte er mit einer Stimme, die ihr eine Gänsehaut verursachte.

»Aus der alten Kleidertruhe«, sagte Frederica. »Jene, die in Cassandras einstigem Gemach steht.«

Sie beobachtete, wie seine Fingerknöchel weiß wurden, als seine Hände den roten Ledereinband umschlossen, ähnlich wie in jener Nacht, als er sich an die Türen des Wandschranks in Cassandras Gemach geklammert hatte. »Freddie«, sprach er heiser, den Blick starr auf das Buch gerichtet. »Wenn ich mir eine Ehefrau mit dem Geschmack und dem Geschick einer Dirne gewünscht hätte, hätte ich eine geheiratet.«

Die Härte seiner Worte verletzte Frederica zutiefst, doch sie ließ es sich nicht anmerken. »Bentley Rutledge, in meinen Augen bist du nichts weiter als ein aufgeblasener Heuchler.«

Sein Kiefer begann zu mahlen. »Würdest du mir bitte genauer erklären, was du damit meinst?«

Frederica sprang auf und starrte ihn gereizt an. »Es heißt immer, du wärst der ärgste Freier ganz Englands«, erwiderte sie scharf. »Und ausgerechnet du wünschst dir ein Weibchen, das sich damit zufrieden gibt, einfach nur ... einfach nur so dazuliegen, während du dich an ihr vergnügst? Ist es das, was du willst? Habe ich irgendetwas falsch verstanden? Sollte ich vielleicht aufhören, mich zu bewegen, wenn wir miteinander schlafen? Ist es ein Zeichen schlechter Erziehung, wenn eine Frau zum Orgas-«

Bentley fuchtelte mit einem Finger vor ihrem Gesicht herum. »Sei auf der Stelle still, Frederica!«, knurrte er. »Es ist ja nicht so, dass wir in den letzten Wochen wie im Zölibat gelebt hätten. Wir hatten beide unseren Spaß, wenn mich nicht alles täuscht. Und jetzt hörst du mir gut zu, denn ich werde es nur einmal sagen: Cassandra Rutledge war ein manipulatives Miststück und eine kaltherzige Schlampe. Niemand in diesem Haus wird gerne an sie erinnert. Nicht ich, nicht Ariane und am allerwenigsten mein Bruder.

Halt dich von ihrem Eigentum und ihrem einstigen Gemach fern. Und vor allem: Nimm nie wieder ihren Namen in den Mund.« Die letzten Worte hatte er auf dem Weg zur Tür gesprochen. Er legte seine Hand auf den Knauf, drehte sich noch einmal zu ihr um und blickte sie strafend an.

»Wo gehst du hin?«, fragte Frederica kraftlos.

Als Bentley ihre traurige Stimme hörte, verpuffte ein Teil seiner Anspannung. »Ich hole deine Magd«, sagte er und ließ die Schultern erneut sinken. »Deine Wunde muss verbunden werden. Ich schäme mich zutiefst für das, was ich dir angetan habe. Gott ist mein Zeuge, dass ich das nicht wollte.«

Frederica sprang auf und lief auf ihn zu. »Wirst du wiederkommen?«

Bentley erwiderte ihren Blick nicht. »Ich gehe zur Schmiede, um das Kirchportal zu reparieren«, erklärte er ihr. »Ich muss mich dringend abreagieren, sonst kann ich für nichts garantieren.«

Mit diesen Worten riss er die Tür auf, woraufhin Queenie beinahe in das Gemach gepurzelt wäre. Sie stand so schwankend auf der Schwelle, als zöge ihr schwerer Busen sie nach unten. Bentley packte sie bei der Schulter, doch es war zu spät, sie konnte das Gleichgewicht kaum noch halten, ruderte mit den Armen und verpasste Bentley einen kräftigen Schlag mit dem Kaminbesen. Er half ihr auf, wischte sich die Asche aus dem Gesicht und entfernte sich mit langsamen Schritten.

Frederica blickte ihm nach, bis er von den dunklen Schatten des Korridors geschluckt wurde. Zu spät bemerkte sie, dass Queenie sie mitleidig anblickte. Gütiger Gott, lauschte jetzt schon die Dienerschaft an der Tür? Wahrscheinlich wäre es bei Bentleys lauter Stimme gar nicht nötig gewesen. Frederica reckte das Kinn in die Höhe. »Queenie, es ist anders, als du denkst.«

Umgehend machte Queenie sich an die Arbeit, den Kamin zu säubern. »Es gehört nicht zu meinen Pflichten, zu denken.«

Frederica nahm wieder Platz und schaute Queenie einfach nur bei der Arbeit zu. Sie fragte sich, was sie als Nächstes tun sollte.

Aber wie sie es auch drehte und wendete, nichts ergab einen Sinn. Sie verstand ihre eigenen Gefühle nicht mehr. Gerade als Queenie mit der Arbeit fertig war, kam Jennie zur Tür hereingestürzt. »O Miss«, rief sie aus. »Mr. Rutledge ordnete an, ich solle ... ach, du heiliger Strohsack.« Die Magd ging vor Frederica in die Knie und strich ihrer Herrin behutsam das Haar aus dem Gesicht.

»Es ist nicht so schlimm, wie es aussieht«, klärte Frederica sie nüchtern auf. »Aber ich habe gelernt, nie wieder einen Mann zu wecken, wenn er einen Albtraum hat.«

Beide Bediensteten schenkten ihr ein dünnes und nervöses Lächeln. Gütiger Gott, glaubte ihr denn niemand? Frederica spürte, wie ihr die Röte ins Gesicht stieg. Mit einer nichts sagenden Bemerkung begab Jennie sich in das Ankleidezimmer und machte sich auf die Suche nach Verbandzeug. Queenie stellte das Kamingitter an seinen Platz zurück, wünschte Frederica einen angenehmen Tag und eilte hinaus. Frederica überkam der starke Wunsch, allein zu sein. Sie musste nachdenken. In ihrem Kopf spukte ein Gedanke, den sie nicht richtig zu fassen bekam.

Umgehend rief sie Jennie zu sich, die mit einem Verbandwickel in der Hand in der Tür erschien. »Ja, Miss?«

Frederica lächelte freundlich. »Wärst du so nett, hinunter in die Küche zu gehen und mir eine Tasse heißen Tee heraufbringen zu lassen?«, bat sie sie. »Danach gedenke ich, mich ein wenig auszuruhen. Mit einem Stirnverband sehe ich nur noch schlimmer aus. Ich werde nachher nach dir läuten.«

Mit einem verunsicherten Blick machte Jennie einen flüchtigen Knicks, ehe sie sich auf den Weg nach unten begab. Sogleich ging Frederica in das Ankleidezimmer und holte sich Cassandras Bücher, auch wenn sie sich nicht sicher war, was sie dazu bewogen hatte. Sie wusste einzig, dass die Beziehung zu ihrem Gatten an einem gefährlich dünnen Faden hing. Entweder sie schafften es an diesem Punkt, eine wirklich innige Beziehung zueinander aufzubauen, oder das dünne Band zwischen ihnen riss ein für alle Mal. Frederica hatte das unbestimmte Gefühl, Cassandra Rutledge hätte sowohl das Haus als auch ihre Ehe mit einem schrecklichen Fluch belegt.

Sie trug die Bücher zum Sessel beim Fenster. Queenie huschte kurz ins Gemach, um ihr den Tee zu servieren, verschwand aber sogleich wieder. Frederica nahm einen Schluck, in der Hoffnung, Stärkung zu erfahren, ehe sie das Tagebuch aufschlug, das sie sich noch nicht angeschaut hatte. Auf dem Stoffumschlag konnte sie keinen Hinweis auf ein Datum finden, ebenso wenig im Inneren. Sie entdeckte, dass lediglich die ersten sechs Seiten Eintragungen enthielten. Ein wenig enttäuscht dachte Frederica an all die anderen Tagebücher, die im Geheimfach der Wäschetruhe schlummerten. Sie betrachtete das Buch ein wenig näher und fragte sich, ob sie womöglich Cassandras letzte Aufzeichnungen in der Hand hielt, die sie nur aus dem Grunde nicht mit einem Datum versehen hatte, weil sie noch zu frisch waren?

Die Frage, wie lange Cassandra wohl schon tot sein mochte, beschäftige Frederica ein weiteres Mal, als sie in dem Buch herumblätterte. Die Notizen erinnerten an ein Logbuch. Auf der ersten Seite fand Frederica einen Eintrag unter *Mittwoch*. Hier erging Cassandra sich in recht trivialen Bemerkungen. Ihre Reitbekleidung aus vergissmeinnichtblauer Wolle war zwei Fingerbreit zu kurz geraten, Milford musste daran erinnert werden, den Champagnervorrat zu prüfen, das Schloss ihres Saphirarmbands bedurfte dringend einer Reparatur und dergleichen mehr. Absatz für Absatz ging es so weiter, alles in ihrer abscheulich krakeligen Handschrift.

Am Ende der zweiten Seite erwähnte Cassandra zwei Briefe, die sie erhalten hatte. Einen von ihrem Vater, den anderen von einem Gentleman, dessen Namen Frederica nicht entziffern konnte. »*Er teilte mir mit, dass er wieder in England weilt und darauf brennt, mich wieder zu sehen*«, hatte sie notiert. »*Er bat mich, ein Treffen zu arrangieren. In der Mortimer Street, nächsten Monat.*«

Mortimer Street? Das war doch die Adresse von Lord Treyherns Stadtresidenz. Die ganze Sache klang recht anrüchig, doch Cassandras Eintrag wirkte ausgesprochen nüchtern. Frederica las weiter, entdeckte aber auch auf den nächsten drei Seiten keine Einträge, aus denen Namen hervorgingen oder Hinweise darauf, dass Cassandra Zeit mit Ariane oder ihrem Gatten verbracht hätte. Stattdessen stieß sie auf unzählige Bemerkungen über das freudlose Landleben und die Stumpfsinnigkeit der Nachbarn. Alles in allem die Worte eines unglaublich selbstsüchtigen Frauenzimmers. Als Frederica bei *Sonntag* angelangt war, erregte ein eigentümlicher Vermerk ihre Aufmerksamkeit. »*Habe Thomas nach seiner Predigt heute getroffen*«, hatte sie geschrieben. »*Epheser 1:7, Erlösung und Vergebung! Musste ihm unweigerlich ins Gesicht lachen.*« Es folgten zynische Bemerkungen über das Wetter der Cotswolds und dessen negativen Effekt auf ihre Haarpracht. Frederica schlug die letzte Seite auf, auf der lediglich drei Eintragungen zu finden waren – danach nichts mehr. Cassandras letzter Tag auf Erden war demnach ein Donnerstag gewesen. Frederica überflog den ersten Eintrag, woraufhin sich umgehend ein flaues Gefühl in ihrem Magen bemerkbar machte. Mit Bedacht las sie sich das Geschriebene ein weiteres Mal durch, wobei sie bewusst langsam vorging – nur um ganz sicher zu sein.

Thomas kam, während Cam mit der Schafschur beschäftigt war, begann der Eintrag, dessen Schriftbild verhältnismäßig zittrig wirkte. *Der Trottel denkt, er könne mir drohen. Was für ein Dummerjan. Stadttölpel. Habe Bentley heute Nacht abermals bedrängt, mir zu Hilfe zu kommen, aber mein kleiner Liebling wird langsam störrisch. Nicht sonderlich klug. Habe ihn erneut daran erinnert, was ein Geständnis alles bewirken kann.*

Frederica schloss fest die Augen und versuchte, ruhig zu atmen. Gütiger Gott, es klang, als ob ... als ob ... Ihr wurde auf der Stelle übel, und sie fühlte sich wie ausgehöhlt. Rasch las sie auch noch die beiden letzten Eintragungen. Cassandras Andeutungen ließen kaum einen Zweifel zu. Schockiert warf sie das Buch weit von sich, als wäre es in Flammen aufgegangen. Es landete auf dem Teppich und schlitterte bis unter ihr Nachttischchen. Frederica starrte ihm verwirrt hinterher. Wie auch immer die Wahrheit genau ausgesehen haben mochte, sie war zweifelsohne entsetzlich. Frederica wollte der Sache nicht weiter nachgehen, doch dazu war es unweigerlich zu spät. Sie hatte zwischen den Zeilen gelesen, was nicht allzu schwer gewesen war, und ihr neues Wissen schmerzte mehr als jede Platzwunde, die Bentley ihr zufügen konnte. Vor lauter Kummer sackte Frederica in sich zusammen. Es gab so vieles, das er ihr erklären musste. Mit zittrigen Händen erhob sie sich, ging in die Kleiderkammer und schnappte sich das erstbeste Kleid.

Bentley hatte sich tief über die Werkbank des Schmieds gebeugt, sein entblößter Rücken glänzte im Licht des Schmiedefeuers. Gleichmäßig fuhr er mit dem Hobel über das Holz, ein langer Eichenspan bildete sich und segelte zu Boden. Er wischte sich mit dem Handrücken den Schweiß von den Augen, ehe er sich aufrichtete. Der alte Angus stand am Feuer und schmiedete gerade das erste von zwei Scharnieren. Wenn Bentley darüber nachdachte, könnte er die Reparatur bis zum Sankt-Nimmerleins-Tag hinauszögern, indem er einfach eine komplett neue Tür anfertigte. Das würde neue Bretter bedeuten, die er gemeinsam mit dem alten Angus hätte herstellen können. Angefangen vom Fällen der Bäume bis hin zum Zurechtsägen der Bretter und allen anderen erforderlichen Arbeitsschritten. Wenn er es geschickt anstellte, hätte er Grund genug, sich tagelang in der Schmiede zu verkriechen. Um zu arbeiten und um nachzudenken.

Der alte Angus richtete sich ebenfalls auf und suchte unter seiner Lederschürze nach seinem Taschentuch. »Die Löcherr fürr den Rriegel«, rief er mit unverkennbar schottischem Akzent über seine Schulter. »Wie weit stehen die auseinanderr?«

Bentley nahm den Zollstock, maß die gewünschte Distanz aus und rief dem alten Schmied das Ergebnis zu. Angus grunzte, ehe er die Arbeit wieder aufnahm. Die Hitze, der Geruch und das rhythmische Hämmern hatten einen beruhigenden Effekt auf Bentley. In gewisser Weise war die Werkstatt ein Platz des Friedens, ein Ort nur für Männer. Einfach in seiner Ausstattung und äußerst nützlich – genau, wie das Leben eines Mannes wäre, wenn die Erde ein Ort der Ruhe wäre. Hier gab es weit und breit kein Frauenzimmer, und nichts erinnerte auch nur im Entferntesten an sie.

Bentley setzte den Hobel erneut an und dachte daran, was er Freddie angetan hatte. Er war noch immer zutiefst bestürzt ob seines Verhaltens. Warum sie? Warum jetzt? Der Albtraum, der ihn heimgesucht hatte, war ihm alles andere als fremd. Er hatte ihn bereits Hunderte von Malen heimgesucht, in hundert fremden Betten. Doch keine der Frauen hatte er tätlich angegriffen. Auf der anderen Seite hatte es auch keine von ihnen gewagt, sich auf ihm niederzulassen, während er tief und fest schlief und eine Erektion hatte, die härter war als Angus' Hammer.

Wenngleich Freddie keine Schuld an seinen Seelenqualen trug, so war sie doch der Auslöser für sein Verhalten und dafür, dass die Schmerzen der Vergangenheit wieder größer geworden waren. Sie schaffte es, seine Gedanken und Erinnerungen in Aufruhr zu versetzen, sorgte für Risse in dem Schutzwall, den er so sorgfältig um sich errichtet hatte. Frederica zwang ihn zu einer seelischen Intimität, die er schlichtweg nicht ertrug. *Sie bildeten eine Einheit*, wie Pfarrer Amherst es formuliert hatte. Ein Gefühl, das ihn auch beim Liebesakt begleitete, wenn er ihr dabei fest in die Augen schaute. In jenem Moment verschmolz er mit ihr, körperlich wie auch seelisch. Er konnte nicht mehr ohne sie sein, und seinen Samen in einer anderen Frau zu vergeuden, würde ihm in keinerlei Hinsicht Erleichterung verschaffen. Frederica erweckte in ihm neben körperlichen auch Begierden gänzlich anderer Natur. Das Verlangen, Herz und Seele zu vereinen, trieb ihn unentwegt an. Es war jedoch nur eine Frage der Zeit, bis sie Verdacht schöpfen oder ihn mit Fragen quälen würde, auf die er keine Antworten zu geben wusste. Seine junge Gemahlin war ausgesprochen intelligent, und in einem Punkt musste er ihr sogar Recht geben: Sie war nicht unschuldig im

Sinne von naiv. Sie ließ sich nicht so schnell für dumm verkaufen. Hatte er wirklich angenommen, er könne ihr auf Dauer etwas vorgaukeln? Oder hatte er sie, gänzlich unbewusst, nur deshalb mit nach Chalcote gebracht, um die Geister der Vergangenheit zu verbannen? War er so töricht gewesen anzunehmen, dass sich durch eine Heirat seine Probleme in Luft auflösen würden? Unbestritten blieb, dass nichts von alldem eingetreten war. Egal, ob sie sein Kind unter dem Herzen trug oder nicht – er hätte sie nie und nimmer vor den Altar führen dürfen.

»Hey, Jungchen!« Die Stimme des alten Schotten riss ihn aus den Gedanken. »Arrbeiten oderr trräumen? Beides verrtrrägt sich nicht.«

Bentley erkannte, dass er mitten in der Bewegung verharrt war. Er stand über die Werkbank gebeugt, der entstandene Span reichte noch nicht sonderlich weit über das Hobelende hinaus. Fluchend zog er den Hobel zurück und ärgerte sich über die Unebenheit, die entstanden war. Er musste zweimal darüber hinweghobeln, ehe das Holz wieder eben war. Schade, dass sich seine ständig wiederkehrenden Albträume nicht so einfach beseitigen ließen. Schnell verbannte er den Gedanken an die unliebsamen Schreckensbilder, die ihn des Nachts plagten, und konzentrierte sich wieder auf die Arbeit. Er wünschte nichts sehnlicher, als sich in der Einfachheit der handwerklichen Tätigkeit zu verlieren.

Lord Treyhern hatte sich in sein Arbeitszimmer zurückgezogen, als Frederica die Treppe herunterkam. Sie konnte seine polternde Stimme durch die schwere Tür hindurch hören. Er klang entsetzlich gereizt, woraufhin Frederica die Hand wieder sinken ließ und sich, ohne angeklopft zu haben, wegdrehte. Doch plötzlich drang ein herzzerreißendes Geräusch an ihre Ohren. Sie blickte nach unten und entdeckte ein kleines Kätzchen, das vor der Tür kauerte. Sogleich hob sie es auf und drückte sich sein helles Fell an die Wange. Sie brachte es nicht übers Herz, es alleine zurückzulassen.

Glücklicherweise kam just in dem Moment die geschäftige Mrs. Naffles des Weges.

»Ach, du armes kleines Ding«, flüsterte sie und gewährte dem Kätzchen Unterschlupf in der vorderen Tasche ihrer Schürze. »Ich werde es durch den Dienstboteneingang ins Zimmer schleusen.« Frederica erklärte der Haushälterin ihr Dilemma, und Mrs. Naffles war froh, wieder einmal behilflich sein zu können. Die Schmiede, erklärte sie ihr bereitwillig, befände sich am Fuße des Hügels unterhalb der neuen Getreidekammer.

Frederica fand die Werkstätten, die sich in einer langen Reihe kleiner Steinhäuser erstreckten. Manche waren offen gebaut, wie die Schmiede, aus deren Rauchfang weiße Schwaden emporstiegen. Andere hingegen waren mit Fenstern und niedrigen Flügeltüren versehen. Frederica hörte klirrende Schläge und Flüche, während sie sich der Schmiede näherte. Am Ziel angekommen, schaute sie hinein und entdeckte einen zweiten Raum, der mit Tischlerwerkzeugen ausgestattet war.

Bentley stand mit nacktem und schweißbedecktem Oberkörper an der Hobelbank in dem hinteren Raum. Als Frederica näher trat, erkannte sie, warum er so stark schwitzte. Die Hitze des bullernden Schmiedeofens wurde von den Steinmauern reflektiert. Angus begrüßte sie mit einem flüchtigen Nicken, legte die Werkzeuge nieder und empfahl sich. Bentley hatte ihre Anwesenheit noch nicht bemerkt, denn er fuhr ein weiteres Mal mit dem Hobel über die Unterkante der Tür. Frederica zögerte einen Augenblick und beobachtete angetan, wie sich seine kräftige Halsmuskulatur anspannte und wieder lockerte, wieder und wieder, während der Hobel ebenmäßig über das Holz glitt, in einem seichten, zischenden Rhythmus. Es passte zu ihm, dass er eine solche handwerkliche Aufgabe selbst ausführte. Auch war nicht zu übersehen, dass er genau wusste, was er tat, und wie immer mit einer trägen, fast mühelosen Eleganz ans Werk ging. Mit jeder Vorwärtsbewegung seiner muskulösen Arme straffte sich sein Rücken, ehe er den Hobel wieder zu sich heranzog. Die Hosenträger waren ihm längst von den Schultern geglitten, und seine dunkle Hose, die tief auf seinen muskulösen Hüften saß, betonte seine schmale Taille.

Gingen so die besonders attraktiven Vertreter des männlichen Geschlechts daran, ihre Beute zu ködern? War es auf ihren Charme und ihre körperliche Stärke zurückzuführen, dass sie es immer wieder schafften, Frauen für sich einzunehmen? Doch sogleich verwarf Frederica den Gedanken beschämt. Bentley mochte ein Draufgänger oder Sünder sein, doch Frederica glaubte nicht daran, dass er sie mutwillig geködert oder getäuscht hatte. Sie räusperte sich sanft. »Bentley?«

Schlagartig richtete er sich auf und drehte ihr den Kopf zu. Frederica sah, dass ihm die Schweißtropfen wie Tränen über sein Gesicht liefen. Er verharrte in dieser Bewegung, nur in seinen Augen waren seine aufgepeitschten Gefühle zu erkennen. »Bentley«, wiederholte Frederica. »Wir müssen dringend miteinander reden.«

Sie hörte, wie er einen leisen Fluch ausstieß. Langsam wandte er ihr das Gesicht zu und legte den Hobel beiseite, den er bis eben fest mit der linken Hand umklammert gehalten hatte. Er fuhr sich mit dem Oberarm durchs Gesicht, ehe er mit einem schroffen Nicken an ihr vorbeiging und sich in den kühlenden Schatten einer Kastanie begab. Bis auf das Zwitschern der Vögel und das Säuseln des Windes lag das Tal in absoluter Stille. Am Stamm des Baums stand eine alte Sitzbank. Bentley bedeutete ihr, Platz zu nehmen. Frederica folgte seiner Einladung, und Bentley ließ sich neben sie in das weiche Gras fallen, wo er die Beine der Länge nach ausstreckte.

Als Frederica sich klar machte, welch unliebsame Aufgabe ihr bevorstand, schlug ihr das Herz bis zum Halse, und die gesammelten Ängste und Zweifel der letzten Wochen meldeten sich gebündelt zurück. Sie fühlte sich in jenen Moment zurückversetzt, als sie im Musikzimmer des Strath House darauf gewartet hatte, zu erfahren, was mit ihrem Leben geschehen würde.

Bentley ließ den Oberkörper nach hinten fallen, wobei er sich auf die Ellbogen stützte und das Kinn hob, um zu ihr aufzublicken.

Frederica beobachtete, wie er mit dem Ellbogen eine alte Kastanienhülle samt Stacheln zerdrückte, was ihn jedoch nicht weiter zu stören schien. Wie seltsam. Es war nicht das erste Mal, dass Bentley den Eindruck vermittelte, als würde er ... nichts, aber auch rein gar nichts *spüren*. Oder zumindest nicht so wie andere Menschen. Sie musste ihn angestarrt haben.

»Bring es schon hinter dich, Freddie«, forderte er sie auf. »Schlechte Nachrichten werden nicht besser, je länger man sie zurückhält.«

Frederica fühlte sich so unwohl, dass sie nicht lange um den heißen Brei redete. »Ich möchte wissen, ob es wahr ist, Bentley«, flüsterte sie mit belegter Stimme. »Stimmt es, dass du mit der Gemahlin deines Bruders eine ... *affaire d'amour* hattest?«

Bentley schaute bestürzt weg und stieß ein verbittertes und resigniertes Lachen aus. »Du bist ja von der ganz schnellen Sorte, Freddie. Aber nein, es war alles andere als eine Liebesaffäre. Verflucht, ich habe sie nicht mal sonderlich nett gefunden. Aber ich habe sie oft genug gefickt, falls es das ist, worauf du hinauswillst.«

Frederica spürte, wie sich ihr Körper versteifte. »Bitte benutze nicht dieses Wort«, schalt sie ihn. »Es ist vulgär und Ekel erregend.«

Bentley schaute wieder nach oben und blinzelte in die Sonne, die ihn durch die Blätter blendete. »Was sie und ich getan haben, war aber nun einmal vulgär und Ekel erregend, Freddie, so einfach ist das.« Er hatte mit tonloser Stimme gesprochen. »Es ist das einzige Wort, das es trifft. Es fällt mir schwer, dich darüber aufzuklären, Liebste, aber das Leben hat nun mal nicht nur nette und angenehme Seiten.«

Frederica starrte ihn funkelnd an. »Beim Allmächtigen, schon mal etwas von Reue gehört?«, rief sie. »Wie kannst du hier in aller Seelenruhe sitzen und so etwas sagen? *Ich habe sie gefickt*. Du klingst, als würdest du über die Uhrzeit oder das Wetter reden.«

»Einen ähnlichen Stellenwert hatte der Geschlechtsverkehr mit

Cassandra für mich«, erklärte er ihr. »Und außerdem war sie genauso unberechenbar wie das Wetter.«

Frederica schüttelte den Kopf. »Nein«, entgegnete sie mit hohler Stimme. »O nein, Bentley. Was zwischen euch war, kann nicht so unbedeutend gewesen sein. Bitte versuch mir jetzt nicht weiszumachen, du würdest so leichtfertig Ehebruch begehen. So erbarmungslos. Nicht mit der Angetrauten deines Bruders. Bitte sag mir, dass du dich schuldig fühlst. Oder es bereust. Oder wenigstens einen Hauch von Scham empfindest.«

Wiederum wandte er den Blick ab und schwieg vor sich hin. »Das ist ja die Krux, Freddie«, setzte er wie betäubt an. »Ich fühle nichts, rein gar nichts. Ich ... ich lasse keinerlei Gefühle zu.«

»Ich versteh dich einfach nicht«, raunte Frederica.

Bentley stieß ein schrilles Lachen aus. »Nein, du verstehst in der Tat rein gar nichts«, schleuderte er ihr entgegen. »Mein Kopf funktioniert wie eine verdammte Schleuse. Wenn ich sie öffne, wenn ich darüber nachdenke, was sie ... Verflucht, was ändert das schon? Ich habe es getan. Habe getan, was sie von mir verlangt hat. Und Cam, dem wäre es doch eh egal gewesen. Wenn nicht, hätte er ja vielleicht was bemerkt. Hat er aber nicht, und das alles hat schließlich quasi vor seinen Augen stattgefunden, und über einen längeren Zeitraum, als mir lieb war.«

Frederica konnte seine Verbitterung spüren. »O Bentley, das hört sich an, als hättest du fast gewollt, dass er dahinterkommt.«

Bentleys Kopf fuhr herum, und er schaute sie grollend an. »Das habe ich *nicht* gesagt«, rief er. »Und du wirst ihm kein Sterbenswörtchen davon sagen, haben wir uns da verstanden? Ich verbiete es dir hiermit ausdrücklich, hörst du?«

Frederica reagierte mit einem Kopfschütteln. »Das hatte ich auch gar nicht vor«, erklärte sie ihm. »Meiner Meinung nach solltest du es ihm selbst sagen.«

Ein Muskel an seinem Kinn zuckte. »Du musst komplett verrückt sein.«

Frederica streckte die Hand aus, doch Bentley ignorierte sie.

»Du musst ihm die Wahrheit sagen. Zum Wohl der gesamten Familie«, drängte sie ihn mit einem eindringlichen Flüstern. »Du musst das, was dich belastet, so schnell wie möglich über Bord werfen. Das ist auch der Grund, weshalb du nicht mehr richtig schlafen kannst und von Albträumen heimgesucht wirst, und warum ihr beiden einander ständig an die Gurgel geht. Es liegt einzig an deinen Schuldgefühlen, die du nur dann ein für alle Mal besiegen kannst, indem du Cam um Verzeihung bittest.«

Bentleys ebenmäßiger Mund wurde schmaler. »Nur über meine Leiche, Frederica.«

»Wohl eher über die Leiche dessen, was einmal unsere Ehe war«, entgegnete sie scharf. »Ich liebe dich, Bentley, aber ich ertrage deinen unterdrückten Hass und Zorn keinen Tag länger.«

Bentley war aufgesprungen. »Du liebst mich doch gar nicht«, fauchte er. »Du liebst nur das, was ich dir im Bett gebe. Zu mehr bin ich eh nicht zu gebrauchen – bin es nie gewesen. Eines Tages wirst auch du das erkennen.«

»Hör auf, Bentley!«, schrie Frederica. »Hör sofort damit auf! Ich weiß ja wohl besser, was in meinem Herzen vor sich geht, oder?«

Traurig ließ Bentley den Kopf hängen. »Du bist doch noch ein Kind, Frederica«, murmelte er. »Und eine Närrin, wenn du glaubst, ein Geständnis würde die Sache erleichtern.«

Frederica blieb hart. »Tu es, bring die Sache wieder ins Lot«, ermahnte sie ihn. »Oder, und das schwöre ich dir, ich werde dir keinen Augenblick länger als Ehefrau zur Seite stehen.«

Gedankenverloren blickte Bentley in die Ferne. »Ach, auf einmal gefällt dir die Tatsache, dass es einen Hinterausgang aus dieser Ehe gibt, kann das sein?«, ging er zum Gegenangriff über. »Wusste ich doch, dass es einmal dazu kommen würde. Vielleicht ist es wirklich das Beste für alle Beteiligten, wenn wir uns so schnell wie möglich trennen. Denk nur mal an das, was heute Morgen geschehen ist.«

»Bentley, nein!«, rief Frederica mit einem erstickten Flüstern aus.

Doch Bentley schüttelte nur den Kopf und lachte abermals, dieses Mal jedoch tonlos und verbittert. »Cassandra war nur der Anfang, oder denkst du, sie war die einzige verheiratete Frau, mit der ich es getrieben habe?«

»Sei auf der Stelle still, Bentley Rutledge. Ich will von alldem nichts hören, verstanden?«

»Komm schon, Freddie, hab dich nicht so.« Bentleys Grinsen hatte boshafte Züge angenommen, und in seinem Blick lag eisige Kälte. »Du weißt doch, was sich alle Welt über mich erzählt. Dass ich mit ihnen allen geschlafen habe: mit liebestollen Witwen, reichen Schnepfen, Schenkenschlampen, Hafenhuren. Und ich werde den Teufel tun, mich bei sämtlichen gehörnten Ehemännern zu entschuldigen. Genau das ist der Punkt: *Es ist mir scheißegal.* Es ändert nichts in meinem Leben. Es ist wie ein kleiner Pickel, an dem man kratzt, mehr nicht. Und eins kannst du mir glauben, es juckt mich ziemlich häufig, Freddie.«

Frederica schäumte vor Wut. »Ach wirklich?«, fuhr sie ihn an. »Warum schläfst du dann nicht auch mit Joan? Mit ihr scheint dich ohnehin mehr zu verbinden als mit mir. Und da du dich gerne als einen völlig unmoralischen Menschen siehst, solltest du dich gleich auch noch an Hélène ranmachen. Noch besser: Wenn du die Nase von den beiden voll hast, kannst du dich ja den Nachbarsfrauen zuwenden. Damit bist du locker bis Ende des Jahres beschäftigt.«

Frederica bemerkte, wie sich seine Muskeln anspannten. »Sei still«, fuhr er sie an. »Ich habe dir geschworen, dich nicht zu hintergehen, und verdammt noch mal, das habe ich auch nicht. Doch wir sollten diese Farce einer Ehe beenden, bevor wir nur noch Hass füreinander empfinden.«

»Bist du dir auch ganz sicher, dass du das willst?«, flüsterte sie. »Es beenden?«

»Sagte ich das nicht bereits heute Morgen?«

Das hatte er zwar nicht, aber Frederica war zu verletzt, um weiter zu streiten. »Du wirst also nicht zu deinem Bruder gehen, verstehe ich dich da richtig?«, hakte sie noch ein letztes Mal nach, wenngleich sie deutlich spürte, dass er ihr bereits entglitten war. »Du wirst also deinen Stolz nicht hinunterschlucken und ihn um Vergebung bitten, damit du deinen tiefen Selbsthass endlich begraben kannst?«

Bentley wurde von Unruhe ergriffen. »Nicht in diesem Leben, liebste Freddie«, sagte er klipp und klar, ehe er sich wieder in Richtung Schmiede in Bewegung setzte.

Frederica eilte ihm nach und sah ihm zu, wie er sich das Hemd über den Kopf zog. Sie konnte spüren, wie ihr Tränen über das Gesicht liefen. »Was machst du jetzt?«, flüsterte sie mit erstickter Stimme, als er sich die Weste überstreifte. »Wo gehst du hin?«

Bentley warf ihr einen gequälten Blick zu. »Mich betrinken, Freddie«, sagte er. »Ich werde mich voll laufen lassen, bis ich weder gerade stehen noch gehen kann. Und so soll es eine ganze Weile bleiben.« Mit diesen Worten warf er sich den Gehrock über die Schulter und wandte sich ab.

Doch sein Abgang wurde durch laute Schritte auf dem Weg verhindert. Frederica blickte auf und erkannte Lord Treyhern, der auf sie zusteuerte und sich im Laufen seines Gehrocks entledigte. Er blieb auf der Schwelle zur Werkstatt stehen, die Augen wutentbrannt auf seinen jüngeren Bruder gerichtet. *Gütiger Gott, hoffentlich hatte er nichts gehört.* Nein, das war eher unwahrscheinlich.

»Frederica«, blaffte er sie an, ohne sie anzuschauen. »Geh auf der Stelle zurück ins Haus.«

Frederica wich einen halben Schritt zurück. »Wie bitte?«

»Geh – zurück – ins – Haus«, knurrte Treyhern. »*Auf der Stelle.* Ich kümmere mich um die Angelegenheit.«

Bentley warf seinen Gehrock wieder von sich. »Verdammt noch mal, wer gibt dir eigentlich das Recht, meiner Frau Befehle zu erteilen?«

Treyhern krempelte die Ärmel hoch, was nichts Gutes verhieß. »Ab jetzt mit dir, Frederica«, forderte er sie ein weiteres Mal ungehalten auf. »Oder ich trage dich eigenhändig zum Haus, wenn es sein muss.«

Bentley machte einen Schritt auf seinen Bruder zu. »Hau bloß ab, Sankt Cam!«, schnaubte er. »Sie ist *meine* Frau.«

Jetzt platzte Frederica der Geduldsfaden. »Nein«, berichtigte sie ihn schroff. »Nein, ich glaube nicht, dass ich das noch bin.«

Bentley funkelte sie aus schmalen Augen heraus an. »Freddie!«

Frederica gab sich alle Mühe, hochmütig statt verletzt zu wirken. »Lass mich in Ruhe!«, giftete sie ihn an. »Du warst schließlich derjenige, der vor zwei Minuten unsere Ehe für aufgelöst erklärt hat. Warum ... haust du nicht selbst ab?« Mit diesen Worten fuhr sie herum und eilte davon. Bentley schaute ihr nach, wie sie davonstolzierte, und fragte sich, ob ihr überhaupt klar war, was sie soeben gesagt hatte. So entging ihm nicht nur, dass sein Bruder die Weste zu Boden geschleudert hatte, er bemerkte auch die Faust nicht, die auf ihn zuflog, bis sie ihn hart am Kinn traf. Bentley torkelte rückwärts und prallte mit dem Steißbein gegen die Kante der Kirchentür. Während er um das Gleichgewicht kämpfte, packte Cam ihn beim Hemdkragen und zog ihn wieder hoch. Bentley fragte erst gar nicht, was er getan haben könnte, sondern stürzte sich mit blinder Wut in den Kampf und duckte sich, um einem weiteren Angriff auszuweichen. Als er sich wieder aufrichtete, war er es, der ausholte. Er verspürte ohnehin unbändige Lust, jemandem eine Abreibung zu verpassen, da kam Cam ihm wie gerufen. Als Bentleys Faust Cam im Gesicht traf, flog dessen Kopf blutend in den Nacken.

»Du nichtsnutziger Schurke«, brüllte Cam und spuckte Blut. »Dir werde ich schon noch austreiben, unschuldigen jungen Frauenzimmern das Gesicht zu zertrümmern.« Mit diesen Worten schlug er wieder um sich, doch Bentley ging nochmals in Deckung.

»Ich habe niemanden geschlagen«, schrie Bentley lauthals und holte zu einem erfolgreichen Hieb in Cams Magengrube aus. Cam landete mit seinem Gesäß im Dreck, die Beine weit geöffnet.

Er wirkte kampfunfähig, doch Bentley hatte sich oft genug mit seinem Bruder geprügelt, um zu wissen, dass er sich noch lange nicht geschlagen geben würde. Einen Moment später sprang Cam hoch, schlug Bentley kräftig in den Magen und ließ sein Knie in die Höhe schnellen.

»Aaaahhhh!« Bentley hielt sich schützend die Hand vor seine Männlichkeit.

Nach etlichen Ausweichmanövern und unzähligen Schlägen gelang es Bentley, seinen Bruder aus dem Werkraum in die Schmiede zu prügeln. Cam war schnell, doch Bentley verfügte über wesentlich mehr Erfahrungen im Zweikampf. Nach einem Schlag aufs Zwerchfell hielt Cam sich japsend die Rippen, was Bentley nutzte, um ihm einen Kinnhaken zu verpassen, der ihn rücklings auf den Schmiedebock am Feuer prallen ließ.

Da der alte Angus zu jenen Zeitgenossen zählte, die sich freiwillig kein Handgemenge entgehen ließen, war er so schnell es ging zurückgeeilt. Mit einer Geschwindigkeit, die sein Alter nicht vermuten ließ, riss er den Schmiedehammer rechtzeitig weg, ehe Cams Schädel mit einem entsetzlichen Geräusch just an der Stelle aufschlug, wo er vor einer Sekunde noch gelegen hatte. Endlich hatte Bentley seinen Bruder dort, wo er ihn schon immer haben wollte. Er beugte sich über ihn, sodass sie aufeinander lagen. Bentley schob Cam weiter nach oben, bis der beißende Geruch von versengtem Haar emporstieg. Die glühenden Kohlen zischten. Cam blickte schräg nach hinten und sah panisch auf die Glut, die sich nur noch wenige Zoll von seinem Hemd befand.

Empört ließ der Knecht den Hammer fallen. »Hoho, jungerr Frreund, ich würrde mirr gut überrlegen, ob ich mein eigen Fleisch und Blut umbrringe.«

Doch Cam gab noch immer nicht auf und riss mit einem tiefen Grunzen erneut das Knie in die Höhe.

Verdammt, nicht schon wieder. Bentley keuchte, ließ von Cam ab und stürzte in den Dreck. Cam richtete sich schwankend auf und blickte mit einem verächtlichen Blick auf ihn hinunter.

»Wehe – du – wagst – es – noch – einmal«, keuchte er, »das – Mädchen – zu – schlagen.«

Bentley setzte sich auf. »Fahr zur Hölle, Sir Lancelot!«, schnaubte er. »Du bist und bleibst ein selbstgerechter Scheißkerl!«

Der alte Angus schüttelte sich vor Lachen. Cam wandte sich ihm zu. »Und Sie!«, donnerte er und fuchtelte mit einem Finger in Angus' Richtung. »Ihnen kann ich jederzeit kündigen, Sie heruntergekommener, niederträchtiger alter Schotte!«

Jetzt schlug sich der Alte vor Vergnügen auf die Oberschenkel und rang nach Luft.

»Gütiger Gott, Cam, lass ihn in Ruhe«, brummte Bentley, der sich mit unsicheren Bewegungen hochrappelte. »Wenigstens hast du noch alle Haare auf dem Kopf.«

Cam kehrte das Familienoberhaupt heraus und stierte Bentley aufgebracht an. Der vermeintliche Effekt seines Blickes wurde jedoch durch das Blut, das ihm aus der Nase sickerte, nachhaltig ruiniert. »Und was dich betrifft!«, presste er zwischen den Zähnen hervor. »Wenn du je wieder deine Hand gegen das Mädchen erhebst – ach quatsch –, wenn du auch nur die Stimme gegen sie erhebst, werde ich dies hier zu Ende bringen, haben wir uns da verstanden? So wahr mir Gott beistehe, schwöre ich dir, dass du das nächste Mal nicht ungeschoren davonkommst.«

Bentley reichte es, er las seinen Gehrock vom verdreckten Boden auf. »Es war ein Unfall, Cam«, knurrte er und marschierte an ihm vorbei hinaus an die frische Luft. »Wenn du mir nicht glaubst, frag doch Freddie! Sie ist so verrückt und erzählt dir glatt die ganze verdammte Wahrheit.«

Cam verschränkte die Arme. »Wo denkst du, gehst du hin?«

»Auch das kann Freddie dir sagen«, brummte Bentley und steuerte auf die Stallungen zu.

Kapitel 20

In welchem Mrs. Rutledge ein Geburtstagsgeschenk erhält

Am Tag, als Bentley verschwand, schloss Frederica sich im Schlafgemach ein und weinte sechs geschlagene Stunden lang. Die Last auf ihren Schultern wog schwer, und vor allem die Zerrüttung ihrer so jungen Ehe setzte ihr zu. Erschwerend kam hinzu, dass sie niemanden hatte, dem sie sich anvertrauen konnte, jetzt, wo Bentley fort war. Er war nicht nur ihr Liebespartner, sondern auch ihr bester Vertrauter geworden – eine Erkenntnis, die sie überraschte, denn im Grunde müsste sie ihn von ganzem Herzen hassen. Nun ja, vielleicht nicht direkt hassen. Was auch immer er getan hatte, sie liebte ihn. Und sie befürchtete, sie würde ihn immer lieben. Zugleich hatte sie sich noch nie so einsam und verstört gefühlt.

Erst als die Sonne sich anschickte, von einem rötlichen Dunstschleier umgeben unterzugehen, krabbelte Frederica aus dem Bett. In der Hand hielt sie ein zerknülltes Taschentuch von Bentley, dessen Geruch sie beinahe um den Verstand brachte. Sie hatte schon den ganzen Tag daran geschnüffelt und atmete auch jetzt den Duft, den es verströmte, tief ein, als sie vor eines der Fenster schritt und hinunter auf den Pfad schaute, der zu den Stallungen führte – nur für den Fall, dass ihr Gatte nach Hause käme. Doch keine Menschenseele war zu sehen. Mit der Dunkelheit senkte sich auch eine beängstigende Stille über das Haus. Frederica befiel die nackte Angst, einen folgenschweren Fehler begangen zu haben. Wieder kreisten ihre Gedanken darum, wen sie um Rat fragen könnte. Am wenigstens wollte sie aber mit Hélène oder Lord Treyhern über ihre Lage sprechen. Oh, wie schmerzlich sie ihre Familie vermisste! Allen voran Zoë. Und seltsamerweise auch Tante Winnie, die viel über Männer wusste und die für gewöhnlich nichts so leicht aus der Fassung brachte. Frederica schlich zurück zum Bett. Während sie darüber nachdachte, ob sie Winnie einen Brief schreiben sollte, fiel sie in einen unruhigen Schlaf.

Am anderen Morgen stand sie erst sehr spät auf, weinte sich erneut aus und wusch sich anschließend das Gesicht mit kaltem Wasser. Sie wusste noch immer nicht, wie sie Bentleys Familie gegenübertreten und vor allem, was sie ihnen sagen sollte. Vielleicht die Wahrheit, insofern ihr das möglich war. Auf jeden Fall half es ihr nicht, nur im Bett zu liegen und in Selbstmitleid zu zerfließen. Solch ein Verhalten stand einem Menschen nur so lange zu, bis sich seine Selbstachtung aufzulösen begann – und Fredericas war kaum noch greifbar.

Nachdem sie nach Jennie geläutet hatte, packte sie Cassandras Bücher zusammen, mit dem festen Vorsatz, sie ein für alle Mal in der verhexten Truhe verschwinden zu lassen.

Doch als Jennie zur Tür hereinkam, änderte sie schlagartig ihre Pläne. »Kurz nach Sonnenaufgang kam ein Stallbursche von Bellevue her«, erklärte das Dienstmädchen, während sie Fredericas Nachtgewand ausschüttelte. »Er ließ ausrichten, seine Herrin wünscht, Sie im Laufe des Tages zu sehen. Bis zum Mittag wird sie in der Sakristei anzutreffen sein, anschließend zu Hause.«

Schweigend zog Frederica sich an. Was Joan wohl von ihr wollte? War ihr womöglich Bentleys Aufbruch bereits zu Ohren gekommen? Beim Allmächtigen, wusste etwa bereits das ganze Dorf schon von ihrem Zerwürfnis? Schweren Herzens begab Frederica sich in den Speisesalon. Nur Hélène saß noch am Tisch.

»Du darfst an Bentley nicht verzweifeln, meine Liebe«, riet sie ihr, während sie ihr Kaffee einschenkte. »Er wird schon wiederkommen. Er kehrt immer heim, sobald sich sein Gemüt beruhigt hat.«

Frederica schob den Teller von sich. »Vielleicht möchte ich ihn dann aber nicht mehr«, warf sie ein. »In meinen Augen ist eine Ehe etwas viel zu Bedeutendes, als dass man sie achtlos wegwirft.«

»Da gebe ich dir Recht«, sagte Hélène, als sie wieder Platz nahm. »Aber er liebt dich, und das wird ihm auch bewusst werden. Er wird sich schon bald bei dir entschuldigen. Du musst ihm nur ein wenig Zeit geben.«

Frederica hob den Kopf und erwiderte Hélènes Blick. »Glaubst du wirklich, dass er mich liebt?«

Ihre Schwägerin lächelte wissend. »Wenn nicht, hätte er dich nicht geheiratet, Frederica, dafür lege ich meine Hand ins Feuer.« Hélène klang ausgesprochen zuversichtlich. »Vertrau mir. Bentley tut nichts, wozu er nicht willens ist. So ist er schon immer gewesen, seitdem er erwachsen ist. Als Kind war er jedoch stiller und willfähriger.«

Frederica war verwirrt. »Du hast ihn ... gekannt, als er klein war?«

Hélène lief rot an. »Ja, als Bentley ein Kleinkind war, habe ich hier eine Zeit lang gewohnt. Hat dir denn niemand den Klatsch von damals zugetragen? Meine Mutter Marie war Randolph Rutledges Mätresse.«

Frederica blieb die Luft weg. *Marie?* Das war der Name, der in Cassandras unkeuschem Buch gestanden hatte. War sie etwa Hélènes Mutter? Die Röte in Hélènes Antlitz vertiefte sich. »Als ich siebzehn Jahre alt war, zog ich in die Schweiz, um dort zur Schule zu gehen«, fuhr sie fort. »Cam heiratete in der Zwischenzeit Cassandra, und es vergingen viele Jahre, ehe ich die Familie wieder sah.«

»Entschuldige vielmals«, murmelte Frederica und schob den Stuhl nach hinten. »Ich fürchte, ich habe keinen rechten Appetit. Ich ziehe es vor, jetzt einen Spaziergang zu machen.«

Hélène streckte die Hand über den Tisch aus und legte sie auf die ihrer Schwägerin. »Dann werde ich dich nicht aufhalten«, sagte sie verständnisvoll. »Aber bitte versprich mir, dir keine allzu großen Sorgen zu machen, das ist nicht gut für dein Kind. Wenn du jemanden zum Reden brauchst, kannst du jederzeit zu mir kommen, hörst du?«

Frederica nickte beklommen und verließ den Speisesalon. Hélène war unglaublich liebenswürdig, durch und durch eine Frau von Welt. Wie befremdlich, dass ausgerechnet besagte Marie ihre Mutter war. Dahinter verbarg sich höchstwahrscheinlich eine erschütternde Geschichte, dessen war Frederica sich sicher. Gütiger Gott, war sie etwa die Einzige auf Chalcote Court, die kein dunkles Geheimnis hütete?

Der Morgen war frisch, doch Frederica war so in Gedanken versunken, dass sie sich ohne Umhang auf den Weg zur Kirche begab, wo sie Joan tatsächlich in der Sakristei antraf. Sie war gerade dabei, eine Chorrobe auszubessern, legte aber sogleich die Nadel weg, als sie Frederica zur Tür hereinkommen sah. Sie erhob sich und nahm Frederica bei den Händen. »Hab vielen Dank, dass du so schnell gekommen bist«, begrüßte sie sie. »Ich war mir nicht sicher, ob du überhaupt kommen würdest. Nach all dem, was passiert ist. Nicht, dass ich genau wüsste, was vorgefallen ist, aber Bentley sagte ...«

»Du hast ihn gesehen?«, unterbrach Frederica sie.

Joan schüttelte sichtlich betrübt den Kopf. »Leider nicht, meine Liebe«, sagte sie leise. »Doch ich habe etwas für dich. Zum Geburtstag, glaube ich, obwohl ich mir nicht ganz sicher bin. Am späten Abend hinterließ Bentley eine Nachricht, ich möge dir heute ein Präsent von ihm geben, zusammen mit einem Brief.«

»Zum Geburtstag?« Frederica nahm die beiden Bögen entgegen, die Joan ihr hinhielt. »Der ist doch erst in einigen Monaten. Ich bin mir nicht mal sicher, ob Bentley überhaupt das genaue Datum kennt.«

»Er sprach davon, er sei im Dezember«, beruhigte Joan sie. »Glaube mir, ich habe ihm geraten, erst deine Meinung einzuholen, ehe er eine solch horrende Summe anlegt.«

»Meine *Meinung*?« Frederica schaute verdutzt auf die beiden Schreiben in ihrer Hand. Eines war mit Bentleys Siegel versehen, das andere zusammengerollt und mit einer blauen Schleife umwickelt.

Joan wirkte urplötzlich nervös. »Irgendwie gefällt mir das nicht«, murmelte sie. »Ich habe das ungute Gefühl, einen Fehler zu begehen. Bentley hat mich in eine wahrlich ungünstige Position gebracht, dafür könnte ich ihm was hinter die Löffel geben.«

Frederica sank auf einen Stuhl nieder. »Soll ich ... soll ich sie jetzt öffnen?«

Joan zuckte die Achseln. »Ja, aber erst das gerollte Dokument«, sagte sie. »Das hat er meinem Butler unmissverständlich klar gemacht.«

Mit zögerlichen Bewegungen löste Frederica die Schleife. Es handelte sich um ein offizielles Schriftstück, auf dem zahlreiche Siegel und Unterschriften prangten. Es war eine Urkunde. Eine Besitzurkunde über ... *was*?

»Bellevue«, sagte Joan, als könnte sie Gedanken lesen. »Es handelt sich um die Besitzurkunde, die die Hälfte von Chalcotes ursprünglichem Landbesitz mit einschließt. Genau, wie es auch Mama hinterlassen worden war.« Sie lachte nervös auf. »Das Anwesen muss unbedingt innerhalb der Familie bleiben, sonst laufe ich Gefahr, von Großpapa Johns Geist bis nach Australien verfolgt zu werden.«

Frederica war zutiefst verwirrt. »Jetzt verstehe ich gar nichts mehr«, platzte es aus ihr heraus. »Australien?«

»Basil und ich werden nach Australien ziehen«, erklärte sie ihr. »Gütiger Gott, hat Bentley dir etwa nichts davon gesagt?«

Frederica schüttelte den Kopf. »Nicht ein Wort.«

Joan schnaubte. »Das sieht ihm ähnlich. Ich habe es ihm seinerzeit zwar unter dem Siegel der Verschwiegenheit anvertraut, aber damit hatte ich nicht gemeint, dass er es nicht einmal seiner Angetrauten sagen dürfte. Im Gegenteil, ich war sogar fest davon ausgegangen, dass er es dir erzählt.«

Das Pergament in Fredericas Händen zitterte. Plötzlich ergaben Teile des Gesprächs zwischen Bentley und Joan, das sie zufällig mit angehört hatte, einen Sinn. »Ich verstehe nicht ganz«, flüsterte sie. »Werden wir ... Hat Bentley ... Bellevue gekauft? Für mich?«

Joan blickte auf. »Willst du das Anwesen etwa nicht?«, rief sie bestürzt aus. »Ich meine, ich weiß, dass das Haus riesig und ein wenig zu protzig geraten ist, aber Bentley war sich so sicher, dass es dir gefallen würde. Er erzählte mir, du hättest ihm gegenüber einmal erwähnt, wie wohl du dich in Gloucestershire fühlst und dass du dir gut vorstellen könntest, dein Leben hier zu verbringen.«

Frederica war den Tränen nahe. »Bellevue ist wundervoll«, flüsterte sie. »Vielleicht das hübscheste Anwesen, das ich je in meinem Leben gesehen habe.«

Joan lehnte sich sichtlich entspannt zurück. »O fein«, seufzte sie. »Dann gehört es bald dir. Es wäre mir ohnehin nie in den Sinn gekommen, es an Fremde zu verkaufen – Bentleys Angebot war ein Geschenk Gottes. Meine Liebe, ich nehme an, dass du jetzt in Ruhe Bentleys Brief lesen möchtest, weshalb ich mich zurückziehen werde. Ich habe keinen blassen Schimmer, was er dir schreibt, aber wenn Bentley aufgewühlt war, als er die Zeilen zu Papier brachte, wird es höchstwahrscheinlich nur ausgemachter Blödsinn sein.«

Frederica wollte Joan die Urkunde zurückreichen. »Vielen herzlichen Dank, Joan«, sagte sie. »Aber ich weiß wirklich nicht – nun ja, es kann sein, dass ich auf unbestimmte Zeit nach Essex zurückkehren werde.«

Ungläubig schaute Joan sie an. »Nein, das darfst du nicht!«, rief sie fassungslos aus. »Du darfst dich keinen Fußbreit aus der Grafschaft trauen. Bentley braucht nur ein wenig Zeit, um mit sich selbst wieder ins Reine zu kommen.«

»Wieso denkst du, dass er erst mit sich ins Reine kommen muss?«, fragte Frederica interessiert.

Joan wandte den Blick ab und machte sich daran, die restlichen Chorroben zu falten. »Das müssen wir doch alle hin und wieder, oder nicht?«, fragte sie ausweichend. »Einige jedoch mehr als andere.«

Frederica nahm all ihren Mut zusammen. »Du weißt über Cassandra Bescheid, nicht wahr?«, raunte sie. »Ich habe dich und Bentley zufällig in der Kirche darüber sprechen hören.«

Joans Hand verharrte in der Bewegung. »Bitte, frag mich nicht danach«, flüsterte sie. »Vor langer Zeit haben wir einander alles anvertraut, Bentley und ich. Doch es hat sich viel geändert. Du tätest besser daran, mit ihm und nicht mit mir darüber zu sprechen.«

»Bitte entschuldige vielmals«, erwiderte Frederica. »Aber ich weiß einfach nicht, wo ich anfangen soll. Wie ist sie beispielsweise ums Leben gekommen?«

Für die Dauer eines Herzschlags schwieg Joan. »Wir können nur Vermutungen anstellen.« Sie blickte hinunter auf den Stapel Roben vor sich. »Die schmutzige Wahrheit verbreitete sich seinerzeit wie ein Lauffeuer. Cassandra hatte eine lange Affäre mit Thomas, dem Cousin meines Gatten. Thomas war ehemals Pfarrer der hiesigen Gemeinde.«

Fredericas Augenbrauen schossen in die Höhe. »Ein Geistlicher?«

Joan lächelte dünn. »Entsetzlich, nicht wahr? Als sie die Sache beendete, konnte Thomas es nicht verkraften. Die beiden hatten einen erbarmungslosen Streit, bei dem eine Öllampe umfiel. Wir nehmen an, dass es ein Unfall war, wissen aber nichts Genaues. Fest steht nur, dass Cassandra in den Flammen starb.«

»Ach, du meine Güte.« Frederica lehnte sich alarmiert zurück. »Und Thomas? Was wurde aus ihm?«

Joan schaute mit leerem Blick von den Gewändern auf. »Weißt du etwa auch davon nichts?« Sie war fassungslos. »Bentley hat ihn getötet, ihm mitten ins Herz geschossen. Er hatte keine andere Wahl. Thomas war nicht ganz bei Verstand, musst du wissen. Er hatte Ariane und Hélène als Geiseln genommen. Hat Bentley dir wirklich nie etwas davon erzählt?«

Einen Moment lang verschlug es Frederica die Sprache, ihre Gedanken überschlugen sich. Plötzlich war ihr, als würde der Raum kleiner. Mühsam brachte sie ein dürftiges Kopfschütteln zustande.

Später konnte sie sich nur noch dunkel daran erinnern, wie sie

Joan in der Sakristei zurückgelassen hatte und durch das Kirchenschiff gehastet war. Dort, wo die Tür ausgehängt worden war, hing ein schweres Segeltuch vor der gähnenden Lücke. Frederica schob es zur Seite und trat ungeduldig hinaus an die frische Luft, wo sie erst einmal auf der obersten Treppenstufe Platz nahm, um ihre Gedanken zu sortieren.

Beim Allmächtigen, sie wünschte sich, sie könnte die Fragen nach Cassandra ungeschehen machen. Bentley hatte diesen Thomas auf dem Gewissen – wie barbarisch. Aber wenn sie Joan Glauben schenkte, hatte er keine andere Wahl gehabt. Es schien, als hätte er sich in einer ausweglosen Position befunden. Wie er sich wohl heute fühlte, wenn er an dieses Erlebnis zurückdachte? Frederica erinnerte sich seines Schreibens und zog es umgehend aus der Tasche. Bentleys Schrift war unverkennbar.

Meine liebste Gattin,

selbstredend bin ich mir bewusst, dass ich unsere Vereinbarung gebrochen habe. Nichtsdestotrotz wünsche ich mir, dass du bei guter Gesundheit dein Leben auf Bellevue verbringst. Sollte dir das Anwesen nicht zusagen, so kontaktiere meinen Unterhändler in der Lombard Street. Er ist befugt, für sämtliche deiner Ausgaben aufzukommen. Dies schließt den Kauf eines anderen Hauses mit ein. Tu, was immer nötig ist, damit du dein Glück findest, wenn ich schon so jämmerlich versagt habe. Ich werde auf ein Wort der geglückten Geburt warten. Bitte schicke mir eine Nachricht an das Roseland Cottage, North End Way, Hampstead.
Bei allem Respekt,
R.B.R.

Fredericas Hand zitterte. Sie las den Brief ein zweites Mal. O Gott. Es war vorbei. Er hatte sie in der Tat verlassen. Und die Schuld dafür trug einzig sie, denn sie hatte überzogene Forderungen gestellt, hatte ihn um etwas gebeten, zu dem er schlichtweg nicht in der Lage war und dem sie unnötig viel Gewicht beigemessen hatte. Oder täuschte sie sich? Beim Allmächtigen, sie wusste einfach nicht mehr, wo ihr der Kopf stand. Vielleicht räumte eine Eheschließung dem Partner nicht unweigerlich das Recht ein, die Vergangenheit des anderen zu zerpflücken. Vielleicht bedeutete das Band der Ehe vielmehr, dem anderen im Hier und Jetzt Treue und Zuneigung entgegenzubringen.

Fredericas Gedanken kehrten zur Besitzurkunde zurück. Bentley hatte ihr tatsächlich Bellevue gekauft? Sie konnte es noch immer nicht glauben. Letzten Endes hatte er sich also doch Gedanken über ihre gemeinsame Zukunft gemacht – wenn auch auf seine ganz eigene Art. Es stand außer Frage, er hatte sich größte Mühe gegeben. Ja, sie beide hatten sich um die Ehe bemüht – jeder von ihnen, so gut es eben möglich war. Aber hatten sie je eine richtige Chance gehabt? Sie würde es nun nie erfahren. Denn sie hatte es gehörig vermasselt. Noch gestern war sie von der Richtigkeit ihres Handelns überzeugt gewesen. Doch jetzt, nachdem sie die tiefe Bestürzung im Gesicht ihres Gemahls gesehen und die erste von unzähligen einsamen Nächten verbracht hatte, war sie sich nicht mehr so sicher.

Frederica spürte eine neuerliche Tränenflut aufwallen. Es war an der Zeit, nach Chalcote zurückzukehren und sich ein weiteres Mal den Tränen hinzugeben. Doch, so schwor sie sich, es würde unweigerlich das letzte Mal sein. Sie musste jetzt einzig an das Wohl ihres Kindes denken, weshalb sie auch in den Schoß ihrer Familie zurückkehren würde. Auch auf die Gefahr hin, als schwacher Mensch angesehen zu werden. Sie spürte deutlich, wie sehr sie den Beistand ihrer Lieben brauchte. Entschlossen erhob sie sich und verstaute Bentleys Brief wieder.

Erst jetzt bemerkte sie die Knechte, die auf dem Friedhof bei den Eiben beschäftigt waren. Einer von ihnen drehte sich um, warf seine Schaufel auf einen Karren und führte das Pferd den Hügel hinunter zum Dorf. Frederica erkannte, dass die Lücke in der Reihe der Grabsteine geschlossen worden war. *Cassandras Grabstein.* Er war erneuert worden.

Aus unerklärlichen Gründen regte sich in Frederica der Wunsch, ihn sich aus der Nähe anzuschauen. Würde ihre missliche Lage dadurch Linderung erfahren? Würde er ihr beweisen, dass die Vergangenheit ein für alle Mal abgeschlossen war?

Als sie zu besagter Stelle kam, verriegelten die Arbeiter gerade das schmiedeeiserne Gatter. Frederica stand alleine im Schatten der Eibe und starrte auf den ebenmäßigen, sandfarbenen Stein. Sie wollte diese Frau, die sie nicht gekannt und die längst das Zeitliche gesegnet hatte, mit geballter Kraft hassen. Für das, was sie zu Lebzeiten getan hatte und selbst noch vom Grabe aus im Stande war anzurichten.

Doch nein, vor dem Grab dieses Frauenzimmers zu stehen würde ihr nicht weiterhelfen. Bedrückt wandte Frederica sich ab und setzte sich gerade in Bewegung, als unzählige kleine Glöckchen in ihrem Kopf Alarm schlugen. Es war, als zöge sie eine unsichtbare Hand zurück zur Grabstätte. *Die Datumsangaben.* Sie mussten falsch sein. Mit bebenden Händen starrte Frederica auf die eingravierten Zahlen. Sie fiel auf die Knie, ihre Röcke bauschten sich im Gras. Langsam beugte sie sich vor und berührte die letzte Zeile. Das Sterbejahr Cassandras. Unter ihren Fingern, die zitternd über die Zahlen glitten, fühlten sich die Kanten der frischen Gravur splittrig an. Frederica wurde flau im Magen.

Gott im Himmel. Das konnte unmöglich stimmen, oder? Cassandra war vor mehr als einem Dutzend Jahren gestorben. Bentley musste damals ... noch ein Junge gewesen sein.

Cassandra war nicht der mütterliche Typ Frau. Bentley war ungefähr in Gervais' Alter, als Cam und sie heirateten, hatte Catherine ihr unweit von eben dieser Stelle erzählt.

Fredericas Brust schnürte sich schmerzhaft zusammen, ihr fehlte die Kraft zu atmen. Gütiger Gott, wie hatte sie nur so blind sein können? Sie hatte angenommen ... dass ... ja, was eigentlich?

Das Schlimmste. Sie hatte ein entsetzliches Bild von ihrem Gemahl gemalt – ähnlich düster, wie er von sich selbst. Er hatte mit verheerendem Entsetzen von sich selbst gesprochen, mit einer eisigen Gleichgültigkeit, als ginge es nicht um ihn.

Ich habe getan, was immer sie wollte ... Du verstehst augenscheinlich nicht ... Mein Kopf funktioniert wie eine verdammte Schleuse. Wenn ich sie öffne ...

Wenn ich sie öffne ...

Fredericas Finger ruhten noch immer auf dem Grabstein. Als hätte sie sich verbrannt, zog sie plötzlich die Hand zurück. Mit unsicheren Bewegungen richtete Frederica sich auf und eilte durch das Mauerportal den Hügel hinauf zum Anwesen, wo sie durch die kühlen Korridore rannte, jede Tür auf ihrem Weg nach oben voller Ungeduld aufriss und die Stufen bis in den dritten Stock hinaufhastete. Gott sei Dank, die Himmelssuite war nicht verschlossen. Frederica stürzte ins Damengemach und fiel vor der Wäschetruhe auf die Knie. Sie riss den Deckel der Truhe auf und kramte hastig Cassandras Tagebücher hervor. Eines nach dem anderen lud sie sich auf die Arme, bis sie nicht mehr zu tragen vermochte. Lediglich zwei oder drei Bücher blieben zurück. Schwer beladen machte sie sich auf den Weg die Treppe hinunter und begab sich so schnell es ging in Bentleys Gemach, wo sie die Ladung unterhalb der Fensterfront auf den Boden fallen ließ.

Sie setzte sich in einen Sessel und griff zum erstbesten Tagebuch. Und las und las. Zuerst fand sie lediglich versteckte Hinweise, nichts Stichhaltiges, nichts als mysteriöse Anspielungen und sarkastische Bemerkungen, doch keinerlei Beweise in ihrem endlos narzisstischen Gefasel. Stunde um Stunde las Frederica, während ihr immer schwerer ums Herz wurde. Sie schickte jeden, der an die Tür klopfte, fort. Erst am frühen Nachmittag willigte sie ein, das Mittagessen, das Queenie ihr servierte, anzunehmen, doch sie tat es einzig und allein für ihr Ungeborenes. Selbst während sie aß, las sie weiter. Erst als es dunkel wurde, schloss Frederica mit zitternder Hand das letzte der Bücher.

Cassandra war keine Närrin gewesen, sie war listig an die Verführung herangegangen. Ungemein listig und unbeschreiblich raffiniert. Wenn man zwischen den Zeilen las und wusste, wonach man suchen musste, wurde man schnell fündig. Die ungeschminkte Wahrheit, das gesamte Ausmaß des Schreckens stand schwarz auf weiß in den Aufzeichnungen. Warum nur war niemandem etwas aufgefallen? Bentley war doch noch ein kleiner Junge gewesen. Wer hätte auf ihn Acht geben sollen? Ihn beschützen sollen?

Und Cam, dem wäre es doch eh egal gewesen. Wenn nicht, hätte er ja vielleicht was bemerkt. Hat er aber nicht... hatte Bentley gesagt.

Aus den Tiefen des Hauses drang das dumpfe und melancholische Schlagen einer Standuhr an Fredericas Ohren. Es war sechs, Zeit für den letzten Tränenstrom, den sie sich auf den Stufen zu St. Michael's versprochen hatte. Sie weinte aus den Tiefen ihres Herzens und ihrer Seele. Ihre Schultern bebten, und ihre Rippen schmerzten, so sehr schüttelte es sie. Doch dieses Mal weinte sie nicht um sich selbst.

Entlang der Postwege Englands gab es unzählige Gasthöfe wie das *Cat and Currier*. Die meisten machten jedoch nicht sonderlich viel her und es war deutlich zu spüren, dass niemand die Ambitionen hatte, daran etwas zu ändern.

Das *Cat and Currier* bestand aus einem dunklen, schlauchförmigen Schankraum, einem spartanisch eingerichteten Speisesaal mit ein oder zwei angeschlossenen Séparées und einer Hand voll Zimmer, die angemietet werden konnten. Das Gasthaus lag zwischen Cheston-on-the-Water und Groß-London. Bentley kehrte regelmäßig dort ein, denn es gehörte zu jenen Herbergen, in denen die Betten lausfrei waren und der männliche Gast, wenn ihm danach gelüstete, eine ebenso lausfreie Bettgespielin bekommen konnte, die ihm die Laken wärmte, ehe er sich zu nachtschlafender Zeit noch einmal an den Spieltisch begab für eine nicht so ganz astreine Partie Karten oder Würfel.

Als Bentley erwachte, konnte er sich an so gut wie nichts erinnern. War es überhaupt Morgen? Verflucht, er wusste es einfach nicht. Doch irgendwer besaß die Unverfrorenheit, an seine Tür zu hämmern. Zur Hölle mit dem Störenfried. Grunzend drehte Bentley sich um.

Doch das Pochen wurde lauter und stürmischer, bis es sich zu einem donnernden Gewitter in seinem Kopf auswuchs.

»Mr. Rutledge!«, gellte eine schrille Stimme. »Mr. Rutledge, Sir, es ist bereits Mittag durch. Ich muss dringend wissen, ob Sie das Zimmer für eine weitere Nacht mieten, und außerdem steht noch eine ... nun ... eine größere Summe vom gestrigen Abend aus.«

»Ummph«, brummte Bentley.

Der Hauswirt wertete Bentleys Grunzen als Ablehnung. »Sir, ich muss leider darauf bestehen!« Die durchdringende Stimme ertönte eine Nuance höher. »Die Schulden müssen auf der Stelle beglichen werden, Sir. Meine Schenke hat durch Sie heute Nacht einen gewaltigen Schaden erlitten.«

Bentley vergrub den Kopf unter dem Kissen. »Verpiss dich!«, stöhnte er, doch noch im selben Moment überkamen ihn Schuldgefühle. *Warum?* Langsam setzte seine Erinnerung wieder ein. Freddie hatte ihn gebeten, sich nicht mehr solch derber Ausdrucksweisen zu bedienen. So töricht es auch schien, aber er verspürte den Drang, ihr zu gehorchen, selbst, wenn sie weit weg war und ihn gar nicht hören konnte. Jesus Christus, hatte er jetzt völlig den Verstand verloren? Oder den letzten Funken desselben versoffen? Allem Anschein nach hatte er sich ein paar Gläser Brandy zu viel genehmigt.

Und das scheinbar vollkommen umsonst. Im gesamten Königreich gab es nicht annähernd genug Alkohol, um ihn seine Frau vergessen zu machen oder seine Sehnsucht nach ihr zu stillen. Nach dem Geschmack ihres Mundes, der Wärme ihrer Hände. Nichts hatte sich verändert, und doch war alles gänzlich anders. Sie gehörten doch zusammen, bildeten eine Einheit. Bentley wusste nicht, wann oder wie es geschehen war. Er wusste nur, dass er sich ebenso gut das Herz aus der Brust reißen könnte, denn ohne Freddie wollte und konnte er nicht weiterleben. Ihm war seit seiner Flucht klar geworden, was er wirklich wollte. Er wollte sie um Vergebung anflehen. Aber erst würde er – so wahr Gott ihm beistand – seinen Bruder aufsuchen und sich mit ihm aussöhnen. Sie hatte ihm die Pistole auf die Brust gesetzt, und er betete inständig, dass es noch nicht zu spät war.

Der Wirt jenseits der Zimmertür war mittlerweile dazu übergegangen, die geborstenen Fensterscheiben, entzweigegangene Tische und das zersprungene Geschirr aufzuzählen, das er hatte fortschaffen müssen. Ferner faselte er davon, dass etwas vom Kaminsims entwendet worden sei. Herrje, so langsam wurde er zu alt für derlei Spielchen. Was, in Gottes Namen, hatte er letzte Nacht bloß wieder angestellt? Und mit wem? Bentley konnte sich an schier nichts erinnern – was ja seine ursprüngliche Absicht gewesen war.

Mit einem Mal meldete sich eine zweite Person vor der Tür zu Wort. »Ging wohl 'n bisschen hoch her letzte Nacht, Schätzchen, was?«, drang eine kecke Frauenstimme an Bentleys Ohren. »Nich verzagen, Rutledge is hart im Nehmen. Nu rück mal den ollen Schlüssel raus, verstanden?«

Bentley konnte hören, wie der Wirt seiner Empörung freien Lauf ließ. Neugierig spitzte er die Ohren. Vor seinem Gästezimmer brach ein regelrechter Tumult aus. »Hab dich doch nich so, Schätzchen, gib mir endlich den Schlüssel«, keifte die Frau inmitten des Grunzens und Polterns.

»Madam, bitte«, schnaufte der Wirt. »Wir sind ein anständiges Gasthaus!«

»Aye, und ich bin so anständig wie unsere verstorbene Frau Königin, Gott habse selig.«

Bentley vernahm einen weiteren Schlag. Schließlich wurde lautstark der Schlüssel in das Schloss eingeführt, und Queenie kam in den Raum gestürzt – allem voran ihre ausladende Oberweite, die an den Bug eines Schlachtschiffes erinnerte. Der hagere Wirt hatte sich an ihre Fersen geheftet und umkreiste sie wie kleiner Terrier, um sich den Schlüssel zurückzuholen.

Sichtlich gereizt fuhr Queenie herum und drückte ihn ihm in die Hand. »Jetzt verdrück dich, aber flugs«, fuhr sie ihn an. »Ich hab hier was Dringendes zu erledigen.«

»Das kann ich mir lebhaft vorstellen«, entgegnete der Wirt herablassend. »Aber das ändert nichts daran, dass noch ein hübsches Sümmchen für das zertrümmerte Inventar aussteht.«

Ohne weiteren Kommentar riss Queenie sich ungestüm die Röcke hoch und entblößte einen fülligen, milchweißen Oberschenkel, um den eine Geldbörse aus Ziegenleder gebunden war. Der Gastwirt schnappte nach Luft und wandte rasch den Blick ab. »Das nennt man Altersversorgung, Schätzchen«, gluckste Queenie und zog eine Banknote hervor, die sie ihm wedelnd unter die Nase hielt. Der Gastwirt riss ihr den Schein aus der Hand und sog hörbar die Luft ein. »Ab mit dir nach unten, bevor ich dir die Arme breche«, forderte Queenie ihn mit zuckersüßer Stimme auf. »Schick uns 'ne Kanne starken Kaffee, zwei rohe Eier und einen Humpen Bier hoch, verstanden?«

Schnaubend verließ der Wirt das Zimmer. Bentley richtete sich zitternd auf, wodurch die Bettdecke an seinem entblößten Oberkörper hinabglitt. »Mein Gehrock«, krächzte er und deutete mit zitterndem Zeigefinger auf den Haufen Kleider am Boden. »Ich werde dir das Geld so schnell wie möglich zurückgeben, Queenie, Ehrenwort. Bitte sei so nett und lass mich jetzt allein.« Der Raum begann sich zu drehen, und Bentley blieb nichts anderes übrig, als sich wieder flach hinzulegen.

»Ich werd nich ohne Sie abreisen, Mr. B. Einst waren Sie es, der mir geholfen hat. Jetzt ist die gute alte Queenie an der Reihe.« Sie schob ihm einen Arm unter die Schultern und half ihm hoch. »Sie müssen sich bewegen.«

»Raus mit dir!«, fuhr er sie an. »Ich habe nichts an.«

»Du meine Güte«, stieß Queenie mit gespieltem Entsetzen aus. »Mein ach so schwaches Gemüt!«

Kurz darauf saß Bentley in Unterwäsche auf der Bettkante. Sein Schwindel hatte nachgelassen. Queenie blickte ihm tief in die Augen. »Sie sehen arg mitgenommen aus, Mr. B.«, sagte sie. »Ein heißes Bad, frische Kleider, und Sie sind wieder ganz der Alte.«

Bentley ließ den Kopf nach vorne in die Hände fallen. Er hatte Chalcote dermaßen überstürzt verlassen, dass er keine Kleidung zum Wechseln mitgenommen hatte. Was für einen bezaubernden Anblick er unrasiert und obendrein in schmuddeligen Kleidern machen würde. Freddie würde ihm gewiss nicht vergeben, wenn sie ihn so heruntergekommen sah.

Queenie deutete auf eine Reisetasche bei der Tür. »Ich hab aufs Geratewohl mal 'n paar Sachen für Sie eingepackt«, erklärte sie sichtlich stolz. »Allerdings hab ich das Rasiermesser und den Streichriemen vergessen. Stellen Sie sich das mal vor, Milford hat nach dem Kutscher geschickt, der mich hergefahren hat. Als wie wenn ich 'ne feine Mamsell wär. Wir haben einen ganzen Tag gebraucht, um Sie aufzuspüren.«

Bentley hatte sich in der Zwischenzeit erhoben. Queenie ging zur Tür und rief lauthals nach einer Wanne und heißem Wasser. Während sie in einer Tour plapperte und mit ihm schimpfte, wurde ein Tablett hereingebracht. Ehe Bentley sich versah, hatte Queenie ihm irgendetwas Abscheuliches in dem Bierkrug zusammengemischt und zwang ihn, es hinunterzuwürgen. Kurz darauf wurde ein Holztrog hereingetragen, gefolgt von Messingkrügen mit dampfendem Wasser.

»Was haben Sie sich nur dabei gedacht?«, fragte Queenie vorwurfsvoll. »Keine zwei Tage sind Sie weg, und die arme Mrs. Rutledge is schon vollkommen außer sich.«

Zwei Tage? Wo zum Teufel hatte er zwei ganze Tage gesteckt? Bentley konnte sich schwach daran erinnern, irgendwo einen größeren Betrag bei einem Boxwettkampf gewonnen zu haben. Sogleich fiel ihm ein, dass er die gesamte Summe beim Glücksspiel wieder verprasst hatte. Doch damit war sein Erinnerungsvermögen auch schon erschöpft.

»Gütiger Gott, Queenie«, murmelte er. »Ich muss auf der Stelle heim.«

Queenie zog eine spanische Wand vor den Zuber und bugsierte ihn dahinter. »Genau das tun Sie mal, Mr. B.«, meinte sie. »Sie is nämlich am Packen, verstehen Sie? Die Herrin des Hauses is echt besorgt.«

Bentley, der die Unterhosen bereits halb ausgezogen hatte, erstarrte in der Bewegung. »Wer packt?«

»Mrs. Rutledge«, drang Queenies Stimme an seine Ohren. »Diese klapperdürre Magd von ihr hat schon die Reisetruhen vom Dachboden geholt. Die packt, so schnell sie kann, denn die beiden wollen bei Tagesanbruch abreisen.«

Die Enttäuschung wog schwer auf Bentley. Aber was hatte er erwartet? »Vielleicht muss ich mich damit abfinden, Queenie«, sagte er leise. »Frederica und ich ... nun, wir haben eine Vereinbarung getroffen.«

Queenie schnaubte. »Sie vielleicht«, erwiderte sie schnippisch. »Glauben Sie mir, ihr Frauchen versteht die Welt nich mehr. Sie hat 'nen Braten inner Röhre und keinen Kerl, der ihr hilft, das Blag großzuziehen.«

Bentley stöhnte auf und stieg in das Wasser. »Das ist nicht fair von dir, Queenie. Bitte nicht auf die Tour, ich flehe dich an.«

»Ihre Frederica hat sich verkrochen, heult sich in einer Tour die Augen aus dem Kopf, da bin ich mir ziemlich sicher«, sprach Queenie unbeirrt weiter. Bentley konnte hören, wie sie seine Kleider ausschlug, ehe sie die Reisetasche öffnete, die sie mitgebracht hatte. »Essen tut Sie erst recht nich mehr«, fügte sie mit einem Seufzen hinzu. »Das arme Würmchen wird nich größer als 'n Spatz, wenn's endlich schlüpft.«

Das Kind. Beim Allmächtigen, sie sprach von seinem Kind.

Queenies Stimme wurde eine Nuance unwirscher. »Ich bin grad Ihre Sachen am Packen, Mr. B. Sie werden sich bei ihr entschuldigen. Was auch immer es kostet.«

»Ich werd's versuchen«, ließ er sie kleinlaut wissen und wusch sich hastig die Seife ab. Es war ihm ernst. Es konnte nicht angehen, dass er sich immerzu betrank. Irgendwann würde das böse enden, das spürte er deutlich. Vielleicht lag es an seinem Alter oder seiner wachsenden Abneigung, aber er war es satt, sein Heil in der Sauferei und Hurerei zu suchen. Was hatte ihm diese letzte Flucht eingebracht? Er hatte es ja nicht einmal über die Grenzen von Oxfordshire hinaus geschafft.

Auch war es ihm gehörig misslungen, die Erinnerungen an Freddies letzte Bitte im Alkohol zu ertränken. Es war vertrackt: Wenn er tat, worum sie ihn gebeten hatte, würde er zweifelsohne seinen Bruder verlieren. Tat er es nicht, verlor er seine Gattin. Was Freddie von ihm verlangte, kam einem Pakt mit dem Teufel gleich. Er mochte Cam, ja. Sogar mehr, als er es zugeben wollte. Aber er war es leid, ständig vor sich und anderen zu fliehen. Er wollte endlich zur Ruhe kommen, sehnte sich nach einer Familie und einem behaglichen Heim. Gott war sein Zeuge, wie sehr er Frederica vermisste. Der Versuch, seine Sehnsucht und seine Ängste in Bier und Branntwein zu ertränken, würde nur unweigerlich dazu führen, dass seine Familie in Bälde Erde auf seinen Sarg warf.

Bentley saß stocksteif im erkaltenden Waschzuber, als Queenies Stimme ihn aus den Gedanken riss. »Mr. B?«, fragte sie mit mitfühlender Stimme. »Ich will nich drängen, Schätzchen, aber es liegt noch 'n langer Weg vor Ihnen.«

»Ach Queenie«, murmelte Bentley. »Ich fürchte, da hast du die Wahrheit gesprochen.«

Kapitel 21

Ein trauriges Ende und ein neuer Anfang

Wenige Stunden später fand Bentley sich vor der Tür zum Arbeitszimmer seines Bruders wieder, die Hand erhoben, um anzuklopfen. Was vor ihm lag, war verflixt schwer. Wenn er für jedes Mal, das er vor eben jener Tür gestanden hatte, eine Guinea bekommen hätte ... Bentleys Reaktion war immer dieselbe. Sein Magen schmerzte, sein Herz wog schwer vor einer Mischung aus Schuldgefühlen und Zorn.

Doch dieses Mal kam ihm das Schicksal zuvor, denn unvermittelt flog die Tür auf, und er sah sich Nasenspitze an Nasenspitze mit seinem Bruder. Und was für ein prächtiges, schwarzblaues Exemplar er vor sich hatte. Cams Nase war mindestens auf das Doppelte angeschwollen und zweifelsfrei gebrochen – Bentley kannte sich mit derlei Verletzungen aus. Unterhalb von Cams linkem Auge leuchtete ihm zudem ein gelblicher Fleck entgegen. Wenn die Schwellung abgeklungen war, würde höchstwahrscheinlich ein unförmiger Zinken zurückbleiben, der das hübsche Antlitz seines Bruders bis in alle Ewigkeit entstellte. Wäre Bentley nicht so sehr mit seiner eigenen Misere beschäftigt gewesen, hätte er den alten Burschen gnadenlos verhöhnt.

Der Gesichtsausdruck des Earls war unergründlich. »Du machst einen ziemlich mitgenommenen Eindruck, mein Junge«, begrüßte er Bentley und trat einen Schritt zurück, um ihm Einlass zu gewähren. »Ein Zweitagetrinkgelage? Oder ist es nicht mehr en vogue, sich zu rasieren?«

»Wenn ich nicht willkommen bin, Cam«, antwortete Bentley leise, »so lass es mich auf der Stelle wissen.«

Mit einem schiefen Lächeln schritt Cam zum Kamin, wo er in

seinem Lieblingssessel Platz nahm und Bentley bedeutete, er möge sich ihm gegenüber setzen. Sogleich kam eines der Katzenkinder unter dem Schreibtisch hervorgeschossen. Gedankenverloren hob Cam das kleine Wollknäuel auf und legte es sich in den Schoß. Für den Bruchteil einer Sekunde dachte Bentley darüber nach, ob sie sich auf Bellevue ebenfalls einen Stubentiger zulegen sollten. Vorausgesetzt, er zöge gemeinsam mit Frederica dort ein. Bentley schloss die Tür und setzte sich zu seinem Bruder, der sich umgehend räusperte. »Bentley, du sollst wissen, dass du hier jederzeit willkommen bist«, begann er und streichelte das Kätzchen. »Ich habe nie verstanden, warum du immer vom Gegenteil überzeugt warst. Aber ich freue mich außerordentlich, dass du wieder hier bist, und bin überzeugt, dass Frederica zutiefst erleichtert sein wird.«

Bentley senkte den Blick. »Sie weiß es noch gar nicht.«

Verärgert presste Cam die Lippen aufeinander. »Beim Allmächtigen, Bentley, sie ist außer sich vor Sorge! Du musst sie auf der Stelle aufsuchen.«

»Ich kann nicht«, sagte Bentley niedergeschmettert. »Sie will mich nicht. Es gibt da etwas, das ich zuerst erledigen muss. Wenn ich das getan habe, Cam, gestehe ich dir einen einzigen Hieb zu, bevor du mich für alle Ewigkeiten von Chalcote Court und aus der Familie verbannst. Ich schlage vor, du zielst auf die Nase, dann wären wir quitt.«

Cam seufzte. »Meine Nase ist nicht sonderlich ansehnlich, oder?«, fragte er. »Aber ich brauche keinen Freihieb, Bentley. Frederica hat mir erklärt, wie es zu der Beule an ihrer Schläfe gekommen ist.« Er schluckte verzweifelt. »Eigentlich weiß ich ja auch ganz genau, dass du zu so etwas gar nicht fähig bist. Deshalb möchte ich dich in aller Form um Vergebung bitten. Meine Nerven lagen vorgestern wohl etwas blank.«

»Ich weiß, wie das ist«, brummte Bentley. »Aber mach dir keine Sorgen, es ist schon gut.«

»Nein, ist es nicht«, entgegnete Cam. »Ich habe dich grundlos eines zutiefst ehrlosen Verhaltens beschuldigt.«

»Warte ab, bis dieses Gespräch vorüber ist.«

Cam schaute ihn mit einem sonderbaren Blick an. »Sprich weiter. Was wolltest du mir sagen?«

Doch Bentley fand nicht die angemessenen Worte. Er konnte ja nicht einmal ruhig atmen. Gütiger Gott, wie gestand ein Mann etwas, das er sein ganzes Leben lang verheimlicht hatte? »Nun ... Es geht um Cassandra.«

Cam zog eine Augenbraue hoch. »Was hat sie denn mit der ganzen Sache zu tun?«

»Signora Castelli meinte, die Vergangenheit beflecke auch immer die Gegenwart«, wisperte Bentley und schloss die Augen. Er dachte darüber nach, was alles für ihn auf dem Spiel stand. Die Zeit war reif, endlich auszupacken, es ein für alle Mal hinter sich zu bringen. »Ich will nicht lange um den heißen Brei herumreden, Cam«, begann er schweren Herzens. »Es gibt keine beschönigenden Worte für das, was ich dir zu beichten habe. Cassandra und ich ... nun, wir hatten ... es gab da diese Sache zwischen uns.«

Cam legte den Kopf schief. »Sache?«

»Ja.« Bentley sog tief den Atem ein und spürte, wie die Wände des Raums aufeinander zurückten. »Eine körperliche Sache – nein, verdammt – eine sexuelle Sache.«

Cam hatte sich ruckartig aufgerichtet, woraufhin das Kätzchen von seinem Schoß gesprungen war. »Cassandra wer?« Seine Stimme klang hohl und fassungslos. »Nicht ... o nein. Nein, Bentley. Du meinst doch nicht etwa ...?«

Bentley schnitt ihm das Wort ab. »Es war nicht nur eine Sache von kurzer Dauer«, rief er niedergeschmettert aus und hoffte, damit eine aufkeimende Panikattacke abwehren zu können. »Es war die Hölle. Ich spürte von Anfang an, dass es falsch war. Es fühlte sich gänzlich falsch an. Einfach furchtbar. Ich konnte es nicht einmal mir selbst gegenüber rechtfertigen. Aber irgendwie habe ich es wohl doch geschafft. Cassandra sagte ständig, es sei alles nur mein Fehler. Sie sagte, ich sei verdorben – womit sie ja auch Recht hatte. Jeder weiß es. Noch schlimmer ist aber, Cam, dass ich unsägliche

Erleichterung verspürt habe, als sie starb. *Erleichterung*. Auch dafür schäme ich mich zutiefst.«

»Du hast mit meiner Frau geschlafen!« Jegliche Emotion war aus Cams Stimme gewichen. »Oder besser gesagt, sie hat mit dir geschlafen.«

Bentley nickte und starrte abwesend in die Kohlen. Er zwang sich, ruhig zu atmen, um Herr über das Gefühlschaos seiner Seele zu werden.

»Wusste Vater Bescheid?« Die Stimme des Earls glich einem tiefen Grollen. »Verdammt, hat er es gewusst?«

Bentley war es nicht möglich, seinem Bruder in die Augen zu schauen. »Ja«, murmelte er kaum hörbar. »Er hat nur frohlockt und mir zugezwinkert. Er hielt das Ganze für einen Heidenspaß. Für mich war es aber alles andere als das, Cam, das musst du mir glauben. Ich wusste nicht, was ich denken sollte. Ich wusste nur, dass ich mit dem Feuer spielte. Aber ich habe dennoch nicht damit aufgehört. Habe einfach nicht den Absprung geschafft.«

Bentley wartete darauf, dass Cam aufsprang und ihm die Seele aus dem Leib prügelte. Doch Cam wirkte eher verzweifelt als erzürnt. »Bentley«, sagte er langsam und deutlich. »Vielleicht spielt mir mein Gedächtnis einen Streich, aber du bist jetzt siebenundzwanzig, nicht wahr?«

»Ja, fast«, stimmte er zu.

Cam wurde kreidebleich. »Als meine damalige Gattin verstarb ...« Er hielt inne und schüttelte den Kopf, als müsse er seine Gedanken neu ordnen. »Als Cassandra starb, wie alt warst du da? Sechzehn?«

»Ungefähr.«

Etwas in Cams Inneren schnappte zu. »Ungefähr?«, explodierte er und rutschte gefährlich weit nach vorne auf die Sesselkante. »Zur Hölle mit *ungefähr*, du sagst mir auf der Stelle, wie alt du damals warst!«

Wenn Cam fluchte, war das für gewöhnlich kein sonderlich gutes Zeichen. »F-fünfzehn«, nuschelte Bentley. »Aber da hatte ich die

Sache längst beendet, Cam. Das schwöre ich beim Allmächtigen.«

Cam rutschte wieder nach hinten, seine Hände krallten sich verzweifelt um die Sessellehnen, und in seinem Gesicht spiegelte sich der Aufruhr seiner Gefühle. »Fünfzehn!«, raunte er, als würde er im Kopf nachrechnen. »Und noch weit entfernt vom nächsten Geburtstag.«

Bentley hatte die letzten Worte seines Bruders nur schwer ausmachen können, so leise hatte er gesprochen. Cam war so bleich, dass Bentley sich ernsthaft Sorgen um ihn machte. »Es tut mir unendlich Leid, Cam«, sagte er schwach und wünschte sich, sein Bruder würde endlich die Augen aufschlagen. »Ich bin ja so froh, dass es endlich raus ist. Freddie hat vollkommen Recht, dieses abscheuliche Geheimnis drohte, mich innerlich zu zerfressen. Ich fühle mich manchmal so... wie soll ich sagen... so leer und taub.« Die Worte sprudelten nur so aus Bentley heraus. Er konnte seinen Redefluss kaum stoppen. »Ich weiß, dass du mich hasst. Verdammt, manchmal hasse ich dich ja auch. Vater hat uns gegeneinander ausgespielt, mit eiskalter Berechnung.«

»Ach, du meine Güte.« Cams Stimme klang erstickt. »Höchstwahrscheinlich hat er sie dazu angestiftet!«

Bentley zuckte mit den Schultern. »Ich möchte nur, Cam, dass du weißt, dass ich nie so etwas wie Eifersucht empfunden habe. Ich schwöre, ich habe dich nie um deinen Titel oder deine Stellung beneidet. Und niemand hat dich je um deine Ehe mit Cassandra beneidet. Ich kann dir gar nicht sagen, wie sehr mich die Situation quält. Nun habe ich Frederica an meiner Seite, ob ich sie verdiene oder nicht. Ich wünsche mir nichts sehnlicher, als ihr ein gutes Leben zu bieten. Ein Leben mit mir. Aber ich habe mich ihr gegenüber von der schlechtesten Seite gezeigt. Meiner eigenen Gemahlin. Und sie ahnt ja noch nicht einmal, wie jung...« Seine Stimme zitterte. »Manchmal frage ich mich, ob es für mich noch Hoffnung gibt, und ob es nicht das Beste wäre, wenn sie mich verließe. Genau damit hat sie auch gedroht, falls ich dir nicht alles beichte.«

»Beichte?« Cams Kehle entwich ein eigenartiger Laut, ehe er aufsprang, den Raum durchquerte und zu dem tiefen Erkerfenster schritt. Mit der einen Hand stützte er sich am Fensterrahmen ab, die andere hatte er sich in den Nacken gelegt und beugte sich weit vor. Zog er womöglich in Erwägung, Bentley in hohem Bogen hinunterzuwerfen? Cam stand wie angewurzelt da, nur seine Schultern zitterten und machten den Eindruck, als drohten sie jeden Augenblick unter einer schweren Last nachzugeben. Bentley dachte über seine Zukunft nach. Ein plötzlicher kalter Schauer jagte ihm über den Rücken, und ihm wurde übel. Würde das eintreten, was diese Hexe ihm unzählige Male prophezeit hatte?

Los, sag es ihm doch! Er konnte Cassandras üppige Lippen vor sich sehen, wie sie diese Worte formten, und konnte ihren heißen Atem auf seinen Wangen spüren. *Ja, schildere ihm genau, was du mit mir angestellt hast, Bentley. Aber verschweig ihm auch nicht, wie es sich angefühlt hat, mein Schatz. Du wirst nämlich von dieser warmen Erinnerung zehren müssen, wenn er dich erst einmal auf die Straße gesetzt hat.*

O Gott! Bentley schloss die Augen. Was hatte er nur in Gang gesetzt? Würde er seines Elternhauses verwiesen, ohne die Hoffnung, je wieder einen Fuß über die Schwelle setzen zu dürfen? Wen würde Cam ins Vertrauen ziehen? Hélène? Jeden? Seine Scham schlang sich wie ein Ring aus Eisen um ihn. Er spürte Tränen aufwallen.

Ja, nur zu, gesteh ihm alles, zischte die samtene Stimme in seinem Kopf. *Hör nicht auf, sag ihm, wie es sich mit uns verhält und wie gut du bist.*

»O Bentley, ich bin schockiert, dass mir nicht annähernd in den Sinn gekommen ist...«, setzte Cam, der noch immer am Fenster stand, mit krächzender Stimme an. »Es hat definitiv Anhaltspunkte gegeben, wenn ich darüber nachdenke.«

Ein weiteres Mal stieß sein Bruder jenen furchtbaren Laut aus, und es dauerte einige Augenblicke, bis Bentley erkannte, dass sein Bruder weinte.

»Gütiger Herr, Cam, du darfst jetzt nicht denken, dass ...«

Cam wirbelte herum und blickte ihm ins Gesicht. »*Denken?*«, würgte er. »Ich habe nicht gedacht, sondern schön brav weggesehen. Genau das ist ja das Problem, nicht wahr? Mein Gott, wieso bin ich nicht selbst auf die Idee gekommen? Bin ich denn ein komplett verblendeter Idiot? Immerhin hat sie meinen verdammten Pfarrer verführt, wieso sollte sie da vor einem unschuldigen Kind Halt machen? Aber ich habe nicht einen einzigen Gedanken daran verschwendet. Ich schäme mich, Bentley. Zutiefst.«

Vor lauter Angst und Erregung begriff Bentley nicht, was sein Bruder soeben gesagt hatte. »Cam, du musst mir glauben, ich habe nicht gewusst, dass sie mit Thomas Lowe im Bunde war, zumindest nicht, bis ich die beiden zufällig habe streiten hören. Auch, wenn das nicht entschuldigen kann, was ich dir angetan habe. Ich würde gerne meine Unschuld beteuern, aber das entspräche einfach nicht den Tatsachen, das weißt du ebenso gut wie ich.«

Cam starrte Bentley an, das Gesicht verzerrt von Wut und Trauer. »Du bist in einer Welt voll Sünde und Sittenverfall aufgewachsen«, raunte er und ballte die Hände zu Fäusten. »Aber war das dein Fehler? *Nein!* Es ist einzig und allein Vaters Versagen. Ich kann nur hoffen, der Teufel heizt ihm dafür kräftig ein.«

»Aber ich habe doch gewusst, was ich tat«, sprach Bentley ruhig. »Ziemlich genau sogar.«

Cam durchquerte den Raum mit drei großen Schritten und blieb vor Bentley stehen. »Glaubst du das wirklich?«, zischte er ihm ins Gesicht. »Sag mir, wie alt du warst, als alles begann. Elf? Zwölf? Warst du noch unberührt? Mein Gott, natürlich warst du das. Ich kann es in deinen Augen lesen. Bitte Bentley, erzähl mir, wie alles angefangen hat. Was hat sie als Erstes getan? Dich begrapscht? Dich geküsst? Sich vor dir entblößt?«

Bentley schloss zitternd die Augen. »Ja«, flüsterte er. *Das, und noch viel mehr.* Es war widerlich, entsetzlich, faszinierend und prickelnd zugleich. Er hatte es gehasst und sich dennoch danach verzehrt. Monatelang hatte er das Gefühl gehabt, keine Gewalt über seinen Körper zu haben. Als wäre er nichts weiter als ein unbeteiligter Zuschauer.

Cams Hand legte sich wie ein Schraubstock auf Bentleys Schulter. »Was genau ist geschehen, Bentley?«, bohrte er weiter. »Raus damit. Hat sie dich in ihr Bett gelockt? Oder sich zu dir gelegt?«

»Ja«, sagte er mit erstickter Stimme. »Letzteres.«

»Wann? Wie? So sprich doch endlich.«

Bentley schüttelte den Kopf. »O Gott, ich weiß es nicht mehr«, wisperte er. »So sehr ich mir auch Mühe gebe, ich kann mich nicht erinnern. Ist das denn so wichtig?«

»Gütiger Gott, natürlich ist das wichtig!« Die Anspannung in der Stimme seines Bruders war unüberhörbar. »Rück schon raus damit. Bestraf mich nicht noch zusätzlich dafür, dass ich dich im Stich gelassen habe. Oder gibst du dir die Schuld an der Situation? Das darfst du nicht, Bentley, hörst du?«

Nun war Bentley vollends verwirrt. »Eines Morgens«, erzählte er mit heiserer Stimme, »es war im Winter, glaube ich. Draußen lag ein Hauch von Schnee. Ich erwachte aus einem Traum ... Herrje, ich weiß nicht mehr genau, was ich geträumt habe. Du kennst das ja. Du wachst auf und bist hart wie der Zahn einer Bisamratte ... du weißt, was ich meine. Und da war sie, wie Gott sie erschaffen hatte, und thronte über m-mir·...« Bentleys Stimme versagte.

Cams Finger gruben sich tiefer in seine Schulter. »Verdammtes Miststück!«, zischte er ungehalten. »Möge sie auf ewig in der Hölle schmoren.«

Bentley registrierte, wie sein Bruder am ganzen Körper bebte.

»Cam?«, flüsterte Bentley besorgt.

»Wie alt warst du?«, bohrte Cam nach.

Bentley schluckte. »Ich weiß es nicht«, gab er zu. »Ich weiß es wirklich nicht. Vielleicht zwölf. Oder fast. Mehr kann ich wirklich nicht sagen. Es ist schwer, sich an alles zu erinnern.«

»Bentley, ist es nicht!«

Cam hatte wieder Platz genommen und das Gesicht in den Händen vergraben. »So etwas vergisst man nicht. Es ist vielmehr so, dass die Erinnerungen daran so schmerzlich sind, dass wir sie ... wegsperren.«

»Wegsperren? Wohin denn?«

Cam lachte verbittert auf. »In die kleinen dunklen Besenkammern unseres Verstandes, wie Hélène immer gerne sagt«, richtete er seine Worte gen Boden. »Sie sagt, dass es ganz normal ist, schlimme Erinnerungen wegzuschließen. Aber sie lösen sich nicht in Luft auf, sondern rütteln beharrlich am Knauf, pochen gegen die Tür. Irgendwann schaffen sie es schließlich, ihrem Verlies zu entkommen – das kann auf tausend verschiedene Möglichkeiten geschehen.« Cam hob den Blick und starrte seinem Bruder in die Augen. »Hör mir gut zu, Bentley. Nichts von alledem ist dein Fehler. Du warst allein, hattest niemanden, an den du dich hättest wenden können. Ich war immerzu mit anderen Dingen beschäftigt, Cat noch ein Backfisch, Vater ein Taugenichts. Ich frage mich, wie du das alles überlebt hast.«

Bentley hielt es nicht länger aus. »Warum versuchst du, alles schönzureden, Cam?«, entfuhr es ihm mit schriller Stimme. »Um Gottes willen, stell mich jetzt bitte nicht als Heiligen dar! Und schon gar nicht als einen von Hélènes Schwachsinnigen. Ich lege dir gerade meine Seele zu Füßen. Schlag mich! Tritt nach mir! Beschimpf mich! Was ich getan habe, geschah in vollem Bewusstsein. Und in gewisser Weise habe ich es sogar genossen. Nehme ich an. Denn ich habe ja immer weitergemacht.«

»Hattest du denn das Gefühl, du hättest eine Wahl?«

Gütiger Gott! Nein. Das war die ungeschminkte Wahrheit. Er dachte zurück an all die Forderungen, die sie gehabt hatte, an die zahlreichen Male, die er sich die in Dunkelheit gehüllten Korridore entlanggeschlichen hatte, das Herz bis zum Hals dröhnend und die Hände in Schweiß gebadet. Plötzlich zog sich seine Brust krampfend zusammen. Ihm war, als wäre sämtliche Luft im Raum aufgebraucht. Bentley konnte nicht mehr atmen, das Blut rauschte ihm in den Ohren, und sein Magen drehte sich um. Er fühlte sich zurückversetzt in die Zeit, als er noch ein kleiner Junge war, schwach, wehrlos und auf die Gnade anderer angewiesen. Es war ein unerträgliches und erniedrigendes Gefühl, und er sehnte sich nach dem baldigen Ende dieser Unterredung, wünschte sich, sie hätte nie stattgefunden. Es kam ihm gar die Frage in den Sinn, ob es nicht weniger schmerzvoll war, Freddie zu verlieren, als sich dieser Tortur auszusetzen.

»Hattest du je das Gefühl, die Wahl zu haben?«, wiederholte Cam seine Frage flüsternd.

Freddie. O Freddie! Der Gedanke daran, sie zu verlieren, war unerträglich. Oder sein Kind. Er musste sich zusammenreißen und Cams Fragen über sich ergehen lassen. »N-nein, zuerst nicht«, gestand er mit einem flachen Seufzer. »Sie sagte ... verdammt, was spielt das für eine Rolle?«

»Vor allem für dich spielt es eine Rolle. Du musst darüber sprechen, Bentley. Du musst dich endlich jemandem anvertrauen.«

Bentley atmete tief ein und spürte wieder die heiße Front hinter seinen Augen. »Ich war ihr gegenüber machtlos«, krächzte er. »Sobald sie mich in ihren Fängen hatte, war ich ihr ausgeliefert. Und das wusste sie. Ich hatte mich selbst nicht unter Kontrolle, was ihr besonders viel Vergnügen bereitete. Sie lachte mir oft ins Gesicht und sagte, dass ein Mann es nicht tun konnte, wenn er es nicht wollte.«

»Eine ausgemachte Lüge!«, entfuhr es Cam.

»Wirklich?«, fragte Bentley. »Ich weiß es einfach nicht. Es erschien mir leichter, es einfach über mich ergehen zu lassen. Ich habe etwas empfunden und gleichzeitig auch wieder nicht. Es war, als wäre ich an einem anderen Ort, bis sie befriedigt war und ich ... verdammt noch mal, Cam! Es erinnerte mich an die Nesselsucht – man muss die entzündeten Stellen immer wieder aufkratzen, ob man will oder nicht. Im Anschluss daran ist die Haut dann blutig und aufgeschürft. Ja, genau so war es. Jedes verdammte Mal. Ich dachte immer, du würdest mich abgrundtief verschmähen, wenn du es herausfändest. Zumindest hat sie das immer gesagt. Sie hat mir damit gedroht, du würdest mich verstoßen.«

»Mein Gott, was musst du nur durchgemacht haben?«, raunte Cam.

Bentley schüttelte den Kopf. »Am Anfang war es gar nicht so schlimm, sie ist recht ... spielerisch an die Sache herangegangen, hat mir Aufmerksamkeit geschenkt und Komplimente gemacht, was für ein hübscher und charmanter Junge ich doch wäre. Doch irgendwann ging sie dazu über, mich zu berühren. Und eigenartige Sachen zu sagen. Sie fädelte es immer häufiger so ein, dass sie ... m-mit m-mir alleine war.« Bentley geriet ins Stocken. »S-sie legte ihre H-hände auf mich, und wenn ich nicht dasselbe bei ihr tat, sagte sie oft, sie hätte deine Schritte auf dem Flur gehört und würde dich hereinrufen oder lauthals nach Hilfe schreien. Sie wollte dir erzählen, ich h-hätte sie gezwungen, mich unsittlich zu berühren. Doch dann hat sie immer gelacht und gesagt, sie hätte sich nur einen kleinen Spaß erlaubt. Du glaubst mir nicht, Cam, oder?«

»O doch, ich glaube dir«, sagte Cam betroffen. »Ich wünschte mir nur, du hättest früher jemandem davon erzählt.«

Auf Bentleys Stirn sammelte sich der Schweiß. »D-das habe ich. Ich habe Joan davon erzählt. Nachdem Cassandra mich immer und immer wieder b-berührt hat. Und aufgezogen hat. Und auch von jenem schrecklichen Morgen, als ich aufwachte und Cassandra ... auf m-mir saß. Joan bestand darauf, dass ich Papa alles erzähle. Das habe ich auch getan, Cam! Aber er hat mir nur ins Gesicht gelacht und gesagt, er wäre stolz, einen waschechten Mann aus mir gemacht zu haben. Er meinte, du würdest Cassandra ohnehin nicht begehren, und dass sich dringend jemand um sie kümmern müsste. Er meinte, es wäre eine gute Vorbereitung fürs Leben. Danach habe ich nie wieder etwas zu irgendjemandem gesagt.«

Cams Faust landete auf der Sessellehne. »Er ließ dich leiden, um mir eins auszuwischen.«

»Kann sein.« Bentley zuckte zum wiederholten Mal mit den Achseln. »Immer, wenn ich versucht habe, mich gegen sie zur Wehr zu setzen, hat sie angefangen zu weinen und gesagt, sie wäre so schrecklich einsam, bevor sie mich in eine Zimmerecke oder gegen die Wand drängte und mich wieder berührte. Und auch sich selbst. Sie sagte, sie würde vor Verlangen umkommen und dass du sie n-nicht...«

»Es stimmt, verdammt noch mal, ich habe sie nach Arianes Zeugung nicht ein einziges Mal berührt«, zischte Cam. »Ich hatte keine Lust, ein Kind großzuziehen, von dem ich nicht sicher sein konnte, dass ich der Vater war. Du weißt ja selbst, wie sie und ihre Freunde waren. Nachdem ich ihre vielen Verehrer in die Flucht geschlagen hatte, hat sie sich an mir gerächt, indem sie sich an Lowe ranmachte, bis sie seiner irgendwann überdrüssig wurde und sich ein neues Opfer gesucht hat. Dich. Bentley, sie hat dich nur benutzt, um sich an mir zu rächen.«

Bentley verstand nicht ganz. »M-Meinst du?«

Abermals spürte er Cams Hand auf der Schulter. »Wie lang lief das zwischen euch, Bentley?«

»Weiß nicht.«

Cam schaute ihn flehend an. »Denk nach, Bentley«, redete er auf ihn ein. »Ich muss es unbedingt wissen, schließlich war es meine Aufgabe, auf dich Acht zu geben. So langsam begreife ich, warum du mir die letzten fünfzehn Jahre so sehr gezürnt hast.«

Bentley schüttelte den Kopf, fühlte sich wie abgestorben und verstand nicht, warum sein Bruder ihn nicht endlich in Ruhe ließ. »Cam, ich war so gut wie erwachsen«, schluchzte er. »Ich habe dich nicht um deinen Schutz gebeten. Vor allem aber habe ich dir nie die Schuld an der Sache gegeben. Ach, du meine Güte, ich hoffe, dass ich das nicht getan habe. Oder doch?«

»Natürlich hast du das!«, brummte Cam. »Ich habe dich im Stich gelassen, und das hast du gespürt. Du warst entschieden zu jung, egal, was Vater dir auch gesagt haben mag. Ich habe mir wohl eingeredet, dass du genau wie er warst und ich deine Erziehung eh nicht beeinflussen konnte.«

Bentley schloss die Augen und schluckte. »Hasst du mich denn nicht?«

»Wie könnte ich das?«, entgegnete Cam. »Ich habe dich nie gehasst. Im Gegenteil, ich liebe dich. Alles, was ich getan habe, Bentley, habe ich für dich, Catherine und auch mich getan. Aber ich werde mir nie verzeihen, dass ich dich so furchtbar im Stich gelassen habe. Immerzu war ich mit der Ernte, den Ländereien und den Pächtern beschäftigt, habe mir viel zu viele Gedanken über unsere finanzielle Lage und unseren Ruf gemacht, wo es doch viel dringendere Probleme gab.«

Bentley hatte das Gefühl, in eine Art Dämmerzustand zu gleiten. »Ich bin längst darüber hinweg, Cam«, log er. Doch dieses Mal war er sich seiner Lüge voll bewusst. »Wenn ich ehrlich bin, habe ich seither noch viel seltsamere Dinge getan. Unsere verdammte Welt ist voll von Frauen mit bizarren Vorlieben, die ich beinahe alle erfüllt habe. Manchmal erscheint mir das, was Cassandra mit mir getan hat, in recht biederem Licht.«

»Ich frag mich warum, Bentley«, brachte Cam mit erstickter Stimme hervor, woraufhin Bentley gekünstelt lächelte. »Ich habe nicht alles getan, was sie von mir verlangt hat, musst du wissen«, ließ er Cam wissen. »Nicht immer. Aber wenn ich es fertig gebracht habe, ihr das eine oder andere zu verweigern, dann hätte ich mich ihr doch auch komplett entziehen können, oder? Aber das tat ich nicht. Zumindest nicht, bis ich herausfand, dass sie zuerst mit Lowe im Bunde war. Das kam mir irgendwie ... falsch vor, ja *falsch*. Ich meine, ich wusste, dass ich nichts weiter als Vaters kleiner Taugenichts war, dass aus mir nie etwas Großes werden würde. Tausende Male habe ich gehört, wie hinter meinem Rücken geflüstert wurde. Aber Thomas Lowe war schließlich Pfarrer! Ein Mann Gottes! Kann sein, dass ich seinerzeit ein kleiner verrückter Trottel war, Cam, aber ich wusste die ganze Zeit über, dass das nicht rechtens war.«

»Warum hast du eigentlich eine so grundschlechte Meinung von dir selbst?«, fragte Cam besorgt.

Langsam dämmerte Bentley, dass sein Bruder ihm tatsächlich nicht die Schuld an der Misere gab, und dass ihm auch nicht nach Rache war. Er schien eher traurig. Hatte Cam gar Recht? War es

Cassandra, die sich versündigt hatte, und nicht er? Hatte sein Bruder ihn tatsächlich im Stich gelassen, und hatte er selbst ihm das, wenn auch unbewusst, all die Jahre zum Vorwurf gemacht?

»Erinnerst du dich noch daran, als ich sagte, ich hätte zufällig eine Auseinandersetzung zwischen Cassandra und Lowe mit angehört?«, unterbrach Bentley die kurze Stille, die eingetreten war. »Er drohte, dir alles zu erzählen, Cam. Nicht nur von ihrer Affäre, sondern auch alles andere, wenn sie die Beziehung mit ihm nicht wieder aufnähme. Daraufhin wurde Cassandra panisch. Sie wollte nichts wie weg von hier und bat mich, sie nach London zu begleiten.«

»Dich?« Cam hob den Blick. »Nach London?«

»Ja, sie hatte bereits alles geplant.« Bentley lächelte verbittert. »Ich sollte vorgeben, am Lateinstudium interessiert zu sein, weil ich mich für eine Karriere in den Rechtswissenschaften entschieden hätte. Sie wollte sagen, es wäre ihre Pflicht, mich zu begleiten und würde gemeinsam mit mir das Haus in der Mortimer Street bewohnen. Sie war überzeugt davon, dass du überglücklich sein würdest, wenn ich eine Lebensaufgabe gefunden hätte und sie mütterliche Gefühle demonstrieren könnte, sodass du im Handumdrehen deine Zustimmung geben würdest.«

»Welch ein wahnsinniges Weib«, brummte Cam.

»Das kannst du laut sagen«, gab Bentley ihm Recht. »Als ich ihr sagte, ich würde nicht mit nach London kommen, drohte sie mir wieder einmal. Sie sagte, sie könne schon sehen, wie du mich wie eine heiße Kartoffel fallen lässt und dass Papa nichts dagegen tun könnte, weil du zu reich und mächtig geworden seiest.«

»O Bentley!«, raunte Cam.

Bentley zuckte mit den Schultern. »Ich habe ihr geglaubt, aber das Schicksal ist ihr zuvorgekommen, sie starb noch in derselben Woche. Ich versuchte mir immer wieder einzureden, dass sie ihre gerechte Strafe erhalten hatte. Zugleich plagte mich aber das Wissen, dass mich früher oder später dasselbe Schicksal ereilen würde. Jahrelang spürte ich ein Damoklesschwert über meinem Haupt schweben.«

Cams Hände zitterten. »Gütiger Gott, Bentley, das alles tut mir so unendlich Leid, dass ich es nicht in Worte fassen kann«, flüsterte er und erhob sich schwankend. »In den kommenden Tagen werden wir viel zu besprechen haben. Wir müssen *dringend* über alles reden. In Ruhe. Aber jetzt solltest du erst einmal Frederica aufsuchen. Sie braucht dich, sehr sogar. Wie du sie. Ich weiß nicht, wie sie von der ganzen Geschichte erfahren hat, aber sie hatte vollkommen Recht, als sie vorschlug, dass du mir die Wahrheit sagst.«

Bentley sprang auf die Füße. »Wenn ich ehrlich bin, wäre es mir lieber, wir würden nie wieder über diese abscheuliche Sache sprechen müssen.«

Der Earl schüttelte den Kopf. »Es gibt da noch einiges, was ich mir von der Seele reden muss«, entgegnete er und ging mit hängenden Schultern zur Tür. »Dinge, die mindestens fünfzehn Jahre zu spät kommen. Wenn du es nicht wünschst, musst du keine weiteren Erklärungen abgeben, und ich werde dich auch nicht mehr mit Fragen quälen. Jetzt ab mit dir, Bentley. Geh, such deine Gemahlin auf und tu, was nötig ist, um die Sache wieder in Ordnung zu bringen. Vertraue mir, es ist es allemal wert.«

Als sein Bruder aus dem Raum geschlüpft war, spürte Bentley, wie sehr er Frederica brauchte. Was gerade passiert war, hatte ihn bis ins Mark erschüttert. Zwar war das Gefühl der Panik verflogen, aber nun senkte sich ein bleiernes Gefühl der Trauer über ihn, das nur durch die Liebkosungen seiner Angetrauten gelindert werden konnte.

Es schien jedoch, als habe Frederica sich in Luft aufgelöst. Bentley traf lediglich Jennie an, die gerade das Ankleidezimmer leer räumte. Überall standen Freddies geöffnete Reisetruhen, die bereits bis zum Rand voll gepackt waren. Bentley schaute dem Dienstmädchen einen Augenblick bei der Arbeit zu und fühlte sich wieder den Tränen nahe. »Jennie?«

Die Magd schrie vor Schreck auf. »O Mr. Rutledge«, flüsterte sie und presste sich die Fingerspitzen auf die Brust. »Ich d-dachte...«

»Dass ich mich zu Tode gesoffen habe?«, half er ihr auf die Sprünge, doch sein Gesichtsausdruck strafte die scherzhaften Worte Lügen. »Tut mir Leid, Jennie, Pech gehabt. Wo ist Mrs. Rutledge?«

»Weg.« Jennies Augen spiegelten ihr Misstrauen wider.

»Wohin?«

Jennie schob die Unterlippe vor, gab aber schließlich nach. »Sie meinte, sie würde einen langen Spaziergang unternehmen.«

Bentleys Blick schweifte über die Truhen. Ihm war, als hätte ihm jemand einen Dolch ins Herz gestoßen. »Räum sie wieder aus, Jennie«, befahl er ihr ruhig. »Räum jedes einzelne Kleidungsstück wieder an seinen Platz, verstanden?«

Jennie schaute ihn giftig an. »Mir wurde gesagt, wir würden in unser Heim zurückkehren.«

Bentley versuchte zu lächeln, doch der Kloß in seinem Hals hinderte ihn daran. »Vielleicht ist das wahr«, stimmte er bedächtig zu. »Aber vielleicht, Jennie, ist ja auch hier Fredericas Zuhause. Wie dem auch sei, du stimmst mir sicherlich zu, dass niemand so schnell abreisen wird, wenn die Truhen erst einmal wieder leer geräumt sind, nicht wahr? Betrachte es mal von der Seite, ich versuche lediglich, ein wenig Zeit zu gewinnen. Ich sperre niemanden ein.«

Jennie brachte ein klägliches Lächeln zustande, ehe sie sich umdrehte und einen Stapel Kleider aus einer der Truhen nahm. Bentley wollte sich gerade empfehlen und hatte die Finger um den Türknauf gelegt, als er Jennies Stimme hinter sich hörte. »Mr. Rutledge?«

Bentley drehte sich. »Ja, was gibt es?«

Die Magd deutete einen Knicks an. »Vielleicht ist Mrs. Rutledge drüben auf Bellevue«, ließ sie ihn wissen. »Sie trug ein Schreiben bei sich, das mit einer blauen Schleife umwickelt war.«

Kapitel 22

Der goldene Ring

Als die Dämmerung einsetzte, saß Bentley auf der Hügelkuppe, die er so sehr liebte. Er hatte ein Bein angezogen und seine Arme darum geschlungen. Von hier oben hatte er einen wundervollen Blick. Es war eben jene Stelle, an der er mit Freddie den Picknickkorb geplündert hatte, während sie hinunter auf Chalcote geblickt und darüber nachgedacht hatten, welchen Namen sie ihrem Kind geben sollten. Heute jedoch hatte Bentley sich Bellevue zugewandt, in der Hoffnung, dass eben dort seine Zukunft liegen mochte – was einzig und allein in Freddies Händen lag.

Es war ihm tatsächlich gelungen, endlich mit Cam Frieden zu schließen. Die Aussprache mit ihm war gänzlich anders verlaufen, als er immer gefürchtet oder erwartet hatte. Was geschehen war, konnte er selbst noch nicht so richtig glauben. Zwar hatte er getan, wozu Freddie ihn gedrängt hatte, aber wieso in Gottes Namen plagte ihn dann noch immer jenes beklemmende Gefühl der Hoffnungslosigkeit? Vielleicht lag es daran, dass es ihn bereits so viele lange Jahre begleitete, dass er es nicht von heute auf morgen ablegen konnte. Möglich war aber auch, dass ihn die Schreckensszenarien seiner Vergangenheit endgültig eingeholt hatten. Durch die drängenden Fragen seines Bruders war der Horror ans Licht gespült worden und übte neuerliche Macht auf ihn aus, nachdem er fünfzehn Jahre vergebens versucht hatte, alles zu verdrängen. Dabei war ihm jedes Mittel recht gewesen – wahlloser Sex, Zechgelage, Übermut, Reisefieber und Prügeleien, um nur einige zu erwähnen. Er hatte vor fast nichts zurückgeschreckt. Jetzt wuchs der Wunsch, auch diesen Teil seines Selbst in die hintersten Ecken seines Gedächtnisses zu verbannen.

Die frühabendliche Brise strich ihm leicht durchs Haar, die langen dünnen Schatten, die die äußeren Bäume des kleinen Wäldchens geworfen hatten, waren verblasst. Der Mond stand bereits silbern am Himmel, und die ersten Sterne waren sichtbar geworden. Bentley fragte sich, wo in Gottes Namen Freddie nur stecken mochte. Er betete, dass seine Wache nicht vergeblich war, hoffte inständig, dass alles in Ordnung kommen würde. Nach all dem, was er in den letzten Tagen durchgemacht hatte, kehrten seine Gedanken wie von alleine immer wieder an jenen eigenartigen Abend in Catherines Bibliothek zurück. Es wollte ihm partout nicht aus dem Gedächtnis gehen, wie Signora Castellis Hand schwebend über den Karten stehen geblieben und sie nicht imstande gewesen war, ihm die simple Frage nach dem Geschlecht ihres Kindes zu beantworten. Dass sie, aus welchen Gründen auch immer, nicht in die Zukunft hatte blicken können, setzte ihm unerwartet stark zu. Was, wenn dies zu bedeuten hatte, dass es keine gemeinsame Zukunft mit Frederica gab?

In diesem Moment trat ein Schatten aus dem Gehölz. Bentley konnte eine weibliche Silhouette ausmachen, die in aufrechter Haltung und schnellen Schrittes den Hügel heraufkam. Bentley erhob sich und schaute zu, wie Frederica auf ihn zusteuerte, der Wind sich in ihren Haaren verfing und die Schatten der Bäume über ihr Antlitz huschten. Er stand wie angewurzelt da, und das eigenartige Gefühl überkam ihn, wieder der schlaksige und schüchterne Knabe von damals zu sein. In Fredericas Augen lag ein abwesender Ausdruck, sie hatte ihn noch nicht erblickt, und Bentley konnte sich nicht rühren, konnte nicht auf sich aufmerksam machen.

Regungslos stand er da und nahm den Anblick dessen, was er sah, tief in sich auf. Wie unbeschreiblich schön sie war. Und so ... vollkommen. Gütiger Gott, wie war es nur möglich, jemanden so sehr zu lieben? Wie hatte er es überhaupt in Erwägung ziehen können, sie zu verlassen? Was, um Himmels willen, sollte er nur tun, um sie davon zu überzeugen, ihn wieder anzunehmen? Was, wenn sein schwieriges Geständnis Cam gegenüber nicht ausreichte, sie zu halten? Was, wenn sie ihre Meinung in der Zwischenzeit grundlegend geändert hatte? Immerhin hatte er ihr eine ganze Reihe hässlicher Dinge an den Kopf geworfen.

Plötzlich entdeckte Frederica ihn. Ihr Kopf flog in die Höhe, und ihre Augen weiteten sich. Ihrem leicht zerzausten Haar nach zu urteilen, war sie den gesamten Weg in großer Hast gelaufen. Mit der einen Hand hielt sie die Röcke gerafft, während die andere das Schultertuch zwischen ihren Brüsten umklammerte. Frederica blieb stehen. »Gott sei Dank«, stieß sie atemlos aus. »Es ist also wahr. O Bentley, ich habe mir schreckliche Sorgen gemacht.«

Die Worte und die Erleichterung, die in ihnen mitschwang, beantworteten sämtliche seiner Fragen. Bentley breitete die Arme aus und schritt mit einem zittrigen Lächeln auf sie zu. Sogleich stürzte Frederica in seine Arme und drückte sich fest an ihn. »O Liebster!«, flüsterte sie. »Du bist wieder da.«

Bentleys Schultern erschlafften, so überwältigend war seine Erlösung. Er hauchte ihr Küsse auf Haar und Stirn, ehe er sie ein wenig von sich schob. »Ja, ich bin wieder zu Hause, liebste Freddie«, sprach er zärtlich und kämpfte gegen seine Tränen an. »Denn wo auch immer du bist, ist mein Zuhause.«

Sorgenvoll blickte Frederica ihm ins Gesicht. »Kommst du gerade von Chalcote?«, fragte sie bangend. »Bist du im Haus gewesen?«

Erst jetzt bemerkte Bentley, wie mitgenommen sie wirkte. Sie sah todmüde aus, ihre Bewegungen waren fahrig und nervös. »Nur kurz«, gab er ihr zur Antwort.

Ein befreiter Blick huschte über ihr Antlitz. »Bentley...«, begann sie. »Es geht um das, worum ich dich gebeten habe, bevor du weggegangen bist ... also, ich habe noch mal nachgedacht und ...«

»Ist schon gut, Freddie«, unterbrach er sie mit leiser Stimme.

»Ich möchte dich wissen lassen«, setzte sie mit hastigen Worten erneut an, »dass ich im Unrecht war. Sehr sogar. Ich habe meine Meinung geändert. Komplett geändert, verstehst du?«

Im schwindenden Tageslicht konnte er die Tränen erkennen, die sich in ihren Augen sammelten, und das machte es umso schwerer, seine eigenen zurückzuhalten. »Bitte weine nicht, Liebste«, flehte er sie an und beugte den Kopf herab, um sie zu küssen. »Bitte, bitte nicht. Denn jedes Mal, wenn du Tränen vergießt, tue ich etwas Törichtes.«

Doch Frederica ließ sich nicht beirren. »Ich bin zu spät gekommen, stimmt's?« Sie schaute zu, wie ihr Gemahl versuchte, seine Tränen fortzublinzeln, und wurde von Schuldgefühlen überwältigt. Es war purer Zufall gewesen, dass sie von seiner Rückkehr erfahren hatte. Einer der Bediensteten auf Bellevue hatte es nebenbei erwähnt. Sofort war Frederica davongestürzt, mit dem festen Vorsatz, ihn um Vergebung anzuflehen für das, was sie von ihm verlangt hatte. Doch nun sah sie, dass er kreidebleich war und sehr aufgewühlt wirkte. So hatte sie ihn noch nie gesehen, nicht in all den Jahren, die sie ihn kannte.

»O Bentley!«, raunte sie verzweifelt.

Es schien kein Zorn mehr in ihm zu sein, nur noch Erschöpfung. »Ich habe es getan, Freddie«, erklärte er ihr heiser. »Ich habe getan, was du von mir verlangt hast, und es fühlt sich an, als wäre mir ein schwerer Felsbrocken vom Herzen genommen. Cam meint, mich träfe keine Schuld an dem, was da vor langer Zeit passiert ist. Was ich all die Jahre für erwiesen gehalten habe, ist binnen Minuten ins Gegenteil verkehrt worden. Erst jetzt begreife ich, dass du die ganze Zeit über Recht hattest. Es war längst an der Zeit, dass ich mich ihm mitteilte. Um mich von dieser Last zu befreien.«

Frederica blickte ihn an und spürte, wie ihr die Tränen über die Wangen kullerten. »Es war gänzlich falsch von mir, dich darum zu bitten«, murmelte sie. »Ich hatte ja keine Ahnung, Bentley. Warum hast du es mir nicht gesagt?«

Er schaute sie verständnislos an. »Dir was gesagt?«

»Wie furchtbar jung du damals warst. Mein Gott, was habe ich mir nur dabei gedacht?«

Bentley packte sie bei den Schultern. »Mit wem hast du darüber gesprochen? Mit Joan? Mit wem?«

Frederica hielt seinem Blick stand. »Mit Cassandra«, antwortete sie. »Ich habe ihre Tagebücher gefunden. In ihnen ist alles festgehalten – wenn man weiß, wonach man suchen muss. Als ich ihr Todesdatum auf dem Grabstein las, wusste ich Bescheid. Allein der Gedanke daran ist abscheulich. Du warst doch noch ein Knabe. Ein Kind.«

Ein vergrämtes Lachen legte sich auf Bentleys Lippen. »War ich das?«, fragte er. »Ich habe anders empfunden. Genau wie mein Vater, der die ganze Sache für einen Riesenspaß hielt. Du hast ja keine Ahnung, wie ich damals war, Freddie. Ich bin binnen Sekunden von einem Achtjährigen zu einem Achtzehnjährigen gealtert.«

Frederica schüttelte langsam den Kopf. »Das glaube ich einfach nicht. Selbst wenn ein Kind sittenwidrigen Geschehnissen, welcher Art auch immer, ausgesetzt ist, heißt das noch lange nicht, dass es sie auch versteht. Was dein Vater getan hat, war höchst unmoralisch und verwerflich. Und was dieses Frauenzimmer dir angetan hat, ist in den Augen der Kirche Inzucht, ganz einfach.«

Bentley erschrak darüber, dass seine Gattin ein solch garstiges Wort in den Mund genommen hatte. »Ich weiß, wie die Kirche darüber denkt, Freddie.«

»Auch damals schon?«

Er zögerte. »Ich . . . nein. Ich würde sagen, eher nicht.«

Frederica zog ihn hinunter in das weiche Gras und kniete sich neben ihn. »Es ist jetzt wichtig, dass du dir selbst vergibst, Bentley«, sprach sie mit leiser Stimme auf ihn ein. »Du musst akzeptieren, dass dich keinerlei Schuld trifft.«

»Das ist mir noch nicht möglich, Freddie, dazu ist alles zu frisch. Aber ich habe verstanden, dass ich es schaffen kann«, murmelte er, und einen Moment lang saßen sie still beieinander, während die Dunkelheit sie mehr und mehr einhüllte und ein Stern nach dem anderen am Firmament zu leuchten begann. Bentley ließ den Blick hinüber zu den fruchtbaren Feldern gleiten, die seine Familie seit über acht Jahrhunderten bewirtschaftete. Mit einem Seufzer legte er einen Arm um seine Gemahlin und zog sie zu sich.

»Schon als Kind habe ich diesen Ort über alles geliebt«, erklärte er ihr mit belegter Stimme. »Hier oben war mein kleines Paradies. Ich war ein wilder kleiner Kerl, niemand gab so recht auf mich Acht oder brachte mir Disziplin bei. Zwar vermisste mich meine Mutter, aber ich war nicht unglücklich. Weder fühlte ich mich einsam noch ungeliebt. Nein, damals nicht. Das Schlimmste, was man mir hätte antun können, wäre gewesen, mich aus meinem Paradies zu vertreiben.«

»Ist es das, was dir so große Angst bereitet hat?«, erkundigte Frederica sich leise.

Ohne ihren Blick zu erwidern, nickte Bentley. »Ja«, flüsterte er. »Und irgendwie ließ ich es zu, dass sie mir genau das einredete, genau diese Angst immer wieder schürte. Sie sagte, Cam würde mich bestrafen, würde mich von hier vertreiben, wenn er herausfand, was zwischen uns war, und dass er mich von allem, was mir wichtig war, fern halten würde. Dieses Gefühl habe ich nie ganz ablegen können. Ich glaube, manchmal wollte ich Cam mit aller Gewalt dazu bringen, mich zu verstoßen, damit das elende Warten auf den Tag der Abrechnung endlich ein Ende hatte. Ich war felsenfest davon überzeugt, dass er mich verabscheut. Mein Gott, ich wollte es förmlich.«

Frederica legte ihm eine Hand auf den Rücken und streichelte ihn zärtlich. »Ich bin sicher, dass er dich nicht hasst.«

»Das tut er auch nicht«, gab Bentley ihr Recht. »Warum fällt es mir nur so schwer, zu glauben, dass jetzt alles wieder im Lot ist?«

»Weil du dich selbst noch nie wirklich gemocht hast«, flüsterte sie. »Aber ich mag dich. Liebe dich. Und die Vergangenheit ist ein für alle Mal vorbei.«

»Ja, zum Glück«, antwortete er mit erstickter Stimme. »Nachdem sie sich in mein Leben eingemischt hatte, hatte ich keinen Moment des inneren Friedens mehr. Sie hat mir alles genommen.

Nirgends habe ich Ruhe gefunden – weder hier noch sonstwo. Sie hat mich meiner Unschuld und meines Seelenfriedens beraubt, Freddie. Wegen ihr habe ich mich immer heimatlos gefühlt, war ständig unterwegs und habe euch auf Chatham so oft besucht. Weil es ein Ort des Friedens und der Glückseligkeit ist. Ich habe dich immer darum beneidet. Es fühlte sich an ... wie das, was ich verloren hatte. Ein Haus voller Familie, Freude und Liebe.«

Verblüfft legte Frederica den Kopf zur Seite und blickte ihn an. »Tatsächlich? Welch ein zartfühlendes Herz doch in deiner Brust schlägt.« Bentley lachte verächtlich auf, doch sie fuhr unbeirrt fort. »Es mag albern klingen, aber es ist die Wahrheit. Was glaubst du, warum wir einen Halunken wie dich in unserer Mitte aufgenommen haben? Weil niemand von uns es über das Herz brachte, dich vor die Tür zu setzen, nicht einmal Elliot. Wir alle mochten dich, immer schon. Du warst uns stets willkommen, Bentley, das musst du mir glauben.«

Bentley veränderte seine Sitzposition und zog Frederica zwischen seine Beine, sodass sie sich mit dem Rücken gegen seinen Oberkörper lehnen konnte. »Ich habe es immer zu schätzen gewusst, Freddie«, sagte er und schlang seine Arme um sie. »Mehr als du, Gus oder die anderen es je vermuten könnten. Nach unserem ... nächtlichen Liebesabenteuer habe ich tagelang auf Chalcote gesessen und auf deine Antwort gewartet. Doch als ich nichts von dir hörte, dachte ich ... o Gott, Freddie, ich habe gedacht, ich hätte alles verloren. Nicht nur meine Freunde und einen Ort des Friedens und der Liebe, an dem ich zuweilen Ruhe tanken konnte, sondern auch dich und die Chance, eine wahrhaftige Beziehung mit dir aufzubauen. Das Gefühl der Entwurzelung ist noch stärker geworden.«

Frederica legte den Kopf in den Nacken und blickte zu ihm hoch. »Was genau meinst du damit, Bentley?«

Er zuckte verlegen mit den Schultern. »Dass jeder einen Ort braucht, an dem er sich geborgen fühlt, an dem er mit offenen Armen begrüßt wird. Für mich war Chatham dieser Ort. Auf

Chalcote hatte ich mir alles verdorben, weil ich es nicht geschafft hatte, meinen Schwanz in der Hose zu halten. Das Wissen darum, denselben Fehler ein zweites Mal begangen und dich dabei für immer verloren zu haben, war mehr, als ich ertragen konnte.«

Frederica fasste sich an die Schläfe. »Ja, aber wie war das mit der Antwort, auf die du gewartet hast?«, wollte sie wissen. »Worauf hätte ich dir denn antworten sollen?«

Bentley gab einem aufflammenden Impuls nach und drückte sie herzhaft. »Auf meinen Brief, meine Liebste«, sagte er und fuhr sanft mit den Lippen über ihr Haar.

Frederica drehte sich um, sodass sie einander ins Gesicht sahen. »Brief?«

»Der Heiratsantrag«, antwortete er ihr, als läge es auf der Hand, wovon er sprach. »Es hat mir furchtbare Seelenqualen bereitet, als mir klar wurde, dass du mir die kalte Schulter zeigst – ungeachtet dessen, was wir getan haben. Ich weiß ja, dass du dich absichtlich in Schweigen gehüllt hast und dass die einzigen Gründe für dein Einverständnis zur Ehe das ungeborene Kind und mein Drängen zu diesem Schritt waren. Aber Freddie, wenn ich dich irgendwie überzeugen kann, dass du es dir noch einmal durch den Kopf gehen lässt und mir eine allerletzte Chance auf Bellevue gibst, schwöre ich, dass wir es schaffen können. Das spüre ich. Mir liegt alles daran, dich glücklich zu machen. Es gibt einiges, das ich wieder in Ordnung bringen muss, aber ich bin sicher, dass mir das ohne dich nicht gelingen wird. Ich brauche dich, und das Kind. Ich möchte, dass wir eine Familie werden. Eine richtige Familie. Was meinst du?«

»Bentley, du hast mir gegenüber nie von Heirat gesprochen«, warf sie im Flüsterton ein. »Du... du hast mich mitten in der Nacht verlassen, und ich habe nie wieder ein Sterbenswörtchen von dir gehört. Was hast du denn erwartet? Dass ich mich an die Frühstückstafel setze und verkünde, dir meine Jungfräulichkeit geopfert zu haben? Gus und Elliot hätten dich auf der Stelle umgebracht. Mir blieb schlichtweg nichts anderes übrig, als mich in Schweigen zu hüllen. Was hätte ich deiner Meinung nach denn tun sollen?«

Sie bemerkte, wie sich Bentleys Körper versteifte. »Freddie, gütiger Gott!«, stieß er entsetzt hervor. »Ich habe dich doch nicht mitten in der Nacht alleine zurückgelassen! Es dämmerte bereits, und viel hat nicht mehr gefehlt, da wäre das verdammte Stubenmädchen zur Tür hereingeplatzt. Also bin ich halb nackt zum Fenster herausgesprungen. Hast du eigentlich eine Ahnung, wie hoch das ist? Ich hätte mir beinahe die Beine gebrochen und konnte zwei Wochen lang nur humpeln.«

Frederica musste lachen. »Bentley Rutledge, sag auf der Stelle, dass das nicht stimmt«, gluckste sie.

»Verflixt und zugenäht, Frederica, jetzt lach mich nicht auch noch aus!«, warnte er sie. »Nicht nach all den Todesqualen und Zweifeln, die du mir auferlegt hast.«

Sie war bemüht, ihr Gelächter unter Kontrolle zu halten, doch wenn sie sich bildlich vorstellte, wie ihr Gatte spärlich bekleidet aus ihrem Fenster sprang, konnte sie der Situation nur schwer mit dem angemessenen Ernst begegnen. »Bentley, du glaubst ja gar nicht, wie froh ich darüber bin, dass du dich schon so früh für mich entschieden hattest«, bekannte sie erleichtert. »Aber letzten Endes verfüge ich nicht über hellseherische Fähigkeiten. Ein Wort oder eine Nachricht von dir hätten die Situation immens erleichtert.«

»Aber Freddie, genau das habe ich doch getan!«, raunte ihr Mann und blickte drein, als stünde er vor einem unlösbaren Rätsel. »Ich habe einen formvollendeten Heiratsantrag verfasst, der mich viel Zeit und deinen gesamten Vorrat an Briefpapier gekostet hat. Ich habe den Brief anschließend auf dein Fensterbrett gelegt. Willst du etwa andeuten, du hättest ihn nicht . . .«

»Ach, du meine Güte!« Freddies Augen weiteten sich. »Ich habe mich bereits gefragt, wer sich an meinem Papier vergriffen haben könnte. Also, du hast mir tatsächlich eine Nachricht hinterlassen?«

»Ja, das schwöre ich dir hoch und heilig!«, rief er aufgebracht aus. »Hast du meine Zeilen denn nicht gefunden? Ich wollte dich wissen lassen, wie ich mich fühlte. Mies, Freddie, ich fühlte mich mies. Aber da waren auch noch Gefühle ganz anderer Natur. Und ich wollte dich heiraten. Wie sehr, merkte ich erst, als du nicht geantwortet hast. Ich habe eine halbe Ewigkeit an dem Brief gesessen – habe immer wieder von vorne angefangen, Bogen um Bogen zerrissen, weil mir die Worte nicht genügten. Als ich endlich damit fertig war und gerade gehen wollte, hörte ich die Magd näher kommen. Verdammt, Freddie, um ein Haar wären wir erwischt worden.«

Frederica spürte einen beklemmenden Schmerz in der Brust, und ihr Hals fühlte sich an wie zugeschnürt. Er hatte ihr tatsächlich einen schriftlichen Heiratsantrag gemacht? Ja, sie glaubte seinen Worten. Eigentlich war das jetzt nicht mehr von Belang, nach allem, was geschehen war, aber ihr war es dennoch wichtig, sehr wichtig sogar.

»Du hast mich also von Anfang an begehrt?«, brachte sie erstickt hervor, und eine dicke Träne löste sich aus ihrem Augenwinkel. »Und zwar nicht wegen des Kindes, sondern meinetwegen? Hast du nicht bereut, was wir getan haben?«

Bentley hielt schützend eine Hand über ihren leicht gewölbten Bauch und streichelte ihn sanft. »Beim Allmächtigen, Freddie, es gibt viel in meinem Leben, das ich bereue, aber die Nacht mit uns? Mit dir? Nein, das werde ich niemals bereuen.« Plötzlich räusperte er sich, und ein feierlicher Ausdruck legte sich auf sein Gesicht. »Na los, gib mir deine Hand«, forderte er sie ein wenig unbeholfen auf. Frederica gehorchte und sah zu, wie Bentley den schweren Siegelring von seinem kleinen Finger zog. Den Ring, der ihr in ihrer ersten gemeinsamen Nacht auf der Terrasse der Chatham Lodge im Mondlicht entgegengeleuchtet hatte, der, den sie am Tage ihrer Vermählung so genau betrachtet hatte und der später für die Verletzung an ihrer Schläfe verantwortlich gewesen war. Bentley hielt ihn nun im Zwielicht zwischen ihr und sich empor.

»Frederica d'Avillez«, flüsterte er. »Willst du meine Gemahlin werden?«

Frederica grinste breit. »Aber das bin ich doch schon längst.«

Bentley hielt ihren Blick gefangen und schüttelte unnachgiebig den Kopf. »Nein, denn was zwischen uns vollzogen worden ist, war eine Eheschließung, die von vielen Wenns und Abers begleitet wurde«, klärte er sie auf. »Ich liebe dich, und dieses Mal möchte ich, dass wir aus Gründen der Liebe heiraten und einander in guten wie in schlechten Tagen beistehen. Bis in alle Ewigkeit. Ohne Hintertür und ohne die erdrückende Last der Vergangenheit.«

»Ich muss dir etwas gestehen, Bentley«, flüsterte sie. »So habe ich bereits bei unserem ersten Gelübde empfunden. Aber ja, ich will. Tausend Mal ja!«

Bei diesen Worten ließ Bentley den Siegelring auf ihren Finger gleiten, bis er locker über dem Ring saß, den er ihr bereits in der Kirche angesteckt hatte. Im nächsten Moment zog er sie fest in seine Arme und küsste sie lange und ausgiebig – so, wie sie es gern hatte.

Als er sie nach einer halben Ewigkeit wieder freigab – denn er genoss es, langsam und zärtlich ans Werk zu gehen –, sank Fredericas Kopf gegen seinen Arm. »Bentley Rutledge«, raunte sie voll Zärtlichkeit. »Wusstest du eigentlich, dass du das attraktivste, liebste und vollkommenste Mannsbild bist, das ich kenne?«

In der Tat, noch nie hatte Frederica etwas aufrichtiger gemeint als diese Worte, denn auch wenn er ein ausgekochtes Grinsen und ein flatterhaftes Wesen vorzuweisen hatte, war sein Herz aus purem Gold gegossen. Er war ihr stets ein guter Freund gewesen und hatte sich als noch besserer Liebhaber erwiesen. Ihre Zweifel, dass er ein guter Vater sein würde, waren verflogen. Je länger sie darüber nachdachte, desto mehr erkannte sie, dass er all das verkörperte, was sie sich von ihrem Zukünftigen immer erwartet hatte – mit einer Ausnahme. Aber darüber würde sie vielleicht hinwegsehen können.

Frederica schaute Bentley tief in die Augen und dachte an jenen furchtbaren Tag zurück, als die Schneiderinnen ins Strath House gekommen waren und wie sie in Evies Armen geweint hatte, weil ihr Leben für immer von unendlicher Leere und Kälte geprägt sein würde, nachdem sie einst all ihre Hoffnungen auf eine romantische Liebe gesetzt hatte. Sie hatte auf einen Traummann gewartet, der ihr das Gefühl von Sicherheit und Geborgenheit vermittelte, der gescheit war, mit beiden Beinen fest auf dem Boden stand, dem sie ihren tiefen Respekt zollen konnte – und der ganz alltäglich und durchschnittlich war.

»Nun ja!«, seufzte Frederica.

Sie lächelte durch ihre Tränen hindurch, zuckte mit den Schultern und warf sich ihm an den Hals. Nein, Bentley Rutledge war nun wirklich alles andere als durchschnittlich. Aber ein Mädchen konnte schließlich nicht alles haben, was es sich wünschte, oder?

Epilog

Eine altbekannte Geschichte

»Liebe Gemeinde, wir sind heute hier versammelt, um diese Kinder in Gottes Namen zu taufen. Sie alle haben dafür gebetet, dass unser Herr Jesus Christus sie empfängt und sie von jeglicher Sünde reinwäscht.« Ein ungetrübter smaragdgrüner Sonnenstrahl fiel quer über Pfarrer Prudhomes Gebetbuch, während er feierlich das Sakrament der Heiligen Taufe verlas.

Er winkte die Paten heran. Lord Treyhern und Lord Rannoch traten einen Schritt vor, gefolgt von ihren Gemahlinnen. Mr. Prudhome räusperte sich. »Glauben Sie an Gott, den Vater, den Allmächtigen, und an die Prinzipien der christlichen Kirche, wie sie im Glaubensbekenntnis verankert sind?«, sang er. »Und werden Sie tun, was in Ihrer Macht steht, um diese Kinder nach Gottes Gebot und Verheißung zu erziehen?«

Hélène, die neben Cam stand, versetzte ihm einen sachten Stoß in die Rippen, der selbstredend völlig unnötig war.

»Ja, ich glaube an den Allmächtigen und die Prinzipien seiner Kirche«, antwortete Cam, ohne einen Blick in sein geöffnetes Gebetbuch zu werfen. »So wahr mir Gott helfe, werde ich sie umsetzen.«

Pfarrer Prudhome – der wusste, wem er für die Butter auf seinem Brot zu danken hatte – lächelte seine Lordschaft huldvoll an. »Werden Sie Sorge tragen, dass die Kinder in Gottesfurcht aufwachsen?«, fragte er und lächelte offen.

»Ja, so wahr mir Gott helfe.«

Das Frage- und Antwortspiel ging noch eine Weile weiter, bis Pfarrer Prudhome eines der Kinder in den Arm nahm. »Auf welchen Namen soll dieses Mädchen getauft werden?«, fragte er die Paten.

»Luciana Maria Teresa dos Santos Rutledge«, sprach Cam den fremd klingenden Namen so fehlerlos aus, als wäre es sein eigener. Der Pfarrer wiederholte die Worte und tauchte die Hand ins Taufbecken. Als Luciana das heilige Sakrament der Taufe erhielt, gluckste sie nur und stopfte sich eine Ecke des Taufkleidchens aus Spitze in den Mund. Der Pfarrer tauschte die Kinder und wiederholte seine Frage.

»Frederick Charles Stone dos Santos Rutledge«, kam es Cam geschmeidig über die Lippen.

Verflixt aber auch, fluchte Bentley innerlich. *Perfekt wie immer.*

Frederick Charles Stone dos Santos Rutledge lag friedlich über dem Taufbecken. Doch als das kalte Weihwasser sein Köpfchen benetzte, erschrak er, schielte den Pfarrer verschlafen an und rülpste so laut, dass es von den Dachsparren widerhallte.

»Gott stehe uns bei«, raunte Frederica Bentley zu, während sich der neue Gemeindepfarrer einen Fleck von der gestärkten Robe wischte. »Der Kleine ist ein waschechter Rutledge.«

Kurz danach strömte die kleine Gemeinde durch das Kirchportal, wo sich alle wegen des schneidend kalten Windes die Wintercapes enger zogen. Bentley blieb auf der obersten Stufe stehen und durchforstete seine Taschen, bis er eine Zehnpfundnote fand. »Hier«, sagte er und drückte Gus Weyden das Geld in die Hand. »Aber verschwende nicht alles an die rothaarige Operntänzerin.«

»Was soll das?«, ertönte eine nicht sonderlich angetane Stimme in ihrem Rücken.

Bentley drehte sich um und blickte Lord Rannoch an, der den Türrahmen ausfüllte. Wenig beeindruckt grinste Gus Rannoch an. »Bentley und ich haben um zehn Pfund gewettet, dass Cam es nicht schafft, beide Namen fehlerfrei auszusprechen«, grinste er und ließ den Schein in seiner Tasche verschwinden.

»Bentley!« Frederica stieß ihm unsanft in die Seite. »Das hast du nicht, oder?«

Bentley fuhr zusammen und schaute sie besorgt an. »Hast du auch nur einen blassen Schimmer, Freddie, was es kostet, zwei Kinder mit einem Schlag großzuziehen?«, erkundigte er sich. »Denk nur mal an die Schulkosten. Die Gesellschaftsdebüts, Mitgift und der ganze Rattenschwanz, der daran hängt. Du kannst dich schon mal mit dem Gedanken anfreunden, dass einer von uns später als Schausteller arbeiten muss, während der andere als Taschendieb in Covent Garden sein Unwesen treibt.«

»Gott bewahre!«, brummte Rannoch, verschränkte die Arme vor der Brust und drängelte sich an Gus und Bentley vorbei, ehe er die Stufen hinabstieg. Gus zwinkerte, ehe auch er die Stufen hinunterging, wo er sich die kleine Luciana schnappte, die in Evies Armen lag.

Wieder einmal ignorierte Bentley die Etikette und legte Frederica seinen Arm um die Taille. »Wehe, du bescherst Elliot einen Herzinfarkt. Evie würde mir das nie und nimmer verzeihen«, warnte seine Frau ihn gutmütig. »Davon mal ganz abgesehen: Als du mich damals zur Eheschließung gedrängt hast, war von einem ziemlich dicken Geldpolster die Rede.«

»Das hatte ich auch, liebste Freddie«, gestand er und strich sich langsam übers Revers. »Bis ich diesen Taufanzug anfertigen ließ. Kem hat einen recht teuren Geschmack, wie du weißt.«

»Bentley Rutledge, du bist und bleibst ein Schwindler vor dem Herrn!«

In diesem Moment erschien ein Schatten bei Bentleys Ellbogen. »*Il Cavaliere di Dischi*«, meldete sich eine leise, raue Stimme. »*Buongiorno!*«

Langsam drehte Bentley sich um. Zwar war die *signora* seit einer Woche zu Besuch im Haus ihrer Schwiegertochter, doch sie war nicht mit zur Taufe in die Kirche gekommen. Aber jetzt stand sie vor ihm, war wie aus dem Nichts aufgetaucht. Bentley lächelte sie an und offerierte ihr seinen Arm. »Guten Morgen, Signora Castelli.«

Die verhutzelte Frau lächelte, was er nie für möglich gehalten hatte. »Zwillinge!«, sagte sie und klatschte entzückt in die Hände. »Schon wieder! Es muss in eurem Blut liegen.«

Bentley lächelte sie versonnen an. »Ich bin zutiefst erfreut, dass die beiden Ihre Zustimmung erfahren, Madam«, entgegnete er. »Wenn ich für einen Augenblick mal ernst bin, kann ich nur sagen, dass ich der glücklichste Mann der Welt bin.«

Die alte Frau berührte ihn leicht mit dem Ellbogen. »*Si*, fruchtbare Felder, ihr Rutledges. Ich habe noch einmal nachgedacht, *cavaliere*. Ich gestehe meinen Fehler ein.«

»Ihren Fehler, Madam? Ich wusste nicht, dass Ihnen dieses Wort überhaupt geläufig ist.«

Die Signora warf einen flüchtigen Blick zu ihm hoch. »Die Frage, die Sie mir seinerzeit gestellt haben? Welche die Karten nicht beantworten konnten?«, erinnerte sie ihn und breitete die Arme aus. »Ich habe tatsächlich geglaubt – *dio mio!* – ich hätte meine Gabe verloren, als ich das Geschlecht nicht erkennen konnte. Bei Ihrer Schwester, Lady Catherine, konnte ich es problemlos erkennen. Es hat sich mir förmlich aufgedrängt, ich konnte es mit meiner großen Nase riechen.«

Bei dem Prachtexemplar der alten Frau glaubte er ihr umgehend. »Wie kommt es, dass Sie es bei ihr sehen konnten, aber nicht bei mir?«, fragte er.

Die Alte nickte erhaben. »Weil ich *ihr* die Karten gelegt habe«, raunte sie und kniff die Augen zusammen. »Genau da liegt der Unterschied, verstehen Sie, *cavaliere*? Es waren *ihre* Karten.«

Frederica hatte sich die gesamte Zeit über aus dem Gespräch herausgehalten. Bentley drückte ihre Hand. »Dann möchte ich Sie hiermit herzlich bitten, *signora*, die verfluchten Karten möglichst weit von Frederica fern zu halten. Wenn sie wieder einmal schwanger ist, möchte ich erst so spät wie möglich davon erfahren, die Geburt der beiden kleinen Racker hat mich die letzten Nerven gekostet.«

»Zu spät!«, gluckste die alte Frau. »Zu spät! Zu spät!«

»Zu spät?« *Zu spät wofür?* Deutete sie etwa an, dass Frederica schon wieder ...

Bentley entging nicht, dass Frederica einen Schritt zurückgewichen war. Umgehend packte er sie am Ellbogen und drehte sie zu sich. Frederica war enorm blass und wich seinem Blick aus.

»Hilf mir, Freddie«, krächzte er. »Sag mir, dass diese Frau wahnsinnig ist. Geistesgestört. Nicht mehr alle Tassen im Schrank hat. Sag mir, dass du nicht ... schon ... wieder ...«

Freddie schüttelte den Kopf und lächelte ihn schief an. »O nein, ich bin nicht schwanger, keine Sorge. Ich habe mir nur ... die Karten legen lassen!«, klärte sie ihn auf. »Gestern Abend nach dem Dinner, als du mit Max im Waffenraum warst.«

»Und?«, drängte er sie.

»Nun ja«, gestand Freddie zurückhaltend. »Kannst du dich noch daran erinnern, mein Liebster, wie wir über die Cricketmannschaft gescherzt haben?«

Die Alte zupfte Bentley am Ärmel. »*Sette, cavaliere*«, rief sie freudestrahlend aus. »*Sette!* Eine Glückszahl! Euch steht ein kinderreiches Leben bevor. Jetzt dankt ihr Gott dafür, dass ihr so viele Gemächer in eurem großen Haus habt, nicht wahr?«

»*Sette?*«, wiederholte Bentley und kramte verzweifelt in seinem Kopf nach den Brocken Latein und Italienisch, die ihm geläufig waren. »*Uno, due, tre, quattro, cinque, sei, sette*, das ist, ich glaub's nicht ...«

Die alte Frau hielt ihren Gehstock mit dem vergoldeten Knauf in die Höhe und fuchtelte mit ihm herum. »*Si*, sieben«, rief sie wie ein wild gewordener Zaungast an einem Spieltisch aus, sodass die anderen stehen blieben und sich zu ihr umdrehten. Hélène räusperte sich, Zoë kicherte, und der ehrenwerte Mr. Prudhome, der offensichtlich kein großer Freund von Ausgelassenheit auf dem Vorplatz eines Gotteshauses war, lächelte gequält und schritt auf die kleine ungehorsame Gruppe zu. Sofort rümpfte die betagte Italienerin ihre große Nase, bekreuzigte sich flink und humpelte von dannen.

Tröstend strich Frederica ihrem Gatten über den Arm. »Armer Liebling!«, murmelte sie, als Mr. Prudhome nur noch wenige Schritte entfernt war. »Sieben Kinder! Das müssen wir umgehend Gus mitteilen. Vielleicht hat er ja Mitleid mit dir und erstattet dir die zehn Pfund zurück.«

Doch Bentley hatte längst zu seinem alten Ich zurückgefunden. »Ich hätte da eine bessere Idee, Freddie«, sagte er und glitt mit der Hand etwas tiefer, um ihr ins Gesäß zu zwicken. »Wie wär's, wenn du dich meiner erbarmst und mich nach dem Lunch mit der Arbeit an Nummer drei beginnen lässt?«

Und dann schockierte Bentley Rutledge ein weiteres Mal den guten Mr. Prudhome, der noch nicht allzu lange zur Gemeinde gehörte. Er packte Frederica bei der Taille, gab ihr einen lauten Schmatzer auf den Mund, hob sie empor und wirbelte sie jubelnd herum.

»Eine wunderbar romantische Geschichte voller kreolischem Feuer!« Karen Robards

Shirl Henke
STÜRMISCHE MONDBLUME
Roman
512 Seiten
ISBN 3-404-18696-6

Deborah ist wild entschlossen, sich für die Rechte der Frauen einzusetzen, auch wenn ihr Verlobter davon nicht begeistert ist. Es kommt zum Eklat, als ihr Zukünftiger beinahe ihre Ehre beschmutzt. In letzter Sekunde hilft ihr Rafael Flamenco, ein dunkelhaariger Kreole, der eine große Plantage besitzt. Als die beiden sich näher kommen, fühlt Deborah sich zum ersten Mal in ihrem Leben wie eine richtige Frau. Aber würde sie ihm ihr Herz schenken, müsste sie all ihre Prinzipien über Bord werfen. Doch sie erkennt schnell: Weder kann sie vor ihm fliehen, noch kann sie ihm widerstehen – seinen heißen Küssen, seiner Leidenschaft ...

Bastei Lübbe Taschenbuch

Eine störrische Lady, ein kampferprobter Ritter und eine Lehrstunde der Verführung: die Fortsetzung von *Der Verführer im Kilt*!

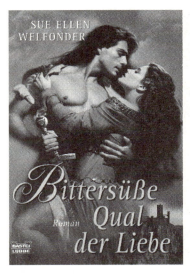

Sue-Ellen Welfonder
BITTERSÜSSE
QUAL DER LIEBE
Roman
416 Seiten
ISBN 3-404-18695-8

Dunlaidir Castle, Schottland: Lady Caterine Keith ist bereits zweimal verwitwet, ihr Bedarf an einer weiteren tragischen Liebe ist daher gedeckt. Um unerwünschte Verehrer und die Verteidigung ihrer Burg kann sie sich alleine kümmern – glaubt sie. Doch ihre Schwester schickt nach einem Ritter, der sich um die Frauen kümmern soll: Sir Marmaduke Strongbow, ein kämpferischer, doch vom Kampf geschundener Ritter, der von Narben entstellt ist und sich seit langem nach einer Frau sehnt. Insgeheim beschließt er, Caterine mit der Macht der Liebe zu erobern und ihr Herz mit stetiger Zärtlichkeit zu belagern ...

Bastei Lübbe Taschenbuch

Die dramatische und packende Geschichte einer Liebe, die zu scheitern droht

Laura Thorne
ENTSCHEIDUNG
DER HERZEN
Roman
384 Seiten
ISBN 3-404-18694-X

Nottingham, im Jahre 1658: Die junge, wohlhabende Cathryn Jourdan ist eigentlich dem älteren Sir Baldwin Humbert versprochen. Dies ist ein zwar begüterter, aber schlecht beleumdeter Nachbar, dem Cathryn wenig Sympathien entgegenbringt. Dafür fühlt sie sich zu Cassian von Arden hingezogen, dem Sohn eines verarmten und kürzlich verstorbenen Lords. Schon seit einiger Zeit knistert es heftig zwischen Cathryn und Cassian, und als sich die beiden eines Nachts allein im Schlossgarten begegnen, gestehen sie sich ihre Liebe und geben sich in einem sinnlichen Rausch ganz ihrer Leidenschaft hin ...

Bastei Lübbe Taschenbuch

Stefan Schwarz, Jahrgang 1965, ist mehrfach erprobter Ehemann und leidenschaftlicher Vater. In der Berliner Traditionszeitschrift «Das Magazin» bestreitet er eine monatliche Kolumne über das letzte Abenteuer der Menschheit: das Familienleben. Die «Titanic» nannte ihn «den einzigen im komischen Sinne ernstzunehmenden Kolumnisten» im Osten Deutschlands oder einfach «hochbegabt».

Bei Rowohlt·Berlin erschien Schwarz' Debütroman «Hüftkreisen mit Nancy» und als Rowohlt Taschenbuch die Kolumnensammlung «Ich kann nicht, wenn die Katze zuschaut» (rororo 25511) sowie «War das jetzt schon Sex?» (rororo 25615).

«Eine herausragende Satire über die Krise einer Familie.»
(Deutschlandradio Kultur)

«Ein witzsprühender, feinsinniger Roman, der hinter dem Humor auch unter die Haut geht.»
(Neue Presse)

Stefan Schwarz

DAS WIRD EIN BISSCHEN WEHTUN

Roman

Rowohlt Taschenbuch Verlag

3. Auflage März 2016

Veröffentlicht im Rowohlt Taschenbuch Verlag,
Reinbek bei Hamburg, Juli 2013
Copyright © 2012 by Rowohlt · Berlin Verlag GmbH, Berlin
Umschlaggestaltung any.way, Barbara Hanke/Cordula Schmidt,
nach einem Entwurf von Anzinger | Wüschner | Rasp, München
(Abbildung: Katrin Rodegast)
Satz aus Dolly und Interstate, InDesign,
bei Pinkuin Satz und Datentechnik, Berlin
Druck und Bindung
CPI books GmbH, Leck, Germany
ISBN 978 3 499 25683 7

It's a god-awful small affair
To the girl with the mousy hair
David Bowie, Life On Mars

Mein Leben verlief lange ziemlich vorhersehbar. Ich bekam genau die Frau, die ich mir gewünscht hatte, und ich bekam zu Weihnachten genau die Geschenke, die ich zuvor auf die Liste geschrieben hatte. Nicht einmal das Bleigießen zu Silvester beschert mir den Kitzel des Unvorhersehbaren. Ich gieße seit zwanzig Jahren dasselbe. Eine Art Bombe mit Zündschnur. Dutzende Male habe ich meine Bleigießtechnik verändert. Ich habe das flüssige Blei geworfen, gekippt, vorsichtig hineinfließen lassen. Das Ergebnis war immer gleich: Bombe mit Zündschnur. Die Kinder stöhnten schon vor Langeweile. Meine Frau behauptete, das wäre doch irgendein Trick. Aber das war es nicht. Es war das Ewiggleiche in Form einer Bombe. Das Vorhersehbare mit Zündschnur.

Das hätte mich stutzig machen sollen. Im Leben wechseln sich das Vorhersehbare und das Unvorhersehbare ja normalerweise ständig ab. Aber in meinem Leben hielt sich das Unvorhersehbare höflich zurück, bis ich fünfundvierzig Jahre alt war.

Genauer gesagt, begann das Unvorhersehbare in jener Nacht, in der ich schlaftrunken zur Toilette tappte und den Lichtstreifen unter der Tür sah. Es ist nämlich noch nie nachts ein Lichtstreifen unter der Toilettentür gewesen. Ich weiß das, denn ich bin der Einzige, der zu diesen Zeiten unterwegs ist. Wahrscheinlich hat meine Blase beschlossen, nicht mehr zu wachsen, als ich drei war, und treibt mich seitdem zuverlässig mitternachts hinaus, was meine Frau einmal zu der bitteren Sentenz veranlasste, die Kinder würden ja Gott sei Dank endlich durchschlafen, nur bei ihrem Mann sei es noch nicht so weit.

Der Lichtstrahl unter der Tür war daher so unvorhersehbar und außergewöhnlich, dass ich gar nicht begriff, was er bedeutete. Deshalb ignorierte ich ihn. Ich tappte schlaftrunken auf die Tür zu und machte sie auf.

«Hi!», sagte das Wesen, das auf der Toilette saß, die «Gala» auf den Knien. Dann hob es die Zeitschrift blitzartig vors Gesicht. Zwischen den Knien spannte sich ein Slip mit herzigen Schäfchen drauf.

«Ich hab nix gesehen!», zwitscherte es.

In diesem Moment wurde mir bewusst, dass ich Nacktschläfer bin. Ich schaute an mir herab und tatsächlich: nackt. Ich zog die Tür zu, murrte eine Entschuldigung und ging – wieder ins Bett.

Ich kroch zu Dorit, meiner Frau, unter die Decke, sie nahm mechanisch meine Hand und legte sie auf ihren Bauch, damit ich nicht herumrappeln konnte.

«Da ist jemand in unserer Wohnung», flüsterte ich.

Dorits Kopf drehte sich schläfrig herum.

«Ich wollte gerade aufs Klo, und da saß schon jemand ...»

Dorit wandte sich komplett zu mir. Jetzt wurde sie wach.

«Wie? Jemand?»

Ich stand auf und winkte ihr mit dem Zeigefinger, mitzukommen. Dorit zögerte, deutete mit einem Blick aufs Telefon, um die Polizei zu rufen, aber ich schüttelte den Kopf. Unsicher, mit finsterer Miene, erhob sich Dorit und schlich mir nach. Der Lichtstrahl unter der Toilettentür war verschwunden, stattdessen drang aus dem Zimmer unseres Sohnes Konrad Gegiggel und Gekicher.

Dorit sah mich an, und ich sah Dorit an. Nach Konrad klang es jedenfalls nicht, der war eher Bariton. Konrad war achtzehneinhalb, und er hatte wirklich noch nie auch nur eine halbe Freundin gehabt. Wir zehenspitzten näher.

«Ich habe deinen Papsi nackig gesehen!», giggelte das Stimmchen.

«O, der isso peinlich, so rennt der dauernd rum, voll ostig, der Alte», hörten wir Konrad brummen, dann machte er meine etwas nasale Stimme nach, «Badehosen? Ha! So was kannten wir früher gar nicht!»

Das Stimmchen prustete. Konrad marschierte offenbar im Zimmer auf und ab.

«Schniedelwutz und Mumu – heraus zum Ersten Mai!»

Dorit grinste im Dämmerlicht, das von der Straßenlaterne durch die offenstehende Tür des Wohnzimmers in den Flur fiel. Ich schüttelte stumm die geballte Faust in Richtung Jugendzimmer, und es war nicht nur Spaß dabei. Okay, er wollte das junge Ding beeindrucken. Aber es war dann doch das erste Mal, dass ich ihn derart über mich reden hörte. Es war überhaupt das erste Mal, dass ich ihn über mich reden hörte. Der naive Glaube, dass mich mein Sohn ein Leben lang so sehen würde, wie ich mich selber sah – vorbei. Aber Parodie hin oder her: Hatte ich denn nicht recht? War die heutige Jugend nicht entsetzlich verklemmt?

«Soll ich dir mal meine Mumu zeigen?», flüsterte das Stimmchen jetzt. Man hörte sie quasi mit den Augen blinkern. Erst herrschte Stille. Dann Geraschel.

Die heutige Jugend war offenbar doch nicht so entsetzlich verklemmt. Dorit, die dem nicht weiter lauschen mochte, stemmte beide Hände gegen meine Brust und schob mich zurück ins Schlafzimmer. Wir legten uns hin, zogen die Bettdecken unter das Kinn, starrten an die Decke und seufzten synchron. Vor zehn Stunden hatte sich Konrad zum Mittelalterfest auf der Festwiese verabschiedet, um bei der Bastelstraße zu helfen. Bei der Bastelstraße! Konrad, das große Kind. Konrad, der dankend ablehnte, wenn man ihm ein Glas Cidre mit zwei Prozentchen Alkohol anbot.

«Das ist mir echt ein bisschen übergangslos», klagte ich plötzlich. «Ich meine, er kann doch nicht gleich mit so was hier aufkreuzen und sie auch noch übernachten lassen?»

Dorit meinte, für irgendein Elternhaus müsse sich ein junges Liebespaar ja entscheiden. Das des Fräuleins sei offenkundig nicht so liberal. Apropos liberal.

«Hast du ihn eigentlich aufgeklärt?», fragte Dorit. «Ich glaube, da passiert gerade was.»

«O Gott, hör auf!», stöhnte ich ertappt. Ja, ich hatte gekniffen. Ich hatte es nie über mich gebracht, ihn wie ein viktorianisches Familienoberhaupt ins Herrenzimmer zu bitten und ihn über den Gebrauch des Weibes an und für sich zu unterrichten. Wahrscheinlich hätte er sich das auch verbeten. Väter sollen ja nach der Geburt des Kindes ihre Sexualität möglichst an sich halten wie einen nassen Mantel. «Was sollte ich ihm denn sagen? Die haben doch mit zwölf schon mehr im Internet gesehen, als ein Mann in seinem ganzen Leben ausprobieren kann!»

Wir lauschten kurz, aber es war nichts zu hören. Ich stöhnte noch einmal.

«Was, wenn das irgend so ein leichtes Mädchen ist und er sich was einfängt?»

Dorit legte ihre Hand auf meine.

«Oder sie sich?»

Dorit ging ganz langsam unter der Bettdecke ins Hohlkreuz, sodass sich ihr Bauch nach oben wölbte.

Ich sprang aus dem Bett.

«Ich geh dazwischen!»

«Bleib mal lieber hier, du nackiger Papsi!», sagte Dorit.

Sie setzte sich auf, seufzte, stieß sich von der Bettkante hoch und schlurfte tatsächlich zu Konrads Zimmer. Sie klopfte. Dann klopfte sie noch einmal, etwas energischer, bis Konrad herauskam und sie sich leise vor der Tür unterhielten. Ich konnte nur Konrads «Ja» und «Nein» und jenen einschüchternd sachlichen Verhandlungsführerton hören, den Dorit immer auflegte, wenn sie keine längeren Diskussionen wünschte. Aber ich kannte meinen Sohn. Er würde ihr doch jetzt alles versprechen. Sogar Enthaltsamkeit. Strengste Enthaltsamkeit. Natürlich. Geradeliegen bis zum Morgengrauen. Mit einem Mädchen, nackt unter einer Bettdecke. Mit einem Mädchen, das ihm gerade eben noch unaufgefordert ihre Mumu gezeigt hatte. Gab es denn nichts, was ich dagegen ...

Als sie wieder ins Schlafzimmer kam, stieß Dorit mit mir zusammen.

«Hier!», sagte ich hastig und hielt ihr ein silbernes Tütchen vor die Nase. «Gib ihm das Kondom!»

Dorit machte große Augen.

«Ist das noch in Ordnung?»

«Ja, es ist», ich riss die Arme auseinander, «noch nicht sooo alt, wenn du es genau wissen willst!»

Etwas verwirrt nahm sie das Kondom aus meinen Fingern.

«Darüber reden wir noch ...», sagte Dorit und verschwand wieder in Richtung Jugendzimmer.

Ich schmiss mich ins Bett und köchelte leise vor mich hin. Alles wegen dieser blöden Tussi. Schäfchen-Schlüpper, da weiß man doch gleich Bescheid!

Freilich hatte Dorit das Recht, nach dem Alter des Kondoms zu fragen. Schließlich war jedes Kondom, das nicht seit achtzehn Jahren irgendwo herumstaubte, einigermaßen erklärungsbedürftig. Dorit nahm die Pille und hatte sie nur zweimal – der Wunschkinder wegen – abgesetzt. Nun sind zwar das Besitzen und das Benutzen eines Dinges zweierlei. Viele Frauen kaufen ja auch Klamotten, die sie nie anziehen – aber ich wusste schon, dass sich Dorit in dieser Kondom-Frage nicht in irgendwelche heiteren, alltagspsychologischen Analogien verwickeln lassen würde. Ich hatte mir dieses Kondom ja auch bewusst und mit voller Absicht gekauft. Wie ein Bauarbeiter seinen Helm kauft, ein Bodyguard seine Schutzweste, nüchtern, arbeitsschutzmäßig. Ich hatte es gekauft, um gewappnet zu sein, und wenn Nergez nicht diesen Anfall gekriegt hätte, wäre das Kondom schon lange nicht mehr da.

Dorit kam zurück. Ich setzte mich auf und wollte noch was zu dem Kondom sagen, aber Dorit schüttelte den Kopf, drückte mich ins Kissen und strich mir über den Kopf wie einem fiebernden Kind.

«Nicht jetzt! Schlafenszeit!»

Dann drehte sie mir den Rücken zu. Ich drehte ihr auch den Rücken zu. Wenn man einander vertraut, dreht man sich den Rücken zu.

Am nächsten Morgen, einem Samstagmorgen, waren Dorit, Mascha und ich schon fast mit dem Frühstück fertig, als Konrad mit dem Mädchen in die Küche kam. Sie war klein, etwas pummelig und hatte tiefschwarzes Haar mit einer breiten, knallroten Strähne in der Stirn, als wäre sie nicht beim Friseur, sondern bei einer Autolackiererei gewesen. Pausbäckchen und ein Paar Schmolllippen, über denen links ein kleiner Strassstein eingepierct war. Sie trug ein verwaschenes blaues T-Shirt mit dem Aufdruck «Heul doch!» und auf dem rechten Unterarm eine Tätowierung, die einen mexikanisch geschmückten Totenkopf zeigte. Mascha sah sie an und rutschte instinktiv etwas näher an ihre Mutter. Konrad, schlank und schlaksig in seinen Boxershorts, wirkte müde wie immer, nur anders, irgendwie körperlicher. Er sagte nichts, hob nur kurz die Hand. Jungs, die schon echten Sex hatten, richtige Checker also, sagen nicht: «Guten Morgen!» Dafür sagte die Kleine etwas.

«Hi, ich bin die Naddi!»

Dorit zurrte sich ein Grinsen ins Gesicht. Wir tauschten einen Blick: Na toll. Ein Mädchen mit einem bestimmten Artikel davor!

«Ich bin die Mammi. Das ist der Pappi. Das ist die Mascha.»

Ich fuhr fort: «Hier ist der Tisch und das sind die Stühle!»

Konrad schaute Naddi an und machte eine lässig-entschuldigende Geste.

«Nimm's ihnen nicht übel. Meine Eltern machen immer Witze, wenn sie unsicher sind.»

Dorit registrierte die Präzision dieser Parade mit einem feinen Zucken ihres Mundes. Bisher hatte Konrad bei den überaus geistreichen Sarkasmen seiner Eltern immer nur genervt gestöhnt, was wir für rhetorische Unterlegenheit gehalten hatten. Aber dem war wohl nicht so. Er hatte nur verschmäht, es uns mit gut beobachteten Wahrheiten heimzuzahlen.

Ich bat sie noch einmal zu Tisch. Sie setzten sich. Konrad an seinen Platz, die Naddi neben ihn und sie rieb sich – «O super Familienfrühstück!» – die Hände. Mascha tuschelte mit Dorit und zeigte versteckt auf das Totenkopf-Tattoo. Konrad spähte über die Tafel.

«Keine Salami mehr da?»

«Soll ich dir ein paar Eier machen?»

Es war nicht Dorits Stimme gewesen, denn Dorit hatte gerade von ihrem Brötchen abgebissen und folgte jetzt, das Viertelbrötchen im halboffenen Mund, ungläubig gaffend dem Naddi-Wesen, wie es Konrad auf die Wange schmatzte, aufsprang und an unseren Kühlschrank eilte, ihn tatsächlich öffnete, unsere Eierpackung herausnahm, eine unserer Pfannen vom Haken am Sideboard nahm und unseren Herd andrehte. Dorits Blick kehrte fassungslos zurück und suchte meinen. Ich machte mit beiden Händen eine sachte Cool-down-Bewegung. Naddi fragte, ob Konrad drei oder vier Eier wolle. Er wollte vier.

«Naa, da muss wohl wieder Tusche auffen Füller ...», kicherte Naddi und warf ihm einen koketten Blick zu. Dorits rechter Mundwinkel zuckte leicht angewidert nach oben. Das sittliche Durchschnittsniveau in diesem Raum schien ihr doch erheblich gesunken. Ich hob es wieder an.

«Wo hat denn der Herr die Dame aufgega..., kennengelernt?», wandte ich mich an meinen Sohn.

Konrad kam nicht zum Antworten, weil die Naddi, Rührei rührend, unaufgefordert von hinten dazwischenplapperte, wie Konrad auf dem Mittelalterfest voll die geilen Muster auf die Holzschwerter für die Kiddies gemalt hätte, also sone, wo man richtig denkt, dass die echt eingraviert sind. Und das hätte sie, die zwar sonst an der großen Pilzpfanne stand, gesehen, als sie hinter der Bude mal kurz eine durchzog, und sie hätte ihm gesagt, wie geil das wäre, und sie wäre ja sowieso so total «addicted» mit so «Paint-Zeug». Konrad hätte nix gesagt, sondern nur total lieb geguckt, und da wäre sie schon ganz schön hin und weg gewesen. Und denn später, als von ihr die Schicht Schluss gehabt hätte, sei sie noch mal rüber zu ihm. Na ja, sie hätten in der Bude schon ein paar Kurze abgebissen, und deswegen wäre sie etwas krass drauf gewesen, auch weil ihre allerbeste Freundin Nicole mit dabei war, und deshalb hätte sie Konrad gefragt, ob er ihr was auf den Bauch malen könne. Und Konrad hätte echt erst ein bisschen Schiss gehabt, so vor allen Leuten, aber sie hätte einfach ihr Shirt hochgekrempelt, so halt ...

Naddi brachte Konrad die Pfanne mit dem fertigen Rührei, tat ihm auf, stellte sich neben ihn. Er grinste wie ein Honigkuchenpferd, und dann zog sie sich das Hemd hoch. Darunter kam ein – selbstverständlich – gepiercter Bauchnabel zum Vorschein, um den sich eine Rose wand. Die Rose war ziemlich verschmiert, was von einem anderen Bauch verursacht zu sein schien, aber man konnte noch erkennen, dass sie mal ein kleines Kunstwerk gewesen war.

... und dann hätte Konrad losgepinselt, und das wäre, ist ja klar, erst mal ein ganz komisches Gefühl ummen Bauch rum gewesen, und sie hätte die ganze Zeit kichern müssen, und dann, wo sie am Ende gesehen hätte, wie toll die Rose war, hätte sie ihn total küssen müssen, was er sich ja auch verdient hätte, und tja, denn hätte er so doll zurückgeküsst, dass daraus eine abendfüllende Veranstaltung geworden wäre.

«Siehste», sagte Konrad zu mir, «das blöde Pinseln ist doch nicht umsonst.»

«Das wird sich noch herausstellen», erwiderte ich.

Naddi stopfte sich das halbe Brötchen in den Mund und mummelte fröhlich:

«Oh, selbstgemachte Himbeermarmelade! Ich liebe selbstgemachte Himbeermarmelade! Wenn wir beide später einen Garten haben, mache ich auch Himbeermarmelade. Ist schon versprochen.»

Konrad sah mich triumphierend an, als wolle er mir bedeuten, dass ich mir zumindest über diesen Teil seiner Zukunft keine Sorgen machen müsse. Ich hingegen fühlte eher eine Sorge mehr.

Nach dem Frühstück verschwanden die beiden händchenhaltend in Konrads Zimmer, während die wieder ausgeschüchterte Mascha sofort auf Dorit eindrang, ihr doch zu erklären, was mit «Tusche auffem Füller» gemeint sei. Dorit wimmelte – ganz gegen ihre Art – mit einem «Ein andermal!» das drängelnde Kind ab. Offenbar war sie so geschockt, dass ihr gerade keine kindgerechte Erklärung einfiel.

Überhaupt unterscheiden sich ja erfolgreiche Eltern von geplagten Eltern vor allem dadurch, dass ihnen immer eine passende Erklärung oder wenigstens eine geschickte Ablenkung einfällt. Die armen Phantasielosen dagegen müssen ihre Brut gegen einen unaufhörlichen Strom des Quengelns, Maulens und Gelangweiltseins aufziehen. Wenn das hier alles vorbei ist, dachte ich, werde ich mal ein Buch mit achthundert umwerfend kindgerechten Erklärungen schreiben und unter den Verdatterten und Ratlosen vertreiben, um diesem Elend abzuhelfen.

Mascha latschte unwillig davon. Dorit stützte ihren Kopf auf die Fäuste und sagte finster: «Ich möchte jetzt nicht hören, dass sich Männer ihre Frauen nach der Mutti aussuchen!»

Sie habe zwar nie damit gerechnet, dass Konrad etwas mit der hochedlen Judith aus seiner Klasse anfange (einer langhaarigen Klaviervirtuosin, deren elegante Milde alle Eltern bei Schulkonzerten mit verklärten Mienen in den Sitz sinken ließ), aber es gäbe doch nach unten hin Grenzen. Ich räumte das Geschirr ab und beruhigte sie.

«Okay, sie hat ihn aufgerissen, *easy meat*. Aber Konrad ist unser Sohn. Er ist nicht blöd, und wir haben ihn gut erzogen. Er hat unsere kulturellen und moralischen Standards zutiefst verinnerlicht. Die geht ihm doch spätestens in zwei Wochen auf den Wecker.»

Dorit wiegte skeptisch den Kopf. Für Dorit verinnerlichten Männer keine kulturellen und moralischen Standards.

Für Dorit konnten Männer kulturelle und moralische Standards allenfalls auf Nachfrage benennen. Und ihr Sohn Konrad musste ab heute leider zu den Männern gezählt werden.

Konrad und das Mädchen mit dem bestimmten Artikel davor blieben den ganzen Tag über in seinem Zimmer. Das war ein, zwei Stunden lang erst mal nichts Ungewöhnliches, aber nach ein paar Stunden mehr veränderte es irgendwie die Atmosphäre in der Wohnung. Es war nicht so sehr die Anwesenheit einer Fremden, sondern die Tatsache ihres ununterbrochenen Zusammenseins in Konrads kleinem Zimmer, die langsam einen seltsamen Kontrast erzeugte. Mir fiel auf, dass Dorit und ich niemals so viel Zeit in einem Zimmer verbracht hatten. Wir hatten nie so miteinander rumgehangen. Wir hatten nie miteinander rumgelegen. Wir waren irgendwie immer schon strukturierte, tätige Menschen gewesen. Wenn wir uns nähergekommen waren, dann mit konkreten Absichten. Wir hatten, als wir uns kennenlernten, geradezu einen Katapultstart in die Normalität hingelegt. Liebe, Küsse, auch Gebalge und Beischlaf, aber alles zeitlich befristet. Paarbildung unter Berufstätigen eben. Ich versuchte, mir vorzustellen, was die Naddi und Konrad die ganze Zeit in diesem Zimmer machten, aber natürlich machten sie nichts, was den Namen des Machens verdient hätte. Vielleicht schliefen, vielleicht dösten sie umschlungen – die Nacht war kurz und aufregend gewesen –, vielleicht lasen sie Comics, vielleicht sahen sie sich irgendwas auf YouTube an, vielleicht hingen sie auch nur quer über der Matratze und malten mit den Fingern Muster in den Staub unterm Bett. Jedenfalls waren sie seit acht, neun Stunden keinen Meter voneinander getrennt. Ich konnte mich nicht erinnern, irgendwann so lange einfach nur in Dorits Dunstkreis herumgewohnt zu haben. In Reichweite, in Rufweite wohl, aber nie sinnlos mit ihr in einem Zimmer, nur um den Tag vergehen zu lassen. Ein unwirsches Gefühl, eine Abart von Neid kroch in mir rum. Ich merkte es daran, dass ich Lust verspürte, bei Konrad anzuklopfen und hineinzuschnauzen: «Habt ihr nichts zu tun?» Das verkniff ich mir, dafür begann ich aber plötzlich unnötigerweise das Plattenregal im Arbeitszimmer von einer Wand an die andere zu räumen, was mit einer Mischung aus äußerster Vorsicht sowie Reinstraumgehabe, was die Platten betraf, und lautstarkem Scharren und Akkuschrauberlärm, was das Möbel anging, und alles in allem überhaupt ganz unsonntäglich vonstattenging.

Am Abend hatte Dorit dann tatsächlich anlässlich des Abendbrots die Tür geöffnet, die beiden schlafend vorgefunden und in Ruhe gelassen. Eine Stunde später tauchten sie im Wohnzimmer auf. Mit einem Teller belegter Brote und einer Tüte Chips, die Konrad noch irgendwo gefunden hatte. Mascha war schon im Bett, Dorit und ich sahen im Fernsehen eine Doku über ein Trappistenkloster. Ich hatte mich auf der Couch lang gemacht und mir schon schön ein Kissen zurechtgeboxt, eine Lage, die mir von einem Moment auf den anderen völlig unpassend erschien. Nicht nur, weil nun ein dritter Platz auf der Couch nötig wurde, sondern auch, weil Naddi definitiv nicht die Sorte Mensch war, die mich in ein Sofakissen geschmiegt sehen durfte. Dorit rückte zu mir und überließ Konrad ihre Ecke. Naddi schmiss sich in den Sessel, warf die Beine über die Armlehne und rutschte auf der Suche nach der perfekten Lage immer wieder unruhig hin und her. Alcantara ist ein schöner, strapazierfähiger, aber preislich nicht ganz unerheblicher Bezugsstoff, und ich ertappte mich bei dem Gedanken, dass der blaue Abrieb der Jeans, den sie da gerade in den Sessel rappelte, uns länger erhalten bleiben würde als ihre

Trägerin. Konrad machte es sich so bequem, wie es ging, ohne seiner Mutter zu nahe zu kommen. Die Chipstüte lag zwischen seinen Beinen, damit Naddi vom Sessel aus herankam.

«Müssen wir das gucken?» Er reckte sich nach vorn zur Fernbedienung auf dem Couchtisch. Ich nahm die Fernbedienung weg.

«Ihr nicht. Wir schon.»

Konrad flunschte und warf ein paar Chips ein. Die Trappistenmönche auf dem Bildschirm versammelten sich im Refektorium zum Mittagessen. Naddi hörte den Sprecher vom Schweigegebot reden und klinkte sich ein, einen krachenden Rest Chips im Mund. «Oh, ich könnt' das nicht, so den ganzen Tag schweigen. Ich muss immer quasseln. Sagen auch meine Freundinnen, dass ich die totale Schnattertante bin. Meine Lehrer waren auch immer voll genervt, dass ich die ganzen Stunden immer geschwatzt habe. Aber ich kann da echt nichts machen, ich hab einfach so ein Plappermaul.»

Dorit, die etwas aufrechter in der Couch saß als sonst, warf ein stählernes «Tatsächlich?» in den Raum. Naddi, die sich über die Anteilnahme freute, bestätigte noch einmal in etwa zehn Sätzen, wie redselig sie sei. Als die Trappistenmönche nach dem Nachtgebet im antiphonischen Gesang der Gottesmutter dankten, flammte kurz ein Licht im Sessel auf, und gleich danach schwebte eine kleine Trompete aus Rauch vor das Fernsehbild.

Ich sah Dorit an, und Dorit sah mich an. Fassungslosigkeit purzelte uns aus den Gesichtern. Naddi reichte die Zigarette Konrad, aber der wollte nicht. Sie klopfte die erste Asche auf dem leeren Teller zu ihren Füßen ab und nahm noch einen tiefen Zug. Dorit holte ebenso tief Luft.

«Es sind Nichtraucher im Raum, junges Fräulein!»

Naddi verschluckte sich am Rauch, rief, hektisch mit der Zigarette herumfuchtelnd: «Sorry, sorry, sorry! Reine Angewohnheit!», und wuppte sich aus dem Sessel. Während die Trappistenmönche, jeder in seiner Zelle, auf einer kleinen Kniebank zur Nacht beteten, schlurfte Naddi mit der Zigarette und dem Teller zum Fenster, riss es auf und blies den Rauch hinaus. Konrad spitzte die Lippen und küsste sie durch die Luft. Braves Mädchen.

«Was meine Frau sagen wollte», setzte ich hinterher, «in dieser Wohnung wird überhaupt nicht geraucht.»

«Ich blase aber raus!», betonte Naddi unschuldig und scheuchte eine paar widerspenstige Rauchfetzen mit der Hand aus dem Fenster. Es war sinnlos. Im Rahmen einer bürgerlichen Konversation war Naddi nicht Bescheid zu geben. Dorit, die ungewohnt nah bei mir saß, lehnte den Kopf leicht an meine Schulter, und ich tätschelte ihre Hand. Es geht vorbei. Das geht bestimmt vorbei.

Ich fahre einen VW Passat, aber ich bin kein VW-Passat-Fahrer. Ich habe eine ausgeprägte, facettenreiche, geradezu schillernde Persönlichkeit, auf die ein Ford Mustang Hatchback mit Feuerlackierung, ein offener Tschaika, ein nobler Humber Super Snipe von 1946 oder auch ein Enzmann 506 passen würde – aber nein, ich möchte niemanden mit meiner Individualität belästigen. Darum fahre ich einen schwarzen VW Passat Kombi, den Durchschnitt auf vier Rädern. Ein Auto, das man schon vergisst, während man es anschaut.

Dieser wohlerwogene Effekt war verschwunden, als ich am nächsten Morgen das Haus verließ und auf mein Auto zuging, das ein paar Meter weiter an der Straße parkte. Über die Motorhaube, die Kotflügel und die Türen zogen sich große, geschwungene Kratzer bis tief in die weiße Grundierung hinein.

Das Auto sah aus wie eine Signierwand, auf der Promiboxer ihre ungelenken Krakel hinterlassen hatten. Hass brodelte in mir hoch. Autonome Penner! In der Straße standen Mercedesse, Audis und sogar ein aufreizender Porsche herum. In dieser Gegend einen zwei Jahre alten Passat Kombi zu zerkratzen war ungefähr so, als würde jemand eine Bank überfallen, um sich mit vorgehaltener Knarre Überweisungsvordrucke aushändigen zu lassen. Es war von so sinnloser Gemeinheit, dass mir trotz Vollkasko beinahe die Tränen kamen. Es war ja auch nicht so sehr der Umstand, dass mein Auto beschädigt worden war. Nein, seine perfekte Durchschnittlichkeit war weg, seine Tarnung war aufgeflogen. Ich würde heute an jeder Ampelkreuzung begafft werden, Finger würden auf mein Auto zeigen. Nachbarn würden sich in Mutmaßungen ergehen, ob es eine verlassene Geliebte in meinem Leben gäbe.

Aber nicht mit mir! Die Grundanspannung, die mich seit Naddis Aufkreuzen nicht verlassen hatte, hatte sich durch dieses unbegreifliche Attentat auf mein Auto zu Energie und Tatkraft gewandelt. Wenn das hier eines dieser berühmten «Broken Windows» war, mit dem irgendwelche Halunken testen wollten, ob in unserem Viertel Kriminalität geduldet würde, dann wusste ich, was zu tun war. Das Verbrechen entmutigen! Sauberkeit und Ordnung wiederherstellen! Und zwar sofort! Ich setzte mich ins Auto und fuhr zu meiner Werkstatt.

Der Meister ging um meinen Wagen herum mit dem skeptischen Blick eines Mannes, der gleich von Anfang an klarmachen will, dass es so etwas wie preiswerte Schadensregulierungen nicht gibt. Wahrscheinlich musste man die Räder mit austauschen, weil durch die Kratzer die Auswuchtung nicht mehr stimmte oder so was.

«Du musst bezahlen!», sagte der Meister langsam und finster, und ich wunderte mich ein bisschen, weil ich ihm nie das Du angeboten hatte. Aber vielleicht sackte man ja durch so eine Lackschändung in der Kundenhierarchie weit nach unten. «Du musst bezahlen!», sagte der Meister noch einmal, und weil ich das dann doch etwas dreist fand, beschloss ich, ihn einfach zurückzuduzen.

«Aber du musst erst mal den Schaden reparieren!» Und weil mir das zu schwach schien, setzte ich noch ein lässiges «Baby!» hinterdrein.

Der Meister erwachte aus seiner Finsternis. «Haben Sie das nicht gelesen? Das sind nicht irgendwelche Kratzer. Hier hat jemand was auf Ihr Auto geschrieben. Und zwar: Du» Er wies auf die Schwünge auf der Motorhaube. «Must» Er folgte mit dem Finger den Linien, die über die rechten Türen gekratzt worden waren. «Bezalen!» Er zog mich auf die andere Seite und deutete auf die fast unlesbar auseinandergerissenen Silben, die vom Kotflügel über die Fahrertür bis zum Kofferraum in den Lack geritzt waren. Ich hatte es schlichtweg nicht erkannt, weil es so falsch geschrieben war.

«Ich mach Ihnen das weg, aber vielleicht zeigen Sie es vorher der Polizei?»

«Was sollen die damit machen? Eine Rechtschreibprüfung? Einen Schriftvergleich in allen Förderschulen der Stadt?»

Der Meister hob die Hände und zuckte mit den Schultern.

«Vielleicht ist es ja ... ein ... Ausländer gewesen?»

«Sehe ich so aus, als ob ich irgendwelche Geschäfte ... mit Ausländern machen würde?»

«Das ist jedenfalls nicht mit einem Schlüssel reingeritzt worden, sondern mit einem scharfen Gegenstand. Ich würde mal tippen: Messer!»

Ich schüttelte ratlos den Kopf. Ich kannte überhaupt keine Ausländer. Nein, das war eine Verwechslung. Da hatten Leute, die Buchstaben krakelten, die so ähnlich aussahen wie deutsche Wörter, sich ein Auto ausgesucht, das so ähnlich aussah wie dasjenige, dessen Besitzer, was auch immer, bezahlen sollte.

Für den Meister war die Dämlichkeit des Anschlags allerdings eher ein Warnzeichen.

«Überlegen Sie es sich. Wer so dumm ist», er zeigte noch mal auf den Wagen, «macht vielleicht noch schlimmere Dummheiten.»

Ich winkte ab und sagte ihm, er solle den Lack einfach wiederherstellen. Dann ging ich sinnend und grübelnd zur Straßenbahnhaltestelle, um mit der Bahn zum Sender zu fahren. Ich kannte niemanden, der so schlecht Deutsch sprach. Es war sicher eine Verwechslung.

Das zerkratzte Auto sollte nicht die einzige Überraschung dieses Tages bleiben.

«Lass uns mal ein paar Schritte gehen», hörte ich eine Stimme hinter mir, als ich mit zwei Latte-macchiato-Bechern in den Händen – einen für meine wundervolle türkische Kollegin Nergez – und einem Schoko-Cookie zwischen den Zähnen aus der Cafeteria trat. Es war Chef.

Chef stand am Ascher neben der Tür, in einem trotz des heißen Sommertages vollständig zugeknöpften, scharf gebügelten weißen Kurzarmhemd, das aussah, als wäre es aus Zeichenkarton, und drückte eine nur halb aufgerauchte Zigarette aus. Diese verblüffende Fähigkeit, nie irgendwoher zu kommen, sondern einfach plötzlich da zu sein, kostete Chef viel Zeit und Kraft, die anderswo fehlten, aber er war sehr stolz auf sie. Ein Chef sollte immer wissen, wo seine Mitarbeiter sind, aber nicht umgekehrt.

Zwischen der Cafeteria und dem Funkhaus lag ein zu Erholungszwecken angelegter Kleinpark, eine Art Zen-Garten aus gehobenem Gewerkschaftsgeist, mit einem Wasserbecken,

Kiesweg und Betonbänken, dem unvermeidlichen Rostkunstmonstrum und ein paar sinnlos vor sich hin akzentuierenden Felsenbirnenbüschen. Ein Stück Land, in dem einen nie ganz die Lust verließ, wieder an den Arbeitsplatz zurückzukehren. Chef bat zum Rundgang. Wir knirschten über den Kies.

Bert Stern, der Moderator, sei plötzlich erkrankt, sagte Chef, und es sei nicht abzusehen, wann er wieder auf dem Posten wäre. Ogoddogodd, erwiderte ich, wassadder denn? Chef nahm mir den Schoko-Cookie aus dem Mund, und ich erkundigte mich noch einmal nach Sterns Krankheit.

«Das ist doch erst mal egal», sagte Chef etwas unwirsch und wollte mir den Cookie schon wieder in den Mund zurückstecken, besann sich jedoch und schob ihn mir in die Brusttasche. «Er ist krank, und ich brauche Ersatz.» Er putzte mir ein paar Krümel vom Hemd. «Juliane Nestroy übernimmt für die nächsten zwei Wochen seinen Part bei ‹Hier sind wir zu Haus!›. Giuseppe Balderini wird bei ‹Sterns Stunde› einspringen. Bliebe noch ‹Ihnen kann geholfen werden!›. Dafür könnte ich mir Alexander Friebe vorstellen …»

Chef schwieg kurz. Alexander Friebe, der Nachrichtensprecher, war der Ersatzmann schlechthin. Wohlgefällige einsfünfundachtzig, roch er immer frisch, sprach und scherzte in drei europäischen Sprachen und schien außer Dentalhygiene keine wirklichen Interessen zu haben. Wenn er in den Achtzehn-Uhr-Nachrichten von etwa dreißigtausend Überschwemmungstoten in Bangladesch sprach, hatte man den Eindruck, dass alle mit diesem Ergebnis zufrieden sein konnten.

«Nur … was?»

«Du weißt, wie er ist», wedelte Chef sein Unbehagen davon, «Friebe ist so … glatt. Das passt nicht ganz zu so einer Sendung. Immerhin geht es um Schicksale.»

Das stimmte natürlich. Der alte Dampfplauderer Stern war schon die beste Besetzung für eine Hilfe-Sendung. Bert

Stern, grauer Bürstenschnitt, ein klobiges Gesicht mit einem Kinn wie ein Kinderknie, griff gern nach den Leuten, führte sie herum, tätschelte im Sitzen auch mal Oberschenkel und konnte so betroffen wirken, dass er manchmal sogar von den wirklich Betroffenen zurückgetröstet wurde.

Chef blieb stehen. «Ich möchte, dass du die Sendung ‹Ihnen kann geholfen werden!› als Redakteur übernimmst.»

«Warum kann das nicht Petra machen? Die ist die Unterhaltungstante.»

«Petra wäre perfekt. Aber ich brauche jemanden, der nicht so durchorganisiert ist.»

Was war das jetzt? Hatte Chef ein neues Seminar besucht? ‹The Power Of Improperty – Fachliche Uneignung als Kreativreserve›? Oder wollte er einfach mal jemanden so richtig scheitern sehen? «Klingt erst mal nicht so schmeichelhaft, Chef.»

«Ich brauche Jazz.»

«Jazz?»

«Du bist ein Chaos, das weiß jeder. Jeder. Außer dir natürlich. Du bist der am längsten unprofessionell arbeitende Journalist, den ich kenne. Alle knabbern sich die Fingernägel ab, wenn sie mit dir eine Sendung machen müssen.»

«Ich bin unverkrampft. Das ist alles.»

«Das meine ich mit Jazz. Du arbeitest gar nicht. Du dallerst nur rum. Termine, Ablaufpläne, Karteikarten, Stichworte. Interessiert dich alles nicht. Ich möchte, dass Alexander Friebe ‹Ihnen kann geholfen werden!› moderiert, solange Bert Stern krank ist, aber er soll das nicht wie ein Nachrichtensprecher tun, sondern wie ein Mensch. Er soll aufgewühlt und auch mal verstört wirken. Und deswegen möchte ich, dass du Friebe dabei als Redakteur zur Hand gehst.»

«Als Bremsklotz für den aalglatten Ansager.»

«Das hast du gesagt.»

«Als Sandsack, damit der aufgeblasene Typ nicht abhebt.»

«Wenn dir solche Bilder helfen ...»

«Als Bleischürze für den Strahlemann.»

«Hast du schon mal überlegt, dich als Wortspieler selbständig zu machen?»

«Chef, das wird doch nix! Du hast schließlich schon alles verraten. Wenn du mich benutzen willst, darfst du mir nichts davon sagen. Wie soll ich denn schlampig und chaotisch sein, wenn ich weiß, dass du genau das von mir erwartest?»

«Ich glaube nicht, dass das bei dir eine Rolle spielt. Deine Schlampigkeit ist so etwas wie deine Blutgruppe. Nichts, was du mit Absicht ändern könntest.»

«Gut, okay. Ich mache es. Aber nur, wenn du mir verrätst, was Bert für eine Krankheit hat.»

Chef sah sich um.

«Aber das bleibt unter uns. Stricktliest offse rekortts!»

Bert Stern war eine Legende. Nicht nur seit seiner Sendung «Sterns Stunde». Der Mann war eine Legende, weil es legendär war, wie er mit Legenden umging. Wer seine Reportage «Der Herr Bowie wäre eigentlich mit dem Treppenhaus dran» nicht kannte, durfte sich in Deutschland nicht ernsthaft Fernsehjournalist nennen. 1977 hatte Stern eine Beinahe-Homestory aus der Wohnung unterhalb der Wohnung von David Bowie in Berlin-Schöneberg gesendet, wo er den Zuschauern den Schnitt und die Raumaufteilung der Wohnung erläuterte, die der von Bowie exakt entspräche. Die Wohnung gehörte einer älteren Dame mit einer kobaltblau gespülten Dauerwelle. Diese zeigte dem Kamerateam – zögernd, ob so was denn statthaft wäre – sogar das Badezimmer mit der Toilette, während Bert Stern mit seiner seidigen Moderatorenstimme in die Kamera plauderte. «Genau so ein altmodisches Wasserklosett wie dieses hier benutzt der illustre Gast über uns, es ist der sogenannte Restroom, wie die Engländer sagen. Ich werde jetzt mal die Spülung betätigen, und ich kann Ihnen sagen, liebe Zuschauer, es ist schon ein bisschen ein seltsames Gefühl, sozusagen rohrtechnisch am selben Strang wie David Bowie zu ziehen.» Dann fragte Bert Stern die ältere Dame, ob sie denn David Bowie manchmal Gitarre spielen hören könne, was sie bejahte: «Jaja, den kann man manchmal hören, da spielt er was, aber jetzt nicht so richtige Melodien», war ihre Antwort, und Enttäuschung über die Entwicklung der Populärmusik seit dem Krieg klang darin mit. «Wir wollen jetzt alle mal ganz leise sein», flüsterte Bert Stern in die Kamera, «vielleicht hören wir ihn ja Gitarre spielen.» Dann lauschten Bert Stern und die Nachbarin in Richtung Decke. Aber es war nix zu hören. Es war elf Uhr morgens. Wahrscheinlich lag David Bowie direkt über ihnen breit wie tausend Mann auf der Matratze und träumte nicht mal, dass unter ihm ein Typ vom Lokalfernsehen auf die Decke unter seinem Hintern starrte. Die Reportage war ein spektakulärer Erfolg. Bert Stern erhielt dafür im selben Jahr den Werner-Kallenbach-Preis der BOFA, später dann noch den Tele-Kobold des Zweiten Kinderfernsehens und irgendeinen Kristallwürfel, auf dem eine Fernsehantenne eingraviert war. Er hatte es verdient. Bert Stern hatte eine neue Art Fernsehen erfunden, das er *Surrounding Journalism* oder Umkreisen nannte. Er befragte nie Prominente, sondern immer Leute, die mit Prominenten zu tun hatten, mal mehr, mal weniger, mal so gut wie gar nicht. Und irgendwie hatte man hinterher immer das Gefühl, mehr über den Promi zu wissen als der Promi über sich selbst.

Überdies war Bert Stern dafür bekannt, dass er vor den Sendungen völlig ins Skript versunken seine Texte auswendig lernte. Doch niemand hätte es je für möglich gehalten, dass er eines Tages nicht mehr aus dieser Versenkung auftauchen würde. Natürlich hatte es schon mal solche Situationen gegeben, etwa, dass Bert Stern in der Kochnische neben dem Studio dabei angetroffen wurde, wie er abwesend «Tja, liebe Zuschauer, da gieße ich mir jetzt mal einen Kaffee ein» murmelte. Manch einer hielt es für Humor. Manch einer für Erschöpfung. Stern arbeitete viel. Er moderierte neben «Ihnen kann geholfen werden!» nicht nur «Hier sind wir zu Haus!» und «Sterns Stunde» fürs Fernsehen, er saß auch bei Ärztekongressen, Mittelstandstagungen und Pudelschauen am Mikrofon und durchplauderte jeden Sonntag die «Wunschmusike unterwegs» im Radio. Zwei Eigentumswohnungen hatte ihm das eingebracht, dazu ein Segelboot auf dem Großen Pliersee. Zu diesem Boot gehörte seit längerem Vicky Döscher, was Frau Stern, die schon seekrank wurde, wenn sie Kinder im Matrosenanzug sah, allerdings nicht wusste. Es galt jedoch als ausgemacht, dass Bert Stern auch den Pilotenschein gemacht hätte, wenn seine Frau ihm mit irgendwelchen Anzeichen von Flugangst den Weg ins Freie gewiesen hätte.

Jedenfalls, erzählte Chef, war Bert Stern nach der gestrigen Sendung mit Vicky Döscher an lauschiger Stelle vor Anker gegangen. Nach ein, zwei Schoppen Weißweinschorle sei man unter Deck verschwunden und kurz darauf hätte das Boot kleine Wellen in die ruhige Abendsee geschickt, deren zunehmende Frequenz und Amplitude nur den durchs Schilf nickenden Blesshühnern ein Rätsel blieben. Eben inmitten dieser Verrichtung sagte Bert Stern nun plötzlich: «Vielleicht haben Sie es ja schon selbst gemerkt, liebe Zuschauer, ich rackere mir hier, salopp gesagt, einen ab, aber es sieht mir auch heute nicht danach aus, dass es noch zu einem Höhepunkt kommt.» Vicky Döscher hätte innegehalten und vor sich auf die glänzende Täfelung der Kabine geblickt. Im Spiegel des lackierten Buchenfurniers hätte sie hinter sich Bert Stern gesehen, der, tatsächlich ein Mikrofon in der Hand, herumschaute und mit imaginären Zuschauern dieses Geschlechtsaktes kommunizierte. «Berti?», hätte Vicky Döscher verwirrt gefragt, doch Bert Stern hätte in seiner Moderation fortgefahren. «Das Problem, liebe Zuschauer, ist nämlich, dass ich seit Jahren schon kaum noch genug Erregung aufbauen kann, um zu einem befriedigenden Ende, sprich Samenerguss, zu kommen. Der eine oder andere mag sich da an den großen Hit der Rolling Stones von 1965 erinnern, ‹I can't get no satisfaction› hieß er», presste Stern zwischen zusammengebissenen Zähnen hervor, wobei er jede Silbe mit einer wütenden Bewegung seiner Lenden betonte. «Und um zu Satisfaction zu kommen, müsste ich hier ein Tempo vorlegen, zu dem ich aus Altersgründen leider nicht mehr imstande bin. Aber wissen Sie, was? Lassen Sie mich Ihnen diesen Teufelskreis einmal kurz demonstrieren!» Vicky Döscher, immer noch fassungslos auf allen vieren, musste erleben, wie Bert Stern mit der freien Hand ihren Hintern nun etwas derber griff und wie ein Irrer losrammelte, während er ins Mikrofon keuchte: «Ungefähr bei diesem Takt spüre ich, dass sich etwas in mir tut – aber das, ich habe es einmal bei anderer Gelegenheit durchgezählt, sind nur neunzig Friktionen pro Minute, und hier ist, liebe Zuschauer, für meiner Mutter Sohn absoluter Feierabend und das Ende der Fahnenstange. Ich kann fühlen, dass bei etwa 120 Friktionen pro Minute ein Orgasmus drin wäre, aber da macht meine Pumpe nicht mit. Das Glied sagt ja, das Herz sagt nein. Ich bin so abgestumpft. Wer hätte das gedacht, liebe Zuschauer …?» – «Berti, o Gott, Berti!», hätte Vicky nun gerufen und sich ihm endlich entzogen, während Bert Stern sie schließlich mit einem letzten Satz ins Mikrofon traurig fragte: «Möchtest du vielleicht noch jemand grüßen?»

Er kann nicht mehr aufhören zu moderieren, weil er nicht mehr zum Höhepunkt kommt?», fragte ich Chef ungläubig.

Chef nickte und erklärte, dass es auch in der Klinik nicht besser geworden sei. Die Ärzte kämen überhaupt nicht zu ihm durch, weil er dauernd mit seinem «Ja, hallo, liebe Zuschauer, ich bin hier bei Dr. Gerold Klampen, so steht es jedenfalls auf seinem Schild, in der berühmt-berüchtigten» – er machte Gänsefüßchen mit den Fingern – «‹Psychiatrischen›, und an ihn geht jetzt auch meine erste Frage: Was ist eigentlich dieses, ich lese mal laut, Chlor-pro-mazin, das Sie da gerade auf die Spritze ziehen?» jede Kommunikation verhindere. Wir scharrten über den Kiesweg langsam zum Funkhaus zurück.

«Schon komisch», sagte ich, «der Beruf hat ihn aufgefressen.»

«Hast du eigentlich ein Hobby?», fragte Chef.

«Ja, aber nur ab und zu.»

«Hobbys sind wichtig», murmelte Chef gedankenverloren. «Was machst du denn?»

«Ich föne Frauen mit extremen Weltanschauungen. Ich bin ein Extremföner.»

Chef nickte nachdenklich. Aber er hatte es nicht verstanden. Ich hätte auch eine beliebige Buchstabenfolge aufsagen können. War ja auch wirklich kein ganz gewöhnliches Hobby.

«Man darf sich nicht so vom Job vereinnahmen lassen», sagte Chef, «es muss auch noch was anderes geben.»

Ich sah Chef an, wie er neben mir in seinem steifen weißen

Hemd und seiner dunkelblauen Anzughose mit der perfekten Bügelfalte ging, erst sehr konzentriert, dann klopfte er mir schließlich mit einer kumpelhaften Geste verlegen lächelnd auf die Schulter. Er hatte schon immer Chef sein wollen, nichts anderes. Sogar eine strenge Nasenfalte hatte er sich dafür zugelegt. Jetzt hatte er wohl zum ersten Mal ein bisschen Angst, es für immer zu bleiben.

«Woher weißt du das eigentlich alles so genau? Das mit der Unfähigkeit, zum Höhepunkt zu kommen, und überhaupt die ganze Geschichte», fragte ich, plötzlich irritiert.

Chef griff in seine Hosentasche und holte einen Speicherchip hervor, wie er in den Mikrofonen von Radioreportern zum Einsatz kommt.

«Das Mikrofon, in das er die ganze Zeit gesprochen hat, war Eigentum des Senders. Und vor allem war es angeschaltet. Die Klinik hat es uns zurückgegeben. Sie wussten ja nicht, was drauf war.»

Als ich wieder in den Großraum kam, war der Latte macchiato kalt. Und Holger, der Polizeireporter, hatte Nergez schon einen Kaffee aus dem Fluromaten gezogen. Unaufgefordert. Nergez konnte nicht mit Holger. Sie nippte aus Höflichkeit gerade an der heißen Instantbrühe, als ich reinkam.

«Endlich, meine Latte! Musstest du die Bohnen mit der Hand rösten?»

«Chef hat mich abgefangen, der alte Abfangjäger. Ist jetzt leider Eiskaffee.» Nergez schob die Automatenplörre von sich weg, Richtung Holger, der ein sichtlich beleidigtes Gesicht machte.

«Was wollte er denn von dir?», fragte Nergez.

«Darf ich nicht sagen. Geheim.»

«Geheimer Anschiss, nehme ich mal an.»

Holger griff nach dem hellbraunen Becher und betrachtete den Rand, auf dem ein Rest von Nergez' Lippenstift geblieben war. Dann – zu meiner kleinen Überraschung – setzte er den Becher genau an dieser Stelle an und trank.

Ich ging zur Sekretärin und ließ mir die Post geben. Die Aufgabe in der nächsten Sendung von «Ihnen kann geholfen werden!» war eigentlich ein Klacks. Es ging um eine Badewanne für Vroni. Ihre Mutter hatte der Redaktion geschrieben, dass Vroni, achtzehn Jahre, sich so sehnlich wünsche, wieder einmal ein Wannenbad zu nehmen, was ihr aber derzeit verwehrt sei, da sie krankheitsbedingt keine normale Wanne mehr benutzen könne. Nun, sie hatte es etwas einfacher ausgedrückt und in einer sehr autonomen Orthographie, aber das war bei Briefen vom Lande nicht ungewöhnlich.

«Klarer Fall!», sagte ich. Eine junge Frau mit Behinderung braucht ein handicapgerechtes Badezimmer. Wir kommen hin, lassen Vroni einmal hin und her humpeln, traurig in die Ferne gucken, dann Auftritt Alexander Friebe. Er setzt sich traulich zu ihr auf die Chaiselongue und lässt Vroni erzählen – wie schön es wäre und dass sie früher immer gern und dass es ihr ganz großer Traum ist, einmal wieder usw. Dann ein paar Einstellungen vom muchtigen alten Bad mit der rostigen Löwenfußbadewanne. Friebe macht Handshake, sagt «Ihnen kann geholfen werden!» in die Kamera, dann wuppt er seinen Daumen hoch, und Schnitt zu ein paar total hilfsbereiten lokalen Sanitärfritzen. Dann Ärmelaufkrempeln in Naheinstellung, Fliesenabklopfen von links und von rechts, neue Wanne samt Träger rein mit Stopptrick, Griffe und Geländer angeschraubt, was weiß ich, hydraulischer Badewannensitz, und fertig hat sich der Lack.

Ich telefonierte mit Vronis Vater, der mir der Wortkargen

einer zu sein schien, er gab mir Vronis Mutter, die zu den schlichten Gemütern zu zählen ich die unbedingte Veranlassung hatte, und sie reichte mich an Vroni weiter, die zweifelsohne das Wesentliche von Mutter und Vater in ihrer Person vereinigte. Na gut, das würde vielleicht etwas herausfordernd. Aber das war ich gewöhnt. Gefühlezeigen muss sowieso vorher geübt werden. Wenn im Fernsehen etwas echt aussehen soll, muss es gestellt sein. Ich sagte, dass wir nächsten Dienstagvormittag bei ihnen aufkreuzen würden, am Nachmittag kämen die Handwerker zum Ausmessen, und dann würden wir noch mal am Donnerstag zu den Bauarbeiten vorbeischauen.

«Ich würde ja vorher mal hinfahren», sagte Petra, die heute eine Jeans trug, die ihr vor langer Zeit mal gepasst haben musste, dazu kleine Pinselzöpfe knapp vorm Anscheinsjugend-Paragraphen und ein weißes Blüschen, das bei etlichen Bewegungen den Blick auf exquisites Bauchfleisch freigab. Ich werde alt, dachte ich fröhlich, ich mag es langsam mollig.

«Ach, hinfahren», erwiderte ich, «ländliche Kleinstadt mit zweistöckigen Häusern, knarrende Treppenhäuser, durchschnittliche Raumgröße zwölf Quadratmeter und blaue Ölfarbe im Badezimmer. Muss ich vorher checken, dass die Ölfarbe tatsächlich blau ist?»

Petra zuckte mit den Schultern. Na, dann mach mal.

Ich telefonierte die örtlichen Handwerker ab. Einer besorgt den Träger, einer die Wanne, einer den Einstieg. Und na klar, der Firmenname wird genannt und eingeblendet, mehrfach. Für uns ist es Hilfe, für sie ist es Werbung und umgekehrt. Nur einer sagte ab. «Vroni ... wer ... Vroni Zachow? Ehrlich, Leute. Das ist eine Nummer zu groß für uns. Wir machen normale Sanitärtechnik, wir sind ja kein Spezialbaubetrieb.»

Egal. Diese Sorte Drückeberger hat man immer dabei. Ich machte einen groben Ablaufplan und beließ es dabei. Wenn ich jetzt noch mehr Zeit und Grips in die Sendung investierte, würde ich Chef enttäuschen, und das wollte ich keinesfalls. Ich – das Improvisationstalent. Der Jazzer unter den Fernsehjournalisten.

Es war erst mittlerer Nachmittag, aber da ich für den Tag fertig war und im Büro außer dem Mann, den seine Eltern gezwungen hatten, Holger zu heißen, niemand zum Schwatzen blieb, nahm ich meine Sachen und fuhr mit der Straßenbahn nach Hause. Ich bin gern mal daheim, wenn keiner da ist. Kann man mit offenem Gürtel rumrennen oder Milch aus der Packung trinken, ohne dass einer fragt, ob alles in Ordnung ist. Eigentlich ist sowieso nur alles in Ordnung, wenn keiner danach fragt.

Als ich in die Wohnung trat, schien mir der vertraute Wohnungsmuff eine frische Obernote aufzuweisen. Verunsichert blieb ich in der Diele stehen. Es ist ja nicht nur so, dass eine Wohnung nach ihren Bewohnern riecht, sie verändert ihren Geruch auch durch deren Abwesenheit. Eine vor sechs Stunden verlassene Familienwohnung riecht anders als eine, die man nach sechs Wochen wieder betritt (besonders wenn man vergessen hat, den Mülleimer vor dem Urlaub runterzubringen). Unruhig witternd streifte ich durch die Zimmer. Es roch eindeutig zu frisch.

Die Klinke zum Bad ließ sich nur klinken. Das Badezimmer war abgeschlossen. Ich klopfte ebenso forsch wie forschend gegen die Tür. Vielleicht war es auch ein Hämmern.

«Momentchen, Momentchen. Bin gleich fertig!», flötete ein Stimmchen von innen. Naddi?! Konrad war bis vier in der Schule. Was machte sie hier? War sie den ganzen Tag in unserer Wohnung gewesen? Allein? Mit den Fotoalben, Kontoauszügen und Rechnungen?

Dann wurde die Tür aufgeschlossen, und das Mädchen mit dem bestimmten Artikel davor erschien, einen Handtuchturban auf dem Kopf, in ein weiteres Badehandtuch gewickelt, das sie sich gerade frivol über der Brust zusammensteckte. Sie musste nicht viel tun, es hielt auch so ganz gut. Ich stand vor ihr, einfach nur perplex.

«Du badest? Um drei Uhr nachmittags? Hier?»

«Ja, klar doch. Oder ...», Naddi rollte Obacht erheischend mit den Augen, «hat es der Große Manitu verboten?»

Ich sagte ihr knapp, dass ich mir mal die Hände waschen müsse. Naddi hatte nichts dagegen. Fönen könne sie sich ja auch in Konrads Zimmer.

Doch als ich weiter ins Badezimmer ging, fiel mein Blick auf die Badewanne.

Die Badewanne sah aus, als hätte sie Ausschlag. Schaumreste, Fußnägelsplitter und filzige Haare zogen sich in Bändern und Terrassen über das Wanneninnere.

Mir war bis zu diesem Moment nicht klar gewesen, in welchem Verhältnis ich zu dieser Badewanne stand. Ich hatte sie für irgendeine handelsübliche Badewanne gehalten, aber das war sie nicht. Sie war unsere Badewanne. Die Familienbadewanne. Sie war ausschließlich von befugten Personen zu besteigen. Sie war keine öffentliche Wanne, keine Leihbadewanne vom Sozialamt, kein Entseuchungsbecken und auch keine gottverdammte Wildschweinsuhle!

«Oah, ist das eklig!», entfuhr es mir leise.

Die Badewanne war – ich konnte es nicht anders ausdrücken – entweiht. In dieser Wohnung würde ich nur noch duschen. Ich verstand plötzlich, warum Rehe ihre Kitze nicht mehr annehmen, wenn sie von Fremden gestreichelt wurden.

Steif und ekelkrumm blieb ich stehen und fragte sehr laut:

«Was ist mit dieser Badewanne passiert?»

Naddi, die schon halb aus der Tür war, watschelte zurück und warf einen Blick hinein.

«Ach so, ich habe mir die Beine rasiert ...»

In einem plötzlichen Verdacht fuhr mein Kopf herum. Auf der Ablage vor dem Spiegel standen nur noch meine elektrische Zahnbürste, mein Deo und meine – hoffentlich – revitalisierende Männergesichtscreme! Ich wandte mich wieder zur Wanne, wo mein Rasierer noch schaumverklebt im Drahtkorb zwischen den Schwämmen lag.

«Du hast dir mit meinem Rasierer die Beine ...?»

«Sorry, sorry. Ich dachte, es wäre Konrads.»

Ich fragte sie mit ungewohnter Schärfe, ob Konrad, die alte Flusenbacke, so aussähe, als wenn er sich täglich rasieren täte, und das auch noch nass.

«Was ist denn jetzt so schlimm daran, Mann?», heulte Naddi fast los. «Sind doch bloß meine Beine. Ich habe mir doch keine Furunkel damit herausgeschnitten.»

Sie warf mit irritierender Gelenkigkeit ein blankes Bein vor mir auf die Waschmaschine und zeigte daran auf und ab, um die reine Unschuld ihrer Schenkelhaut zu beweisen. Die Wohnungstür ging auf – und Dorit kam mit den Einkäufen. Sie sah Naddi im Badetuch, das nackte Bein auf der Waschmaschine wie einen Schlagbaum, mich dahinter und setzte die Einkaufstüte in einer Weise ab, die fast schon ein Fallenlassen war.

Ich fluchte ein «Jaja, schon gut!», bedeutete Naddi, ihr Bein runterzunehmen, und sagte unwirsch: «Mach einfach die Wanne sauber und räume den Rasierer wieder zurück!» Dann ging ich ans Waschbecken und schrubbte meine Hände.

Dorit wartete in der Küche auf mich. Sie hielt einen Kaffeepott zwischen den Händen und blies hinein. Es hatte nichts mit dem Kaffee zu tun, es war eine Konzentrationstechnik. Ich kam ihrer Frage zuvor und erzählte ihr die Badewannenentweihungs-Rasiererentwendungs-Geschichte.

«Es ist nicht schön, wenn man Dinge benutzt, die man nicht benutzen soll», sagte Dorit langsam. Ich wusste, dass ich die Kondomgeschichte noch einmal aufgetischt bekommen würde.

«Das ist schon ein kleines Luder», blieb ich eisern beim Thema.

«Finde ich auch», sagte Dorit, immer noch sehr langsam. «Zurückhaltend ist sie jedenfalls nicht. Andere sollten es umso mehr sein.» Sie trank einen Schluck Kaffee, als wäre es diesmal besonders kostbarer Sud. War aber nur Jacobs.

Ich überlegte jetzt doch, ob ich in der Kondomfrage in die Offensive gehen sollte. Schließlich war überhaupt nichts geschehen, und ich konnte erzählen, ohne dass das Gewissen mir die Stimme dünn machte, was beim Sommerfest geschehen war. Aber wieder ging die Wohnungstür auf, Konrad kam aus der Schule, feuerte seinen Rucksack in die Ecke, rief Hallo in die Küche und ging dann fünf Minuten lang Naddi begrüßen, was nicht eben keusch vonstattenging.

«Das letzte Mal, dass er uns so stehen ließ, war es noch ein Tamagotchi», sagte ich, und Dorit lächelte jetzt wenigstens ein bisschen traurig.

Konrad kam in die Küche und erklärte, er hätte uns eigentlich heute Morgen noch fragen wollen, aber er hätte verschlafen und gleich losgemusst, na ja, ähm, aber wir hätten doch sicher nichts dagegen, dass Naddi ein paar Tage bei ihm bleibe. Bei ihr zu Hause wäre es nicht so toll, und sie brauche mal Tapetenwechsel, und wir würden ja nun nicht so beengt wohnen, und überhaupt wäre sie ja kaum zu merken ...

«Kaum ist vielleicht ein bisschen zu wenig», warf ich ein.

«Und außerdem will ich es auch ... also, dass wir zusammen sind. Weil, es ist nämlich so: Ich liebe sie!», sagte Konrad.

Der Satz kam ganz unverstellt, und Konrad stand da und sah hinreißend aus mit seinen großen Augen und den hängenden Schultern. Ich war gerührt. So sah das also aus, wenn mein Sohn liebt. Ein ganz anderer Mensch. Nölen, nörgeln, stöhnen, müde sein – vorbei. All die problematischen Attitüden – dahin. Was waren wir besorgt! Beinahe jeden Abend betratschten wir sein Gesamtverhalten: So würde das nichts mit dem Jungen; das ist eine Welt da draußen, wo man mitmachen, wo man sich einbringen muss; wenn «die Leute» merken, dass da einer nicht mitmacht und sich nicht einbringt, da können «die Leute» ganz schön eklig werden. Und plötzlich klärte sich sein Gesicht, wurde ruhig und sonnig. Die Welt ist ja kein gefährlicher Ort mehr, wenn man sich liebt. Als Sohn war Konrad eine Katastrophe, als Liebender sah er echt vielversprechend aus. Mich schmerzte nur, dass er dieses wundervolle Gefühl an eine Promenadenmischung namens Naddi verschwendete.

«Jaja. Geht klar», sagte ich, während Dorit sich räusperte. Natürlich: Es war mir streng verboten, Entscheidungen solcher Größenordnung allein zu fällen. Dorit hatte wie alle karriereorientierten Menschen einen sechsten Sinn für Befugnisse und flippte aus, wenn sie übergangen wurde. Es reichte, sie bei einer E-Mail zweimal nicht CC zu setzen, um den Feindstatus zu erwerben. Ich blickte also fragend zu Dorit, wie es sich gehörte, und sie erteilte mit einem kurzen Nicken ihren Segen.

«Sie kann erst mal bleiben.»

Konrad sagte Danke und ging hinaus. Ich rief ihm hinterher, er solle sich mal ein paar billige Nassrasierer kaufen, was er aber nicht verstand.

Mit Naddis doch sehr überraschendem Einzug war die Lage schwieriger geworden. Wir konnten nicht mehr tun, als Konrad gegenüber freundliche, verständnisvolle Eltern zu sein, so wie es in allen Ratgebern stand, und Naddi gegenüber eine derart frostige Reserviertheit an den Tag zu legen, dass es sie hoffentlich bald dorthin zurücktreiben würde, wo sie hergekommen war. Keine offene Ablehnung, aber allerdeutlichste Zurückhaltung! Die Frage war nur, ob wir dazu imstande waren.

Beim Abendbrot nahm ich mir mit spitzen Fingern eine Scheibe Brot, bestrich sie mit Butter, legte zwei Scheiben Mortadella drauf und begann, die Stulle mit Messer und Gabel zu zerteilen. Dann führte ich mir die aufgegabelten Stückchen zum Munde. Dorit sah mich mitleidig an. Sie wusste, was mein gesittetes Benehmen bedeutete: Ich fühlte mich nicht zu Hause. Normalerweise esse ich mehr als ungezwungen. Viele Sachen muss man sich ja regelrecht ins Maul stopfen, sonst schmecken sie nicht. Mascha beobachtete jede einzelne meiner Gesten mit großäugigem Interesse, dann nahm sie mir Messer und Gabel weg und versuchte, ihr Seelachsbrötchen in Stücke zu sägen. Es wurde eine Riesenschweinerei.

«Schatz», sagte Dorit, «nimm dir mal an Papa kein Beispiel. Iss lieber richtig.»

Dann stöhnten wir uns gegenseitig, wie bei jedem Abendbrot, den Arbeitsstress des Tages vor. Vielleicht etwas mehr als sonst. Es waren schließlich Fremde anwesend. Dorit gab eine schillernde Klage von sich, mit einer «lächerlichen» Viertelmillion solle sie den neuen Investoren-Prospektfilm für den Windpark auf der Fehlower Höhe drehen, inklusive Hubschrauberflug.

Naddi machte große Augen und kaute ein bisschen fassungslos auf ihrem Camembertbrötchen herum.

Ich hörte zu, speiste zu Ende und tupfte mir in feiner Geste mit dem Taschentuch die Mundwinkel trocken, um dann endlich meine Neuberufung als Troubleshooter für die Sendung «Ihnen kann geholfen werden!» zu vermelden.

«Aber so ist es immer», schwadronierte ich, «wen ruft man, wenn die Kacke am Dampfen ist: mich! Den alten Max!»

Dann fragte ich Konrad, ob er heute schon was für die Deutschklausur getan habe. Er murrte irgendwas von Machichnoch.

«Machichnoch ist eine Stadt in Habnochnixgetan. Wenn du Journalist werden willst, solltest du in Deutsch sattelfest sein», dozierte ich so bürgerlich wie möglich.

«Ich wollt ja mal Primaballerina werden!», mischte sich Naddi ein. «Ich war total talentiert. Aber denn sind meine Dinger zu groß geworden, und außerdem hatte ich Knieprobleme.»

Konrad kicherte.

«Ja, lach nicht, du Doofkopp. Da kriegste Unwuchten in die Pirouette.»

Mascha flüsterte Dorit was ins Ohr. Dorit übersetzte etwas gezwungen: «Sie meint ihre Brüste», und sagte dann: «Nun iss endlich!»

«Ballett also. Aha!»

«Denn wollte ich Pilotin werden. Aber so richtig jumbojetmäßig. Hab ich aber erst mal Segelflug gemacht. Aber meine Tante war dagegen. Und die hat das Geld.»

«Also erst Ballerina und dann Pilotin, noch andere Berufswünsche?»

«Ganz kurz wollte ich auch mal Schauspielerin werden.

Ich war ja mal mit so 'nem Filmemacher zusammen, der Karl Wissold, und der ...»

«Karl Wissold? Der Regisseur von ‹Faust Anathema›?»

«Faust Anna... was? Ja, kann sein. Jedenfalls, dem habe ich mal ein Gedicht vorgelesen. Da war der total begeistert und hat gesagt, ich hätte eine ganz besondere Ausstrahlung.»

«Finde ich auch», meinte Konrad.

«Also, besonderer geht es schon fast nicht mehr», warf Dorit ein.

Aber dann wäre das mit Karl auseinandergegangen, weil der voll eifersüchtig war, und als sie bei 'ner Fete mal mit jemand anders rumgestanden und sich bei dem auch noch 'ne Zigarette geschlaucht habe, da sei der völlig ausgeflippt und habe ihr vor allen Leuten aber nicht nur eine geknallt. Da war natürlich Ende Gelände und Ritze Popitze. Das wäre so traumatisch gewesen, dass sie quasi sofort lesbisch geworden sei. Mit der Tochter von einem indischen Millionär, einem Kölner Schönheitschirurgen. Naddi bastelte sich plaudernd ein Käse-Putenbrust-Zwiebel-Sandwich. Und dann, als sie mal zusammen in Indien waren und durch die Slums von Bombay gefahren seien, hätte sie beschlossen, dass ihre wahre Mission sei, Menschen zu helfen. Sie überlege jetzt nur noch, wie.

Ich hörte Dorit leise stöhnen. Sie erließ Mascha die letzten Reste des verunstalteten Seelachsbrötchens und schickte sie ins Bad, waschen und Zähne putzen.

«Und deine Eltern?»

«Meine Eltern? Manchmal besuche ich sie. Aber es gibt immer Tränen. Deswegen mache ich das nicht so gerne.»

«Wissen deine Eltern, wo du jetzt bist?»

«Nee, wie sollten sie auch.»

Ich sah Dorits superskeptischen, schmalen Mund und Konrads glänzende Augen. Er hatte quasi bei jedem Satz an ihren Lippen gehangen. Liebe verzaubert ja nicht nur, sie verblödet auch. Nur schien mir Konrads Liebesblödigkeit im Fall von Naddi mit einem Mal nicht mehr nur lächerlich und harmlos. Was das Fräulein soeben vom Stapel gelassen hatte, hörte sich doch eher schwer gestört an. Diese ganzen Geschichten von Ballett bis Jumbojet konnten nur ausgedacht sein; keine Silbe davon wahr! Wer war sie wirklich? Dein und Mein konnte sie schon mal nicht unterscheiden. Siehe Badewanne. Siehe Rasierer. Dazu null Einfühlungsvermögen. Was, wenn sie eine Psychopathin war? Die sich an Konrad, daran bestand ja kein Zweifel, gezielt herangemacht hatte? Was wollte sie von ihm? Konrad war naiv, er hatte keine Erfahrungen mit Mädchen oder mit Frauen. Er wusste nicht, was Frauen bei Männern anrichten können. Aber ich wusste es.

Nach dem Abendbrot verschwand Dorit, um ihre Lieblingsserie zu programmieren. Mascha war noch im Bad. Ich hörte Naddi an die Badezimmertür klopfen und fragen, ob sie ihr Kosmetikzeug einsortieren könne. Konrad half mir währenddessen, das Geschirr in den Geschirrspüler zu räumen. Ich nutzte den günstigen Moment und sagte Konrad, wie sehr ich mich für ihn freuen würde, dass er so wahnsinnig verliebt sei, denn Liebe sei das edelste aller Gefühle.

Konrad fragte, was ich wolle, denn ich hätte mich schon lange nicht mehr umsonst für ihn gefreut.

«Konrad», sagte ich, «Naddi ist eine süße Maus und nicht auf den Mund gefallen. Ich versteh gut, dass du dich ein bisschen in sie verguckt hast. Und – natürlich kann sie auch mal über Nacht bleiben. ABER! Wir sind uns hoffentlich beide einig, dass Naddi neben alledem auch ein kleines Ding zu laufen hat.»

Konrad grinste. Aber ich blieb ernst.

«Ich habe in meinem Leben ja schon öfter mit überkandidelten Mädels zu tun gehabt, aber Naddi – das ist noch mal eine andere Liga.»

Konrad zuckte mit den Schultern. Er mochte es nicht, wenn ich den coolen Macker raushängen ließ, der als junger Mann immer ordentlich was am Start hatte. Praktisch alle Väter waren früher ja stadtbekannte Tanzbodenkönige und Aufreißer gewesen, bevor sie dann rätselhafterweise die hausbackene Kerstin von nebenan heirateten.

«Ich weiß», sagte ich versöhnlicher, «dass Jugend an sich so etwas wie eine Identitätsstörung ist. Aber du musst zugeben, dass Naddi heute beim Abendbrot quasi keinen einzigen glaubhaften Satz von sich gegeben hat.»

«Lass sie doch flunkern! Was stört es dich? Vielleicht wollte sie sich ein bisschen interessant machen vor euch beiden oberwichtigen Medienleuten.»

«Alles okay – aber bitte nicht aus dem untersten Schubfach. Ich habe nichts gegen eine kleine, raffinierte Schwindelei. Lügen ist immer auch ein Intelligenzindikator. Aber Primaballerina, Pilotin, Lesbe, Mutter Teresa, wer glaubt denn so was? *Das* ist, entschuldige, einfach nur blöd. Und ich will nicht, dass du eine blöde Freundin hast.»

Konrad schluckte und ging raus. Ich hatte ihm wehgetan.

«Ich meine ... natürlich sollt ihr euch sehen», rief ich ihm hinterher, «aber es gibt Frauen, die müssen erst mal ... in Quarantäne!»

Mascha kam im Schlafanzug in die Küche und lief mit einem Kussmund auf mich zu.

«Siehst du was, Papa?»

Ich sah nichts.

«Naddi hat mir die Lippen geschminkt. Sogar mit einem Gloss! Das kitzelt aber!»

Naddi stand breit lächelnd in der Küchentür. Gesegnet seien die, die nichts merken. Kein Wunder, dass sie immer gute Laune hatte.

«Schön ...», lobte ich säuerlich.

«Naddi hat viel mehr Schminksachen als Mama! Jetzt tuscht sie mir noch ganz lange Wimpern!»

Mascha hopste zu Naddi, die mich immer noch auf das Allervergnüglichste anlächelte, und ich hatte nicht übel Lust, zu rufen: Jetzt reicht es aber! Finger weg von meiner Tochter! Das ist keine Bushaltestelle, wo man alles vollschmieren kann – erst die Badewanne, dann das Kind, das ist ja ekelhaft ...

Aber Dorit winkte mich zu sich und ging mir voraus ins Wohnzimmer. Aha, es gab was zu bereden!

Konrad hatte sich bei ihr beschwert.

«Echt», zischte Dorit, «manchmal frage ich mich wirklich. Was war denn das jetzt?» Sie fächerte mit der Hand vor ihrer Stirn herum.

«Ich hatte ja schon öfter das Gefühl, dass sich dein Einfühlungsvermögen auf dich selbst beschränkt, aber dass du so ein Holzkopf bist ...»

Ich war völlig platt. Hatte Dorit nicht das ganze Abendbrot über angewidert dagesessen, als Naddi ihre Show ablieferte? So war es immer. Wir zogen als Eltern vielleicht an einem Strang, aber an verschiedenen Enden.

«Max, das ist dein Sohn! Ein junger Mann, der seine allererste Freundin mit nach Hause bringt. Du kannst ihn doch nicht so brüskieren!»

«Ich habe ihm nur unsere Meinung gesagt.»

«*Unsere* Meinung?»

«Wer hat denn hier die ganze Zeit die Nase gerümpft?»

«Ja, aber das heißt doch nicht, dass man gleich mit der Tür ins Haus fällt. Natürlich wissen wir mehr über Menschen als er. Aber was soll er mit so einem Urteil überhaupt anfangen? In seinem derzeitigen hormonellen Zustand ...»

Es war das erste Mal, dass Dorit hormonelle Zustände bei einem Mann berücksichtigte. Wahrscheinlich, weil der Mann, also Konrad, ihr eigen Fleisch und Blut war. Meine hormonellen Zustände hatten sich noch nie strafmildernd ausgewirkt. Ich konnte vor mich hinbrodeln, wie ich wollte.

«In einer Familie sollte man alles sagen können!», versuchte ich auf klassische Werte auszuweichen.

«Da hast du was falsch verstanden. In einer Familie dürfen nur die Kinder alles sagen.»

In diesem Moment klingelte das Telefon. Ich ging hin.

«Oh, ich pack es nicht», zischte Dorit. «Was ist denn jetzt an diesem Anruf wichtiger als ...»

«Ja, bitte?», herrschte ich das Telefon an.

«Kannst du bitte mal kommen?», sagte meine Mutter am anderen Ende der Leitung. «Vater ist gestürzt.»

Dorit sah mein Gesicht einfrieren und fragte leise: «Dein Vater?»

Ja, es gab einmal eine Zeit, als das Telefon einfach nur so klingelte und man es klingeln lassen konnte. Aber diese Zeit war schon länger vorbei.

Ach Junge, gut, dass du so schnell gekommen bist», öffnete meine Mutter die Tür. Ich umarmelte die kleine graue Frau und klopfte ihr sanft auf die Schulter. Wir sind ja vom Norden welche. Da wird nicht geküsst und so was alles. Sie wackelte mit kleinen Schritten voraus in die Küche. «Er wollte mir die eingelegten Zwiebeln vom Regal holen, und beim Hochlangen hat er wohl irgendwie das Gleichgewicht verloren und ist umgekippt.»

«Tach, Vater!», rief ich in die Küche. «Tach, Sohn», sagte Vaters Stimme dumpf von unten her.

Vater lag in der Speisekammer. Jedenfalls größtenteils. Die Beine waren noch in der Küche. Er lag einfach so da, bewegte sich nicht. Ging wahrscheinlich auch gar nicht. Die Speisekammer war eng. Um Vater herum war frisch gewischt. Ich sah Mutter fragend an, ob er etwa ... Aber Mutter meinte, sie hätte nur ein bisschen aufgeräumt. «Drei Gläser Stachelbeerkompott sind kaputtgegangen, als er ins Regal gestürzt ist. Der Rest waren Gott sei Dank Dosen.» Ein paar angebeulte Pfirsichdosen standen auf dem Küchentisch. Ich beugte mich über Vater in die Speisekammer hinein.

Früher hatte ich in solchen Momenten gesagt: «Du machst ja Sachen!» Aber mittlerweile war es zu oft passiert, als dass mir der Ausdruck von Verwunderung noch so leicht über die Lippen gekommen wäre.

«Hast du dir wehgetan?», fragte ich.

«Mmmh», antwortete Vater.

Er steckte halb gekrümmt unter dem Regal zwischen einem Sack Kartoffeln – «Adretta», Vater hatte es mit den mehlig kochenden – und leeren Eierkartons. Ich konnte nicht mal seinen Kopf richtig sehen.

«Wie bist du unter das Regal gekommen? Wie liegst du überhaupt da? Das geht doch gar nicht!», sagte ich. Vaters Oberkörper lag so verwinkelt, als sei die Speisekammer über ihm erbaut worden. Ich wusste auf den ersten Blick überhaupt nicht, wie ich ihn da herauskriegen sollte. Unschlüssig packte ich sein rechtes Bein und zerrte daran.

«Au!», rief Vater.

«Was ist jetzt?»

«Das Bein! Du reißt mein Bein aus!»

Ich erklärte ihm, dass ich wohl kaum imstande wäre, ihm eine Gliedmaße auszureißen, aber dass ich ihn natürlich irgendwie herausziehen müsse.

«Ich komme nicht in die Speisekammer hinein. Also muss ich dich rausholen.»

Ich nahm beide Beine und zog wieder. Vater schrie: «Au, au, au!» Mutter guckte mich ratlos an, meinte dann, ob ich ihn nicht doch heben ...

«Nein», sagte ich, «das kommt überhaupt nicht in Frage. Ich brauche meine Bandscheiben noch, und zwar länger als Vater seine Beine!» Ich trat einen Schritt zurück und begutachtete Vater, wie er in der Speisekammertür lag. Vater war nach links gefallen, Rumpf und Beine bildeten beinahe einen rechten Winkel. Er lag mit dem viel zu tief hängenden Hosenbund auf der Türschwelle, der dicke Bauch befand sich ganz in der Speisekammer. Kein Wunder, dass ich ihn da nicht rausbekam. Der Bauch bremste.

«Aufhacken!», sagte ich nach einer Weile schulterzuckend. «Ich kann einen Stemmhammer holen, und dann stemme ich links unten eine Lücke raus. Oder gleich die ganze Wand weg. Eine Gefahrenquelle weniger. Wozu braucht ihr noch eine Speisekammer?»

Sofort wurde ich ein bisschen rot. Erörterungen darüber, was alte Leute alles nicht mehr brauchen, neigen dazu, sich unkontrolliert auszuweiten. Daraus wird schnell eine vorzeitige Haushaltsauflösung. Es ist fast eine Definition von Alter, dass man mehr besitzt, als man noch gebrauchen kann.

«Das schlag dir mal gleich aus dem Kopf, mein Sohn. In dieser Wohnung wird überhaupt nichts gestemmt!», knurrte Vaters Stimme dumpf aus der Speisekammer.

«Außerdem könntest du ihn mit so einem Ding verletzen», sagte Mutter und warf mir einen bösen Blick zu. Ich verschränkte die Arme vor der Brust und zog einen Flunsch.

«Willst du erst mal einen Kaffee?», fragte meine Mutter, und Vater rief aus der Tiefe unterm Speisekammerregal: «Ja, mach doch dem Jungen erst mal einen Kaffee! Das hat doch hier noch Zeit!»

Im Gegensatz zu mir neigte Vater nicht zu Panik. Allerdings hatte er auch Sturzerfahrungen die Menge.

Ich setzte mich an den Kaffeetisch, und Mutter brachte die alte Kaffeemaschine zum Röcheln. «Wir kriegen dich da schon raus!», munterte ich ihn auf. Vater winkte dankend heraus, mit der freien linken Hand. Die rechte hatte ich noch nicht gesehen, hoffentlich lag er nicht drauf. Ewig Zeit hatten wir jedenfalls nicht.

Dann sah ich, dass sein rechtes Hosenbein über den Kordhausschuh gezogen war.

«Kann es sein, dass du auf deine Hose getreten bist?»

«Kann sein», murrte Vater unwillig.

«Vielleicht ziehst du doch mal die Hosenträger über, Vater», sagte ich.

«Auf deine klugen Ratschläge habe ich hier gerade gewartet», schimpfte Vater. Klar, es war ihm unangenehm, dass sich seine Hosenträgerabscheu, wie von mir vorhergesagt, gerächt hatte.

Ich trank einen Schluck Kaffee und befand schließlich entschlossen: «Wir müssen dich drehen, Vater! Und gleichzeitig deinen Kopf irgendwie unterm Regal herausbiegen!»

Ich holte eine Schaufel aus dem Keller, umwickelte das Schaufelblatt mit einem Badehandtuch und schob es vorsichtig zwischen Vaters Schulter und das unterste Regalbrett, dann hebelte ich ihn unter dem Regal hervor. Vater stöhnte. Ich sagte Mutter, sie solle die Schaufel nehmen und Vater so herausgedrückt halten, während ich zog. Dann drehte ich seine Beine nach oben, klemmte mir seine Schuhe unter die Schultern und stemmte mich zurück. Und da waren sie wieder: zwei Zentner Masse, eingeklemmt und – unkooperativ. Was es unwillkürlich schwerer machte. Von zwei Zementsäcken erwartet man ja nicht, dass sie mitmachen. Aber bei zwei Zentner Lebendgewicht ist es irgendwie doppelt frustrierend, wenn von der Gegenseite nichts kommt. Vaters Hemd rutschte langsam aus der Hose, krempelte sich an der Türschwelle zusammen, und nach und nach kam sein riesiger behaarter Bauch aus der Speisekammer geruckelt.

Ich weiß nicht mehr, wie oft ich meinen Vater schon irgendwo herausgezogen habe. Er war ja fast so was wie mein Zieh-Vater. Vor Jahren, ich war so alt wie mein Sohn jetzt, war er bei einer Fete auf der Datsche die Böschung hinuntergekobolzt. Beim Pinkeln im Dunkeln. Nach ein paar Minuten wurde meine Mutter zuverlässig unruhig, während die feuchtfröhliche Gesellschaft sich weiter zu Schlagermusik auf der Terrasse drehte und die Männer «Ich mach ein glückliches Mädchen aus dir, jeden Tag, jede Nacht» grölten. Mutter schickte mich nachsehen. Ich fand ihn dank seines weißen Hemdes im Uferschlick. Unverletzt.

Vater verletzte sich nie. Er stürzte wahrscheinlich nur, um den Menschen um ihn herum zu zeigen, wo man überall hinunterstürzen kann, ohne sich zu verletzen. Wie Jesus über das Wasser ging, so stürzte Vater Böschungen, Treppen und Balustraden hinab, durch Glastüren und in Kellerlöcher, um den Kleingläubigen ein Zeichen von der Güte dieser Welt zu geben. Er war Gottes Stuntman. Jeder konnte an ihm sehen, dass es nichts schadete, wenn man sich ab und zu mal fallen ließ.

Aufstehen jedenfalls konnte er damals im Schlamm noch selbst, mit meiner Hilfe wohlgemerkt. Allerdings wusste ich noch nicht, wie ich ihn im Modder auf seinen Gummibeinen im Lot halten sollte. Wir stürzten dreimal mit großem Hallo ins Röhricht zurück, während mein Vater völlig ungerührt von meinen schwitzenden Versuchen «Nun reiß dich mal ein bisschen zusammen, Junge!» und «Das ist doch nicht die Möglichkeit: Lässt der Kerl mich schon wieder fallen!» lallte. Er tätschelte mir mit seiner Schlickpfote auf den Kopf. «Ich denk, du machst so viel Sport, du Heini.» Wir schleppten uns, triefend wie zwei Sumpfmonster, die Auffahrt hinauf, wo meine Mutter uns noch im Halbdunkel abfing und leise anwies, ihn erst mal zu duschen und neu anzukleiden. Eine Viertelstunde später wankte er dann wieder gekämmt und in frischen Sachen seinen Kollegen entgegen, die ihn sofort mit ihren Schnapsstumpen hochleben ließen, ohne ihn eine Sekunde vermisst zu haben. Trotzdem war das Ungeschehenmachen dieses Schlammbades gegenüber den anderen eine familiäre Gesamtleistung, die sich sehen lassen konnte. Heute würde man wahrscheinlich Co-Abhängigkeit dazu sagen. Aber damals war Vater der große Brummkreisel, der von seiner Familie immer wieder eingefangen wurde, damit er nicht unser aller Ruf zerbeulte; und er hatte Anspruch darauf, wieder eingefangen zu werden, weil er es war, der diesen Ruf überhaupt erst begründet hatte. Er hatte das Recht, genoss es und kostete es aus, damit es nicht ungenutzt verfiel.

Alles, was ich über Festkörperphysik, schiefe Ebenen, Masse und Geschwindigkeit weiß, habe ich von meinem Vater gelernt. Alles, was ich über Anatomie und die Bedeutung einzelner Muskelgruppen weiß, habe ich von meinem Vater gelernt. So habe ich ihn einmal auf ein Laken gerollt, als er aus dem Bett gefallen war, und die beiden unteren Enden unter die Matratze geklemmt, während ich ihn mit den oberen Zipfeln wieder ins Bett hievte. So bin ich mit ihm einmal die Wendeltreppenstufen hinuntergerumpelt, als er mir beim Hochschieben entglitten war, ihn mit der einen Hand noch gerade so unter der Achsel haltend, mich mit der anderen Hand von Treppenpfosten zu Treppenpfosten hangelnd, sodass wir nur in Absätzen stürzten.

Und so zerrte ich jetzt meinen ächzenden Vater aus der Speisekammer, während meine Mutter furchtsam seinen Kopf mit dem umwickelten Schaufelblatt am Regalfuß vorbeihebelte. Als er endlich mit den Schultern auf der Schwelle lag, nahm ich seine linke Hand, zog ihn hoch in den Sitz und lehnte ihn an den Türrahmen. Meine Mutter stellte die Schaufel weg und seufzte: «Danke!» Aber sie meinte nicht mich, sondern nahm das Gläschen mit den eingelegten Zwiebeln aus seiner Rechten, das er die ganze Zeit krampfhaft festgehalten hatte. War also doch nicht alles umsonst gewesen.

Richtig bewältigt war das Problem allerdings noch nicht. Unter Gesichtspunkten des fortzuführenden Alltagslebens unterschied sich ein unten an der Wand sitzender Vater von einem in der Speisekammer liegenden Vater nicht allzu sehr. Denn ihn aufzurichten war eine Aufgabe von ingenieurstechnischer Dimension. Jede Maibaumaufstellung war dagegen Mikado. Aber ich hatte Erfahrung.

«Wir machen wieder die Sache mit dem Tisch», sagte ich zu meiner Mutter und räumte die Kaffeekanne und die Tassen ab. Wir klappten zusammen den Tisch auf die Seite und hielten Vater die Tischplatte in den Schoß, sodass er sich an der gegenüberliegenden Kante mit beiden Händen festklammern konnte. Mutter schob die zwei Bremsklötze, die sonst die Waschmaschine am Platz hielten, unter die Tischbeine, und dann kippten und drückten wir mit vereinten Kräften den Tisch mit dem anhängenden, darauf gespannten Vater wieder in die Horizontale. Es funktionierte auch diesmal wunderbar. Vater lag jetzt bäuchlings auf dem Tisch, und man musste nur noch einen Stuhl unter seinen Hintern schieben, und fertig. Ich würde meinen Eltern nie verraten, dass die Inspiration zu dieser Technik aus einem Bondagefilm stammte. Aber gute Ideen entspringen eben nicht immer nur aus reinen Quellen.

«So, Mutter, und jetzt gib mir doch auch mal eine Tasse Kaffee», sagte Vater, wieder zufrieden in seinem Stuhl sitzend, und strich sich das schüttere Haar zurück, während ich ihm das Hemd rund um die anderthalb Meter Bauchumfang in die Hose schob, «und denn erzählste mal, wie geht es denn meinen Enkeln?»

«Ich möchte eigentlich lieber darüber reden, dass du noch mal über die Pflegestufe zwei nachdenken solltest!», antwortete ich.

«Ach, du übertreibst», wehrte Vater ab, «du warst schon immer so ein Hypochonder.»

«Der Hypochonder hat dich gerade aus der Kammer befreit», meinte Mutter vorwurfsvoll.

«Ja, darf denn ein Mensch jetzt nicht mal mehr hinfallen?», schimpfte Vater. Es war hoffnungslos. Also erzählte ich ihm, dass Konrad eine Freundin hat.

«Wird ja auch Zeit», sagte Vater, «ich dachte schon, er ist andersrum ...»

Konrad war der einzige Sohn seines einzigen Sohnes. Vater war selber der einzige Sohn seines Vaters; und der hatte als einziges von sieben Kindern überlebt. Der Name Krenke tanzte auf einem dünnen Seil durch die Zeit.

Am nächsten Morgen, am Morgen, an dem das «Ihnen kann geholfen werden!»-Team nach Nienwalde aufbrechen wollte, gab mir der Bert-Stern-Ersatz Alexander Friebe seine Hand. Es war eine seifenfrische Hand mit etwas zu gepflegter Haut von einer besonderen, seidigen Textur, über die man ungläubig mit dem Daumen reiben wollte. Es war die Hand eines Mannes, der nur arbeitete, um immer genug Geld für wirklich teure Handcremes zu haben.

«Alexander. Hallo!», sagte er und zeigte mir seine weißen Beißerchen. «Ich weiß, dass sich die Fernsehleute draußen alle mit irgendwelchen Kurznamen ansprechen, aber Alexander ist ein schöner Name, und da wollen wir ihn auch in seiner vollen Länge beibehalten.»

«Das sehe ich ähnlich. Ich bin Maximilian Alfred Alois Korbinian Krenke», begrüßte ich ihn freundlich, «viele Kollegen vergessen manchmal das Korbinian, aber das wird heute sicher nicht passieren.»

Friebe grinste eisig.

«Ich habe mich ein bisschen vorbereitet auf den Tag heute und schon gehört, dass du so ein Witzbold bist.»

Ich zog meinen Personalausweis heraus und zeigte ihm die vier Namen. Dann war erst mal Ruhe.

«Der heilige Korbinian hat einen Bären seinen Koffer tragen lassen!», erklärte ich und steckte den Ausweis wieder ein.

Ich nutzte die Zeit der etwa einstündigen Fahrt, um meinen verlorenen Nachtschlaf nachzuholen. Nachdem ich einmal Alexander Friebe, der ausgiebig die «Welt» las, in den Schoß gekippt war, rückte er sogar sein Nackenhörnchen raus. Es war eine große Geste, denn ich schlief rachenrasselnd, mit ziemlich losem Unterkiefer, und ab und zu schielte Friebe herüber, ob sein Nackenhörnchen noch sauber war.

Kurz vor Nienwalde war ich wieder munter, und Friebe

sprach die Karteikarten an. «Ich gehe davon aus, dass meine Moderationstexte auf Karteikarten vorliegen.»

«Nope», sagte ich, «wir machen es frei. Hier geht es um Schicksale. Da kann man nicht mit Kärtchen herumhantieren. Das wäre geschmacklos, die Krankheit des Mädchens irgendwo abzulesen.»

«Was hat sie denn?», fragte Friebe, sichtlich gereizt, dass er ohne Hilfsmittel moderieren solle.

«Addi ... nun schlag mich tot ... irgendwas wie Adidas! Soll aber bei ihr schon weit fortgeschritten sein.»

Friebe sagte kein Wort und schüttelte beleidigt seine Zeitung straff.

«Echt, glaub mir, von Karten ablesen blockt jede Authentizität», sagte ich. «Wenn du dieses arme, kranke Mädchen siehst, wird dir dein Herz die Zunge führen.»

Nienwalde war, wie erwartet, ein braves Ackerbürgerstädtchen mit durchweg zweistöckigen Häusern und Nebenstraßen aus kaiserlichem Kopfsteinpflaster. Es gab eine Apotheke, eine Gaststätte am Markt, die aber schon länger zu vermieten war, sowie einen Pennymarkt an der Ausfallstraße. Friebe sah mit einer gewissen Fassungslosigkeit aus dem Fenster, als führen wir durch eine Zone, in der das Militär jahrzehntelang geheime Experimente mit Anregungsentzug durchgeführt hatte. Er blickte stumm hinaus, als würde ihm zum ersten Mal im Leben klar, dass auch mit ihm alles hätte anders kommen können. Zum Beispiel hier in Nienwalde. In einer Kleinstadt, in der die Schwulenszene nur aus einem Mann bestand, der sich aber dessen nicht mal ganz sicher war.

In der Wassergasse 12 wohnte Vroni Zachow mit ihren Eltern. Wir hupten kurz, und die lindgrüne Haustür wurde umständlich geöffnet, indem jemand erst zweimal vergeblich klinkte, dann von innen gegentrat und sie aufriss. Ein kleiner Mann mit einer Kunstpelzweste und rostrotem Haar zeigte sich. Er hatte einen fuseligen roten Bart, der unter der Nase goldfarben war, zum Zeichen, dass er von Beruf Raucher war. Hinter ihm stand eine etwas größere, sehr ausladende Frau in einem Trainingsanzug mit einer Art Schüttelfrisur, die sich aber nicht mehr schütteln ließ.

«Ich träum auch schon von einem Bad!», quetschte Alexander Friebe hinter mir zwischen zusammengepressten Zähnen hervor.

Tatsächlich standen die beiden in einem Dunst, in dem der Ausrauch unverzollter Zigaretten, Weinbrandverschnitt, das Dosen-Essen der letzten beiden Tage, schon mehrfach zersetzter Schweiß und mangelnde Intimhygiene ein waffenfähiges Gemisch bildeten.

«Sie sinn di vons Fernsehen?», erkundigte sich der Vater mit einer so versotteten Stimme, dass es einen selbst zum Räuspern reizte.

«Sie sagen es, guter Mann!»

Der Vater musterte uns. Friebe grimassierte ein Lächeln in sein Gesicht. Hoffte er, sie würden ihn erkennen, ihn, den gepflegtesten Nachrichtensprecher des Landfunks?

«Denn kommense. Vroni is' in ihren Zimmer.»

Er machte den Weg frei, und Mutter Zachow stieg uns die ausgetretene Treppe voran. Friebe holte draußen noch einmal Luft wie ein Apnoetaucher und kletterte mir hinterher, ohne ans Geländer zu fassen. Hinter uns beteuerten Manne, der Kameramann, und sein Assistent Tobi dem Vater Zachow, dass sie wirklich keinerlei Hilfe beim Hochtragen der Gerätschaften brauchten und dass er, Versicherungsgründe!, auch nichts berühren solle. Die Wohnung im ersten Stock wurde von einem schmalen Flur in zwei Hälften geteilt. Rechts das Wohnzimmer, an das sich die Küche anschloss, dann das Schlafzimmer. Allesamt auf atemraubende Weise ungelüftet. An der anderen Flurseite befand sich eine Abstellkammer, das Badezimmer mit der schadhaften Emaillewanne und einem Klosett mit Holzbrille sowie Vronis Zimmer.

Vroni lag unter einer riesigen, wulstigen rosa Polsterdecke, die sich über das ganze Bett ergoss. Nur ihr rundes Gesicht und ihre Füße lugten daraus hervor. Auf dem Nachtschränkchen standen eine Zweiliterflasche Cola, ein paar Toffees, eine Packung Maiswaffeln und eine Tüte Nachos. Ich winkte von fern, sagte: «Hallo Vroni!», und Vroni richtete sich auf. Das hätte sie mal nicht tun sollen.

Alexander Friebe, der bis hierhin immer ganz bewusst mindestens eine Handbreit Abstand von *allem* in dieser Wohnung gehalten hatte, sprang entsetzt rückwärts in die stinkende Mutter Zachow hinein und stieß ein paar äußerst panische Geräusche aus. Manne, der hinter Mutter Zachow stand und verhinderte, dass Friebe sie ganz umwarf, äugte über ihre Schulter ins Zimmer und machte: «Oh, oh!» Und das machte Manne wirklich nicht häufig. Denn Vroni richtete sich immer noch auf. Und in diesem quälend langsamen Aufrichten ließ sich nun nicht mehr verleugnen, dass Vroni keineswegs unter einer riesigen, wulstigen rosa Polsterdecke steckte, sondern dass sie selber diese riesige wulstige rosa Polsterdecke war! Ein Mädchenmonster von bestimmt drei Zentnern stemmte sich in den Sitz und sagte mit einem unpassend dünnen Stimmchen: «Hallo!» Ich begriff schlagartig, was der Klempner mit «eine Nummer zu groß für uns» gemeint hatte, ich begriff, was das sichtlich fehlerhaft geschriebene «Addipussidas» im Brief der Mutter bedeutete, und ich verstand, dass ich hier gerade an die Grenze meiner Improvisationsfähigkeit stieß. Gab es solche großen Badewannen überhaupt? Das würde doch die Baupolizei niemals zulassen, dass wir hier ein Killerwalbecken ins mürbe Fachwerkgeschoss einbauten!

Da Vroni mir ihre Hand hinschob, beendete ich das Grübeln und gab ihr meine.

«Ich bin Max Krenke, der Redakteur. Wir haben telefoniert. Und hier hinter mir ist der Moderator der Sendung, Alexander Frie...» Ich sah mich um, aber da stand kein Alexander Friebe mehr, nur Vronis Mutter lehnte in der Tür, hinter ihr Manne, der mit dem Kopf nach auswärts wies, um mir anzudeuten, dass Friebe das Weite gesucht hatte.

Friebe tanzte draußen herum. Er klopfte an sich herum, dann zog er sich hektisch das Sakko aus und klatschte es wie ein Staubtuch durch die Luft. Er war mehr als nur angewidert. Er war der Selbstekel in Person. Ein Mann, ernsthaft gewürgt vom Bedürfnis, sich auf der Stelle zu verbrennen.

«Kommste mal hoch, damit wir die Moderation durchsprechen können?»

Friebe hob eine Hand gegen mich. Ich solle ihm nicht zu nahe kommen.

«Weißt du, was dieses Sakko gekostet hat? Das kann ich wegschmeißen. Glaubst du, ich geh damit noch in irgendeine Wäscherei und reiche es über den Tresen? In diesem Zustand? Die Hose, überhaupt alles. Es ist so...»

Er machte ein Gesicht, als wolle er seine Zunge ausspucken.

«Wir müssen jetzt unsere Arbeit machen, Alexander!», sagte ich und betonte seinen Vornamen auf jeder Silbe, so wie er es sich heute Morgen gewünscht hatte.

«Nein, ohne mich. Die ist nicht krank. Die ist bloß fett. Die soll ihren Arsch bewegen und aufhören, diese Scheiße in sich hineinzustopfen, dann klemmt sie auch nicht mehr in der Badewanne fest. Mein Gott, das ist so abartig. Ich habe noch nie ein so fettes Ding gesehen. Und dann diese schon halb verwesten Eltern. Denen kann nicht mehr geholfen werden, das ist so sicher wie das Amen in der Kirche.»

«Lass es uns wenigstens versuchen. Es sind Menschen.»

Friebe schüttelte sich.

«Nein, mein Lieber. Das mach ich nicht. Ich sag dir, was ich mache. Ich spreche mit Chef, ich frag ihn, ob das Ganze hier eine Riesenverarsche werden sollte. Denn entweder ist es Inkompetenz, du Bruder Leichtfuß, oder es ist eine Falle. Und in diese Falle werde ich mich nicht von dir hineinquatschen lassen. Im Gegensatz zu dir habe ich noch eine Karriere vor mir!»

Er meinte es ernst. Friebe hatte umgeschaltet. Von kollegial auf arbeitsrechtlich. Von Vordrängeln auf Bei-Seite-Treten. Pah, Jazz. Nicht mal mehr Free Jazz. Nur noch eine Kakophonie aus in sich zusammenkrachenden Elementen: ein Moderator in Ekelpanik. Ein Riesenfettsack von einem Mädchen. Ein marodes Haus und zwei dumpf vor sich hin kompostierende Eltern. In einer Woche war Sendung – und *ich* hatte es verbockt, weil ich nicht auf Petra gehört hatte. Weil ich nie auf all die kleinen, blöden, uninspirierten Kollegen hörte, von denen ich mich umgeben glaubte. Ich fühlte, dass ich nachgeben und Zeit gewinnen musste. Wenn Alexander Friebe heute losstürmte, um sich zu beschweren, würde es sehr schwierig werden, mich zu verteidigen. In ein paar Tagen würde mir schon etwas einfallen. Vorerst aber musste ich ihm mit einer Unterwerfungsgeste den Beißkrampf lösen.

«Okay, möglicherweise hast du recht. Wir sind hier einer Fehlinformation aufgesessen…»

«Du!»

«Ich denke, wir gehen am besten noch mal einen Schritt zurück. Wir starten noch mal neu durch. Will sagen, wir brechen das hier heute erst mal ab.»

Friebe war noch keineswegs zufrieden, aber er war nicht mehr völlig auf Streit gebürstet.

«Es war dumm von mir. Ich dachte, wir könnten ihr helfen.»

Friebe winkte ab. Ich nahm es als Zeichen, dass er mit dem Fall abgeschlossen hatte. Hoffentlich.

Als ich wieder oben in der Wohnung war, kam mir Manne mit der Kamera entgegen.

«Das mit dem Hin-und-her-Laufen des Mädchens wird nix! Der Flur ist zu eng. Sie kann sich nicht umdrehen.»

Ich sagte ihm, dass wir für heute abbrechen und noch mal in Klausur gehen. Das alles hier hätte ja keiner ahnen können. Manne gab mir recht, er hätte so was überhaupt noch nicht gesehen, und ich war ihm dankbar, dass er mir nicht auch noch mangelnde Recherche vorwarf. Ich ging ins Mädchenzimmer und sagte es auch Vroni, die sich wieder hingelegt hatte, weil es ja keinen Sinn machte, zu sitzen, wenn keiner was von einem will, und ihren Eltern sagte ich, dass wir nach dieser ersten Ortsbesichtigung erst mal eine kleine Auszeit bräuchten. Klar, wir würden ihnen in jedem Fall helfen, aber wir müssten jetzt überlegen, wie genau. Sie sagten nichts. Wahrscheinlich waren sie es gewöhnt, dass jemand kam, sich alles ansah und dann nach ein paar tröstenden Worten wieder verschwand.

Das Problem war, dass ich mir jetzt sehr bald etwas einfallen lassen oder im Sender mit der Wahrheit rausrücken musste. Mit der peinlichen Wahrheit, dass ich nicht nachgefragt, nicht recherchiert, mich nicht mal mit der rätselhaften Krankheit «Addipussidas», nämlich Adipositas, vulgo Fettsucht, beschäftigt hatte. Viel Zeit blieb mir nicht. Denn der kleine Film über die kranke Vroni und ihre neue Badewanne wanderte bereits unaufhaltsam durch den Planungskalender der Redaktion, am nächsten Montag war Schnitt, am Dienstag Vertonung, am Donnerstag redaktionelle und technische Abnahme und am Samstag Sendung. Ich hatte vielleicht Alexander Friebe vorerst davon abgehalten, ein Fass aufzumachen, aber damit war noch so gut wie gar nichts gewonnen. Ich musste Ersatz besorgen. Entweder für das Projekt oder für den aseptischen Friebe.

Ich fahre einen Passat. Allerdings nur dann, wenn er anspringt. Und das tat er bisher eigentlich immer. Aber als ich ihn nach diesem desaströsen Arbeitstag startete, töfferte er nur kurz vor sich hin, dann verreckte der Motor. Beim zweiten und dritten Versuch war es nicht anders.

Ich stieg aus und ging verstört einmal um mein Auto herum. Nichts fiel mir auf. Der Parkplatz vor dem Landfunk war ja nun auch nicht so der soziale Brennpunkt. Ich stieg wieder ein und versuchte erneut zu starten. Töff, töff, töff – nichts geschah. Ich schlich noch einmal ums Auto, diesmal tief gebückt, die Unterseite inspizierend. Dann sah ich es. Im Auspuff steckte ein Batzen Papier. Ich hockte mich hin und versuchte, ihn herauszufingern, was ihn nur noch tiefer hineintrieb. Mit einem heiseren Wutlaut richtete ich mich auf. Es gibt eine Form des kleinteiligen Nichtgelingenwollens, die mich rasend macht. Einmal ist es mir an der Kasse im Supermarkt partout nicht gelungen, ein auf dem Tisch liegendes Eurostück anzuheben.

Ich bekam es nicht fest zwischen Daumen und Zeigefinger, versuchte, es an einer Seite anzuheben, wollte es sogar über die Kante in meine Hand wischen, aber ein kleiner Tischrand verhinderte dies. Es war eine Sache von wenigen Sekunden, aber da die zeitliche Normerwartung für das Einsammeln von Geldstücken «jetzt» und nicht «im Laufe des Vormittags» lautet, war ich nach diesen wenigen Sekunden bereits so verzweifelt, dass ich am liebsten der Kassiererin die Kaltwelle glattgebrüllt hätte, von wegen «Seit wann legt man scheißglatte Euro-Stücke auf solche scheißglatten Stahltische!». Mit dem Papierbatzen war es ähnlich. Ich blickte mich finster um und hoffte, dass sich keine kichernden Augenzeugen zur Affekttötung anboten. Da das nicht der Fall war, sammelte ich mich und brach aus einem Berberitzenstrauch in der Nähe einen festen Zweig, mit dem ich das Papier endlich aus dem Auspuff bekam. Es waren zwei aufeinandergelegte und dann zerknüllte A4-Blätter. Das äußere war leer, das innere beschrieben. Obwohl es ziemlich verrußt war, konnte man noch «Bezalen!!!!» lesen. Das war keine so ganz große Überraschung mehr. Allerdings hatte ich beim ersten Mal, beim Lackschaden, noch gehofft, dass eine Verwechslung vorlag, jetzt war ich mir so gut wie sicher, dass jemand ein Problem mit mir hatte. Nur, ich hatte doch kein Problem mit irgendjemandem! Aber wer immer es war, er wusste, wo ich wohnte, wo ich arbeitete. Kurz, er wusste, wer ich bin.

Die Tatsache, dass sich Naddi in unserem Haus so ziemlich alle denkbaren Freiheiten herausnahm, wurde noch unerträglicher durch den Umstand, dass ihre Gegenwart meine Freiheiten empfindlich einschränkte. Nacktschläfer, der ich seit Ewigkeiten bin, war ich nun gezwungen, mich beim Verlassen des Schlafzimmers anzukleiden, als würde ich nicht mal kurz zum Klo schlurfen wollen, sondern vor die Weltpresse treten. So wie treppengeplagte Bewohner dreistöckiger Einfamilienkästen ziemlich schnell Umsicht und Vorausschau entwickeln, wenn sie erst ein paarmal wegen eines Wasserglases in die Küche im Erdgeschoss, wegen der Kopfschmerztablette ins Bad im ersten Stock, dann ins Arbeitszimmer unterm Dach und schließlich wegen des in der Küche vergessenen Telefons zurück ins Erdgeschoss gelaufen sind, so fragte auch ich mich jetzt des Öfteren, ob es wirklich nötig war, das Schlafzimmer zu verlassen. Der Schlafanzug lag zwar vorm Bett bereit, aber wenn man ein Zimmer nicht mehr einfach so und spontan verlassen kann, dann lebt man ja nicht mehr in einer Wohnung, sondern in einem Gefängnis. Konrad sah das wahrscheinlich anders. Seine Gefängnistür war gerade aufgesprungen. Naddis raumgreifende Allüren hatten uns, seine Eltern, derart in die Defensive gebracht, dass wir heute sogar vergessen hatten, ihn mit dem Müll runterzuschicken und ihn nach den Vorbereitungen für seine Matheklausur zu fragen.

Es war halb elf. Frühe Nacht. Dorit las noch, und ich lag nackt und gerade im Bett und erforschte meinen Blasenfüllstand. Da sich der tatsächliche Blasenfüllstand sehr bald mit der Konzentration auf ihn multiplizierte, entschied ich mich, doch noch mal in den Schlafanzug zu schlüpfen und durch die Naddizone ins Bad zu gehen.

In Konrads Zimmer brannte kein Licht mehr. Ich ärgerte mich ein bisschen. Hätte ich auch nackt bleiben können. Als ich jedoch wieder aus dem Bad kam, hörte ich plötzlich Naddis Stimmchen robotern.

«Mein System hat fremde Hardware erkannt. Wollen Sie das Programm wirklich öffnen?» Konrad brummte etwas Unverständliches, eine Sekunde war Stille, und dann ließ Konrads IKEA-Jugendliege niemanden in diesem Haus darüber im Zweifel, dass ihre Schrauben dringend nachgezogen werden mussten. Es war ein so grenzwertiges Geräusch, dass ich einen Moment vom Verlangen geplagt wurde, die Schrauben auf der Stelle nachzuziehen. Als wir die Liege für Konrad kauften, hatten wir an Träume unter Postern und Fantasyschmökern im Schummerlicht gedacht. Sie war nicht als Sportgerät gekauft worden. Ich schlich verstört ins Bett.

Dorit hatte ausgelesen und blickte mich aufmunternd an. Ich blickte abmunternd zurück. Aber Dorit war in Laune. Sie hob ihre Decke: «Na komm schon!»

«Dorit», sagte ich, «es geht nicht.» Ich deutete mit dem Kopf zu Konrads Zimmer. «Sie tun es gerade.»

Dorit kroch unter meine Decke und fuhr mit der Hand über meinen Bauch abwärts. «Du meinst, es gibt nur eine Erektion pro Wohnung, und die ist heute schon vergeben?»

Sie überzeugte sich eine Weile von der Wahrheit dieser Vermutung. Ich nahm sie seufzend in den Arm, und Dorit legte den Kopf an meine Schultern. Ihre Haare fusselten in meinen Mund. Kurzhaarfrisuren sind im Praxistest romantischer.

«Es ist noch viel schlimmer», sagte ich. «Mir kommt es so vor, als hätte ich die Erektion für immer weitergereicht. Wie einen Staffelstab! Hier, mein Sohn, jetzt bist du dran.»

«Ach, du lässt dich immer von deinen eigenen Bildern einwickeln! Wenn es so schlimm ist, lass dir doch Viagra verschreiben.»

«Ich bin kein Beamter, Schatzi. Die kriegen die Latte vom Staat gestellt. Ich muss das bezahlen.»

«So kuscheln ist doch auch mal schön.»

Ich murrte.

«Kann sein. Aber nicht, wenn einem nichts anderes übrig bleibt.»

Dorit fragte, ob ich eifersüchtig sei, ob ich ein Problem damit hätte, dass Konrad eine Beziehung habe. Ich antwortete nicht, stattdessen stand ich auf, ging zur Tür und öffnete sie. Das fast schon in eine Art Rattern übergehende Geräusch einer IKEA-Jugendliege, die immer heftiger versuchte, sich von ihren Schrauben zu befreien, drang über den Flur in unser Schlafzimmer.

Dorit lauschte eine Minute. Als das Geräusch in seiner einschüchternden Energie dann immer noch andauerte, hob sie langsam die Augenbrauen.

«Das arme Mädchen. Er weiß noch nicht viel von Frauen.»

«*Das arme Mädchen?* Vielleicht bedauerst du mich mal! Wie soll ich jemals wieder Sex machen. Bei so einer Vorlage?»

«Du denkst, er hat die Latte zu hoch gelegt?»

Dorit verschwand mit dem Gesicht in ihrem Kissen, um sich schlapp zu lachen. Dann kam sie fröhlich-versöhnlich wieder daraus hervor.

«Max, komm her. Lass es uns noch mal versuchen. Wetten, dass wir eher fertig sind?» Sie warf die Decke beiseite und schwenkte kurz ihre Schenkel auf.

«Und zwar alle beide! Schatzi!»

Irgendwas an Dorit erinnerte mich jetzt gerade an Naddi. Entweder war mir das Naddihafte aller Frauen bis jetzt entgangen, oder sie färbte langsam auf Dorit ab. Ich schlurfte missmutig ins Bett.

«Ich will lieber lesen», sagte ich, drehte mich ein und nahm ein Buch vom Nachttisch.

Dorit legte ihren Kopf auf meine abweisende Schulter.

«Max?»

«Mmh.»

«Sei nicht neidisch. Du warst auch so wie Konrad. Früher.»

«Danke. Danke für das *früher*.»

Dorit küsste ein bisschen auf meinem Hals herum.

«Ich finde es gut, dass es nicht mehr so ist.»

Jetzt war ich also alt genug für Dorit. Was für ein Gedanke! Wenigstens ließ sie mich mit dem ollen Kondom in Ruhe.

So», sagte Dorit am Sonntagnachmittag, «die Naddi muss jetzt mal tschüssi sagen. Der Konrad und seine Familie machen jetzt nämlich einen Ausflug. Die fahren jetzt weg.»

Wenn Dorit Kindergartentantensprache spricht, ist es schon ziemlich weit gediehen. Als Regel gilt: Je jünger sie einen anspricht, umso gehorsamer sollte man reagieren. Konrad versuchte trotzdem noch, einen Einwand vorzubringen.

«Aber Naddi kann doch ...»

«Die Naddi kann wiederkommen. Ganz gewiss. Aber jetzt muss die Naddi bye-bye sagen.»

Dazu nickte Dorit zweimal. Wenn Dorit zweimal nickt, dann verwandelt sich die sprudelnde Fontäne unserer Familienhierarchie in Eis. Dorit hebt den Kopf, um den Delinquenten von oben herab anzuschauen (was bei Konrad mittlerweile nicht mehr wirklich geht), und nickt zweimal, etwas langsamer als normal. Konrad oder Mascha, je nachdem, wer gerade Mode ist, blickt dann hilfesuchend zu mir. Ich hebe ohnmächtig die Schultern: nichts zu machen. Die Eltern sind sich einig. Wenn ich eines Tages im Wachkoma liegen sollte, können die Ärzte einen letzten Test meiner Vitalfunktionen machen, indem sie mir einen Film zeigen, auf dem Dorit auf diese sehr bestimmte Art und Weise zweimal nickt. Sollte ich dann hilflos die Schultern an die Ohren ziehen, ist noch Leben in mir.

Konrad schlurfte in sein Zimmer, nölte irgendwas von «Kaffeetrinken bei Omma, voll öde» und «Kann man knicken». Naddi flüsterte ihm etwas hinterher und giggelte. Dann kam sie mit raus und verabschiedete sich artig. Konrad wurde noch mal abgeknutscht bis in die Rachenmandeln. Wirklich ordinär, dachte ich. So vor allen Leuten. Dorit küsste schon lange nicht mehr so; nicht mal, wenn ich mit Mundwasser gegurgelt hatte. Aber mangelnde Frische war wohl auch nicht der Grund. Früher hatte sie mich wundgeküsst, obwohl ich damals noch mit Whisky und Zigarren an meiner Individualität herumexperimentierte, aber eben nie vor allen Leuten. So eine war Dorit nicht.

Dann waren wir Naddi los.

Der Ausflug war keine Notlüge. Wir besuchten alle zwei Wochen sonntags meine Eltern zum Kaffee. Dorit nannte es die «Geisterbahnfahrt», und ein bisschen hatte sie recht. Seit meine Eltern aus dem Gutshaus in Pründen gezogen waren und in der Semmelweisstraße in einem Altneubau aus den Sechzigern wohnten, betraten sie die Gegenwart nur noch für das Allernötigste. Mein Vater war von 1964 bis 1989 Kartoffeldirektor gewesen. Direktor im Kartoffelinstitut. Herr über alle Saatkartoffeln des Landes. Die tragende Säule der ostdeutschen Volksernährung. Minister duzten ihn und umgekehrt. Es war unmöglich, auf dem platten Lande irgendjemanden jenseits der fünfzig zu treffen, der ihn nicht kannte, der nicht schon mal mit ihm «einen Kleinen geschnasselt», «mächtig einen abgebissen» oder sich schlicht und ergreifend «die Kante gegeben» hatte. Dabei war Alfred Krenke, das Urgestein der ostdeutschen Kartoffeläcker, eigentlich gar kein Bauer, sondern Spross des Posamenten- und Heimtextilienhändlers Alois Krenke, der seinen Sohn nach dem Krieg mit der Begründung «Da haste immer was zu fressen!» auf die Landwirtschaftsschule schickte. Dort hatte mein Vater meine Mutter kennengelernt, die ihn mit dem Spruch «Wenn es einer von denen hier kann, dann du!» verhext hatte. 1956 hatte er eine langwierige Fehde gegen den damaligen Leiter des Kartoffelinstitutes, Dr. Kreidler, einen Exburschenschaftler mit Schmiss in der Wange, gewonnen und ihn beerbt. Vater war einst das Symbol für die neue Zeit gewesen; aber die neue Zeit von damals war jetzt die alte. Das Kartoffelinstitut in Pründen gab es nicht mehr. Es war nur noch ein Spukschloss. Und wenn man beim Kaffeetrinken das falsche Wort sagte, öffnete sich die Geisterbahn, und die Gespenster von Dr. Kreidler und Konsorten schwebten von den spinnwebverhangenen Decken herab. Dann war es zu spät zum Aussteigen, dann musste man durch. Denn über meine alten Eltern ließ sich allerlei behaupten, nur nicht, dass sie dement wären. Sie waren auf geradezu furchteinflößende Weise undement.

Im Pründener Gutshaus hatten wir sechs riesengroße Zimmer mit Eichenholzparkett, drei davon konnten durch gewaltige Flügeltüren zu einem einzigen Raum verbunden werden, was aber eigentlich nur Weihnachten geschah. In meiner Erinnerung erscheint mir das Haus noch weitläufiger, als es tatsächlich war. Mich gruselt es nicht, wenn in Kubricks «Shining» der kleine Sohn mit dem Tretauto die langen Flure abfährt, nein, mir wird warm ums Herz. Die Wohnung in der Semmelweisstraße, die meine Eltern vor zwanzig Jahren bezogen hatten, war dagegen winzig. Gar keine richtige Wohnung, nur ein Behältnis, in dem sie aufbewahrt wurden. Abgestoßene Ecken an den Türen und abgeriebene Tapetenstellen am Flurwinkel kündeten davon, dass mein raumgreifender Vater körperlich unfähig war, sich an diese Enge zu gewöhnen.

Als wir die kleine Wohnung meiner Eltern betraten, erhob sich Vater aus dem Sessel. Nicht gleich erfolgreich, er fiel noch einmal kurz zurück, aber dann stemmte er sich ächzend auf die Lehnen, stieß sich ab und stand. Das war's. Mascha marschierte vor und warf ihm, «Tach, Opili!», ihre Hand hin. Früher war Vater noch selber an die Tür gekommen, wenn wir klingelten, später war er wenigstens noch aufgestanden und etwas schwerfüßig in den Flur gestapft, aber jetzt erhob er sich nur noch, um die Familie seines Sohnes zu begrüßen. Ein Bild von einem Mann, allerdings nur noch ein Standbild.

Mutter hatte vor ein paar Wochen gemeint, er gehe halt nicht mehr so gerne. Es hatte sich angehört, als sei Gehen ein aus der Mode gekommener Trendsport oder irgendein Hobby, dem man plötzlich nichts mehr abgewinnen könne. Genauso gut hätte sie sagen können, Vater habe die Lust am Verdauen verloren oder atme in letzter Zeit nicht mehr so gerne. Und irgendwo war es wohl auch so. Das Leben strengte ihn zu sehr an.

Gut, Vater war schwer. So hundert Kilogramm, bei durchaus nur mittlerer Größe. Damit loszugehen brauchte gute Gründe. Und so war Vater wohl zur der Einschätzung gelangt, dass sich dieser Aufwand in den meisten Fällen nicht mehr lohne. Das bisschen, was so im Alltag zu gehen war, konnte auch Mutter gehen.

Konrad, immer noch steif und mürrisch, ließ sich beklopfen: «Großer Junge.» Dorit sah «ja wieder fesch aus», sie musste sich einmal kurz eindrehen. Ich bekam seine dicke Pranke, der Griff fest wie eh und je. Im Gegensatz zu mir hatte Vater ja «noch richtig gearbeitet», wenn es auch schon fünfzig Jahre her war. Wie ich Geld verdiente, war ihm ein Rätsel. Mir eigentlich auch.

Mutter brachte Marmorkuchen, Filterkaffee und Sahne mit vier Prozent Fett. Schlankmachsahne. Sahne, die den Unterschied macht. Vater fragte Mascha, was denn die Schule so mache. Mascha hatte alles Einsen, das Übliche. Mutti war ja auch immer die Beste gewesen. Und der Große solle sich da mal ein Beispiel nehmen. Der Nachmittag ließ sich gut an, und ich hoffte inständig, dass es uns gelingen würde, das Gespräch in diesem Zirkel der Belanglosigkeiten zu halten. Dorit hatte damals schnell gelernt, dass man in meiner Familie nicht ungestraft weder über Kartoffeln im Speziellen noch über Landwirtschaft im Allgemeinen reden durfte, ohne sofort mit einer Flut vorwiegend festkochender oder auch mehliger Erinnerungen überschüttet zu werden. Sogar Worte wie «früher» oder «damals» lösten bei meinen Eltern schlimme Anfälle von Mnemorrhoe aus.

«Mascha nimmt jetzt Englischunterricht außerhalb der Schule», erzählte Dorit entspannt. «Die International School hat uns zwar erst mal abgesagt, aber für Kinder mit sehr guten Englischkenntnissen gibt es vor Beginn des zweiten Halbjahres noch eine extra Eignungsprüfung. Und da haben wir die berechtigte Hoffnung, dass Mascha diesmal ...»

«Das stimmt. Man darf die Hoffnung nie aufgeben», sagte Mutter plötzlich in diesem sehr speziellen Ton, der einer Überleitung ins Gewesene voranging. Dorit erschrak, hielt kurz inne und sah mich entschuldigend an. Zu spät: Der Boden unter unseren Füßen tat sich schon auf, und wir fielen durch ein Loch in die Vergangenheit meiner Eltern. «Max' Vater hat auch nie die Hoffnung aufgegeben, als sie ihn von 1954 bis 1956 kaltstellten, weil er es gewagt hatte, Dr. Kreidler zu kritisieren.»

Dorit machte «Aha?» und setzte ihr professionelles «Was du nicht sagst! Das ist ja interessant!»-Gesicht auf. Für sie unterhielten sich meine Eltern ab jetzt in einer Fremdsprache.

«Dr. Kreidler wollte ja unbedingt die ‹Drushba› durchdrücken», fuhr Mutter ungerührt fort, «dabei gab es bei der immer Trödel mit der Krautfäule. Nematodenresistenz hin oder her. Dr. Kreidlers Spezi war der Karli Woltschik, der mit dem Referenten von Dassmann gut konnte, wie hieß er gleich, Neuhaus ...»

Mutter ging ebenso natürlich wie irrig davon aus, dass diese Namenparade das Verständnis dieser Geschichte erleichtern könne.

«Niehaus, Mutter, Niehaus hieß der. Du hast mit ihm getanzt. '55, auf dem Bauernkongress!», brummte Vater dazwischen und schüttelte den Kopf. Dass Mutter nach einem halben Jahrhundert immer noch nicht den Nachnamen des persönlichen Referenten des stellvertretenden Landwirtschaftsministers korrekt nennen konnte, ließ Vater resignieren. Vater vergaß nie einen Namen. Vater hatte das fehlerfreie Gedächtnis eines Paranoikers. Zu Recht. Er kam aus einer Welt vor Google. Was er vergaß, das hörte auf zu existieren.

«Heiner Asshoff hat Vater verpfiffen, als der mit Sauen-Seickel, Fritze Klötzsch und dem viel zu früh verstorbenen Manfred Olbernhauer beim alten Quednau in der Kneipe saß.»

Mascha fragte Dorit flüsternd, was denn zu früh verstorben sei und ob denn die anderen alle zu spät verstorben seien. Das war eine nicht so einfach zu beantwortende Frage, deswegen nickte Dorit lieber erst mal. Vater korrigierte Mutter erneut.

«Heini Asshoff war's nicht. Der hat nur zu Dr. Kreidler gesagt, der Alfred hat ein loses Maul, das ist alles, was Heiner gesagt hat.»

«Aber wieso wusste Dr. Kreidler dann schon alles, als die Institutsleitung zusammengetreten ist?»

Konrad rieb sich die Augen. Für ihn waren das noch nicht mal mehr Namen, eher Halmafiguren. Für ihn klang es, als unterhielten sich seine Großeltern darüber, ob es unter den Halmafiguren gute und böse Halmafiguren gäbe.

«Weil Fritze Klötzsch unbedingt nach Moskau wollte und dachte, er müsse sich lieb Kind bei Kreidler machen.»

«Ich dachte, Heiner Asshoff hat gesagt, dass du die ‹Drushba› als ‹Russenkartoffel› bezeichnet hast?»

«Nein, Fritze Klötzsch hat es gesagt.»

«Aber Dr. Kreidler hat doch davor nie mit Fritze Klötzsch zu tun gehabt?»

«Aber Manfred.»

«Manfred Olbernhauer?»

Dorit hatte längst und offensichtlich das weiße Rauschen in den Ohren. Konrad war neben mir ins Sofakissen gesunken und schlief. Nur Mascha hörte gespannt zu. Sie hing noch der kindlichen Überzeugung an, dass alle Reden der Erwachsenen irgendeine Bedeutung hätten, die man durch intensives Zuhören irgendwann verstehen würde.

Und irgendwie hatte sie recht. Kein Detail der Geschichte um Dr. Kreidler war zu gering, um nicht immer wieder und wieder erzählt zu werden. Es war keine Geschichte aus der Vergangenheit, es war eine Geschichte aus der *Untergegangenheit*.

Was aber ist die Untergegangenheit? Manch einer mag denken, es wäre eine sehr, sehr weit zurückliegende Zeit, aber so ist es nicht. Die Untergegangenheit ist einfach eine Vergangenheit, bei der keiner dabei war und von der keiner was gewusst hat. Die deutsche Geschichte ist voller Untergegangenheiten, denn nichts fürchtet der Deutsche mehr, als dabei gewesen zu sein und davon gewusst zu haben. Meine Eltern aber waren dabei gewesen, und sie hatten dafür eine tröstliche Formel gefunden. Sie gehörten einer *Epoche* an. Alles, was meine Eltern getan hatten, war tendenziell epochal gewesen. Epochale Abendessen mit Funktionären der bulgarischen Landwirtschaftskammer, epochale Konferenzen zur Entwicklung der Nematodenresistenz bei Speisekartoffeln im Bördekreis seit den Beschlüssen des Achten Parteitags, epochale Eröffnungen der neuen Waschräume in der Nebenstelle Zwei … Es war ein Leben voller «historischer Stationen». Wir dagegen gehörten keiner Epoche an. Wir waren einfach nur da. Unser Leben orientierte sich am Zinssatz der Europäischen Zentralbank, es war mal ein bisschen besser, mal ein bisschen schlechter. Sonst nichts. Wir hatten auch ein bisschen Vergangenheit, privaten Kleinkram, aber nichts, wozu man sich irgendwie verhalten musste.

Am Montagvormittag durfte ich bei Chef antanzen. Ich hätte es mir denken können: Natürlich hatte Friebe nicht Stillschweigen bewahrt.

«Es gibt viele Faktoren, die ein Unternehmen voranbringen», sagte Chef, als ich vor ihm Platz nahm. Dann hob er erst mal den Telefonhörer ab, um das verdrehte Kabel eine halbe Minute lang hingebungsvoll zu entwirren. «Wichtige und weniger wichtige, zentrale und weniger zentrale», sprach Chef dazu, als hätte er die Kunst des Andeutens bei der CIA gelernt und könne mich auch in den Wahnsinn andeuten, wenn es ihm beliebe. Ich hatte die Hände im Schoß gefaltet und folgte ihm aufmerksam. Gleich würde er seinen Blick heben und mich durchdringend ansehen.

«Für mich persönlich ist Ehrlichkeit», Chef hob den Blick und legte den entwirrten Hörer effektvoll auf, «schonungslose Ehrlichkeit, der allerbedeutendste Faktor für das Gedeihen eines Unternehmens.»

Für mich nicht, dachte ich, für mich ist Ehrlichkeit das Flagellantentum der Neuzeit. Ich schaute ihn in einer neutralen, leicht zustimmenden Weise an.

«Ohne die Ehrlichkeit aller Betriebsangehörigen kann ein Unternehmen seinen Auftrag nicht erfüllen. Vom Leiter über den Buchhalter bis zum Mitarbeiter im Außendienst müssen alle einander die Wahrheit sagen.»

«Was willst du?», fragte ich.

«Warum hast du mir nicht gesagt, dass die neue Folge von

‹Ihnen kann geholfen werden!› abzustürzen droht? Als ich dich gestern fragte, hast du so getan, als sei alles in bester Ordnung.»

«Weil alles in Ordnung ist.»

«Offenbar nicht. Alexander Friebe war gestern Abend noch bei mir, weil er sich Sorgen macht.»

Die Ratte! Sich Sorgen machen, ha – die feige Form von Anscheißen! Ich guckte ganz leicht irritiert.

«Der Kollege ist neu im Geschäft. Möglicherweise ein bisschen übersensibel.»

Chef räusperte sich und legte die Handflächen gegeneinander.

«Trifft es zu, dass die von unserem Sender organisierte und landesweit zur Ausstrahlung kommende Hilfe nicht einem kranken, gehandicapten Mädchen gilt, sondern einem faulen, fetten Subjekt, das mit seinen verwahrlosten Eltern unter absolut nicht vorzeigbaren Zuständen in einer Bruchbude haust?»

Ich verzog skeptisch den Mund. «Würde ich so nicht sagen.»

«Nur noch mal zur Erinnerung ...» Chef beugte sich nach vorn und kniff die Augen leicht zusammen. «Fernsehen ist ... pure Emotion.»

Das hatte er geübt! Das musste er geübt haben! So was kriegt man nicht hin, wenn man es nicht mindestens zehnmal vorm Spiegel probiert hat.

«In diesem Sender treffen jeden Tag zwei Dutzend Briefe ein, voll von großen und mittelgroßen Schicksalen. Du als Redakteur bist dafür verantwortlich, dass am Ende der Sendung ‹Ihnen kann geholfen werden!› Tränen fließen. Und zwar Tränen der Rührung. Keine Lachtränen.»

«So wird es auch diesmal sein.»

Ich war völlig geblockt. Wenn Chef nicht mit dieser Ehrlichkeitsnummer begonnen hätte, wenn er einfach nur noch mal nachgefragt hätte, wenn der eitle Friebe nicht so geschmeidig petzen gegangen wäre, hätte ich vielleicht erklärt, dass der Fall Vroni Zachow diskussionswürdig war, hätte mir vielleicht eine Rückversicherung, eventuell gar ein offizielles Ja oder Nein eingeholt, aber so ...

Zu allem Überfluss tat Chef jetzt auch noch etwas, das mir jeden Rückweg abschnitt. Er begann, mich zu kennen.

«Ich kenne dich, Max. Du nimmst Sachen gerne auf die leichte Schulter.»

Ja. War so.

«Ich kenne dich nur zu gut. Du hast nicht den Mut, zuzugeben, wenn was aus dem Ruder gelaufen ist.»

Besser hätte ich es auch nicht sagen können.

«Du denkst immer, irgendwas wird schon gehen. Wer kriegt das schon mit beim Fernsehen? Das versendet sich doch ...»

Auch das war keine falsche Beobachtung. Aber ich saß da und tat verkannt.

Seit ich denken kann, haben mich Zuschreibungen blockiert. Niemand hat das Recht, mich zu kennen. Nicht mal ich selbst. Also nahm ich den Strick, den Chef mir angeboten hatte, und zog ihn mir mit großer Geste um den Hals.

«Ich verspreche dir, dass diese Sendung ‹Ihnen kann geholfen werden!› ein voller Erfolg wird.»

Chef wirkte unzufrieden. Er war davon ausgegangen, dass er mich beim Schlendrian ertappt hatte. Meine – völlig unberechtigte – Selbstsicherheit verstörte ihn.

«Also, noch einmal für's Protokoll», sagte er langsam, «gibt es Probleme mit der Sendung?»

«Von meiner Seite nicht. Ich denke aber, Friebe hat ein Problem.»

Chef lehnte sich wieder zurück und holte tief Luft. «Alexander Friebe hat in diesem Sender noch eine große Zukunft vor sich. Das kann man wahrlich nicht von allen Kollegen sagen. Die Branche ist im Umbruch. Manch einer wird sich neu orientieren müssen. Wenn ich an deiner Stelle wäre, würde ich zusehen, dass ich meine Zukunft mit der von Alexander Friebe verknüpfe.»

Ich liebte Chefs indirekte Art. Wie bestellte er eigentlich in Restaurants? Redete er so lange über die Vorzüge des Wiener Schnitzels, bis ihm der Kellner genervt eins hinstellte?

Zurück im Großraumbüro, hievte ich mir ein paar Stapel Regionalzeitungen auf den Tisch und durchwühlte sie in der Hoffnung, irgendwen in diesem gottverdammten Land zu finden, dem noch geholfen werden konnte. Aber alles, was ich fand, war entweder zu popelig («Zugiges Buswartehäuschen stimmt Fahrgäste manchmal ein bisschen verdrießlich») oder auch trotz noch so toll vermittelter Nachbarschaftshilfe nicht zu stemmen («Rückbau des stillgelegten Kernkraftwerks verzögert sich»). Ich konnte ja die Brennstäbe nicht per Menschenkette aus dem Reaktor reichen lassen. Gerade als ich mich mit dem verschnarchten Wartehäuschen anfreunden wollte, klingelte das Telefon. Der Installateur, der mir als Einziger in Sachen Vroni abgesagt hatte, war dran. Er sagte, ein paar Kollegen aus der Zunft hätten mit ihm gesprochen, seine Frau hätte ihm ins Gewissen geredet, und jetzt, wo das Projekt schon solche Wellen schlage, wolle er nicht als Einziger abseitsstehen. Dass der alte Fritz Hentschel die Poolführung übernommen und man mit Ansgar von Lohe einen wirklich ausgewiesenen Altbauexperten habe gewinnen können, hätte ihn schließlich restlos überzeugt. Ich verstand nur Bahnhof, freute mich aber mechanisch mit.

«Also, dann Donnerstag früh bei den Zachows», verabschiedete er sich. Ich legte auf, und das Blut wich mir aus den Händen. Verflucht! Hatte ich irgendwas von Eigeninitiative gesagt? Wer war dieser Ansgar von Lohe, was war eine Poolführung und wieso hatte Fritz Hentschel sie übernommen? Ich googelte hektisch durch das Netz. Die Regionalpresse hatte sich schon draufgestürzt, gar nicht gut. Offenbar hatte Vronis neue Badewanne einen wahren Dammbruch aufgestauter Hilfsbereitschaft ausgelöst. Ich hatte die falschen Leute zur falschen Zeit erwischt, oder die hatten alle nichts Besseres zu tun. Der alte Sanitärfritze Hentschel hatte sich persönlich verpflichtet gefühlt (er hatte auch noch eine gehbehinderte Tochter, um Gottes willen!), einen großen Baumaschinenverleih aufgetrieben, ein paar Kollegen scharf gemacht auf die gewagte Operation am lebenden Häuschen und zu allem Unglück auch noch erfolgreich den bekannten Ansgar von Lohe angefragt, der überall auf der Welt allerbröseligste Kirchen und Schlösser auseinandernahm und pattexfest wieder zusammenfügte. Die Zachowgeschichte war schlechterdings nicht mehr ohne Skandal abzusagen. Andererseits, wenn die Samariter übermorgen dort eintrudeln würden und kein blasses krankes Mädchen wie aus einem Andersen-Märchen, sondern eine fette Riesenraupe erblickten, wäre der Skandal mindestens ebenso groß. Ich war einfach am Arsch! Ich kapitulierte.

Aufgeben zu können ist eine meiner hervorragendsten Eigenschaften. Der greise Churchill hatte unrecht, als er der britischen Jugend sein Lebensmotto ins Mikrofon krächzte: Gib! Niemals! Auf!

Das ist falsch. Es muss heißen: Gib auf! Spar dir die Kraft!

Sieh, was geschieht, wenn du versagst! Die Stimme darf versagen, die Muskeln dürfen versagen, warum nicht auch du? Viele sind grinsend an mir vorbeigezogen, sind verbissen die Karriereleiter hinaufgeklettert, nur um am oberen Ende zu sehen, dass die Leiter an der falschen Mauer stand.

Sie hatten nicht verstanden, dass aufgeben in Wirklichkeit abgeben heißt. Wenn etwas zu groß wird, als dass du es noch stemmen könntest, dann stemm nicht weiter, sondern gib auf, gib ab. An jemanden, der größer und stärker ist als du. Ich erinnerte mich an den Fall dieses Finanzmenschen, Typ Alphatier, im World Trade Center, der in einem der oberen Geschosse das Flugzeug auf sich zurasen sah. Ich erinnerte mich an sein Stoßgebet: Lieber Gott, das ist zu groß für mich! Das musst du übernehmen!

Und siehe da: Er überlebte!

Es muss ja nicht gleich der Allmächtige sein. In meinem Fall reichte es völlig, dass es der Wortmächtige war. Nämlich Bert Stern! Wo Bert Stern war, war Fernsehen! Bert Stern konnte auf einer leeren Landstraße stehen und eine zufällig vorüberwehende Plastiktüte anmoderieren, die Leute würden trotzdem vor dem Fernseher hängenbleiben. Er war die Würde der Fernsehberichterstattung selbst. Und war es nicht ein Zeichen des Schicksals, dass er die schlimmste Form der Logorrhoe, die Moderationskrankheit, bekommen hatte? Er würde quasi bewusstlos alle Zweifel an diesem «Ihnen kann geholfen werden!»-Projekt hinwegmoderieren. Er würde die fette Vroni an seinen galanten Händen zum neuen Badezimmer führen, und ihm – nur ihm – würde man glauben, dass der Landfunk dem Leid einer bedauernswerten Kreatur abhalf und nicht etwa der Naschsucht in Person auch noch kostenlosen Badespaß verschaffte.

Mein Bürotelefon klingelte. Die Redaktionssekretärin war dran, die eine Frau von außerhalb durchstellen wollte. Es meldete sich Frau Sperber, die sich als Nachbarin meiner Eltern vorstellte.

«Sie kennen mich nicht, aber ich weiß von Ihren Eltern, dass Sie beim Landfunk arbeiten. Ich wohne doch gegenüber. Ich glaube, Ihr Vater braucht Hilfe. Er sagt zwar, es wäre alles in Ordnung, aber das glaube ich nicht. Es regnet doch so stark. Und wo doch die Frau beim Friseur ist.»

Das klang alles etwas rätselhaft, aber doch ernsthaft besorgt. Ich versprach Frau Sperber, dass ich gleich kommen würde, entschuldigte mich bei Chef, dass ich aus dringenden familiären Gründen der Nachmittagskonferenz fernbleiben müsse, und lief durch den Regen zum Auto. Ging herum. Keine Spuren neuer Beschädigungen. Kein Stopfen im Auspuff. Obwohl ich mir vorgenommen hatte, nicht paranoid zu werden, öffnete ich dann doch noch kurz die Motorhaube und sah hinein. Oberflächlich betrachtet, war alles normal verdreckt und verölt. Mehr würde ich als Laie aber sowieso nicht erkennen. Mit der seltsamen Gefühlsmischung aus hingebungsvollstem Fatalismus und äußerster Anspannung, mit der Exmafiosi im Zeugenschutzprogramm ihre Autos starten, drehte ich den Zündschlüssel. Es machte aber nur Wrumm, nicht Bumm. Hochzufrieden und demonstrativ unexplodiert kurvte ich vom Sendergelände. Der Scheibenwischer hastete hin und her, es regnete in Strömen. Na klar, dachte ich mir, so hart waren die harten Jungs dann doch nicht, dass sie bei so einem Mistwetter rausgehen, um ihren Mist zu bauen. Und nicht nur die Bösen blieben daheim. Auch die Guten. Bei so einem Regen konnte man ja in der Stadt hochkant falsch parken, ohne ein Ticket zu riskieren! Der Einzige, der in diesem Plattern noch seine Pflicht tat, war der Blitzer an der Ringstraße. Er blitzte, als wolle er mein Gehirn neutralisieren. Vielleicht nahm die Stärke des Blitzes mit der Geschwindigkeit zu, ich war ja doch sehr forsch unterwegs. Egal.

Als ich in die Semmelweisstraße einbog, sah ich Vater schon. Er war nicht schwer zu erkennen. Er war das Einzige, was nicht wie immer war. Die viergeschossigen Altneubauten einander gegenüber aufgereiht, die kleinen Balkons, die schmalen Vorgärten, dazwischen ein Rasenplatz mit Wäschestangen. Alles wie immer. Nur auf einem dieser kleinen Balkons, auf seinem Balkon, saß Vater auf einem weißen Plastikstuhl im strömenden Regen. Ich stellte das Auto ab und lief zum Haus. Er sah mich kommen und versuchte ganz normal «Hallo, Sohn!» zu sagen, aber die Stimme zitterte ihm etwas. «Hallo Vater!», grüßte ich von unten.

«Hat dich die Sperbern also doch aufgehetzt!», sprach Vater vom Balkon. Er saß völlig unbeweglich da, hatte wahrscheinlich die Hände im Schoß, als freue er sich des Lebens. Sein sonst immer sorgfältig nach hinten gekämmtes Haar lag in feuchten Fransen über seiner Stirn. Er war patschnass.

«Sie sagte, du brauchst Hilfe!», rief ich.

«Sehe ich so aus?»

«Ja, du siehst so aus!» Ich schloss die Haustür auf.

Ich lief durch die kleine Wohnung, die mir heute noch kleiner als sonst vorkam, bis zum Wohnzimmerbalkon. Die Balkontür stand halb offen, es hatte reingeregnet, eine Wasserlache kroch auf den Teppich zu.

«Komm, ich helfe dir rein!» Vater griff mit einer Hand nach meinem Arm und mit der anderen nach der Balkonbrüstung, zog sich ein bisschen in die Höhe, sackte aber wieder auf den Plastikstuhl zurück, dessen Beine sich gefährlich auseinanderbogen.

«Weißt du, Junge, die Beine. Die wollen heute nicht so. Muss wohl noch ein bisschen warten.»

Er seufzte. Tjaja. So ist das. Dann nickte er noch mal, als

wolle er sich selbst bestätigen. Aber es war wohl Verzweiflung. Ich hatte meinen Vater noch nie verzweifelt gesehen. Ich kannte ihn wirklich in allen Lagen, aber Verzweiflung war bisher noch nicht dabei gewesen. Gut, die Leute aus dem Inneren des zwanzigsten Jahrhunderts waren alle ziemlich verzweiflungsresistent. Ging ja nicht anders, Verzweiflung muss man sich erst mal leisten können. Wann war ich eigentlich das letzte Mal so richtig verzweifelt gewesen? Ach ja, heute morgen, als die Butter hart war, weil sie im Kühlschrank übernachtet hatte. Aber Vater?

Ich stellte mich links von ihm auf und zog ihn mühsam in den Stand. Vater legte seine Arme um meinen Hals, und so standen wir ein Weilchen, während er immer nur den Kopf schüttelte und mit den Beinen zitterte. Wir waren wie ein sich umarmendes Paar. Auf einem vier Quadratmeter großen Balkon eines Altneubaus aus den sechziger Jahren, mitten in einem fruchtbringenden Landregen.

«Fang doch jetzt mal an. Mach einfach einen kleinen Schritt», sagte ich beherrscht, aber Vater antwortete, es ginge halt nicht. «Du gibst dir keine Mühe, das ist es!», fluchte ich. Vater sagte, er strenge sich ja an, aber es ginge trotzdem nicht. «Wenn du wirklich wollen würdest, würde es auch gehen! Aber du willst nicht, du willst ja lieber sitzen bleiben!», presste ich hervor, denn Vater wurde langsam schwerer, als sauge er sich mit dem Regenwasser voll. «Siehst du», tätschelte er mir auf den Nacken und flüsterte, «jetzt schimpfst du mich so aus, wie ich dich früher immer ausgeschimpft habe.»

Mich wunderte, dass er sich erinnerte. Ich dachte immer, der Schimpfer schimpft und vergisst, und nur der Beschimpfte vergisst nicht. Aber er hatte recht, wir hatten die Rollen getauscht. Wir hatten die Rollen schon lange getauscht, aber es war seltsam, das auszusprechen. Mein Vater war mein Kind. Mir war, als hätte ich mit meinen eigenen Kindern nur geübt, wie es ist, geduldig zu sein und fürsorglich und immer aufzumuntern und zu ermutigen.

«Na komm!», sagte ich jetzt noch mal, etwas milder. «Wir schaffen das.»

Ich hatte mit meinen kleinen Kindern nur geturnt, um jetzt ...

«Stell mal deine Füße auf meine!», sagte ich Vater und zog ihn noch näher zu mir. Klitzekleine Tapseschrittchen machend, stieg er auf meine Füße. Mit Mascha war das immer ein Riesenspaß, sie konnte sogar mit den Händen auf meinen Füßen stehen, und dann wackelten wir singend durch die Diele. Aber das hier war die Schwertransportvariante. Ein Zentner auf meinen Zehen, ein Zentner an meinem Hals. Ich schob meinen linken Fuß langsam nach hinten, und tatsächlich, Vaters darauf stehender Fuß kam mit. Ich schob meinen rechten Fuß, und wir standen fast schon an der Balkontür.

Im Haus gegenüber guckte eine ältere Frau hinter der Gardine hervor. Sicher die Sperber. Die anderen guckten wahrscheinlich hinter der Gardine. Ich rutschte mit Vater rückwärts ins schützende Dunkel der Wohnung, dann weiter ins Bad, trocknete ihn ab und kleidete ihn um. Dann tapperte ich mit Vater ins Wohnzimmer, um ihn im Fernsehsessel zu versenken.

«Danke, Junge!», sagte Vater durchaus bewegt, als er wieder im sicheren, warmen Polster saß und ich die Regenwasserlache vom Wohnzimmerboden wischte.

«Falls du dich revanchieren willst, Vater», erwiderte ich, «ich bin bei der Herfahrt geblitzt worden. Du kannst mal wieder meine Punkte übernehmen.»

Obwohl Vater seit drei Jahren kein Auto mehr fuhr, galt er beim Polizeipräsidium als gefährlicher Raser. Zweimal schon hatte er sich auf mein Bitten hin im Auskunftsformular der hemmungslosen Geschwindigkeitsübertretung bezichtigt, was mir insgesamt sechs Punkte erspart hatte. Es mochte den dortigen Sachbearbeitern ein Rätsel sein, warum ein Greis in seinen Endsiebzigern, der jahrzehntelang durch sein fehlerfreies, regelkonformes Verhalten im Straßenverkehr zum Vorbild aller Mitbürger geworden war, sein eigenes Kraftfahrzeug abmeldete, nur um im Auto seines Sohnes und teilweise weit nach Mitternacht wie ein Irrer durch Geschwindigkeitskontrollen zu brettern. Aber das Alter kennt ja Befriedigungen, von denen die Jugend nichts ahnt.

«Ja, ja, gib ruhig her, wenn du was kriegst», brummte Vater und langte nach der Fernbedienung, um das Nachmittagsprogramm durchzuzappen.

Ich spülte in der Küche den Lappen aus, als Mutter vom Friseur heimkam. Sie sah Vater im Wohnzimmer sitzen, und ein kurzer Laut des Entsetzens entfuhr ihr. Vater saß da wie immer, nur hatte er nicht die braune Hose an, die sie ihm heute Morgen angezogen hatte, sondern eine blaue. Er trug auch nicht den grauen Pullover, den sie ihm übergestreift hatte, sondern ein kariertes Hemd. Da Vater sich unmöglich selbst umgezogen haben konnte, führte Mutter sein verändertes Äußeres auf Veränderungen in ihrem Gehirn zurück: Mutter fürchtete sich seit Jahren sehr vor Demenz. Im hart getakteten Tagesablauf der Pflege ihres Mannes vergaß sie schon mal das eine oder andere, brachte auch mal Termine durcheinander. Das frustrierte sie enorm, aber es war kein Hirnverfall. Ihr fehlte einfach Zeit, um aus dem Fenster zu gucken. Als ich ein Kind war, saß ich oft am großen Küchentisch, malte ein Bild oder formte immer wieder umsinkende Knetmännchen, und Mutter saß daneben und schälte Kartoffeln. Ab und zu ließ sie das Messer sinken und schaute eine Minute regungslos aus dem Fenster. Sie sah nichts, sie dachte nichts. Sie lehnte einfach ihren Blick hinaus, um ihr Gehirn auszuruhen. Wie jemand, der in einem langen, eiligen Gang kurz stehen bleibt, um zu verschnaufen, so verschnaufte meine Mutter im Gang ihrer Gedanken. Ich habe es später einmal ausprobiert, habe im Kinderzimmer die Stirn ans kühle Fensterglas gedrückt und ins Leere geglotzt. Es war sehr entspannend.

«Alfred, was ist mit deinen Sachen?», rief meine Mutter jetzt.

«Ich war's!», sagte ich und kam, mir die Hände trockenwedelnd, aus der Küche. «Er kam nicht mehr rechtzeitig vom Balkon, als es anfing zu regnen. Frau Sperber hat mich angerufen.»

Meine Mutter nahm seufzend das Tuch ab, das sie um ihre erneuerte Frisur gebunden hatte, damit sie nicht nass würde. Mutter trug seit 1967 dieselbe Frisur, die alle vier Wochen quasi nur restauriert wurde.

«Ach, Alfred!», sagte Mutter. «Ich hab dir doch gesagt, du sollst dich nicht mehr alleine bewegen.»

Vater brummte in sich hinein. Es war ja nun auch keine ganz einfache Forderung, sich nicht mehr alleine zu bewegen.

Mutter hängte ihre Sachen in die Garderobe, ging in die Küche und setzte sich. Sie setzte sich wie jemand, der sich erst mal setzen muss.

«Junge», sagte sie, «ich kann nicht mehr. Ich muss doch mal zum Friseur gehen können.»

«Ach, komm. Das ist jetzt mal passiert. Das wird schon wieder.»

Mutter schüttelte den Kopf.

«Du redest wie dein Vater. Aber du weißt ja nicht, was hier manchmal los ist. Manchmal braucht er eine Viertelstunde bis in die Küche. Das Essen wird kalt. Er kann nicht mehr richtig gehen, und er kann nicht mehr richtig stehen. Dann steht er im Flur und jammert, ich soll ihm einen Stuhl bringen. Und abends ist es ganz schlimm. Er hätte damals die zweite Pflegestufe nehmen sollen.»

Die Pflegestufe zwei hatte Vater vermasselt. Und zwar mit Absicht. Kein Wunder, dass Mutter sauer auf ihn war.

Vor vier Monaten hatte Vater mitten in der Untersuchung seine Meinung geändert. Besser gesagt, er hatte unsere Meinung geändert. Unsere Meinung, dass er ein schwerer Pflegefall der Stufe zwei sei, denn von sich aus gesehen war er das keineswegs. Ordnungsgemäß hatte Vater zunächst Auskunft über seine Beschwerden und Beschwerlichkeiten gegeben. Er kam nicht mehr gut hoch, er kam nicht mehr gut runter, und alles andere ging auch nicht mehr so richtig. Die Dame vom Medizinischen Dienst hatte Vaters Angaben mit denen des ärztlichen Gutachtens verglichen und Häkchen gemacht. Auf dem Gutachten, einem engbeschriebenen Blatt, prangte das einschüchternde Wort «polymorbid». Was der Arzt damit sagen wollte, war, dass es zu weit führen würde, alle Krankheiten meines Vaters einzeln aufzulisten. Es lohnte nicht, denn bis man alle seine Krankheiten mühsam aufgelistet hätte, wäre wahrscheinlich schon wieder eine neue hinzugekommen. Vater hatte den halben Pschyrembel. Eigentlich wäre der Fall damit so gut wie durch gewesen.

«Tja, ich denke, das ist dann doch die Pflegestufe zwei.»

Die Dame vom Medizinischen Dienst lächelte Vater aufmunternd an und tätschelte sein Knie, als meine sie eigentlich: «Einmal komme ich noch, und dann kommt jemand anders – Meister Hein, der Sensenmann, Sie wissen schon.»

Sie packte zusammen und erwähnte beiläufig, dass die Pflegekraft, die ihm bei der Abendtoilette und dem Zubettgehen behilflich sein werde, routinemäßig gegen zwanzig Uhr kommen würde.

«Was soll sie denn um diese Zeit hier?», fragte Vater, «Da geh ich noch nicht ins Bett!»

«Tut mir leid, Herr Krenke, aber die Zubettgehzeiten richten sich beim Pflegedienst nicht nach Ihren persönlichen Vorstellungen. Um zwanzig Uhr kommt die Pflegekraft, und um zwanzig Uhr dreißig liegen Sie im Bett. So ist der Zeitkorridor.»

«Kommt gar nicht in Frage.»

«Und ob das in Frage kommt.»

Vater war geschockt. Seit seinem vierzehnten Lebensjahr war er so lange aufgeblieben, wie er wollte. Dass die Zeit, in der man um acht ins Bett gesteckt wird, eines Tages wiederkehren würde, damit hatte er nicht gerechnet. Vater stieß sich aus dem Sessel hoch.

«Dann will ich das nicht!»

Die Dame sah ihn erst verwundert, dann zunehmend skeptischer an. Pflegestufen wählte man ja nicht nach Belieben. War Vater ein Simulant?

«Dann schleppe ich mich lieber allein ins Bett!», rief Vater und stakste, seine Beine mit verzweifelter Mühe voranwerfend, vom Sessel zur Anrichte.

«Alfred!», rief Mutter.

«Bist du still!», schnauzte Vater in ungewohnter Schärfe. «Ihr wollt mich doch alle nur herumkommandieren! Aber ich lass mich nicht herumkommandieren!»

«Herr Krenke», fiel die Dame ein, «eine weitere Pflegestufe wird niemandem aufgedrängelt. Wenn Sie sich noch mobil genug fühlen, gebe ich Ihnen den Antrag einfach zurück, und dann hat es sich.»

«Geben Sie her, den Wisch! Zwanzig Uhr Bettruhe, so weit kommt es noch ...»

Vater musste sich an der Anrichte festhalten, um den Antrag entgegenzunehmen, beinahe wäre er aus dem Lot gekippt, aber die Dame vom Medizinischen Dienst gab ihm das Papier ohne Zögern zurück. Jeder Pflegefall weniger war Geld wert.

Mutter hielt sich vor Schreck und Befehl den Mund zu. Es

würde alles an ihr hängenbleiben. Vier Monate war es her, dass Vater beschlossen hatte, kein schwerer Pflegefall zu sein. Jetzt sah ich Mutter verzweifelt – verzweifelter, als ich es ertrug – in der Küche sitzen.

«Pass mal auf, Mutter», sagte ich zögernd, «ich kann euch doch helfen. Ich komme einfach abends kurz vorbei und bringe ihn ins Bett.»

Zwei Zutaten braucht es für eine humanitäre Katastrophe: den Wunsch zu helfen und völlige Ahnungslosigkeit, worauf man sich dabei einlässt.

Was den richtigen Zeitpunkt für ein Gespräch anbetraf, hatte Dorit mehr Erfahrung als ich. Jahre voller Meetings und Briefings in ihrer Werbebude hatten sie mit einem phantastischen Gespür für kommunikative Durchbrüche ausgestattet. Sie hatte sich Projekte abnicken lassen, die keiner sich bisher vorzutragen traute – nur weil sie warten konnte, bis jemand zwischen Tür und Angel zum Abnicken aufgelegt war.

«Gute Nacht, Schatz!», murmelte ich an diesem Abend und wälzte mich müde zur Seite, aber Dorit, den Blick scheinbar fest in einen Schmöker geheftet, sagte:

«Was ist denn nun mit dem Kondom? Willst du es mir erzählen?»

Bummbummbumm. Mein Herz verschlug sich im Takt. Meine Körperheizung drehte auf Anschlag. Meine Augen klappten auf. Das war gemein! Im Eindösen aufgestöbert! Ohne Vorwarnung.

«Das ist schon ein bisschen her», brummte ich unwillig und grübelte, welche Art von Wahrheit ich Dorit präsentieren könnte. Denn für eine gediegene Lüge war es zu spät. Um diese

Uhrzeit, in diesem Zustand gelingen mir keine halbwegs konsistenten Geschichten mehr.

«Maximal ein Jahr», sagte Dorit mit Präzision, «diese Sorte ist von Durex erst im September letzten Jahres in den Markt», sie kaute das Wort verächtlich heraus, «eingeführt worden.»

Sie hatte recherchiert! Das Luder! Die ganzen Tage immer freundlich und korrekt, und auf Arbeit hatte sie sich wahrscheinlich hektisch von den Drogerieketten und Automatenbetreibern die Seriennummern aller ostdeutschen Kondomchargen durchgeben lassen. Hatten Kondome überhaupt Seriennummern? Aber was hatte heutzutage keine Seriennummer?

«Es war beim Sommerfest. Ich dachte, es passiert was», sagte ich klar und wach. «Es ist aber nichts passiert.»

«Was sollte denn passieren?»

Stählerne Stimme. Ich erinnerte mich an Arifs finstern Blick, und mir wurde schmerzhaft bewusst, dass Dorit bei Bedarf so kalt zu handeln pflegte, wie Arif wahrscheinlich nur blicken konnte. Nie würde ich ihr die ganze Wahrheit sagen! Die ganze Wahrheit ist sowieso immer zu viel. Die Wahrheit ist eine hochreaktive Substanz, man darf sie nur stark verdünnt anwenden.

«Es war wegen dieser Nergez, meiner Kollegin. Nergez hatte eine Depression», ich ließ die Worte tröpfeln, wobei ich versuchte, wie ein verantwortungsbewusster Mann zu klingen. «Und getrunken hatte sie auch. Du weißt ja, sie ist schon so lange alleinstehend.»

Dorit wusste gar nichts. Sie kannte Nergez zwar, von irgendwelchen Anlässen mit Partner. Aber wie jede Frau (außer vielleicht Barbara Becker) lag auch Dorit bei der Frage, auf welchen Typ ihr Mann steht, grausam daneben. Nie im Leben wäre sie darauf gekommen, dass ich bei einer Frau wie Nergez unruhig wurde. Die scharfe Nase, die kleinen Brüste, das breite Becken. Für Dorit stand ich auf prächtige Madonnenfiguren, wie sie selber eine war.

«Na ja, sie war betrunken und traurig und …»

«Und?»

«Ich wollte sie … ein bisschen trösten.»

«Trösten? Mit einem Kondom? Warum hast du sie nicht mit einem Taschentuch getröstet?»

Ich drehte mich um. Dorit hatte ihren Blick immer noch in ihr Buch geheftet. Die Schneekönigin.

«Du verstehst das nicht. Du bist verheiratet und hast Kinder. Nergez nicht. Sie hat sich gefragt, ob es an ihr liegt, ob sie nicht begehrenswert ist. Und ich habe nur gesagt, dass das nicht stimmt, dass sie selbstverständlich eine begehrenswerte Frau ist, aber sie schüttelte immer nur den Kopf und wollte es nicht glauben. Es waren nur Worte. Sie wollte es …»

«Fühlen? Tief in sich drin? So ungefähr zwölf Zentimeter tief?»

«Ich weiß nicht, wie du auf diese Angabe kommst.»

«Das ist der deutsche Durchschnitt. Entschuldigung, ich wollte nett sein. Ist es weniger?»

Dieser klirrende Sarkasmus. Aber egal, ich würde ruhig bleiben und weiter erzählen, auch wenn die Wahrheit mittlerweile in Zehnerpotenzen verdünnt war. Ich hatte mir nichts vorzuwerfen. Es war ja nichts passiert. Es war noch viel weniger passiert, als in den Vereinigten Staaten als «nichts passiert» gilt. Ich war noch nie in Amerika. Aber mir hat mal jemand erzählt, in Amerika gelte Oralverkehr nicht als Fremdgehen. Und weil gar nichts passiert war, konnte ich ausholen, wie ich wollte, solange ich nur das Allerwichtigste unterschlug.

«Sie war, wie soll ich sagen, in einem sehr prekären Zustand.»

Gar nicht so schlecht. Der eigene Mann als einfühlsamer

Zuhörer und sanfter Helfer. Dagegen konnte Dorit doch nichts einwenden.

«Ehrlich gesagt, wollte ich verhindern, dass andere Kollegen diesen Zustand ausnützen.»

Dorit fiel leicht der Kinnladen herunter. Es war nicht zu erkennen, ob es ironisch gemeint oder ob sie wirklich verblüfft war.

«Dass Männer Spermien produzieren, wusste ich. Mir war nur nicht klar, dass sie auch wie Spermien denken.»

«Nein, aber es gibt doch Kollegen, die einen schlechten Charakter haben, die nur ein flüchtiges Abenteuer suchen ...»

«Was hast du denn gesucht? Was Dauerhaftes?»

Ich sah mir meine Argumentationskette noch einmal genauer an. Es war keine Kette.

«Bin ich ein guter Mann?»

«Falscher Zeitpunkt.»

«Ich bin ein guter Mann, und du hast das Glück, mit mir leben zu können. Ich bin ein Mann, wie ihn jede Frau verdient hat, zumindest verdient haben könnte. Und warum soll dieser Mann nicht ein einziges Mal, in einem seelischen, ja vielleicht sogar körperlichen Notfall dazu dienen, einer alleinstehenden Frau ein bisschen Lebensmut und Selbstachtung zu schenken?»

Dorit schlug das Buch zu. Vielleicht war die Idee mit Nergez' Hilfsbedürftigkeit doch nicht so doll.

«Schluss jetzt. Du hast ein Kondom gekauft. Es wurde nicht benutzt. Hast du ihn so reingesteckt?»

«Nein!»

«Schwöre es beim Leben deiner Kinder.»

«Ich schwöre.»

«Zungenkuss?»

«Nein.»

«Hast du sie angetatscht?»

«Nein.»

«Warum hast du dir dann das Kondom gekauft? Wenn nichts passiert ist? Männer kaufen sich für gewöhnlich Kondome, weil sie sich berechtigte Hoffnungen machen, zum Schuss zu kommen.»

«Was heißt hier ‹zum Schuss kommen›!? In Amerika besitzen siebzig Millionen Menschen eine Waffe. Aber nicht, um damit herumzuballern, sondern um sich zu schützen. Ich habe das Kondom gekauft, weil ich mich, dich, sie, weil ich uns alle schützen wollte.»

«This is not America.»

Wir kamen nicht weiter. In dieser Welt rannten Milliarden Männer herum mit kurzen Erwägungen sexueller Abenteuer, allesamt instabil wie künstliche Elemente, nach zwei Nanosekunden wieder zerfallen. Wenn Fickwünsche leuchten täten, würden sich alle dauernd die Augen verblitzen. Warum musste gerade ich mich dafür rechtfertigen?

«Ich dachte», sagte Dorit, nachdem wir eine Weile geschwiegen hatten, «du würdest mir eine Geschichte erzählen, die ich glauben kann. Selbst wenn du in dieser Geschichte nicht so gut wegkommst. Aber jetzt ist alles noch viel schlimmer.»

Sie knipste ihre Nachttischlampe aus und drehte sich weg.

Ich hörte die Wohnungstür aufgehen. Naddi und Konrad kamen zurück aus dem Kino.

Naddi quakte im Flur herum, dass es voll unglaubwürdig wäre, dass Magma Man sich nicht aus der Fessel befreien konnte, weil Magma – hallo, geht's noch? –, richtiges Vulkanmagma also, das Eisen ja durchgeschmolzen hätte wie nix.

Konrad meinte, die Effekte seien trotzdem geil gewesen. Ich wollte nie einen Sohn haben, der die Spezialeffekte in «Magma Man» geil fand.

Vor kurzem hatte Mascha das erste Mal «Hallo, geht's noch?» gesagt.

Alles ging zum Teufel. Und ich konnte nichts tun. Warum kriegte ich es nicht mehr hin?

Früher hatten Dorit und ich uns noch richtig gestritten und angeschrien, geheult und mit den Türen geknallt und «Du knallst hier nicht mit den Türen!» gebrüllt, bis wir uns wieder zu packen bekamen und liebgerüttelt hatten. Aber das ging jetzt nicht mehr. Naddi war da. Und wenn sie nicht da war, lag ihre Wäsche rum, stand ihr Schminkzeug rum, türmten sich im Plastikmüll ihre Joghurteimer. Naddi – dieser Fremdkörper, der wandernde Splitter, kurz vor meinem Herzen!

Das Allerwichtigste an der Geschichte mit Nergez hatte ich Dorit wirklich verschwiegen: Eine einzige Zahl hatte mich in all diese Schwierigkeiten gebracht! Ohne diese Zahl hätte ich kein Kondom gekauft, und ohne diese Zahl wäre mein Auto noch einfach nur mein Auto. Die Zahl war ein Messergebnis, und wenn ich Gott eine Empfehlung für ein neues Gebot geben dürfte, dann wäre es dieses: Du sollst das Weib nicht messen. Denn messen kann man nur, was man gleich macht. Und was man gleich gemacht hat, kann man auch vergleichen.

Bevor ich diese Zahl kannte, war Dorit für mich einfach nur die Unvergleichliche gewesen, ein Geschenk Gottes, wie ihr Name sagt. Nachdem ich diese Zahl erfuhr, war Dorit nur noch ein Platz in einer Hitparade, und dieser Platz war nicht die Nummer eins.

Es war aber auch eine ausgesuchte, eine besondere Zahl. Für den Sohn eines Kartoffelzüchters, den Sohn eines Mannes, der sein Leben der Parasitenresistenz bei Kartoffeln gewidmet hatte, war es die Zahl schlechthin! Oberweiten, Kontostände, IQs konnten mir gestohlen bleiben. Aber einer Zahl wie dieser konnte ich nicht widerstehen.

K omma in Maske eins», hatte Nergez mir eines Nachmittags im Frühling gesimst, «hab was für dich!»

«Da ist der Knabe, von dem wir eben sprachen.» Nergez wies auf mich, als ich in der Maske erschien. Ich nickte der Maskenbildnerin zu, einer etwas asiatisch wirkenden Russin mit geplättetem schwarzem Haar, vor der ich ziemlichen Respekt hatte, nachdem sie einmal ihre aus dem Auto gestohlene Handtasche mit nur einem einzigen Anruf bei einer mir unbekannten Nummer binnen einer Stunde zurückbekommen hatte. Sie schminkte gerade einen älteren Herrn mit hoher Stirn, der mich aus dem Spiegel begrüßte. Er musterte mich, als wolle er eine Meinung überprüfen, die er schon vorher von mir gehabt hätte.

«Doktor Minsky – unser heutiger Studiogast!», stellte Nergez vor. «Mein Kollege Max Krenke! Doktor Minsky hat mir gerade erklärt, warum ich mir heute den Platz hinten links im Büro gewählt habe.»

«Das fragen wir uns alle», erwiderte ich, «es ist eines der letzten großen Rätsel unserer Tage.»

«Die Lösung lautet: weil du rechts vorne gesessen hast», sagte Nergez.

Doktor Minsky gab der Maskenbildnerin ein Zeichen, mit dem Pudern kurz innezuhalten, und wandte sich auf dem Drehstuhl um.

Er sagte, das sei natürlich etwas verknappt, aber tatsächlich hätte er Nergez gefragt, ob sie mit mehreren Männern in einem Büroraum arbeite und wo sie da für gewöhnlich sitze. Und so hätte sich herausgestellt, dass wir, Nergez und ich, quasi immer nur die Position innerhalb derselben Zugrichtung zwischen Tür und Fenster tauschten. Mal sie links hinten und ich rechts vorne, dann umgekehrt, je nachdem, wo freier Platz war. Nie saßen wir nebeneinander oder uns direkt gegenüber. Nie war ein anderer Mann im Spiel, und immer saßen wir im Luftzug.

«Wir lieben beide frische Luft. So was kommt häufiger vor», meinte ich.

«Irrtum», entgegnete Doktor Minsky. «Sie suchen unbewusst nach einer Möglichkeit, den anderen zu riechen. Weil es Ihnen guttut.»

Nergez hob ein Buch vom Schminktisch. «‹Immer der Nase nach – Wie die Gene über den Geruch unsere Partnerwahl beeinflussen.› Von Michael Minsky.»

«Man sagt doch auch, dass zwei Menschen, die sich mögen, einander gut riechen können», dozierte Doktor Minsky weiter. «Was diese Redewendung schon wusste, bevor die Wissenschaft drauf kam, ist Folgendes: Sympathie hat eine biologische Grundlage. Wenn zwei Menschen sich treffen, kommunizieren sie nicht nur mit Worten, auch ihre Immunsysteme kommunizieren.»

«Ich hatte Männer, Doktor, bei denen war das Immunsystem das Einzige, was kommunizierte.» Nergez zog die Mundwinkel nach unten. Doktor Minsky lächelte kurz.

«Und was glauben Sie, wie die Immunsysteme kommunizieren? Über den Geruch. Der Geruch verrät etwas über Ihren sogenannten Haupthistokompatibilitätskomplex, Ihre Immunogene. Wenn Sie Ihr Gegenüber gut riechen können, passt er genetisch gut zu Ihnen. Und damit ist die Wahrscheinlichkeit groß, dass Sie gesunde Nachkommen zeugen, die weniger krankheitsanfällig und besser gegen Parasiten geschützt sind.

Das ist ziemlich gut erforscht. Allerdings anhand von Stichlingen.»

Nergez blickte vom Doktor zu mir.

«Ich soll dem Möchtegernstichling da drüben meinen heiligen Schoß öffnen, nur damit meine Kinder keine Parasiten kriegen? Wissen Sie, was, Doktor, das klingt ja alles ganz wissenschaftlich, aber ich bin eine moderne Frau, und ich lasse mir weder von meinen Eltern noch von meinen Genen vorschreiben, mit wem ich mich fortpflanzen soll.»

Sie warf ihr offenes Haar zurück. Stolze Tochter Atatürks.

Doktor Minsky meinte, dass Menschen bei der Partnerwahl im Gegensatz zu Stichlingen selbstverständlich etwas größere Freiheiten hätten, aber Nergez solle sich auch keinen Illusionen hingeben. Viele sogenannte «bewusste» Partnerentscheidungen seien nur das Echo unbewusster genetischer Befehle. Der Verstand sei im Prinzip nur dazu da, sich später Begründungen dafür auszudenken.

«Aber da es nun diese Hinweise gibt», meinte er weiter, «dass sie sich gut riechen können, biete ich Ihnen an, Ihren MHC-Match im Labor festzustellen. Das ließe sich mittels einer kleinen Speichelprobe herausfinden.»

Nergez lehnte am Garderobentisch, die Arme vor der Brust verschränkt, und lächelte fein.

«Sie glauben mir nicht?», fragte Doktor Minsky.

«Weiß nicht, wozu das gut sein soll», sagte Nergez und flammte auf wie ein Heizpilz.

«Glauben Sie mir, das ist die Zukunft. In ein paar Jahren wird keine Partnervermittlung mehr auf MHC-Tests verzichten.»

Doktor Minsky holte seinen Aktenkoffer unterm Tisch hervor, klappte ihn auf, zog zwei Reagenzgläschen aus einer Halterung und reichte sie mit ausgebreiteten Armen nach links und rechts, Nergez und mir.

«Tun Sie es für die Wissenschaft. Jede Probe bringt uns weiter. Spucken Sie mal rein!»

Nergez drehte das noch zugepfropfte Reagenzgläschen skeptisch zwischen Daumen und Zeigefinger, dann zog sie unvermittelt den Stöpsel, sprach: «Ach, was soll's! Ist ja nur Spaß», und spuckte hinein, das heißt, sie schürzte kurz ihre Lippen und ließ etwas Spucke ins Gläschen hineinfluppen.

«Jetzt du!»

Ich stand noch mit offenem Mund da, starrte Nergez an und hatte akuten Speichelmangel. Die Maskenbildnerin fuhr fort, Doktor Minskys hohe Stirn mit Puder abzupudern.

«Da braucht man doch eine Labor nicht», warf sie mit ihrer gutturalen Russinnenstimme ein, «ich muss nur sehen die zwei beide, dann ich weiß Bescheid.»

Ich spie etwas verächtlich ins Röhrchen und gab es ihm zurück. Doktor Minsky krakelte etwas mit einem Edding aufs Glas und sagte, er werde es demnächst analysieren und uns das Ergebnis schicken, wenn wir ihm eine E-Mail-Adresse geben. Ich gab ihm meine. Nergez sagte dem Doc, dass sie ihn nachher ins Studio bringen würde, und ging mit mir nach draußen.

«Na, du Genreserve auf zwei Beinen», rempelte sie mich an, «das war doch mal was! Jetzt kannst du doch wieder zwei Nächte lang davon träumen, wie du mich genetisch von allen Seiten ergänzt.»

«Zumindest wäre es nicht wider die Natur, Osterblümchen!», sagte ich, denn so würde Nergez heißen, wenn sie schon vollkommen eingedeutscht wäre.

Doktor Minsky meldete sich drei Monate nicht, und ich hatte die Speichelanalyse eigentlich schon vergessen, als mich ausgerechnet inmitten des Sommerfestes seine Mail aufschreckte. Jeden Juli feierte die Redaktion ihr Sommerfest im «Hotel am See» am Ufer des Klienitzsees, und eine halbe Stunde vor Mitternacht rüttelte meine Push-Mail-Function mir die Arschbacke durch!

H*erzlichen Glückwunsch, lieber Herr Krenke!*», schrieb Doktor Minsky. «*Es ist immer schön, wenn man seine Hypothesen bestätigt bekommt, und auch in Ihrem Fall hat mich mein Riecher wieder einmal nicht getäuscht. Ihre Kollegin und Sie sind zu 98 % MHC, das ist so nahe am Perfect Match wie kein Paar sonst, das ich bisher analysiert habe. 98 %! Kein Wunder, dass Sie immer die Witterung des anderen aufnehmen. So was gibt es im wirklichen Leben so gut wie gar nicht. Wenn Sie beide Stichlinge wären, würde ich eine größere Summe wetten, dass Sie sich miteinander fortpflanzen … Sollten Sie allerdings beide anderweitig gebunden sein und dies auch bleiben wollen, würde ich an Ihrer Stelle ernsthaft über eine räumliche Trennung der Arbeitsbereiche nachdenken. Mit bestem Gruß, Michael Minsky.*»

98 %! Uff! Das war heftig!

Meine Oma sagte immer, für jeden Topf gibt es einen Deckel. Das mochte stimmen, aber die meisten Töpfe, die ich kannte, klapperten mit viel zu großen, schiefen oder ungeeigneten Deckeln durch ihr Leben. Mein exakt passender Deckel war 1975 in Anatolien angefertigt worden. Dass dieser hervorragende türkische Deckel jemals in die Nähe seines ostdeutschen Topfes kommen würde, war so unvorhersehbar, dass mir ganz blümerant zumute wurde. Ich glaube durchaus an den Zufall. Er durfte nur nicht zu unwahrscheinlich sein. Sonst war es ... ja was? Vorsehung? Am Ende gar – Gott???

Das Fest war im Gange, die Glaswände zum Uferpark waren aufgezogen worden. Eine milde Brise zog herein, Rauch dampfte hinaus. Im Saal war gerade die Hölle los. Der Diskotheker hatte Geier Sturzflug mit «Jetzt wird wieder in die Hände gespuckt, wir steigern das Bruttosozialprodukt» aufgelegt, was so ziemlich der Ententanz meiner Generation ist. Alle wackelten herum. Noch der letzte Grobmotoriker hatte die letzte Grobmotorikerin am Schlafittchen genommen und auf die Tanzfläche gezerrt. Sogar Chef, der eigentlich nie tanzte, weil er nicht wusste, wie man anmutig und dominant zugleich tanzt, hopste mit aufgerissenen Augen herum. Es sah aus, als wolle er den anderen zeigen, wie Ausgelassenheit bei Betriebsvergnügen richtig geht. Chef war eben auch der Party-Chef.

In dieser Stimmung verspürte ich plötzlich den Wunsch, meine Gene mit denen von Nergez zu kreuzen. Eigentlich war es gar kein Wunsch. Es war ein Befehl.

Es gibt Männer, die zum Fremdgehen nur die Gelegenheit brauchen. Das ist die übliche, üble Sorte, die sich üppig vermehrt. Sie vermehren sich über Kuckuckskinder in braven Mittelschichtfamilien und über wider alles Hoffen dann doch alleinerziehende Mütter.

Es gibt Männer, die zum Fremdgehen einen sogenannten Grund brauchen. Das sind die qualifizierten Arschlöcher, die großen Wert darauf legen, sich immer im Spiegel angucken zu können. Sie brauchen einen psychologischen Dispens – einen schlimmen Streit, eine tiefgehende Entfremdung oder auch nur das Anzupfen einer bestimmten Saite, die in ihrer Ehe nie erklingt («Sie lieben Gottfried Benn? – Ich auch! Meine Frau kann ja leider mit Gottfried Benn überhaupt nichts anfangen!»), um sich einer fremden Frau zwischen die Beine zu jammern.

Und es gab mich. Der Last Man Standing!

Ich war der Mann, der seine Neigungen erträgt wie Hiob die Peitsche Gottes. Der Mann, den seine Begierden anfallen wie Jagdhunde den gewaltigen Bären im dunklen Tann und der sie allesamt mit seinen Tatzen erlegt. Der Mann, der mit dem Schild der Ehre vor seine Ehe tritt, während die Pfeile der Unkeuschheit dagegenprasseln. Der Terminator der Treue, der das ächzende, tonnenschwere Falltor zum Bunker den letzten Spalt offen hält, damit Glaube, Liebe, Hoffnung sich in Sicherheit bringen konnten.

Es gab mich – den Mann, der sich mit einer Folge von biblischen, mittelalterlichen und Popcornkino-Metaphern davon abzulenken versuchte, dass er mit seiner türkischen Kollegin zu *achtundneunzig Prozent* genetisch kompatibel war.

Jetzt sah ich Nergez mit einem Weinglas durch die Tanzenden schlendern, und die Tanzenden schienen sie zu umrahmen wie ein Folkloreensemble. Wie ein Folkloreensemble unter Wasser. Wie ein Folkloreensemble unter Wasser und in Zeitlupe. Jetzt war es amtlich: Ich wollte nicht fremdgehen!

Ich musste!

Ich sah Vertreter der UNO, der UNESCO, der Weltgesundheitsorganisation mich auf Knien anflehen, doch endlich zum Wohle der Menschheit mit Nergez Bülcyn den Geschlechtsakt zu vollziehen.

Nergez stand am Rand der Gruppe, rauchte etwas sinnlos vor sich hin und schnipste kokett die Asche ab. Schien es nicht, als warte sie auf etwas? Auf genau das?

Ich sah Wissenschaftler vor dem Weltwirtschaftsforum in Davos hektisch argumentieren, dass Parasiten und Seuchen die Menschen vom Antlitz der Erde tilgen würden, wenn der Genpool nicht durch die wunderbare Vereinigung zweier hochkompatibler Haupthistokompatibilitätskomplexe ein für alle Mal geklärt, gereinigt würde. «Dass zwei Menschen zu achtundneunzig Prozent kompatibel sind, geschieht nur alle 1,5 Millionen Jahre», schrie ein Wissenschaftler, und ein anderer fiel, die Hände zum Himmel erhebend, ein: «Und diese 1,5 Millionen Jahre sind jetzt um!»

Nergez verschwand vor meinen Augen, weil eine Polonaise an ihr vorbeiwankte. Aus den Augen, aus dem Sinn. Eine Welle des Gewissens durchlief mich: Nein, es war falsch! Ich sollte Nergez ausweichen, wie ich ihr immer ausgewichen war. Ich musste mir nicht beweisen, wozu ich fähig war. Ich musste mir nur beweisen, wozu ich unfähig war. Damit kannte ich mich auch besser aus.

Ich musste mir keine Klarheit über meine Gefühle verschaffen. Denn auf das Fremdgehen folgt das Fremdsehen. Ein Mann, der fremdgegangen ist, sieht alles überdeutlich. Männer, die fremdgegangen sind, kommen nicht einfach so heim, sie kehren auf entsetzlich deutliche Weise nach Hause zurück. Die Kinder haben plötzlich Farbe, Stimme und Eigenheit, die Frau verströmt Vertrautheit und geradezu frivole Nähe, sogar die Möbel vibrieren dreidimensionaler als sonst vor Erinnerung, Privatheit und Bedeutung. Und plötzlich sieht der Heimkehrer das Leben seiner Familie wie ein Theaterstück vor sich, und indem er dies sieht, begreift er es mit einem Male. Er sieht die Motive und Sehnsüchte, er sieht die Plage und das Misslingen. Er sieht, nicht der Seitensprung, die Familie ist das, was er angerichtet hat! Er ist dafür verantwortlich, er ist schuld. Er ist fremdgegangen, weil er nichts mehr mit seinem Versagen zu tun haben wollte.

Viele Männer denken, dass dieses monströse Gefühl, das sie überwältigt, sobald sie die Wohnungstür öffnen, das Nachbeben des betrügerischen Aktes sei, aber das stimmt nicht. Es ist das Gefühl, nur noch eine Familie zu *haben*, wo man vorher eine Familie *war*.

Die Polonaise zog an Nergez vorbei, und sie schlenderte wieder, ihr Weinglas vor dem letzten Wackelkollegen schützend, voran. Ihr etwas breites Becken bewegte sich mit einer wunderbaren, vom Wein angetauten Mechanik. Die Vorstellung, in diesem Becken gewiegt zu werden, sackte wie ein Klops in meinen Hals und schnitt mir die Blutzufuhr zum Gehirn ab.

Da stand Nergez – der Hauptgewinn in der Genlotterie. Und ich Idiot weigerte mich, ihn anzunehmen! Ja, es gab Zeiten, da hätte ich locker unterschrieben, dass Dorit die beste Frau der Welt für mich war. Aber ich hätte ein klitzekleines bisschen gezögert zu unterschreiben, dass Dorit die allerletzte Frau sein solle, mit der ich jemals das Bett teilen würde! Dorit und ich – das war doch, bei aller Liebe, auch ein Produkt von Zufall, Willkür und kalter Entscheidung. Ein verpasster Telefonanruf, ein defektes Auto, ein Job in einer anderen Stadt – und alles, alles wäre ganz anders gekommen, und mit einer ganz anderen Frau. Die Beste, die Einzige, das waren doch nur Floskeln, hinter denen sich abgebrochene Suchen, plötzliche Nestbautriebe und dergleichen verbargen. Das war alles in Ordnung, solange andere Frauen nur eben andere Frauen waren. Aber wenn, wie jetzt, ein wissenschaftlich getesteter Supermatch vorlag, wäre es dann nicht ein Verbrechen, nicht wissen zu wollen, wie sich so was anfühlt? Und wenn es nur dafür taugte, später im Altersheim einmal aus dem Fenster zu seufzen!

Nergez war die Zigarette runtergefallen. Sie bückte sich, schon etwas wacklig in den Knien, hob sie auf und zündete sie sich wieder an. Ich sah, wie sie die Zigarette kurz in ihren Fingern drehte. Ich sah sie schon vor mir, dieselbe kleine Geste, bevor sie die Zigarette an mich weiterreichen würde. Danach! Und im Mondlicht, das auf unsere Leiber fallen würde. Und Mangosaft!

Ich drehte mich um und stürmte auf die Uferpromenade.

Man kann solche Anfälle wegatmen. Man muss sich nur richtig auf den Atem konzentrieren und zählen. Einatmen eins, ausatmen zwei. Bei zwei muss man unter den Atemhorizont tauchen, tiefer ausatmen, als man es normalerweise tun würde. Dann wird alles wieder gut. Nein, in meinem Leben war einfach kein Platz für passgenauen Sex! Sex hatte sich der allgemeinen Unpassendheit in meinem Leben unterzuordnen und damit basta! Ich drehte eine Runde, zählte meinen Atem, ruderte mit den Armen, als machte ich Dehnungsübungen, und ging durch den Vordereingang ins Hotel zurück. Auf der Toilette klatschte ich mir ein bisschen Wasser ins Gesicht. Als ich den Kopf wieder aus dem Wachbecken hob, sah ich im Spiegel hinter mir den Kondomautomaten an der Wand. «Kondome schützen!», stand quer über dem Ausgabeschacht.

Kondome schützen! Warum war ich nicht gleich darauf gekommen? Ich kramte in der Hosentasche nach ein paar Euro. Kondome sind bekanntlich Verhütungsmittel. In meinem Leben waren sie das bisher immer in einem viel umfänglicheren Sinn. In meiner Jugend hatten Kondome Sex verhütet! Und zwar zuverlässig. Es war absolut gespenstisch gewesen. Sobald ich eines von den Dingern in der Hosentasche hatte, verflüchtigte sich alles, worauf vorbereitet zu sein meine Absicht gewesen war. Und es ließ sich auch nicht aussitzen. Als hätte mich jemand verflucht, ging im Paarungsgeschäft alles schief, solange ich das Kondom in der Hosentasche trug! Kein Mensch kann ermessen, was es für ein deprimierendes Gefühl ist, nach sechs Wochen ein in der Arschtasche völlig durchgesessenes Kondom samt abgewetzter Folie unbenutzt in den Mülleimer werfen zu müssen, weil es insgesamt keinen sicheren Eindruck mehr macht. Die ersten paarmal hatte ich es noch dem Zufall zugeschrieben. Kommt ja mal vor, dass Eltern einer Freundin sich im Wochentag geirrt haben und unverrichteter Dinge vom Kino zurückkommen. Oder dass sie erst die Bahn verpasst und dann überraschend noch ihren Ex am Bahnhof trifft, der sie zum Kaffee einlädt und mit dem sie also ehrlich noch nicht so ganz fertig war. Erst nach mehreren Vorfällen, als sich nicht mehr leugnen ließ, dass einige gar nicht zu vermasselnde Gelegenheiten unmittelbar nach vorfreudigen Kondomkäufen sich wie verhext erledigten (Kellnerin – Dienstschluss – am falschen Ausgang gewartet, Kommilitonin – Fasching – mit den Pumps umgeknickt, Bänderzerrung, Freundin der Freundin des Freunds – Wochenend-Kanutour – Latexallergie), begann ich eine Art spukhafter Fernwirkung zu argwöhnen. Damit aber entfaltete der Kondom-Voodoo-Zauber erst recht seine Wirkung.

Ich hatte plötzlich das Gefühl, dass man es mir ansah, dass ich ein Kondom gekauft hatte, und dementsprechend holprig wurde mein Charme. Lässige Fragen («Na du! Woll'n wa poppen?») gelangen mir gleich gar nicht mehr. Es war eine sich selbst erfüllende Prophezeiung. Frauen, mit denen ich beim Tanzen stundenlang zu einer einzigen Hüfte verschmolzen war, gingen entnervt von dannen, weil ich es – aus Angst vor einer vom Kondom verfluchten Abfuhr – nicht über mich brachte, die «Zu mir oder zu dir?»-Frage zu stellen.

Es war Voodoozauber und buddhistische Unterweisung in einem. Wenn du es erstrebst, wirst du es nie haben!

Schließlich kam ich ganz vom Gummi ab. Mit Erfolg. Der fehlende Seuchenschutz zwang mich zu sorgfältigerer Partnerwahl, das Ausgehen ohne Utensilien nahm mir den Druck zur sofortigen Bettenbelegung und machte mich insgesamt entspannter.

Als ich mit Dorit ein halbes Jahr zusammen war, sagte sie – zu Recht –, dass sie überhaupt nicht einsähe, warum sie allein für die Verhütung berappen solle. Ich legte also vorsichtig, nach allen Seiten witternd, ein Kondom an, und siehe da – es ging. Dorit stieß sich den Kopf an der Wand, als ich sie nach einer kraftraubenden Hebefigur (wie lange war das jetzt eigentlich her?) wieder absetzen wollte, aber das war auch schon das Schlimmste.

Und doch glaubte ich in diesem Moment auf dem Sommerfest insgeheim nach wie vor, dass – wenn es Spitz auf Knopf stand – ein rechtzeitig gekauftes Kondom alles verhindern konnte! Also steckte ich die Münzen in den Automaten und zog mir eine Packung. Ich sollte recht behalten.

Meine Idealgene waren mittlerweile nicht mehr angeheitert, sondern besoffen. Nergez schlenkerte mit dem Glas am Buffet vorbei und naschte irgendwelche Reste von den Platten. Ich stellte mich ans Ende des Tisches, und Nergez taumelte in mich hinein.

«Du kommst zu spät, ich kann nicht mehr tanzen. Nur noch Tango, falls du mich im Takt herumschleifen willst.»

Ich hielt Nergez an den Oberarmen und sah ihr in die Augen, die künstlich finster unter den geschwungenen Augenbrauen hervorstierten.

«Ich weiß jetzt, warum ich mich in deiner Nähe immer so fühle wie in einem Softpophit der Münchner Freiheit.»

Nergez hob die Brauen.

«Du meinst, immer wenn ich was sage, ist Hall drauf? Pass auf, so Zeug habe ich früher auch eingeworfen, macht aber blöde.»

«Hör mir doch mal zu. Kannst du dich noch an Doktor Minsky erinnern?»

«Ja, bitte. Das war meine Nummer.»

«Er hat die Laborergebnisse gemailt. Nergez! Wir sind zu achtundneunzig Prozent Haupthistokompatibilitätskomplex-kompatibel!»

«Das ist so romantisch. Das hat mir noch nie jemand gesagt.»

«Riech mich mal.»

Nergez fiel an meine Schulter, und zwar von oben – sie war etwas größer – und schnupfte kurz.

«Égoïste oder so was ...»

«Nein, du musst mich riechen. Meinen Körpergeruch. Riecht er für dich wie der beste aller möglichen Körpergerüche?»

Nergez blieb regungslos an meiner Schulter liegen und sagte:

«Ich mag deinen Körpergeruch. Ich mag meinen Körpergeruch. Wir mögen unseren Körpergeruch. Ach Max, es ist manchmal einfach zu spät. Schick dich drein, wie meine Großmutter immer sagte.»

«Wie meinst du das?»

«Weil es manchmal zu spät ist. Du liebst deine Frau, und was noch viel schlimmer ist, du achtest sie. Dorit ist eine tolle Frau. Sooo ... tough, so schlagfertig, so perfekt. Alle Männer haben Angst vor ihr. Nur du nicht.»

«Ach, Quatsch, sie tut nur so. Sie ist eine Perfektionssimulantin. Sie kann überhaupt nicht kochen, zum Beispiel. Wenn sie heißes Wasser braucht, ruft sie den Pizzamann.»

«Erzähl mir diesen Scheiß nicht, hörst du», fluchte Nergez, «du liebst sie, und du würdest sie nie, nie verlassen und die süßen Kindlein ...»

Holger kam mit einem halbvollen Bier vorbei und bedeutete mir kumpelhaft, dass er «nix gesehen» hätte, während ich entnervt zurückgestikulierte, dass Nergez betrunken sei und ich sie nur vorm Umfallen bewahre.

«Ich wollte dir ja auch nur sagen, dass wir beide zu achtundneunzig Prozent genetisch kompatibel sind und dass wir uns mit großer Sicherheit fortpflanzen würden, wenn wir Stichlinge wären.»

«Max, du musst dich hinten anstellen. Nachher kommt noch einer, der sich mit mir fortpflanzen will.»

«Das wusste ich nicht. Wer isses denn?»

«Kennste nicht. Er heißt Arif.»

«Ilk bakıştakı aşk mı?»

«Nein, keine Liebe auf den ersten Blick, du Gedächtniskünstler. Wann habe ich das eigentlich gesagt? Und nein, es ist auch nicht mein Cousin. Es ist ein Freund von meinem Cousin. Aber er ist nett. Und intelligent. Du kannst seinen Schädel vermessen, wenn du willst, du alter Nazi.»

Sie trank ihr Glas mit einem großen Schluck aus.

«Scheiße, ich muss mich frisch machen!»

Sie löste sich von mir, aber nur, um mit schweren Schritten über Kreuz in Richtung Saal zu torkeln. Ich fing sie ab.

«Komm, ich bring dich zur Toilette.»

Nergez wackelte an meiner Seite wie Lady Bump und schnappte im Vorbeigehen ihre Tasche von einer Stuhllehne. Ich weiß noch genau, wie ich in den Saal blickte, wo gerade etwas Ruhe eingekehrt war. Ich weiß noch, wie ich dachte, dass es peinlich für Nergez wäre, besoffen durch die ganzen Kollegen geschleppt zu werden, um zur Toilette am Eingang zu kommen. Und ich weiß auch noch, dass ich mich entschied, nicht die Hintertreppe in den zweiten Stock zu nehmen, weil Nergez bereits in großen Radien um mich herumpendelte, sondern den Lift gleich daneben. Und ich will es mal so ausdrücken: Obwohl die beiden Wege quasi gleich nebeneinanderlagen, führten sie in zwei verschiedene Leben.

Ich schleppte Nergez zum Aufzug, stellte sie hinein, mich dazu und drückte den Knopf.

«Oh, stopp mal», sagte Nergez noch, «nicht den Fahrstuhl.»

Zu spät. Der Fahrstuhl schloss die Türen und rumpelte los. Genau zwei Meter in die Höhe. Dann blieb er stehen. Ich rüttelte an der Tür, aber sie ließ sich nicht öffnen. Wir steckten zwischen den Etagen fest. Nergez stand an der Wand, atmete tief und geräuschvoll, strich sich über die feuchte Stirn und riss den obersten Knopf ihrer Bluse auf.

«Max, komm her!», sie packte mein Hemd, holte mich mit einer Wucht an sich heran, dass ich mich mit der Hand an der Wand abfangen musste. Eine Schweißperle lief ihre Schläfe herab.

«Okay», sagte ich, «Doktor Minsky hat geschrieben, dass achtundneunzig Prozent MH-Kompatibilität quasi Weltrekord sind. Aber wir dürfen das nicht tun, auch wenn es die

Natur befiehlt. Die Wildnis ruft, aber wir halten uns die Ohren zu.»

Nergez atmete jetzt in so gewaltigen Atemstößen, dass ich von ihrer Alkoholfahne bald selber betrunken wurde.

«Gib mir bitte ...», stöhnte sie.

«Nein», sagte ich verzweifelt, «ich darf dir keinen Kuss geben, weil ich nicht weiß, was dann hier abgeht.»

«Gib mir bitte was zu trinken», keuchte Nergez, «unten in der Tasche ist eine Dose! Max, ich bin total klaustrophobisch, ich habe eine Schweineplatzangst. Ich fahr nie Fahrstuhl. Weil ich immer denke, der bleibt gleich steck...» Sie machte ein panisches Geräusch, zog Luft ein wie ein Taucher vor dem Abrauschen in die Tiefe und fächelte sich mit den Händen Luft zu.

Ich ging in die Knie und wühlte in ihrer Tasche. Was ich daraus hervorzog, war eine kleine Dose – Mangosaft! «Nergez! Ich weiß nicht, ob das eine gute Idee ist...», sagte ich zum Fußboden. Aber statt einer Antwort fiel sie mir in den Rücken. Genauer gesagt, fiel sie in Ohnmacht! Ich quälte mich mit der reglosen Nergez auf den Schultern in den Stand und ließ sie langsam in meine Arme zurückgleiten. Ich schüttelte sie, aber nur so ein bisschen, weil man Bewusstlosen schnell mal das Genick kaputtschütteln kann. Ich rief sie an, sie solle wieder zu sich kommen. Umsonst. Jetzt fiel mir nur noch eins ein. Ich erklärte der Weggetretenen, dass ich sie jetzt ohrfeigen müsse, und gab ihr einen sanften Klaps auf die Wange. Keine Reaktion. War eigentlich auch kein Wunder. Ich hatte in meinem Leben noch nie jemanden geohrfeigt. Ich hatte keine Ahnung, wie das geht. Richtig zuschlagen durfte ich aber auch nicht. Mir fielen Filmszenen ein, in denen irgendwelche soeben stürmisch geküssten Ladys dem jeweiligen Gentleman eine Ohrfeige verabreichten, empört zurückweichend und zugleich locker aus dem Handgelenk. Klatsch. Klar doch, ich war ihr zu nahe. Ich hielt die langsam zusammensinkende Nergez etwas von mir weg und knallte ihr eine. Wie ich fand, sogar mit einer gewissen damenhaften Eleganz. Sofort war sie wach, aber nur, um gleich wieder wie verrückt nach Luft zu schnappen.

«Hör auf, so viel zu atmen! Du hyperventilierst!», rief ich.

«Ich muss raus! Ich muss hier raus!», stieß Nergez aus ihrem pumpenden Brustkorb hervor. Sie war weiß wie eine Wand und tastete mit kalten Fingern auf meinen Unterarmen herum. Ich wusste nicht mehr ein noch aus. Was, wenn sie noch einmal kollabierte? Was, wenn sie hier an dieser Panik einging? Ich drückte auf den gelben Notknopf. Ich hämmerte gegen die Tür. Ich redete mit Engelszungen auf Nergez ein, die sich schon wieder verabschiedete. Sie rutschte immer mehr in die Rückenlage, die Hände drehten sich, die langen Finger gegen die Daumen gepresst. Ach, du Scheiße, Pfötchenstellung! Das war der Countdown zum Kollaps! Dann fiel mir die Sache mit der Tüte ein. Man solle, glaubte ich mich zu erinnern, Paniker in eine Tüte atmen lassen, damit die ihr eigenes Kohlendioxid wieder einatmen. Kohlendioxid beruhigt. Wenn schon nicht in der Atmosphäre, so doch wenigstens im Gehirn. Ich schüttete Nergez' Tasche aus und fand tatsächlich eine Tüte, in der sie ein Wechseltop eingepackt hatte. Leider konnte ich sie nicht mehr dazu bringen, hineinzuatmen, weil sie schon wieder weggekippt war.

Was ich sagen will, ist, dass ich im Großen und Ganzen richtig gehandelt habe. Und dass auch nicht falsch war, Nergez die Tüte ganz über den Kopf zu stülpen und ihr die oberen Knöpfe der Bluse zu öffnen, um ihr etwas Kühlung zu verschaffen. Das war so in etwa die Situation, als die Türen zum Lift, der offenbar wieder ins Erdgeschoss zurückgekurbelt worden war, vom Hausmeister aufgezogen wurden. Das war die Situation, in der uns Arif antraf. Arif, Nergez' neuer Freund. Unter seinen dichten Augenbrauen braute sich ein Blick zusammen.

Wenn ich Stephen King wäre, könnte ich seinen Blick beschreiben. Ich sage nur so viel: Mit diesem Blick hatten sie es bis vor Wien geschafft!

Dass Dorit nach dem missglückten Kondomerklärungsversuch erst mal nicht mit mir sprach, fand ich überzogen. Erstens, weil Reden für mich zum Atmen gehört, und zweitens, weil Dorit keine Angaben machte, wie lange sie zu schweigen gedenke. Aber wie viel Schweigen ist Strafe für einen illegitimen Kondomkauf? Wenn Dorit dachte, dass sie so lange schweigen dürfe, bis ich sie um Verzeihung anflehte, lag sie falsch. Ich würde tapfer dagegenschweigen und lieber Symptome entwickeln. Vielleicht sogar Nasenbluten. Mein Freund Olaf bekam immer Nasenbluten, wenn er sich mit seiner Frau stritt. Seine Frau Daniela hatte kaum ein paar scharfe Sätze gesprochen, schon legte Olaf den Kopf in den Nacken und begann, ergreifend hilflos in ein Taschentuch zu bluten. Er war wie Jesus. Seine Frau war darüber bald verrückt geworden und hatte ihre Ernährung auf Ultravegan umgestellt. Jetzt war sie immer zu schwach zum Streiten.

Doch Dorit schwieg nicht einfach nur, sie machte überdies Anstalten, sich mit meinem ärgsten Feind zu verbünden – mit Naddi.

Dorit ging mit Naddi shoppen. Der Grund mochte akut sein, nichtsdestotrotz war das in der jetzigen Situation ein Affront. Naddi, die schon drei Tage nach ihrem Einzug ganz selbstverständlich ihre Wäsche in unseren Wäschekorb tat, besaß nur noch verschlissenes Zeug. Ich hielt es erst für eine Art Style, aber Dorit meinte, wenn jemand seine Bluse unter der Achsel zusammentackert, hat das nichts mehr mit Mode zu tun. Ehrlich gesagt, war daraufhin meine Hoffnung gewesen, dass ihre Klamotten eines Tages so weit herunter waren, dass sie sich nach Hause scheren musste. Und jetzt ging Dorit mit ihr shoppen. Das war Hochverrat. Konrad erzählte es mir, als ich von der Arbeit nach Hause kam. Er erzählte mir nicht von den lächerlichen zwei Punkten in seiner Lateinarbeit und dem Gespräch mit seinem Kursleiter, der ihm sagte, dass er möglicherweise nicht zum Abitur zugelassen würde. Musste er aber auch nicht, er war ja volljährig.

Kurz vorm Abendbrot kamen Dorit und Naddi heim. Mit vier Einkaufstüten voll silber-schwarz-pinkfarbener Sachen und Sächelchen. Naddi presste sich noch vor der Küchentür in die neue Jeans und fiel Dorit noch einmal um den Hals. Na wunderbar! Wenn sie sich jetzt noch duzten, wäre alles zu spät. Mit kühler Reserviertheit wären wir sie vielleicht in Bälde wieder losgeworden, aber so ...

Als das Abendrot begann, saßen Dorit und Naddi schon und hielten die Hände verschwörerisch unter dem Tisch versteckt, und als wir alle saßen, langten sie mit großem Trara und bunten Fingern in den Brotkorb. Sie hatten sich ihre Nägel machen lassen. Intimer ging es ja wohl nicht mehr.

«Scharfes Lila», sagte Konrad.

«Brombeere», flötete Naddi, «das ist Brombeere, mein Schatz.»

«Ich will auch», trotzte Mascha.

«Das hat die Naddi nur gekriegt, damit sie nicht mehr drauf rumknabbert.»

Mascha guckte böse, steckte sich einen Finger in den Mund und biss sich ein bisschen Nagel ab.

Ich sagte nichts. Ich spielte keine Rolle mehr in dieser Familie. Sollten sich doch alle tätowieren und lackieren, wie sie wollten.

Ich hab kalte Füße», sagte Dorit, als sie sich zur Nacht ins Bett legte, «kann ich sie bei dir unterstecken?»

Na endlich! Gott sei Dank! Wie lange würden Männer schlecht behandelt werden, wenn Frauen nicht von Natur aus kalte Füße hätten.

Ich sagte: «Na los.»

Kalt war noch geprahlt. Tote Füße waren wahrscheinlich wärmer. Dorit rappelte ihre Zehen zwischen meine Waden. Herrje, damit konnte man ja Bierkästen frisch halten.

«Verzeih mir!», sagte ich. «Verzeih mir diese Sache mit dem Kondom. Es war dumm. Es war albern.»

«Liebst du mich denn nicht mehr?», fragte Dorit ziemlich ernst.

«Ich liebe dich, aber es irritiert mich, dass ich auch noch andere Frauen mögen kann. Und zwar ziemlich.»

«Liegt es an mir?»

«Nein, es liegt nicht an dir. Das hat nichts mit Schuld zu tun. Jemanden anderen zu mögen ist ja keine Rache für irgendetwas. Du machst schon alles richtig.»

«Aber du bist nicht glücklich. Weil ich immer Erwartungen an dich habe. Wie du sein sollst. Wie du nicht sein sollst.»

Komisch, ich hatte bis zu diesem Moment immer geglaubt, dass Dorit gar nicht wusste, was sie manchmal bei mir anrichtete. Aber dass sie es wusste und trotzdem tat, schien mir gar keine böse Absicht, eher eine Behinderung. Ich wurde lind und warm.

«Aber geh, Zenzi. Ich habe auch Erwartungen. So ist es ja nun nicht. Manchmal erwarte ich zum Beispiel, dass du im Bett bestimmte Geräusche machst.»

«Was für Geräusche?»

«So Seufzer. Lustseufzer, um genau zu sein.»

«Ich seufze nicht im Bett?»

«Nein. Nie. Du schnaufst nur.»

«Siehst du, was Erwartungen anrichten? Ich werde niemals im Bett seufzen können, jetzt, wo ich weiß, dass du es erwartest. Ich werde nicht mal mehr schnaufen können, jetzt, wo ich weiß, dass du mich schnaufen hörst. Ich werde einfach nur still daliegen und mich begatten lassen.»

«Dann eben nicht», sagte ich großmütig, «vielleicht würde mir das Geseufze auch auf den Wecker gehen. Vielleicht war es einer dieser Wünsche, die einem peinlich sind, wenn man sie endlich erfüllt bekommt.»

«Aber ich habe immer das Gefühl, dass ich dich einenge.»

«Das stimmt. Du engst mich ein. Wie ein Korsett. Aber du bist mein Korsett. Du gibst mir Form.»

«Ach, das sagst du nur so, weil es sich romantisch anhört. Die Hälfte von dem, was du sagst, sagst du nur, weil es sich toll anhört. Aber so bist du ja nicht. Du bist kein Romantiker.»

«Gut, dann sage ich dir was Unromantisches. Du bist meine Wahl. Ich habe dich gewählt. Du hast einen doofen Pickel auf dem Schulterblatt und dicke Waden. Vielleicht hätte ich was anderes haben können – oder du. Dann wäre alles anders gekommen. Ich wollte aber wissen, wie es mit dir kommt ...»

Draußen hörte man die Küchentür schlagen. Wir durften in Naddis Wohnung übernachten. So war es doch.

«Hat Naddi eigentlich ein bisschen was von sich erzählt bei eurer Shoppingtour?»

«Ja, sie wäre gar nicht wirklich lesbisch geworden, sie hätte sich nur in diese Millionärstochter verliebt. Aber ohne Sex. Und sie hat angeblich alle mitteldeutschen Ballettwettbewerbe in der Kategorie Kinder Solo Zwei zwischen 2002 und 2006 gewonnen. Und ihre Eltern sind bei einem Zugunglück gestorben. Und sie will unbedingt mindestens vier Kinder.»

«Die hat doch einen an der Waffel!»

«Ich finde, sie hat was Trauriges. Das ist doch komisch, man kann doch nicht immer so gut drauf sein ...»

Wenn man schon lange zusammenlebt, redet man nicht zu Ende. Wenn man schon lange zusammenlebt, weiß man, dass auch morgen noch ein Tag ist.

Wir machten Löffelchen, und Dorit schlief ein. Ich kann so nicht schlafen, aber Dorit brauchte etwas Romantik, und die sollte sie haben. Vier Minuten. Dann drehte ich mich um.

Wenn man mich zu dieser Zeit gefragt hätte, ob ich meine Abende lieber mit Naddi oder lieber mit Vati verbringe, hätte ich vielleicht Naddi den Vorzug gegeben.

«Alarm!», rief Vater eines Abends plötzlich mitten in die Tagesthemen hinein. «Ich muss!» Ich begriff nicht sofort. Vater streckte die Arme aus dem Sessel wie ein Hosenmatz. «Los, raboti, raboti! Die Norm ist in Gefahr!» Ich zerrte ihn hoch. «Schneller, Junge, schneller. Das geht zu langsam. Soll ich mir in die Hosen machen?» Wir tippelten durch den Flur wie die Wahnsinnigen und schafften es gerade noch rechtzeitig.

«Es ist vertrackt», sagte Vater, als ich ihm wieder die Hose hochzog, «früher, als ich noch richtig gehen konnte, musste ich so gut wie nie. Jetzt, wo ich dauernd muss, kann ich nicht mehr gehen. Es ist ein Elend, Junge.»

Vor einem halben Jahrhundert, so erzählte Vater fröhlich und entleert weiter, hatte er dreimal hintereinander den «Bierbeitel» gewonnen. Bei diesem etwas kranken Wettstreit ging es darum, so viel Runden Bier wie möglich zu trinken, ohne austreten zu gehen. Wer als Letzter zum Pinkeln rannte, hatte gewonnen. Das ging an die Nieren. In den fortgeschrittenen Runden gab es keine echten Gespräche mehr, weil böse Konsonanten wie p oder b die Blasen zum Platzen bringen konnten. Aber das war lange vor meiner Zeit. Das Heldenleben der Väter findet ja fast immer vor der Geburt der Söhne statt.

Ich registrierte mit einer leichten Irritation, dass mir das Geschichtchen nicht mehr so launig einging, wie mir die Geschichten aus Vaters Leben früher eingegangen waren. Ich hatte begonnen, seinem Leben die Schuld an seinem Alter, zumindest an seinem Zustand zu geben. Irgendwas musste ja schuld sein. Denn jetzt war Vater krank. Ich konnte gar nicht sagen, seit wann. Möglicherweise hatte es begonnen, als meine Eltern vor zwanzig Jahren vom Gutshaus in Pründen in die Vorstadt gezogen waren, wo er nicht mehr der «Direktor», sondern nur «der alte Herr Krenke» war. Da begann er langsamer zu gehen, immer langsamer, und irgendwann war sein Gehen für seine nervöser werdende Blase zu langsam geworden.

«Vater», sagte ich, nachdem ich ihn wieder in seinem Fernsehsessel versenkt hatte, «ich will ja nichts sagen, aber mit Mutter wärst du jetzt nicht rechtzeitig zum Abschlag gekommen. Hast du schon mal darüber nachgedacht, das Gehen zu lassen und auf einen Rollstuhl zu wechseln?»

Vater sagte nichts, sondern guckte besonders aufmerksam auf den Bildschirm. Das Kinn leicht erhoben, das Kinn mit den grauen Stoppeln im Grübchen, die er von Jahr zu Jahr weniger gut ausrasiert bekam. Mutter äugte über ihre Fernsehbrille zu mir und schüttelte leicht den Kopf. Lass es, Sohn, lass es.

«Es würde vieles einfacher machen. Was ist so schlimm dabei, mit dem Rollstuhl zu fahren …?»

Der Wetterbericht kam. Vater nahm die Fernbedienung und schaltete lauter. Landwirte haben es ja alle mit dem Wetter.

«Sonne satt, Sonne satt», äffte er den Wettermann nach, «es hat schon vier Wochen keinen ordentlichen Regen gehabt. Das wird keine Kartoffelernte, das sag ich dir, Mutter, eine Katastrophe wird das. Solche Murmeln, maximal.»

Ich räusperte meine Unsichtbarkeit beiseite und legte noch mal nach.

«Und wenn du den Rollstuhl erst mal nur für die dringenden Wege nimmst ...»

Vater schaltete wieder leiser und legte die Fernbedienung nachdrücklich klackend auf den Couchtisch. Dann drehte er sich zu mir ein.

«Mein lieber Sohn, jetzt sage ich dir mal was: Ich kann gehen, und ich gehe, wann und wohin ich will. Und andere können auch gehen, wohin sie wollen. Niemand muss mir helfen, und niemand muss hier in meiner Wohnung hocken und mir Vorträge übers Gehen halten.»

Für Vater war die Sache klar. Grundsätzlich konnte er gehen. Nur eben momentan nicht. Alles andere wäre ja ein Eingeständnis seiner Ohnmacht gewesen. Und Ohnmacht konnte Vater gar nicht haben. Es hätte seine Position zu mir verändert. Eine kleine, ungewohnte Aggression rumpelte in mir herum. Dann sieh doch zu, wo du bleibst ... dann eben nicht.

Aber nein, ich konnte das unmöglich alles Mutter überlassen. Wenn Mutter ihn aus dem Sessel hieven wollte, geriet sie ja selber bald aus dem Lot. Eigentlich half ich ja nicht ihm, sondern meiner Mutter.

«Es war nur ein Vorschlag, Vater. Niemand will dich entmündigen!», lenkte ich ein.

O Macht der Väter – dein Quell ist Mutterliebe!

Was Vater hatte, wusste niemand. Sein Arzt sagte: Parkinson, unspezifisch. Ärzte wissen in der Regel auch nicht viel mehr. Sie tragen ihr Nichtwissen nur würdevoller zur Schau. Der Arzt sagte «unspezifisch», weil er nicht sagen wollte: Ich habe keinen blassen Schimmer, was Ihr Vater hat, er kippt dauernd um. Seltsam, nicht? Wahrscheinlich irgendetwas Neurologisches, oder wie heißt das mit den Nerven? Passiert es öfter drinnen oder mehr draußen? Aha, drinnen. Windböen können wir also ausschließen. Aber was genau er hat – keine Ahnung. Ich weiß nur, was er nicht hat: Stehvermögen. Was wollen Sie von mir? Hier sind irgendwelche Tabletten, die soll er mal nehmen, vielleicht hilft es was. Wenn nicht, ich habe noch andere Tabletten. Diagnose, Diagnose, alle wollen immer eine Diagnose. Was nützt einem alten Mann wie Ihrem Vater eine Diagnose? Wenn es Sie so brennend interessiert, warten Sie die Obduktion ab. Außerdem, Ihr Vater kann doch froh sein. Er kann froh sein, dass es kein Alzheimer ist. Stellen Sie sich das mal vor. Er kann froh sein, dass er nur so ein bisschen Zucker hat. Er kann froh sein, dass seine Füße nicht langsam verfaulen. Das gibt es, und nicht zu knapp. Er kann froh sein, dass er keinen Zungenkrebs hat oder sonst welche unangenehmen Geschwulste. Ich habe Leute gesehen, das wollen Sie nicht hören. Was ich sagen will: Für sein Alter kann er ganz zufrieden sein. Die Schwester gibt Ihnen das Rezept.

Was immer es war: Ich hasste Vaters Krankheit, weil sie mich dazu brachte, Vater anders zu sehen, als ich wollte. Misstrauisch beobachtete ich, wie sich meine Gefühle zu ihm veränderten. Aus dem gemütlichen älteren Mann war ein verstockter, behäbiger, selbstsüchtiger Greis geworden, der sich nie genug Mühe gab, nach dem Aufstehen aus seinem Sessel nicht gleich wieder zurückzufallen oder seinen linken Fuß im richtigen Moment nachzuziehen, wie ich es ihm befahl. Ich hasste Vaters Krankheit, weil sie uns beiden in ein krankes Verhältnis setzte.

Am nächsten Tag fuhr ich zu Bert Stern in die Psychiatrische.

«Wir müssen ein bisschen aufpassen, wer ihn hier besucht», sagte der Stationsarzt und gab mir meinen Senderausweis wieder. «Bert Stern ist ja kein Unbekannter, und da kommen schnell mal ein paar sogenannte Kollegen von der Boulevardpresse vorbei.» Ich fragte ihn, wie es Bert Stern jetzt ginge und wie die Aussichten seien.

Das sei zwar keine ganz einfache Zwangsstörung, die Stern da habe, erklärte der Arzt, aber langfristig könne man optimistisch sein. Momentan sei man noch dabei, ihn einzustellen. «Ich will Sie nicht mit Details langweilen, aber man kann mit Medikamenten die Stimmungslage eines Menschen schon ziemlich genau ins Lot bringen. Leider braucht das Zeit.»

«Moderiert er immer noch durch?»

«Ja, aber wir haben ihn ein bisschen runtergedreht. Er spricht schon etwas langsamer.»

Ich beglückwünschte den Arzt zu diesem Erfolg. Dann erkundigte ich mich nach ergänzenden nichtmedikamentösen Therapieformen, um alsbald listig die Rede auf Spaziergänge, öffentliche Ausfahrten und dergleichen zu bringen. Der Stationsarzt meinte, Stern sei weder Selbst- noch Fremdgefährder. Er könne sich auf der Station frei bewegen, sei auch oft im Gemeinschaftsraum, draußen im Park, er dürfe – wie jetzt – sogar fernsehen, vorausgesetzt, die anderen Patienten seien einverstanden.

«Was haben die anderen Patienten denn damit zu tun?» fragte ich verdattert.

«Na ja, er moderiert halt immer», erwiderte der Arzt und winkte mich ein paar Meter weiter zum Fernsehraum am Ende des Flures. Was ich dann sah, war wirklich ergreifend. Ein Dutzend Männer saß vor einem Fernseher, der oben in der Ecke an einer Wandhalterung befestigt war. Es waren durchweg

Männer mittleren bis höheren Alters, einer trug ein paar lilafarbene Ohrenschützer. Als wir reinkamen, sprang ein Mann mit streng zurückgekämmten Haaren auf und rief, als hätte er sich endlich dazu durchgerungen: «Ich übernehme die volle Verantwortung!» Aber die anderen kannten das schon, murrten: «Jaja» – und er solle sich wieder setzen. Im Fernsehen lief eine Dokumentation über irgendwelche Reusenfischer an der Ostsee, doch der Ton war stummgeschaltet. Inmitten der Männer saß – unverkennbar an seinem grauen Bürstenschnitt – Bert Stern in einem weißen Spabademantel und sprach mit seiner seltsam schwebenden, väterlichen Stimme zu den laufenden Bildern.

«Entbehrungsreich ist das Leben dieser Männer. Ausgesprochen entbehrungsreich ist das Leben dieser Männer, die Tag für Tag, im Wechsel der Monde, das ganze Jahr über und jeden Tag, lange noch bevor der Morgen graut, hinaus aufs Wasser fahren. Auf das Brackwasser, auf das oft sturmumtoste Brackwasser, um nach den Netzen zu sehen. Vom Wetter gegerbt sind ihre Gesichter, Augen, die schon viel gesehen haben, aber wenig wird gesprochen, es ist ein wortkarger Menschenschlag, man kennt sich, man weiß umeinander, jeder kennt die Handgriffe, jeder kann sich auf den anderen verlassen ...»

Es klang, als latsche Bert Stern gemächlich mit einem großen Eimer über einen Platz, auf dem das letzte Wortgefecht der Menschheit stattgefunden hatte, und sammele alle herumliegenden Worthülsen ein. Der Stationsarzt ging nach vorn, fasste ihn kurz bei der Schulter, flüsterte etwas von Besuch und stellte dann den Fernsehton wieder an, wo eine fade Frauenstimme «einhundertundzwölf Tonnen Dorsch, sechsundfünfzig Tonnen Scholle, dreiundvierzig Tonnen Steinbutt haben die Fischer der Oderhaff-Fischerei-und Fischverarbeitungsbetriebs GmbH & Co. KG im vergangenen Wirtschaftsjahr ...» vor sich hin nölte. Die Patienten, die eben noch im gleichsam biblischen Singsang der Stern'schen Stimme eingelullt gewesen waren, wurden unruhig, protestierten, einige wurden wieder von ihren Tics befallen. Zu Recht. Unnötige Fischereiinformationen können ein schadhaftes Nervenkostüm endgültig in Fetzen reißen. Der Mann, der vorhin die volle Verantwortung für was auch immer übernommen hatte, stand wieder auf und übernahm sie erneut. Der Stationsarzt erklärte freundlich, dass der Herr Stern Besuch habe, und führte ihn hinaus. Wir gingen langsam den Gang hinunter zum Gemeinschaftsraum.

Ich hatte mit Bert Stern ein einziges Mal in meinem Leben gesprochen. Ein Witzchen beim Bierholen auf dem Sommerfest vor vier Jahren. Unwahrscheinlich, dass er sich daran erinnerte. Prominent ist man, wenn Leute sich an einen erinnern, die man nicht mal bemerkt hat. Wenn ich Glück hatte, konnte er mich irgendwie dem Senderpersonal zuordnen. Doch abgesehen vom Missgefühl, ihn als Unbekannter auf dieser Krankenstation zu besuchen, quälte mich auch mein geheimes Wissen über seine Satisfaktionsschwierigkeiten. Er war ein grauer, sehniger Mann mit riesigen Händen, und ich brauchte deutlich fühlbare zehn Sekunden, um über die Vorstellung, wie er Vicky Döscher verzweifelt von hinten anmoderierte, hinwegzukommen.

Der Arzt ließ uns allein. Ich legitimierte mich als sein neuer Redakteur und fragte ihn nach seinem Befinden, ich drückte meine Hoffnung aus, ihn bald wieder vor der Kamera erleben zu dürfen, ich kam auf «Ihnen kann geholfen werden!» zu sprechen, ich sagte, dass eine solche Sendung mehr als andere von der Persönlichkeit des Moderators lebe, dass wir nun beginnen würden, die neue Staffel zu produzieren, dass er doch sicher dabeisein wolle und ob er sich denn vorstellen könne, morgen schon einen kleinen Ausflug ..., egal, nach einer Viertelstunde Rumgeeier musste ich einsehen, dass Bert Stern zwar noch sprechen konnte, aber nicht zu sprechen war. Ständig übersetzte er jedes meiner Worte in seinen eingerasteten Moderationsgestus: «Heute bei uns zu Besuch auf Station drei» usw. – verkündete er seinem imaginären Publikum. Ich hatte ihm zuliebe sogar in die Richtung gewinkt, in die er moderierte. Das Faszinierende an seiner Störung war, dass er offensichtlich alles wahrnahm, was um ihn herum geschah, sich aber selbst eben nur moderierend ausdrücken konnte. Und ich wollte nichts anderes, als ihn dort hinbringen, wo diese Störung ausnahmsweise mal nicht völlig Panne war: zur Moderation von Vronis neuer Badewanne. Es wäre so schön gewesen. Es hätte mir so gut gepasst. Aber Stern war hier nicht fortzukriegen. Er begriff nicht, was ich von ihm wollte. Ich gab auf.

«Schöne Grüße übrigens noch von Greta!», sagte ich und schüttelte ihm zum Abschied die Hand.

«O Gott!», erwiderte Bert Stern plötzlich und schlug sich die Hand vor den Mund. «Und ich bin noch im Bademantel.»

Dann sah er verwirrt umher, tastete an sich herab und hob fragend die Schultern. Es dauerte keine drei Sekunden, dann war er wieder Patient. Aber ich hatte etwas entdeckt. Dieser kleine wache Moment, den die Erwähnung seiner Assistentin Greta ausgelöst hatte, machte mir Hoffnung. Wenn ich Greta überreden könnte, mit mir hier im Krankenhaus eine kleine «Wir sind gleich auf Sendung!»-Komödie aufzuführen, würde ich Bert Stern vielleicht doch in Vronis neues Bad bekommen.

Eine Schwester sah uns Abschied nehmen und kam hinzu, um Stern danach nicht trostlos herumstehen zu lassen. Sie fasste ihn am Ellenbogen und geleitete ihn zurück ins Fernsehzimmer. Als ich noch einmal zurücksah, hatte Bert Stern sich ihrem Griff entzogen, hielt sie nun seinerseits galant am

Arm und plauderte auf das Angenehmste auf sie ein. Ohne Zweifel: Er war ein Magier des Wortes. Nur einer, der sich leider selbst verzaubert hatte.

Das geht doch nicht», sagte Greta, blondiertes Kurzhaar, schwarz-weiße Kastenbrille, «der ist ja nicht umsonst inner Klapsmühle. Der soll Papierkraniche falten und wieder zu sich kommen, der arme Kerl.» Wie viele langjährige Assistentinnen hatte auch Greta ein ganz anderes Bild von ihrem Chef als die Öffentlichkeit, ein Bild, in welchem Bert Stern gar kein Chef, sondern ein Opfer seiner selbst und seiner Umgebung war. Ein Getriebener, wie Greta sagte. Was sie nicht sagte, war, dass sie selbst die Organisatorin dieses Kesseltreibens war. Denn erst Gretas Organisationstalent hatte aus dem launigen Dampfplauderer Stern die Allzweckwaffe des Landfunks gemacht. Sie machte seine Termine, und damit machte sie ihn. Greta kannte nicht nur Bert Sterns Termine, sie wusste auch, welche Krawatte ihm passte und dass er goldene Manschettenknöpfe hasste, dass in seinem Sandwich kein Paprika stecken durfte (Stern hatte mal bei einem Interview mit einem Schäfer, einem Meister im Leistungshüten, ungewollt selbst ins Mikro geblökt, weil die Paprika in seinem Magen saure Blasen warf) und dass er immer links im Bild zu sehen sein wollte, weil er glaubte, von links sympathischer zu sein als von rechts. Sie kannte alle Kontaktpersonen und deren Geburtstage, sie wusste sogar besser als Stern selbst, wie er zu den jeweiligen Leuten stand. Sie ging auf Bällen, Empfängen und anderen großen Gesellschaftsturnieren neben ihm und reichte ihm zu. («Da vorne: Wilhelm Barthel! Mitteldeutsche Assekuranz. Sponsert die Sport-Gala! Hast du moderiert! Ihr duzt euch!»)

Und schon breitete Stern seine Arme aus und rief: «Willy, mein Freund! Was für eine Freude, dich hier zu sehen!» Willy Barthels Assistentin begann nun ebenfalls etwas zu flüstern, was mit «Ich glaube, das ist dieser ...» anfing, aber sie hatte gegen Gretas enzyklopädisches Wissen keine Chance. («Seine Frau heißt Claudia. Leichter Reitunfall vor zwei Monaten. Schulter ausgekugelt. Sohn Friedemann, spielt Hockey. Kreisliga!») Und Bert Stern böllert über den Flur: «Deine Frau ist hoffentlich wieder auf dem Posten? Und dein Junge, schon im Bundeskader?» Der Assekuranzchef blitzte seine Mitarbeiterin an, weil diese immer noch nicht den Namen dieses Mannes parat hatte, eines Mannes, der offenbar von morgens bis abends an ihn dachte. Dann fiel Wilhelm Barthel, von Schuldgefühlen durchbohrt, in Sterns Arme. Das Stechen war vorüber.

Jetzt lag auf Gretas Arbeitsplatz eine aufgeblätterte Frauenzeitschrift. Das Kreuzworträtsel war zu einem Drittel ausgefüllt, ein Rezept herausgerissen. Das Telefon hatte die ganze Zeit über nicht geklingelt. Greta langweilte sich.

«Sieh es doch mal so», sagte ich zu ihr, «Stern ist ein Hochleistungsmoderator. Jetzt sitzt er plötzlich in der Klapper. Von einem Tag auf den anderen. Das kann nicht gesund sein. Er muss doch, wie soll ich's sagen, abmoderieren!»

Greta nahm die Kastenbrille ab, rieb sich die Augen und wiegte unschlüssig den Kopf. Sie hatte leichte Gewissensbisse. Er war auch wegen ihr in der Psychiatrie. Vielleicht hatte sie es mit seinen Terminen doch übertrieben.

«Er ist aber krank», meinte sie, «was, wenn er irgendwelchen Unsinn aufsagt, Leute beleidigt, gewalttätig wird?»

«Komm mit und schau ihn dir an», sagte ich, «er weiß genau, was los ist, er kriegt alles mit. Er kann bloß nicht aufhören, zu moderieren.»

Greta war Anfang fünfzig, mit einem schnauzbärtigen Bastler verheiratet, der einzige Sohn studierte Wirtschaftsinformatik. Sie fuhr einen Honda Civic und strampelte fünfmal die Woche auf einem Crosstrainer gegen ihre von Grund auf quadratische Figur an. Vielleicht wäre es förderlich, ihr ein kleines, aber ganz wundervolles Kompliment zu injizieren.

«Er kommt einfach aus seiner Moderatorenrolle nicht heraus. Das ist alles. Du hast doch auch verschiedene Rollen: dienstbare Assistentin, fürsorgliche Mutter, attraktive Frau ...»

«Attraktive Frau, lass mal gut sein ...», höhnte Greta.

«Wieso? Du siehst aus wie vierzig.»

«Haha!», sagte Greta. Doch falls sie dachte, ich würde sie mit einem billigen Allerweltskompliment ködern, hatte sie sich getäuscht.

«Natürlich siehst du aus wie vierzig. Du sahst ja auch mit zwanzig schon aus wie vierzig.»

Das war hart.

«Und du wirst auch mit sechzig noch aussehen wie vierzig.»

Das war nett. Sehr nett sogar.

«Du bist einfach eine Frau von vierzig Jahren. Für immer! Das ist doch ein Geschenk.»

Greta, die etwas breitbeinig im Drehsessel gelümmelt hatte, schlug während meiner Rede langsam die Beine übereinander. Das Kompliment war in ihrem Herzen angekommen und begann, seine unwiderstehliche Plausibilität zu entfalten: die elenden Diskobesuche in den Siebzigern, als sie das breite Mädchen mit der Brille und dem speckigen Haar in der Ecke war, das ihren Gin Tonic süffelte, während die Katharinas und Constanzes ihre Ärsche zu «Tonight» von den Rubettes herumschwenkten. Die ersten Schminkversuche, nach denen sie sich immer fühlte wie ein Clown. Kein Wunder, dass ihr alles so furchtbar demütigend und albern vorgekommen war in ihrer Jugend. Das Geheimnis – enthüllt: Sie war schon immer vierzig gewesen! Das war es! Und war sie nicht jetzt, wie unlängst gesehen auf dem letzten Klassentreffen, fester und fescher als die einstigen Klassenschönsten? Mit sechzig Jahren noch würde sie sich auf der Tanzfläche drehen, agil und straff, umtanzt von kultivierten silbergrauen Herren, die von ihrem prallen Leben naschen wollten. Sie – quadratisch, praktisch und haltbar wie ein Marmorkuchen, während die Schönheitsköniginnen von damals auf das Unappetitlichste zusammengesunken waren wie ein Soufflé, das man zu früh aus der Röhre genommen hatte!

«Greta», weckte ich sie aus ihrem Grübeln, «wenn wir Bert Stern noch einmal so ein gewichtiges Ding moderieren lassen, können wir vielleicht herausfinden, warum er aus seiner Rolle nicht wieder herauskommt!»

«Wann willste denn morgen los mit dem armen Kerl?», fragte Greta schließlich, und ich fand, dass die süßsauren Komplimente immer noch die besten sind.

Im Briefkasten daheim lag ein Brief an Konrad. Ein Brief von einer RTL-Produktionsfirma. Ich konnte mich gerade noch so davon abhalten, ihn zu öffnen. Der kleine Finger steckte schon in einer Kuvertecke. Irgendwie hatte ich größere mentale Schwierigkeiten zu akzeptieren, dass mein Sohn ein Leben jenseits meiner Kenntnisnahme zu führen begann. Seit er mit Naddi zusammen war, wusste ich fast nichts mehr von seinen Plänen oder Seelenlagen.

Ich strich die aufgefingerte Ecke wieder glatt, ging hoch, klopfte an Konrads Zimmer und gab ihm scheinbar gleichgültig den Brief. Dann lauschte ich mir die Schuhe aus, lauschte meine Jacke an den Haken und lauschte in die Küche, um mir einen Kaffee einzulauschen.

«Yippieh!», schrie es plötzlich in Konrads Zimmer. Dann tanzte jemand auf Konrads knarzendem Bett herum. «Sie haben dich eingeladen!»

Neugierschmerzen, schlimme Neugierschmerzen. Aber: Es ging mich nichts an. Wenn es was Wichtiges war, würde er es mir schon sagen. Nur wann? Beim Abendbrot, an dem er nicht mehr teilnahm? Beim gemeinsamen «Tatort»-Gucken am Sonntag, wenn Naddi ständig ihre Kommentare und haltlosen Mutmaßungen über den Täter zum Besten gab? Wann hatten wir das letzte Mal ein richtiges Vater-Sohn-Gespräch geführt?

Konrad und Naddi kamen zu mir in die Küche, um sich was zu essen zu machen. Ich sollte die Gelegenheit nutzen, die beiden ein bisschen anzuplaudern, vielleicht erst mal was von mir erzählen, dass ich heute in einer Irrenanstalt war und so, mich dann aber auch mal beiläufig nach seinem Tag zu erkundigen, Rede ist ja auch immer ein Tauschgeschäft, erzähl ich dir meins, erzählst du mir deins. Dann fragen, was sich in der Schule tat, und möglicherweise ergab sich so auch die Gelegenheit, auf etwaige postalische Neuigkeiten zu sprechen zu kommen. Ich öffnete also den Mund, und der Mund sagte:

«Was stand in dem Brief?»

Konrad stutzte nur kurz.

«Ach, ich hab mich vor zwei Wochen beworben.»

«Du hast dich was? Bei RTL?»

«Beworben. Bei ‹Supertalent›! Cool, oder?»

Ich rief mir Konrads Supertalente ins Gedächtnis, doch sie wollten mir nicht einfallen.

«Als was, wenn ich fragen darf?»

«Ich habe ihn eingereicht», prahlte Naddi und schmiegte sich an ihn, «als Schnellzeichner!»

Konrad bestätigte es stolz: «Als Schnellzeichner!»

Die Geschichte nennt etliche große Männer, die erst durch Frauen ihren Weg gefunden haben. Die Millionen, die durch Frauen für immer vom Weg abkamen, nennt sie nicht.

«Hast du sie nicht mehr alle? Du hast noch ein dreiviertel Jahr bis zum Abi! Und es sieht nicht gut aus!»

Ich machte unwillkürlich einen Schritt auf Konrad zu. Naddi sprang dazwischen.

«Aber Herr Krenke, einen Schnellzeichner hat es bei ‹Supertalent› überhaupt noch nie gegeben!»

«Aus gutem Grund, Artikelmädchen. Weil Schnellzeichnen keine Kunst ist. Es ist ... Blödsinn.»

«Wie können Sie so was sagen? Wissen Sie, wie verletzend das ist?»

«Schnellzeichnen ist keine Kunst. Schnellsingen ist keine Kunst. Schnelldichten ist keine Kunst. Schnell ist überhaupt nie Kunst, capito?!»

«Haben Sie überhaupt schon mal eine von seinen Schnellzeichnungen gesehen?»

«Nein, brauche ich auch nicht.»

Naddi verschränkte empört die Arme vor der Brust.

«Was Konrad macht, ist sensationell. Er fängt die Zeichnung von außen an, von links, von rechts, von oben und unten, und man sieht erst zum Schluss, was es ist.»

«Hat es schon tausendmal gegeben.»

«Aber noch nicht im Fern...»

«Doch. Auch im Fernsehen. Könnt ihr nicht wissen. Die siebziger Jahre waren voll davon. Die haben alles vollgekrakelt damals. ‹Tadeusz Punkt›, ‹Dalli, Dalli›. ‹Montagsmaler›, ‹Stricheleien – Sticheleien›. Such dir was aus!»

Konrad schob den Unterkiefer vor und knirschte mit den Zähnen.

«Du bist manchmal echt ein Arsch, Papa!»

Dorit wäre jetzt ausgeflippt. Dorit verbat es sich manchmal sogar, dass man beleidigt ausatmete. Man hatte normal zu atmen, wenn man kritisiert wurde. Verbalinjurien gab es gleich gar nicht. Ich hielt nicht so viel von künstlichem Respekt. Konrad war sauer, weil er mich nicht verstand. Wenn er mich verstehen könnte, würde er merken, dass ich es nur gut mit ihm meinte.

«Wenn es ein echtes Talent ist, kann es warten! Mach dein Abi. Studiere Luft- und Raumfahrttechnik. Promoviere. Werde Vorstandsmitglied der EADS, und wenn du dann noch immer dieses brennende Bedürfnis zum Schnellzeichnen verspürst, dann steh eines Tages auf und sage deinen Vorstandskollegen und den anwesenden europäischen Verteidigungsministern: Leute, ich weiß jetzt, wer ich bin! Ich bin Konnie, der Schnellzeichner! Ich gehöre hier nicht her! Ich gehöre auf Kindergeburtstage und in Einkaufszentren.»

Konrad bedeutete Naddi mit einem Blick, dass er mit diesen sarkastischen Einpersonenstücken seines Vaters nie viel anfangen konnte. Entsprechend witzlos war seine Antwort.

«Ich studiere aber nicht Luft- und Raumfahrttechnik.»

«Dann sage ich es dir anders: Bevor man sein Leben wegschmeißt, sollte man erst mal eins haben.»

Ich ging, weil Väter nach einem solchen Satz einfach gehen müssen. Naddi fragte Konrad, warum ich gleich so hochgehen müsse, es sei schließlich nur eine Fernsehshow, und ich würde ja so tun, als ob er zur Fremdenlegion wolle.

«Der hat einfach nur Angst», hörte ich Konrad, «der hat immer Angst, dass ich nichts werde. Alles nur Angst.»

«Aber das ist doch toll», flüsterte Naddi, damit ich sie nicht hörte, «Familienkonflikt! Da sind die bei RTL ganz verrückt nach! Kannste sagen, mein Vater hat mich verstoßen, weil ich Schnellzeichner werden will, und denn weinen... Da rufen die an wie die Blöden!»

Sie war ein Luder von der ausgebufften Sorte.

Dies ist das Land, in dem die Menschen einen fragen: Was hast du eigentlich früher gemacht? Mein Vater war früher Kartoffeldirektor gewesen. Jetzt war er polymorbid. Frau Stegemann hingegen hatte früher als Köchin in einer Großküche für mehrere tausend Menschen gekocht. Normale Hausküchen kamen ihr wie Spielzeug vor. Sie hatte mit einem Holzlöffel gerührt, der so groß war wie ein Paddel, und wenn ihr die Sauce bolognese im Bottich zu fad schmeckte, griff sie zu einer Kehrschaufel und schippte noch ein Kilo Pfeffer hinein. Jetzt war Frau Stegemann Pflegekraft. Morgens um halb acht kam sie, rief schon an der Schwelle zum Schlafzimmer: «Herr Krenke, Sie liegen ja immer noch im Bett!», was als Scherz gemeint war, denn mein Vater konnte sich von alleine nicht mal richtig aufsetzen, geschweige denn aufstehen. Dann holte sie seine Beine aus dem Bett, legte sie über den Rand, griff sich seine Hände und zog ihn mit einem Ruck leicht nach links und nach oben. Meistens schaffte sie es im ersten Anlauf, aber manchmal fiel Vater auch wieder zurück ins Kissen, manchmal Frau Stegemann sogar gleich mit ihm, worauf sie auszurufen pflegte: «Nein, nein, Herr Krenke! Jetzt wird nicht mehr gekuschelt.» Im Sitzen wurde Vater dann aus dem Nachtzeug gekleidet und in Unterwäsche gesteckt, dann riss ihn Frau Stegemann in die Höhe und ging mit ihm Seite an Seite ins Bad.

Im Bad zog sie den Hocker vor das Waschbecken und ließ meinen Vater darauf Platz nehmen. Nur fünfundzwanzig Minuten später saß mein Vater am Frühstückstisch und aß Sülzfleischbrötchen. Um bei Kräften zu bleiben, wie er sagte.

Es sah locker und flüssig aus, was Frau Stegemann da morgens mit meinem Vater trieb. Ich hatte es besuchshalber öfter gesehen und gedacht, ich könne das auch. Doch schon nach zwei Abendzeremonien wusste ich, dass Frau Stegemann eine Topathletin in der Disziplin Altenpflege war. Es war eine Art Para-Paralympics, in denen solche akrobatischen Kunstformen verlangt wurden wie das «Zehn-Sekunden-alleine-Stehenbleiben der Herren» oder das «Um-die-Ecke-Gehen, ohne dass das linke Bein mitmacht, in der Altersklasse Ü70». Frau Stegemann und mein Vater waren ein Winnerteam. Mein Vater und ich waren eine Katastrophe.

«Was ist nu?», fragte ich um dreiundzwanzig Uhr zwanzig meinen Vater, der vor einigen Minuten beschlossen hatte, ins Bett zu gehen. Doch der Beschluss war noch nicht von allen Körperteilen zur Kenntnis genommen worden. Wir waren erfolgreich aus dem Sessel hochgekommen, hatten uns bis in den Flur vorgetappert, aber da standen wir jetzt schon eine Weile, und Vater ging nicht vor und nicht zurück. «Gleich», sagte er und zitterte mit den Knien. Er wartete auf seine Füße.

«Es geht gerade nicht», meinte er schließlich.

Es ging oder es ging nicht. Vater war es jedenfalls nicht mehr, der ging. Es ging etwas anderes, und dieses andere war störrisch wie ein Esel.

«Du hast kein Vertrauen», sagte ich leicht genervt, «ich halte dich, falls du fallen solltest.»

Vater murrte etwas Unbestimmtes. Aber es war doch so, keiner hatte Vertrauen zu mir, Dorit nicht, Vater nicht, noch weniger Konrad, der mir nicht glauben wollte, dass ich mehr von Frauen verstand als er.

«Jetzt», verkündete Vater, und wir liefen vier kleine Schritte bis ins Bad.

Ich schob ihm den Hocker unter den Hintern, und er war wieder in Sicherheit. Nahm sich die Zähne heraus, spülte den

Mund. Natürlich wusste ich, dass mein Vater dritte Zähne hatte, aber es war dann doch immer wieder gewöhnungsbedürftig, ihn mit eingefallenem Gesicht aus dem Waschbecken auftauchen zu sehen. Er sah aus wie ein Alien, das sich mit Hilfe dieser Zähne ein Vatergesicht zugelegt hatte und kurz vor Mitternacht die Maske fallen ließ. Vater grinste mit leerer Kauleiste.

«Da kommst du auch noch hin», lallte er schadenfroh.

Nein, Vater, dachte ich, ich lasse mir Implantate einschrauben, und wenn ich für das Geld auf den Strich gehen muss. Ich brauche mein Gesicht in der Normform. Ich habe keine so gefestigte Identität, dass ich auch nur einmal im Spiegel auf meine vertraute Mimik verzichten könnte.

Vaters digitaler Gehstil (geht – geht nicht – geht – geht nicht) machte langsam alles Zeitkalkül zunichte. Als ich Mutter versprochen hatte, Vater beim Zubettgehen zu helfen, war ich von einem Gesamtaufwand von etwa einer halben Stunde ausgegangen. So wie Hundebesitzer abends noch mal eine Runde Gassi gehen, Routine halt. Jetzt war es bereits Mitternacht, und wir waren gerade mal an der Schlafzimmertür angelangt. Noch drei Meter bis zum Bettrand. Vater hielt sich im Türrahmen fest und atmete durch, als müsse er über einen Abgrund balancieren. In meiner Gesäßtasche brummte das Handy. Wahrscheinlich dachte Dorit, es sei etwas passiert. Aber das Gegenteil war der Fall. Nichts war passiert.

«Gleich», sagte Vater.

Ich wartete gespannt. Nicht ans Handy gehen. Nicht in die Luft gucken. Nicht an irgendwas denken. Ich wusste: Wenn ich aufhören würde, gespannt zu warten, würde er mir umfallen. Wortlos. Einfach so. Vater bemerkte erst, dass er umfiel, wenn er schon fünfundvierzig Grad aus dem Lot gekippt war. Dann war es zu spät, ihn noch aufzuhalten. Deswegen musste ich aufpassen.

«Jetzt», sagte Vater, doch gerade, als ich ihn in Bewegung setzen wollte, schüttelte er den Kopf.

«War doch nichts. Warte mal noch.»

Es war sicher einfacher, das Bett zu Vater zu schieben als Vater zum Bett. Im Gegensatz zu Vater war das Bett ein verlässlicher Partner. Es kippte nicht plötzlich zur Seite oder versuchte, sich an dafür untauglichen Garderoben oder Bildern im Flur festzuhalten. Leider aber musste das Bett dort stehen bleiben, wo es stand. Denn das eigentliche Kunststück kam erst noch. Es war die väterliche Bettlege, und für diesen Akt musste alles im erprobten Winkel zueinander stehen. Genau gesagt ging es darum, Vater im rechten Moment loszulassen. Am Bettrand stehend, musste er so aufs Bett fallen gelassen werden, dass er innerhalb der richtigen Koordinaten zu liegen kam. Wenn er richtig losgelassen wurde, fiel sein Kopf ins Kissen, während der Rumpf noch einmal aus der Federkernmatratze hochwuppte; und dieses Wuppen nutzte Vater, um seine gewaltige Leibesmitte hin und her zu bewegen und in die vertrauten Vertiefungen der alten Matratze zu bugsieren. Dann blieb er so liegen und rührte sich nicht mehr bis zum nächsten Morgen. Vater schlief ja auch nicht, er fiel in Narkose.

«Gib mal die Tablette», mummelte Vater, als er endlich in seiner Kuhle lag. Mein Vater hat in seinem Leben so viele Tabletten genommen, dachte ich, dass er post mortem einem Munitionsbergungsbetrieb wird übergeben werden müssen.

Ich schob sie ihm zwischen die Lippen und gab ihm etwas Wasser zu trinken.

«Gute Nacht, Sohn.»

«Nacht, Vater!»

Ich zog ihm die Decke unters Kinn, und Vater grinste ohne Zähne. Mutter kam im Nachthemd, streichelte mir ein «guter Junge» über den Kopf. Ich ließ die beiden allein, zog die Tür zu und verschwand.

Es war halb eins, und ich war völlig fertig. Schon nach dem dritten Abend. Was hatte ich mir da aufgeladen? Und: Wie lange würde das noch so gehen? Ich konnte mich doch jetzt unmöglich wieder zurückziehen? Vaters Vater, der Opa Alois, war neunundachtzig Jahre alt geworden. Zwölf Jahre, das sind 4380 Abende. 4380 Abende zwei Schrittchen vorwärts, warten, warten, warten, wieder zwei Schrittchen vorwärts, warten, warten, warten ...

Ich fuhr die erleuchtete Hochstraße entlang, und eine monströse Unabsehbarkeit tat sich vor mir auf.

«Ihr habt ja heute lange gebraucht!», meinte Dorit, als ich mich ins Bett fallen ließ.

«Wenn's nach Vater gegangen wäre, hätte er schon halb zwölf tief und fest geschlafen», sagte ich und prügelte mein Kissen zurecht, «aber seine Beine wollten noch nicht ins Bett.»

Der Mann, den seine Eltern gezwungen hatten, Holger zu heißen, summte ins Büro. Holger, der Polizeireporter, hatte einen sattsam bekannten Facebook Account, auf dem er behauptete, Freunde würden ihn Marco nennen. Das Seltsame an dieser Mitteilung war, dass man ihn sich danach durchaus als eine Art Marco vorstellen konnte, sogar musste. Der einzige Marco unter allen Holgern dieser Welt war überdies ein schlimmer Summer. Alles, was er tat, musste er besummen. Er summte sich durch die Zeitungen, summte sich durch Webseiten am Computer und summte sich die Telefonnummern aus seinem Kalender. Wenn man es einmal nicht ignoriert bekam, wenn das Ohr erst mal in diesem Summen eingerastet war, wurde man völlig blöde vor lauter lebensfrohem Gesumme. Es war vermutlich eine Taktik. Er wollte angesprochen werden. Er summte, damit ihm Leute ein Gespräch aufdrängelten, ihn irgendwas fragten, damit er aufhörte, zu summen. Bei einem Polizeireporter fiel das Fragen leicht.

Summ, summ, summ, Polizeireporter summ herum!

«Wie ist eigentlich die Aufklärungsrate bei Sachbeschädigungen an Fahrzeugen?»

Holger, den seine siebzehn Facebook-Freunde Marco nennen mussten, fiel über die Armstützen seines Drehsessels zur Seite und senkte seine Hand bis kurz über den Teppichboden.

«Nahe null! Wieso? Hat dir jemand den Rückspiegel abgeknickt?»

Ich war mir nicht sicher, ob ich wirklich mit ihm darüber sprechen sollte. Holger war ein kleiner Wichtigtuer. Sich ihm unter dem Siegel der Verschwiegenheit anzuvertrauen hatte zur Folge, dass das Anvertraute unter dem Siegel der Verschwiegenheit so lange im Sender weitergereicht wurde, bis es jeder wusste. Ein Aushang am Eingang war vertraulicher.

«Ich habe das Gefühl, jemand will mir Stress machen», sagte ich dann doch. «Ich habe erst so Kratzer im Lack gehabt, dann hat mir jemand was in den Auspuff gesteckt, und gestern hat mir irgendwer die Luft aus den Reifen gelassen.»

«Klingt wie eine Türkengang!», sagte Holger fachmännisch.

«Wieso Türken?», fragte ich erblassend.

«Albaner hätten das Auto gleich abgefackelt. Deswegen Türken. Türken sind kultivierter, methodischer, wenn du so willst.»

«Ich habe aber nichts mit Türken zu tun.»

«Ist das so?», fragte Holger und ließ überdeutlich seinen Kugelschreiber zwischen den Fingern wippen. Eine Geste, wie sie eigentlich nur Nergez machte.

«Nergez ist keine richtige Türkin. Jedenfalls keine Traditionstürkin. Sie ist einfach eine moderne Frau.»

«Vielleicht zu modern für ihre Familie?»

«Was habe ich damit zu schaffen?»

«Sommerfest? Fahrstuhl?»

«Woher weißt du das?»

«Woher ich das weiß? Ohne mich wärt ihr erst am nächsten Tag da rausgekommen! Ich habe das Klingeln gehört und den Hausmeister geholt.»

Das klang logisch. Holger war tatsächlich einer der Letzten gewesen, die ich gesehen hatte, bevor ich mit Nergez in den Fahrstuhl gestiegen war. Blieb nur die Frage, wieso er sich da eigentlich rumgetrieben hatte, wo vorn im Saal die Musik spielte.

«Ja, äh, danke.»

«Und ich habe den türkischen Freund von Nergez zum Hausmeister am Fahrstuhl geschickt, weil er sie überall gesucht hat.»

«Das war vielleicht keine so gute Idee.»

«Wieso? Hast du was mit Nergez?»

Die letzte Frage war Holger ziemlich zackig aus dem Mund gerutscht. Es klang fast ein bisschen böse. Der Polizeireporter schien sich auch für innerbetriebliche Verkehrsordnungswidrigkeiten zu interessieren.

«Quatsch. Es war nur eine zweideutige Situation, und ich bin mir nicht sicher, ob Arif ...»

«Wer?»

«Arif, der Freund von Nergez. Ich bin mir nicht sicher, ob er die Situation richtig gedeutet hat. Jedenfalls, wie auch immer, ich soll irgendwas bezahlen. Immer wenn das Auto beschädigt wird, steht irgendwo, dass ich was bezahlen soll.»

«Das ist das Übliche», sagte Holger lässig, «du hast Nergez' Ehre beschmutzt. Du sollst sie mit Geld wieder reinwaschen.»

«Es ist alles völlig nebulös. Ich weiß doch nicht mal, was

Nergez' Ehre kostet. Es wäre ja auch höchstens ein Stückchen davon.»

Nergez' offene Knöpfe verwandelten sich in meiner Erinnerung in Münzen. Ehre gegen Euros. Warum hatte ich das nicht gewusst?! Wie viel kostete es, drei Knöpfe an der Bluse meiner türkischen Kollegin zu öffnen? Konnte ich mir das leisten?

«Hast du Angst?», fragte Holger mit einer gewissen Zudringlichkeit, wie ich fand.

«Natürlich. Ich weiß doch nicht, wie weit das noch geht.»

«Dann geh zur Polizei. Sag denen, dass du Arif in Verdacht hast. Dann ist es aktenkundig. Wenn dann noch mehr passiert, haben sie wenigstens einen Anhaltspunkt.»

Ich schüttelte den Kopf. Nein, nein, das wäre schon zu konkret. Nachher würde sich herausstellen, dass Arif ...

In diesem Moment kam Nergez durch die Tür. Wir spielten sofort Stillbeschäftigung. Sie war beim Friseur gewesen und hatte zu ihren achtundneunzig Prozent Kompatibilität noch zwei Prozent schöne Locken dazugetan.

«Stink ich?», fragte Nergez, aber nicht, weil wir uns abgewendet hatten.

«Ich war nämlich im Zoo.»

«Du hast es gut», sagte ich, «Zoogeschichten. Drehen sich doch von selbst.»

«Tiere, gleich welcher Art, interessieren mich nicht», erwiderte Nergez. «Höchstens als Köfte!»

«Aber Tiere», sprach ich weiter, «die sind so spontan. Die machen immer was. Man braucht bloß draufhalten.»

«Aber nicht Roddy, der Bär! Der hat mir vier Stunden meines Lebens geklaut.»

Nergez lehnte sich zurück und kotzte sich über Roddy, den senilen Braunbären, aus. Roddy war ein Problem. Der neue Zoodirektor, kein Zoologe, sondern ein Mann des aggressiven Marketing, hatte die Devise ausgegeben, dass in einem innerstädtischen Zoo jeder Quadratmeter Gehege Faszinationszwecken zu dienen habe. Aus Besucherumfragen wusste man, dass Erdmännchen, Rhesusaffen und Clownsfische maximale Faszination pro umbauten Quadratmeter lieferten. Am unteren Ende der Faszinationsskala hingegen, jenseits des Nullpunktes, lag Roddy. Er lag einfach nur da. Tagaus, tagein. Ein riesengroßer Käfig mit irgendwas Braunem in der Ecke. Wenn man lange genug hinschaute, sah man das Braune atmen. Aber das tat niemand. Niemand geht in den Zoo, um sehr weit hinten etwas Braunes atmen zu sehen.

«Was diesen Altbären angeht», hatte der neue Zoodirektor nach der kritischen Bestandsaufnahme gesagt, «bevor der uns alle einschläfert, schläfern wir ihn ein.»

Der Pfleger des Altbärengeheges hegte allerdings Befürchtungen. Befürchtungen, die seinen Job betrafen. Wenn man einmal bis zum Bärenpfleger aufgestiegen ist, will man nicht mehr Wühlmausköttel aus dem Käfig fegen, auch nicht, wenn sie von einer total seltenen Wüstenwühlmaus stammen. Der Pfleger bat um Aufschub für Roddy. Natürlich sei Roddy alt und bequem, aber er werde Roddy wieder zu einer Attraktion machen. Und der Pfleger baute in mühevoller Kleinarbeit einen Honigbaum, um den Braunbären «zu mobilisieren», wie er sagte. Einen Baum mit mehreren dicken Ästen, auf dem sich oben, in ein paar Löchern, kleine Honigspender verbargen. Roddy – auf Diät gesetzt – tappte jetzt zweimal am Tag zum Baum und kletterte ächzend nach oben. Manchmal hing er eine Viertelstunde mit den Vorderpranken über einem Ast, weil er verschnaufen musste, glotzte mit ratloser Bärenmiene umher, kratzte und krampfte sich dann schließlich weiter hoch und klinkte sich schnaufend oben ein, um Süßes zu schlecken. Zwar war er damit immer noch kein Besuchermagnet, aber der eine oder andere blieb jetzt doch stehen, und sei es auch nur, um ihn herunterfallen zu sehen, was immer zu erwarten war, so schlapp, wie er da oben hing. Tolles Geschichtchen für die Zooserie des Senders.

Diesmal allerdings, in Gegenwart von Nergez und ihrem Team, hatte Roddy seine Klettertour ganz ausfallen lassen. Nergez hatte nach geschlagenen vier Stunden zwei Dutzend bemühte Erörterungen des Tierpflegers im Kasten: dass Roddy ganz versessen auf Süßes sei, dass er ein richtiger alter Naschbär wäre, dass er für gewöhnlich immer um diese Zeit seine Kletterei begänne, dass er jetzt sicherlich gleich aufbreche, dass er ja schon mit der Nase schnuppere, dass man ihm heute überdies Waldblütenhonig, seine Spezialmarke, eingefüllt hätte usw. Aber kein kletternder Roddy. Roddy hat sich einmal vom Bauch auf den Rücken gedreht und sich am Hals gekratzt. Das war alles in vier Stunden.

«Räudige alte Bestie», schimpfte Nergez. «Jetzt darf ich noch mal hin. Chef will das halbtote Vieh unbedingt klettern sehen. Der Morgenkurier hat ein Foto gebracht.» Sie machte Chef nach. «Was die Presse kann, kann das Fernsehen schon lange. Ausreden kann ich nicht senden!»

«Wollen wir tauschen?»

Ich erzählte ihr von der fetten Vroni. Nergez winkte ab. Geschichten, wo Leute immer mehr zunehmen, ohne was dagegen machen zu können, hasste sie noch mehr als Tiergeschichten.

Am Nachmittag fuhr ich zu meinen Eltern, um sie zum Arzt zu bringen. Zur Kontrolle, wie Mutter sagte. Wenn man alt ist, gibt es zwei Arten von Arztbesuchen. Die zur Kontrolle und die zum Abklären. Abklären ist nicht gut. Kontrolle ist okay.

Ich weiß nicht mehr, wann meine Mutter angefangen hatte, über meinen Vater zu reden, während er noch in Hörweite war. Es bestätigte nur meine Überzeugung, dass der Tod ein kontinuierliches Phänomen ist. Erst reden sie über dich, wenn du außer Haus bist, dann, wenn du im Nebenzimmer sitzt, und schließlich reden sie über dich, wenn du dabei bist. So kannst du schon mal üben, wie es ist, ein Geist zu sein.

Mutter hatte kleine, dicke, wachsgelbe Finger mit großen harten Nägeln. Kartoffelschälhände. Rübenhackhände. Hühnerrupfhände. Erbsenpulhände. Sie war wirklich eine gute Partie gewesen. Mutter legte ihre Hände auf dem Sprelacart-Tisch ineinander.

«Er schläft immer ein», sagte sie traurig. «Manchmal sagt er was, und wenn ich antworte, ist er schon eingeschlafen.»

Die Küchentür stand offen. Wenn ich mich nach hinten lehnte, konnte ich Vater in seinem Sessel sitzen sehen, aber Mutter kümmerte es nicht, dass er uns hörte.

«Das ist der Bewegungsmangel», sagte ich, «er muss sich mehr bewegen. Wozu habe ich ihm die Pedalstation geschenkt?»

Mutter lächelte schwach und griff über den Tisch, um meine Hand zu streicheln.

«Du bist ein guter Junge. Der Doktor sagt, das sind alles die Symptome.»

«Quatsch, wenn ich den ganzen Tag untätig im Sessel hocken würde, täte ich auch dauernd einschlafen.»

Mutter schüttelte sachte den Kopf und sah traurig auf ihre Hände.

Aus dem Wohnzimmer rief Vater jetzt, er brauche mal ein Glas Wasser.

«Ach Gott, ja», rief Mutter, «die Elf-Uhr-Tablette!»

Auf dem runden Couchtisch im Wohnzimmer lag ein Platzdeckchen aus Plauener Spitze, und genau in der Mitte, wo früher immer eine Bleikristallschale mit schon etwas feuchtem Gebäck gestanden hatte, prunkte jetzt Vaters Tablettenkarussell. Es funktionierte wie eine Spieluhr. Alle Stunde macht es Summ! und Pling! und Klack!, die Mittelschiene drehte sich um fünfzehn Grad, und ein kleines Fach kam herausgefahren, in dem eine kleine Pille oder eine größere Kapsel lag.

Während Mutter ein Glas mit Sprudel füllte, sah ich Vater langsam und zitternd über den Couchtisch langen und die Elf-Uhr-Tablette aus dem Spender fingern. Er steckte sie sich in den Mund und wartete, dass Mutter mit dem Wasser kam. Das Tablettenkarussell machte ein Entnahme-Bestätigungs-Plong und schloss das Fach. Mascha liebte das Tablettenkarussell. Manchmal setzte sie sich auf Vaters Schoß, guckte auf seine Armbanduhr und zählte den Sekundenzeiger herunter, bis das Tablettenkarussell mehr oder weniger pünktlich Summ! Pling! Klack! machte.

«Eine gelb-blaue», juchzte sie, «diesmal ist es eine gelb-blaue. Du musste eine gelb-blaue nehmen!»

Als ich Vater so in seinem Sessel sah, schläfrig, mit nach vorn geneigtem Kopf, erinnerte er mich an den alten Roddy. Ich fragte mich, ob man nicht auch ihn mit einem kleinen Trick zu mehr Bewegung verführen konnte. Ich fragte mich, ob es im Leben meines Vaters nicht auch noch einen Honigtopf gab, an den er unbedingt heranwollte. Das Bild, das mir bei dieser Überlegung zu Hilfe kam, war eben der Anblick, wie mein Vater sich nach dem Tablettenkarussell streckte. Tabletten waren des alten Mannes Honig! Speziell für meinen Vater waren Tabletten indes noch viel mehr. Mein Vater glaubte nicht an natürliche Körperfunktionen. Er glaubte, dass Schlaf von Schlaftabletten verursacht wird und Kautabletten ihm das Kauen ermöglichen. Er war der Überzeugung, dass sein Körper ohne Tabletten alles Mögliche anstellen würde, nur nicht das, was er sollte. Sein Körper war ein Wackelkandidat, der seine

Absichten hintertrieb, flau machte, wahrscheinlich sogar mit seinen ärgsten Feinden im Bunde stand. Außerdem gaben ihm die Tabletten Rang und Bedeutung. Er hatte früher eine unnachahmliche Art besessen, während irgendwelcher Sitzungen oder Konferenzen seine Tabletten einzuwerfen. Mit einem Daumendruck aus der Packung in die Hand geschnipst, warf er sie sich auf Zack in den Mund und spülte sie mit einem großen Schluck hinunter. Betablocker, Statine, Analgetika, Antazida. Allen Anwesenden war danach klar, dass dieser Mann schon längst tot sein müsste, dass nur die Verantwortung und die Sorge ums Ganze ihn am Leben erhielt. Wenn mein Vater danach ans Rednerpult trat, folgten ihm Augen und Ohren. Sie waren, das hatte er ihnen gezeigt, alles kleine gesunde Scheißer, die nur ans Wochenende dachten.

Wenn es mir also gelänge, den einzigen wirklichen Ehrgeiz, der meinem Vater noch verblieben war, zu Stretchingzwecken auszunutzen, könnte ich meinen Vater trainieren, ohne dass er es bemerkte.

Nachdem ich meine Eltern zum Arzt gebracht hatte, raste ich nach Hause, holte meinen Werkzeugkoffer und fuhr schnurstracks wieder zu ihrer Wohnung zurück.

Meine Absicht war, eine Zugvorrichtung am Couchtisch anzubringen, sodass der Tisch jedes Mal, wenn Vater sich vorbeugte, zwar nur unmerklich, aber doch weit genug wegrutschte; das Tablettenkarussell sollte sich ihm wie von Geisterhand entziehen, aber nach ein paar Zentimetern wieder zum Stehen kommen, damit er dann doch an seine Tabletten kam und nicht etwa frustriert aufgab. Auf diese Weise aber musste sich mein Vater unter Benutzung seiner vernachlässigten Bauch- und Schultermuskulatur weit nach vorn krümmen, um die zusätzlichen Zentimeter zu überwinden. Große Dompteurskunst! Nach ein paar Versuchen kam ich drauf, wo ich die Sehne befestigen musste. Wenn Vater sich auf seinem Sessel nach vorne bewegte, drückte er nämlich mit seinen hundert Kilo das Polster am Rand vollständig zusammen. Dort war Schluss. Sperrholzwand. Der Polsterrand war also das Limit. Über vier kleine Rollen und einen Modellbauflaschenzug verteilt, zog die Konstruktion den Tisch unter Vaters Hand weg, wenn er sich nach vorn neigte. Aber eben nur eine Handlänge, so weit, wie er mit seinem Gewicht das Polster zusammendrückte, dann stoppte der Seilzug, der unter dem Sitz befestigt war, und Vater kam an seine Tabletten heran, bekam seine Belohnung. Ich arbeitete nur eine gute Stunde an der Konstruktion, was ich für so einen komplexen Mechanismus bemerkenswert fand. Keine Ahnung, worauf die Heimwerker sich immer sonder was einbilden! Dann testete ich mein Werk, aber das System reagierte nur schwach. Kein Wunder, ich war zu leicht! Wie sollte ich mich jetzt in einen Zweizentnermann verwandeln? Ich ging in die Küche, wo die Bierkästen neben dem Kühlschrank standen. Zweimal fünfzehn Kilo, genug als Ergänzung. Als ich sie aufeinandergestellt ins Wohnzimmer schleppte, trat mir der Gedanke in die Kniekehlen, dass Vater seit Jahrzehnten mit ebendiesem Übergewicht von zwei Bierkästen durch das Leben wankte. Unglaublich! Was für ein Recke! Wenn ich dauernd zwei Bierkästen auf den Leib geschnallt trüge, könnte ich vielleicht noch gerade schwer atmend rücklings daliegen. Kein Wunder, dass er sich damit nicht umdrehen konnte! Ich setzte mich auf den Sessel und hob die Kästen ächzend auf meinen Schoß. Dann beugte ich mich damit nach vorn und langte nach den Tabletten. Langsam schlich die Tischdecke mit dem Tablettenkarussell unter meiner Hand davon. Perfekt. Als ich aufstand und den Sessel zurückschob, wurde mir schlagartig klar, worauf sich die Heimwerker immer so viel einbilden! Auf ihre Vorausschau, ihre Umsicht, ihr Wissen um die kritischen Punkte. Den Tisch hatte es nämlich beim Zurückschieben des Sessels abgeräumt. Die ganze ausgeklügelte Seilschaft funktionierte natürlich nur, solange Sessel und Tisch in einem genauen Abstand zueinander blieben! Für Leute ohne Tunnelblick eigentlich nicht so überraschend. Ich fluchte und machte ein paar herabwürdigende Bemerkungen über meine Intelligenz; dann holte ich wütend den Schlagbohrer hervor und fixierte Tisch und Sessel mit ein paar versteckten Winkeleisen am Fußboden. Der Sessel stand jetzt in einem festen Winkel, halb dem Fernseher, halb dem Couchtisch zugewandt. Gut, es tat mir durchaus ein bisschen um den gelöcherten Teppich leid, aber andererseits: Es war auch nicht gerade der Teppich, den Erben heimlich schon zusammenrollen, während der Arzt noch im Schlafzimmer nach dem fehlenden Puls fühlt.

Als ich am Abend wieder aufkreuzte, trug Vater einen Kopfverband.

«Ich kam an diese verdammten Tabletten nicht mehr ran», sagte Vater, «ich habe mich vorgebeugt, ich hatte sie fast schon mit einem Finger, und dann hat es geknallt ...»

Geknallt? Ich wurde blass. War meine Konstruktion zersprungen? War alles aufgeflogen?

Vater zeigte auf sein mit einem Mullverband verklebtes Auge.

«Der Hosenträgerclip ist aufgegangen», erklärte Mutter.

«Weil du die Hosenträger auch immer so stramm machst, da kann man sich überhaupt nicht bewegen», schimpfte Vater.

«Du kannst dir nicht vorstellen, was hier los war. Ich bin bald verrückt geworden. Ich konnte mich strecken, wie ich wollte. Es war nichts zu machen. Ich kam überhaupt nicht an die Tabletten ran.»

Ich wurde rot. Offenbar hatte Vater sich in seinem verzweifelten Greifen nach den Tabletten so weit nach vorn gebeugt, dass sein Bauch die Hosenträger über den kritischen Punkt hinaus gedehnt hatte. Das war einerseits positiv, weil es zeigte, dass der hinterlistige Mobilisierungseffekt tatsächlich eintrat, andererseits hatte es kreuzgefährliche Nebenwirkungen. Ich hatte es doch gut gemeint. Ich wollte nicht, dass meinem Vater ein Hosenträgerclip ins Auge schnippste. Ich wollte nur, dass er sich ein bisschen mehr bewegt.

«Ist das Auge noch ...?»

Jaja, meinte Mutter, halb so wild, eigentlich wäre die Verletzung mehr zwischen Auge und Nase. Er hätte wieder mal Glück gehabt.

Ich schlug vor, dass Vater doch besser nur noch Jogginghosen mit weitem Gummiband trug. Vater fuhr verächtlich mit der Hand durch die Luft.

«Ach, ihr beiden! Wie denn nun? Erst Hosenträger, dann Jogginghose. Ihr wisst doch selber nicht, was ihr wollt!»

Ob sich wirklich bei ihm ein Trainingseffekt einstellte oder ob ich einfach nur geübter im Umgang mit Vaters Gewicht wurde, also das Training eher bei mir anschlug, war schwer zu sagen. Jedenfalls hatte ich eine Woche nach der Einrichtung der Konstruktion das Gefühl, dass wir leichter durch den Abend wackelten. Vater wirkte – nun, vielleicht nicht gleich dynamischer, aber irgendwie – präsenter. Er konnte jetzt sogar schon wieder im Stehen telefonieren, was des Öfteren notwendig war, wenn Mutter Asshoff verzweifelt anrief, weil Heini Asshoff schon wieder «zur Sitzung» wollte. Heini Asshoff hatte Alzheimer. Hin und wieder, unabhängig von Tages- und Nachtzeiten, stand er unvermittelt auf, holte seine alte, speckige Aktentasche und sagte dann, er müsse jetzt zur Sitzung. Es war alzheimernder Irrsinn. Auf die Beteuerungen seiner Frau, er wäre doch Rentner und hätte längst keine Sitzung mehr, gab er nichts, schob sie beiseite und strebte zur Tür hinaus. Irgendwann war Mutter Asshoff in ihrer Not auf die Idee gekommen, Vater anzurufen, der ja mal sein Vorgesetzter gewesen war.

«Es ist wieder so weit», sagte Mutter an diesem Abend, als Vater gerade seine Zähne ins Glas geworfen hatte und wir uns anschickten, den Viertelstundentrail vom Badezimmer ins Schlafzimmer zurückzulegen. Vater nahm seine Zähne wieder rein, Mutter drückte die Kurzspeichertaste mit Heini Asshoff und gab ihm das Telefon.

«Hier ist Heinrich Asshoff!», sagte das Telefon.

«Heini! Ich bin's!», sagte Vater und kaute noch etwas das Gebiss zurecht. «Du weißt ja, eigentlich ist heute Sitzung ...»

«Jaja», sagte Heini Asshoff am anderen Ende, «ich bin gleich da.»

«Nee, du, lass mal», sagte Vater, «wir müssen die Sitzung verschieben. Also ... heute gibt's keine Sitzung. Wir machen die Sitzung ein andermal. Keine Sitzung heute – so weit alles klar?»

«Ach so», sagte Heini Asshoff mit einem deutlichen Spannungsabfall.

«Kannst zu Hause bleiben, Heini. Sitzung fällt aus.»

«Mmh», brummte Heini.

«Also, bis dann!», sagte Vater sichtlich bewegt und legte auf.

Er legte seine Zähne wieder weg, und wir wackelten los in Richtung Schlafzimmer. Gehenkönnen war kein Wert an sich, wie man an Heini Asshoff sah. Vater hatte feuchte Augen. Heini war fast der letzte seiner Kämpen.

Der große Bert-Stern-Entführungsplan ging auf. Greta kam mit ins Krankenhaus, und wir fanden Stern an einem Skattisch im Gemeinschaftsraum, wo er durch seine unerbetene Moderation («Helmut ist jetzt in der Vorhand, aber er hat nur noch den Karo-Buben ...!») gerade in große Gefahr geraten war. Wir meldeten uns beim Stationsarzt für einen kleinen Ausflug ab, und gleich darauf holte Greta ein Klemmbrett aus der Tasche und flüsterte Bert Stern zu, dass er jetzt aber ins Auto müsse, denn in anderthalb Stunden würde die Aufzeichnung beginnen. Stern zuckte tatsächlich zusammen und eilte gehorsam mit Greta hinaus zum Teambus.

«Hier ist dein Sakko, Bert!» Greta kramte es aus einer braunen Tüte. «Und nun horch drauf. Wir helfen heute Vroni aus Nienwalde. Achtzehn. Fettsüchtig, schwerst übergewichtig. Kriegt neue Badewanne. In der alten klemmte sie immer fest und hat die Handtuchhalterungen abgerissen, als sie sich beim Aussteigen dran festhalten wollte. Komplizierte, für das Kaff wahrscheinlich noch nie dagewesene Bauarbeiten.»

In der Nienwalder Wassergasse war tatsächlich ziemlich was los. Ein großer und ein kleiner Baukran versperrten den Zugang zu ihr. Grüppchen von gaffenden Hausfrauen.

Bauarbeiter luden Fliesenwände von einem Transporter. Fritze Hentschel, ein großer, schmerbäuchiger Mann mit weißem, platt nach hinten gekämmten Haar und Tränensäcken, faltig wie Morcheln, kam auf uns zu und quetschte unsere Hände.

«Also, Leute, wir machen hier kein großes Geschiss. Über die Treppe kommen wa nicht mittem ganzen Kram. Wir packen dit Dach beiseite und heben allet von oben rein. Wir haben dit allet vorbereitet. Ihr müsst dit nur noch filmen! Dit alte Badezimmer schmeißen wa weg, so wie es is. Denn setzen wa'n neuen Fußboden rein. Haben wa schon vorgefliest. Wie gesagt, wir machen hier kein Geschiss.»

Bert Stern stand daneben, nickte immer wieder und moderierte sich leise warm: «Kein Geschiss. Einfache Worte von einfachen Menschen hier in Nienwalde, Menschen, die einfach helfen wollen.»

Fritze Hentschel fühlt sich nachgeäfft: «Ist mit dem allet in Ordnung?» Ich beruhigte ihn.

Ansgar von Lohe trat hinzu, verteilte Visitenkarten und erkundigte sich höflich, ob wir Fragen zu dem hier in Anwendung kommenden INDO-SANA-EX®-Konzept hätten, aber da es keiner kannte, gab es auch keine Fragen.

Da Bert Stern sich bereits zu ein paar Bauarbeitern gesellt hatte, um sie unaufgefordert anzumoderieren und nach ihren Gefühlen an diesem Tag zu fragen, entschied ich, sofort mit den Dreharbeiten zu beginnen und ihm einfach mit der Kamera zu folgen.

Stern machte seine Sache hervorragend. Er kraxelte die Stiege zur Zachow'schen Wohnung hoch, stellte Vronis Eltern vor: «Sie scheinen mir keine strengen Eltern zu sein, obwohl sie ein bisschen so riechen ...», setzte sich zu Vroni aufs Bett und ließ sie ein halbes Dutzend mitgebrachter Badeessenzen schnuppern, mit dem faden Ergebnis, dass Latschenkiefer ihr

Lieblingsduft war. Er knuddelte sie, bis sie lächelte, beschrieb, wie sie bald, in edle Tücher gehüllt, dem Bade entsteigen und das Aroma eines hochsommerlichen Gebirgswaldes verströmen werde; er verstieg sich sogar dazu, die fette Vroni mit Aphrodite, der Schaumgeborenen, zu vergleichen. Er setzte sich in die rostige Badewanne («Dieser alte Zuber fliegt jetzt raus, liebe Zuschauer») und ließ den Kran die Badewanne mit sich darin langsam aus dem offenen Haus heben und über die Straße schweben. Ein Bild für Götter. Nichts davon hätte der eitle Alexander Friebe zuwege gebracht.

Während die Handwerker das neue Bad einmontierten, machte Mutter Zachow Kaffee und stellte ein paar Kekse unklaren, aber höheren Alters in einer etwas zu großen blauen Plastikschale auf den Tisch, die verdächtig danach aussah, als ob sie normalerweise für Fußbäder verwendet würde. Bert Stern setzte sich, aß ungerührt einen Keks und plauderte mit den alten Zachows über den «ganz wundervollen» Drehaschenbecher, den in Tagesfrist zu füllen Vater Zachow als seine vornehmste Aufgabe ansah.

Greta und ich begaben uns in die Küche, um nicht den Bauarbeitern im Weg zu stehen, die schon wieder am Dach herumwerkelten. Als ich Bert Stern versunken brabbelnd in der fleckigen Couch sitzen sah, die Kekse vor sich in der Plastikwanne, wurde mir schlecht. Nicht wegen der Kekse. Wegen einfach allem.

«Greta, ich habe Angst, dass er Vronis Fettsucht nicht krank genug moderiert», flüsterte ich, «er macht alles toll, diese Typen um Fritz Hentschel sind der Wahnsinn, es ist alles wunderbar. Aber am Ende ist Vroni doch nur fett und faul.»

Greta, die sich vorhin einen Keks aus der Schale genommen hatte, beobachtete interessiert, wie sich der Keks zwischen ihren Fingern langsam und ganz unkekshaft nach unten bog. Sie hörte gar nicht richtig hin.

«Greta! Ich habe den großen Bert Stern im Zustand geistiger Umnachtung in diese Miefbude manövriert. Ich missbrauche einen kranken Mann für meine kranken Zwecke. Was, wenn der Ekel beim Zuschauer über das Mitleid triumphiert? Ich werde seinen Ruf zerstören.»

«Nun verkrampf mal nicht kurz vor Schluss», erwiderte Greta schließlich, «du kannst Stern nicht missbrauchen. Du kannst seinen Ruf nicht zerstören. Dazu bist du viel zu klein. Mach dir wegen des Mitleids mal keine Sorgen. Wo Stern moderiert, sind die Schwachen, Punkt. Nicht umgekehrt.»

Nach einer Viertelstunde kam Manne, sagte, das Licht sei eingerichtet und man könne jetzt beginnen. Auf dem Flur drängelten sich die Bauleute, die gucken wollten, wie Fernsehen geht. Jetzt machten sie Platz, denn Bert Stern erhob sich, schob den Unterkiefer hin und her, als wolle er ihn geschmeidig machen, fuhr sich bei geschlossenen Lippen mit der Zunge über die Zähne und ging in Vronis Zimmer. Vroni saß auf der Bettkante und hielt sich fest, damit sie nicht wieder umfiel. Stern setzte sich neben sie und sah unverwandt in die Kamera, bis das rote Lämpchen anging.

«Liebe Zuschauer», sprach Bert Stern seinen ewigen Auftaktsatz – aber mit einer so ungewöhnlich deutlichen Artikulation, die ich weder im Krankenhaus noch auf der Herfahrt von ihm gehört hatte. Es war, als brauche seine Zunge Scheinwerferlicht, um sich richtig bewegen zu können.

«Neben mir sitzt Vroni. Hallo, Vroni. Vroni ist achtzehn Jahre alt und wiegt um die 200 Kilogramm. Das meiste davon, sie werden es sicher schon erraten haben, ist Fett. Natürlich wollte Vroni niemals so fett werden. Nicht wahr, Vroni?»

Bert Stern sah Vroni an, und Vroni schüttelte ergriffen den Kopf.

«Also muss man die Frage stellen: Wie kam es dazu? Es ist ein armes Leben, das Vroni und ihre Familie führen. Hier gibt es keine Reitstunden, keine Reisen, keine schicken Klamotten. Die einzige Freude dieser armen Leute war seit jeher das Essen. Das süße Leben, von dem sie träumten, sie konnten es sich nur in den Mund stecken.»

Der Wechsel in die Vergangenheitsform war ungewöhnlich effektvoll. Sterns Stimme war plötzlich wie mit Raureif bedeckt, als stünde er im wehenden Mönchsgewand auf einem Gipfel und fasse eine versunkene Welt zusammen. Hinter mir schluchzte jemand auf, zu meiner Überraschung war es der kleine Vater Zachow, dem Tränen in den gelben Schnauzbart liefen. Stern wurde lauter, ja gewaltiger.

«Diese Menschen hatten die Erwartung, dass etwas, das schmeckt, auch satt macht. Aber sie wurden enttäuscht. Was sie aßen, schmeckte nur – satt machte es nicht. Es war wie in einem Albtraum: Sie hatten Hunger, sie aßen, aber der Hunger wurde immer nur noch größer, je mehr sie aßen. Genau das ist unserer Vroni passiert.» Er blickte wieder zu Vroni und nickte. Vroni nickte zurück. «Jemand hat unsere Vroni eingesperrt in diesen Käfig aus Fett. Jemand, der wollte, dass sie immer nur isst, aber nie satt wird. Sie, liebe Zuschauer, kennen ihre Namen, Sie kennen ihre Werbung, Sie begegnen ihnen jeden Tag im Supermarkt, aber Sie kennen das Zeug nicht, das diesen Albtraum verursacht», sagte Bert Stern und griff nach einer Marshmallows-Tüte.

«Dabei steht es auf der Packung. Glukose-Fruktose-Sirup heißt das Zeug. Es ist billig, es ist süß, es ist ein Teufelszeug. Es betrügt den Körper. Früher, als noch richtiger Zucker drin war, hätten Sie, liebe Zuschauer, höchstens eine Handvoll solcher Süßigkeiten essen können, dann wäre Ihnen speiübel geworden. Aber heute wird Ihnen erst speiübel, wenn Sie auf der Waage stehen. Wenn Sie die Waage dann überhaupt noch sehen können.»

Er machte eine Pause, blickte nach unten, als könnte er das

alles immer noch nicht fassen, und hob dann den Blick wieder direkt in die Kamera.

«Glukose-Fruktose-Sirup macht fett. Es macht fetter als Fett und normaler Zucker zusammen. Damit können Sie sich binnen Monaten eine Fettleber zulegen wie ein Alkoholiker. Wie der Alkohol ist dieses Zeug eine legale Droge – aber es ist eine legale Droge, vor der unsere Kinder nicht gewarnt werden.»

Stern betrachtete die Packung, dann warf er sie angewidert ins Off.

«Schon gar nicht die Kinder armer Leute. Doch wenn Glukose-Fruktose-Sirup eine Droge ist, dann ist dieses Kind drogensüchtig und verdient unsere Hilfe. Wir werden Vroni hier heute ein paar Pfunde abnehmen, damit sie wieder Hoffnung schöpft.» Er umarmte Vroni, oder zumindest etwa zwei Drittel von ihr. «Wir werden unserer Vroni heute ein Gefühl von Leichtigkeit verschaffen in einem Bad, das sich gewaschen hat. Wir haben wieder einmal gesagt: ‹Ihnen kann geholfen werden!›, und fleißige Handwerker, ausgewiesene Bauexperten, haben Vroni ein Bad gebaut, das sie glücklicher machen wird als alles, was sie je gegessen hat. Und nun komm, Vroni!»

Die Leute klatschten. Jemand spuckte seinen Cyclamatkaugummi angewidert in ein Papiertaschentuch. Auch mir wurde rührselig zumute. Er war schon ein Großer! Er rettete ja nicht nur mich, er rettete diesen Fall, diese Sendung. Er verwandelte eine völlig idiotische Situation in pures, erfrischendes, ja aufklärerisches Fernsehen. Ich beendete den Take, und wir besprachen die neuen Einstellungen.

Ich beschloss, dass wir jetzt im Flur drehen könnten. Die beiden sollten die Tür schließen und dahinter warten, bis ich «Jetzt!» riefe. Dann ginge die Tür auf und erst würde Bert Stern, dann Vroni an der Kamera vorbeilaufen. «Und zwar, ohne in die Kamera zu gucken», ermahnte ich Vroni, deren verwirrter Miene ich sofort entnehmen konnte, dass sie gleich mit genau dieser Verwirrung in die Kamera glotzen würde.

Manne und Tobi holten die Lampen, richteten das Licht ein und bauten alles im Wohnzimmer auf. «Tür zu!», rief ich und sah durch die immer noch offene Tür, wie Vroni sich aufrichtete. Sie hielt sich links am Bettgestell fest und stieß sich mit dem Hintern ab, um in die Senkrechte zu kommen. Eine Sekunde sah es so aus, als würde sie wieder rücklings aufs Bett fallen, aber Vroni kannte ihre kritischen Momente und machte einen kleinen Schritt nach vorn, um gewohnheitsmäßig mit der rechten Hand nach dem Schrank neben der Tür zu greifen. Aber dort stand jetzt Bert Stern. Und Bert Stern war kein Schrank. Als Vroni Halt an ihm suchte, riss es ihn um. Vroni tat noch verzweifelt einen weiteren Schritt, um sich mit beiden Händen an Bert Stern festzuklammern, aber ebenso gut hätte sie sich an einem Papierhandtuch aus einem Papierhandtuchspender festhalten können. Sie stürzte, Bert Stern unter sich begrabend, vornüber und schlug im Fallen die Tür zu.

Wir starrten eine halbe Minute lang entgeistert auf die geschlossene Tür.

Als dann immer noch nichts geschah, ging Manne hin und versuchte, die Tür zu öffnen. Er bekam sie nur einen winzigen Spalt auf, dahinter lag Vroni, und unter Vroni lag Bert Stern. «Kindchen, was machst du denn da? Komma hoch!», rief Vronis Mutter außer sich ins Zimmer. Aber Vroni kam nicht hoch. Jedenfalls nicht von alleine. Sie weinte ein bisschen.

«Ja, liebe Zuschauer ... so ein neues Bad ... kann einen

schon ... umhauen!», ächzte Bert Stern unter dem riesigen rosafarbenen Mädchen hervor. Aber dieses Ächzen klang gar nicht gut.

Wie eine Würgeschlange ihr Opfer mit jedem Senken des Atems nur noch enger umschlingt, bis es keine Luft mehr bekommt, so wurde auch Bert Sterns ächzende Rede kürzer und kürzer. «Liebe Zuschauer, so was passiert ...», sagte er, setzte neu an, aber noch knapper, «Liebe Zusch...», bis beim dritten Mal nur noch «Liebe» übriggeblieben war. Er fing viermal mit «Liebe» an, aber das Wort verlor jedes Mal an Kraft, bis nur noch ein schrecklich stimmloses, matt gehauchtes «Liebe» aus seinem Mund kam. Dann war es vorbei. Panik brach aus.

«Er kriegt keine Luft mehr! Um Gottes willen, macht doch was!», rief Greta, kniete sich vor den Spalt und versuchte vergeblich, Bert Stern am Sakkozipfel unter Vroni hervorzuziehen. Ein paar Leute stemmten sich gegen die Tür, aber zweihundertdreißig überaus weiche, nachgiebige Kilo schiebt man nicht mal eben so beiseite. Endlich hatte sie den Spalt so weit verbreitert, dass sich ein paar junge Männer aus der Bauarbeitertruppe hindurchzwängen konnten. Sie musste dabei leider ein bisschen auf Vroni und damit auch auf Bert Stern treten, der seltsam fassungslose Geräusche machte.

Die Bauarbeiter bekamen Vroni zu fassen, wobei ihr rosa Hausanzug an den Nähten einriss, und stellten sie wieder auf. Bert Stern blieb liegen. Als Greta, die bei ihm kniete und auf ihn einsprach, mir schließlich ein Okay gab, begriff ich erst, dass es mit Bert Stern auch hätte vorbei sein können. Manchmal kommt ja der Tod vorbei, nur um zu gucken, ob was geht.

Als Bert Stern sich wieder erhob, wirkte er verändert. Er entschuldigte sich für einen Moment, wankte nach draußen, kam nach fünf Minuten zurück und erkundigte sich, ob wir den Take wiederholen wollten. Ich sagte, dass wir gleich mit dem Eintritt ins neue Bad weitermachen könnten, so wichtig wäre das mit Vronis Zimmer ja nicht gewesen.

«Wenn du meinst», sagte Bert Stern, und es klang so ruhig und alltäglich, dass ich um seine Präsenz fürchtete. Vor der Kamera muss man hundertzwanzig Prozent geben, damit hundert beim Zuschauer ankommen.

Tatsächlich führte Stern die fette Vroni danach gelassen ins neue Bad, zur Wanne, die fast schon ein Pool war, und freute sich mild wie ein Heimatkundelehrer, als Vroni vor Freude aufschluchzte. Wo er früher die Kamera nie aus den Augen gelassen hatte, zwinkerte er jetzt ein einziges Mal in die Linse. Das war's. Er sprach wenig, fast nur das Nötigste. Ich sah Greta an, runzelte die Stirn, und Greta hob die Schultern und fasste sich an den Hals, als wolle sie mir sagen, dass er wohl noch unter dem Sauerstoffmangel leiden würde.

Wir drehten Vroni noch, wie sie sich im Schaumbad rekelte, und pusteten ein paar Seifenblasen aus der Dachluke über der Badewanne hinaus, die die Bauarbeiter draußen beklatschten. Die Seifenblasen kamen aus einem Seifenblasengerät. Schlusseinstellung.

«Ihnen kann geholfen werden!», sagte Bert Stern gelassen in die Kamera. «Glauben Sie es mir!»

Also nach Hause», antwortete Bert Stern auf Gretas kryptische Ankündigung, dass wir ihn jetzt wieder «zurückfahren» würden.

Dann sagte er nichts mehr. Mehr noch, er sah auf einmal ganz so aus, als würde er für sehr lange Zeit nichts mehr sagen. Das Einzige, was noch an seine Störung erinnerte, war die Tatsache, dass er gelegentlich sachte sein rechtes Knie tätschelte, als wolle er sich selbst für etwas loben.

Ich begriff mit einem Mal, wer das wirkliche Publikum seiner unaufhörlichen Moderationen war. Das Publikum war er selbst. Er redete nicht auf andere ein, er redete auf sich selbst ein, und er tat es zu keinem anderen Zweck, als sich unentwegt zu versichern, dass alles in Ordnung sei. Und je weniger in Ordnung war in seinem Leben, desto mehr moderierte er. Ich wusste nicht, was bei ihm so danebengegangen war, aber es musste am Ende so ziemlich alles gewesen sein: Dass er mit Vicky Döscher keinen Höhepunkt mehr erlebte, war sicherlich nur der letzte Auslöser. Es war wie das enthüllte Geheimnis allen Redens. Wir reden ja nicht nur, um uns mitzuteilen, wir reden, um uns zu versichern, dass wir leben. Ich musste plötzlich an Naddi denken. Was war in ihrem Leben danebengegangen, dass sie so unaufhörlich plappern musste?

Trotzdem war mir vollkommen unklar, was mit Bert Stern unter Vroni geschehen war. Ich würde ihn auch nicht fragen.

Ich hatte zu Hause genug zu fragen. Zum Beispiel:
«Was machst du hier? Hast du keine Schule?»

Ich hatte mir am folgenden Tag Kurzarbeit verordnet, erst ein paar putzige Badezimmermusiken im Musikarchiv des Senders herausgesucht und dann mit der Dispo über einen neuen Cutter verhandelt. (Sie wollten mir Hilde Kopetzki geben, die noch Trockenschnitt bei DEFA gelernt und es nicht mehr weit bis zum Ruhestand hatte. Hilde Kopetzki schob beim Computerschnitt den Mauszeiger mit einer derartigen Sorgfalt über den Bildschirm, dass ich vor Langeweile dauernd vergaß, was wir eigentlich schneiden wollten. Sie nannte das meine «Konzeptionslosigkeit». Kurz: Wir harmonierten nicht.)

Als ich gegen elf Uhr vormittags wieder nach Hause kam, saß Naddi mit einem kleinen Eimer Erdbeerjoghurt im Wohnzimmer, spielte Game Boy und guckte nebenbei eine Talkshow, in der Unterschichtenmütter ihre baseballverkappten Söhne dauernd irgendwas Verzweifeltes fragen, um daraufhin die Antwort «Du kannst mich mal! Du hast mir gar nichts mehr zu sagen!» zu bekommen. Am Vormittag Game Boy spielen und dabei fernsehen ist meine Definition von verfehltem Dasein.

«Was machst du hier?», fragte ich verdattert. «Hast du keine Schule?»

«Ich geh schon lange nicht mehr zur Schule», sagte Naddi.

«Schon lange?» Eine Ahnung begann mich zu würgen.

«Ja, ich bin nach der Zehnten raus.»

«Und jetzt? Du musst doch irgendwas machen?», sagte ich etwas erstickt. «Wovon willst du denn später mal leben?»

«Ich überlege ja, ob ich irgendeine Ausbildung mache.»

«Du überlegst seit zwei Jahren, ob du eine Ausbildung machst?!»

«Vielleicht auch nicht. Muss mal gucken, ob's passt. Ich bin gerade paar Tage drüber.»

«Wo bist du drüber?»

«Ich habe meine Emma nicht gekriegt. Meine Tage ...»

Jetzt war mir wirklich schlecht. Ich verspürte das Bedürfnis, ihr Geld, viel Geld zu geben und sie außer Landes zu schaffen. Dass Naddi etwas schlampig daherkam, war nicht weiter erwähnenswert, dass sie eine distanzgeminderte Plappertasche war, geschenkt, dass ihr familiärer Hintergrund, vorsichtig ausgedrückt, Fragen offenließ, war problematisch, dass sie uns seit Wochen die Privatsphäre raubte, war mit Blick auf ein hoffentlich baldiges Ende gerade noch zu ertragen – aber dass sie unserem Sohn beim Start ins Leben einen Kinderwagen ans Bein ketten wollte, das war nicht okay.

«Konrad hatte Order, sich was überzuziehen. Abgesehen davon, dass ein Mädchen mit einem derartigen Umtrieb wie du ja auch mal die Pille nehmen könnte.»

«Er hat einen Gummi benutzt. Ich schwör's!»

«Einer reicht nicht.»

«Und wenn schon. Ich will eh Kinder, und Konrad hat auch nichts dagegen.»

Ich sah ein, dass das hier keine Unterredung unter Erwachsenen werden würde.

«Naddi, Konrad muss erst mal sein Abi schaffen und dann sein Studium absolvieren!»

Ich sah Naddi an, wie sie sich auf dem Sofa zurechtschob und dabei provozierend ihren Bauch hin und her schwenkte. Nein, nein, die war nicht schwanger. Borderlinerinnen sind immer nur scheinschwanger. Ich rang mit mir.

«Hör zu! Das ist mir wichtig. Und weil es mir so wichtig ist, würde ich dir für jeden Monat, den du nicht schwanger wirst, ein bisschen Taschengeld zahlen. Was hältst du davon?»

Naddi legte den Game Boy weg und holte sich den Joghurteimer vom Couchtisch, um ihn auszulöffeln.

«Wie viel?»

«Hundert.»

«Hundertfünfzig. Muss ja noch die Pille dazurechnen.»

Sie brauchte tatsächlich keine Ausbildung mehr. Sie konnte anderen noch was beibringen.

Vater hatte sich, nachdem es in meiner Abwesenheit dann doch zwei-, dreimal zum «Malheur» gekommen war, wie meine Mutter es nannte, überzeugen lassen, einen Nässeschutz anzulegen. Die ersten Stücke hatte meine Mutter in der Apotheke gekauft, bis ihr die Apothekerin in einem Akt von Selbstlosigkeit empfohlen hatten, sich solche großformatigen Teile doch lieber vom Seniorenservice liefern zu lassen.

«Ich habe schon zweimal beim Seniorenservice angerufen», sagte Mutter verzweifelt bei ihrem nächsten Anruf, nachdem ich sie mitten in der Redaktionskonferenz bereits einmal abgewimmelt hatte, «aber ich lande immer bei den Toilettenstühlen. Ich will doch Windeln! Vaters Windeln sind spätestens übermorgen alle. Ruf du doch mal an. Du kennst dich doch besser mit so was aus.»

Die Alten verwechseln ja Jüngersein immer mit Auskennen, aber ich versprach ihr trotzdem, dass ich mich sofort drum kümmern werde.

Da mein Termin im Sichtraum, wo ich mir das Material vom Vroni-Dreh anschauen würde, erst um dreizehn Uhr begann, suchte ich die Nummer dieses ominösen Seniorenservice heraus und klingelte durch. Ich landete bei einer Hotline.

Die Hotline vom Seniorenservice war zunächst ein automatisch eingesprochenes und Ja/Nein-gelenktes Entscheidungsbaumsystem der dritten Ordnung. Man musste nacheinander seine Zustimmung/Ablehnung zur Aufzeichnung der Gespräche und zur Rufnummernspeicherung zum Zwecke von Informationsanrufen ins Telefon sprechen und sich dann durch eine etwa zwanzigteilige Auswahl von Artikelrubriken wie Anziehhilfen, Mobilitätshilfen, Sanitärergänzungen, Notrufsysteme, Dekubitusprophylaxe, Inkontinenzhilfen usw. navigieren. Kein Wunder, dass meine Mutter sich in die Irre geantwortet hatte. Dagegen war die Dante'sche Hölle eine übersichtlich gegliederte Angelegenheit. Mitschuldig war sicher auch die schwerzüngige Phonetik der Abfragen. Die Stimme klang wie die eines Mannes, der sich mit Hilfe eines Langwellenempfängers einen dem Deutschen nachempfundenen Walgesang selbst beigebracht hatte. Sicher das Werk rumänischer Telefonberatungsmodulanbieter des alleruntersten Preissegments.

Ich sagte also «Nein» und dann «Nein», «Nein», «Nein» und «Nein» und «Nein» und wieder «Nein».

Nergez guckte hinter ihrem Bildschirm hervor.

«Kann es sein, dass du heute ein bisschen negativ drauf bist?»

Ich nahm das Telefon vom Ohr, hielt kurz die Hand auf die Sprechmuschel und flüsterte nur: «Automatische Hotline.»

Nergez flüsterte: «Und warum hältst du dann das Telefon zu? Automatische Hotlines können nicht mithören!», und verschwand wieder hinterm Monitor.

Doch schließlich stellte sich heraus, dass Mutter nur bis zum Punkt «Wünschen Sie persönliche Beratung?» hätte warten müssen. Ich sprach ein «Ja», und die Warteschleifenkapelle leierte ein paar Takte «Für Elise» herunter.

«Senioservice, wie kann ich Ihnen helfen?», fragte ein junger, hörbar inländischer Mann.

«Ich brauche ...», sagte ich mit einer kurzen Pause, in der ich überlegte, ob ich Nergez dieses Gespräch zumuten könne, «Windeln!»

«Welche Größe?»

«Keine Ahnung. Ist nicht für mich. Was gibt es denn so für Größen?»

«Small, Medium, Large – hängt vor allem vom Bauchumfang ab.»

«Large», sagte ich, ohne nachzudenken.

«Fassungsvermögen?»

«Fassungsvermögen?»

«Ja, es gibt Windeln mit unterschiedlicher Saugkraft. Kennen Sie nicht die Werbung, wo jemand eine blaue Flüssigkeit auf die Babywindeln schüttet und dann drauf drückt, ohne dass was ausläuft? Das ist das sogenannte Fassungsvermögen. Das reicht bei Seniorenwindeln von 0,8 bis 3,7 Liter.»

«3,7 Liter. Das ist fast ein kleines Bierfass. Ich kann ein kleines Fass Bier in der Windel versenken, ohne dass es rausläuft? Wer braucht denn so was?»

«Ja, wenn Sie sich zum Beispiel mal eine Zeitlang weniger intensiv um die Pflegeperson kümmern können.»

«Weniger intensiv? Bei 3,7 Liter muss ich ja das Wasser in meinem Aquarium eher wechseln als die Windel. Da kann ich doch zwischendurch in den Sommerurlaub fahren.»

«Superabsorber macht es möglich. Aber bei diesen Größen ist die Außenhülle dann doch aus luftdichtem PVC, und die Windeln haben einen Beinabschluss mit verstellbarem Gummiband. Sollten Sie sich allerdings für dieses Produkt entscheiden, muss ich Sie darauf hinweisen, dass das Gummiband nicht zu fest geschlossen werden darf, damit die Beine nicht absterben.»

«Wer so eine Windel hat, wozu braucht der noch Beine ...?»

«Das haben Sie gesagt.»

Ich überlegte, ob ich noch mal bei meiner Mutter rückfragen sollte, entschied mich am Ende dann aber doch für ein nur mittleres Fassungsvermögen in Beinahe-Unterwäsche-Optik, über die man noch eine handelsübliche Herrenanzugshose ziehen konnte.

«Gut», sagte der junge Mann vom Callcenter, «dann sag ich Ihnen jetzt den Bestellcode, und den sprechen Sie dann im Pflegehilfensegment des automatischen Kundenführungssystems einfach noch einmal ein.»

Fassungslos fragte ich ihn, wozu er denn da sei und warum ich denn nicht gleich bei ihm bestellen könne.

«Ich berate Sie nur. Bestellen müssen Sie im System.»

Das Senio-Service-Bestellsystem schien nach dem Vorbild der Bierfasswindel entworfen worden zu sein. Weniger intensive Kundenpflege bei großem Auftragsspeicherungsvermögen.

Ich dankte, legte auf und wählte mich erneut ein. Aber als ich meine Bestellnummer eingesprochen hatte, piepte es, und die Verbindung war beendet. Irritiert drückte ich die Wahlwiederholung, durchlief noch einmal gefasst die «Antworten Sie mit Ja/Antworten Sie mit Nein!»-Routine und formulierte am Ende langsam und deutlich die Bestellnummer. Vielleicht hörte die Maschine ja schlecht und hatte sich deshalb ausgeklinkt. Aber wieder machte es Piep, und ich war draußen. Frustriert wählte ich die Servicenummer erneut und wiederholte den Vorgang. Das Ergebnis war dasselbe. Piep und aufgelegt. Wütend klingelte ich noch einmal, neinte mich grimmig bis zu den Windeln durch und schimpfte die Nummer in den Hörer. Piep und weg. Raserei griff nach mir.

«Hier!», schrie ich Kruschik an, den Serviceverantwortlichen, der gerade durch die Tür kam. «Fiese Hotlines! Kundenverarsche per Hotline! Du bist doch der Verbraucherschützer hier! Ich telefoniere jetzt schon eine geschlagene halbe Stunde, und nur Fehlfunktionen in dieser Scheiß-Hotline. Und ich bin noch einer der fitten Zeitgenossen! Was die mit uns anstellen! Das muss man sich mal klarmachen! Da kannste mal einen Beitrag in deiner Rubrik draus machen.»

«Hab ich schon», meldete Kruschik erschrocken, «vorletzte Woche Dienstag.»

«Und hat sich irgendwas geändert?!», brüllte ich und fuchtelte ihm mit dem Telefonhörer vor der Nase herum.

«Maa...aax!», sagte Nergez beschwichtigend hinter ihrem Bildschirm.

«Du darfst gar nicht von Arbeit aus bei Hotlines anrufen»,

sagte Kruschik, nachdem er sich von meinem unvermuteten Angriff erholt hatte. «Wenn Chef das erfährt ...»

Nergez' Gesicht kam zum Vorschein, Richtung Kruschik: «Wenn Chef erfährt, wie dein Passwort heißt, wäre das auch nicht schön.»

«Mein Passwort?»

Nergez formulierte das Passwort stumm mit ihren schönen Lippen. Es waren nur zwei Silben, aber es mussten böse Silben sein. Kruschik wurde rot, auf wirklich schon besorgniserregende Weise rot.

«Ich habe nicht gesagt, dass er es von mir erfährt», entgegnete Kruschik mit trockener Kehle und sank auf seinen Stuhl, verstört nach irgendeinem Spiegel oder einer Kamera hinter seinem Platz spähend.

Ich hockte mürrisch vor dem Telefon.

«Nun gib doch nicht gleich auf. Ruf doch noch mal an bei dem Typen!», sagte Nergez.

Der Typ im Callcenter war diesmal eine Frau mit Akzent.

«Ja, ich sehe mal nach. Ja, gut. Jaja. Ihre Bestellung ist eingegangen. Alles wunderbar. Oha! Da kann ich Ihnen sogar den Premiumkundenstatus anbieten. Und haben Sie schon mal über unsere Rabattaktion nachgedacht?»

Ich schnauzte ins Telefon, dass mich nur interessiere, ob die Windeln innerhalb der nächsten achtundvierzig Stunden geliefert würden, und dass sie sich jetzt nicht einschleimen brauche nach dem Stress, den ich gehabt hätte.

Um mich zu beruhigen, stand ich auf und latschte ein bisschen im Büro umher. Starrte eine Weile aus dem Fenster, blätterte auf der Zeitungsablage SPIEGEL und FOCUS durch und las den Kantinenzettel. Es gab Spargel. Die Vorstellung, Nergez beim Spargelessen zusehen zu dürfen, gab mir wieder etwas Kraft. Ich lud sie ein.

«Wer braucht denn Windeln bei euch?», fragte Nergez, nachdem sie den ersten Spargelkopf behutsam auf die Zunge gelegt und ihn mit anbetungswürdigem Unterdruck im Mund hatte verschwinden lassen.

«Mein Vater!», antwortete ich.

«Nicht schön.»

«Es ist entsetzlich. Ich darf nicht darüber nachdenken. Ich kriege sofort dieses blöde Rock-'n'-Roller-Gefühl.»

Nergez gabelte den nächsten Spargel auf und versenkte ihn von oben, indem sie ihren Kopf in den Nacken legte. Schöner Hals. An dem müsste man mal ein, zwei Bächlein Mangosaft herablaufen lassen.

«Was haben Rock-'n'-Roller für Gefühle?»

«Na ja, dieser Kram, dass man jeden Tag so leben sollte, als wenn er der letzte wär.»

«Sollte man das nicht sowieso?»

«Bloß, weil man nur ein Leben hat, muss man ja nicht gleich ausflippen. Außerdem weiß ich immer nicht, wo ich anfangen soll mit dem intensiven Leben.»

«Wie wär's mit Spargel?» Nergez hielt mir ihre Gabel hin. Sie war schon intensiv.

Ich lehnte dankend ab.

«Andererseits, wenn ich sehe, was einen mit achtzig erwartet, habe ich das dringende Gefühl, dass alles, was passieren könnte in meinem Leben, jetzt passieren sollte.»

«Aber bitte nicht noch mal im Fahrstuhl.»

«Tut mir leid. Ich wusste nicht, dass du unter Platzangst leidest.»

«Sei froh. Es hat deine Unschuld gerettet.»

«Wie bitte? Unschuld? Wir waren so kurz davor!» Ich

zeigte ihr einen Millimeterspalt zwischen Daumen und Zeigefinger.

Nergez legte das Besteck beiseite, legte die Unterarme auf den Tisch und sah mich an.

«Bist du froh, dass es nicht passiert ist?»

Ich zögerte.

«Ja, ich bin froh, dass ich keinen Stehsex mit einer Ohnmächtigen in einem Fahrstuhl hatte. Die Maximalbelastung des erigierten männlichen Gliedes beträgt lächerliche drei Kilogramm. Nicht eben das, worauf man nach Herzenslust kollabieren kann.»

«Woher weißt du solche Sachen?»

«Ich habe es ausgemessen. Mit Handtüchern. Eine Badestola und zwei kleine Handtücher – dann ist Schluss, wenn du es genau wissen willst. Aber auch nur, wenn es eine wirklich hervorragende Erektion ist.»

«Du hast ja Hobbys.»

«Ich hab Durchschlafprobleme. Was kann man sonst nachts im Badezimmer machen?»

Nergez grinste in sich hinein, zerschnitt einen Spargel und wischte damit in der Butter herum. Mir fiel ein, dass ich die ‹Ausländerfrage› mit ihr besprechen wollte.

«Sag mal, dieser Typ, der dich beim Sommerfest abgeholt hat ...»

«Arif? Mein ... Bekannter?»

Ich registrierte die Pause.

«Wie ist der so? Er wirkte irgendwie so grimmig!»

«Das machen seine zusammengewachsenen Augenbrauen.»

«Nergez, hör auf damit. Ich habe studiert.»

«Ach, ich glaube, er war eifersüchtig. Es war ja auch eine ziemlich schwierige Situation. Er will mich heiraten.»

«Und?»

«Nix Heirat. Ich werde niemals heiraten, Schätzchen. Du weißt nicht, wie gut es sich anfühlt, bei meinen Leuten auf der Couch rumzusitzen und absolut und für immer unverheiratet zu sein.»

«Mich hättest du auch nicht geheiratet?»

«Niemals. Ich bin nach Deutschland eingewandert, Schätzchen, nicht ins Spießertum. Aber ich mag dich. Ich mag sogar dein Verheiratetsein. Es macht dich erst perfekt. Du kommst doch um vor Sehnsucht, und wenn ich sehe, wie tapfer du mit deiner Treue kämpfst, wird mir ganz warm in den Regionen. Wenn du so ein schmieriger Ehebrecher wärst, würde ich kein Wort mit dir wechseln. Nur ...»

Nergez tupfte sich die Mundwinkel mit einer Serviette ab.

«... wenn ich deine Frau geworden wäre, wärest du zu einem anderen Mann geworden, und ich weiß nicht, ob du an meiner Seite der Mann geworden wärst, den ich so mögen kann, wie ich dich jetzt mag.»

Mir schwindelte ein bisschen vor so viel ineinander verschlungener Weisheit. Nergez mochte mich, weil ich der Mann von Dorit war. Ich dachte immer, ich wäre eine Persönlichkeit, eine tolle Eigenschöpfung, aber ich war nur das Ergebnis meiner Partnerwahl. Diese Logik plättete mich.

Vor meinem geistigen Auge tauchten die Mädchen und Frauen meines Lebens auf, sie winkten mich in Seitenstraßen und Wegbiegungen und Sackgassen. Die pummelige Anke wollte mit mir Schokotoffees und Cremelikör vor dem Fernseher naschen, damit ich irgendwann aussah wie sie. Verena mit der randlosen Brille wollte mit mir zu Keith-Jarrett-Konzerten und legte mir den grauen Norwegerpullover raus, in dessen Kragen sich immer meine langen dünnen Haare verfingen. Caro stand während des Besichtigungstermins elegant zwischen zwei riesigen Flügeltüren auf Eichenholzparkett und sagte, teuer sei immer relativ. Und ich sah Dorit im schwarzen

Badeanzug, eine Figur wie gemeißelt, aus dem See steigen, den sie gerade in einem Zug durchkrault hatte, mit ihrem Haar ein paar Tropfen auf mein Buch, eine Nietzsche-Biographie, werfend. Nergez hatte recht. Ich hatte mir einen ziemlichen Dynamo in mein Leben montiert, mehr noch, ein Kleinkraftwerk. Mit keiner anderen Frau wäre es so gekommen. Dass nicht nur Nergez, sondern sogar ich mich heute halbwegs leiden konnte, hatte wohl tatsächlich damit zu tun, dass ich Dorits Mann war. Leider konnten mich nicht alle gleichermaßen leiden.

«Irgendjemand beschädigt in letzter Zeit dauernd mein Auto, Nergez», kehrte ich zum Thema zurück. «Nimm es mir jetzt bitte nicht übel, aber ich hatte diesen Arif, deinen ... Bekannten, in Verdacht.»

«Warum sollte er das tun?» Nergez wurde etwas frostig. «Um sich als Ausländer zu profilieren? Damit Nazis wie du sich keine neuen Vorurteile ausdenken müssen?»

«Du hast selbst gesagt, er sei eifersüchtig.»

«Arif ist vielleicht eifersüchtig, aber nicht bekloppt. Der wollte mal Jura studieren. Aber sein Vater brauchte ihn im Restaurant. Typisch Migranten, neigen zur Selbstausbeutung. Aber davon hast du keine Ahnung.»

«Solltest ihn vielleicht doch heiraten. Vielleicht wird noch ein superreicher Rechtsanwalt aus ihm.»

«Dem ich abends die Puschen hinstelle und seine Blagen ins Bett bringe. Nee, nee, lass mal. Der kommt schon klar. Das ist so ein kleiner Checker.»

Richtig überzeugt von der Unschuld ihres Bekannten war ich nicht. Womöglich war Nergez ihm gegenüber etwas voreingenommen. Jetzt war ich auch noch eifersüchtig. Und ich hatte nicht einen Hauch von Recht dazu.

Am Abend waren wir zum Geburtstag eingeladen. Dorit stand in einem schwarzen Kleid und weißer Strickjacke vor dem Flurspiegel und tuschte sich mit aufgerissenen Augen die Wimpern lang. Es war bestimmt nicht das erste Mal, aber ich hatte sie noch nie mit dieser Hingabe tuschen sehen. Fast wie Naddi. Dorit schob die Bürste wieder ins Röhrchen, drehte sich blinzelnd um und fragte: «Hast du ein Geschenk für Thoralf besorgt?»

Mist. Vergessen. Wollte ich eigentlich heute in der Stadt machen, aber durch das Chaos mit der Windel-Hotline war es mir irgendwie weggerutscht.

Ich zog einen Verzeihungsflunsch.

«Nee, aber ich guck mal in den Bücherschrank. Ich find schon was.»

Ich ging ins Wohnzimmer und stellte mich mit verschränkten Armen vor das Bücherregal. Was ich suchte: guterhaltene Fehlkäufe. Nur flüchtig Angeblättertes. Irgendein Buchgerümpel, das man aber noch verschenken kann. Soll man ja eigentlich nicht machen. Erinnerte doch stark an den verzweifelten New Yorker, der während des großen Müllstreiks Ende der Siebziger seinen ganzen Abfall in Designertüten verpackte und auf dem Rücksitz seines offenen Cabrios liegen ließ, wo sie zuverlässig gestohlen, sprich, entsorgt wurden. Der hatte gut feixen.

Aber hier: «Sie nannten mich Shark. Als Taucher in sieben Meeren». Das war doch was für unseren Thoralf, den Mann im Neoprenstrampler, seines Zeichens Bergungstaucher bei einer Schiffsbugsiererei. Ich zog das Buch heraus. Einband tadellos. Seiten steif und beinahe unberührt. Etwas Gilb schon im Weiß, aber fürs Schummerlicht einer Geburtstagsparty allemal gut. Ich schrieb *Zum Geburtstag für Thoralf! Von Dorit und Max* auf die dritte Seite und gab das Buch Dorit, die es einwickelte. In diesem Punkt waren die Rollen klar verteilt. Ich hatte in unserem gemeinsamen Leben nur ein einziges Mal ein Geschenk eingepackt. Einen Parfümflakon für Dorit. Sie hatte das völlig verknitterte, mit etlichen Streifen Tesafilm umzurrte Präsent, das eine ungelenke rote Erstklässlerschleife am Hals trug, staunend betrachtet und mich dann lächelnd gefragt: «Hattest du Angst, dass es sich von selbst befreit und die Polizei ruft?»

Seitdem beschenkte ich Dorit nur noch mit unverhüllten Produkten, deren Preis ich nachlässig mit Filzstift schwärzte. Mit etwas Hingucken konnte sie sehen, was sie mir wert war.

Wir kamen genau richtig. Es waren schon reichlich Gäste da, und trotzdem war das Essen noch nicht alle. So soll es sein. Zu früh kommen ist genauso peinlich wie zu spät kommen und dann heimlich den Salzstangenbruch von der Tischdecke in die hungerkrumme Hand sammeln. Thoralfs Geburtstagsbüfett sah aus wie eine Musterdekoration vom Zentralbüro für ostdeutsche Partyhäppchen. Plastikspießchen mit Gurkenstücken auf Hackfleischbällchen, Plastikspießchen mit Goudastückchen auf Pumpernickel, ein Kreis aus Hälften hartgekochter Eier mit Anchovispaste, Rollmöpse, sauer eingelegter Blumenkohl, Hühnerbeinchen, Wiener Würstchen und bunter Nudelsalat mit rotem, gelbem, grünem Paprika. Gerührt begrüßte ich Mechthild, seine Frau. Dann kam Thoralf. In der guten Hose und in dem weißen Hemd mit breitem Kragen, das total avantgardistisch wirkte, wenn man nicht wusste, dass er es schon vor zwanzig Jahren zur Hochzeit getragen hatte.

«Thoralf», sagte ich, «einen Mann wie dich zu beschenken ist nicht ganz leicht, aber wir haben weder Kosten noch Mühen gescheut ...» Ich zwinkerte Dorit zu, und Dorit verleierte kurz die Augen. Dann übergab ich mit großer Geste und beiden Händen das Buchpaket, «doch wir haben nach langen, ausgiebigen Recherchen im deutschen Buchhandel dieses Kleinod auftreiben können, das dir als altem Tauchspezialisten sicher viel Freude bereiten wird.»

Thoralf fummelte das Paket auf und gab Mechthild das silberne Geschenkband, die es zu weiterer Verwendung zusammenfaltete.

«Sie nannten mich ... Shark», las Thoralf bedächtig, brummte: «Mmmh», und sagte dann: «Gutes Buch!»

Ich zeigte Dorit meinen erhobenen Daumen. Ein einziger Griff innen Schrank – und Treffer!

«Wirklich gutes Buch», meinte Thoralf weiter, «hab ich dir letztes Jahr sogar empfohlen.»

Ich tippte gewitzt an meine Stirn, wo dieses präzise Erinnerungsvermögen zu Hause war.

«Genauer gesagt», fuhr Thoralf fort, «ich habe es dir sogar ausgeliehen.»

Er schlug das Buch auf, während ich auf der Stelle anfror.

«Hier steht es sogar. Auf der Umschlagseite. Thoralf Brünner. Mach ich immer so, bevor ich was ausleihe.»

Ich hörte Dorit hinter mir leise stöhnen.

«Es sollte halt was Persönliches sein», stotterte ich.

«Persönlicher geht's ja gar nicht», bestätigte Thoralf und entdeckte auf der nächsten Seite unsere Geburtstagswidmung. «Aber so ist es natürlich noch mehr wert!»

«Wenn du möchtest, widmet dir Max bestimmt noch weitere deiner Bücher.» Dorits Stimme rasselte vor Sarkasmus.

«Nein, nein, schon gut, ein paar von denen brauche ich unsigniert. Zum Verschenken!», dröhnte Thoralf und legte das Geschenk heiser lachend auf den Tisch zu den anderen. Dorit kam, zeigte mir steif grinsend den erhobenen Daumen zurück und hakte mich unter.

«Wunderbar! Ganz wunderbar, du Geschenkepapst! Wir sind jetzt hier die letzten Idioten. Du fährst heute, weil ich mich jetzt nämlich betrinke, und zwar halleluja ...»

Die halbe Party über hockte ich im Wohnzimmer auf der Couch, als hätte mir jemand den Stecker gezogen. Dorit flanierte ab und zu auf dem Flur vorbei, mit Mechthild oder einer anderen Freundin, lachte und plauderte aufgekratzt, zeigte mir ihr immer wieder volles Weinglas und trank mir demonstrativ zu. Auf dem Couchtisch standen ein paar im Zug flackernde Kerzen, und ich pulte das kleckernde Wachs ab, rollte kleine Kügelchen daraus und legte sie in autistischen Mustern aneinander. Ich sah so abwesend und verloren aus, dass keiner der Gäste sich traute, das Wohnzimmer zu betreten, aus Furcht, der Raum sei mit schlimmer Schwermut kontaminiert und sie würden hier in einen Strudel partyfeindlicher Grundsatzfragen gerissen werden. Der Einzige, der es schließlich wagte, war Viktor. Aber Viktor war aus beruflichen Gründen heiter und furchtlos. Weil Psychologe aus Heidelberg. Er ging, wie viele Menschen aus Westdeutschland, ganz selbstverständlich davon aus, dass seine Meinung relevant, sein Engagement unverzichtbar und seine Hilfe überall nötig war. Unfähig zur Depression. Immer heiß auf Anteilnahme.

«Na, du sitzt ja hier ganz schön rum ...», sprach Viktor mit so klarer und lauter Stimme, als rezitiere er einen Schillervers.

«Tja, so ist das wohl», antwortete ich milde abweisend.

«Du bist nicht so richtig in Feierlaune», unterstellte er unbeeindruckt und ließ sich mit seinem Bier neben mir auf die Couch fallen.

«Nicht wirklich.»

«Stress auf Arbeit?», kumpelte Viktor munter weiter.

«Nee, so allgemein.»

«Ist alles ein bisschen viel zur Zeit?»

«Kann man sagen.»

«Du weißt nicht, wo dir der Kopf steht ...»

«Doch, weiß ich schon.»

Viktor machte ein Universalgeräusch, eine Art zweistufiges, bestätigendes Brummen, das Psychologen verwenden, wenn sie einen Patienten zum Weiterreden animieren wollen, obwohl sie zweifeln, dass noch was Interessantes kommt. Aber ich hatte keine Lust, ihm noch mehr zu erzählen, nur damit er heute noch seine Dosis fremdes Leid bekam. Oder vielleicht hatte ich doch Lust? Ich rückte nach vorn auf den Rand der Couch und spielte ein bisschen mit den Wachskügelchen.

«Ich überlege, ob ich meinen Vater umbringe.»

Viktor prustete etwas Bier auf seine Hose.

«Oaah!», entrang sich ihm ein Laut äußerster Begeisterung. Normalerweise hatte er es in seiner Praxis ja nur mit schwachen Feindseligkeiten zu tun. Mit Schuldgefühlen, weil man keine Schuldgefühle empfand, als man die weniger gelungenen Kindergarten-Krakelbilder des Kindes in den Müll geworfen hatte, oder mit feinen seelischen Erschütterungen, als Mutter den selbstgemachten Kuchen nur mit «Ganz gut!» lobte. Aber Vatermord! Das war doch mal was! Der Klassiker!

«Das ist doch ... ganz normal. Das will doch irgendwie jeder», freudianisierte Viktor hibbelig los und stellte das Bier auf dem Couchtisch ab, um seriöser zuhören zu können. Ich nahm mir die Flasche, trank einen Schluck und reichte es an ihn weiter. Viktor hob freundlich die Hände. Jetzt war es mein Bier.

«Ich meine es aber nicht in diesem Ödipussinn», sagte ich, «ich meine es ganz faktisch! Wenn ich mich intensiv um meinen kranken, alten Vater kümmere, kann er vielleicht fünfundachtzig Jahre alt werden. Dann bin ich die Freude seines Alters, sein Tor zur Welt, seine Stütze. Wenn ich mich weniger intensiv um ihn kümmere, schafft er vielleicht nur dreiundachtzig Jahre, und wenn ich abducke und mich nur alle paar Monate melde, geht er mit achtzig oder früher davon. Aus Gram und Vernachlässigung. Verstehst du, was ich meine? Sein Sterben hängt irgendwie von mir ab. Ich halte seine Jahre in meiner Hand. Das macht mich fertig.»

Viktor brummte noch einmal sein Bestätigungsbrummen und meinte dann: «Vielleicht bildest du dir das nur ein? Vielleicht stirbt er bei bester Pflege in wenigen Monaten, vielleicht hält er sich – völlig vernachlässigt – bis an die Neunzig? Es gibt für alles Exempel.»

Ich erklärte, dass sich Vaters Laune und Beweglichkeit durch mein Zutun in den letzten Wochen aber schon so sichtbar gebessert habe, dass ein Zusammenhang nicht mehr zu verleugnen sei. Viktor hatte einen klugen Gedanken in seinem Kopf entdeckt und lehnte sich jetzt zurück, Arme hinter dem Kopf verschränkt.

«Ich denke, du bist dir einfach nicht darüber im Klaren, in welchem Verhältnis du zu deinem Vater stehst ...»

Es hörte sich an, als wolle er mir eine Behandlung aufschwatzen. Ich sagte ihm, dass ich keine Zeit für eine Therapie hätte, weil ich fürchtete, dass mein Vater umkommt, während ich in Rückenlage versuche, herauszufinden, was er mir bedeutet.

«Ach», erwiderte Viktor, «ich nehme sowieso nur Privatpatienten. Ich wollte nur sagen, dass du dich so zu deinem Vater verhalten solltest, wie er sich zu dir verhalten hat.»

Jetzt brummte ich, scheinbar unschlüssig. Und für solche Banalitäten mussten also die privaten Krankenversicherungen aufkommen! Klar klang das logisch, aber Logik ist ein Fremdkörper in der Altenpflege. Ich konnte kaum zu meinem Vater sagen: Ich bringe dich zur Toilette, aber windeln musst dich allein, mehr gibt unsere Beziehung nämlich nicht her, Alterchen! Ich war sein Sohn und keine Zensur, die mein Vater am Ende für sein Gesamtverhalten bekam.

«Du hast recht», log ich betroffen, «darüber werde ich mal nachdenken.»

«Na siehst du», meinte Viktor zufrieden, und ich überlegte, dass Menschen wie Viktor für immer in ihrem ekelhaften Wohlbehagen stecken bleiben mussten, weil niemand ihnen den Gefallen tat, einmal ehrlich zu ihnen zu sein.

Es machte schon Sinn, dass normalerweise ich es war, der sich bei Feten besaufen durfte. Denn bei Dorit ging es einfach zu schnell. Nach anderthalb Stunden sackte sie zu mir auf die Couch, schwenkte herüber und knabberte mir ein «Ich muss in die Heia!» ins Ohrläppchen. Ich entschuldigte uns ohne große Reue, und wir gingen, Dorit schräg an mich gelehnt, die Treppe hinunter. Ich hielt sie mit Leichtigkeit. Kein Vergleich zu Vater.

Was wir nicht wussten: Wir wechselten nur von einer Fete zur nächsten. Zu Hause in der Diele standen Schuhe. Chucks, Pantoletten, Damenstiefel, ausgelatschte Botten, Slipper, alles Mögliche. Der Garderobenständer bewahrte mühsam Haltung unter einer Traube aus Jacken, Pullovern – und Hosen! Aus dem Schlafzimmer drang leise Musik. Klang wie Mancini.

Ich dachte an den Schrank mit meiner unersetzlichen Plattensammlung.

«Meine Platten!», flüsterte ich.

«Wenn einer von denen an meine Platten gegangen ist, schlage ich ihn tot!»

Dorit meinte hicksend: «Oder er schlägt dich tot.»

«Du weißt nichts von Plattensammlern. Ich schlage ihn tot, und dann schlage ich seine Eltern tot und seine Großeltern. Und deren Freunde. Und von denen die Haustiere.»

Dorit ließ ihren Mantel von den Armen auf den Boden rutschen.

«Mach es nicht. Denk an deine neue Brücke.»

Ich dachte an meine neue Brücke zwischen 2 bis 4 und die 1500 Euro Zuzahlung und die drei Stunden unter Betäubung.

«Ich kann echt nur hoffen, dass keiner von denen an meine Plattensammlung gegangen ist», schwächte ich etwas ab.

Dorit wollte an die Schlafzimmertür klopfen. Ich fing ihr Handgelenk.

«Du willst an unsere eigene Schlafzimmertür klopfen?»

Ich riss die Tür auf. Im Flimmerlicht des Fernsehers tummelte sich allerlei Kopf und Bein unter der großen Tagesdecke auf dem Allerheiligsten. Ich zählte durch. Es waren acht Personen. Drei Mannspersonen. Fünf Weibspersonen. Zu beiden Seiten der Volljährigkeit. Sie glotzten auf unseren Fernseher und aßen Chips, ach was aßen, sie zerbrachen die Chips nur mit ihren Stopfhänden, zerkrümelten sie nur mit ihren Mündern. Unaussaugbare Krümelchips. Das Bett konnte man quasi wegschmeißen.

«Was macht ihr hier? Wieso seid ihr alle in Schlüppern? Wisst ihr, in wessen Bett ihr da liegt?»

Konrad lag zwischen Naddi und einer anderen schwarz lackierten, ebenso uneinheitlich tätowierten Emotante und hob matt die Hand.

«Hallo Paps!»
Ich – nix Paps.
«Ich dachte, ihr seid zum Geburtstag.»
Ich sah auf die Uhr. Es war tatsächlich erst halb elf. Wir waren gerade zwei Stunden weg gewesen.
«War nicht so doll.»
«Die Couch im Wohnzimmer ist so ungemütlich, und wir wollten filmgucken.»
«Kuschelparty!», rief Naddi fröhlich. «Wir machen eine Kuschelparty!»
Verkommene Jugend. Liegen einfach da und kuscheln. Im Fernseher lief «Frühstück bei Tiffany». Als wenn es Woodstock nie gegeben hätte ...
Die Emobraut neben Konrad schüttelte ihre Vorhänge von den Kajaläuglein.
«Wollen Sie mitkuscheln?»
Mich zwischen zwei Achtzehnjährige in Unterwäsche kuscheln und «Frühstück bei Tiffany» gucken? Warum zum Teufel eigentlich ... Dorit, so besoffen, wie sie war, erkannte, dass sie mir bei der Antwort helfen musste.
«Fällt aus! So, und ihr kommt mal hier zum Ende», sagte sie, «die Mammi muss nämlich ins Bett. Und zwar hoppi-hopp.»
«Mama, du bist betrunken!», sagte Konrad belustigt.
«Alk ist doch was für Blöde!», rief der Rechtsaußen der Kuschelparty und winkte mit einem Joint.
«Her damit!», forderte Dorit streng und winkte das Rauchgut zu sich. Der Typ war von der herben Ansprache so erschrocken, dass er seine Tüte auslieferte. Dorit nahm sie entgegen und schaffte die böse Droge wacklig hinaus.
«Können wir nicht noch bis zu Ende gucken? Bitte!» Naddi blinkerte ein Schnatterentenblinkern, und ihre Emoschwestern blinkerten mit. Ich warf einen Blick auf den Bildschirm.

Audrey Hepburn und George Peppard fuhren Auto. Die Verrückte und der vielversprechende junge Mann. Wie passend. Es war kurz vor dem Ende.

«Sie küssen sich gleich, natürlich im Regen, wie es sich gehört für einen Liebesfilm», sagte ich, «und ihr seid raus, bevor der letzte Tropfen fällt.»

Dann ging ich zu Dorit in die Küche. Sie stand am Fenster, die Tüte mit spitzen Fingern zwischen den Lippen. Der Joint glühte bedeutend herunter, während sich Dorits Brust weitete.

«Sag Nein zu Drogen!», sagte ich.

«Neeeeiiiin!», atmete Dorit bis in die Lungenspitzen durch, dann reichte sie mir den kläglichen Rest weiter, während Qualm aus ihren Mundwinkeln purzelte.

«Sag du auch mal Nein!» Ich machte ihn alle.

In der Diele erhob sich Geraschel und Gekrame, Geküsse, auch Gemaule von wegen «deinen Oldies». Dann waren sie weg.

Dorit war sowieso zu bedröhnt, und ich hatte auch keine Lust, neue Bettwäsche aufzuziehen. Ich schüttelte nur alles auf, fegte die schlimmsten Chipssplitter hinaus, und schon warf sich Dorit hinein.

«Ist irgendwas kaputt?», fragte Dorit, als ich wieder aus dem Bad kam.

«Ja», erwiderte ich, «die Seife liegt nicht in der Seifenschale.»

«Das musst du morgen mit ihm auswerten. So geht das nicht.» Dorit lachte ein albernes Kifferlachen.

«Kuschelparty», sagte ich, «die sind so anders. So komisch, so ...»

«Jung?»

Die Bettwäsche roch tatsächlich aufmunternd nach Jugend. Ich rollte zu Dorit hinüber, ließ mir ihr halbernstes «Ach sooo?» gefallen, und wir tobten ein bisschen herum, wie es alte Rebellen so tun. Wann kommt man in unserem Alter schon noch mal dazu, unter Drogen Sex zu haben?

Am Morgen war Dorit wieder nüchtern. Außerdem hatte sie unruhig geschlafen. Wegen der Krümel. Und wegen diverser Sorgen.

«Noch mal zu gestern», sagte sie, nackt vorm Kleiderschrank, mit Chipskrümeln am Hintern, «bei Drogen hört der Spaß auf. Und Kiffen ist gleich gar nicht. Das Geld kann Konrad sich sparen.»

Mir fiel ein, dass es mein Geld war. Mein Geld, das ich Naddi gegeben hatte, damit sie ihre Gebärwünsche im Zaum hielt.

«Antriebsschwäche plus Gedächtnisschwund hat er schon von Natur aus reichlich.»

Dorit stieg mit einem sarkastischen Seufzer in ihr Unterzeug, und ich freute mich still über die wunderbaren Effekte, die die Substanzen des gestrigen Tages auf meine antriebs- und gedächtnisstarke Frau gehabt hatten. Wir waren uns einig, dass den heutigen Jugendlichen die Reife zum Umgang mit Betäubungsmitteln abging. Wir stimmten sogar darin überein, dass der Einzug dieser Stimulanzien in unserer Familie ursächlich mit Naddi zu tun hatte. Wir fassten den Beschluss, dass Naddi ihre Eigenheiten wieder stärker im eigenen Heim zur Geltung bringen sollte. Stichwort Elternhaus. Elterliche Sorge endet ja nicht mit achtzehn, elterliche Sorge endet mit den Eltern. Wiewohl ...

«Zu spät», antwortete Naddi bestimmt, als ich ihr beim Frühstück listig vorschlug, ihre Eltern auf einen kleinen Kennenlernkaffee einzuladen, «die sind tot.»

Konrad, der es anscheinend schon mal aufgetischt bekommen hatte, griff fürsorglich nach ihrer Hand. Der glaubte auch alles.

«Alle beide?», fragte ich.

«Alle beide. Bei einem Autounfall! Ich hab es Ihrer Frau schon gesagt», biss Naddi in ein Orangenmarmeladencroissant, «und jetzt möchte ich nicht mehr darüber sprechen.»

Ich sah mit bitterer Genugtuung zu Dorit, die mir ja noch vor ein paar Tagen von einem angeblichen Zugunglück der Eltern berichtet hatte. Naddi – die Geschichtenerzählerin, die Borderlinerin. Dorit machte ihr «Schwierig, schwierig»-Gesicht.

Naddis Vortrag, dass ihre Eltern bei einem Zugunglück umgekommen und deswegen leider nicht zu sprechen seien, überzeugte mich ein weiteres Mal, dass Konrad seine kostbaren ersten Erfahrungen mit einem komplett aus der Spur gesprungenen Fräulein machte. Zugunglück! Alle beide. Mitten in Deutschland. Im einundzwanzigsten Jahrhundert! Die arme Vollwaise! Und wir ziehen uns die Hosen mit der Kneifzange an. Es war alles so typisch für eine durchgedrehte Wichtigtuerin. Nebenbei hielt ich es für einen Schachzug, mit dem Naddi bewusst oder unbewusst verhindern wollte, dass Konrad Einblick in ihre vermutlich desaströsen familiären Verhältnisse bekam.

Denn das häusliche Milieu der Freundin, der Umgang der Eltern miteinander – dies alles kann einem Mann helfen, vorherzusagen, ob sich ein Engagement mit der fraglichen Jungfer langfristig lohnt. So spielte ich in meiner späten Jugend einige Zeit mit dem Gedanken, ob ich nicht Kerstin Kratzsche ehelichen sollte. Kerstin Kratzsche hatte große Augen und einen großen Mund und machte im Bett einen unglaublichen Radau, der mit meinen eher mechanischen Bemühungen in keinem Zusammenhang stand. Aufschluss darüber, ob meine Verbindung mit ihr pure Leidenschaft oder völlig Panne war, konnte nur ein Kaffeetrinken mit den Eltern geben. Ich wartete also, dass ich zur Besichtigung eingeladen wurde, und, siehe da, vorzügliche Erkenntnisse harrten meiner. Während Kerstin Kratzsche unter dem Tisch feuchtwarm meine Hand hielt und mich ständig mit ihren großen Augen anleuchtete, kamen die Eltern binnen weniger Minuten ins Zanken. Auslöser war die Aufforderung der Mutter, ich solle doch ruhig noch ein weiteres Stück Kuchen nehmen. Vater Kratzsche intervenierte sanft, dass Mutter Kratzsche mich nicht drängen solle. Mutter Kratzsche verteidigte sich leicht entrüstet, sie würde mich keinesfalls drängen, aber es wäre doch schade, wenn der Kuchen trocken würde. Vater Kratzsche hielt nun schon etwas fester dagegen, dass Mutter Kratzsche mich sehr wohl gedrängt habe, denn ich hätte ja bereits zwei Stück Kuchen gegessen. Mutter Kratzsche fand nun, das sei doch kein Drängen. Vater Kratzsche aber sah sich wieder einmal in seiner Wahrnehmung bestritten, und er reagierte wie ein Mann, der seit einem Vierteljahrhundert von seiner Frau in seiner Wahrnehmung bestritten, wurde. Er rastete aus. «Das ist Drängen!», brüllte er und erweiterte seine Deutung noch um: «Immer drängst du die Leute! Mich drängst du auch immer! Du kannst gar nicht anders als die Leute drängen!» Mutter Kratzsche verfiel nun ihrerseits in ein eher elsterhaftes Kampfgeschrei, dem sich entnehmen ließ, dass das ja wohl eine Frechheit sei; sie meine es nur gut; und natürlich würde der Kuchen trocken.

Und ein junger Mann meiner Statur könne ja wohl drei Stücken vertragen; das wäre nicht zu viel verlangt.

Während ich langsam kapierte, dass die großen Augen meiner damaligen Freundin wahrscheinlich von allzu häufigem Entsetzen geweitet worden waren, bot ich den Eltern an, das vermaledeite dritte Stück Kuchen zu essen, damit wieder Frieden einkehre. Doch Vater Kratzsche schrie: «Nichts da! Sie müssen sich hier überhaupt nicht drängen lassen!», und Mutter Kratzsche keifte: «Siehst du, er will selber noch ein drittes Stück!»

Mit diesem Wissen um den familiären Hintergrund gelang es mir, das Bettgeschrei von Kerstin Kratzsche besser einzuordnen. Tatsächlich stellte sich bald heraus, dass sie nicht nur falsche Performancevorstellungen im Liebesakt umtrieben, sondern dass sie auch ein hinterlistiges Weibsstück war, eine Neurotikerin sondergleichen. Eifersüchtig, wie sie war, rief sie mich bei Verabredungen mit Freunden an, um sterbenskrank zu spielen. Eilte ich zu ihr, war alle Krankheit wie weggeblasen. Als mich dann auch noch Vater Kratzsche beim Grillen im Kleingarten beiseitenahm, um mir zu sagen, wie froh er sei, dass ein so schwieriger Mensch wie seine Tochter endlich einen Anker in ihrem Leben gefunden habe, wusste ich endlich, was ich nicht wollte. Der Anker auf dem Grunde eines schwierigen Lebens sein.

Wenn Naddi also ihr Elternhaus hinter irgendeiner absurden Todesursache wie einem Zugunglück verbarg, dann musste es dafür Gründe geben. Und ebendiese Gründe sprachen gegen Naddi.

Zwei Tage später mussten meine Eltern den Empfang von 120 Windelpaketen im Werte 1660 Euro quittieren.

«Nein, nein», hörte ich meine Mutter durchs Telefon rufen, «nein, das sind zu viele! Nehmen Sie die wieder mit! Was sollen wir denn damit?»

Es klang wie im Krimi, wie eines dieser verzweifelten Telefonate bei der Polizeistation, bei denen das Opfer es gerade noch geschafft hat, die Nummer zu wählen, und der Rest des Anrufs aus lauter Tatakustik besteht.

«Mutter?», fragte ich in den Hörer.

«Junge», klagte meine Mutter endlich, «was hast du angestellt? Wir brauchten doch nur eine oder zwei Packungen. Jetzt bringen die uns hier lauter Pakete rein. Nein, nicht vor den Schrank stellen! Ich muss doch an den Schrank rankommen. Junge, was ist denn da passiert? Das ganze Arbeitszimmer steht schon voll. Was hast du denn gemacht? Kann man sich denn nicht einmal auf dich verlassen?»

Ich hatte die Sendung mit Vroni und ihrem neuen Bad verpasst, aber sie hatte irgendwas ausgelöst. Ich wusste bloß nicht, was. Ich sah nur am Morgen danach die Empfangsdamen im Sender auf mich zeigen und tuscheln. Ich sah Alexander Friebe, wie er mit schnellen Schritten den Lift zu erreichen suchte, ihn aber fahren ließ, als er mich darin erblickte. Techniker, von denen ich bisher geglaubt hatte, sie würden sich überhaupt nur für Bildschirme interessieren, wenn darauf Oszillographen schwankten, klopften mir im Flur auf die Schulter. Bettina, die Arme voller Kassetten und auf dem Weg in den Schnittraum, löste umständlich eine Hand und zeigte mir ihren erhobenen Daumen, wo sie mir sonst höchstens den Mittelfinger gezeigt hatte. Es verwirrte mich. Ich war Anerkennung nicht gewöhnt.

Zehn Minuten später saß ich in der Redaktionskonferenz, und Chef hob beide Hände mit gespreizten Fingern und warf sie viermal in den Raum:

«Vierzig Prozent, meine Damen und Herren! Vierzig Prozent Einschaltquote für die letzte Ausgabe von ‹Ihnen kann geholfen werden!›.»

Raunen erhob sich unter jenen, die es noch nicht wussten. Und sogar von denen, die es wussten, raunten noch ein paar aus Gefälligkeit mit. Ich badete in Blicken. Jetzt nicht verlegen lächeln! Jetzt nicht so tun, als ob das alles Zufall war. Freundlich, aber zuversichtlich gucken. Gelassene Größe ausstrahlen! Es klappte. Der stille Zauber des Erfolgs ging von mir aus, ergriff die Kollegen und verwandelte sie allesamt in Schüler, die wissen wollten, wie man das macht. Vierzig Prozent Einschaltquote!

Von diesem Gipfel aus zurückgeblickt, erschien mein bisheriges Arbeitsleben plötzlich nicht mehr als das Chaos, das es in Wirklichkeit gewesen war, sondern wie eine trickreiche Versuchsanordnung aus lauter lehrreichen Fehlschlägen, die irgendwann die Rakete in den Quotenhimmel bringen musste.

Nichts Neues seit Hitler!, dachte ich. Ein paar zufällige Erfolge eines Wahnsinnigen, eines unverantwortlichen Hasardeurs, und schon warfen die Menschen all ihre Prinzipien und Urteile über Bord.

Nur Chef wollte nichts von mir lernen. In Chefs monomanischer Weltsicht gab es meinen Erfolg gar nicht. Ich war nur ein weiteres Beispiel seiner eigenen Exzellenz.

«Ich sehe mich bestätigt in meiner Entscheidung, Max die redaktionelle Verantwortung für die Sendung gegeben zu haben.»

Er wies mit der rechten Hand auf mich. Es war das Händchen für die richtigen Leute. Damit aber nicht genug. Chef musste allen Anwesenden klarmachen, dass ich an der ganz kurzen Leine gelaufen war. Er berichtete freimütig von unserem Gespräch im Rekreationsgarten, wo er mir die Probleme des berühmten Moderators anvertraut hatte (natürlich ohne die pikanten Details aus der Mikrofonaufzeichnung und ohne den Ersatzmann Friebe zu erwähnen). Er wusste, dass ich ihn in der Sonne meines Triumphes nicht kleinlich korrigieren würde.

«Nach unserem Gespräch hat Max verstanden, dass er das Schicksal der Sendung mit dem Schicksal von Bert Stern verknüpfen musste.»

Chef, der weise Wegweiser, erzählte weiter, wie er sich von mir Rapport hatte geben lassen über den Stand der Dinge, über die fette Vroni und ihr versifftes Elternhaus, und er sah sich gezwungen anzumerken, dass jeder andere Chef an dieser Stelle das Projekt beerdigt, er mir aber freie Hand gelassen hätte. Er lehnte sich zurück und rekelte sich vor lauter Immerschon-gewusst-Haben.

«Ich finde, die Sendung war einfach nur eklig», warf Petra beleidigt ein. Sie hatte vor ein paar Jahren «Ihnen kann geholfen werden!» betreut, als es noch um so solide Sachen wie Spenden für einen Gnadenhof ging, damit die dort versammelten dreibeinigen Hunde und einäugigen Katzen in Ruhe verdämmern konnten.

Chef klappte nach vorn und nickte ernst.

«Ganz genau! Das finde ich auch! Du hast recht, Petra!»

Petra guckte irritiert.

«Wir müssen viel mehr ekliges Fernsehen machen!»

Dann rief er es noch einmal in die Runde: «Vierzig Prozent Einschaltquote, Leute!»

Ich sah, wie ein paar meiner Kollegen zu überlegen begannen, ob es nicht auch in ihren Bereichen quotenträchtige Ekligkeiten gäbe. Fernsehen ... pure Emotion! Und welche Emotion war stärker als Brechreiz!

Das Ergebnis dieser sensationellen Einschaltquote war, dass ich plötzlich eine Karriere hatte. Ich hatte immer gedacht, dass Karriere etwas wie eine Treppe sei, auf der man brav von unten nach oben steigt. Nun zeigte sich, dass Karriere tatsächlich etwas ganz anderes war – ein Tanz auf tausend Katapulten. Man wusste gar nicht, wohin es einen zuerst katapultieren würde, klar war nur: nach oben. Chef bot mir nach der Konferenz nicht nur seinen Vornamen zur allfälligen Benutzung an, er übergab mir auch die redaktionelle Verantwortung für die ganze Sendereihe inklusive der Sondersendung «Rückblende», eine Art Update des Geholfenwordenseins, und stellte mich Herrn Dr. Baade vor, dem Referenten des Intendanten, der sogleich von Verjüngung des Senders und innovativen Konzepten zu plaudern begann, wobei er Worte wie «Leute wie Sie» und «Querdenker» im Munde führte. Mir wurde ganz bedeutend in der Brust. Dr. Baade munkelte von Umbrüchen und dass im Fernsehen kein Stein auf dem anderen bleiben würde, er hätte erst kürzlich auf der Internationalen Fernsehmesse in Beijing Sachen gesehen, die ...

«Ich liebe China!», brachte ich mich vorsichtig ein. «Bei uns daheim gibt es regelmäßig Dim Sum.»

Unberufene halten ja die Mononatriumglutamatnudelpampe mit industrielackierten Entenbrustschnitten beim als Karnevalkonfuzius verkleideten Vietnamesen für authentisch. Aber dem ist leider nicht so.

Dr. Baade rief: Nein, das glaube er nicht, er sei der größte Dim-Sum-Liebhaber weit und breit, und da könne er doch nicht umhin, sich sofort bei mir einzuladen. Chef blieb angesichts der Rasanz unserer Kontaktaufnahme die Spucke weg. Dr. Baade zückte seine Karte. Ich hatte keine.

Während des Mittagessens in der Kantine setzte sich auch noch ein mittelbedeutender Produzent zu mir und versuchte gestenreich und «Mal ins Unreine gesprochen» mir «Jetzt kommt's dicke!», eine Fettenserie, schmackhaft zu machen, in der Fette auf Berge steigen oder Wüsten durchqueren müssten. Oder in Kriegsgebieten! Fette in Lebensgefahr! Zwei Attraktionskonzepte zusammen! Fehlten eigentlich nur noch süße Haustiere und halbnackte Krankenschwestern in Latexschürzchen als Begleitung! Irgendwo in Afghanistan!

Er drang mit Blicken und solch wildem Nicken auf mich ein, dass ich die Koksstäubchen in seiner Nase sehen konnte. Ich versuchte ihn zu beruhigen, ohne ihn durch stärkeres Interesse anzustacheln. Nicht, dass er mir noch herztot in die Suppe kippte. Gott sei Dank kam noch ein wichtiger Oberproduzent vorbei, dessen Hände der Unterproduzent im Vorbeigehen fing und sich an ihnen hochzog. Mir warf er ein Zwinkern, einen Pistolenfinger und ein «Wir bleiben in Kontakt! Das wird ein Riesending!» zu, und dann schwatzte er mit dem anderen Mogul davon, um ihm von einer «tollen Geschichte» mit dieser «wunderbaren Schauspielerin» zu erzählen. Als wären wir nicht bloß Wind in den Zweigen des Lebens ...

Der von so viel Erfolg gekrönte Arbeitstag endete mit einer großen Leere. Die große Leere befand sich allerdings im Tank, und ich traute meinen Augen nicht, als ich während des vergeblichen Anlassens das Piepsen des Füllstandsanzeigers hörte und die Nadel auf null liegen sah. Ich untersuchte das Auto und den Untergrund, aber es sah aus, als hätte der ADAC mein Auto ausgepumpt. Alles sauber, alles picobello. Der Tankdeckel unbeschädigt. Professionelle Arbeit. Ich erinnerte mich an die sauber geschwungenen Krakel im Lack. Wer so viel Sachverstand in Sachbeschädigung investierte, sollte sich das bisschen Rechtschreibung auch noch reinziehen. Was sollte das alles? Und zu welchem Ende? Ich ging zum Fuhrparkchef des Senders und lieh mir einen Kanister aus.

«Du siehst aus wie jemand, der mitgenommen werden will!», rief es plötzlich an meiner Seite. Es war Greta in ihrem Honda. Ich hob den Kanister und sagte: «Irgendein Idiot hat meinen Diesel abgezapft.»

«Das Verbrechen ist immer und überall», meinte Greta und warf sich zur Beifahrerseite, um die Tür zu öffnen.

«Das geht jetzt schon Wochen so», ich quetschte mich in den harten Sportsitz, «irgendein Typ will mich fertigmachen. Ich hab schon Lackschäden, einen verstopften Auspuff, platte Reifen gehabt und jetzt diese Tank-leer-Nummer. Es ist ekelhaft.»

«Warum gehst du nicht zur Polizei?»

Weil ich nicht möchte, dass Polizisten mich fragen, wie viele Knöpfe an Nergez' Hemd nun wirklich offen waren, dachte ich.

«Ich glaub nicht an die Polizei. Warum soll ich da eine Stunde rumsitzen, nur um drei Monate später förmlich mitgeteilt zu bekommen, dass der Täter nicht ermittelt werden konnte?»

«Du siehst gar nicht aus wie jemand, der sich Feinde macht.»

Ich überlegte, ob das wirklich nett gemeint war. Keine Feinde zu haben ist ja auch eine Form von Lächerlichkeit. Aber

Greta war eine Gute. Sie hatte mich schon aus ärgerer Not erlöst.

«Wenn du es für dich behältst, sage ich dir meine Theorie. Ich glaube, es ist der Freund von Nergez. Ich habe mit Nergez beim Sommerfest ein bisschen geflirtet ...»

«Da schau her.»

«Ja, es war quasi unvermeidlich.»

«Das sagen sie alle.»

«Nein, bei uns ist es anders.»

«Das sagen auch alle.»

Sollte ich ihr die Sache mit dem Haupthistokompatibilitätskomplex erklären? Dass Nergez und ich eine gegenseitige genetische Passform von achtundneunzig Prozent haben? Nein, lieber nicht. Ich hatte das schon mit Dorit durch. Frauen verstehen nicht, was Männer an Frauen finden. Vielleicht auch gut so. Sonst hätten sie uns ja in der Hand.

«Wie auch immer: Ihr Freund hat sie abgeholt und uns dabei in einer etwas zweideutigen Situation gesehen. Und ein paar Tage später begann das mit dem Auto. Da ist eine gewisse Koinzidenz. Deswegen die Vermutung.»

«Dann verschaff dir mal Gewissheit. Bring mal irgendwo eine Videokamera an. Kannste nachgucken, wer an deinem Auto rumhantiert.»

«So was kann ich nicht.»

Ich zeigte ihr meine Hände. Es waren zwei linke, und beide voller Daumen.

Greta sagte, ihr Mann würde sich da nicht lange bitten lassen. Greta, die Bastlergattin. Greta hatte manchmal das Gefühl, dass sie nur geheiratet worden war, damit ihr Mann jemanden hatte, dem er seine Installationen vorführen konnte. Jalousien an den Südfenstern, die bei starkem Sonnenlicht von alleine herunterfuhren. Ein sprechender Toilettendeckel, der die Stehpinkler unter den Gästen zum Sitzen aufforderte.

Ein Kühlschrank, in dem nachts kein Licht anging, damit die figurbesorgte Greta die Leckerlis nicht fand. Und so weiter, und so fort.

«Willst du meinen Mann mal anrufen? Ich geb dir seine Nummer.»

Ich willigte ein. Konnte nicht schaden, mal herauszufinden, ob es wirklich Arif war. Mit einem filmischen Beweis zum Beispiel könnte ich Nergez nahelegen, zu intervenieren. Oder ihn verklagen.

Greta war nett und fuhr mich auch wieder zurück, nachdem ich den Kanister an der Tanke gefüllt hatte.

Guntram, der Mann von Greta, war ganz aus dem Häuschen, als ich ihn bat, mir bei der Videoüberwachung zu helfen. Jeder solle so etwas haben, erzählte er aufgekratzt, als er zu mir ins Auto stieg. Er habe so was auch, mit Infrarot und Schwenkautomatik selbstverständlich, einmal habe er sogar einen Waschbären auf dem Schirm gehabt. Ich fragte ihn, ob der Waschbär was klauen oder randalieren wollte. Guntram verneinte, etwas verunsichert. Ohne die Videoüberwachung an seiner Garage hätte er aber nie erfahren, dass sich bei ihm in der Gegend Waschbären rumtreiben. Ich fragte ihn, was seine Videoüberwachung gekostet habe. Es war ein höherer dreistelliger Betrag. Es gab bestimmt billigere Waschbärvideos. Er mache bei so was keine Kompromisse, entschuldigte sich Guntram. Da er meine Zweck-Mittel-Skepsis erahnte, fügte er an, es gäbe auch «ausreichende» Systeme für kleines Geld.

Wir fuhren zum Elektromarkt und kauften zwei wirklich verblüffend kleine Kameras mit Speicherkarten. Dann hatte Guntram noch eine tolle Idee.

«Wir sollten dem Burschen eine Lektion erteilen», sprach er und zog mich ein paar Reihen weiter, wo Einbrecher-Abschrecksysteme aufgestellt waren. Es gab Anwesenheitssimulationen mit Flackerlichtlampen, die Fernsehen vortäuschten, Nebelspender, die bei illegalem Betreten das ganze Haus ausräucherten, und es gab Ultimate Bang, ein Knallgerät, das ein «Schallereignis» von hundert Dezibel abfeuerte.

«Das nehmen wir und bauen es in dein Auto. Und bei jedem, der sich unbefugt noch einmal an deinem Wagen zu schaffen macht – Kawumm! Alles steht am Fenster! Kannste glauben!»

Ich zögerte. Ultimate Bang kostete 76 Euronen. Es gab sicher auch herzkranke Personen in meinen Viertel. Oder Menschen, die gerade dabei waren, sich Kontaktlinsen einzusetzen. Da sollte man besser nicht unangekündigt herumknallen.

«Und du kannst ihm dabei zugucken, wie er zusammenzuckt», lockte Guntram und winkte mit den beiden Kamerapäckchen, «den Spaß ist es wert.»

Ich fragte mich, ob Guntram seine Gadgets alleine bezahlte oder ob er mit Greta ein gemeinsames Konto hatte. Das würde erklären, warum Bert Stern so viel moderieren musste. Greta bekam Provision für jede Veranstaltung, an der er zum Mikrofon griff.

Aber Guntram strahlte wie ein Honigkuchenpferd, und wir kauften Ultimate Bang.

Obwohl Guntram alles halbwegs fachgerecht eingebaut hatte – eine Minikamera nach vorn gerichtet, an der Kopfstütze des Beifahrersitzes, und eine an der Kopfstütze des Fahrersitzes, die nach hinten sah –, waren das Ergebnis und der versprochene Spaß eher mau. Am entscheidenden Tag hatte erstens Dorit das Auto gefahren und aus Parkplatzmangel am Ende der Straße abgestellt, sodass zumindest uns der ultimative Knall entgangen war. Zweitens war auf den Kamerabildern nur unscharf eine doch eher männliche Person zu sehen, die sich dem Auto leider vom Rand des 180-Grad-Kamerawinkels näherte und dann offenbar unter das Gefährt kroch. Was sie dort tat, war selbstverständlich nicht zu sehen und, da die preiswerten Kameras keinen Ton mit aufzeichneten, auch nicht zu hören. Das Auto ruckte aber gleich darauf dreimal gewaltig, und dann erschien die Person wieder im Blickfeld der Linse. Sie wirkte irgendwie verändert und stolperte, sich krümmend und mit den Händen am Kopf, davon. Wer es jedoch war, ließ sich beim besten Willen nicht erkennen. Selbst nicht mit Guntrams Bildverbesserungstools, die ich am Morgen nach dem Vorfall in Anspruch nahm.

«Ich würde sagen, es hat einfach dreimal gerummst, als er unter dem Auto irgendwas manipulieren wollte», sagte Guntram, «und unser Mann lebt jetzt im Land des ewigen Piepsens. Einfach mal schauen, ob er die Lektion gelernt hat. Wenn es ein Einzeltäter ist, haste, glaube ich, erst mal Ruhe.» Er zog die Speicherkarten aus dem Lesegerät und gab sie mir wieder.

«Willste noch mal das Waschbärvideo sehen?», fragte er. «Das ist natürlich eine ganz andere Qualität. Da kannste jedes Haar erkennen.»

Ich wollte nicht. Ich hätte keine Zeit. Ich müsse zur Arbeit.

«Apropos Arbeit», sagte Guntram, «ich soll dir von Greta ausrichten, ein Arzt von der Psychiatrie wird dich heute anrufen. Sie hat ihm deine Nummer gegeben.»

Das konnte nichts Gutes sein. War Bert Stern wieder rückfällig geworden? Kam jetzt alles raus? Dass ich ihn in vollem Bewusstsein seiner seelischen Erkrankung entführt und zum besinnungslosen Durchmoderieren missbraucht hatte? Egal, was immer auf mich zukam, diesmal würde ich nicht um meinen Job kämpfen. Dieses Mal würde ich in den Sack hauen und mich aus dieser bekloppten Welt zurückziehen. Aufs Land. In ein altes Bahnwärterhäuschen mit schmalem Garten zwischen Gleis und Feldrain. Ich würde Schrankenwärter werden. Mit Schnauzbart und blauer Mütze. Es musste doch noch irgendwo Kurbelschranken geben, und wenn es sie nicht mehr gab, dann würde ich der Deutschen Bahn anbieten, wieder eine aufzubauen. Diese blöde Welt mit ihren endlosen Verwicklungen und Problemen konnte mir gestohlen bleiben! Ich würde alle Stunde die Schranke runterkurbeln, den vorbeieilenden Zug artig mit der Mütze grüßen, die Schranke wieder hochleiern und mich dann wieder um meine Zwiebeln und Karotten kümmern. Dorit konnte sich entscheiden, ob sie mit Klein Mascha in diese letzte Idylle mitkommen oder lieber eine dauergestresste urbane Kreative bleiben wollte. Konrad konnte von mir aus mit Naddi sechs Blagen machen, die sich dauernd mit «Hallo, geht's noch?» anblökten. Wie viele Väter verloren ihre Söhne früh in Scheidungsprozessen an die Mütter? Ich hatte meinen eben spät an eine Tusse verloren, sei's drum. So patriarchalisch war ich nicht. Warum mussten Väter überhaupt wissen, wer ihre Kinder sind? Reichte es nicht, seine Gene weiterzugeben? Musste man seinen Nachwuchs auch noch mit seinen Geschichten und Auffassungen belästigen? Warum war ich kein Rock-'n'-Roller? Ich trug Égoïste auf der Haut, aber ich war keiner. Ich wollte immer alles gut machen, und dabei ging alles schief. Ich hätte Gitarre spielen lernen und mit der Fluppe im Mundwinkel an Straßenecken sitzen sollen, für ein paar Kröten «Life on Mars?» von David Bowie krähen, mit langen Haaren.

Das Handy klingelte. Ich drückte Grün.

«Dr. Klampen, die Psychiatrische, Städtisches Klinikum. Spreche ich mit Max Krenke?»

«Tun Sie.»

«Entschuldigen Sie, dass ich Sie von der Arbeit abhalte, aber ich hätte da noch ein paar Fragen zu Bert Stern, der bei uns auf Station war, wie Sie wissen. Sie haben ihn ja mehrfach besucht und auch mit mir gesprochen. Herr Stern hat sich ja unmittelbar nach Ihrem letzten Besuch und dem gemeinsamen Spaziergang bei uns als völlig wiederhergestellt gemeldet. Wir haben ihn dann noch mal zur Kontrolle zu uns gebeten, und es gibt keinen Zweifel, dass die Zwangsstörung nicht mehr besteht, ja, seine Frau hat uns noch mal bestätigt, Herr Stern wirke sogar weniger neurotisch als vor der Erkrankung. Natürlich gibt es immer wieder spontane Remissionen. Aber wir können das schon aus wissenschaftlichen Gründen nicht einfach so abhaken. Nun ist es leider so, dass Herr Stern selbst sich nicht mehr an alles erinnern kann oder will. Und deswegen wollte ich Sie fragen, ob Sie uns sagen können, was da eigentlich bei diesem Ausflug passiert ist. Denn irgendwas könnte in dieser Zeit geschehen sein, was es erklärt.»

Das klang nicht gerade nach Verhör. Ich fragte Dr. Klampen aber lieber doch noch mal, ob dieser längere Ausflug irgendwelche juristischen Folgen habe, aber er verneinte dies. Ich fragte ihn, was denn sei, wenn sich herausstellen sollte, dass Bert Stern in dieser Zeit wieder seiner Arbeit nachgegangen wäre, also moderiert hätte. Dr. Klampen äußerte ein etwas unfreundliches «Ach so!», vertrat dann aber die Auffassung, das sei angesichts der Heilung wohl eine lässliche Sünde.

Dann erzählte ich ihm mehr oder weniger haarklein, was sich in Nienwalde in der Wassergasse bei den Zachows und ihrer ungemein fetten Tochter zugetragen hatte. Dr. Klampen machte sich während meiner Ausführungen allem Anschein nach Notizen. Am Ende bedankte er sich und versprach, er werde die Situationen noch im Einzelnen durchgehen. Vielleicht fände sich da ja was.

Bert Stern – spontan geheilt? Ein Mann findet seine seelische Gesundheit wieder und verliert gleichzeitig sein Gedächtnis? Klang nicht ganz unlogisch. Ein Mensch muss vergessen, um nicht im Gestrüpp seiner Erinnerung hängen zu bleiben. Ich bereute ein bisschen, ihn nach dem Dreh nicht nach seinem sichtlich veränderten Befinden befragt zu haben. Aber das konnte man ja nachholen.

«Der ist schon eine Stunde in der Cafeteria», antwortete Greta, als ich sie fragte, ob der Meister des Worts heute in den heiligen Hallen weile, «und geht nicht ans Handy. Bestell ihm mal schöne Grüße von mir, und wenn er sich in den nächsten dreißig Minuten nicht bei mir meldet, sage ich die Moderation der Mitteldeutschen Erdgastage ab, und das sponsern die Russen, nur so als Hinweis, das ist kein verdammter Karnickelzüchterverein!»

Ich dankte und versprach's.

«Wie findeste eigentlich meine neue Hose?», fragte Greta weiter. Sie trug eine weiße Stretch-Jeans, die ordentlich was zu Stretchen hatte. Offenbar hatte ich mich mit dem Kompliment hinsichtlich ihres dauerhaft vierzigjährigen Äußeren unabsichtlich zum Vorsitzenden des Greta-Fanklubs ernannt.

«Fast schon neununddreißig!», log ich freundlich und verschwand.

Bert Stern saß tatsächlich immer noch in der Cafeteria, und er hatte Grund dazu. Der Grund war Vicky Döscher. Bert Stern saß in der hinteren rechten Ecke, die durch eine Blumenbank vom Rest des Ladens getrennt war, und Vicky Döscher saß ihm gegenüber und redete, weit über den Tisch gelehnt, auf ihn ein. Stern hielt sein Wasserglas fest, denn Vickys Gestik, die zwischen Zeige- und Stinkefinger hin und her wechselte, deutete darauf hin, dass sie demnächst nach dem Wasserglas greifen würde, um es ihm ins Gesicht zu schleudern. Sterns Fingerspitzen am Glas waren weiß vor Druck. Sie musste es schon einmal versucht haben. Bert Stern war offenbar nicht mehr ihr Freund, er war jetzt nur noch ihr «Freundchen».

«Du brauchst dich überhaupt nicht zu wundern, Freundchen», wehte ein Gesprächsfetzen herüber, während ich mir einen Salat an der naheliegenden Salatbar zusammengrabbelte, um Zeit zu schinden, «wenn hier demnächst alle, und zwar auch deine Frau, erfahren, was für ein …»

Bert Stern hörte ihr mehr interessiert als beeindruckt zu. Er wollte keine Szene, das war schon alles. Vicky erging sich noch eine Weile sichtlich in Zerstörungsphantasien, an deren Ende er, Stern, «so klein mit Hut» sein werde. Dann sah sie sich noch einmal um, ob nicht doch irgendwo in Reichweite ein gut schüttbares Getränk herumstand, rief ihm ein Schimpfwort zu, das sich auf Mixer reimt, erhob sich abrupt und ging. Vicky Döscher musste an mir und der Salatbar vorbei und warf mir einen bösen Blick zu, weil ich auch ein Mann war und überhaupt. Vicky hatte ein paar wirklich und im Wortsinne hervorragende Brüste, und ich ertappte mich bei dem Gedanken, dass aus ihr möglicherweise eine komplexe Persönlichkeit hätte werden können, wenn ihre tollen Brüste das nicht verhindert hätten. Schönheit ist ja auch eine Form von Behinderung.

«Greta sucht dich», ich setzte mich, mit einem dienstlichen Anliegen ausreichend legitimiert, zu Stern, der nachdenklich in sein Wasserglas schaute.

«Tschuldige, ging gerade nicht», meinte er und holte sein Handy aus der Gesäßtasche.

«War ein toller Dreh mit dir, wollte ich dir noch sagen», eierte ich ein bisschen rum.

«Danke», meinte Stern knapp, und es klang wie «War doch klar!».

«Ich hatte, ehrlich gesagt, davor ziemlich die Hosen voll. Weil … weil …», ich überlegte, ob man ihn auf die Psychiatrie ansprechen konnte. Nachher brach alles wieder aus. Wenn man seine Hämorrhoiden oder Magengeschwüre im Spital behandeln lässt, zweifelt kein Mensch, dass man hernach vollständig wiederhergestellt ist. Doch wenn einer aus der Psychiatrie kommt, glaubt ja im Grunde niemand, dass er wieder ganz der Alte ist. «Weil ich dachte, es wäre ein Fehler, dich ... in dieser Situation ... so ... zu beanspruchen.»

«Soll ich dir mal was verraten?», sagte Stern «1977. Die Reportage über die Wohnung, die unterhalb der Wohnung von David Bowie lag ...»

«Ja, ich weiß, der Klassiker! Surrounding Journalism! Der Werner-Kallenbach-Preis der BOFA!»

«Die Wahrheit ist: Ich hab mich nicht getraut. Das war alles. Bowie war da. Wir hätten klingeln können. Er hätte uns aufgemacht. Homestory. War alles vereinbart. Aber ich hatte das Zittern. Bowie war eine Nummer zu groß für mich. Ich wollte nicht, dass jemand sieht, wie ich vor ihm zittere. Deswegen bin ich erst mal unterhalb rein, bei der alten Dame. Ich wollte mich aufwärmen mit jemandem, dem ich gewachsen war. Und dann haben wir uns festgedreht mit der Alten. Nach einer Stunde oder so hat Bowie das Haus verlassen, ist die Treppe herunter, hat sich wahrscheinlich gewundert, was der ganze Kamerarummel bei der Nachbarin unter ihm soll. Tja, er war weg, und ich hatte nur mein Warming-up bei dieser Schöneberger Witwe. Fehler, ganz böser Fehler! Und dann habe ich mir das Material angeguckt und hab gedacht, das ist kein Fehler. Das war gutes Zeug. Ich habe mir gefallen. Ich war locker und redegewandt, wie ich es bei David Bowie nie hätte sein können. Das muss man senden, hab ich gedacht. Und die Leute waren begeistert. So ist das mit den Fehlern.»

«Na ja, es gibt aber auch richtige Fehler. Kaputte Dichtungsringe an der Challenger-Raumfähre und so was.»

«Das ist doch kein Fehler», entgegnete Stern, «die ganze

Raumfahrt ist der Fehler und, Hand aufs Herz, ist das nicht ein toller Fehler?»

Dann sah er auf sein Handy, das in seiner Hand zu rütteln begann, und meinte: «Das ist Greta. Ich glaube, ich muss jetzt ... also dann.» Und verschwand.

Ich ärgerte mich, dass ich ihn nicht direkt auf den Kopf zugefragt hatte, was ihn so plötzlich geheilt habe. Ich war einfach zu gut erzogen.

Die nächsten Tage verbrachten Dorit und ich mit dem Versuch, Mascha das Sammeln von Diddl-Mäusen auszureden. Naddi hatte ihr in einem unbeobachteten Moment einen Diddl-Maus-Schlüsselanhänger geschenkt, und beide waren sofort übereingekommen, dass Diddl-Mäuse «total süüüüß» wären. Dorit hatte es zunächst gar nicht richtig wahrgenommen, weil ihr dieses Prollabzeichen trotz seiner Allgegenwart einigermaßen unbekannt war. Aber nachdem ich sie darauf hingewiesen hatte, dass beim nächsten Vorstellungsgespräch unserer Tochter in der International School ein Diddl-Maus-Anhänger das entscheidende Signal sein könne, um die Entscheidung gegen sie ausfallen zu lassen, wechselte sie mit fliegenden Fahnen auf meine Seite. Ein kleiner Krieg brach aus, weil Mascha unter keinen Umständen bereit war, von der Diddl-Maus zu lassen. Da wir nicht bereit waren, ihr eine zu kaufen, beschloss unsere vielversprechende Tochter, selber eine zu basteln, wozu sie zweifelsohne imstande war.

Schließlich verschanzte sich die Achtjährige mit allerlei Bastelzeug an ihrem mitwachsenden Schreibtisch, während Dorit klagte, sie habe ihrer Tochter doch nicht das Nähen beigebracht, damit sie Kitsch nähe.

«Mach doch was Eigenes!», bat Dorit. «Willst du nicht lieber originell sein? Solche Mäuse hat doch jeder!»

Mascha aber fuhrwerkte wütend mit der Schere im Filz herum und murrte, sie wolle aber genau das, was alle hätten.

Jahre liebevoller Anleitung zu Kreativität und dem Ausdruck der eigenen Persönlichkeit – dahin.

Und wer war schuld? Naddi.

Die Sendung «Ihnen kann geholfen werden! – Rückblende-Spezial» war erst für Anfang Oktober geplant, und ich bummelte meine Tage ab, indem ich im Büro angeblich wichtige Konzepte schrieb, in Wirklichkeit aber Solitär spielte oder Nergez kuriose Nachrichten aus dem Internet vorlas, bis wir mittagessen gehen konnten. Wenn man der kommende Mann ist, der mit dem Händchen für die neuen Fernsehformate, der Kreative, der Innovative, traut sich ja sowieso erst mal keiner zu fragen, was man da eigentlich macht. Dabei hatte ich nichts besonders Neues vor. Ich würde einfach meinen «Erfolg» von Nienwalde wiederholen. Denn «die ganze Welt» (Chef) wartete doch auf ein Rückblende-Spezial mit der fetten Vroni. Und selbst mich juckte es ein wenig, nachzusehen, wie sich das Leben in einer Rumpelwohnung mit Millionärsbad so lebte. Als der Sendetermin schon in der Fernsehzeitung stand, spürte ich schließlich genügend Dringlichkeit und rief in Nienwalde an. Mutter Zachow ging ran. Ich floskelte ein bisschen herum, um schließlich zu fragen, wie es denn der Vroni so gehe.

«Vroni? Die ist im Krankenhaus.»

Ich war schockiert. War alles umsonst gewesen? «Himmel, es ist doch nichts Schlimmes?»

«Nein, nein, sie macht da ihre Kurse.»

«Das finde ich wirklich gut. Dass sie den Mut aufgebracht hat, sich zum Abspecken in ärztliche Obhut zu begeben.»

«Nein, nein, nicht zum Abspecken. Sie ist wird 'ne Schwester.»

Eine Ausbildung zur Krankenschwester? Die fette Vroni? Ich hätte alles Mögliche erwartet, aber nicht das. Jemand wie sie sollte Patienten umsorgen? Sie war doch selber fast Patient. Ich fragte Mutter Zachow, wie es dazu gekommen sei.

«Ja, die haben ja ein paarmal telefoniert, der Doktor und die Vroni. Und denn hattse gesagt, dasse da ihre Hilfe brauchen, inner Klapsmühle.»

«Sie ist in der Psychiatrischen? Als Krankenschwester?»

«Davon rede ich doch die ganze Zeit. Sie sind keiner von die Schnellen, wie?»

Das fand ich frech. Wenn man im vorderen Perzentil der Glockenkurve zu Hause ist, sollte man mit Zweifeln an fremder Intelligenz vorsichtig sein. Ich bedankte mich, legte auf und rief Dr. Klampen an. Ich sagte, wie sehr es mich freue, dass Veronika Zachow offenbar auf sein Anraten hin eine Lehre aufgenommen habe und dass mir dies als eine willkommene Gelegenheit schiene, ein kleines Porträt für unser «Ihnen kann geholfen werden! – Rückblende-Spezial» im Krankenhaus zu drehen.

«Mmh», sagte Dr. Klampen, «das ist ein bisschen schwierig. Vroni ist ja nicht so die ganz normale Lernschwester.»

«Ich weiß, ich weiß, ich weiß», lachte ich, «mir müssen Sie nichts erzählen. Ich kenne die junge Frau in ihrer ganzen, wie soll ich sagen, Dimension.»

Aber das war es nicht. Dr. Klampen sagte, er würde das nur ungern am Telefon besprechen. Wir verabredeten uns für den Nachmittag.

Das Erste, was ich im Krankenhaus machen durfte, war eine Verschwiegenheitserklärung unterschreiben. Ich weiß nicht mehr, wie viele Verschwiegenheitserklärungen ich in meinem Leben unterschrieben habe. Vielleicht hätten sie mich damals bei der Studienlenkung nicht fragen sollen, ob ich gerne schreibe, sondern, ob ich gerne verschweige. Das wäre ein besserer Test auf meine journalistischen Fähigkeiten gewesen. Nachdem ich auf diese Weise nur noch Ohr und keine Zunge mehr war, durfte ich zu Dr. Klampen in sein graues, vollständig abwischbares Büro. Dr. Klampen saß am Schreibtisch, blätterte ein paar Krankenakten durch und las daraus vor.

«Werner M., sechsundfünfzig, hoch phobisch, wurde unter anderem von der Zwangsvorstellung heimgesucht, Parasiten würden unbemerkt durch seine Ohren eindringen, trug mit einem Insektizid besprühte Ohrenschützer – vielleicht haben Sie ihn gesehen, er war mit Bert Stern auf einer Station. Nach drei Pressing-Anwendungen entspannte er erheblich, setzte die Ohrenschützer nur noch an der frischen Luft auf, hat mittlerweile eine günstige Prognose, macht sogar schon erste Witze über seine Ohrenschützer ... oder hier: Dieter K., dreiundvierzig, starker Kontrollzwang, war Jahre unfähig, die Wohnung zu verlassen, weil er nicht glauben konnte, dass der Herd wirklich aus war, arbeitete und schlief daheim in der Küche mit ständigem Blick auf den Herd, ließ sich alles bringen. Nach bereits einer Pressing-Anwendung war er mit einem Betreuer zwei Stunden in der Stadt einkaufen, ging dabei ohne sichtliche Erregung durch die Küchenabteilung eines Kaufhauses. Oder hier: Johannes R., gerade mal neunzehn Jahre jung, tiefgläubiges Elternhaus, religiöse Zwangsvorstellungen mit stark symbolischem Einschlag, glaubte, dass Gott ihm unentwegt Zeichen gibt, und zwar in Form von Kreuzen.»

Dr. Klampen sah kurz hoch.

«Sie glauben nicht, was in dieser Welt alles Kreuzform hat. Kam zu uns, weil er Menschen mit Gewalt davon abhalten wollte, eine bestimmte Kreuzung zu betreten. Zwei Pressing-Einheiten, und das war es. Vollständige Remission. Der würde heute nicht mal stehen bleiben, wenn ihn ein Mann aus Bad Kreuznach mit Kreuzschmerzen zum Kreuzworträtsel einladen würde.»

«Was ist Pressing?», fragte ich langsam und sehr deutlich.

«Das ist es, worüber ich mit Ihnen nicht am Telefon reden wollte», antwortete Dr. Klampen. «Ich habe mir nach dieser rätselhaften Blitzheilung von Bert Stern viele Gedanken gemacht. Ich bin alles, was Sie an diesem Tag zusammen gemacht haben, noch einmal durchgegangen, und am Ende blieb als heilende Intervention nur noch der Vorfall übrig, bei dem er von Veronika Zachow beinahe zu Tode gepresst wurde.»

«Ja, das war schon ein bisschen gefährlich. So 230 Kilo auf der Brust.»

«Es gibt nicht viel Literatur dazu. Ein paar Erwähnungen von amerikanischen Psychiatern, aber eher im Zusammenhang mit devianter Sexualität. Ich habe mit Ihnen, mit Herrn Stern selbst, mit seiner Assistentin und sogar mit Helga und Gottfried Zachow gesprochen ...»

Ich wusste gar nicht, dass die Vornamen hatten. Ich dachte, die Vornamen wären schon verrottet.

«... und alles deutete darauf hin, dass die Auflösung der Zwangsstörung unter Veronika Zachows enormem Gewicht zustande kam. Kurz und gut, es gibt nicht so viele so schwere Menschen in Deutschland. Und ich musste es einfach wissen. Ich habe Veronika darum gebeten, mit uns zusammenzuarbeiten, um Menschen in Not zu pressen.»

«Pressing», sprach ich das Wort noch einmal und schüttelte den Kopf.

«Ja, Pressing. Wir haben mit Veronika hier in unserem Haus ein paar Versuche angestellt, um sicherzugehen, dass wir sie wieder hochkriegen und dem Probanden bei einer kontrollierten Pressingsitzung nicht doch irgendwas irreversibel eingedrückt wird; und dann haben wir ein paar Patienten auf diese Weise behandelt. Drei Resultate habe ich Ihnen vorgelesen. Es grenzt an ein Wunder, aber es ist hoch effektiv.»

«Warum in aller Welt soll es Menschen bessergehen, wenn sie unter einer extrem fetten jungen Frau gelegen haben?»

«Das habe ich mich auch gefragt, und ich kann Ihnen keine vernünftige Antwort geben. Aspirin war schon siebzig Jahre lang ein hervorragendes Schmerzmittel, bevor man herausfand, wie es wirkte. Meine Hypothese ist, dass diese schwere, aber weiche Fettmasse, die jede Regung unterbindet, ein Gefühl des Gehaltenseins erzeugt. So wie Indianer ihre Säuglinge in eine Art Kokon wickeln, damit sie ruhig werden. Es behindert natürlich auch die Atmung. Möglicherweise gibt es kumulative Effekte, bis hin zur Nahtoderfahrung. Alles ist denkbar.»

«Krass!»

«Ich glaube, dass dieses enorme, aber humane Gewicht den Menschen keine Last ist, sondern – im Gegenteil – ihnen eine Last nimmt. Viele Patienten mit Zwangsstörungen haben kein funktionierendes Konzept für ihre Lebensführung. Sie entwickeln Tics, als Surrogat für das ungestillte Bedürfnis, Herr ihres Lebens zu sein. Aber in der Extremsituation des Pressings sind sie hilflos, sie können nichts mehr tun. Das verschafft ihnen Erleichterung. Im Übrigen, da es bis jetzt ausschließlich Männer waren, bisweilen auch tatsächliche Erleichterung, wenn sie verstehen ...»

Ich verstand. Arme Vroni.

«Wie findet denn Vroni ihre neue Aufgabe?»

Dr. Klampen meinte, Veronika Zachow wäre erst etwas skeptisch gewesen, aber nach ein paarmal Probeliegen hätte sie es ganz lustig gefunden. Und nachdem sie ihre ersten Vergütungen als Spezialtherapeutin bekommen habe, sei sie sogar außerordentlich zufrieden.

«Das ist ja ein Traum», sagte ich, «andere müssen aufstehen und losgehen, um Geld zu verdienen. Sie braucht sich nur wieder hinzulegen.»

«Aber», sagte Dr. Klampen und räumte die Patientenakten wieder beiseite, «Sie sehen: Die Sache mit der Lernschwester ist natürlich nur ein Fake. Sie ist nichts weniger als das. Deswegen können wir mit irgendwelchen Dreharbeiten rund um eine Lernschwester Veronika auch nicht dienen. Und was das Pressing angeht, so sollte es vielleicht der Öffentlichkeit noch eine Weile verborgen bleiben, bis wir ausreichend Daten haben.»

«Es ist auch bildlich nicht so attraktiv», gab ich ihm aus fernsehfachlicher Hinsicht recht. Wir verabschiedeten uns. Ich ging durch sieben Milchglastüren nach draußen.

Wenn das Liegen unter einer sehr, sehr dicken Frau einen Mann heilen konnte, was war dann seine Krankheit? Bert Stern hatte doch alles erreicht. Erfolg und Anerkennung. Haus und Boot – und Vicky. Er hatte alles – außer, nun ja, Satisfaction. Der Möglichkeit, sich nur ein paar Sekunden auszuknipsen. Mit einem Witz, mit einem Weib, mit einem Schnaps. Einmal nicht anwesend sein im eigenen Leben. In dieser Espressowelt, in der es immer um Präsenz und volle Konzentration ging, hatte sich Stern eine Zerstreuungsstörung ersten Ranges eingehandelt. Gezwungen, immer zu handeln, immer zu sprechen, immer im On zu sein. Bis Vroni auf ihn fiel und er nichts mehr sagen, nichts mehr tun konnte.

Wenn man unter einer sehr, sehr dicken Frau liegt, löst sich das Ich auf. Es ist die ultimative Ablenkung. Dagegen war Fernsehen nur ein netter Versuch.

Im Sender suchte ich Nergez, aber ich fand sie nicht. Niemand wusste, wo sie war. Ich simste sie an, aber sie antwortete ewig nicht. Nach einer Stunde kam ein kleines «sorry bin im schnittraum fünf». Ich ging runter.

«Ich musste mich mal eine Weile ausstöpseln, Schätzchen, aber Chef hat mir Holgers Kriminalreport der Woche übergeholfen. Der ist krank geworden.»

«Verzeih mir, aber ich muss dich noch mal mit deinem Bekannten Arif nerven. Wann hast du ihn das letzte Mal gesehen?»

Nergez wirkte gelangweilt.

«Immer noch die Autosache? Du wirst lachen, aber ich habe ihn nach unserem letzten Gespräch gefragt, ob ihn diese Fahrstuhlnummer irgendwie gefrustet hätte und ob er mit dir ein Problem hätte. Arif hat nur gesagt, du nimmst dich zu wichtig.»

«Wo war er gestern zwischen dreiundzwanzig Uhr und dreiundzwanzig Uhr fünfzehn?»

«Keine Ahnung. Möglicherweise auf Toilette. Ohne Zeugen. Will ich jedenfalls hoffen.»

Die Schnittmeisterin sagte, sie gehe mal lieber eine rauchen. Nergez bot mir ihren Sitzplatz an.

«Max, du weißt aber schon, dass es für eine richtige Paranoia nie genügend Alibis gibt?»

«Ruf ihn an. Frag ihn. Tu es für mich. Ich habe ein Beweismittel.»

Nergez zog ihre schönen Augenbrauen zusammen.

«Verlang was Verbotenes von mir, aber verlang nichts Doofes von mir!»

«Bitte.»

Nergez nahm ihr Handy vom Tisch und drückte zweimal die grüne Taste. Ah, Wahlwiederholung. Von wegen, keine Ahnung. Sie begann, türkisch zu sprechen, und streckte mir zwischendurch – du nix verstehen, Alman – die Zunge raus. Obwohl ich es nicht verstand, hörte ich, dass sie sich mehrfach wiederholte und dabei lauter wurde. Dann legte sie fast grußlos auf.

«Wahrscheinlich ist die Verbindung gestört. Er versteht mich nicht.»

Knalltrauma!, dachte ich, die Welt des ewigen Piepsens! Klar verstand er sie nicht. Das war es eigentlich schon, was ich wissen wollte.

«Wenn er dich morgen immer noch nicht versteht, bestell ihm einen schönen Gruß von mir!», sagte ich und stand auf.

Nergez zog einen Flunsch.

«Aber irgendwann ist das mal vorbei, ja?»

Jeden Abend rechnete ich damit, dass sich Vaters Zustand verändert hatte – entweder verbessert oder verschlechtert. Allein, der Zustand tat mir nicht den Gefallen. Vater blieb gleichbleibend gehandicapt. Die Trendlosigkeit seiner Krankheit machte mich fertig. Er wurde nicht gesund, und er wurde nicht kränker. Alle Sachen, die ich bisher betrieben hatte, gingen auf irgendein Ende zu. Dies hier nicht. Opa Alois' horrible

Neunundachtzigjährigkeit spukte um mich herum, während ich Vater vom Waschbecken seit drei Minuten in Mikroschrittchen zum Rollator drehte.

«Aua!», sagte Vater. Der linke Fuß hatte nicht mitkommen wollen und stand – fast schon ausgekugelt – 120 Grad zurück. Der linke Fuß hatte geschwiegen, erst Vaters knarzendes Hüftgelenk hatte ihn verpetzt.

Und mir träumte.

Mir träumte von Flaschenzügen und Laufkatzen.

Ein Laufleistensystem träumte mir, das an der Decke der elterlichen Wohnung fest installiert war, mit vielen Kurven und Wendeschleifen. Ich sah Vater in ein ledernes Geschirr gespannt, das mit einem Flaschenzug in der Laufleiste hing. Mir träumte, wie Vater, in diesem Geschirr hängend, von mir je nach Wunsch ins Bad, in die Küche oder ins Schlafzimmer geschoben würde, um dort am Flaschenzug niedergelassen zu werden, wo immer er niedergelassen zu werden begehrte. Ich sah ihn zufrieden im Geschirr hängen, mit einem halben Dutzend Stellgurten verbunden, die es ermöglichten, ihn nach vorn und hinten, nach links und rechts zu kippen. Zum Beispiel, wenn er nach dem Duschen Wasser im Ohr hatte.

Er sollte überhaupt nicht mehr gehen. Er sollte überhaupt nicht mehr stehen.

Im Grunde war ich nur genervt, weil ich immer noch erwartete, dass er wieder gehen oder wenigstens stehen könnte. Ich sollte keine Erwartungen mehr haben. Mit Erwartungen macht man sich bloß das Leben schwer. Ich sollte meinen Vater im Hängegeschirr an der Laufkatze durch die Wohnung rasseln lassen. Gleichsam schwerelos. Er und ich, wir beide, wären seine elende Schwere los.

Am Tag unseres chinesischen Arbeitsessens erschien Dr. Baade pünktlich um sieben. Mit Partnerin. Er war einer dieser rätselhaften Männer, die nie Familie, aber immer Partnerinnen haben. Seine Partnerin, Frau Edith Siebner, war eine schlanke, hoch aufgeschossene Architektin in einem Mantel aus dem welligen Fell ungeborener Karakulschafe, einem Mantel, für den Autohändler anstandslos einen Kleinwagen herausrücken. Als die Türklingel schrillte, warf ich die Schürze ab, wusch mir die Hände und begrüßte die beiden, wobei ich sorgfältig darauf achtete, der Dame beim Händereichen die Linke mit aufzulegen, was eine größere Verbindlichkeit erzeugt. Dr. Baade überreichte eine Flasche «exzellenten» Weißweins, scannte mit einem schnellen Blick unser in die Jahre gekommenes IKEA-Mobiliar und resümierte ersichtlich mit der Einschätzung: «Aber wenigstens alles sauber!»

Dann begab Dr. Baade sich händereibend in die Küche und prahlte erst mal von seinen Chinareisen und den vielen Dim Sums, die er in seinem Leben schon gegessen hatte, Taiwan, Hongkong, Shanghai («um nur einige Stationen zu nennen»), Streetfood, Familienküchen und Sternerestaurants. Aber «Sie glauben nicht, wie viele enttäuschende, ja ordinäre Dim Sums ich schon angeboten bekommen habe!», sagte Dr. Baade und sah mich mit einem gespielt leidenden Blick an, dem ich entnehmen konnte, dass es heute wohl nicht anders sein würde. Er prüfte meine Reflexe. Für Dr. Baade waren die Menschen Sparringspartner.

«Da haben Sie recht», plauderte ich zurück, «deswegen benutze ich für die Farce nur Filet vom unterfränkischen Eichelschwein.»

Linker Haken.

«Traditionell gebraute Sojasauce, die mindestens ein Jahr gereift ist, ist bei mir das Minimum.»

Rechte Gerade.

«Den chinesischen Senfkohl lege ich sieben Tage vorher in Reiswein ein, bevor ich ihn verwende. Viele Köche scheuen ja heutzutage diesen Aufwand.»

Punch! Ich fachsimple dich zu Asche, wenn du es drauf anlegst, blöder Angeber! Dr. Baade nickte beeindruckt. Wegtreten.

Dorit, die im Bad an sich herumgepinselt hatte, erschien. Erhaben, souverän und schön, geradezu angerichtet, sie konnte es in puncto Eleganz locker mit jeder Partnerin aufnehmen. Sie drehte und lobte den Wein und interessierte sich für den in einen schlichten Platinring gefassten Diamanten, der auffällig die linke Hand von Frau Edith Siebner schmückte.

«Ein Geschenk. Von Wolf-Rüdiger!»

Sie schmachtete ihn kurz an. Wolf-Rüdiger blickte gönnerhaft zurück. Ein Frauenverwöhner, wie er im Buche stand. Aufmerksam und stilvoll – kein Problem, wenn man getrennt wohnt und Geld wie Heu hat.

Ich stellte die Porzellanschälchen mit Essstäbchen auf den Tisch und drehte das Feuer unter dem Topf mit dem Bambusdämpfer auf. In sechs Minuten, versprach ich, würde Dr. Baade seinen großartigen Dim-Sum-Erfahrungen eine weitere großartige hinzufügen. Dr. Baade gab an, es kaum erwarten zu können. Wir prosteten uns zu. Die Frauen stießen mit feinen Fingern ihre Gläser gegeneinander. Das Eis war gebrochen.

Dr. Baade wandte sich an Dorit und erklärte, er habe mich schon länger beobachtet (was nicht stimmte) und immer unter die hellen Köpfe im Sender gezählt (was nicht mal ich tat), er sei froh, dass man mal abseits des Getriebes ein paar Dinge verbindlich durchsprechen könne, ohne dass der kleinliche Neid und der Tratsch und Klatsch der Kollegen für Reibungsverluste sorgte.

«Kurz und gut, ich suche im Auftrag der Senderleitung

einen Mann für die Arbeitsgruppe Zukunft, und ich bin mir so gut wie sicher, ihn gefunden zu haben.»

Dorit warf mir einen warmen «Wird es also doch noch was mit dir!»-Blick zu. Ganz Ehefrau von. So unenttäuscht wie schon ewig nicht mehr.

«Einem solchen Mann steht natürlich auch zu, sich im Zuge dieser Innovationen ein eigenes Arbeitsfeld mit einem eigenen Budget zu schaffen!», fuhr Dr. Baade fort, und mir wurde ganz licht im Herzen. Alles kommt zu dem, der warten kann! Das Tao der Karriere. Das weise Nichtstun besiegt das eitle Streben. Ich fragte mich, wie es sich anfühlen würde, Chef nicht mehr als Chef, sondern als seinesgleichen zu begegnen.

Die Küchenuhr machte Ping! Und ich füllte die duftenden, dampfenden Teigtäschlein in die Schale und stellte sie mit einem albern chinesischen «Gleifen Sie luhig zu!» auf den Tisch.

In diesem Moment klickte das Schloss der Wohnungstür, und Naddi und Konrad traten in den Flur. Konrad stöhnte. Naddi ruckelte ihm offenbar die Jacke vom Leib und schnatterte auf ihn ein, er solle sich doch erst mal ein bisschen Wasser ins Gesicht klatschen. Dorit versteifte sich unmerklich, ihr Lächeln blieb an den Mundwinkeln aufgehängt, während mir ihre Augen eine lautlose, besorgte Frage zuwarfen. Doch da kam schon Naddi hereingepoltert, schwenkte ihren ganzen Rumpf von links nach rechts wie ein Eisbär und sang: «Halli! Hallo! Wie geht's denn so!»

Dr. Baade und Partnerin winkten ein klitzekleines Winken zurück. Ich erklärte Naddi freundlich, aber sehr bestimmt, dass wir hier ein Arbeitsessen arrangiert hätten, also eine mehr oder weniger dann doch völlig und unwiderruflich geschlossene Veranstaltung. Dorit, deren Eleganz jetzt durch die mütterliche Sorge etwas einknitterte, fragte Naddi, warum sie denn schon wieder da seien, sie wären doch erst vor einer Stunde zum Rummel gefahren.

«Wir wollten ja länger bleiben, aber Konnie ist fertig. Dem hat's den Magen umgedreht auf dem Kettenkarussell.»

Ich nickte ein knappes «Jaja. Schon klar!» und bedeutete ihr mit einer unwirschen Handbewegung, sie möge sich entfernen. Was ich in dieser Küche an diesem Abend überhaupt nicht brauchte, war eine distanzgeminderte Prollbraut. Aber Dorit machte mir einen Strich durch die Rechnung.

«Ihr fahrt noch Kettenkarussell?», fragte sie verdutzt. «Ich dachte, das ist was für Kin...»

«Eh, Kettenflieger, Baby! Der zieht dich in sechzig Meter Höhe beim Drehen. Die totale Kotzschleuder! Oah, das war die absolute Härte! Vor mir hat einer alles rausgebröckelt. Die alte Sau! Ich hab voll was auf die Jacke gekriegt.» Naddi zeigte uns stolz ihre nur sehr oberflächlich gesäuberte Schulterpartie. Ihr Gesicht war frisch und gerötet. Im Gegensatz zu Konrad schien Rummel-Naddi beim Kaltschleudern in höheren Luftschichten erst aufzublühen. Dann entdeckte sie das Essen auf dem Tisch.

«Wassen das?»

«Nichts für dich!», knurrte ich etwas lauter als beabsichtigt.

Frau Edith Siebner guckte mit zusammengepressten Lippen ob des harschen Tons zu ihrem Wolf-Rüdiger. Ich versuchte noch verzweifelt mit «Nun ja, jedenfalls, ich sehe die Zukunft des Landfunks ...» die Aufmerksamkeit von Naddi abzulenken, aber da beugte sich das unmögliche Mädchen schon mitsamt ihrer bekotzten Jacke über den Tisch und langte in die dampfende Dim-Sum-Schale nach einem Teigtäschchen. Wütend holte ich aus und hieb ihr mit den Stäbchen in die Finger. Das Dim Sum flog aus ihrer Hand und landete auf Dr. Baades Schoß.

«Aua! Hallooo? Geht's noch?! Was soll'n das? Ich wollte doch bloß mal probieren!», kreischte Naddi und hielt sich die Finger mit der linken Hand. Dann öffnete sie langsam die Hand und besah pustend ihre roten Fingerspitzen.

«Das blutet! Sehen Sie, das bluuuutet! Das waren Sie!», sie hielt mir die geschlagene Hand über den Tisch. Dorit riss gerade noch die Dim-Sum-Schale darunter weg. Naddi begann zu jammern. «Ich krieg doch immer gleich einen Abzess. Das eitert, das weiß ich doch jetzt schon.»

Frau Edith Siebner schob ihr Essschälchen ein paar Zentimeter von sich. Dr. Baade guckte bemüht unerschrocken auf das Gör in Schwarz, Pink und Silber, das zwischen ihm und seiner Partnerin unruhig herumwackelte. Naddi lutschte an ihrem Finger herum.

«Früher, wo ich mir noch das Gesicht aufgehackt hab, habe ich auch immer geeitert.»

Dr. Baade entfuhr es entsetzt.

«Waaas ... haben Sie getan?»

«Nicht ansprechen! Keine Fragen stellen!», befahl ich Dr. Baade.

Zu spät.

«Ich hatte nämlich mal so eine Phase», Naddi ließ sich mit ihrer fleckigen Rummeljeans auf der Tischecke zwischen den Gästen nieder und borderlinerte los, «da war mir so, als wenn mein Körper jemand anders gehorchte, und dafür wollte ich ihn bestrafen. Ich habe also immer 'ne Sicherheitsnadel aufgebogen und sie mir in die Wange getrieben, voll der Schmerz, aber auch geil irgendwo. Das muss man ganz langsam machen, denn das Geilste ist immer der Punkt, wo die Haut platzt und die Spitze reingeht ins Fleisch. Und dann wieder der Punkt, wo sich das rote Fleisch hier oben in der Backe so richtig dehnt.» Naddi riss sich mit einem kleine Finger die Wangen in Richtung Ohr und zeigte über ihr Zahnfleisch. «Plautz – ist die Nadel durch.»

Frau Edith Siebener nahm ihre Gucchi-Tasche auf den

Schoß. Vielleicht wollte sie gehen. Vielleicht wollte sie auch nur etwas vor sich haben, in das sie sich bei Bedarf erbrechen konnte.

Naddi resümierte ihre Ritzerperiode mit: «Geil, aber immer Abszesse! Ich hab die Nadeln über einer Kerze entkeimt, aber irgendwie half das nix. Jedes Loch hat voll losgeeitert. Ich sah aus wie die Pest. Abartig. Echt!»

«Sie spinnt!», erläuterte ich. «Sie will sich wichtig machen!»

Ich bereute es schwer, sie vom Dim-Sum-Diebstahl abgehalten zu haben. Vielleicht wäre sie schon wieder weg.

«Aha? Und was ist dann das?», rief Naddi, beugte sich zu Dr. Baade und hielt ihm ihre Wange hin. Interessant. Ich hatte es bis jetzt für Aknenarben gehalten. Dr. Baade saß weit ins Hohlkreuz gelehnt und deklinierte vermutlich angeekelt im Geiste alle ihm bekannten Schmier-, Tröpfchen- und Speichelinfektionsmöglichkeiten durch.

«Wie kamen Sie denn auf die Idee, Ihr Körper könne jemand anderem gehören?», stieß er zwischen den zusammengebissenen Zähnen hervor.

«Das merkt man, wenn der Körper anders drauf ist als man selber», flüsterte Naddi feucht ins Gesicht von Dr. Baade, der den Atem anhielt, um nicht mit der herumsprühenden Psychose angesteckt zu werden, «da muss man gar nicht viel in sich hineinhorchen. Ich frage Sie was: Sind Sie schon mal von Ihrer eigenen Hand geschlagen worden?»

Dr. Baade schüttelte den Kopf.

«Aber ich!» Naddi erhob sich mit einem Ruck vom Tisch. «Da wissense Bescheid. Da muss man handeln. Ich jedenfalls hab's meiner Hand gezeigt.»

Sie zeigte ihre rechte Hand vor. Im Handteller zog sich eine sehr lange Narbe entlang. Auch dies war mir durchaus unbekannt. Willkommen in Naddis kleiner Horrorshow.

«Na, haben Sie Glück, dass es wieder weggegangen ist. Wie ist es denn weggegangen?», erkundigte sich Frau Edith Siebner mit einer Stimme von fast kleinmädchenhafter Ängstlichkeit.

«Durch die Liebe!», verkündete Naddi resolut und klatschte in die wieder gebändigten Hände. «Liebe heilt alle Wunden!» Halleluja! Lobet den Herrn! Der Herr ist ein Schatten über deiner rechten Hand! Und er wirkt Wunder! Nach der Horrorshow nun eine kleine Predigt.

«Apropos Liebe. Guck mal nach Konrad, Nadine!», sagte Dorit jetzt sehr gefasst, und es funktionierte. Naddi wollte schon hinaus, als die Küchentür vor ihr aufging und Konrad hereinkam. Farblos, bleich und mit blauen Lippen. Die Haare noch ungefähr in der Form, wie sie ihm das Kettenkarussell in sechzig Metern Höhe geföhnt hatte.

«Ich wollt dir was zu essen holen, Schatz! Damit sich dein Magen beruhigt. Aber die geben uns nix ab!», sagte Naddi traurig und nahm Konrad in den Arm. Er grüßte uns nur matt über ihre Schulter hinweg und kämpfte mit einem herben Schluckauf.

Dr. Baade und Frau Edith Siebner nahmen Konrads derangierten Zustand sofort zum Anlass, um aufzubrechen. Wir müssten uns ja jetzt um den kranken Sohn kümmern. Ich bat sie, zu bleiben, aber umsonst. Ich verwies auf das fertige Essen, aber Dr. Baade erklärte, er sehe sich gezwungen, sein leibliches Wohl dem Konrads unterzuordnen. Ich drängte sie zu dem Versprechen, den Abend so bald als möglich fortzusetzen, aber ich erhielt nur ein säuerliches «Wir werden sehen!».

Auch für weniger ehrgeizige Menschen wie mich etwa ist es wichtig, hin und wieder ein paar Ziele zu erreichen und den Lohn für die Mühe zu erhalten. Lohn für die Mühe, sich der Welt als der zu zeigen, der man zu sein glaubt. Wir ertragen Rückschläge, weil wir wissen, dass es Rückschläge sind, grundsätzlich aber etwas vorangeht. Doch seit Naddi hatte ich zunehmend das Gefühl, dass sich die Rückschläge nahtlos aneinanderreihten und immer schneller kamen. Ich war eben noch ein glücklicher Mann gewesen, und jetzt stand ich kalt verabschiedet und fassungslos in der Diele. In mir erhob sich ein ungewohnt finsterer Gedanke. Vielleicht waren es gar keine Rückschläge, vielleicht war es – freier Fall?

«Sie kann nichts dafür», meinte Dorit und berührte mich sanft an der Schulter, um mein dunkles Brüten zu beenden.

Naddi konnte nichts dafür, aber wenn sie das nächste Mal wieder einmal nichts dafürkonnte, sollte sie woanders nichts dafürkönnen. Naddi – der Strich durch alle meine Rechnungen.

«Du weißt doch, wie sie ist», sagte Dorit etwas eindringlicher, weil ich offenbar aussah wie ein Mann, der seine Zukunft mit einem ausführlichen Amok der Justiz übergeben will.

In der Küche gurgelte Konrad mit Wasser, und Naddi schmatzte – «Wenn die keiner isst, ess ich die. Die werden doch sonst kalt!» – über den Dim Sums.

Ich drehte mich abrupt um fünfundvierzig Grad und marschierte Richtung Küche. Dorit war schneller.

«Warte noch», schob sie sich vor mich und die Tür, «das ist jetzt, glaube ich, kein guter Zeitpunkt.»

«Lass mich. Ich darf auch mal den falschen Zeitpunkt wählen!», grimmte ich, legte meine Hände, so zart ich konnte, auf ihre Hüfte und wiegte sie beiseite.

Ich trat in die Küche, sagte Naddi, sie solle Konrad und

mich mal allein lassen, und ja, sie könne die Schüssel mit den Dim Sums von mir aus mitnehmen. Naddi nahm die Schüssel in den Arm, plapperte was von «Echt lecker» und «Das ist ja mit so gewürzte Klopse innendrin».

«Das sind keine verdammten Klopse, das ist eine Farce!», hackte ich ihr hinterher. «Das ist überhaupt alles eine Farce hier!»

Dann schloss ich sehr bestimmt die Tür hinter ihr. Konrad ließ sich eine halbe Flasche Sprudelwasser in den schwindelnden Magen laufen, dann setzte er ab, wischte sich den Mund und sah mich erwartungsvoll an.

Ich stellte ihm seine Rechte vor. Wohnrecht, Unterhaltsrecht, Ausbildungsrecht. Ich sagte, dass es mein, unser Fehler gewesen sei, Naddi hier bei ihm wohnen zu lassen. Wir hätten nicht gewusst, was es bedeutet, mit einem distanzgeminderten, impulsgesteuerten, drogenbenutzenden Mädchen unter einem Dach zu wohnen. Aber Fehler seien dazu da, korrigiert zu werden. Und Naddis Auftritt heute Abend hätte das Maß vollgemacht. Dieser Mann, mein Gast, sei für meine Laufbahn enorm wichtig gewesen.

«Ich dachte, Karriere interessiert dich nicht», meinte Konrad kühl.

«Weil ich keine hatte. Deswegen hat sie mich nicht interessiert. Aber jetzt war es einmal anders!»

Konrad zuckte mit den Schultern, und ich überlegte, ob ich stark genug sei, eine Schlägerei mit ihm zu gewinnen.

«Also, ich mach es kurz. Sag ihr, dass sie sich nach Hause scheren soll. Schick sie weg! Und ich will sie hier nicht wiedersehen, es sei denn, es wurde ihr ausdrücklich erlaubt.»

«Nein», sagte Konrad, und er sagte es sehr ernst und mit einer Stimme, die ich überhaupt noch nicht gehört hatte, einer Stimme, die ruhig, bestimmt und frei von inneren Verrenkungen war. Es war gar keine Verneinung, es klang eher wie ein Codewort, ein letztes Kommando, das die Raumkapsel seines Lebens vom Mutter..., ach, vom Vaterschiff trennte. Ich konnte jetzt gegen das Bullauge hämmern und feuchten Atem an die Scheibe brüllend zu Boden gehen, Konrad stand gefasst auf der Steuerbrücke seines Lebens und sah mich ins dunkle Weltall abdriften. Es war unerhört! So unerhört, wie es das Wort nur meinen kann. Meine tiefernst vorgebrachte Forderung, meine inständige Bitte – einfach abgelehnt. Ohne weitere Worte. Ohne Erklärungen, Einräumungen, mildernde Gesten. Und ich hatte ihn immer für jemanden wie mich gehalten! Nachgiebig, verständnisvoll, zurückweichend.

Ich hatte nie in einem derartigen Ton zu meinem Vater «Nein» gesagt. Und ich würde es auch nicht mehr tun. Ich hatte einfach den Zeitpunkt verpasst. Jetzt war Vater zu alt und zu krank für so was.

Aber wenn ich ehrlich war, hatte es den passenden Zeitpunkt für ein absolutes «Nein» auch nie gegeben. Mein Vater war überhaupt nie in der Verfassung gewesen, als dass ich ihm ein solches «Nein» hätte hinwerfen können. Er nahm sich doch immer alles so zu Herzen. Mir ging mit einem Mal auf, wie mein Vater es geschafft hatte, dass sich alles um ihn drehte, ohne dominant zu wirken. Vater führte andere durch seine stille Empfindsamkeit. Er hob ja nicht klagend die Hände gegen den Himmel. Er ging schweigend zur Minibar und ersäufte seinen Kummer.

Sie waren ja sowieso alles Hascherl damals. Sah man nicht auf den ersten Blick, aber war so. Nach außen voll die Rummelboxer, dicke Männer, immer auf Pose: überzeugte Kommunisten, schworen bei jeder Rede Treue mit «Wir geloben hier» und «Wir geloben da», waren unverbrüchliche Freunde, unermüdliche Streiter, Kämpfer sowieso, alles war Kampf, für Frieden und Sozialismus, aber wehe, wenn mal einer anderer

Meinung war. Dann flatterten sie alle durcheinander wie die Hühnchen und gackerten aufgeregt und schüttelten die Köpfchen. Für eine wissenschaftliche Wahrheit war der Sozialismus kritikempfindlich wie eine alte Tante. Dabei ist es der Thermodynamik doch völlig wurscht, ob man sie gut findet. Echte Wahrheiten sind unerschütterlich.

Nein, ich durfte Vater nie ein «Nein» hinschmeißen. Der hätte sich sofort einen eingegossen. Dann noch einen und dann noch einen. Der hätte sich tot getrunken.

Er nahm sich doch alles so zu Herzen!

Ich fühlte mich noch nachträglich emotional erpresst.

Konrad sah mich offenen Auges unter leicht abgesenkten Lidern an, als sei ihm schon ein Blinzeln zu konziliant. Ohne Zweifel hielt er mich für einen Vater, der so ein «Nein» ertrug. Und plötzlich machte es mich stolz. Mein Sohn. Was für ein Kerl! Haut seinem Vater einfach so ein «Nein» um die Ohren. Und ich erst – was für ein Vater! Ein Vater, dem man so was offen ins Gesicht sagen konnte!

Mein Vater, andererseits, war auch schlau. Er verbreitete immer eine ausgewogene Atmosphäre. In seiner Gegenwart hätte ein echtes, ein Bruststimmen-Nein irgendwie aufgesetzt, ja abartig geklungen. Die Ruhigen sind ja nur so ruhig, damit alle anderen hysterisch wirken. Vater bezog selten Position. Hielt sich mit seiner Meinung zurück. Ohne Videobeweis mit Einzelbildanalyse war für einen Außenstehenden nicht zu erkennen, ob Vater eben seine Missbilligung ausgedrückt oder er einfach nur einen Essensrest zwischen den Zähnen hatte. Wenn man ihn so lange und so gut kannte wie ich, konnte man seinen Widerwillen manchmal an einem klitzekleinen Spannungsabfall festmachen. Aus gutem Grund. Da Ablehnung im Sozialismus polizeilich gesucht wurde, verbarg sie sich im Gewand der Müdigkeit. Die Ablehnung saß in Konferenzen und Sitzungen, auf Polstersitzen in

Plenarsälen, auf Stahlrohrstühlen bei Brigadesitzungen, sie saß da, machte den Buckel krumm und nickte hin und wieder brav, aber ihr Nicken war keine Zustimmung, es war Einnicken.

Vater war schlau. Ich war dumm. Ich war egoistisch. Ich trieb Konrad einer Schlampe in die Arme, nur weil ich eine Meinung zu ihr hatte. Mein Vater ließ mich stets im Unklaren, was er von meinen Gabis und Katrins hielt, und er hatte wahrscheinlich nur darum nie ein mannhaftes «Nein» von mir hören müssen, weil er es nie auf eine Konfrontation angelegt hatte wie ich eben.

Und dieser Gedanke brachte mich dazu, mich fürchterlich zu hassen. Ich hasste mich dafür, dass ich die Konfrontation nie ausprobiert hatte und dass es jetzt zu spät war. Denn vielleicht wäre mein Vater stehen geblieben, vielleicht hätte er sich nicht tot getrunken, vielleicht wäre er so stolz gewesen wie ich jetzt auf Konrad. Ich war eingezwängt zwischen einem mutigen Sohn und einem schlauen Vater.

«Gut, wie du willst», sagte ich rachescharf, als wenn sonst was kommen würde. «Dann eben nicht!»

Dorit saß im Wohnzimmer, löste Sudokurätsel in der Fernsehzeitschrift und tat mir absolut nicht den Gefallen, sich nach unserem Gespräch zu erkundigen.

«Ich schmeiß sie alle beide raus!», verkündete ich.

Dorit schrieb befriedigt eine Lösungszahl ins Kästchen und schwieg. Sie redete offenbar nicht mit Rausschmeißern.

«Ich könnte sie echt alle beide rausschmeißen», reduzierte ich ein wenig. Dorit fing ein neues Sudoku an.

«Könntest du nicht», folgte Dorit mir endlich ins Konjunktivische, «er hat hier Wohnrecht und Naddi auch, weil Konrad sie liebt.»

«Liebe ist doch wirklich das Letzte», sagte ich wütend. «Seit Tausenden von Jahren geht das jetzt schon so. Alles ist immer wegen der Liebe. Väter verlassen ihre Frauen und Kinder aus Liebe. Kinder verlassen ihre Mütter und Väter aus Liebe. Aus Liebe bleiben Frauen bei irgendwelchen Schurken! Alles geschieht aus Liebe. Ich kann es nicht mehr hören. Was ist denn die Liebe? Ein Grund, wenn einem keine Gründe mehr einfallen! Eine Ausrede für Wahnsinn und Egoismus! Ein Marketingvehikel von Zweiraumwohnungsvermietern und Last-Minute-Reiseagenturen!»

«Das zwischen uns ist also keine Liebe?», fragte Dorit.

«Nein», sagte ich, «natürlich nicht. Es ist mehr. Deswegen hält es auch. Lieben kann doch jeder Idiot!»

Dorit sah mich mit einem Gesicht an, das ich lange nicht bei ihr gesehen hatte. Es war eine Mischung aus Verstörung und Verblüffung. Ich hatte ihr eine Liebeserklärung gemacht. Nur ohne Liebe. Das würde sie ihren Latte-macchiato-Freundinnen nicht verklickern können.

Das väterliche Gespräch mit Konrad wirkte noch nach, als ich einen Tag später zur abendlichen Bettlege bei meinem Vater antrat. Er machte seine Witzchen, aber ich reagierte nicht. Er schimpfte über das Fernsehen, aber ich verteidigte das Fernsehen nicht. Ich sagte ihm nur, dass es jetzt ins Bett ginge.

So oft wie an diesem Abend hatte Vater noch nie falsch gelegen.

«Ich liege falsch», sagte Vater.

Ich guckte ihn mir vom Fußende aus an. Vater lag tatsächlich etwas schräg. Ich zog ihn wieder hoch und kippte ihn mit mehr Spin ins Bett.

«Ich liege schon wieder falsch. Zu weit oben.»

Ich zog Vater hoch, tippelte mit ihm einen halben Schritt zur Seite und ließ ihn wieder fallen. Diesmal kam sein Kopf genau auf dem Kissen zu liegen.

«Das ist zu weit links. Ich liege zu weit links, Junge. Da lieg ich mir die Hüfte lahm.»

Genervt zog ich Vater wieder hoch. Wenn man zwei Zentner aus einem Bereich unterhalb der eigenen Hüfte hochzieht, sollte man nicht genervt sein. Man sollte konzentriert sein. Ich verhob mich. Schreiend ließ ich Vater aus halber Höhe fallen. Nein, ich schmiss ihn quasi weg. Vater rief: «Himmel!», prallte auf den Rücken und federte auf die Seite zwischen die Betten, auf die Besucherritze.

Mutter kam aus dem Bad. Sie sah mein schmerzverzerrtes Gesicht.

«O Gott, Junge! Was hast du denn?»

«Ich hab mir das Kreuz verrenkt», schrie ich, «ich wusste es! Ich wusste, dass ich mir noch mal das Kreuz verrenke. Wegen, wegen diesem Kartoffelsack.»

«Junge, versündige dich nicht! Dein Vater ist schwer krank.»

«Ja, er ist schwer krank. Vor allem aber ist er krank und schwer. Eins davon ist zu viel.»

«Ein Mensch, der arbeitet, muss auch essen. Dein Vater hat sein ganzes Leben hart gearbeitet.»

Das Ziehen im Kreuz strahlte mir bis in die Weichteile, und der mütterliche Singsang von einem großartigen, aber entbehrungsreichen Leben machte es nicht gerade besser.

«Ich kann es nicht mehr kotzen. Das ganze Leben hart gearbeitet! Immer, wenn ich jemanden aus eurer Generation treffe, muss ich mir diese Leier anhören. Hart gearbeitet! Er saß hinter einem Schreibtisch, Herrgott noch mal! Wenn es mal ganz hart wurde, ging er mit anderen dicken Männern über ein Versuchsfeld.»

«Ja, er saß hinter einem Schreibtisch. Aber es war trotzdem hart. Weil er die Verantwortung hatte. Die Verantwortung für viele tausend Menschen und für alle Kartoffeln dieses Landes.»

Ich hieb mir wütend auf die Lende, in der Hoffnung, so mein Kreuz wieder zurechtzurücken. Ich verstand plötzlich, warum ich mich selbst als einen so ungenügenden Vater empfand. Weil ich niemanden hatte, der mich als Vater rühmte und lobte, so wie meine Mutter ihren Mann. In den Reden meiner Mutter war mein Vater immer schon ein Held gewesen, ein König unter den Menschen. Ich dagegen war so was von unbewundert! Ich war als Vater höchstens ein befristeter Arbeitsvertrag, den Dorit höflich Jahr um Jahr verlängerte.

Mein Vater hatte die Verantwortung, und wir hatten Vater.

«Mir wäre es lieber, er hätte nicht die Verantwortung für Tausende, sondern nur für sich selbst übernommen!»

Mutter schüttelte entsetzt den Kopf.

«Wie kannst du nur so reden!»

Der gute Sohn! Zu spät. Ich hatte damit angefangen, jetzt kam es von alleine heraus.

«Aber nein! Immer hoch die Tassen, immer Appetit und hinterdrein die Tabletten. Ich kenne überhaupt keinen Menschen auf der ganzen Welt, der so viele Tabletten in sich hineingestopft hat ...»

Hinter mir ertönte Vaters mummelnde Kauleistenstimme.

«Dann lass mich doch hier liegen. Dann verrecke ich eben hier. Dann hau doch ab. Lasst mich doch alle allein.»

Ich drehte mich um. Vaters Stimme war da, aber Vater fehlte. Stattdessen klaffte zwischen den Ehebetten ein mannbreites Loch, in das Decke und Laken teilweise hineingezogen waren. Vater hatte bei seinem Sturz auf die Besucherritze die

Betten auseinandergedrückt und war während meiner Suada langsam, aber unaufhaltsam in die sich auftuende Lücke hineingerutscht.

Vater! Auf dem Boden! Zwischen den Betten! Und mein verknackstes Kreuz! Den krieg ich da bis zum Morgengrauen nicht wieder raus, dachte ich.

Mein Handy brummte.

Ich sprang auf das Bett, dass mir der Schmerz die Schenkel hinabfuhr, und schrie:

«Was soll der Mist? Wieso bist du da reingefallen? Kannst du nicht ein einziges Mal in deinem Leben irgendein Loch, einen Abhang, eine Treppe auslassen? Musst du in jeden verdammten Orkus stürzen, der sich auftut?»

Das Handy brummte weiter. War wohl doch was Wichtiges. Ich riss es heraus und drückte es mir ans Ohr.

«Was gibt es?», schrie ich wütend. Um Mitternacht konnte es nur ein Mensch sein, den ich anschreien durfte.

«Herr Krenke?», schluchzte ein mir wohlbekanntes Stimmchen. «Hier ist die Naddi! Können Sie bitte, bitte ins Krankenhaus kommen? Der Konrad hat eine Vergiftung, und es geht ihm sehr schlecht. Er liegt auf Station ... was ist das hier? ... Vier. Bitte, es geht ihm wirklich nicht gut.»

Ich sagte ja, verdammt und gleich und drückte sie weg.

Halten wir einmal kurz inne: Mein Name ist Maximilian Krenke. Ich bin fünfundvierzig Jahre alt. Ich bin gesund und sportlich. Ich kann alles essen und trinken. Ich verdiene genug, um mir eine Vierraumwohnung in guter Lage, einen gerade mal zwei Jahre alten VW Passat Kombi sowie einen Winterurlaub und einen Sommerurlaub leisten zu können. Meine Frau ist noch recht schlank und hübsch anzusehen. Meine Kinder sind aufgeweckt und frei von Parasiten oder erblichen Beeinträchtigungen (obwohl ich noch bessere Kinder hätte haben können, wenn ich mich mit Nergez fortgepflanzt hätte). Das sind die guten Fakten. ABER ANSONSTEN IST DOCH EINFACH ALLES IM ARSCH!

«Lass mich hier liegen!», heulte Vater vom Boden zwischen den Betten. «Ich will, dass endlich Schluss ist! Ich will sterben!»

«Du stirbst nicht», wütete ich zurück, «alles leere Versprechungen! Von wegen: Pflegestufe zwei brauche ich nicht. Was du brauchst, darum geht es hier schon lange nicht mehr. Frag dich doch mal, was die anderen brauchen!»

«Mach dich weg!»

«Ich gehe weg», ich beugte mich so weit vor, wie es mein hartes Kreuz erlaubte, «aber ich komme wieder, und dann kannst du was erleben!»

Ohne ein Wort rannte ich aus der Wohnung, das Weinen meiner Mutter hinter mir. Zwei Minuten später war ich mit dem Wagenheber in der Hand wieder oben. Meine Mutter, die meine Wut ebenso überschätzte, wie sie meinen Fachverstand unterschätzte, warf sich mir in die Arme und rief: «Junge, besänftige dich doch! Halt ein! Es ist dein Vater!»

«Eben drum», rief ich, steckte ein Kissen über die Auflage des Wagenhebers, sprang aufs Bett, schob den Wagenheber unter Vaters Schultern und hebelte ihn auf die maximale Hubhöhe von achtzig Zentimetern. Trotz des Kissens war der Wagenheber noch ziemlich hart, Vater jammerte, aber nach einer halben Minute saß er aufrecht. Ich stieg wieder über das Bett und holte mir einen Küchenschemel, den ich ihm ins Kreuz drückte. Dann schob ich den Wagenheber unter Vaters Hintern und hebelte ihn in der Mitte hoch.

Mein Vater – die schwebende Jungfrau!

Ich hob seine Füße, sodass sein Rücken und seine Beine eine wenn auch zitternde Linie bildeten, und rief Mutter zu, die immer noch verweint und fassungslos in ihre Hände hauchte, sie solle ihn an der Schulter nehmen, und dann rollten wir ihn auf «Jetzt!» rüber ins danebenstehende Bett. Ich zupfte Vater den Schlafanzug zurecht. Er hatte Tränen in den Augenwinkeln. Ich wischte sie ihm ab und weinte ein bisschen mit. Er hatte Schmerzen, und ich hatte Schmerzen. Und Schmerzen wegen der Schmerzen. Wir hatten es lange voreinander verborgen. Es würde nicht alles wieder gut werden. Es gab nicht für alles Tabletten.

Ich strich ihm leicht über die verschwitzte Stirn.

Eine Viertelstunde später saß ich im kalten Auto und schämte mich. Als ich mit achtzehn mein Elternhaus verlassen hatte, war ich davon ausgegangen, dass die große Vater-Sohn-Zeit für immer vorbei war. Ich war nicht davon ausgegangen, dass wir noch einmal so viel miteinander zu tun bekommen würden. Ein paar altersgerechte, würdige Spaziergänge vielleicht, ein paar Geburtstage mit kleinem Prosit, die Kaffeekränzchen. Nie hätte ich gedacht, dass das Alter meines Vaters so eine Verunstaltung mit sich bringen würde, mit lauter Heulen, Ächzen und Schreien. Ich hatte einen überheblichen Moment lang geglaubt, meinem Vater ein paar Tage den Arm zur Stütze anzubieten würde alles wieder ins Lot bringen. Aber so war es nicht. Es würde dahin kommen, dass ich vor Dreck und Einerlei und Erschöpfung um sein Ende bitten würde. Ich hatte vielleicht die Kraft, aber nicht die Selbstverleugnung, ihn über Jahre ins Bett zu bringen. Und mich derart selbst erkennen zu müssen widerte mich an.

Vater und Sohn – das ging doch anders.

Mein Vater sitzt mit mir im Heck des Segelbootes und drückt meinen Kopf leicht nach unten, wenn der Baum beim Wenden herumkommt.

Mein Vater presst mich an sich, als der Schlitten nach dem Todesbuckel aufschlägt und unter uns zerbricht.

Mein Vater schiebt mich langsam hinter sich, weil das Wildschwein noch atmet, als wir es endlich im regenfeuchten Unterholz gefunden haben, und entsichert die Büchse.

Das war Vater und Sohn. Das behalte ich, wenn er geht. Das reicht.

Die andere, die elende Geschichte wollte ich nicht.

Welche Geschichten hatte Konrad im Kopf, dass er sich so gegen mich stellte?

Es war halb eins, als ich im Krankenhaus erschien. Der Arzt hatte gerade ein Viertelstündchen geschlafen und blinzelte sich mühsam beim Lesen des Krankenblattes die Augen wach.

«Wir haben Ihren Sohn hier ziemlich alkoholisiert und mit akuten Vergiftungserscheinungen nebst kleineren psychotischen Schüben aufgenommen, die ihren Ursprung vermutlich im Verzehr halluzinogener Pilze haben. So jedenfalls sagte es Ihre Schwiegertochter.»

«Bitte nicht Schwiegertochter. Eine Freundin. Was hat er genommen?»

«Psilocybinhaltige Pilze. Welche, kann ich Ihnen auch nicht sagen. Sind ein halbes Dutzend Arten im Verkehr. Wie viel, kann ich Ihnen auch nicht sagen. Aber bei Ihrem Sohn sieht es eher nach einem schweren Trip aus.»

«Kann er gehen? Dann nehm ich ihn mit.»

«Natürlich könnten Sie ihn mitnehmen. Aber wenn Sie meinen Rat hören wollen: Lassen Sie ihn mal am besten eine Nacht hier.»

«Wieso das?»

«So ein bisschen kalte Klinik wirkt manchmal Wunder bei solchen Burschen. Hier muss er die Sache allein durchstehen, ohne Mutti und Vati. Das wird er sich merken.»

«Magen auspumpen und so?»

«Nein. Aber wir haben ihn extra aufs Schnapsleichenzimmer gelegt.»

Der Mediziner entpuppte sich als eiserner Pädagoge. Zwei rauscherfahrene Männer tauschten kurz einen Blick.

«Gut», sagte ich, «soll er leiden! Kann ich ihn trotzdem sehen?»

«Erschrecken Sie aber nicht. Das sieht immer schlimmer aus, als es ist.»

Der Arzt schickte mich zu Zimmer neunundzwanzig.

Konrad saß auf dem Bett und hatte sich die Bettdecke um den Kopf gewickelt und strampelte ab und zu wild mit den Beinen, die nackt aus seinem Patientenhemd herausragten. Links neben ihm lag eine bleiche Jungsleiche, die sich ab und zu auf abscheuliche Art in einen Eimer vertiefte, der am Bett befestigt war. Er hatte offenbar nicht nur zu viel getrunken, sondern auch irgendwas mit Salami gegessen. Ich entschied mich, lieber von rechts an Konrads Bett zu treten.

«Sie ist immer noch da!», keuchte Konrad mit starren Augen. «Da oben in der Ecke. Sie ist unter der Tapete. Sie hat sich versteckt, aber sie ist immer noch da.»

«Um Gottes willen, wer denn?», entfuhr es mir, obwohl mir sofort klar war, dass ich in seinen Phantasien nicht noch mitspielen sollte.

«Die Loo..., die Uuuh... die Haa...», hauchte Konrad.

Ich berührte ihn leicht am Unterarm, aber das, wovor er am meisten Angst hatte, war offenbar, von irgendwas ganz leicht berührt zu werden. Er zuckte panisch zusammen und versteckte sich unter der Bettdecke.

«Ist ja gut. Da ist doch nichts!», aber Konrad war schon eine Horrorvision weiter.

Er sprang aus dem Bett, rannte im Zimmer umher und griff sich ungläubig stierend und wimmernd mit den Fingern in den Mund.

«Meine Zähne! Meine Zähne werden ganz locker! Wieso werden denn jetzt meine Zähne locker? Sie können doch nicht ausfallen. Das geht doch nicht. Ich brauche doch meine Zäh...»

Er warf sich wieder aufs Bett und schrie ins Kissen.

Ich hasste Naddi.

«Konnie», sagte ich sanft.

Er fuhr herum, das Kissen wie vorher die Decke um den Kopf gewickelt.

«Sag Mama nichts davon», flehte er plötzlich ganz klar, als sei er aus seinem Albtraum erwacht.

Ich versprach es ihm. Ich hätte ihm alles versprochen.

«Nicht reden. Pst! Nichts sagen. Das will sie doch nur. Dann weiß sie, wo ich bin!», flüsterte Konrad, wieder verhext, und verkroch sich winselnd unter der Bettdecke.

Dann kam er noch mal hervor und schrie an die Decke: «Ich versinke! Hilfe, ich versinke!» Er haspelte mit den Armen nach oben wie ein Ertrinkender.

Ich hatte nicht übel Lust, Naddi zu holen und sie diesen Veitstanz mit ansehen zu lassen. Aber die Scham, nicht noch andere Zeuge dessen werden zu lassen, war stärker.

Was sollte ich noch machen? Wir hatten uns doch immer darauf verstanden, einander gut zuzureden. Was aber sollte ich machen, wenn alle Worte ihn nur von einer Hölle in die andere schickten?

Angestrengt grübelte ich, ob es etwas gab, das half, wenn Worte nicht mehr halfen. Ich brauchte eine Weile, bis mir etwas einfiel, denn ich musste sehr weit zurückgehen.

Früher, als Konrad noch sehr klein war und Worte noch nicht verstand, hatte ich ihm immer russische Volkslieder vorgesungen. Ich konnte sogar mit der flatternden Zunge an der Lippe eine Balalaika nachmachen, wofür er mir ein hinreißendes Zwei-Zahn-Lächeln schenkte. Dorit, die treu zum deutschen Liedgut stand, hatte sich darüber lustig gemacht. Mich Iwan Rebroff für Arme genannt. Aber ich glaube an die seelische Überlegenheit russischer Volkslieder. Der schwere Mollton, das wehende Pathos, die seltsame Sprache sind ja gemacht, um das größte Elend, die schlimmste Einsamkeit in etwas Gottgegebenes umzulullen. Bei «Angara» wurde Konrad ruhig, bei «Moskauer Nächte» rollte er sich unter meinem Arm zusammen wie eine Katze und schlief ein, seine kleine Hand um meinen Daumen, den ich später in Millimeterschritten wieder freiruckeln musste.

Also fing ich an, «Podmoskownye Vetschera» zu singen. Erst sehr leise, wie für mich, dann etwas lauter. Es war nicht so einfach, die Melodie zu halten, weil ich einen ziemlichen Kloß in der Kehle hatte. «Ne sluishnui v sadu daasche schorochi. Vsjo zdjes ßamerlo do utra ...» Konrad raschelte noch ein paarmal unter der Bettdecke, dann wurde er ruhiger. Es war schade, dass Dorit nicht hier war. Sonst würde sie sehen, dass russische Volkslieder selbst psychoaktive Pilze in die Knie zwingen. Sonst würde sie sehen, wie vorausschauend ich gewesen war, als ich den Samen des Friedens in den holden Knaben senkte, den ich jetzt nur noch mal mit samtigem Moll begießen musste, damit er erneut zu sprießen begann.

Als ich bei «Trudno vui'sksasatch i nje vui'skasatch» angelangt war, fiel plötzlich draußen eine helle Frauenstimme mit einem einschüchternd muttersprachlichen R im «Trudno» ein. Ich wechselte unbewusst in eine tiefere Stimmlage, damit es besser klang: «Vsjo, schto na ßerdze u menja.» Konrad bewegte sich nicht mehr. Ich zog vorsichtig die Decke über seine Füße. Er schlief. Der Junge neben Konrad erbrach sich noch einmal, aber schon sehr viel zivilisierter. Draußen an der Tür wischte eine Frau mit den klaren Gesichtszügen einer für diese Tätigkeit völlig überqualifizierten Person vorbei und lächelte hinein. Ich legte den Finger auf den Mund.

Als ich aus dem Zimmer kam, saß Naddi krumm und heulend hinten im Flur auf einem roten Plastiksitz neben irgendeinem Untersuchungsraum. Sie blickte zu mir, sah meine eisige Miene, stieß einen kleinen Laut der Verzweiflung aus und sprang auf, als ich wortlos an ihr vorbei zum Ausgang der Station ging.

«Ich bin nicht schuld. Ich hab ihm die Pilze nicht gegeben», jaulte sie und rannte mir nach. «Er hat es von allein getan. Er wollte mir doch nur imponieren!»

«Doch bist du schuld», wandte ich mich zornig um, packte sie an den Oberarmen und drückte sie gegen die Wand. «Weil du diejenige bist, der er imponieren wollte! Es gibt tausend Mädchen da draußen, denen man nicht auf diese Weise imponieren muss. Denen man anders imponieren kann. Durch anderes, durch …» Ich hätte beinahe «gute Lernleistungen» oder «Ordnung und Sauberkeit» gesagt, aber so weggetreten vor Wut war ich dann doch nicht. Irgendwo tief in mir drin wusste ich, dass man Frauen nur mit etwas wirklich Wahnsinnigem beeindrucken kann. Nicht, dass die Frauen das wollen, sie lehnen es manchmal sogar ab, sie kreischen und halten sich erschrocken den Mund zu. Ich wusste, dass wegen dieser

Wahnsinnstaten die Sterblichkeitsrate bei fortpflanzungswilligen Männern im Alter von achtzehn bis einundzwanzig steil ansteigt. Ich wusste, dass in diesem Alter Risikoabwägungen als uncool gelten. Ich wusste es, weil ich selber einer von diesen «Sag feige!»-Irren gewesen war. Aber ich hatte absolut keine Lust, Naddis Qualen durch irgendeine Form von Verständnis zu lindern.

«Er soll nur wieder gesund werden!», schluchzte sie und sank an der Wand herunter, als hätten sich ihre Knochen aufgelöst. Ich wollte gehen, wollte sie hier sitzen lassen, wollte, dass sie sich für immer davonmachte, aber irgendetwas in ihrem Schluchzen war von so echter Erschütterung, dass es mich wirklich antaute. In vielen Gefühlen liegt ja Pose und Absicht, aber das hier war nichts als das kindliche Rotzschnoddern und Schulterbeben, dessen Epizentrum unterhalb aller Absichten liegt. Ich reichte ihr die Hand.

«Komm, ich bring dich nach Hause!»

Naddi zog sich hoch. Ich gab ihr ein Taschentuch. Sie sah schrecklich aus. Schwarz-blau-grün verkleckerte Augen, so verquollen, als habe sie sich geprügelt. Männer sind ja immer nur ein wenig rot um die Augen, wenn sie geweint haben.

Im Auto kauerte Naddi ungewohnt still auf dem Beifahrersitz und starrte nach draußen in die Spätsommernacht. Sie nagte am Knöchel ihres Zeigefingers. Es war halb eins, und auf dem Bürgersteig ging ein Mann mit seinem Hund. Der Hund sah aus, als wenn er lieber zu Hause geblieben wäre. Ich fuhr in die Sibeliusstraße und hielt vor dem Haus aus rotem Klinker.

«Bitte!», sagte ich. «Du bist zu Hause!»

Naddi drehte sich zu mir um.

«Hier ist nicht mein Zuhause.»

«Doch. Tut mir leid, Nadine. Ich habe auf deinem Personalausweis nachgesehen. Das ist deine Adresse. Auf dem Namensschild steht Beck.»

Naddi blieb sitzen. Ich langte an ihr vorbei und drückte die Beifahrertür auf.

«Bitte! Endstation! Auf Wiedersehen!»

Sie bewegte sich nicht. Ich hätte sie aus dem Auto zerren können, aber ich hatte heute schon genug gezerrt.

«Pass mal auf, Naddi! Ich sag dir jetzt mal was. Mein Vater stirbt. Das macht mir zu schaffen. Und du machst mir zu schaffen. Eins davon kann ich ändern. Und das bist du! Dein Gequassel, deine Badeorgien, deine Schnapsideen, ich sag nur Schnellzeichner, deine Sorglosigkeit in Schwangerschaftsdingen, deine ewige Partylaune, deine sieben Tattoos, das ist alles zu viel. Vielleicht nicht für Konrad, obwohl ich mir wünschen würde, es ginge ihm ebenso auf den Wecker, aber für mich ist es zu viel. Ich möchte, dass du jetzt gehst, und dich, auch wenn es Konrad wieder besser geht, von unserem Haus fernhältst. Ansonsten mache ich eine Anzeige bei der Polizei!»

«Glauben Sie, dass ich schlecht für Ihren Sohn bin?»

«Glaube ich.»

«Vielleicht sind Sie schlecht für Ihren Sohn?»

«Auch möglich. Aber das Gesetz steht auf meiner Seite.»

«Konrad sagt, Sie haben Angst.»

«Ich habe Grund dazu.»

«Angst, weil Sie selbst nicht das geworden sind, was Sie wollten ... und Konrad jetzt alles richtig machen muss.»

«Ach, Küchenpsychologie. Ich wäre geworden, was ich gewollt hätte. Wenn ich es gewusst hätte. Bei mir ist es zu spät, aber ich werde nicht zulassen, dass es bei Konrad zu früh ist.»

«Schade», sagte Naddi, «ich hatte so gehofft, dass wir Freunde werden.»

«Man krümelt nicht bei Freunden ins Bett.»

Naddi schnäuzte sich ausgiebig in ein Taschentuch, machte ein verächtliches Geräusch und stieg aus. Die Tür knallte zu. Kurz vor Sachbeschädigung.

Ich fuhr los und sah sie im Rückspiegel noch eine Weile auf dem Bürgersteig stehen. Es sah aus, als schüttelte sie den Kopf.

Aus einem Gefühl heraus, dessen Ursprung sich mir nicht erschloss, fürchtete ich plötzlich, Naddi könne immer noch auf der Straße stehen, genauso, wie ich sie im Rückspiegel gesehen hatte. Obwohl ich nur noch zwei Minuten von meinem eigenen Zuhause entfernt war, wendete ich abrupt und fuhr zurück in die Oststadt. Die Sibeliusstraße mit ihrem holprigen Bürgersteig aus Pflastersteinen, den hohen Kastanien und den alten, viel zu weit auseinanderstehenden, kreisrund beschirmten Laternen war leer. Im Dunkel zwischen zweien dieser Laternen befand sich das Haus, vor dem ich Naddi abgesetzt hatte. Die Gartentür stand halb offen. Kein Licht im Haus. Aber auf der linken Seite schien ein bläulicher Schimmer durch das Panoramafenster. Ich fuhr noch zwei Meter vor. Im Fernseher, den ich erkennen konnte, fuchtelten Kung-Fu-Kämpfer auf einem taiwanesischen Set der siebziger Jahre miteinander herum. Ich stand da und wartete, dass sich mein Gewissen beruhigte. In einer Pause wollten Frauen jeden Alters angerufen werden. Das Licht des Fernsehgeräts ließ die Silhouette eines Kopfes erkennen, der auf der Armlehne des davor stehenden Sessels lag. Unzweifelhaft Naddi. So hatte sie sich auch bei uns hineingefläzt. Da auf der anderen Seite keine

Beine zu sehen waren, musste sie sich diese unter den Leib gezogen haben. Fötusstellung.

Richtig zu Hause sieht anders aus. Zumindest hatte sie einen Schlüssel für dieses Haus.

Konrad kam auch am nächsten Tag noch nicht zurück. Er war wieder klar im Kopf, aber er hatte auch irgendwas zurückbehalten. Er verlor bei Tests mit geschlossenen Augen immer das Gleichgewicht. Eine Art Drehschwindel. Vielleicht eine Durchblutungsstörung. Die Ärzte überlegten, ob sie ihn noch irgendwo reinschieben oder sonstwie scannen sollten. Da er Kassenpatient war, überlegten sie immer noch, als Dorit und Mascha ihn besuchten. Mascha hatte ein Bild gemalt, wo sich Konrad den Bauch hielt und in einem Stahlrohrbett lag. Wir hatten ihr gesagt, er hätte eine Lebensmittelvergiftung. Im weitesten Sinne keine Lüge.

Konrad war sogar einmal nicht fies zu seiner kleinen Schwester und spielte mit ihr Schnickschnackschnuck.

Dorit sagte, als er fragte, sie wüsste nicht, was mit Naddi sei. Sie habe sie seit gestern nicht gesehen. Vielleicht sei sie nach dem Stress erst mal nach Hause gefahren.

Konrad sagte: «Sie hat kein Zuhause. Ihr kapiert das nicht.»

Am Abend räumte ich den Tisch ab, während Dorit bei Mascha im Bett lag. Sie quatschten. Lesen war seit kurzem nicht mehr. Mascha wollte nicht mehr vorgelesen bekommen, weil sie selber lesen konnte und herausgefunden hatte, dass die Geschichten in ihrem Kopf viel besser klangen, als Dorit sie vorlas. Dorit war ein bisschen beleidigt, als Mascha es ihr schließlich sagte. Aber quatschen ging noch.

Mitten im Abräumen spürte ich plötzlich einen gewissen Widerstand gegen das Einsortieren des Geschirrs in die Spülmaschine. Auch die Wurst- und Käsepackungen in den Kühlschrank zu stellen fühlte sich ungewöhnlich zäh an. Hingegen gewann die Vorstellung, das alles aus dem Fenster oder an die Wand zu schmeißen, an Reiz. Ich beeilte mich und schaffte es tatsächlich, die Küche in einem ordentlichen Zustand zu hinterlassen, bevor dieser Reiz seine volle Wucht entfaltete. Ich ging ins Wohnzimmer und stellte mit einer gewissen Hilflosigkeit fest, dass ich das Fernsehprogramm schon mal komplett gesehen hatte. Ich ging ins Arbeitszimmer, schaltete den Computer ein, um nachzusehen, ob sich das Internet verändert hatte. Nichts. Der ganzen Welt schien jedes Überraschungsmoment abhandengekommen zu sein. Oh, oh, gefährlich, denn ich hatte das dringende Bedürfnis, unterhalten zu werden. Und wenn ich mich nicht sofort in irgendeine Ablenkung evakuieren konnte, würde ich vielleicht etwas Abweichendes tun. Etwas schlimm Abweichendes, um mich von mir selbst abzulenken.

Dorit kam aus Maschas Zimmer und fand mich versteinert im Flur stehend vor.

«Is was?»

«Ich geh ins Bett», sagte ich, einer plötzlichen Eingebung folgend.

«Jetzt? Und was ist mit deinem Vater?»

«Ich geh ins Bett», sagte ich noch einmal, «ich kann ja noch ins Bett gehen, wenn ich will. Und das Tolle bei mir ist: Ich kann auch wieder aufstehen.»

Dorit kam näher und sah mir in die Augen, als suche sie dort etwas.

«Max, du weinst ja!»

«Ach Scheiße», heulte ich los, «ich halt das nicht mehr aus. Ich will weg. Kann man denn nicht irgendwann irgendwo ein Telegramm kriegen, wo draufsteht: Vater ist gestorben!»

«Wird es nicht besser?», fragte Dorit.

«Was soll denn besser werden? Er geht davon. Er hat keine Kraft mehr. Er hat keine Lust mehr. Er will nicht mehr.»

«Ich weiß, dass das viel für dich ist», sagte Dorit, so sanft sie konnte, und nahm mich in den Arm. «Aber du machst das gut, und ich bewundere dich dafür.»

«Bewundere mich lieber nicht. Ich hab ihn gestern angeschrien! Ich habe meinen kranken Vater angebrüllt! Er ist mir weggerutscht mitten zwischen die Betten, und ich wusste überhaupt nicht, wie ich ihn da rausbekommen sollte.»

«Das kommt doch vor. Mach dich nicht fertig.»

«Nein, es war mehr. Es kam plötzlich alles raus aus mir. Weißt du, ich will meinen Vater so sehen, wie ich ihn als Kind gesehen habe. Ich will ihn nicht dafür hassen, dass ich ihn nicht ins Bett gehievt kriege!»

«Aber du hasst ihn nicht», meinte Dorit und strich mit beiden Händen über mein Gesicht. «Du bist verzweifelt! Das ist alles!»

«Nein, es ist mehr, es kommt von allen Seiten, ich kann es nicht mehr einsortieren», heulte ich. «Ich dachte immer, ich sei ein guter Mensch, aber das habe ich nur geglaubt, weil ich es nie ausprobieren musste.»

Ich bekam die Quittung am nächsten Morgen.

«Du musst nicht mehr kommen und Vater ins Bett bringen», sagte Mutter am Telefon. «Vater hat es eingesehen. Du

hast ja auch selber noch ein Leben.» Dann war lange Pause.
Schuld, Schuld, Schuld, pochte es.

«Vater gibt nach. Wir können es noch mal mit der Pflegestufe zwei versuchen.»

Ich wollte das nicht. Ich wollte dieses letzte, todtraurige Einsehen und Nachgeben nicht. Ich liebte meinen Vater, wie er war, herrisch und eigensinnig, alle zur Verzweiflung treibend mit seinen Eskapaden. Ich verstand, dass er sein Alter nicht zur Kenntnis nehmen wollte. Alles machte das Alter kaputt. Die Gelenke, die Nerven, die Beziehungen.

Konrad bezweifelte bei seiner Rückkehr aus dem Krankenhaus, dass Naddi sich einfach so aus dem Staub gemacht hatte. Sosehr ich ihn auch davon zu überzeugen suchte, dass sie sich wegen ihrer Schuldgefühle eine Auszeit verordnet hätte. Ich wollte, dass er ihr Fernbleiben erst mal akzeptierte, um es in ein paar Tagen vielleicht schon nicht mehr so schlimm zu finden.

Aber er akzeptierte es nicht. Er litt.

Er rief sie an. Sie ging nicht ran, was ich mit Erleichterung registrierte. Er rief ihre Freunde an. Er zertrat den alten Sessel, der in seinem Zimmer stand, und er schrie.

Naddi war weg.

Er kam nicht zum Mittagessen, und er kam nicht zum Abendbrot. Als schließlich Mascha auch noch anfing zu weinen, hielt ich es nicht mehr aus, und bot Konrad an, ihn – «Na, meinetwegen» – zu Naddis Meldeadresse, in die Sibeliusstraße, zu fahren. Mit allen Konsequenzen.

Wir klingelten. Naddi war nicht da.

Da setzte sich Konrad vor seine X-Box, und die ganze Nacht über ratterte leise das Maschinengewehr.

«Irgendwann ist es vorbei», sagte ich zu Dorit, die dreimal aus dem Bett aufspringen und ihn irgendwie zur Vernunft bringen wollte, «bei mir hat es beim ersten Mal vier Tage gedauert. Und zwar ohne schlafen.»

«Aber ohne Ego-Shooter!», meinte Dorit.

«Ich habe die ganze Nacht ‹Bolero› gehört. Immer wieder die Nadel auf der Platte zurück und volle Lautstärke. Einmal kam sogar die Polizei.»

«Schade, dass ich es nicht war, wegen der du dich so gequält hast.»

«Gut, dass du es nicht warst.»

Im Jugendzimmer wurden Panzerfäuste abgefeuert. Sinnlos viele. So viele Panzer passten gar nicht auf den Bildschirm.

Am Tag der neuerlichen Einstufungsüberprüfung saß ich morgens mit meinem Vater in der guten Stube und ging mit ihm noch einmal die Details durch.

«Du kannst gar nichts, klar? Keine flotten Sprüche. Du kannst nicht gehen, und du kannst dich nicht einmal mehr erinnern, wie es war, als du noch gehen konntest. So lange ist das her. Ja, und du musst gefüttert werden. Das ganze Programm. Mit Lätzchen und Löffelabstreichen. Hab dich nicht so. Diesmal holen wir uns die Einstufung.»

Dann wuschelte ich ihm durchs Haar, damit es nicht so gekämmt aussah.

«Und noch was: Wenn du was gefragt wirst, zählst du erst leise im Kopf bis sieben und antwortest dann. Sollst mal sehen, wie das wirkt.»

Pünktlich um zehn Uhr klingelte es. Frau Mesjohann stand mit ihrer Mappe unterm Arm vor der Tür, und ich bat sie, beim Eintreten etwas achtzugeben. Wegen der Windelpakete. Frau Mesjohann ging vorsichtig um sich äugend, durch den gerade mal mannbreiten Flur, in dem sich die Windeln bis unter die Decke stapelten.

«Haben Sie die irgendwie ... gewonnen?»

Ich sagte, meine Eltern kämen aus der bäuerlichen Vorratswirtschaft. Da sorge man gerne ein bisschen vor. Frau Mesjohann zählte leise einen Stapel mit Windelpackungen hoch und rechnete sich dann die Wand lang.

«Ich will Ihnen wirklich nicht zu nahe treten, aber Ihr Vater hat möglicherweise überzogene Vorstellungen von seiner Lebenserwartung.»

Ich zuckte mit den Schultern.

«Sie wissen ja. Die Hoffnung stirbt zuletzt.»

Frau Mesjohann trat ins Wohnzimmer, marschierte entschlossen auf Vater zu und warf ihm forsch die Hand hin. Vater, der hervorragend in sich gesunken dasaß und abwesend vor sich hin gestarrt hatte, zuckte vor Schreck zusammen und hätte der Behördenfrau beinahe die Hand gereicht, wenn ich nicht hinter ihr wild den Kopf geschüttelt hätte. So aber nickte er nur, und Frau Mesjohann ergriff seine Pranke. Sie stellte sich vor und fragte, wie es ihm gehe, aber Vater sah sie nur mit wahrlich ergreifenden, alten Hundeaugen an. Mutter saß daneben und überlegte, ob sie für ihn antworten solle.

«Er ist aber nicht dement, oder?», fragte Frau Mesjohann. Ich verneinte. Mutter verneinte.

«Hallo, Herr Krenke! Können Sie mich hören?», rief Frau Mesjohann ihn so laut an, als spreche sich nicht mit meinem Vater, sondern mit jemandem, der irgendwo tief in meinem Vater gefangen gehalten wurde. Vater murmelte mit einer deutlichen Verzögerung ein «Doch, doch».

Frau Mesjohann setzte sich aufs Sofa ihm gegenüber und packte ein paar Unterlagen und einen Fragebogen aus.

«Fangen wir mal an: Herr Krenke, wie sieht es denn aus? Können Sie sich noch alleine ausziehen? Die Socken zum Beispiel?»

Vater richtete den Blick langsam, mit einer Verzögerung von mindestens sieben Sekunden, und ja, verwundert nach unten. Er sah so verwundert und befremdet auf seine Füße, als hätte er gar keine eigenen Füße, als hätte hier jemand einfach fremde Beine vor seinem Sessel abgestellt.

«Ich soll die Socken ausziehen?»

Vater streckte die Hand nach unten, kam aber nur bis zum Knie. Also verlagerte er sein Gewicht bedrohlich weit nach vorn, drohte schließlich ganz über und Frau Mesjohann in den Schoß zu kippen. Sie hielt ihn vorsichtig mit der Hand auf.

«Danke, das reicht». Sie machte ein Häkchen im guten Kästchen.

In diesem Moment klingelte es an der Tür. Mutter ging nachsehen. Es waren, wie ich hörte, zwei Herren, die sich als «Herr Gröschel» und «Herr Bannert» vom Referat Verkehrsordnungswidrigkeiten des Polizeipräsidiums vorstellten und Herrn Alfred Krenke sprechen wollten.

«Oh, das ist jetzt ganz schlecht», sagte Mutter, «worum geht es denn?»

«Eine Personenüberprüfung wegen eines Verkehrsdeliktes.»

Die Geschwindigkeitsübertretung, die ich ihm unlängst angedient hatte! Waren denen doch Zweifel gekommen! Und zu allem Überfluss war ich auch noch anwesend! Zwar sahen sich Vater und ich nicht völlig unähnlich, aber schon die auffällige Tatsache, dass mein Vater etwa dreißig Kilo schwerer war, musste polizeiliche Fotobegutachter stutzig machen, überdies hatte er eine ziemliche Glatze, auch wenn er seine wenigen Haare wie ich nach rechts kämmte. Einen direkten Vergleich würde die Selbstbezichtigung meines Vaters jedenfalls kaum überstehen. Ich zischte vom Wohnzimmer zu Mutter hinaus und fuchtelte mit den Händen, sie möge die Herren wegschicken, aber meine Mutter hatte nicht den Mumm, auch noch so niedere Obrigkeiten wieder abziehen zu lassen.

«Ja, wenn Sie ein bisschen warten können», hörte ich sie sagen, «dann kommen Sie doch rein!»

Auf der Couch gleich neben dem Sessel meines Vaters zu sitzen schien mir keine besonders günstige Position zu sein.

«Gut, bei Unter- und Tageskleidung brauchen Sie Hilfe. Aber die Jacke können Sie sich doch alleine anziehen!», erkundigte sich Frau Mesjohann, die seinem Unvermögen noch nicht ganz über den Weg traute.

Vater zählte innerlich bis sieben, dann schüttelte er den Kopf.

Da sich die Herren vom Polizeipräsidium schon umständlich die Schuhe abtraten, blieb mir nicht mehr viel übrig, um dem direkten Vergleich mit meinem Vater zu entgehen. Ich stand also auf, ging betont absichtslos um den Couchtisch herum und setzte mich hinter Frau Mesjohann auf die Blumenbank am Fenster. Die Blumenbank ächzte. Ich fragte Frau Mesjohann, ob ich die Pflegebroschüre dort in ihren Unterlagen mal kurz durchblättern dürfe. Sie wunderte sich kurz, aber ich durfte – und versank sogleich mit dem Gesicht darin.

Begleitet von meiner Mutter, traten Herr Bannert und Herr Gröschel vorsichtig ins Wohnzimmer und blieben erst mal in respektvollem Abstand zu Frau Mesjohann links neben der Tür stehen. Während Herr Bannert in einer lila Windjacke und einer grauen Anzughose seiner Unerheblichkeit einen passenden Ausdruck verliehen hatte, trug Herr Gröschel Vokuhila und einen Jeansanzug, der sich ganz offenkundig der Annahme verdankte, der Gipfel der modischen Coolness sei 1977 erreicht worden und seitdem ginge es nur noch bergab.

Frau Mesjohann hatte einen ganzen Schwung Papiere auf dem Schoß liegen, die beiden hatten nur zwei dünne Blättchen und ein Foto. Völlig klar, wer hier den wirklich wichtigen Termin hatte.

«Wie sieht es mit dem Essen aus?», fuhr Frau Mesjohann etwas irritiert mit der Begutachtung fort. «Können Sie noch allein essen?»

Vater wiegte unschlüssig den Kopf.

Ich hatte eine Eingebung. Das war die Gelegenheit, mich in der Wahrnehmung der beiden Herren vom Polizeipräsidium aus dem Kreis möglicher Familienangehöriger zu katapultieren!

«Ich präzisiere die Frage mal, Herr Krenke», sagte ich plötzlich hinter Frau Mesjohann mit scharfer Stimme. «Muss Ihnen das Essen vorgesetzt werden? Oder sind Sie noch in der Lage, sich das Essen selbst zuzubereiten? Beispielsweise eine Brötchen aufschneiden, Butter und Belag draufschmieren?»

Frau Mesjohann riss verwirrt den Kopf herum. Vater glotzte mich etwas entgeistert an. Er wusste zwar, dass er hier seinen Part zu spielen hatte, aber dass ich in dieser Inszenierung auf die Seite der Inquisition wechseln würde, überraschte ihn dann doch.

«Ob ich gefüttert werden muss?», erkundigte sich Vater bei mir.

Frau Mesjohann nahm mir böse die Pflegebroschüre weg, aber sagte Gott sei Dank keinen Ton.

Mutter mischte sich ein.

«Also, ich schneide ihm alles klein, und er nimmt sich dann die Happen. Aber es fällt auch viel runter.»

Frau Mesjohann warf einen Blick auf Vaters Hände und begutachtete, ob das mit dem Happenschnappen zutreffen könne, dann sah sie auf seine Jogginghose. Es waren tatsächlich ein paar Krümel drauf. Dann machte sie das Häkchen.

Frau Mesjohann stellte noch viele Fragen und machte noch viele Häkchen. Herr Bannert und Herr Gröschel musterten derweil die Einrichtung, ihre Finger und Schuhspitzen. Endlich stand Frau Mesjohann auf, holte sich noch einmal Vaters grobe Patschepfote, drückte sie und verabschiedete sich.

Ich nutzte die Gelegenheit, mich den beiden Polizeipräsidialen noch einmal als familienfremd und Begleiter von Frau Mesjohann zu präsentieren, und verabschiedete mich ebenfalls förmlich von meinem Vater.

«Machen Sie es gut, Herr Krenke!», sagte ich und schüttelte ihm so heftig die Hand, dass sich seine arthritische Schulter meldete.

«Au!», sagte Vater und schlug nach mir.

«Ja, machen Sie es auch gut, Herr Krenke!», äffte er nach.

Frau Mesjohann warf noch einmal einen Blick auf Vater und sah dann mitleidig zu Herrn Bannert und Herrn Gröschel, als wolle sie ihnen viel Glück mit dem offenbar schon etwas verwirrten Opa wünschen. Ich geleitete sie mit einem dienstlichen «So, und nun wollen wir zum nächsten Termin!» in den Flur, argwöhnisch ins Wohnzimmer spähend.

Denn jetzt traten die beiden Herren vom Polizeipräsidium näher. Sie gaben Vater die Hand und stellten sich vor.

«Es geht um die Geschwindigkeitsübertretungen, zu denen Sie sich bekannt haben. Wir sind hier, um uns von Ihrer Identität zu überzeugen», erklärte Herr Bannert gefasst.

Vater, der so etwas noch nie erlebt hatte, glaubte zunächst, irgendwelche Papiere vorweisen zu müssen.

«Mutter!», rief er in den Flur. «Wo hast du denn meine Identität? Hol die doch mal. Die muss in der Jacke sein.»

Die Herren nickten sich wissend zu. Schon ein bisschen plemplem, alles klar.

Mutter wühlte sofort in der Garderobe nach Vaters Papieren. Frau Mesjohann, der ich den Mantel überwarf und sie darin mehr zur Tür schob, als ihr hineinzuhelfen, zischte mir zu:

«Egal, wie immer Sie zu Ihrem Vater stehen. Man siezt seinen Vater nicht. Lassen Sie sich das gesagt sein!»

Im Wohnzimmer nahm die Amtshandlung ihren Lauf.

«Wir werden Sie jetzt in Augenschein nehmen», erläuterte Herr Gröschel etwas deutlicher, als handele es sich hierbei um eine spezielle Technik, die nur im Referat zwei des städtischen Polizeipräsidiums gelehrt werde. Die beiden Herren stellten sich vor Vater hin und hielten sich das Papier mit dem Infrarotfoto vor die Nase, sodass es auf Blickhöhe mit seinem Gesicht war.

Vater guckte die beiden mit geradezu triefender Unschuld an. Gelernt ist gelernt. Niemand bleibt lange auf verantwortlichen Positionen, der nicht auf Anhieb und bei Bedarf unschuldig gucken kann.

«Denk schon, dass er es ist», meinte Herr Gröschel nach ein paar langen Sekunden Inaugenscheinnahme, und Herr Bannert war ebenfalls dieser Meinung. Er faltete das Papier zusammen. Ich atmete aus.

«Wo das jetzt geklärt ist, kommen wir mal zu dem, was wir hier eben gehört haben. Glücklicherweise gehört haben!» Herr Gröschel räusperte sich, damit ihm der Unglaube nicht die Stimme verschlug.

«Also: Sie können nicht mehr allein essen und brauchen Hilfe beim Toilettengang, aber mit 140 Sachen durch die Innenstadt brettern, das geht noch?»

Vater überlegte, ob es nicht doch irgendwie ging. Frau Mesjohann, die fast schon aus der Wohnungstür war, hielt inne. Ihre Augen verengten sich zu Schlitzen. Sie horchte angestrengt, ob die Kasse nicht doch einem verschlagenen Simulanten aufgesessen war. Vater brummte. Er wollte mich um keinen Preis ausliefern, andererseits wollte er die Einstufung nicht aufs Spiel setzen.

«Ich hab ja kein richtiges Gefühl mehr im Fuß», sagte Vater endlich, hörbar stolz, eine Erklärung gefunden zu haben. Die beiden Herren sahen auf Vaters klobigen braunen Kordhausschuh, in dem sein vom Wasser geschwollener Fuß steckte. Die Vorstellung, wie Vater bei Fahrtantritt diesen tauben Stampfer quasi auf dem Gaspedal abstellte, um dann wie in einem Carrera-Bahn-Flitzer durch die Stadt zu schleudern, versetzte sie in eine Vorform von Panik.

«Aber in meinem Alter gleicht man vieles durch Erfahrung aus», versuchte Vater, sie zu beruhigen.

«Um Gottes willen, Sie dürfen überhaupt kein Auto mehr fahren», rief Herr Gröschel jetzt, und Vater wiegte den Kopf hin und her, ob das nicht zu extrem sei.

«Wo haben Sie Ihren Führerschein? Wir ziehen den gleich mal ein. Das ist doch nicht zu fassen!»

Herr Bannert riss Mutter, die gerade mit Vaters Dokumenten angetappert kam, den Führerschein aus den Fingern und verstaute ihn in seiner Brusttasche. Mutter wusste gar nicht, wie ihr geschah. Frau Mesjohann hingegen war zufrieden, drohte mir noch mal mit dem Finger und ging endgültig hinaus. Ich ging mit. Nach der Post gucken, wie ich ihr sagte.

Als sie außer Sicht war, wartete ich an der Bushaltestelle, bis ich Herrn Bannert und Herrn Gröschel immer noch gestikulierend, kopfschüttelnd und etliche Hat-sie-wohl-nicht-mehr-alle vorm Gesicht herumfächelnd aus dem Haus treten und im Auto wegfahren sah. Dann kehrte ich zurück.

Vater saß eingestuft und führerscheinlos im Sessel.

«Das mit den Führerscheintypen tut mir leid.», sagte ich.

«Ich krieg 250 Euro von dir», erwiderte Vater bloß.

Wie er so dasaß in seinem Sessel, in dem er sich von seinem Leben ausruhte, krumm und ein bisschen dröġ, tat er mir leid. Ich wusste, dass er sich selber nicht halb so leidtat, aber trotzdem: Ich wollte ihn aufmuntern, ihm irgendwas anbieten, zum Ausgleich, dass ich ihm die Pflegestufe zwei und das verordnete Zubettgehen nicht hatte ersparen können.

«Wollen wir demnächst mal in Frantischeks Biergarten gehen?»

Vater rührte sich keinen Millimeter.

«Ich geh nirgendwo mehr hin!»

«Nun sei doch nicht so bockig! Sauerbraten und Semmelknödel mit extra viel Sauce?»

Vater bewegte unmerklich die Kauwerkzeuge.

«Ich roll dich hin und wieder zurück und zwischendurch aufs Klo. Bitte!»

«Mach doch, was du willst», murrte Vater.

«Also Sonntag», verabschiedete ich mich.

Da die nächste «Rückblende-Spezial»-Sendung heranrückte und das Pressingwunder Vroni leider der Weltöffentlichkeit vorenthalten werden musste, nahm ich mir einige der anderen Aktionen vor, mit denen die Macher von «Ihnen kann geholfen werden!» in der Vergangenheit die Menschen beglückt hatten. Als da wären zum Beispiel: die neue Voliere für die beiden sprechenden Kakadus der Heinz-Sielmann-Grundschule in Linitz. Nicht schlecht. Kakadus sind die Hysteriker unter den Vögeln, die flippen aus, wenn Fremde ihnen eine Kamera hinstellen. Aber länger als zwei Minuten trug das Thema nicht. Also weg. Oder hier: die hölzerne Fußgängerbrücke im Ausbau Neu-Atzdorf, wo eine Landesstraße geradewegs durch den Hof von Oma Kalluweit gebaut wurde, weil links und rechts ein Europäisches Flora-Fauna-Habitat – eine

243

gottverdammte Froschkuhle – alle Umgehungsmöglichkeiten für die Straßenplaner zunichte macht. Über die hölzerne Fußgängerbrücke kam Oma Kalluweit wieder gefahrlos zu ihren Hühnern am anderen Ende des Hofes. Schönes Bild, absurde Geschichte, aber Oma Kalluweit war schon ein bisschen mürbe im Keks und antwortete nie das, was man sie fragte, sondern erzählte Geschichten aus dem Memelland von vor 45. Das war auch eher nichts. Schließlich die vor der Flut gerettete Instrumentensammlung des alten Ludwig Hepp. Ein schlanker, feingliedriger Herr jenseits der Siebzig in einem weißen Rollkragenpullover, kultiviert und beredt, der mit einer gewissen femininen Erregung und Hingabe von seinen Lauten, Gamben, Cembali, Spinetten und Krummhörnern erzählte, die er aus seinem in der letzen Frühjahrsflut absaufenden Gartenhaus geschleppt hatte. Sie waren seine Kinder, keines jünger als 150 Jahre. «Ihnen kann geholfen werden!» hatte ihm ein kleines, aber flutsicheres zweistöckiges Museumchen hingestellt, Produkt einer Modulhausfirma, die häufiger mit ihrem Logo im Bild war als der Sammler selbst.

Ich rief an und fuhr hin.

Ludwig Hepp war noch viel kultivierter, als ich ihn mir vorgestellt hatte. Ich ertappte mich bei dem Gedanken, dass Heterosexualität vielleicht doch ganz grundsätzlich eine Form der Barbarei ist. Notwendig, aber geschmacklos. Er kam mir entgegen, mit feinem, nur ganz leicht unsicherem Gang, einen schwarzen Stock mit Elfenbeinknauf in der Rechten. Die Art Stock, von der man erwartet, der Besitzer würde bei Gefahr oder Forderung einen Degen daraus hervorziehen.

Wir ließen beim Gang ins kleine Privatmuseum die Vergangenheit Revue passieren, und ich verstand und lobte und freute mich mit ihm, wie es sich für einen Journalisten gehört. Oben angekommen, tranken wir Tee aus dünnwandigen alten Tassen, und dann holte Ludwig Hepp eine Art Violine von der

Wand, stellte sie mir als Tiroler Kurzhalsgeige vor und begann mit hin und her wehendem Oberkörper ein paar Takte zu spielen. Seine knotigen Finger zitterten auf den Saiten.

«Haben Sie es erkannt?»

«Klang irgendwie ... schön.» Ich bin ziemlich gut im Nichterkennen klassischer Musikstücke. Mehr Lücken hat kaum einer.

«Die Morgenserenade aus dem Ballett ‹Romeo und Julia›.»

Soso. Ludwig drehte an den Wirbeln, um die Geige nachzustimmen. Ein Anliegen rappelte sich auf in meinem Kopf. Ein ganz und gar außerjournalistisches, sachfremdes, ablenkendes, nerviges Anliegen.

«Kennen Sie sich aus mit der Ballettszene im Land?»

«Ob ich mich auskenne? Sie belieben zu scherzen! Ich war vierzig Jahre Korrepetitor an der Staatlichen Ballettschule!»

Okay! Von hier aus konnten wir beide noch zurück in den Small Talk und die Vorbereitung der Sendung. Ludwig Hepp hängte die Kurzhalsgeige zurück. Ach was, dachte ich, das ist doch lächerlich! Niemals! Die ganze Figur, doch eher mollig. Dann diese Tattoos! Das billige Gehabe. Und das Gekiffe. Das war doch gar keine Frage.

«Eine Frage: Wer hat 2006 den Mitteldeutschen Ballettwettbewerb in der Kategorie Kinder Solo Ballett II gewonnen?»

Er sah mich an, die linke Augenbraue in einem arroganten Schwung nach oben gezogen, als hätte ich ihn etwas gefragt, das nun wirklich jeder weiß. Ich hoffte eine Sekunde lang, dass ich der Einzige war, der es nicht wusste. Aber die Hoffnung zerstob in der ersten Silbe.

«Na, Nadine Beck.»

Ich wurde bleich. Natürlich. Nadine Beck, für Freunde einfach die Naddi. Wie auch nicht. Ich hätte es googeln können. Ich hätte einfach nur glauben müssen, dass es sich lohnen würde, es googeln zu können.

«Kennen Sie sie?»

«Aber gewiss doch, junger Mann. Sehen Sie hier!»

Er kramte in zwei Schubläden und holte eine Mappe mit Fotos heraus. Blätterte ein paar Seiten und zeigte mir ein spindeldürres Mädchen mit schon etwas Brust, das auf einem Spitzenfuß stand, das zweite Bein hinter sich in der Luft, die zartfingrigen Hände über sich. Die Oberlippe war unverkennbar – die Naddi.

«Hat unter Olga Vonzerowa getanzt. Großes Talent. Ein bisschen impulsiv ...»

«Ich hörte davon.»

«... aber durchaus ausdrucksstark. Hat mit vierzehn Jahren aufgehört. Traurige Sache. Die Eltern ...»

«... haben sie bestimmt zu sehr unter Druck gesetzt. Das hat man oft», ergänzte ich kurzatmig, während alles in mir bettelte und flehte, dass sich eine banale Pubertätsgeschichte aus der Hochleistungskunst anschlösse, aber er schüttelte den kahlen Kopf.

«Nein, das war es nicht. Die Eltern sind umgekommen.»

«Zug oder Auto?»

Die Wucht, mit der ich diese Alternativen herausgebellt hatte, ließ Ludwig Hepp zurückzucken. Er beäugte mich argwöhnisch, ob ich ihm nicht doch gewisse Vorkenntnisse verschweige. Ich wandte mich betreten ab und klimperte betont beiläufig auf einem Spinett herum. Ludwig Hepp kam und hob sanft meinen Arm, damit ich aufhörte. Klimpern auf neuen Instrumenten ist schon schlimm, auf alten aber ganz unmöglich.

«Die Antwort auf Ihre Frage ist: Sowohl als auch.»

«Was? Sowohl als auch?»

«Nun: Im Auto. Aber auf einem Bahnübergang. Ein Zug kam. Ein Unfall, möglicherweise auch keiner ... wer will das entscheiden?»

Draußen, hinter der Weißdornhecke, floss der Fluss vorbei. Ein Kahn schob sich dagegen stromaufwärts. Dahinter haspelten gemächlich ein paar Windräder. Es fehlte: ein Kometeneinschlag. Die Auflösung des Raum-Zeit-Kontinuums. Die Wiederauferstehung der Toten. Und dann: einfach so aufrecht in einem Zimmer voller alter Musikinstrumente zu stehen, was für ein unbegreifliches Kunststück! So musste es Vater gehen.

«Was ist aus dieser Nadine geworden?»

«Wohl bei Verwandten untergekommen. Aber warum ...»

Ach, vergib mir, Madonna aus Hasch und Eierkuchen, vergib mir, siebenmal tätowierte Unschuld, die du deine Hand fängst, wenn sie dich schlagen will! Vergib mir, Pilotin, Idiotin, Badewannenferkel, Schnattertante, Teilzeitlesbe, Künstlerliebchen, schwangersüchtige Kotzschleuderheldin! Tu noch dies eine dazu und vergib mir! Vergib, kleine Pummeltrine, die sich zur Sicherheit mit Sicherheitsnadeln in die Welt heftet, bis die Liebe kommt und sie findet. Warum hab ich das getan? Ich wollte doch alles richtig machen.

«... interessiert Sie das so? Sie scheinen sie zu kennen.»

«Jaja», sagte ich mit einer Zunge wie ein Lkw-Reifen, «wir sind uns mal begegnet.»

Mir war immer noch schlecht, als ich eine Stunde später über Land heimfuhr. Der Asphalt war rumplig, verbogen von Wurzeln. Die Alleebäume zogen abweisend vorüber. So kommt das Böse in die Welt: wenn man das Richtige tun will. Wenn man glaubt, einmal durchziehen zu müssen. Ich hatte geglaubt, meinen Sohn bewahren zu müssen vor Fehlern, die ich selbst im Überfluss gemacht hatte. Ich hatte ihm die verlorene Zeit ersparen wollen, die meine eigene Jugend gewesen war, eine Zeit voller untauglicher, ja gefährlicher Gefährtinnen und sinnloser Vergnügungen, an deren Ende ein blöder Job bei einem Landfunk und eine ungestillte Sehnsucht nach Sinn und Bedeutung warteten. Aber an irgendwas hatte ich mich doch halten müssen bei der Beurteilung von Naddi! Und wenn es nur die Wahrscheinlichkeit war! Und war es nicht absolut unwahrscheinlich gewesen, dass eine jugendliche Spitzenballerina, die nach dem rätselhaften Abgang ihrer Eltern eine wilde Tour de Force durch alle möglichen Ecken und Löcher absolvierte, schließlich bei unserem braven, ganz ungeküssten Sohn landete? Es war so unwahrscheinlich, und ich war nicht vorbereitet auf diese Unwahrscheinlichkeit. Ein Leben voller Üblichkeiten und Vorhersehbarkeiten hatte mich so eingelullt, dass ich in Naddi nicht das sehen konnte, was sie wirklich war: ein Mädchen, das sich an Konrad, an uns, ja an unsere Wohnung klammerte, weil wir ihr die einzigen wirklich Normalen weit und breit schienen. Und das waren wir ja auch. Wir wussten es nur nicht. Das ist wahrscheinlich normal, dass man immer die anderen dafür hält.

Als ich nach Hause kam, war Konrad nicht da. Ich wollte schon in Panik geraten, als mir Dorit sagte, sie habe Konrads Freund Olli getroffen und ihm Konrads Schieflage geschildert. Olli habe Hilfe zugesichert und noch am selben Abend angerufen, um Konrad als Mitspieler für irgendein offensichtlich nur hormonell ausgerichtetes Beachvolleyballspiel zu chartern. Konrad hatte ihm schon fast absagen wollen, aber Dorit habe rechtzeitig ihren Kopf gehoben und zweimal genickt, und so war die Verabredung doch noch geglückt.

«Schön», sagte ich mechanisch. Dass sich Konrad gerade in

dem Moment über Naddis Fortbleiben trösten könnte, in dem ich mich dafür verfluchte, schien mir die Schuld zu verdoppeln.

Am nächsten Tag war das Auto weg.

Ich registrierte sein Fehlen ohne größere innere Bewegung, eher mit einer gewissen Erschöpfung. Wenn der Sohn gegangen ist und der Vater geht, kann das Verschwinden eines Vehikels, eines bloßen Gegenstandes kein Anspruch auf Emotion erheben. In der Not ist Liebe zu Dingen ein überflüssiger Luxus.

Auch war ich müde und leer, als sei ich gar kein Mensch mehr, sondern nur noch ein Verbindungsstück in Menschenform. In diesem sonderbaren Zustand fuhr ich mit der Straßenbahn zum Sender, und in diesem sonderbaren Zustand erfuhr ich, dass der Regisseur Karl Wissold heute unser Studiogast sei. Es gab keinen schlechteren Zeitpunkt für ihn, in diesem Sender aufzutreten. Noch vor zwei Tagen hätte ich Naddis Auslassungen über ihre gewalttätige Liaison mit dem düsteren Regiegenie als peinliche Aufschneiderei einer Göre für mich behalten, aber jetzt war es anders. Und deshalb ging ich über den Flur zum Moderatorenzimmer, wo Juliane Nestroy sich auf ihr Gespräch mit dem Künstler vorbereitete. Juliane Nestroy, dunkle Kulleraugen und Fransenfrisur, vor der Kamera immer neckisch und sexy, Typ freches Mädchen Anfang vierzig, eine Moderatorin, bei der Wissold sich wahrscheinlich sehr wohl gefühlt hätte, wenn ich nicht gekommen wäre, ich – das Verbindungsstück in Menschenform, das die Wahrscheinlichkeiten mit Unwahrscheinlichkeiten, das Erwartete mit dem Unerwarteten verknüpfte.

So aber sammelten sich in der Stunde vor der Sendung im Moderatorenzimmer die sogenannten Hinzugezogenen. Chef, der Chef vom Dienst, der Justitiar, die Promiredakteuse und der Mann, dessen Bild in meinem Ausweis klebt.

Das ist eine Nachmittagssendung, sagte die Promiredakteuse. Da gehört sich so was nicht.

Das kann ganz schnell peinlich werden, meinte der Chef vom Dienst.

Ich empfehle, in jedem Fall die Frageform zu verwenden, sagte der Justitiar. Fragen sind keine Verleumdung und keine üble Nachrede. Den Tatbestand der üblen Nachfrage kennt das Gesetz nicht.

Traust du dir das zu?, fragte Chef Juliane Nestroy.

Mit links und vierzig Fieber, antwortete sie.

Sie war nicht der dauersüße Fratz, für den Männer sie normalerweise hielten. Sie hatte zwei Kinder, war geschieden, erzog diktatorisch übers Telefon und konnte unterschlagene Klassenarbeiten an Atempausen erkennen. Aber das sah man ihr nicht an. Wir alle müssen den Weg gehen, den uns unsere Gesichter weisen, und deswegen war Juliane Nestroy seit zwanzig Jahren das Sweetheart vom Dienst. Die Chancen standen gut, dass sie auch noch mit siebzig süß aussah.

Im grellen Studiolicht klopfte Juliane Nestroy eine Stunde später ihre Moderationskarten mit den Daumen zurecht und schnallte sich ein Lächeln ins Gesicht. Wissold grinste sie an. Und ab.

«Ihr neuer Film ‹Mara› erzählt die Geschichte eines rumänischen Mädchens, das in Deutschland zur Prostitution gezwungen wird. Der Film ist auch wegen seiner Gewaltdarstellungen nichts für zarte Gemüter. Kann man ein solches Thema nicht weniger drastisch erzählen?»

Wissold nickte freundlich. Der übliche Vorwurf. Nachmittagsprogramm. Hausfrauenmoral trifft Bad Guy.

«Natürlich kann man das», antwortete Wissold mit herablassendem Verständnis für alle künstlerisch Zurückgebliebenen. «Viele Regisseure» – die anderen, die Hasenfüße – «würden vor solchen Szenen, wie ich sie dem Publikum zumute, und zwar bewusst zumute, zurückschrecken. Aber!» Er hob den Finger zum Ausrufezeichen. «Ich glaube, mit Aristoteles» – das musste ja nun sein; aber auch hier gilt: Wer Aristoteles zitiert, hat ihn mit Gewissheit nicht gelesen – «an die kathartische, an die reinigende Wirkung des Schreckens. Gewalt auf der Leinwand darf nie Selbstzweck sein, sie muss erschüttern! Sie muss dem Zuschauer das eigene Menschsein in Frage stellen!»

Juliane Nestroy lächelte muttermild zurück.

«Bei Ihnen selbst scheint das aber nicht zu wirken!»

«Wie bitte?»

Juliane Nestroy sah noch einmal in einer rein technischen Geste auf ihre Moderationskarte.

«Ich formuliere es einmal anders. Haben Sie jemals einen Menschen geschlagen? Genauer: Haben Sie jemals ein Mädchen geschlagen?»

Und Wissold lachte, dass er gar nicht wisse, was die Frage solle. Aber sein Lachen verlief sich in seinem Gesicht, als er den Namen hörte.

«Sagt Ihnen der Name Nadine Beck etwas?»

Wissold sah sich langsam um, ob da jemand dieses Namens vielleicht in den Kulissen stünde. Aber nein, da war niemand, und deswegen sagte er nur: Mag sein, möglich, er habe kein besonders gutes Gedächtnis, er könne sich nicht jedes Gesicht merken, das bei ihm am Set auftauche. Juliane Nestroy hakte ein: im Bett? Wieso im Bett, nein, er habe Set gesagt, stotterte Wissold. Minderjährig? Jetzt sprang Wissold Juliane Nestroy fast an. Ob sie wisse, was das für ein Luder gewesen sei! Was er alles für sie getan habe! Diese kleine Nutte! Die wäre noch nie minderjährig gewesen! Und wenn, dann müsste ihr die Minderjährigkeit nachträglich aberkannt werden!

Chef, der neben mir in der Regie stand, sank langsam der Unterkiefer herunter.

«Sie geben es also zu?», fragte Juliane Nestroy ungerührt.

Wissold fuchtelte mit seinen Händen wütend in der Luft herum. Er hatte sich verquatscht.

Minderjährig? Da verstehe doch jeder was anderes darunter! Vielleicht habe er mit ihr in den sechzehnten Geburtstag reingefeiert, versuchte er sich zu beruhigen, aber Juliane bezweifelte die Möglichkeit einer einjährigen Geburtstagsfeier. Da rastete Wissold aus. Er schrie, dass er kein Polizist sei, der immer erst mal die Personalien des Fräuleins aufnehme, und dass an ihrer Möse kein Öffnungsdatum und keine Sperrfrist gestanden habe.

Chef in der Regie hob kurz entsetzt die Hand, und rang sichtbar mit sich, ob er die Sendung mit dem Beitrag «Die höchste Sonnenblume des Landes» unterbrechen solle, ließ es dann aber. Er wurde belohnt.

Denn Wissold war schon weiter. Er habe sie nicht geschlagen, jedenfalls nicht zusammengeschlagen oder total zusammengeschlagen, was immer diese kleine Schlampe behaupten würde. Eine Ohrfeige, gut, zwei Ohrfeigen, aber sie war betrunken und nur deshalb gegen das Regal geflogen, und ja, er bekenne sich dazu. Er sei eben noch ein richtiger Mann, da klatscht es eben auch mal. Viele Frauen würden das im Übrigen schätzen.

Chef starrte auf den Monitor und wählte, ohne hinzusehen, eine Nummer in sein Handy. «Guck dir mal meine Sendung an!», sagte er zum Handy, dann legte er auf. Chef war vernetzt. Falls «Thomas Bild» nicht der echte Name seines Freundes war, sondern eine Chiffre für dessen Arbeitgeber enthielt, dann hatte Wissold morgen mehr Presse, als ihm lieb sein konnte.

Wissold war jetzt aufgesprungen und schrie den ersten Studio-Kameramann an, er solle die Kamera ausmachen.

«Kamera zwei», sagte der Regisseur.

Das Licht auf Kamera eins erlosch, aber Wissold roch den Braten und drehte sich nach der anderen Kamera um.

«Kamera eins», sagte der Regisseur.

Wissold stand gewaltbereit, aber unschlüssig zwischen den beiden Studiokameras, die wechselnd angeschaltet wurden, und wusste nicht, welche er zuerst angreifen solle. Die Kameramänner schoben um ihn herum und bewegten ihre Geräte wie Schilde vor sich her.

Wissold schnaufte, sie würden ihn schon noch kennenlernen. Auf Aggression antworte er mit Aggression. Bei ihm wisse jeder sofort, woran er sei. Das sei sein Erfolgsrezept. Und dieses kleine Flittchen habe ihre Lektion gelernt. Einen Karl Wissold betrüge man nicht mit irgendwelchen Bubis. Keine betrüge ihn, und sei sie auch noch so minderjährig.

Da niemand ihm widersprach oder auch nur antwortete, ging das Feuer seines Mackertums wieder aus. Er witterte noch eine halbe Minute um sich herum, aber das war es denn auch.

Juliane Nestroy, die die ganze Zeit mit übereinandergeschlagenen Beinen auf der Gesprächscouch gesessen hatte, ließ die aufliegende Moderationskarte nach hinten flippen.

«Gut, das haben wir jetzt geklärt. Nun wieder zurück zum Film. Ihre Hauptdarstellerin Claudia Dumitrescu ...»

Ich wusste nicht, wie es ihrem geschiedenen Mann ging, aber wenn sie bei der Scheidung nur halb so auf Zack gewesen war wie jetzt vor dem tobenden Wissold, war er sicher nur noch ein Häuflein Asche.

Zur allgemeinen Überraschung setzte sich Wissold brav wieder hin und beantwortete die restlichen fünf Minuten des Gesprächs alle Fragen nach Inhalt und Besonderheit dieser deutsch-rumänischen Gemeinschaftsproduktion, auch wenn er dabei einen erschöpften, leicht abwesenden Eindruck machte. Als verträte er den großen Wissold nur bei einer Stellprobe und lese die Antworten irgendwo ab.

Chef dankte mit einem leichten Schultertätscheln dem Sendungsregisseur, der mit dem schnellen Kamerawechsel nicht nur die Kameramänner – davon gab es ja genug –, sondern auch das teure Equipment gerettet hatte. Dann kam er zu mir, legte seinen Arm um meine Schulter und führte mich von der Senderegie nach draußen auf den Flur.

«Woher wusstest du, dass er wegen dieses Mädchens so ausrasten würde?», fragte Chef. Ich wippte eine paar Sekündchen auf den Schuhen hin und her, und dann antwortete ich:

«Jeder, der sie kennt, würde so reagieren!»

Ein Fotograf und ein Reporter, der Chef jovial zuwinkte, hasteten an uns vorbei, um den Starregisseur nach der Sendung in Empfang zu nehmen.

Wissold hatte viel Glück gehabt in seinem Leben. Jetzt hatte er mal Pech. Es würde ihn veredeln, seinen Blick auf die Menschen schärfen, falsche Freunde aussortieren. Ich würde sogar so weit gehen zu sagen, dass es ihn künstlerisch bereichern würde. Und trotzdem: Ich bin kein besonders eingreifender Typ, und das Meiste in meinem Leben lasse ich vorbeigehen. Aber irgendwie hatte ich das Gefühl, dass ich diesmal Wissold untergehen lassen musste, damit Naddi wiederauftauchen konnte. Es war ein magisches Opfer. Eine Bitte um eine zweite Chance.

A̲m Sonntagmittag fuhr ich zu meinen Eltern, um Vater seinen Biergartenwunsch zu erfüllen. Mutter wollte mir noch extra Windeln («Dank dir haben wir ja genug davon») einpacken, aber ich zog ein graugrünes Plastikungetüm aus meiner Umhängetasche und sagte:

«Nee, nee, lass mal, Mutter! Wir wollen ja nicht ständig zum Klo zuckeln. Wir brauchen eine richtige Biergartenwindel, und hier ist sie: 3,7 Liter Fassungsvermögen!»

Wir steckten Vater hinein. Das erste Mal in seinem Leben hatte er mehr Hintern als Bauch.

«Wie seh ich denn aus?», schimpfte Vater und schielte auf den grünen Plastikbalg, der sich unter seinem Bauch wölbte. «Ich seh doch aus wie eine Hottentottenoma!»

«Ist doch egal. Dafür kannste drei Stunden lang Bier trinken, ohne aufstehen zu müssen.»

Für jemanden, der gerne Bier trank, aber nicht mehr gerne aufstand, ein verführerisches Argument.

«Aber wenn mich jemand sieht ...»

Ich verzog skeptisch das Gesicht. Vater winkte ab.

«Ach, du hast ja recht. Es ist ja auch bald keiner mehr da, der mich sehen könnte. Heini Asshoff vielleicht noch. Aber der könnte mich dreimal so sehen und hätte nix davon. Der vergisst ja alles.»

Wir behosten ihn und streiften ihm ein gutes Hemd über. Dann wuchtete ich Vater im Rollstuhl stufenweise die Treppe herunter, immer in Angst, er könne sich plötzlich in aller Unschuld nach vorn beugen, um zu gucken, was da so sei, oder ob seine Schuhe geputzt wären, und mich damit über die Lehne in die Tiefe katapultieren, um ihm und dem Gefährt als Unterlage für einen unüberlebbaren Sturz zu dienen. Aber es ging gut, und ich bekam ihn sogar so gut wie unverletzt ins Auto gequetscht. Nur mit einer kleinen Schürfwunde am Ohr, weil ich vergessen hatte, dass ältere Herren das Gefühl dafür verlieren, wo ihr Kopf endet und der Türrahmen beginnt, weshalb ich meine Hand beim Einsteigen nicht schützend um sein Haupt gelegt hatte. Andererseits machte mich der Kratzer erst darauf aufmerksam, dass mein Vater sein rechtes Bein noch auf der Straße stehen hatte, als ich mich schon anschickte, die Beifahrertür zuzuschlagen.

«Jetzt kannst du nicht mehr rasen!», lachte Vater schadenfroh.

«Ich bin auch wegen dir gerast, mein lieber Herr Vater», antwortete ich.

Wir fuhren aus der Altneustadt nach Schmoek in Frantischeks Biergarten. Ich rollte Vater durch die Reihen, er war längere Zeit unschlüssig, bis er sich nach einem bäuerlichen Blick in den Himmel entschied, abseits der Kastanien Platz zu nehmen. Wir bestellten zwei Halbe bei einer Kellnerin mit Nasenwurzelpiercing. Vater fragte, ob denn die Margot hier noch arbeite, aber Fräulein Nasenwurzelpiercing war noch neu und erkundigte sich, wann denn die Margot hier gearbeitet haben solle.

«So, '75, '76 rum», meinte Vater. Die Kellnerin schüttelte den Kopf.

«Eine tolle Frau», lehnte sich Vater zurück, als sie gegangen war.

«Ein Rasseweib!»

Seine kleinen Äuglein blinkerten froh. Erinnerungen werden ja nicht gebrechlich. In den Erinnerungen kreisen die Säfte ewig.

«Hast du Mutter jemals betrogen?»

«Wenn, würde ich es dir nicht sagen. Aber da ich sie nie betrogen habe, kann ich es dir ja sagen. Also, ich habe sie nie betrogen. Mal ein Schmatzer vielleicht, aber mehr nicht! Seh ich aus wie ein Halunke?»

Ich wusste nicht, wie ein Halunke aussieht. Ich beneidete Vater, der sich die Welt noch mit Halunken und Spelunken erklären konnte.

«Gibt es viel, was du mir nie sagen würdest?»

«Freilich. Du bist mein Sohn. Ich muss dich doch schützen.»

«Wovor?»

«Na, vor all den Sachen, die du nicht verstehen würdest, weil du nicht dabei warst.»

Die Antwort überraschte und beleidigte mich zugleich. Bosheit zog in mir auf. Wie kam Vater dazu? Ich war bald sein Vormund, und er akzeptierte mich nicht mal als jemanden, der ihn verstehen könnte!

«Ich verstehe alles. Ich bin der König der Verständigen!»

«Außerdem will ich jetzt mein Bier und keine letzten Gespräche führen», meinte Vater unwirsch und schielte nach der Kellnerin, die sich mit dem Tablett durch die Tische arbeitete. Wir bekamen unser Bier und bestellten den Sauerbraten mit Semmelknödeln.

«Was gesagt werden musste, wurde schon gesagt.» Vater rutschte mit seinen Händen ans Bier.

«Du bist noch böse, weil ich euer hartes, entbehrungsreiches Leben durch den Kakao gezogen habe.»

Vater murrte in sich hinein.

«Es ist doch so», beharrte ich, «ich bemühe mich. Mit Konrad, mit dir, auf Arbeit, aber es bewegt sich nicht wirklich was. Konrad bleibt sitzen, du bleibst sitzen. Es geht nicht voran. Mir fehlt irgendwie ... Zukunft. Und ihr? Ihr hattet lauter Zukunft. Ihr seid durch euer Leben gegangen wie das heiße Messer durch die Butter. Ständig muss ich eure Gesänge hören, was für einfache Leute ihr wart und wohin ihr es geschafft habt. Trotz Dr. Kreidler! Zum Kartoffeldirektor!»

Vater wollte die Hand über den Tisch schieben, um mich zu berühren, aber er tat es nicht. Fassungslos starrte er auf seine Hand.

«Aber es war die Zeit, Junge. Die Zeit nach dem Krieg. Es

ging aufwärts. Wo sollte es denn sonst hingehen? Dafür können wir doch nichts.»

«Natürlich könnt ihr nichts dafür. Und es wäre mir auch egal, wenn ihr euch nicht so ... verbraucht hättet dabei. Opa Alois konnte bis zum Schluss gerade gehen.»

«Denkste, ich wollte das?», schluchzte Vater. «Ich wollte es doch nur gut machen. Da trinkt man eben mal einen, wenn es zu viel wird. Dann nimmt man eben mal ein paar Tabletten, damit es wieder geht.»

«Schon gut, schon gut, dummes Thema», beruhigte ich ihn. «Komm, lass uns anstoßen! Jetzt ist jetzt. Wenigstens bist du noch klar im Kopf.»

Ich nahm mein Bier und sah Vater, wie er versuchte, das Bierglas zu heben, und ich sah, dass er es nicht konnte. Ich dachte erst, dass es noch die Rührung wäre, aber nach einer halben Minute wusste ich, dass sich seine Hände genauso zu verabschieden begannen wie seine Beine.

«Gleich!», sagte Vater, aber ich wusste, was dieses «Gleich!» bedeutete.

Wind fuhr in die Kastanien und ließ die trockenen Blätter rascheln. Plomp, plomp fielen die ersten grünen Stachelbomben auf die Tische unter den Bäumen, eine davon sogar in ein Bierglas.

«Siehst du», sagte Vater, «gute Entscheidung.»

Ich gab ihm das Bier zu trinken, und später schnitt ich ihm den Sauerbraten klein und tunkte die Semmelknödel in die Sauce, hielt sie ihm auf der Gabel hin und wischte ihm auch den Mund ab.

Es war ein friedlicher Spätsommertag. Ich legte seine Hand auf meine. So wie er es ursprünglich gewollt hatte.

Ich wusste, dass mein Auto nicht ewig fort sein würde. Es hatte eine Funktion in einer Geschichte, und die Geschichte schien mir noch nicht zu Ende zu sein.

«Ich weiß, wo dein Auto steht», sagte eine Stimme am Telefon, drei Tage nachdem ich es als vermisst gemeldet hatte.

«Dann wissen Sie mehr als ich», antwortete ich.

«Was sagst du?»

Der Mann klang halb aggressiv, halb schwerhörig.

«Wo steht denn mein Auto?»

«Ich hab es gefunden», sagte die Stimme weiter.

«Und ich habe es gesucht. Das nenne ich Arbeitsteilung.»

«Du kannst es wiederhaben. Aber du musst bezahlen.»

«Ach du bist das!», sagte ich. «Bezahlen schreibt man mit einem h vorm l, mein lieber Freund.»

«Ich bin nicht dein Freund!»

«Das weiß ich wohl.»

Ich war auf hundertachtzig. Es ging gar nicht mehr um mein Auto. Von mir aus hätte er es behalten können. Was mich aufbrachte, war diese entsetzliche Dämlichkeit. Diese operettenhafte Maskulinität. Diese peinlich gedrechselten Einschüchterungsversuche. Michel aus Lönneberga tut so, als sei er Dr. Mabuse. Aber schlechte Verbrecher legen immer Wert auf Dramatik. Sie wollen eigentlich gar kein Geld, sondern Adrenalin. Meistens gehen sie ja deswegen auch gleich mit dem geklauten Geld zum Rummel und fahren Kotzschleuder oder so was. Gute Verbrecher interessieren sich nicht für Schutzgeld und große Drohreden. Sie interessieren sich für steueroptimierte Anlagen in Offshore-Gebieten.

«Aber ich weiß noch viel mehr», sagte ich böse. «Ich weiß nämlich, wer du bist. Und die Polizei weiß es auch bald. Denn ich lege jetzt auf und ruf die Polizei an wegen Erpressung und Sachbeschädigung. Und dann bist du mit Bezahlen dran, und zwar mit h vorm l.»

«Du musst nicht Polizei anrufen. Ich war schon bei Polizei. Ich habe dein Auto gefunden. Ich krieg Finderlohn.»

Obwohl er offenbar zu blöd war, Nebensätze zu bilden, war ich bei dem Wort Finderlohn hellhörig geworden. Ich ging zum Computer, verband mich mit dem Netz und googelte Finderlohn. Ein Juristentrick vom Feinsten.

«Ich kriege drei Prozent von Wert!», sagte die Stimme, als fasse sie den Gesetzesartikel, den ich gerade überflog, zusammen.

«Ich habe Auto gefunden. Stand weit weg. In Wald. Jetzt steht es bei Polizei. Aber ich krieg Finderlohn. 750 Euro Finderlohn.»

Gefickt. Zeit für ein neues Telefon. Denn dieses hier würde ich jetzt gleich an die Wand feuern, auf den Resten herumtreten und brüllen, bis mir die Äderchen in den Augäpfeln platzen! Oder auch nicht. Wenn jemand 750 Euro Finderlohn bekommt, dann reicht das völlig. Er muss nicht noch eine grandiose Szene von Wut und Ohnmacht umsonst dazu kriegen.

«Oh, das ist clever», sagte ich, langsam wieder herunterpulsend. «Wie bist du darauf gekommen? War das deine Idee?»

«Du fragst mich nicht. Du weißt Bescheid.»

«Ich weiß Bescheid.»

«Du lässt die Finger von Frauen von andere Leute.»

«Du kannst dich drauf verlassen. Kommt nie wieder vor. Ehrenwort.»

«Scheiß auf Ehrenwort. Du bist Opfer, Alter!»

«Völlig korrekt.»

«Scheiß auf korrekt. Du denkst, du machst Witze. Du kommst heute Abend mit 750 Euro in Gustav-Freytag-Straße 67, und dann mach ich Witze.»

«So soll es sein.»

Langsam schien ihn meine Kooperationsbereitschaft zu irritieren.

«Du machst kein Scheiß, Alter. Ich hab Freunde.»
«Verstehe.»
«Nix verstehst du. Meine Freunde machen deine Freunde alle. Jetzt weißt du.»
«Ich komm allein. Du kriegst das Geld, und dann ist es gut. Das hast du wirklich clever gemacht. Respekt.»
«Du kannst nix mit Frau. Du hast keine Schwanz.»
«Schwanz ist männlich.»
«Korrekt. Du bist nix männlich.»
Dann legte er auf. Ich setzte mich und achtete auf meinen Atem. Jetzt war es wichtig, nüchtern und sachlich zu bleiben. Man musste berücksichtigen, dass bei der Entscheidung des Anrufers, mich auf so miese Weise hereinzulegen, überkommene Ehrbegriffe aus einem anderen Kulturkreis, eine fehlerhafte Erziehung, ein schlechtes soziales Umfeld und allgemeine gesellschaftliche Chancenlosigkeit eine unschöne Verbindung eingegangen waren. Eigentlich war er zu bedauern. Mir ging es schon etwas besser. Bedauern hilft immer. Ich setzte noch einmal ganz bewusst mit dem Bedauern an, aber das Bedauern floss plötzlich aus meinem reinen Herzen über die Schulter meinen rechten Arm hinunter, wo meine Hand im Geiste einen schweren Revolver hielt, dessen überaus großkalibriger Lauf auf Arifs Stirn aufgesetzt war, der zitternd vor mir kniete.

«Jetzt kriegt dein Superhirn Besuch! Besuch aus Blei!», sprach es aus mir langsam und voller Bedauern.

«Ist was mit dem Teppich?», hörte ich Dorit fragen, die gerade in die Wohnung gekommen war und noch im Mantel ins Wohnzimmer schaute, wo ich vor dem Sofa stand und mit zwei Fingern auf den Teppich zu meinen Füßen zeigte.

«Ach, nichts», sagte ich und steckte meine Fingerpistole wieder ein. Ich hätte ihr was sagen sollen. Ich hätte ihr viel mehr sagen sollen.

Es gibt Finder, die lieber anonym bleiben wollen», sagte der wohlbeleibte Polizist, der mit mir zwei Stunden später über das sogenannte Sicherstellungsgelände ging, wo die abgeschleppten und die wiedergefundenen Autos der Stadt standen. «Es gibt Finder, die in Schwierigkeiten kämen, durch gewisse mit dem Fund zusammenhängende Umstände, verstehen Sie?»

Ich verstand. Aber es war ihm nicht genug Verständnis.

«Nehmen wir einmal an, Sie hätten den Schlüssel Ihres Autos in einem Etablissement liegen lassen. Und ein anderer Besucher dieses Etablissements hätte ihn gefunden.»

Der Polizist zwinkerte mich an und fahndete in meinem Gesicht nach Beweisen seiner Vermutung, aber ich hielt ihm bloß meinen Autoschlüssel vor die Nase. Also wurde er wieder dienstlich.

«Deswegen kann ich Ihnen leider keine Auskunft erteilen, weil der Finder sich in diesem Fall Anonymität ausbedungen hat», meinte er und wies endlich mit großer Geste auf einen, nämlich meinen schwarzen Passat Kombi, der nur unwesentlich schmutziger als sonst in einer Ecke des umzäunten Geländes stand.

«Aber der will Geld von mir! Finderlohn!», empörte ich mich etwas kindlich.

«Na denn», sagte der Polizist und ließ mit einer Fernbedienung das Tor am Sicherstellungsgelände zurückrollen, «muss er sich Ihnen ja wohl oder übel zu erkennen geben.»

In jeder deutschen Stadt gibt es eine Gustav-Freytag-Straße. Gustav Freytag war der Goethe der Gründerzeit. Und Goethe war damals bloß der Gustav Freytag der Weimarer Klassik.

Aber irgendwie konnte Freytag sich nicht halten. Ein vergessener Bestseller. Einer von vielen. Eingegangen, aber nicht in die Geschichte. Nur die Gustav-Freytag-Straßen sind geblieben, um zu raunen und zu mahnen, dass alles Irdische eitel ist und Ruhm schneller vergeht, als man die Worte «ewig» und «immerdar» ausgesprochen hat.

Der Hinterhof der hiesigen Gustav-Freytag-Straße 67 sah noch viel vergänglicher aus. Das Seitengebäude war unbewohnt, das Quergebäude hatte der Krieg mitgenommen, als er hier durchkam. Stattdessen hatte sich dort eine Autowerkstatt breitgemacht, zwei alte Blechtore mit einer eingebauten Kundentür zum Durchsteigen. Draußen eine Rampe für Unterbodenreparaturen. Alles korrodiert, alles schon vor der Wende aufgegeben. Ich kam von der Straße, und meine Augen brauchten eine Weile, bis sie sich an das Dunkel gewöhnt hatten. Dann sah ich ihn. Aber nur undeutlich. Er stand in einer Ecke neben der Autowerkstatt, wo ein kleiner Trampelpfad zwischen Werkstatt und Häuserwand in die Brache dahinter führte. Auf dem Fluchtweg! Pisser!

«Ich habe deinen Finderlohn, Finder!»

«Leg Geld da hin auf die Tonne und geh zurück zu Tür.» Er zeigte auf ein altes Ölfass neben der Rampe.

Jetzt, wo ich ihn aus nächster Nähe hörte, klang er trotz des Radebrechens ganz untürkisch. Vielleicht war es auch die allzu regelmäßige Falschheit seiner Sätze. Ich hatte Arif auch größer in Erinnerung. Sprach Arif eigentlich gebrochen deutsch? Der Beinahe-Jurastudent... Egal, ich wollte es hinter mir haben. Ich legte das Geld auf die Tonne und ging zurück.

Als der Mann sich das Geld von der Tonne geholt und durchgezählt hatte, summte er zufrieden. Auch das noch. Ich kann Summer nicht ausstehen, Leute, die immer so tun, als wäre das Leben ein Sonntagsspaziergang in einem Spitzwegbild, Summer erinnern mich an ...

«Holger?», entfuhr es mir. Der Mann verharrte kurz, schob sich den Packen Geld eilig in die Hosentasche und murrte, als habe er sich verhört: «Holger? Was ist Holger?»

Aber diesmal hatte ich meine Sinne auf Empfang. Holger kam aus Zwickau. Zwickau in Sachsen. Sachsen können kein O sprechen. Nicht mal, wenn man ihnen die Zunge am Gaumen festtackert. Und dieser Mann konnte kein O sprechen. «Du bist Holger!», schrie ich und rannte auf ihn zu. Jetzt erwies sich, dass meine Idee vom Fluchtweg nicht so falsch gewesen war, denn Holger machte auf der Stelle kehrt und verschwand in dem kleinen Durchgang zwischen Werkstatt und Haus. Ich hetzte hinterher. Hinter der Werkstatt lag eine mit Autoreifen und Karosserieteilen verunstaltete Brache, über die Holger jetzt mit der beachtlichen Kraft wirklicher Furcht hinwegrannte, um in das Parzellenlabyrinth der dahinterliegenden Kleingartensparte zu gelangen. Ich hatte Mühe, an ihm dranzubleiben. Gott sei Dank war es eine eher schmale Kleingartenkolonie mit vielleicht drei, vier Reihen Gärten, die sich an einer Schallschutzwand entlangzogen. Dahinter dröhnte die Stadtautobahn. Kleingärtner haben ja einen sehr belastbaren Begriff von Idyll. Ich rannte Holger auf dem Hauptweg hinterher und hatte ihn fast, als er unerwartet behände über einen Jägerzaun in den nächsten Garten sprang. Jägerzäune bestehen aus spitz zulaufenden Staketen, an denen man leicht mit der Hosenmitte hängen bleiben kann, und ich kletterte über diesen hier dann doch lieber mit der Vorsicht eines Mannes, der auch in rasender Wut seine Prioritäten nicht vergisst. Natürlich verlor ich dadurch Zeit und Orientierung, und so dauerte es eine Weile, bis ich im Halbdunkel des Gartens begriff, dass Holger weder weiterrannte noch sich versteckte, sondern stattdessen dabei war, über eine Regentonne auf das Dach der Gartenlaube zu steigen. Beim ersten Versuch rutschte er am Rand aus und sackte bis zum Bauch in die Tonne, hielt sich aber an der Dachkante und zog sich wieder hoch, um schließlich doch noch hinaufzugelangen. Von dort hechtete er an die Schallschutzwand und war weg. Ich stand mit rasselndem Atem zwischen zwei Stachelbeerbüschen und fragte mich, ob das nun verdammt clever war oder einfach nur wahnsinnig. Aber da ich hinter der Schallschutzwand kein Bremsenquietschen, Splittern und vor allem kein dumpfes Aufprallgeräusch hörte, war es wohl eher clever.

Ob dies jedoch zweimal hintereinander clever sein würde, stand zu bezweifeln, und so ließ ich ihn, putzte ich mich ab und ging zum Auto zurück.

Als ich nach Hause fuhr, sah ich ihn. Er stand an der Bushaltestelle in der Kilianstraße. Er war nicht zu übersehen. Mit seiner dunklen, patschnassen Hose und dem hellen T-Shirt sah er aus wie ein Bild aus einem dieser Kindergartenspiele, wo man verschiedene Hosen und Blusen auf Figuren zusammenlegen kann. Ich fuhr langsam an die Haltestelle ran, ließ das Fenster herunter und sagte:

«Hallo Holger! Das ist mal eine Überraschung. Was machst du denn hier, so spät noch, in dieser Gegend?»

Ich zeigte auf seine nasse Hose.

«Du bist da untenrum ganz schön nass!»

Holger, der offenbar länger als ich im Laufschritt unterwegs gewesen war, blickte die Straße hinunter und stieß pampig und noch etwas außer Atem hervor:

«Und du bist verheiratet!»

An der Bushaltestelle warteten noch zwei Männer mittleren Alters und eine ältere Dame, die bereits etwas Abstand vom nassen Holger gehalten hatten. Jetzt rückten sie noch ein bisschen weiter ab. Es war nicht die Antwort, mit der sie gerechnet hatten. Holger machte einen kurzen Schritt an die Bordsteinkante und begann, sich auf ungesunde Art und Weise zu erregen.

«Du bist nämlich absolut verheiratet! Du solltest überhaupt nichts mit anderen Frauen anfangen.»

Bei den Wartenden wich der leichte Widerwillen gegen den nassen Holger dann doch einem verstohlenen Interesse. Aber Holger tat ihnen nicht den Gefallen einer zusammenhängenden Rede.

«Du solltest mal drüber nachdenken, ob vielleicht auch noch andere Männer mal eine Frau wollen, ob vielleicht andere Männer bei Frauen auch mal eine Chance haben wollen.»

Die Leute in der Bushaltestelle guckten zu mir, als wollten sie wissen, ob ich mich zu einer weniger verrätselten Erwiderung durchringen könne. Aber ich zeigte ihm nur einen Vogel. Holger wenigstens war das Antwort genug.

«Wie soll ich denn? Wie soll ich denn? Wenn du immer mit ihr essen gehst!! Einhundertneununddreißig Mal bist du mit ihr essen gegangen!!! Einhundertneununddreißig Mal in fünf Jahren!!!»

Er hatte mitgezählt. Wo war der denn eingerastet? Und was hatte er noch mitgezählt? Blickkontakte? Gemeinsame Wörter mit e am Ende? Parallele Liegemuster der Kugelschreiber auf unseren beiden Tischen? Dieser Freak hatte mich wochenlang in Unsicherheit und Furcht leben lassen, und ich hatte mich ihm sogar anvertraut. Hatte mir eine kleine Eiszeit mit meiner Lieblingskollegin eingehandelt, weil ich die Verrückten immer an der falschen Stelle vermutete. Ich lehnte mich über den Beifahrersitz zum Fenster hin und rief:

«Keine Frau wird mit dir essen gehen, wenn du ihren Lippenstift von ihrem Kaffeebecher leckst! Ja, guck nicht so. Hab ich gesehen! Du hast einen Madonnenkomplex. Du musst mal auf die Couch!»

Die Enthüllung der heiligen Handlung am Kaffeebecher der holden Nergez brachte Holger endgültig zum Rasen. Er machte ein Satz auf das Auto zu, aber ich gab Gas und fuhr davon. Nicht ohne ihm den Stinkefinger zum Gruß aus dem Fenster übers Autodach zu strecken.

«Du kannst froh sein, dass ich kein wirklicher Türke sein!», schrie Holger mir wie von Sinnen hinterher. Dann wandte er sich seinen Mitwartenden zu. «Was glotzt ihr so?» Als gäbe es nichts zu glotzen, wenn ein Mann in patschnasser Hose sich auf offener Straße dazu bekennt, kein wirklicher Türke zu sein. Was für ein Türke war er dann?

Der Skandal um den Minderjährigen-Verführer Wissold rauschte ein paar Tage durch die Boulevardpresse und das Feuilleton. Aber meine Erwartungen erfüllten sich nicht. Es gab wohl ein Geständnis, aber keine Anklage. Der Skandal fand ohne das Opfer statt. Naddi blieb verschwunden. Obwohl mindestens zehn professionelle Rechercheure nach ihr suchten.

Eine Woche nach dem Eklat im Studio hielt ich es nicht mehr aus und fuhr am Vormittag in die Sibeliusstraße. Zum Haus, in dem Naddi polizeilich gemeldet war und vor dem ich sie abgesetzt und in dem ich sie das letzte Mal gesehen hatte.

Ich klingelte mehrmals. Nachdem ich mich umgesehen hatte, ob jemand schaute, öffnete ich die hörbar ungeschmierte Pforte und betrat das Grundstück. Aus den Fugen des roten Backsteinweges quollen Moospolster. Der Vorgarten war pflegearm angelegt, mit Rindenmulch unter Rhododendronbüschen, aber Giersch und Springkraut schossen schon üppig durch den halbverrotteten Mulch. Die Apfelbäume im kniehohen Gras hinter dem Haus hatten ausgewachsene Wassersprossen, und auf einem gerade noch zu erkennenden Beet wucherte Erdbeerkraut kreuz und quer. Ich bin kein Gartenforensiker, aber der Stand der Vernachlässigung deutete an, dass hier vor wenigstens zwei Jahren das letzte Mal etwas getan worden war – was alles, was ich von Naddis Eltern wusste, nur umso wahrscheinlicher machte. Ich ging die Treppe zur Terrasse hinauf und schaute durch die große Glastür mit dem Aluminiumrahmen ins Wohnzimmer. Und dann sah ich Naddi. Auf einem großen Foto in der Schrankwand. Mit ihren Eltern. Der Vater – ein hochgewachsener Mann im altrosafarbenen Sakko, eine Zehnkämpfergestalt. Die Mutter – eine strohblondierte Ex-Klassenschönste. Das perfekte Paar. Naddi in der Mitte, frech abstehende Kurzzöpfe mit Schleifchen, breites Grinsen. Irgendwo auf einer Landungsbrücke. Irgendwo am Meer. Irgendwann zwischen 2003 und 2006. Im Fach daneben ein paar Bücher. Das Guinness Buch der Rekorde. Ein Kreuzworträtsellexikon. Das Buch der Tausend Witze. Nichtlesers Standardbibliothek. Des Weiteren eine Art Pokal: Mister Top Twenty einer großen deutschen Finanzberatung. Ich sah noch einmal auf das Bild des Vaters. Hatte mir schon so was gedacht. Das Sakko. Der grelle Geschmack der Hochgekommenen. Ostdeutsche Neureiche. Leistungsträger aus dem Leistungssport. Vom Doping zum Coaching. Naddi hatte seine wasserblauen Augen geerbt. Ein Mann, der auf Erfolg gebucht war. Ein Mann, der die Schönste gekriegt hatte. Ein Mann, der sein Prinzesschen auf den Arm nahm, wenn er denn mal da war. Ein Leben, eine Familie, wie um es allen zu zeigen. So ein Mann gibt sein Auto nicht her, wenn es mal schlechter läuft. So ein Mann gibt seine Frau nicht her, wenn sie die Scheidung will. Der gibt überhaupt nichts her. Der nimmt alles mit. Auf den Bahnübergang.

Ich drehte mich um, setzte mich auf den Terrassenboden und lehnte mich an die Glastür. Die Sonne schien auf das trockene, verblühte Gras. Zwischen den Halmen wehten Spinnenfäden. Altweibersommer. Es war widerlich ruhig. Niemand quatschte dazwischen, niemand konnte seinen Schnabel nicht halten, niemand rief: «Hallo, geht's noch?» Ich verstand plötzlich überhaupt nicht mehr, wie man sich nach Ruhe sehnen kann.

Ich habe Naddi nicht wiedergesehen. Unsere Stadt ist nicht so groß, und ich denke, sie ist irgendwo anders hin. Konrad bekam nach dem Abend mit den Beachvolleyballerinnen ständig SMSen von einer Lisa. Als er einmal nicht aufgepasst hat, hat sich Mascha sein Handy geschnappt und eingetippt: «Ich will dich knutschen!!!» Es kam dann auch dazu. Lisa studiert Sport und will Bewegungstherapeutin mit Schwerpunkt Rücken werden. Sie ist ganz nett, vielleicht etwas still. Mein Vater ist seit einigen Wochen bettlägerig und muss gefüttert werden. Manchmal ist er depressiv und weint, manchmal macht er aber auch Witze und guckt Reisesendungen im Fernsehen. Dorit hat sich zum Geburtstag gewünscht, ich solle ihr einen «Brilli» schenken, aber nicht aus Liebe, sondern aus mehr als Liebe. Ich gehe immer noch mit Nergez essen, aber manchmal nehmen wir Holger mit. Es soll ihm helfen, von seiner Besessenheit loszukommen. Nergez rülpst nämlich manchmal oder klebt sich Nudeln als Schnurrbart unter die Nase. Nichts, was Göttinnen tun. Wenn er sich abwendet, kann man leise Witze über ihn machen. Er hört nämlich auf dem rechten Ohr so gut wie nichts mehr. Die 750 Euro durfte er behalten, und mittlerweile hat er sie sich sogar irgendwie verdient. Denn dank Holger, dem Polizeireporter, weiß ich jetzt auch, wie der Unfall von Sven Beck und seiner Frau Carola am Bahnübergang auf der Landesstraße 96 offiziell rekonstruiert wurde.

Vor kurzem bekam ich den Werner-Kallenbach-Preis der BOFA.

Die Preisverleihung fand wie immer in der Bayerischen Staatsoper in München statt. Ich war ziemlich aufgeregt, und als ich während meiner Dankesrede das kleine Wasserglas schon am Anfang komplett austrank, kam eine Servicekraft und stellte mir ein neues hin. Ich sah sie wegen des gleißenden Scheinwerferlichts erst gar nicht, aber als sie das Glas hinstellte, rutschte der Ärmel ihrer weißen Bluse ein bisschen zurück. Auf dem Unterarm trug sie ein Tattoo, das einen mexikanisch geschmückten Totenkopf darstellte. In Mexiko wird jedes Jahr ein Fest gefeiert, zu dem die Toten eingeladen sind. Ich kenne mich nicht aus mit Tattoos, ich weiß nicht, wie populär dieses Motiv ist und ob es viele Frauen in Deutschland tragen. Aber es war eine Festveranstaltung, und ich bin nicht so impulsiv, dass ich ihr vom Rednerpult hinterhergelaufen wäre. Nachher war sie es gar nicht.

Aber wenn sie es gewesen wäre, hätte ich etwas gesagt.

Wenn ich etwas gesagt hätte, wäre es dies gewesen: Ich weiß, Naddi, dass du dich bei uns wohl gefühlt hast, und seltsamerweise fühle ich mich seitdem selber bei uns wohl. Ich weiß, dass du Konrad gutgetan hast, und zwar vielleicht besser, als ihm je wieder eine Frau guttun wird. Ich weiß, dass ich Angst hatte, meinen Sohn zu verlieren. Den einzigen Sohn des einzigen Sohnes des einzigen Sohnes. Es war halt das erste Mal. Da verkrampft man eben.

Und ich weiß, dass die hintere linke Tür des Mercedes, der vom ICE Berlin–Hannover zerrissen wurde, kurz vor dem Unfall geöffnet wurde.

Und du weißt es auch, Nadine.

Das für dieses Buch verwendete Papier ist FSC®-zertifiziert.